W0108276

John Irving

Laßt die Bären los!

Roman
Aus dem Amerikanischen
von Michael Walter

Diogenes

Titel der Originalausgabe:
›Setting Free the Bears‹
Random House, New York
Copyright © 1968 by
John Irving

Alle deutschen Rechte vorbehalten
Copyright © 1985 by
Diogenes Verlag AG Zürich
130/85/28/1
ISBN 3 257 01670 0

Dies Buch ist für
Violette und Co.
zum Andenken an
George

Inhalt

I
SIGGI

Geregelte Kost in Wien

Ich konnte ihn jeden Mittag treffen, er saß auf einer Bank im Rathauspark mit einer kleinen, dicken Tüte Gewächshausradieschen im Schoß und einer Bierflasche in der Hand. Er brachte immer seinen eigenen Salzstreuer mit; er muß eine ganze Menge davon gehabt haben, denn ich kann mich an keinen speziellen erinnern.

Es waren allerdings auch nie besonders originelle Salzstreuer, und einmal warf er sogar einen weg; er wickelte ihn einfach in die leere Radieschentüte und schmiß ihn in einen der Abfallkörbe des Parks.

Jeden Mittag und immer dieselbe Bank –, die splitterfreieste, in der Ecke des Parks, die der Universität am nächsten lag. Manchmal hatte er ein Notizbuch dabei, immer jedoch die Entenjägerjacke aus Kord mit den seitlichen Schubtaschen und der großen Schlitztasche hinten. Die Radieschen, die Bierflasche, ein Salzstreuer und gelegentlich ein Notizbuch –, alles aus der langen, ausgebeulten Schlitztasche. Beim Gehen hatte er die Hände frei. Der Tabak und die Pfeifen kamen in die seitlichen Schubtaschen der Jacke; er besaß mindestens drei verschiedene Pfeifen.

Ich hielt ihn für einen Mitstudenten, obwohl ich ihn noch in keinem der Universitätsgebäude gesehen hatte. Nur im Rathauspark, an jedem Mittag des neuen Frühlings. Während er aß, saß ich oft auf der Bank gegenüber. Ich las dann meine Zeitung, und es war ein prima Platz, um die Mädchen zu beobachten, die den Weg entlangkamen; man konnte ihnen auf die blassen Winterknie gucken – den hartknochigen, beblusten Mädchen in den durchscheinenden Seidenstrümpfen. Doch er beachtete sie nicht; er hockte bloß wachsam wie ein Eichhörnchen über der Radieschentüte.

Durch die Banklatten warf ihm die Sonne Zebrastreifen in den Schoß.

Es dauerte über eine Woche, bevor mir eine weitere seiner Gewohnheiten auffiel. Er kritzelte auf der Radieschentüte herum und stopfte sich dauernd kleine Tütenschnipsel in die Taschen, häufiger jedoch schrieb er in das Notizbuch.

Eines Tages tat er folgendes: Ich sah, wie er eine kleine Notiz auf einem Tütenschnipsel einsteckte, von der Bank wegging und ein kurzes Stück den Weg hinunter beschloß, nochmal einen Blick daraufzuwerfen. Er kramte den Fetzen hervor und las. Dann warf er ihn weg, und dies las ich:

> *Das fanatische Beibehalten*
> *guter Gewohnheiten ist notwendig.*

Später, bei der Lektüre seines berühmten Notizbuchs – seiner Dichtung, wie er es nannte – merkte ich, daß diese Notiz nicht restlos verworfen worden war. Er hatte sie einfach ein bißchen aufpoliert.

> *Gute Gewohnheiten*
> *lohnen den Fanatismus.*

Doch damals im Rathauspark, mit dem kleinen Fetzen von der Radieschentüte in der Hand, konnte ich nicht ahnen, daß er ein Dichter und Aphoristiker war; ich dachte nur, es müßte interessant sein, diesen Burschen kennenzulernen.

Harte Zeiten

In der Josefsgasse hinter dem Parlament gibt es einen Laden, der für seinen verdächtig-raschen Umschlag von Gebrauchtmotorrädern bekannt ist. Die Entdeckung dieses

Ladens habe ich Dr. Ficht zu verdanken. Bei ihm war ich gerade durchs Examen gerasselt, und das machte mir Laune, meine mittägliche Routine im Rathauspark abzuwandeln.

Ich marschierte durch eine Reihe kleiner Torbögen voller Modergerüche, vorbei an Kellergeschäften mit schimmligen Klamotten und kam in ein Viertel mit Reparaturwerkstätten –, Reifengeschäften und Autoersatzteillagern, wo verschmierte Männer in Overalls herumpolterten und Zeug auf den Bürgersteig hinausrollten. Ich stand plötzlich davor, ein schmutziges Schaufenster mit dem Pappschild FABER in einem Winkel der Glasscheibe; das war alles an Reklame, abgesehen von dem Krach, der aus einem offenen Türeingang schäumte. Schwaden, dunkel wie Gewitterwolken, eine losknatternde Serie prasselnder Hallschüsse, und durch das Schaufenster konnte ich die beiden Mechaniker erkennen, die zwei Motorräder auf Touren brachten; auf der Stellage beim Fenster standen noch mehr Motorräder, doch die glänzten stumm vor sich hin. Auf dem Zementboden beim Eingang verschwammen in Auspuffgasen diverse Werkzeuge und Tankverschlüsse – Speichen und Felgen, Schutzbleche und Kabel – und die beiden, konzentriert über ihre Maschinen gebeugten Mechaniker; sie drehten an den Gashebeln und wirkten dabei so ernst und hellhörig wie Musiker beim Stimmen für ein Konzert. Ich inhalierte vom Türeingang her.

Von drinnen musterte mich ein grauer Mann mit breiten, öligen Revers; das Matteste an seinem Anzug waren die Knöpfe. Neben ihm beim Eingang lehnte ein großes Kettenrad – ein herabgefallener, gezähnter Mond, der so dick voll Schmiere klebte, daß er Licht schluckte und mich anglühte.

»Herr Faber in eigener Person«, sagte der Mann und piekste sich den Daumen in die Brust. Und er bugsierte mich aus dem Eingang und wieder ein Stück die Straße hinunter. Als wir dem Lärm entronnen waren, studierte er mich mit einem winzigen, goldgekrönten Lächeln.

»Ah!« sagte er. »An der Universität?«

»So Gott will«, sagte ich, »aber kaum wahrscheinlich.«

»Harte Zeiten, hm?« sagte Herr Faber. »Welche Art Motorrad schwebt Ihnen denn vor?«

»Mir schwebt gar nichts vor«, erklärte ich ihm.

»Oh«, machte Faber, »Entscheidungen sind nie leicht.«

»Geradezu niederschmetternd«, sagte ich.

»Wem sagen Sie das?« meinte er. »Manche Maschinen sind wie Tiere unter einem, *wirklich* – echte Bestien! Und genau das schwebt einigen Leuten vor. Genau darauf sind sie aus!«

»Mir wird schon schwindlig, wenn ich bloß daran denke«, sagte ich.

»Ganz recht, ganz recht«, sagte Herr Faber. »Ich verstehe absolut, was Sie meinen. Sie sollten sich mit Herrn Javotnik unterhalten. Er ist Student – so wie Sie! Und er wird gleich von der Mittagspause zurückkommen. Herr Javotnik ist ein wahres Wunder an Entscheidungshilfe. Ein *Virtuose* der Entschlußfindung!«

»Erstaunlich«, sagte ich.

»Und mir Wonne und Trost«, sagte er. »Sie werden sehen.« Herr Faber legte den schlüpfrigen Kopf schief und lauschte verliebt dem *brrt, brrt, brrt* der Motorräder drinnen.

Die Bestie unter mir

Ich erkannte Herrn Javotnik an seiner Entenjägerjacke aus Kord mit den aus den seitlichen Schubtaschen ragenden Pfeifen. Er wirkte wie ein junger Mann, der von einem Mittagessen kam, das ihm einen salzigen und brennenden Mund beschert hatte.

»Ah!« sagte Herr Faber und glitt zwei kleine Schritte zur Seite, so als würde er uns etwas vortanzen. »Herr Javotnik«, sagte er, »dieser junge Mann muß eine Entscheidung treffen.«

»Ach so«, sagte Javotnik, »– deswegen warst du wohl nicht im Park?«

»Wie! Was?« quiekte Herr Faber. »Sie kennen sich?«

»Sehr gut«, meinte Javotnik. »Sehr gut, kann man wohl sagen. Ich bin sicher, Herr Faber, dies wird eine ganz persönliche Entscheidung. Würden Sie uns bitte allein lassen.«

»Aber ja doch«, sagte Faber. »Schon gut, schon gut« – und er wand sich davon und kehrte zu den Abgasen in seinem Türeingang zurück.

»Klarer Fall von Tölpel«, sagte Javotnik. »Du hast doch nicht vor, etwas zu kaufen, oder?«

»Nein«, sagte ich. »Ich kam bloß zufällig vorbei.«

»War komisch, dich nicht im Park zu sehen.«

»Ich mache eben harte Zeiten durch«, erzählte ich ihm.

»Bei wem bist du durchgerasselt?«

»Bei Ficht.«

»Tja, Ficht. Über den kann ich dir was flüstern. Der hat Mundfäule, benutzt zwischen seinen Vorlesungen immer eine kleine Bürste – schrubbt sich mit irgendso'ner Sülze aus einem braunen Fläschchen das Zahnfleisch. Wo der hinhaucht, macht das Unkraut schlapp. Der hat selber harte Zeiten.«

»Schön zu wissen«, sagte ich.

»Aber Motorräder sind wohl nicht dein Fall?« sagte er. »Mein Fall wäre es durchaus, mich einfach auf eins draufzuschwingen und aus dieser Stadt abzuhauen. Wien ist wirklich kein Ort für den Frühling. Aber mehr als ein halbes von denen da drinnen kann ich mir nicht leisten.«

»Ich auch nicht«, sagte ich.

»Im Ernst?« meinte er. »Wie heißt du?«

»Graff«, sagte ich. »Hannes Graff.«

»Also, Graff, falls du dich mit dem Gedanken an eine Spritztour trägst, da drin steht ein besonders feines Motorrad.«

»Naja«, sagte ich, »ich kann mir eben nur ein halbes leisten, und du bist scheint's an einen Job gebunden.«

»Ich bin nie irgendwo angebunden«, sagte Javotnik.

»Vielleicht ist es dir aber schon zur Gewohnheit geworden«, erklärte ich ihm. »Und Gewohnheiten soll man bekanntlich nicht verachten.« Und er kippelte auf den Hacken, zog eine Pfeife aus der Jacke und klapperte damit an seinen Zähnen herum.

»Eine gute Eskapade laß ich mir allemal gefallen«, sagte er. »Ich heiße Siggi. Siegfried Javotnik.«

Und obwohl er sich damals nichts notierte, übertrug er diesen Einfall später doch in sein Notizbuch, unter der revidierten Zeile über Gewohnheiten und Fanatismus – und auch diese neue Maxime war umformuliert.

Vom echten Trieb lasse man selig sich leiten!

Doch an jenem Nachmittag auf dem Bürgersteig hatte er vielleicht weder sein Notizbuch noch einen Schnipsel der Radieschentüte dabei, und er muß wohl Herrn Fabers Drängen gespürt haben, der uns so bang belauerte und dessen Kopf wie eine Schlangenzunge aus der versmogten Werkstatt hervorschnellte.

»Komm mit, Graff«, sagte Siggi. »Ich setze dich auf eine Bestie.«

Wir gingen über den glitschigen Werkstattboden zu einer Tür in der Rückwand, einer Tür mit einer Wurfscheibe daran; Tür und Wurfscheibe, beides hing schief. Die Wurfscheibe war total zernagt und das Schwarze von den verwarzten Korkböllchen ringsherum nicht zu unterscheiden – so als hätte man Schraubenschlüssel statt Pfeile daraufgeschleudert, oder als wären wahnsinnige Mechaniker mit reißenden Mäulern darüber hergefallen.

Wir traten auf eine Gasse hinter der Werkstatt.

»Aber, aber, Herr Javotnik«, sagte Faber. »Meinen Sie wirklich?«

»Unbedingt«, sagte Siegfried Javotnik.

Es war mit einer glattschwarzen Plane zugedeckt und lehnte an der Werkstattmauer. Das hintere Schutzblech war so dick wie mein Finger, ein schwerer Klumpen Chrom mit grauem Rand dort, wo es etwas von der Farbe des tief in den Hinterreifen eingefurchten Stollenprofils annahm – Reifen und Schutzblech und die perfekte Lücke dazwischen. Siggi zog die Plane weg.

Es war ein altes, barbarisch aussehendes Motorrad ohne sanfte Konturen und ausgefüllte Zwischenräume; zwischen seinen Einzelbestandteilen gab es Spielräume, eine Lücke, wo ein Wirrkopf vielleicht versucht hätte, einen Werkzeugkasten unterzubringen, ebenfalls ein kleines, offenes Dreieck zwischen Motor und Benzintank – der Tank, eine blanke, schwarze Träne, saß wie ein viel zu kleingeratener Kopf auf einem massigen Rumpf; es war in der Weise schön, wie eine Pistole manchmal schön ist – weil sich ihre offensichtliche, häßliche Funktion in ihren auffälligsten Teilen zeigt. Sie wog schwer und schien den Bauch einzuziehen wie ein magerer, zusammengekauerter Hund im hohen Gras.

»Ein Virtuose, dieser Junge!« sagte Herr Faber. »Wonne und Trost.«

»Britische Maschine«, sagte Siggi. »Royal Enfield, aus der Zeit, als man die Dinger auch so aussehen ließ, wie sie funktionierten. Siebenhundert Kubik. Neue Reifen und Ketten und überholte Kupplung. Wie neu.«

»Der Junge ist ganz verschossen in das alte Stück!« sagte Faber. »Er hat seine ganze Freizeit daran gearbeitet. Die Maschine ist wie *neu*!«

»Stimmt, sie ist neu«, flüsterte Siggi. »Ich hab mir Teile aus London kommen lassen – neue Kupplung und Kettenräder, neue Kolben und Ringe –, und er hat gedacht, die wären für seine anderen Maschinen. Der alte Gauner hat keine Ahnung, was sie wert ist.«

»Steigen Sie auf!« sagte Herr Faber. »Ach, steigen Sie ganz einfach auf und spüren Sie die Bestie unter sich!«

»Halbehalbe«, flüsterte Siggi. »Du bezahlst jetzt alles, und ich geb's dir von meinem Lohn wieder.«

»Starten Sie mal«, sagte ich.

»Äh, ja«, sagte Faber. »Herr Javotnik, ganz startklar ist die Maschine wohl jetzt noch nicht, oder? Vielleicht ist kein Benzin im Tank.«

»Ach was«, sagte Siggi. »Sie müßte eigentlich sofort anspringen.« Und er kam neben mich und pumpte mit dem Kickstarter; es rührte sich herzlich wenig – ein Furzen im Vergaser, ein Zündaussetzer. Dann richtete er sich neben mir auf und ließ sich mit vollem Gewicht auf den Kickstarter fallen. Der Motor sog und keuchte, und der Fußhebel schnellte wieder zurück; doch er trat ihn wieder durch, und dann rasch noch einmal, und diesmal sprang der Motor an – nicht mit dem *Brrt* der Motorräder drinnen: mit einem tieferen, stetigeren *tuck, tuck, tuck,* so satt wie ein Traktor.

»Hören Sie das?« rief Herr Faber, der plötzlich selber hinhorchte – den Kopf etwas schiefgelegt und sich mit der Hand über den Mund wischend –, als hätte er erwartet, ein klapperndes Ventil, eine gewisse Unebenheit im Leerlauf zu hören und keine hörte und auch nicht konnte – zumindest nicht so richtig. Und sein Kopf legte sich noch schiefer.

»Ein Virtuose«, sagte Faber, der allmählich so klang, als glaube er es.

Herrn Fabers Bestie

Herrn Fabers Büro befand sich im ersten Stock der Werkstatt, die so wirkte, als könnte sie keinen ersten Stock haben.

»Eine düstere Pißbude«, sagte Siggi, dessen Benehmen Herrn Faber nervös machte.

»Haben wir schon einen Preis dafür festgesetzt?« fragte Faber.

»Aber sicher haben wir das«, sagte Siggi. »Nämlich zwei-tausendeinhundert Schilling, Herr Faber.«

»Oh, ein äußerst guter Preis«, sagte Faber mit flauer Stimme.

Ich zahlte.

»Da wäre noch etwas, Herr Faber, um das ich Sie bitten möchte«, sagte Siggi.

»Wie?« ächzte Faber.

»Könnten Sie mir wohl meinen Lohn bis heute ausbezahlen?« sagte Siggi.

»Also, Herr Javotnik!« sagte Faber.

»Also, Herr Faber«, sagte Siggi. »Wäre Ihnen das möglich?«

»Sie luchsen einem alten Mann gnadenlos das Geld aus der Tasche«, sagte Faber.

»Aber, aber, ich habe ein paar hervorragende Geschäfte für Sie getätigt«, sagte Siggi.

»Sie sind ein mieser, kleiner, hinterfotziger Bastard«, sagte Herr Faber.

»Siehst du, Graff?« sagte Siggi. »Ach, Herr Faber«, sagte er, »ich glaube, in ihrem sanften Herzen haust eine echte Bestie.«

»*Frotter*!« brüllte Herr Faber. »Nichts als verbrecherische *Frotter* weit und breit!«

»Wenn Sie mir jetzt meinen Lohn geben könnten«, sagte Siggi. »Wenn Ihnen das irgendwie möglich wäre, dann würde ich mit Graff hier verschwinden. Wir müssen uns nämlich noch an die Feinabstimmung machen.«

»Ah!« schrie Faber. »Dieses Motorrad muß nicht frisiert werden!«

Feinabstimmung

Und so saßen wir abends im Volksgarten-Café und blickten über den Steingarten auf die Bäume und blickten hinab in die roten und grünen Teiche, in denen sich die über der Terrasse ausgespannten grünen und roten Lichter spiegelten. Alle Mädchen waren unterwegs; durch die Bäume drangen ihre Stimmen plötzlich und erregend zu uns; wie den Vögeln, so eilen auch den Mädchen in der Stadt immer die ihnen eigenen Geräusche voraus – das Klacken ihrer Absätze auf dem Bürgersteig und ihre übertrieben selbstsicheren Stimmen, mit denen sie sich einander anvertrauen.

»Eine richtige Galanacht, Graff«, sagte Siggi.

»Ja«, stimmte ich zu – die erste betäubende Frühlingsnacht, eine feuchte, halbvergessene Schwüle lag in der Luft, und die Mädchen gingen wieder mit bloßen Armen.

»Das wird *verdammt nochmal!* ein Ausflug«, sagte Siggi. »Ich habe lange darüber nachgedacht, Graff, und ich hab den Bogen raus, wie man sowas richtig anstellt. Keine Planung, Graff – das ist das erste. Keine Landkarte, keine Ankunfts-, keine Abreisetermine. Du brauchst dir nur was zu denken! Denk dir zum Beispiel Berge, oder denk dir Strände. Denk dir reiche Witwen und Bauernmädchen! Dann zeig einfach dahin, wo du spürst, daß sie sein werden, und wähle die Straßen genauso – wähle sie nach den Kurven und Steigungen. Das ist das zweite – man muß Straßen wählen, die der Bestie gefallen werden.

Wie findest du das Motorrad, Graff?« fragte er.

»Toll«, sagte ich, obwohl er mich damit nur ein paar Blocks weit gefahren hatte, von Fabers Laden um den Schmerlingplatz und hinüber zum Volksgarten. Es fühlte sich herrlich unter einem an, laut, bebend – schnellte sich von den roten Ampeln ab wie eine große, wachsame Katze; die widerlichen Fußgänger schauten nicht mal bei Leerlauf weg.

»Du wirst es noch toller finden«, sagte Siggi. »Hoch im Gebirge. Wir fahren nach Italien! Wir reisen mit leichtem Gepäck – das ist das dritte, leichtes Reisegepäck.

Ich nehme meinen großen Rucksack, wir packen unser ganzes Zeug rein, und obendrauf werden die Schlafsäcke geschnallt. Mehr nicht. Nur noch ein paar Angelruten. Wir fischen uns durch die Berge bis nach Italien!

»Frot Dr. Ficht!« rief er.

»Jawohl«, sagte ich.

»Mögen ihm sämtliche Zähne ausfallen!«

»In der Oper.«

»Verfrottet soll er sein!« sagte Siggi. Und dann sagte er noch: »Graff? Du bist doch nicht deprimiert, weil du durchgerasselt bist? Ich finde, das macht nichts.«

»Überhaupt nichts«, sagte ich, und das stimmte auch – wo doch die Nachtluft wie das Haar eines jungen Mädchens duftete.

Die Ranken der wuchtigen Bäume neigten sich herab und rauschten über den Steingarten und dämpften das Wassergeplätscher in den Teichen.

»Frühmorgens«, sagte Siggi, »laden wir auf und zischen ab. Ich kann uns direkt hören! Wir dröhnen an der Uni vorbei, bevor sich der alte Ficht das Zahnfleisch geschrubbt hat! Wir sind aus Wien raus, bevor der sein Sülzfläschchen entkorkt hat. Wir fahren am Schloß vorbei. Und wecken sie alle auf! Die werden denken, das ist eine durchgebrannte Straßenbahn – oder ein Nilpferd!«

»Ein furzendes Nilpferd«, sagte ich.

»Eine ganze furzende Armee davon!« sagte Siggi. »Und dann sind wir draußen auf den kurvigen Straßen. Über uns die Bäume, und von unseren Helmen klatschen die Grillen weg.«

»Ich hab' keinen Helm«, sagte ich.

»Ich hab' einen für dich«, sagte Siggi, der sich auf diesen Ausflug vorbereitet hatte.

»Was brauche ich sonst noch?« fragte ich.

»Schutzbrille«, sagte er. »Die kannst du auch von mir haben. Eine Fliegerbrille aus dem 1. Weltkrieg – Froschaugen mit gelben Gläsern. Ist furchterregend! Und Stiefel«, sagte Siggi. »Ich habe echte Knobelbecher für dich.«

»Wir sollten packen gehen«, sagte ich.

»Erst sollten wir unser Bier austrinken.«

»Und dann gehen.«

»Mit Getöse!« sagte Siggi. »Und morgen Abend schlürfen wir aus einem Bergbach oder trinken aus einem See. Schlafen im Gras und lassen uns von der Sonne wecken.«

»Mit Tau auf den Lippen.«

»Mit Bauernmädels neben uns!« sagte Siggi. »Außer bei höherer Gewalt.«

Damit leerten wir die Gläser. Stimmengemurmel auf der Terrasse, Gesichter von den Nebentischen dümpelten in unserem Bier.

Dann das Durchpumpen des Kickstarters und das weiterentfernte Sauggeräusch der Kolben, die sich kilometertief unter dem Motor zu heben schienen. Das Grunzen, mit dem er ansprang, und das langsame, ruhige Tuckern des glatten Leerlaufs. Siggi ließ den Motor warmlaufen, und ich blickte über die Heckenreihen zu den Tischen auf der Terrasse. Die Zuschauer waren nicht verärgert, doch sie hörten mit ihrem Gemurmel auf und reckten die Köpfe nach uns; das langsame Pochen unseres Motors schlug im Takt zu den ersten Böen der frühlingsgeschwängerten Luft.

Und die Rückenschlitztasche von Siggis Entenjägerjacke hatte eine frische Beule bekommen; als ich wieder auf unseren Tisch blickte, sah ich, daß der Salzstreuer weg war.

Höhere Gewalt Nummer Eins

Siggi fuhr. Durch ein Tor kamen wir auf den Heldenplatz; ich warf den Kopf zurück und sah die Tauben über den Hausdächern kreuzen; die feisten Barockputten beguckten mich von den Regierungsgebäuden. Durch die famose Gelbtönung meiner Fliegerbrille aus dem 1. Weltkrieg wirkte der Morgen goldener als er war.

Eine backenkauende, alte Frau rollte einen Schubkarren voller Blumen über die Mariahilfer Straße, und wir bremsten neben ihr am Bordstein, um ein paar safrangelbe Krokusse zu kaufen; wir steckten sie in die Luftlöcher unserer Sturzhelme. »Tunichtgute seid ihr Jungs«, sagte die zahnfleischschlaffe Hexe.

Wir fuhren weiter, warfen unsere Blumen den Mädchen zu, die auf Busse warteten.

Die Mädchen hatten ihre Kopftücher abgestreift; sie flatterten ihnen um den Hals, und die meisten Mädchen hatten schon Blumen.

Wir waren zeitig dran; wir begegneten den Pferdewagen, die zum Naschmarkt Gemüse und Obst und noch mehr Blumen brachten. Einmal fuhren wir an einem Pferd vorbei, das vom Verkehrsgedröhn total verstört war, und unser Motorrad machte es nervös. Die Kutscher waren gutgelaunt und riefen von ihren quietschenden Wagensitzen; einige Kutscher hatten ihre Frauen und Kinder dabei, so strahlend war der Tag.

Schloß Schönbrunn wirkte verlassen; keine Touristenbusse, keine Menschenmengen mit Kameras. Ein kühler Nebel hing über den Schloßanlagen; ein dünner Dunst kroch dicht an den gestutzten Heckenreihen, stahl sich schildkrötengleich über den ach so grünen Rasen. Wir ver-

23

folgten, wie das Land Raum griff und wieder zurückgedrängt wurde.

Im Vorort Hietzing, wo die Schloßanlagen ans freie Land grenzen, rochen wir die ersten Düfte vom Tiergarten Schönbrunn.

Wir hielten an einer Verkehrsampel, und ein Elefant übertönte trompetend unseren Leerlauf.

»Zeit genug haben wir doch, oder?«, sagte Siggi. »Ich meine, wie ich das sehe, haben wir alle Zeit der Welt.«

»Wir sollten Wien keinesfalls verlassen«, sagte ich, »ohne uns anzusehen, wie der Frühling im Zoo eingeschlagen hat.«

Tja, – der Tiergarten Schönbrunn, steintorig, Einlaß gewährt eine Kröte von einem Mann mit fleischigen Kinnbakken und dem grünen Augenschirm eines Spielers. Siggi parkte das Motorrad nicht im Saftgetröpfel, nicht unter den Bäumen, sondern direkt neben der Spielerbude – der kuppeligen Kassa des Kartenkontrolleurs – über der wir den Giraffenkopf am Ende seines Halsmastes wackeln sahen. Die torkelnde Masse der Giraffe folgte dem Hals; kübelhufig versuchten ihre Beine schrittzuhalten. Ihr schmales Kinn hatte eine wunde, haarlose Stelle dort, wo es an dem hohen Gitterzaun scheuerte.

Die Giraffe blickte das Gitter entlang zu den Treibhäusern des Botanischen Gartens; auf den Glasplatten lag noch der eisgraue Tau. Für viel Sonnenschein war es zu früh, und sonst schaute sich niemand die Giraffe an. Auf dem langen kopfsteingepflasterten Weg zwischen den Gebäuden und Käfigen schleppte sich einzig ein Käfigputzer mit seinem Mop dahin.

Den Tiergarten gab es noch nicht lange, doch die Gebäude waren so alt wie Schönbrunn; die Häuser gehörten zu den Schloßanlagen und waren jetzt alle Bruch – ungedeckt, dreiseitig, Gitter oder Drahtnetze ersetzten die fehlende vierte Mauer. Die Tiere hatten die Ruinen geerbt.

Der Zoo erwachte und machte öffentliche Geräusche. Das Walroß rülpste in seinem trüben Becken; auf dem Rand sahen wir steif die alten Fische liegen, die es aus dem Wasser geschubst hatte und deren Schuppen ihm am Schnurrbart hängengeblieben waren. Der Ententeich führte Frühstücksgespräche, und weiter den Weg hinunter hämmerte irgendein Tier in seinem Käfig.

Das Vogelhaus mit den Exoten schlug für uns Lärm – kleine und große Damen in Kostümhüten mit gebrochenen Chorstimmen; und hochherrschaftlich hockten die stumpfgefiederten Kondore gewaltig auf den gestürzten Säulen, thronten auf der gefallenen Büste irgendeiner Habsburger Größe. Sie eigneten sich die Sockel der Statuen an und glotzten grollend auf das über ihnen und der Ruine ausgespannte Maschennetz.

Im Unkraut auf dem Boden des Gebäudes lag ein aufgeschlitzter Schafskadaver, und irgendeinem Südamerikaner mit furchterregender Flügelspanne klebte altes Fleisch im Brustgefieder; die Fliegen schwirrten von der Schaf- zur Vogelseite, und der Kondor schnappte mit dem gekerbten, beinfarbigen Schnabel nach ihnen.

»Unsere gefiederten Freunde«, sagte Siggi, und wir gingen weiter, um nachzusehen, was da in seinem Käfig drauflosrumpelte.

Es war der Berühmte Asiatische Kragenbär, der in einer Hinterecke seines Käfigs kauerte und sich hin- und herschaukelte, um seinen Hintern in die Gitterstäbe zu donnern. Eine kurze, gedruckte Legende des Bären klebte in einer Weltkarte, auf der das Verbreitungsgebiet der Gattung schwarzschraffiert war und ein roter Stern den Ort markierte, wo er gefangengenommen wurde – im Himalaya – von einem Mann namens Hinley Gouch. Der Käfig des Asiatischen Kragenbären, so erklärte die Legende, zeige von den anderen Bären weg, weil er bei ihrem Anblick »wütend« werde; er sei ein besonders grimmiger Bär, sagte die Legende, und müsse in seiner dreiseitigen Ruine hinter Eisengitterstäben eingesperrt leben, weil er fähig sei, sich durch Beton zu graben.

»Möchte wissen, wie der alte Gouch ihn gekriegt hat?«
sagte Siggi.

»Kann sein mit Netzen«, sagte ich.

»Vielleicht hat er ihn auch einfach beschwatzt, nach Wien
zu kommen«, sagte Siggi. Aber wir hielten Hinley Gouch
nicht für einen Wiener. Wahrscheinlich war er einer dieser
fehlplazierten Briten gewesen, im Bund mit hundert sehni-
gen Sherpas, die den Bären in eine flugs geschaufelte Grube
gehetzt hatten.

»Das wäre ein Spaß, ihn und Hinley Gouch mal wieder
zusammenzubringen«, sagte Siggi, und die anderen Bären
schauten wir uns dann nicht mehr an.

Hinter uns kamen jetzt Leute den Weg entlang, und eine
Gruppe schaute zu, wie sich die Giraffe das Kinn scheuerte.
Vor uns lag das Kleinsäugetierhaus; es war eine instandge-
setzte Ruine mit vier mehr oder weniger ursprünglichen
Mauern, einem Dach und mit Brettern vernagelten Fenstern. Drinnen, so verriet uns ein Schild, waren die nacht-
aktiven Tiere – »die in anderen Zoos immer schlafen und
anonym bleiben«. Doch hier gab es Infrarotlicht in den dick-
verglasten Käfigen, und die Tiere verhielten sich so, als wäre
Nacht. Wir konnten sie in einem purpurfarbenen Schein sehen, aber für sie war die Welt jenseits ihres Glaskastens
schwarz; sie gingen arglos ihren nächtlichen Gewohnheiten
nach, ahnten keinen Moment, daß sie beobachtet wurden.

Es gab ein Erdferkel, das sich an einem, eigens zu diesem
Zweck über ihm aufgehängten rauhen Brett alte Borsten ab-
schubberte. Es gab Riesenameisenbären, die Käfer von der
Glasscheibe abschleckten, und da war die Baumratte aus
Mexiko. Es gab einen Flugfuchs und einen Katta; und ein
Zweizehenfaultier, das, kopfunterhängend, unsere Bewegungen jenseits des Glaskastens zu registrieren schien – dessen dunkle Knopfaugen, kleiner als seine Nasenlöcher, uns
undeutlich in der Außenwelt zu verfolgen schienen, die für
es nicht restlos dunkel war. Aber für die anderen war da
nichts; weder für den Flugbeutler, noch für die Plumploris

gab es irgend etwas jenseits des Infrarotlichts unter Glas. Und für das Faultier vielleicht auch nicht; vielleicht wanderte uns sein Blick nur hinterher, weil ihm vom Kopfunterhängen schwindlig war.

In den Gängen zwischen den Käfigen herrschte Dunkelheit, doch unsere Hände waren purpurn getönt und unsere Lippen grün. Am Glashaus der Riesenameisenbären hing ein extra Schild; ein Pfeil wies auf eine kleine Mulde in der unteren Ecke des Glaskastens, die in die Behausung der Ameisenbären führte. Wenn man die Finger dort hinlegte, kam ein Ameisenbär lecken. Die lange Zunge schlüpfte durch das Labyrinth, das die Welt am Eindringen hinderte; wenn er einen Finger im Dunkeln fand, bekam der Blick des Ameisenbärs einen neuen Ausdruck. Aber sie leckte genauso wie jede andere Zunge und brachte uns die nächtlichen Gewohnheiten der Tiere etwas näher.

»Mein Gott!« sagte Siggi.

Und inzwischen hatten die Leute das Kleinsäugetierhaus gefunden. Kinderstimmen schrillten durch die infraroten Gänge; mit zartlila Haaren und hellrosa Augen – mit grünen Wackelzungen.

Also bogen wir auf einem ungepflasterten Pfad vom Hauptweg ab; wir hatten die Nase voll von Ruinen. Und wir kamen zu einem Freigehege, wo die Diversen Huftiere untergebracht waren – inklusive der Gemischten Antilopen. Das gefiel uns schon besser. Zebras schnuffelten die Einzäunung entlang, stupsten mit den Flanken gegeneinander und schnaubten sich ins Ohr; wenn sie sich bewegten, überkreuzten sich ihre Streifen mit den Sechsecken des Zauns, und vom Hinsehen wurde uns schwummerig.

Außerhalb der Einzäunung kam uns keuchend ein strubbelhaariger, kleiner Junge entgegen, der sich beim Rennen den Schritt hielt. Der Junge stürmte an uns vorbei und blieb stehen, vornübergekrümmt, als hätte er einen Tritt bekommen. Er ließ seine hohle Hand zwischen die Knie fallen. »Gott im Himmel! Eier!« johlte er. Dann rappelte er sich

27

wieder hoch und hasenhoppelte auf dem ungepflasterten Weg davon.

Er hatte ohne Frage den Oryx gesehen mit dem rapiergleichen Gehörn, sehr lang und beinahe schnurgerade, an der unteren Hälfte geringelt und im selben Winkel zurückgebogen wie die runzelige Stirn und die glattschwarze Nase; ohne Frage, er hatte den alten Oryx unter seinem dünnen Schattenbaum gesehen, scheckig von den Sonnen- und Schattentupfen, die ihm den Rücken sprenkelten – mit einem sanften Muhkuhblick in den großen, schwarzen Augen. Und nach seiner tiefgezogenen, wuchtigen Brust und dem dickgerunzelten Nacken zu urteilen, ein Oryxbock obendrein. Seine Rückenschräge senkte sich vom Nackenhöcker abwärts bis zur Schwanzwurzel. Und ein Bulle von den Hinterbacken abwärts, das war er, bis hinunter zu den Knoten an seinen dürren Knien.

»Mein Gott, Siggi«, sagte ich. »Wie groß, meinst du?«

»Die allergrößten überhaupt, Graff«, sagte Siggi. Sie mußten schief baumeln, damit sie eben zwischen die engstehenden Hinterbeine des Oryx paßten.

Und wir lasen die Legende über den Oryx aus Ostafrika, »bestgerüstete von allen Antilopen«.

»Der geht nicht auf Hinley Gouchs Konto«, sagte Siggi, »soviel Mumm hat der nie in den Eiern gehabt.«

Und ganz recht – dieser Oryx war, so lasen wir, im Tiergarten Schönbrunn zur Welt gekommen, und das verdüsterte unsere Stimmung.

Also den ungepflasterten Weg entlang, zurück zum Tor; wir ließen alle Hinweistafeln auf die Dickhäuter links liegen und gönnten nur dem kleinen Wallaroo einen kurzen Blick – »dem berühmten, in den Bergen lebenden und quicklebendigen Känguruh«. Es lümmelte auf einen Ellbogen gestützt auf der Seite und kratzte sich mit eingerollter Faust die Hüfte. Es bedachte uns mit einem knappen Blick aus seinem langen, gelangweilten Gesicht.

Dann gingen wir vorbei am Schild für die Großkatzen und

vorbei am Blinken des grünen Augenschirms des Spielers –
eine ungeduldige Menschenhorde umlagerte seine Kartenbude –, vorbei an Köpfen, die nach dem angeschlagenen
Aufwach-Miaunzen eines Löwen lugten; Köpfe reckten sich
hoch, die Giraffe zu grüßen.

Draußen vor dem Zoo bewunderten zwei Mädchen unser
Motorrad. Die eine bewunderte es so heftig, daß sie sich
draufsetzte und den Benzintank zwischen den Knien knud-
delte; es war ein dickes, üppiges Mädchen, dem der
schwarze Pulli über den Wanst hochgerutscht war. Und jedesmal, wenn sie die herrliche Träne des Tanks umklam-
merte, wackelten stramm ihre Hüften.

Das andere Mädchen stand vor der Maschine und fingerte
an den Kabeln von Kupplung und Vorderbremse herum; es
war ein sehr dünnes Mädchen, das mehr Rippen als Busen zu
bieten hatte. Zu dem gelbangehauchten Gesicht gehörte ein
trauriger, breiter Mund. Ihre Augen waren so sanft wie die
des Oryx.

»Also, Siggi«, sagte ich, »das ist garantiert höhere Gewalt.«

Und dabei war es noch nicht einmal zehn Uhr morgens.

Sonderbar sind des Höchsten Wege

»Graff«, sagte Siggi, »die Dicke ist garantiert nichts für
mich.«

Doch beim Näherkommen sahen wir, daß die Lippen des
dünnen Mädchens einen Blaustich hatten, so, als hätte es
lange Zeit im Wasser gelegen und sich eine Mordsverküh-
lung geholt.

Und Siggi sagte: »Die Dünne sieht nicht gerade kern-
gesund aus. Vielleicht kannst du sie wieder auf die Beine
bringen, Graff.«

Als wir bei ihnen waren, sagte die Dicke zu ihrer Begleiterin: »Na bitte. Ich hab' dir ja gesagt, das sind zwei Jungs, die einen Ausflug machen.« Sie hüpfte auf dem Motorradsattel, und ihre Schenkel patschten gegen den Benzintank.

»So«, sagte Siggi. »Du wolltest wohl auf und davon damit, was?«

»Gar nicht«, sagte das dicke Mädchen. »Aber wenn ich wollte, könnte ich das Ding schon fahren.«

»Na klar«, sagte Siggi. Er tätschelte den Benzintank und trommelte mit den Fingern auf ihrem Knie.

»Nimm dich bloß in acht vor dem«, sagte die Dünne. Sie hatte ein komisches Zucken ums Kinn und hörte einfach nicht mehr auf, an den Kabeln herumzuspielen; die Kabelschleifen hingen von ihrem Gefummel völlig verdrillt unter dem Lenker.

»Sag mal, Graff«, flüsterte Siggi. »Glaubst du, die Dünne verseucht einen? Von mir aus kannst du sie haben. Für mich tut's der Fettmops hier genauso.«

Und die Dicke sagte: »Sagt mal, Jungs. Spendiert ihr uns ein Bier?«

»Im Zoo gibt's ein Lokal, wo man Bier trinken kann«, sagte die Dünne.

»Wir waren gerade im Zoo«, sagte ich.

Und Siggi flüsterte: »Es ist Tollwut, Graff. Sie hat die Tollwut.«

»Aber ihr wart nicht mit einem Mädchen am Arm im Zoo!« sagte die Dicke. »Und ich wette, ihr seid nicht durch den Tiroler Garten gegangen. Da wächst kilometerweit Moos und Farn, und man kann die Schuhe ausziehen.«

»Also, Graff«, sagte Siggi. »Was meinst du?«

»Er ist ganz wild drauf!« schrie die Dicke.

»Graff?« sagte Siggi.

»Klar doch«, sagte ich. »Wir haben's nicht eilig.«

»Das Schicksal steuert unseren Kurs«, sagte Siggi.

Also setzten wir uns in den Biergarten, umringt von lauter Bären – und alle beobachteten uns, außer dem Berühmten

Asiatischen Kragenbären, der aus seinem Käfig weder Biergarten noch andere Bären sehen konnte.

Die Eisbären saßen in ihrem Schwimmbecken und
schnauften; ab und zu schlappten sie träge einen geräuschvollen Schluck. Die Braunbären trotteten hin und her und
streiften mit dem dicken Pelz die Gitterstäbe; ihre Köpfe
pendelten dicht über dem Boden im Takt einer rituellen Verstohlenheit, die ihnen angeboren war und die sie unsinniger-
weise nie vergaßen – ganz egal, wie unangebracht Vorsicht
hier für sie war.

In der Windrichtung unseres Tischs und Cinzano-
Schirms hockte heiß im gemeinsamen Käfig ein stinkendes
Brillenbärpärchen aus den Anden – »die Bären mit dem Car-
toon-Gesicht«. Sie sahen aus, als hätte man sie geradewegs
aus Ecuador hinausgelacht.

Und Siggi war genervt, weil es im Biergarten keine Radieschen gab. Das dunkelhaarige, dicke Mädchen hieß Karlotta
und bestellte zum Bier eine Torte; doch die Dünne war
Wanga, und sie wollte nur ein klebriges Bock. Siggi berührte
seine dicke Karlotta unter dem Tisch; die Hand meiner
Wanga war trocken und kühl.

»Och, die Eisbären sollten mehr Eis haben«, sagte
Wanga. Und du weniger, dachte ich.

»Siggi«, sagte Karlotta, »könnte ein bißchen Eis brauchen.« Und ihre Arme verschwanden unter dem Tisch und
tatschten nach ihm. Die schwarzen Ringellöckchen ihres
Ponys glänzten feucht auf ihrer Stirn.

Den Seltenen Brillenbären lief ein weißer Klecks von der
Stirn zur Nase und über die Kehle. Ihre Schielaugen trugen
eine Banditenmaske aus dem schwarzen Zottelfilz des übrigen Fells; ihre Pelze wirkten eigentümlich verlegen, wie eine
Reihe von Haarwirbeln. Sie klackten mit den langen Klauen
auf dem Zement.

Die arme Wanga leckte sich behutsam die Lippen, als son-
diere sie die rissigen und aufgesprungenen Stellen.

»Ist das deine erste Reise?« fragte sie.

»Ach, ich war schon überall«, sagte ich.

»Im Orient?« fragte sie.

»Überall im Orient.«

»In Japan?«

»Bangkok«, sagte ich.

»Wo liegt Bangkok?« sagte Wanga so leise, daß ich mich dicht zu ihr lehnte.

»Indien«, sagte ich. »Bangkok, in Indien.«

»Oh, Indien«, sagte sie. »Da sind die Menschen ganz arm.«

»Bettelarm«, bestätigte ich und sah sie sanft ihren breiten Mund berühren – ihre dünnen Lippen mit ihrer blassen Hand verbergen.

»Du da!« sagte Karlotta zu mir. »Tu ihr bloß nicht weh. Sag's mir Wanga, wenn er dir wehtut.«

»Wir unterhalten uns«, sagte Wanga.

»Ein netter Junge«, sagte Karlotta, und unter dem Tisch stupste sie mir ihren Zehkeil leicht in den Hintern.

Die Brillenbären sackten Schulter an Schulter gegeneinander; der eine ließ dem anderen den Kopf auf die Brust fallen.

»Graff«, sagte Siggi, »meinst du nicht, Karlotta würde der Oryx gefallen?«

»Ich will das Nilpferd sehen«, sagte Karlotta. »Das Nilpferd und das Nashorn.«

»Karlotta ist für das Große«, sagte Siggi. »Also, Karlotta, für dich den Oryx.«

»Wir treffen euch dann hinter dem Nilpferdhaus«, sagte ich. Denn ich wollte nicht, daß die zarte Wanga den Oryx sah. So steht es in Siggis Notizbuch:

Irgendwo muß man die Grenze ziehen.

»Karlotta«, sagte Siggi, »der Oryx wird dich ganz schön elektrisieren.« Und Karlotta rieb sich mit der Handfläche den Wanst.

»Ha!« sagte sie.

Die Seltenen Brillenbären setzten sich auf und gafften.

Das Nilpferdhaus

Um das Nashorngehege verlief ein Graben, und an der Außenseite des Grabens ein Zaun. Versuchte das Nashorn, den Zaun zu rammen, würde es sich beim Sturz in den Graben die Beine brechen; die Kniebuckel des Nashornpanzers waren brüchig und offen wie Hitzesprünge in gebrannter Erde.

Das Gehege, in dem es trabte, war flach und das Gras zu Schorf zertrampelt. Es lag auch ein wenig erhöht – ein hartes, trockenes Plateau, umgeben vom Nilpferdhaus und den hohen Eisentoren zum Tiroler Garten. Wenn man sich gleich drinnen im Tiroler Garten flach auf den Boden legte, konnte man unter den Baumzweigen hinweg durch die Gartenanlagen bis zum Maxing-Park sehen. Wenn man sich im Farn aufrecht hinsetzte, konnte man den Rücken des Nashorns sehen – den Scheitel seines Treibholz-Schädels und die Spitze seines Horns. Wenn das Nashorn rannte, bebte die Erde.

Wanga und ich lagen im Farn und hielten Ausschau nach Siggi und der dicken Karlotta.

»Wohin reist ihr jetzt?« fragte sie.

»Zum nördlichen Polarkreis«, sagte ich.

»Ooh!« sagte sie. »Da käme ich gerne mit. Ich meine, wenn du allein reisen würdest, würde ich dich fragen, ob du mich mitnimmst.«

»Und das würde ich«, sagte ich. Doch als ich mit der Nase den Flaum auf ihrem Arm streichelte, setzte sie sich hin und suchte wieder Siggi und Karlotta.

Wir hörten, wie Siggi dem Nashorn etwas zutrompetete; einige Zeit lang konnte ich ihn nicht sehen, aber ich kannte Siggis poetische Stimme. Er blökte irgendwo beim Nashorngehege herum, und wir konnten Karlotta kichern hören. Als wir sie sahen, gingen sie Arm in Arm hinter dem Nilpferdhaus und kamen auf das Tor des Tiroler Gartens zu.

An Karlottas wildem Blick war leicht abzulesen, daß sie eine von uns sein würde – gezeichnet fürs Leben; nie vergessend, den Oryx gesehen zu haben.

»Wir verstecken uns vor ihnen«, sagte ich, und ich zerrte Wanga hinunter ins Farn.

Doch sie guckte entgeistert und legte sich auf den Rücken und umarmte sich selbst. »Karlotta!« rief sie.

»Heh! Typ!« schrie Karlotta. »Tust du ihr weh?«

»Wir unterhalten uns«, sagte Wanga, »hier drüben sind wir.«

Und sie kamen die Einzäunung entlang zu uns; Siggi stapfte durch das hohe Farnkraut, eine Hand unter Karlottas Pulli geschoben und um ihre massige Seite gewölbt.

»Also, Graff«, sagte Siggi, »meine Karlotta war vom Oryx gehörig beeindruckt.«

»Wer wäre das nicht?« sagte ich.

»Wovon?« fragte Wanga. »Wovon beeindruckt?«

»Nichts für dich, Schätzchen«, sagte Karlotta. »Du bist wirklich ein lieber Kerl«, sagte sie zu mir. »Das war kein Anblick für Wanga.«

»Das ist ein Anblick für die ganze Welt!« sagte Siggi.

»Klappe«, sagte Karlotta, und sie zerrte ihn zu einem anderen Farnplätzchen.

Als wir alle lagen, konnten wir einander nicht sehen. Dicht über dem Boden entstand ein Luftstau, und der volle Dungduft irgendeines Tieres senkte sich auf uns.

»Ich finde, das riecht nach Nashorn!« rief Siggi.

»Oder Nilpferd«, sagte ich.

»Nach etwas Großem und Fruchtbarem.«

»Nilpferde kommen nie aus dem Wasser«, sagte Karlotta.

»Oh, sie müssen!« sagte Siggi. »Man kann sich schwer vorstellen…«

Und Wanga kuschelte sich in meine Armbeuge, die Knie fest angezogen und eine kühle Hand auf meiner Brust. Wir konnten die Umtriebe von Siggi und Karlotta hören; zweimal rief Siggi wie ein wilder Vogel.

Wie teilt das Notizbuch doch weise mit:

Die Zeit verstreicht,
lobpreiset den Höchsten.

Und dann hörten wir Karlotta. »Du bist nicht *immer* um-
werfend komisch«, sagte sie. Und als ich hinschaute, sah ich
Siggis hochgereckten Arm – er schwenkte über dem Farnkraut einen kolossalen schwarzen Spitzenschlüpfer.

»Du bist einfach ein Hanswurst«, sagte Karlotta, und ich
sah ihren nackten, fetten Fuß aufwärts durch das Farn dre-
schen. »Du kannst nicht einmal ernst sein, du Frotter!« sagte
sie. »Ach, bei dir stimmt doch was nicht.«

Dann setzte sich Siggi auf und grinste zu uns herüber; er
trug den schenkelweiten Schlüpfer als Mütze. Karlotta
schlug mit einem Unkrautbüschel auf ihn los, und Siggi kam
zu uns gehüpft.

Als Karlotta ihm hinterherpirschte, schwang sie neben
sich einen schwarzen Spitzen-BH mit rosa Schleife – ein
Körbchen war mit Soden beladen. Er baumelte an ihrem
Handgelenk wie die Schleuder eines Kriegers.

»Da kommt der Riesentöter«, sagte Siggi.

Karlottas Brüste baumelten bei ihrem wabbelnden Wanst.
Als ihr Pulli hochrutschte, erhaschte ich ein dunkles Nippel-
endchen.

Dann hatte sich Wanga aus meinen Armen befreit und
rannte die Einzäunung entlang zum Tor; sie rannte so, als
würde sie umhergestoßen, wie ein von wechselhaften Wind-
böen dahingetriebenes Blatt – durch das Tor und zurück in
den Zoo.

»Heh!« sagte ich. »Heh, Wanga!«

»Meine! Meine, Graff«, sagte Siggi. »Ich hole sie.« Er
schmiß Karlotta den Schlüpfer zu und stürmte selbst davon.

»Nein!« brüllte ich. »Ich gehe, Siggi!« Doch Karlotta war
neben mich getreten; als ich aufzustehen versuchte, rammte
sie mich mit der Hüfte und warf mich ins Farn.

»Laß *ihn* doch den Hanswurst spielen«, sagte sie, und sie kniete sich neben mich. »Du lieber Junge«, sagte Karlotta. »Du hast eine Portion *Anstand* im Leib. Du bist ganz anders als er.« Und als ich mich hinzusetzen versuchte, hüllte sie mein Gesicht in ihren Schlüpfer ein und hielt mich am Boden fest. Dann lugte sie unter den glorreichen Schlüpfer und küßte mich mit ihren pfirsichsüßen Lippen. »Scht, scht«, sagte sie, und sie drückte mich auf die feuchte Erde.

Wir rollten auf dem verborgenen und stickigen, dungdünstenden Fleckchen; die Zoogeräusche verschmolzen und verloren sich im peitschenden Farn, und das Nashorn ließ die Erde beben.

Und als wir die Vögel wieder hörten, da klangen ihre Stimmen rauh und fordernd. Die Großkatzen knurrten nach Fleisch und Revolution.

»Fütterungszeit«, sagte Karlotta. »Und ich hab' das Nilpferd noch nicht gesehen.«

Also versuchte ich zu laufen, und sie folgte mir und lotste mich ins Nilpferdhaus, ein Treibhaus mit einem in der Mitte eingelassenen großen Bottich und einem Geländer um das Wasser, damit die Kinder nicht hineinfielen. Zuerst war im Bottich nur Trübe.

»Es wird jetzt jeden Moment auftauchen«, sagte Karlotta. Sie kratzte sich und schenkte mir einen lüsternen Seitenblick. »Mein linker Mops juckt«, flüsterte sie. »Ich habe eine Wagenladung Erde im BH.«

Sie wand sich wie ein Aal und kniff mich auf der Stelle in den Hintern, und ich betrachtete den galligen Pfuhl, in dem Obst trieb – und große, auf und nieder hüpfende Sellerieknollen. Plötzlich gab es Blasen.

Als erstes sahen wir Nüstern – zwei gähnende Löcher, abgrundtief –, und dann kamen die dickliderigen Augen. Sein Kopf stieg immer höher, und sein langes rosa Maul klappte immer weiter auf; ich sah den Stumpf eines unglaublichen Kehldeckels; aus seinem feuchten, leeren Maul schlug mir der Gestank von einem ganzen Blumenkasten verfaulter Geranien entgegen. Die Kinder warfen ihm Futter zu, und es legte sein Kinn auf den Beckenrand; die Kinder warfen Erdnüsse, Marshmallows und Popcorn – sie warfen Papiertüten und Zoosouvenirs, die Zeitung eines alten Mannes und einen winzigen, rosa Turnschuh. Als das Nilpferd genug hatte, rollte es einfach den Kopf vom Rand und verwandelte das Bassin in einen See. Es bespritzte uns und versank in seinem Bottich.

»Gleich kommt es wieder hoch«, sagte Karlotta. »Mein Gott, es könnte mich mit Haut und Haar verschlucken!«

Hinten auf Karlottas stämmigem Bein war der Abdruck eines Farns – ein akkurates Fossil auf ihrer dunklen, biegsamen Wade. Ich entwischte unbemerkt vom Beckenrand und ließ Karlotta im Nilpferdhaus.

Grenzziehung

»Wie konntest du das bloß tun«, sagte Siggi. »Du hast null Geschmack.«

»Wo steckt Wanga?« sagte ich.

»Hab' sie irgendwo verloren, Graff. Ich wollte Fettmops bloß loswerden.«

»Wir waren im Nilpferdhaus«, sagte ich. »In ein paar Stunden wird's dunkel.«

»Selber schuld, Graff. Ehrlich, wie konntest du nur! Weißt du, es gibt einen Punkt, da sollte ein Kerl mal eine Denkpause einlegen.«

»Wenn wir jetzt aufbrechen«, sagte ich, »sind wir vor Dunkelheit auf dem Land.«

»Karlotta!« sagte Siggi. »Einfach nicht auszudenken! Saftig wie im Schlamm, war's so? Hinterher fühlt man sich vermutlich verseucht.«

»Du Bauernflegel!« sagte ich. »Setzt dir ihren Schlüpfer

als Mütze auf und hüpfst wie ein Hanswurst durch die Gegend.«

»Aber irgendwo ziehe ich die Grenze, Graff. Oh ja.« Und er machte sich am Motorrad zu schaffen.

»Oh, wie verfrottet großartig von dir!« sagte ich. »Es dürfte dich vielleicht interessieren, daß es nicht so übel war. Ganz und gar nicht übel!«

»Daran zweifle ich nicht, Graff«, sagte er. »Können ist verbreiteter als Schönheit.« Nun, dieser Satz kehrt, pompös und aufdringlich, in seinen Notizen wieder:

Finesse ist kein Ersatz für Liebe

Und am Zootor ignorierte er mich, stieg auf den Kickstarter und trat ihn mit voller Wucht durch.

»Du bist ein doktrinärer Ficker, Siggi«, sagte ich.

Doch der Motor sprang an, und er drehte am Gas und nickte mit dem Kopf zu der Musik. Ich schwang mich hinter ihn, und wir schnallten unsere Sturzhelme fest. Dann zog ich die Fliegerbrille aus dem 1. Weltkrieg auf, um mir meine Welt gelbzutönen – mir die Gedanken abzuzwacken und zu vernebeln.

»Siggi?« sagte ich. Aber er hörte nicht.

Er fuhr uns vom Platz beim Tiergarten Schönbrunn, während hinter uns die Löwen nach Freiheit und Fressen brüllten und Karlotta, wie ich mir leicht ausmalen konnte, im Begriff stand, sich widerwärtig und bewundernswert zugleich an das Nilpferd zu verfüttern.

Nachtstromer

Wir hatten jetzt seit einigen Ortschaften kein erleuchtetes Gasthaus mehr gesehen. In manchen Bauernhäusern brannte noch ein winziges Licht, höchstwahrscheinlich ein Dachstubenlicht, das immer brennen gelassen wurde – ein

Leuchtfeuer, das verkündete: Es ist noch jemand auf, falls du vorhast, hier herumzuschleichen. Es würde auch ein Hund da sein, der wirklich wachte.

Aber die Ortschaften waren alle dunkel, und wir brausten durch und trafen niemand; nur einmal sahen wir einen Mann in einen Brunnen pinkeln. Wir überraschten ihn plötzlich mit unserem Scheinwerfer und dem Getöse des Motors. Er tauchte, noch immer an sich herumfummelnd, nach unten weg, als wären wir megatonnengleich aus der Nacht gefallen. Das war in einem Ort namens Krummnußbaum; kurz vor Blindenmarkt hielt Siggi an. Er machte Motor und Scheinwerfer aus, und die Stille der Wälder hüllte die Straße ein.

»Hast du den Mann vorhin gesehen?« sagte er. »Hast du dir diese Ortschaften angeschaut? So muß es während der Verdunkelung gewesen sein.« Und darüber dachten wir eine Minute nach, während die Wälder sich wieder behutsam an ihre Nachtgeräusche machten und *Wesen* hervorkamen, um zu beobachten.

Als er den Scheinwerfer andrehte, schienen die Bäume von der Straße zurückzuspringen; Zenturien von nächtlichen Beobachtern huschten ins Versteck zurück – Frettchen und Eulen und die Geister der Wachtposten Karls des Großen.

»Einmal«, sagte Siggi, »da hab' ich einen ganz alten Helm im Wald gefunden. Mit Spitze und Visier.« Und seine Stimme ließ die Nachtgeräusche verstummen; wir hörten zum erstenmal den Fluß.

»Ist das vor uns?« sagte ich.

Und er trat den Kickstarter durch und fuhr langsam an. Wir überquerten die Ybbs direkt hinter Blindenmarkt, und Siggi schwang die Maschine auf der Brücke seitlich herum. Gleich außerhalb des Scheinwerferstrahls war der Fluß ein schwarzes, zerknittertes Laken im Wind, doch die Stelle, auf die das Licht traf, wirkte wasserlos; der Fluß war seicht und klar, und wir sahen die Kiesel auf dem Grund, so, als hätte es kein Wasser gegeben, das sie bedeckte.

Ein Holzfällerweg lief den Fluß entlang, und in den kühlen Wäldern lag noch Schnee; unser Scheinwerfer färbte die Reste gelb, und die dunklen Nadeln der Tannen umsäumten sie mit einer Spitzenborte. Die als Bauholz markierten Bäume waren mit leuchtenden Kreidefarben verschmiert, und der Weg wand sich mit dem Fluß.

Als sich der Fluß mit einer Biegung von uns entfernte, verbreiterte sich das Ufer; wir holperten von der Wegkrone und schlidderten über das nasse Gras zu einer flachen Stelle am Rand. Im Gras tummelten sich Frösche und Mäuse.

Ich horchte nach Hunden. Hätte es in allernächster Nähe einen Bauernhof gegeben, würden wir bestimmt einen Hund gehört haben.

Doch da war nur der Fluß, und der Wind, der die Brücke draußen auf der Hauptstraße knarren ließ, der Wind, der durch den dichten Forst strich – wie leise Geschäftsmänner, die durch Kleiderschränke krochen; keine Geräusche, wie Soldaten sie mit ihren rasselnden Eisenteilen zwischen den Bäumen machen würden.

Die Ybbs klapperte gedämpft und rieselte auf tausenderlei Arten. Flüsternd entluden wir das Motorrad, versäumten keine Silbe der Nacht. Als wir die Zeltbahn auslegten, mußten wir die Mäuse darunter hervorziehen. Wir waren immer noch in Sichtweite der Brücke auf der Hauptstraße, aber solange wir wachblieben, kam nichts vorbei. Die Brückengerade quer durch den Himmel bildete die einzige Geometrie über dem Flußbett; an anderen Formen gab es nur noch die krausen Wellen im Wasser und die schwarze, unregelmäßige Baumlinie vor der helleren Nacht. Bei den Brückenpfeilern gab es Tümpel im Felsenbett, und das Plätschern warf seine Phosphoreszenz zum Mond empor.

Siggi setzte sich in seinem Schlafsack auf.

»Was siehst du?« sagte ich.

»Giraffen, die sich unter der Brücke ducken.«

»Das wäre hübsch«, sagte ich.

»Und *wie*!« sagte Siggi. »Und den Oryx! Siehst du nicht,

40

wie er durch den Fluß watet und diese riesigen Eier ein-
tunkt?«

»Abfrieren werden sie ihm«, sagte ich.

»Nein!« sagte Siggi. »*Nichts* kann diesem Oryx etwas anhaben!«

Leben vom Land

Unter der Brücke lag ein Felsblock, und in dem winzigen
Wasserfall, den er verursachte, wuschen wir unsere Forellen; wir ließen ihnen das Wasser in die aufgeschlitzten, flap-
penden Bäuche strömen, die herrlichen Rippen überspülen
und sie bis zu den hohen, federnden Brustgräten füllen. Man
konnte die Bauchschlitze zuklemmen und auf die Schwel-
lung drücken; das Wasser trat bei den Kiemen aus, erst rosa
und dann klar.

Zusammen fingen wir zwölf Forellen und klatschten die
Innereien oben auf den Felsblock. Dann setzten wir uns
zum Motorrad und beobachteten, wie die Krähen unter der
Brücke durchschossen und auf die Fischgedärme herunter-
stießen, bis der Felsen kahlgepickt war. Als die Sonne sich
vom Wasser löste und auf gleicher Höhe mit der Brücke
hing, beschlossen wir, einen Bauernhof zu suchen und unseren Frühstücks-Handel zu tätigen.

Die Straße war weich, und wir rutschten von der hohen
Krone in die Furchen; Siggi fuhr langsam, und wir lehnten
uns beide zurück, um alle Gerüche in der Luft aufzuschnappen, Kiefernharz in den Wäldern und jenseits Klee und duf-
tendes Heu. Die Wälder dünnten aus, dahinter und daneben
schwollen Felder; der Fluß trug weiße Mützen, floß tiefer
und rascher und warf einen feinen Schaum auf die abgetrennten Ufer.

Dann ging die Straße etwas aufwärts, und der Fluß floß
unten und weg von uns; wir konnten jetzt ein Dorf sehen –

eine gedrungene Kirche mit Zwiebelturm und einige stabile Gebäude, die, eng beisammenstehend, eine 1-Straßen-Ortschaft bildeten. Doch vor dem Dorf lag ein Bauernhof, und Siggi bog ab.

Die Zufahrt war ein Schlammpfuhl, formbar wie Knete, und unser Hinterrad versank bis zur Antriebskette; wir wühlten herum, gefangen in einem Rührteig. Auf der Böschung der Zufahrt stand eine Ziege, und wir postierten uns auf den Fußrasten und nahmen sie aufs Korn. Die Ziege ging durch, als wir auf der Böschung landeten; wir böllerten an einem Schweinekoben vorbei, die kleinen Schweine sprangen wie Katzen, und die großen Schweine rannten wie dicke Damen in Stöckelschuhen. Das Stollenprofil schleuderte den Matsch der Zufahrt ab; hinter uns prasselten die Schlammspritzer nieder. Die durchgehende Ziege hatte den Bauern und seine Frau aufgeschreckt.

Der höchst joviale Herr Gippel und seine Frau Freina schienen sehr erpicht auf den Tausch – Kaffee und Kartoffeln für die Hälfte unserer Forellen, und der Kaffee war schwarzgeröstet.

Frau Freina versuchte mit ihren hellen Zwinkeraugen zu sagen: Oh, kommt und schaut, wie schön meine Küche ist! Stolz, mütterlich, schneehuhngleich schwoll ihr die Brust.

Und dieser Gippel erwies sich als Futterexperte.

»Sie sind ein tüchtiger Fischesser«, sagte Siggi zu ihm.

»Ach, wir essen eine Menge Forellen«, sagte er. Er packte sie beim Schwanz und schmeichelte ihnen fein säuberlich das Fleisch von den Gräten. Neben dem Teller häufte er die Skelette zu einem ordentlichen Stapel.

»Aber so *viele* Forellen!« sagte Frau Freina.

»Und dabei steigen wir in dieses Geschäft gerade erst ein«, sagte Siggi. »Leben vom Land, Graff! Zurück zu den einfachen Gesetzen der Natur.«

»Herrje«, sagte Gippel, »warum müssen Sie mich bloß an *Gesetze* erinnern.«

»Und das Essen war so lecker«, sagte Frau Freina.

»Aber das Problem *Gesetze* ist nun mal aufgeworfen worden, meine Liebe«, sagte Gippel. »Und sie hatten zusammen *zwölf* Forellen.«

»Ja, ich weiß«, sagte Freina. »Aber wenn es nur *zehn* gewesen wären, hätten wir nicht so gut gefrühstückt.«

»Pro Kopf nur fünf«, sagte Gippel. »Das ist *erlaubt*, natürlich. Aber meine Freina hat recht. Wir hätten lange nicht so gut gefrühstückt.«

»Ich finde das schrecklich«, sagte Freina und trat auf die Veranda.

»Herr Siggi«, sagte Gippel, »ich wünschte bloß, Sie hätten nicht damit angefangen.«

»Womit habe ich angefangen?« sagte Siggi.

»Mit Gesetzen!« sagte Gippel. »Sie waren so ungeschickt, mich daran zu erinnern.« Und Freina erschien wieder in der Fliegengittertür und hielt Siggi einen grünen Zettel verdeckt hin.

»Was ist das?« sagte ich.

»Unsere Geldstrafe!« sagte Siggi.

»Oh!« rief Gippel. »Was bin ich bloß für ein Mensch?«

»Wer zum Teufel sind Sie?« sagte Siggi.

»Der Fischerei- und Jagdaufseher«, sagte Gippel.

»Einfach schrecklich«, sagte Freina und verschwand wieder nach draußen.

»Prima«, sagte Siggi. »Ich sage immer, es ist prima, den zuständigen Wildhüter als Freund zu gewinnen.«

»Oja, dafür darf man dankbar sein«, sagte Gippel. »Deswegen kostet es auch bloß fünfzig Schilling.«

»Fünfzig Schilling?« sagte ich.

»Das mindeste, was ich tun konnte«, sagte Gippel, der sich jetzt auch zur Fliegengittertür begab. »Entschuldigen Sie mich einen Augenblick«, sagte er. »Ich schäme mich so.« Und er ging sehr traurig auf die Veranda hinaus.

»Dieser verfrottete Halsabschneider!« sagte ich. »Wie weit weg steht die Maschine?«

»Tja, Graff«, sagte Siggi. »Sie steht etwa einen Schritt von da weg, wo Gippel sitzt und seinem zarten Weib Trost spendet.«

»Fünfzig Schilling, Sig!« sagte ich.

Aber Siggi zog den entsprechenden Schein aus seiner Jacke. »Geh hin und spende ihnen diesen Trost, Graff«, sagte er. »Ich bleibe noch ein Minütchen drinnen.«

Also ging ich die freundlichen Leute aufmuntern; wir saßen alle auf der Veranda und schauten der doofen Ziege zu, die vor dem Motorrad Kampfstellung einnahm und versuchte, sich für den ersten Rammstoß zu rüsten.

Dann kam Siggi heraus, er hatte einen ziemlichen Kloß im Hals, und das reichte schon, um die arme Freina wieder aus der Fassung zu bringen. »Ach, es sind zwei so entzückende Jungs!« heulte sie.

»Reizend, ganz reizend«, sagte Gippel. »Die Gesetze sind einfach abscheulich!« wetterte er. »Solche Jungens müßten mildernde Umstände bekommen.«

Doch Siggi sagte: »Aber, aber« – und stützte sich den Bauch mit dem Unterarm. »Das gute Essen war doch seine fünfzig Schilling wert.« Und das überraschte uns tüchtig – brachte Freina wieder zur Vernunft und die flinken, hellen Zwinkeraugen zurück. Der arme Gippel bekam den Mund nicht mehr zu und kein Wort heraus.

Sie sahen zu, wie wir aufs Motorrad stiegen. Wir wahrten Distanz zur Ziege und bemühten uns diesmal, die Zufahrt zu meiden. Die Schweine begannen mit ihrem irren Gerenne.

»Schon erstaunlich«, sagte ich zu Siggi, »was für Frühstücks-Geschäfte man so machen kann.« Doch ich spürte etwas Hartes vor seinem Bauch unter seiner Kordjacke. »Was hast du da?« sagte ich.

»Frau Freina Gippels Bratpfanne«, sagte Siggi, »und ein Feuerzeug, einen Flaschenöffner, einen Korkenzieher und einen Salzstreuer.«

Als wir uns der Straße näherten, rückten uns die Zaunreihen auf den Pelz, und wir wurden für einen Moment auf den

Zufahrtsweg gedrängt. Doch diesmal hatten wir Tempo, und wir schlidderten auf die Straße. Wir konnten Gippel sehen, der wie ein Verrückter beide Arme schwenkte; Frau Freina ließ ihre Brust schwellen, winkte und warf uns zum Abschied Kußhändchen zu. Die Reifen rutschten in die Furchen und schleuderten erneut den Matsch der Zufahrt ab. Der Schlamm flog wie toll hinter uns: *plotz, plotz, plotz* machte es auf der abschüssigen Straße.

»Gewisse Investitionen sind erforderlich«, sagte Siggi, »wenn man vom Land leben will.« Und unter seiner Jacke war die Bratpfanne noch warm.

Wo die Walrosse sind

So steht es im Notizbuch:

Gewisse Investitionen sind erforderlich.

Also. Es war Mittagszeit, als wir in Ulmerfeld einfuhren und zwei Flaschen Bier kauften. Wir waren schon fast wieder aus dem Dorf hinaus, da entdeckte Siggi den Blumenkasten vor einem Fenster im zweiten Stock eines Gasthauses.

»Radieschen!« sagte Siggi. »Ich habe ihre kleinen grünen Spitzen drüberucken sehen!«

Wir fuhren unter das Fenster, und ich stabilisierte das Motorrad, während Siggi auf dem Benzintank stand; auf Zehenspitzen konnte er gerade noch mit den Händen über den Kastenrand reichen.

»Ich kann sie fühlen«, sagte er. »Frisch gegossen – kleine, knackige Dinger!«

Er stopfte sie in die Jacke, und wir fuhren durch Ulmerfeld, folgten immer noch der Ybbs. Etwa zwei Kilometer hinter dem Dorf kürzten wir durch eine Uferwiese zum Fluß ab.

»Übrigens, Graff«, sagte Siggi. »Dieser Tag schuldet uns noch etwas von unseren fünfzig Schillingen.«

Und mit diesem Tischgebet öffneten wir unsere Bierflaschen mit Frau Freinas Öffner und salzten unsere Radieschen aus Frau Freinas Streuer. Freina hatte einen phantastisch verstopfungsfreien Streuer. Die Radieschen waren frisch und feucht, und Siggi pflanzte die grünen Strietze ein.

»Meinst du, die wachsen?« sagte er.

»Möglich ist alles, Siggi.«

»Ja, alles«, sagte er, und wir schnippten die abgeknabberten Stummel in den Fluß, sahen sie untertauchen und wieder hochschießen zum Kamm des Stroms, wie Mützen mit Windrädern auf den Köpfen ertrinkender Knaben.

»Stromaufwärts«, sagte ich, »muß ein Staudamm sein.«

»Oh, ein großer Wasserfall im Gebirge«, sagte Siggi. »Und stell dir vor, wenn wir dann über dem Damm fischen!«

»Ich wette, da gibt's Äschen, Sig.«

»Und Walrosse, Graff.«

Wir legten uns rücklings in die Wiese und tuteten auf den Flaschenhälsen. Wieder waren es Krähen, die, stromabwärts, die Radieschenstummel umkreisten.

»Gibt es irgend etwas, Sig, was eine Krähe nicht fressen würde?«

»Walrosse«, sagte er. »Ein Walroß könnte sie auf keinen Fall fressen.«

»Das ist erstaunlich«, sagte ich.

Die Frühlingsfeuchtigkeit saß noch im Boden, aber das dichte Gras schien die Sonne einzufangen und an mich zu drücken; mir wurde so warm, daß ich die Augen schloß. Ich konnte die Krähen hören, die den Fluß auszankten, und die Grillen fiedelten in den Feldern. Siggi klimperte mit dem Flaschenhals an den Zähnen herum.

»Graff«, sagte er.

»Hm.«

»Graff?«

»Hier«, sagte ich.

»Das waren schreckliche Szenen im Zoo«, sagte er. »Ich glaube, es wäre besser, wenn wir sie hier draußen hätten.«

»Diese Mädchen?« sagte ich.

»Nicht die Mädchen!« schrie er. »Ich meinte die Tiere! Würden die sich hier draußen nicht glänzend amüsieren?«

Und ich konnte es mit geschlossenen Augen sehen. Die Giraffen knabberten die Knospen von den Baumkronen; die Ameisenbären schleckten Ruderwanzen von der feinen Gischtlitze am Ufer.

»Die *Mädchen*!« sagte Siggi. »Bei Gott, Graff – was bist du doch manchmal für ein verfrotteter Trottel.«

Und so verfügten Sonne und Bier unseren Schlaf; die Seltenen Brillenbären küßten sich flüsternd, und der Oryx jagte all die seltenen verfrotteten Trottel aus der Wiese. Auf der beulen-blauen Ybbs ruderte das Walroß mit seinen Flossen ein Boot, sonnte sich die Hauer und bleichte sich den Schnurrbart, und es sah das Nilpferd nicht, das in der tiefen Senke beim Ufer lauerte – das mit einem Schaumschleier verkleidete Nilpferd mit dem sperrangelweiten Maul für Walroß, Ruderboot und allem Drum und Dran.

Ich erwachte, um das Walroß zu warnen; die Giraffen hatten die Wiese gemampft, bis sie die Sonne erreicht und sie heruntergezerrt hatten. Die tiefe Sonne glitzerte durchs Gras, erfaßte das Motorrad und spannte den Schatten von Rädern und Motor über den Fluß; der Fluß raste unter dem Motorrad wie eine schnelle, verbeulte Straße.

»Siggi«, sagte ich. »Es wird Zeit, daß wir losfahren.«

»Sachte, Graff«, sagte er. »Ich schaue ihnen zu. Sie kommen aus ihren Käfigen heraus, so frei wie wir.«

Also ließ ich ihn eine Weile zuschauen, und ich schaute zu, wie die Sonne die Wiese rot einebnete und wie dem Fluß die Sonne ausging. Ich sah stromaufwärts, doch die Berge ließen sich noch nicht blicken.

Nirgendwohin

Das Tal und die Nachtinsekten fielen zurück, die Straße wurde geteert, dann wieder ungeteert, und der Fluß blieb für uns in dem dichten Tannentunnel verborgen. Das dröhnende Gurgeln des Motorrads brach sich am Wald, und unser Echo polterte neben uns her – so als glichen sich andere Fahrer unserer Geschwindigkeit an und führten unsichtbar durch die Wälder.

Dann ließen wir auch die Tannen unter uns zurück, und die Nacht war so schneidend, daß wir häppchenweise Atem holten. Wir nahmen den Raum wieder wahr und die plötzlich undeutlich aufragenden Dinge, die ihn anfüllten – eine schwankende, schwarze Scheune mit windgerüttelten Toren, und dreieckige Fensterstücke, die uns einen abgetrennten Scheinwerferstrahl zurückwarfen; ein Etwas, das von der Straße schlurrte und grimmig über die Schulter starrte, bucklig wie ein Bär – oder ein Busch; ein im Schlaf schauderndes Bauernhaus und ein kläffender Hund, der neben uns hersprintete – als ich zurückschaute, wurden seine Augen immer kleiner und blinkten im rot-tanzenden Rücklicht. Und auf der neben uns abfallenden Talseite standen die kleinen Spitzen der Baumwipfel wie aufgeschlagene Zelte entlang der Straße.

»Ich glaube, wir haben den Fluß verloren«, sagte Siggi. Er schaltete mit der Steigung herunter; er ging vom dritten in den zweiten und drehte voll auf. Wir schleuderten hinter uns eine Kielspur aus weichem, schwarzem Dreck hoch, und ich lehnte mich mit der Brust an seinen Rücken; ich konnte spüren, wie er sich in die Kurven lehnte, bevor das Motorrad sich zurechtlegte, und ich konnte mich mit ihm in die Kurven legen – so perfekt wie ein Rucksack auf seinem Rücken.

Dann stürzte die Straße unter uns weg, unser Scheinwerfer stach pfeilgerade in die Nacht hinaus, und die Schwungkraft des Motorrads trug uns waagrecht in die Luft; als das Vorderrad wieder die Straße berührte, rasten wir mit einem Affenzahn bergab auf eine Holzbrücke zu. Siggi knallte den ersten Gang rein, mußte aber trotzdem noch bremsen, und das Hinterrad schob sich neben uns; wir hüpften wie eine Krabbe über die Brückenplanken.

»Das ist der Fluß«, sagte Siggi, und wir machten kehrt, um uns das anzusehen.

Er bog den Scheinwerfer nach unten und kippte den Strahl schräg auf den Fluß, aber da war kein Fluß. Er würgte den Motor ab, und wir *hörten* einen Fluß – wir hörten, wie der Wind die Brückenplanken ächzen ließ –, und wir spürten, daß die Brückengeländer von hochsteigendem Sprühwasser feucht waren. Doch im Lichtstrahl lag nur eine in die Dunkelheit abstürzende Schlucht, und die schiefen Tannen, die sich an die Schluchtwandung klammerten, reckten hilfesuchend die Äste und wagten keinen Blick hinab.

Der Fluß hatte eine Abkürzung genommen; er sägte den Berg entzwei. Eine Weile spähten wir in die Leere. Falls wir vor dem Frühstück keine gräßliche Hangelei riskierten, würde es morgen keine Fische geben.

Wir fanden einen Platz, der eben genug für die Zeltbahn war und weit genug entfernt vom Rand der großen Schlucht lag. Es war so kalt, daß wir uns mit viel Tamtam in unseren Schlafsäcken auszogen.

»Graff«, sagte Siggi. »Wenn du zum Pinkeln aufstehst, geh in die richtige Richtung.«

Und später müssen sich unsere Blasen seiner Worte erinnert haben – oder sie hatten zu lange der Stromflut gelauscht. Denn wir mußten beide hoch. Und ih! War das kalt, nackt und ängstlich über das Feld zu staksen.

»Wie hält der Oryx wohl seine warm?« sagte Siggi.

»Ich habe nachgedacht«, sagte ich. »Meinst du nicht, das ganze könnte eine Krankheit gewesen sein?«

»Oh, Graff!« sagte Siggi. »Das ist garantiert ein Fall von Über-Gesundheit.«

»Er muß sich ziemlich verletzbar fühlen«, sagte ich.

Und wir vollführten einen verletzbaren Klammertanz zurück zu unseren Schlafsäcken. Die Schlafsäcke hatten sich für uns warmgehalten; wir rollten uns ein und spürten das Getrippel im mausvollen Feld. Ich glaube, die Nacht war so frostig kühl, daß die Mäuse zu uns krochen und sich im Schlaf an uns wärmten.

»Graff«, sagte Siggi. »Ich habe auch nachgedacht.«

»Gratuliere, Sig.«

»Nein, wirklich nachgedacht, Graff.«

»Worüber denn?« sagte ich.

»Glaubst du, es gibt im Tiergarten Schönbrunn nachts einen Wachmann – jemand, der die ganze Nacht über in den Anlagen ist? Der einfach bloß rumläuft und die Augen aufhält?«

»Eine vertrauliche Unterhaltung mit dem Oryx führt?« sagte ich. »Ihn nach seinem Geheimnis fragt?«

»Nein, einfach nur so drin«, sagte Siggi. »Glaubst du, daß da nachts jemand drin ist?«

»Klar«, sagte ich.

»Glaube ich auch«, sagte er.

Ich sah, wie der Wachmann mit den Bären brummte, den Oryx weckte, um die Potenz-Frage zu stellen; in den frühen Morgenstunden dann ging der Wachmann bucklig wie ein Affe, schwang sich von Käfig zu Käfig, köderte die Tiere mit ihren eigenen Sprachen.

»Graff?« sagte Siggi. »Erinnerst du dich an irgendwelche verschlossenen Türen im Kleinsäugetierhaus? War da irgendwas, das wie eine Kammer aussah?«

»Eine Infrarot-Kammer?«

»Ein Wachmann muß doch irgendwo ein Plätzchen haben, Graff. Ein Plätzchen, wo er sich hinsetzen und seinen Kaffee trinken kann, und einen Ort, zum Schlüssel hinhängen.«

»Hey, Siggi!« sagte ich. »Planst du etwa einen Zooüberfall?«

»Na, wäre das nicht was, Graff? Wäre das nicht etwas Mordsmäßiges? Sie einfach freizulassen!«

»Ein Mordsspaß!« sagte ich.

Und eine regelrechte Bärenschar kam zum Haupttor herausgewatschelt und schleppte die Kartenkontrolleursbude mit, in der der Mann mit dem grünen Augenschirm eines Spielers um Gnade flehte.

Doch ich sagte: »Nur daß es natürlich überhaupt nicht lustig wäre, nach Wien zurückzukehren. Das steht auf meiner Wunschliste ganz *unten*.«

Ich öffnete die Augen und sah die herrlichen, blassen Sterne über mir; die verkrüppelten, verzweifelten Tannen kraxelten aus der Schlucht. Siggi richtete sich auf.

»Was steht auf deiner Wunschliste ganz *oben*, Graff?«

»Hast du schon mal das Meer gesehen?« sagte ich.

»Nur im Kino.«

»Kennst du *Verdammt in alle Ewigkeit?*« sagte ich. »Das war ein amerikanischer Film mit Deborah Kerr und Burt Lancaster. Burt legte Deborah in der Brandung flach.«

»Das Meer hat dich überhaupt nicht interessiert, Graff.«

»Wäre das nicht trotzdem was?« sagte ich. »Irgendwo am Strand zu kampieren, vielleicht in Italien.«

»Ich habe den Film auch gesehen«, sagte Siggi. »Für mein Gefühl müssen die ordentlich Sand im Zwickel gehabt haben.«

»Also ich würde das Meer gern sehen«, sagte ich, »und noch ein wenig angeln gehen, oben in den Bergen.«

»Und Deborah Kerr in der Brandung flachlegen, Graff?«

»Warum nicht?«

»Und ein ganzes Rudel Bauernmädchen frotten, Graff?«

»Kein ganzes Rudel«, sagte ich.

»Aber eine heiße Alte, Graff? Eine, die eine Zeitlang für dich die Welt ausmacht?«

»Gefällt mir«, sagte ich.

»Na klar gefällt dir das, Graff«, sagte er. »Du verträumte, romantische Arschgeige du.«

»Also bitte, was möchtest denn *du* machen?« sagte ich.

»Du kannst frotten, wen du willst«, sagte Siggi, und er legte sich wieder hin und verschränkte die Arme über dem Schlafsack; seine Arme hatten genau die nackten, blassen Farben der Sterne in der schneidenden Nacht. »Der Zoo läuft uns nicht davon«, sagte er.

Ich warf einen Blick auf die Tannen in der Schlucht, aber sie waren noch nicht herausgeklettert. Siggi regte sich nicht; sein Haar fiel über das Kopfkissen, das er sich aus der Entenjägerjacke gerollt hatte, und es berührte das glänzende Gras. Ich war sicher, daß er schlief, doch bevor ich selber einschlief, murmelte er mir ein taumeliges, kleines Gute-Nacht-Lied zu:

Frau Freina Gippels Pfanne ist weg.
Sie wird sie nie mehr finden.
Die Frau trägt Zähne am Gesäß,
Doch Gippel kann's verwinden.

Irgendwohin

Am Morgen lag Reif, und das Gras reflektierte tausend verschiedene Sonnenprismen; die Uferwiese zur Flußschlucht hin glich dem Parkett eines Ballsaals, das die Muster eines raffinierten Kronleuchters einfing. Ich lag auf der Seite und blinzelte durch das Rauhreif-Gras zur Schluchtwand. Die Zeltbahn fühlte sich kühl an meiner Wange an, und die Grashalme wirkten größer als die Bäume; der Reiftau stand in funkelnden Teichen zwischen den Halmen. Eine Grille kam vorbei und benutzte das Gras als Stelzen, um die – für eine Grille teichgroßen – Tröpfchen zu überbrücken; ihre

Gelenke waren reifbedeckt, und sie schien unterwegs aufzutauen.

Eine Grille kann grimmig sein, wenn man auf gleicher Höhe mit ihr ist – ein riesenhafter Anthropoid, unter dem sich der Dschungel biegt, der über Ozeane hinwegschreitet. Ich knurrte sie an, und sie blieb stehen.

Dann hörte ich Glocken, nicht weit entfernt.

»Kuhglocken!« sagte Siggi. »Sie werden uns zertrampeln! Oh, die Schlucht hinunterstürzen!«

»Kirchenglocken«, sagte ich. »Es muß ein Dorf in der Nähe sein.«

»Frot mich«, sagte Siggi, und er linste aus dem Schlafsack.

Aber meine Grille war weg.

»Was suchst du, Graff?«

»Eine Grille.«

»Eine Grille ist absolut harmlos.«

»Die hier war besonders groß«, sagte ich. Doch unter der Zeltbahn fand ich sie nicht, und deshalb kroch ich aus meinem Schlafsack und trat auf das rauhreifsteife Gras.

Ja, der Tau ließ mich tanzen, und mit dieser schwindelerregenden Schlucht in der Nähe interessierte mich mehr das Tanzen als das Finden meiner Grille. Doch Siggi sah mir kühl zu, und auch das nicht lange; er schälte sich aus seinem Schlafsack und begann um die Zeltbahn herumzustampfen – er führte einen ganz anderen Tanz auf als ich.

»Du mußt nicht aufstehen«, sagte ich.

»Also, deinen nackten Anblick empfehle ich keinem«, sagte er.

»Paß bloß auf mit deinem Gestampfe«, sagte ich. »Sonst erwischst du noch meine Grille.« Doch ich stand merkwürdig verlegen vor ihm.

»Wir trinken Kaffee und suchen uns ein fischbares Stück dieses Flusses«, sagte er wie ein verfrotteter Oberpfadfinder. Und ich vergaß meine wahrscheinlich zertretene Grille – und sah ihm zu, wie er wie ein verfrotteter Feldwebel das Motorrad belud.

Und so brachen wir zum nächsten Ort auf.

Hiesbach lag keine zwei Kilometer die Straße hinauf; es war ein an einer Bergflanke aufgetürmtes Städtchen – alte, gerundete, wie Eierkartons übereinandergestapelte Grausteingebäude mit der üblichen, hervorstechenden, gedrungenen, zwiebelköpfigen Kirche, die wie ein alter, zahnloser Löwe, der nicht mehr angreifen würde, neben der Straße hockte.

Als wir ankamen, war die Messe gerade vorbei; steife, knitterige Familien quirlten auf den Kirchenstufen, knarrten mit ihren 1mal-pro-Woche-Schuhen. Die kleineren Jungen flitzten zu einem Gasthof gegenüber des Heiligen-Zwiebel-Kopfes: FRAU ERTL'S ALTER GASTHOF.

Siggi klopfte beim Eintreten auf das Schild. »Graff«, flüsterte er. »Vorsicht vor der Ertl.« Kichernd traten wir ein.

»So«, sagte die dicke Frau Ertl, »herzlich Willkommen.«

»Man dankt«, sagte Siggi.

»Kaffee?« fragte ich die Ertl. »Ist er heiß?«

»Und können wir uns irgendwo die Hände waschen?« sagte Siggi.

»Ja, natürlich«, sagte sie und wies uns die Hintertür. »Aber die Glühbirne ist wohl durchgebrannt.«

Als wenn es dort jemals eine Glühbirne hätte geben können. Denn das Pissoir war eine Box auf der Rückseite des Gasthofs und stieß an einen langen, schmalen Ziegenstall. Die Ziegen sahen uns beim Bedienen der Pumpe zu. Siggi pumpte sich Wasser über den Hinterkopf; als er den Kopf schüttelte, meckerten die Ziegen und rammten gegen das Stallgatter.

»Meine armen Ziegen«, sagte Siggi, und er ging hinübcr zum Stall, um sie am Kinn zu ziehen. Oh, sie liebten ihn, man sah es auf den ersten Blick. »Graff«, sagte er, »geh rein und sieh nach, ob jemand kommt.«

Drinnen füllte es sich – die Familien saßen zusammen bei Kaffee und Würstchen, die ledigen Männer saßen zusammen an einem langen Tisch beim Bier.

»Ah ja«, sagte die Ertl. »Ihr Kaffee steht am Fenster.«

Als Siggi dann hereinkam, gingen wir zu unserem Tisch – neben einer Familie, die von einem grantig wirkenden Großvater angeführt wurde. Das jüngste Familienmitglied, ein Junge, beobachtete uns über sein langes Würstchen und das Brötchen hinweg, und sein Kinn hing ihm ins Essen.

»Vulgärer Bengel«, flüsterte Siggi, und er schnitt ihm eine Grimasse. Der Junge hörte zu essen auf und gaffte, also machte Siggi eine drohende Geste mit der Gabel – er stach in die Luft –, und der Junge zupfte seinen Großvater am Ohr. Als der alte Mann zu uns schaute, schlürften Siggi und ich gerade unseren Kaffee; wir grüßten, und der Großvater kniff den Jungen unter dem Tisch.

»Iß weiter, Junge«, sagte der Großvater.

Also schaute der Junge zum Fenster hinaus und sah als erster die Ziegen.

»Die Ziegen sind draußen!« schrie er, und der Großvater kniff ihn erneut. »Jungens, die immer Gespenster sehen, sollten den Mund halten!« sagte er.

Aber jetzt schauten auch andere hin; der Großvater sah sie auch.

»Ich hab' das Gatter zugemacht«, sagte Frau Ertl. »Vor der Messe hab ich sie eingesperrt.«

Ein paar ältere Jungens zogen großspurig los und schubsten einander aus dem Gasthof; die Ziegen drängten sich verschüchtert bei der Kirche. Und der kneifende Opa beugte sich zu uns. »Frau Ertl ist Witwe«, sagte er. »Sie braucht jemand, der dafür sorgt, daß ihr Ziegenstall zu ist.« Dann verschluckte er sich an irgend etwas und bekam deswegen einen kleinen Anfall.

Die Ziegen nickten einander zu, klapperten die Kirchenstufen hoch und runter. Die Jungens hatten sie vor der Tür zusammengetrieben, aber keiner wollte ihnen die Treppe hinauf folgen und sich die Sonntagskleider verderben.

Wir gingen hinaus und sahen zu, lauschten den Glocken eines anderen Dorfs – sie läuteten den Sonntagmorgen ein mit aufdringlichen, überhasteten Echoschlägen, die das Ende jedes Tons dämpften.

»Das sind die Glocken von St. Leonhard«, sagte eine Frau. »Wir haben unsere eigenen Glocken, und ich möchte mal wissen, wieso die am Sonntag nicht läuten.« Und das Thema wurde aufgegriffen, von anderen Stimmen fortgeführt:

»Aber unser Glöckner frühstückt gerade.«

»In flüssiger Form, versteht sich.«

»Der alte Suffkopp.«

»Und den Kindern entgeht nichts.«

»Wir haben unsere eigene Kirche und unsere eigenen Glocken, warum sollen wir uns fremde anhören.«

»Religiöse Fanatiker«, flüsterte Siggi – doch ihn interessierten die Ziegen. Die Meute versuchte, sie von den Stufen zu verscheuchen.

»Schafft den Glöckner her«, sagte die Frau, aber der Glöckner war vor dem Anschlag bereits gewarnt worden; er stand mit einem Bier in der Hand auf den Stufen des Gasthofs und zog vor der Sonne die Adern auf der Nase kraus.

»Also, meine Damen«, sagte er. »Gütige Damen, ich dürfte mir nie erhoffen, die Meisterschaft zu erreichen« – und er unterdrückte ein Rülpsen, das ihm das Wasser in die Augen trieb – »zu erlangen«, sagte er, »die mein Konkurrent in St. Leonhard im Glockenläuten« – und er ließ es kommen: ein scharfes, schallendes Rülpsen. »Erreicht hat«, sagte er und ging wieder hinein.

»Jemand anders«, sagte die Frau, »sollte lernen, wie man die Glocken läutet.«

»Oh«, sagte der kneifende Opa, »dazu gehört nicht viel.«

»Mehr als du auf dem Kasten hast«, sagte die Frau, »sonst würdest du es garantiert machen. Du bist ja ganz scharf drauf, was zu tun.«

Und ein abgebrühtes Mädchen wackelte mit dem knackigen, strammen Hintern vor dem Opa; als sie sich vor ihn hinstellte, streifte sie mit dem Flaum auf ihrem Arm sein

Kinn; sie bog sich von ihm weg und ließ dabei fast ihr Bein stehen – die Zehen berührten eben noch den Boden, und das Kleid rutschte ihr über den halben Schenkel hoch. Die kleine Wade hüpfte hoch über dem Knöchel und ballte sich wie eine Faust.

»Mehr als du auf dem Kasten hast«, sagte sie und sprang davon, hinaus auf die Straße.

»Sieh dir bloß diese Ziegen da an!« sagte Siggi. »Warum brechen sie nicht aus? Sie sollten mitten durch diese Rotzgören durchpreschen. Ausbrechen!« grölte er.

Und der Opa sah uns an; er kam ein paar Stufen herunter und setzte sich neben uns auf die Treppe. »Was hast du da eben gesagt?« fragte der Opa.

»Das war ein Ziegenlockruf«, meinte Siggi. »Bei manchen klappt's.«

Doch der Opa blickte unnachgiebig; er klimperte mit den Zähnen.

»Du bist ein schräger Vogel«, sagte er, und er hob Siggis Hand hoch. »Ich hab's gesehen«, flüsterte er, und Siggi riß die Hand weg.

»Wo liegt St. Leonhard mit seinen berühmten Glocken?« sagte ich.

»Hinter dem Berg«, sagte der Opa. »Und als Berg ist an dem auch nicht viel dran, bloß wenn man das Gerede der Leute hier hört, möchte man meinen, es wären die Alpen. Auch an der Kirche ist nicht viel dran, und überhaupt ist an keinem hier viel dran – aber dann das Gerede von den Leuten. Und zu ihrem verdammten Glockenläuten da gehört auch nicht viel!«

»Na, dann mach's doch«, sagte Siggi.

»Ich könnte schon!« sagte der Opa.

»Los doch«, sagte Siggi. »Läute, bis ihnen das Trommelfell platzt. Der ganze Ort soll sich auf der Straße wälzen und die Ohren zuhalten!«

»Ich schaffe die vielen Stufen nicht«, sagte der Opa. »Auf halbem Weg geht mir die Puste aus.«

»Wir *tragen* dich hoch«, sagte Siggi.

»Wer bist du überhaupt?« sagte der Opa. Und mir flüsterte er zu: »Ich hab's gesehen. Er hat den Salzstreuer vom Tisch genommen – Frau Ertls Streuer –, und er hat ihn in diese komische Tasche gestopft.«

»Ach, warum brechen sie denn nicht aus, Graff?« sagte Siggi. Und jetzt hatte eine Rotzgöre eine Ziege am Bein gepackt; sie meckerte und keilte aus, doch sie rutschte die Stufen hinunter.

»Du bildest dir wohl ein, du verstehst eine Menge von Ziegen«, sagte der Opa. »Du hast sie rausgelassen, stimmt's? Du bist so'n Verrückter.«

Dann hatten sie eine Ziege unten.

»Komm, Graff«, sagte Siggi.

»Ich werd's erzählen«, sagte der Opa, und er wurde rot. »Die Witwe Ertl denkt, ich bin bloß 'n alter Knacker, der von Tuten und Blasen keine Ahnung hat.«

»Wenn er's erzählt, wird sie ihn für einen noch viel größeren Knacker halten – stimmts, Graff?«

»Oh«, sagte der Opa, »ich lasse euch abhauen, bevor ich's erzähle.«

»Mensch, Graff«, sagte Siggi, »daß diese alten Knacker doch immer Kopf und Kragen riskieren müssen!«

Und als wir losfuhren, hatten sie eine zweite Ziege unten. Die erste Ziege stand auf den Beinen, ein fettes Mädchen hielt sie im Schwitzkasten, und man rupfte ihr niederträchtig am Bart.

Ihr rosa Maul war zum Meckern geöffnet, doch beim Lärm des Motorrads konnten wir sie nicht nach uns rufen hören.

Wie heißt es im Notizbuch:

Ziegen brechen nicht aus!
Doch sie sind keine wilden Tiere.
Faßt Mut, ihr wilden Tiere!

Zauberstäbe vorn und hinten

Als wir in St. Leonhard ankamen, war der Glöckner noch immer zu Gange; er ließ die Kirche wackeln.

»Ein Wahnsinnsradau!« sagte Siggi. »Bam! Bam! Bam!« schrie er den Glockenturm an.

Und ein schmächtiges, kleines Mädchen mit einer Lakritzstange sah ihm zu. Es blickte zur Kirche hoch, als erwarte es, daß sich der Klöppel von der Glocke losriß und uns nachsauste.

»Bam!« sagte Siggi zu ihr, und wir betraten einen Gasthof.

Die Messe war schon geraume Zeit vorüber und der Gasthof beinahe leer. Ein adretter, springlebendiger Mann stand am Fenster und starrte unser Motorrad draußen an. Jedesmal, wenn er sein Bierglas hob, sah es so aus, als wollte er es über die Schulter werfen; er hatte den einen Fuß auf den andern gestellt, verlor plötzlich das Gleichgewicht und fing sich wieder mit einem eins, zwei, Wiegeschritt.

Der müde Wirt las in einer auf der Theke ausgebreiteten Zeitung. Wir kauften zwei Flaschen kaltes Bier, einen Laib Brot und eine Zwei-Schilling-Portion Butter.

Und der müde Wirt fragte: »Alles in eine Tüte?«

»Ja, klar«, sagte ich.

»Ich muß euch zwei geben«, sagte er. »Eine Tüte, die groß genug für das ganze Zeug ist, hab' ich nicht.«

Und der koboldhafte Mann am Fenster drehte sich so plötzlich um, daß wir zusammenzuckten.

»Steckt euch die Flaschen in den Arsch!« schrie er. »Steckt das Brot in eine andere Tüte!«

»Menschenskind!« sagte Siggi. »Frot!«

»Wie?« rief der Mann, und er machte seinen eins, zwei,

Wiegeschritt auf uns zu. »Frot, was? *Was*!« kreischte er, als säße ihm ein Frosch im Hals.

»Vor dem seht euch besser vor«, sagte der Wirt.

»Keine Bange«, sagte Siggi.

»Der wird euch nämlich verklagen«, sagte der Wirt.

»Uns verklagen?« sagte ich.

»Ist ein Sport von ihm«, sagte der Wirt.

»Steckt eure Ärsche zusammen in eine Tüte.«

»Paß bloß auf, du«, sagte Siggi.

Doch der Wirt hielt seinen Arm fest. »Dasselbe möchte ich dir raten«, sagte er. »Erst läßt er sich von dir schlagen, und dann verklagt er dich. Er wird sagen, er könnte wegen seines Unterkiefers nicht atmen, er wird behaupten, er bekäme Kopfschmerzen vom Essen. Oh, hier kommen nicht viel Fremde vorbei, aber er stürzt sich auf jeden.«

»Ich verpasse euch die Abreibung eures Lebens!« brüllte der Kläger. Er führte uns wieder den Wiegeschritt vor, hielt dabei sein Bierglas in der hohlen Hand und verschüttete das Bier.

»Ich sag's euch, der schlägt nicht«, sagte der Wirt. »Der verklagt bloß.«

»Kann ich mir gar nicht vorstellen«, sagte ich.

»Kaum zu glauben, ich weiß«, sagte der müde Wirt, als würde er gleich einschlafen. »Und er hat sogar Erfolg damit.«

»Wie kann er damit Erfolg haben?« sagte Siggi.

Wir drei standen beisammen und beobachteten ihn, wie er mit einem Fuß auf dem andern dastand und mit den Knien wackelte und sie verdrehte wie ein Kind, das sich krampfhaft bemüht, nicht in die Hosen zu machen. Aber in dem Gesicht des Mannes lag nichts Kindliches.

Er öffnete seinen Schlitz und kippte sich das Bier in die Hose.

»Und leicht schwul ist er auch«, sagte der Wirt.

Und er machte den Wiegeschritt, doch mit seiner Adrettheit ging es rapide bergab; er wedelte mit dem offenen Hosenschlitz, und der Bierschaum kleckerte ihm übers Bein. Er zwinkerte Siggi zu. »Du-du«, sabberte er, »du-du!«

»Er wird klagen!« rief der Wirt, doch er konnte Siggis Arm nicht mehr abfangen.

Denn Siggi hatte sich schon seinen Helm vom Tresen gegriffen, und er schwang ihn am Kinnriemen zweimal im Kreis herum und dann von unten in den verblüfften, koboldhaften Mann hinein – traf ihn voll in die ungeschützten Schamteile und kippte ihn aus seiner einbeinigen Stellung. Der Mann jaulte über seinen Hintern hinweg, als ihm die Knie an die Brust flogen.

»Ehrlich«, sagte der Wirt, »er wird dich verklagen, glaub's mir.«

»Sie sind ein Vollidiot«, sagte Siggi. »Und Sie können ihm ruhig sagen, daß wir in die andere Richtung gefahren sind.«

»Na klar kann ich das«, sagte der apathische Wirt. »Ist mir doch völlig Wurscht, Jungs.«

Und wir gingen rasch hinaus, ohne auch nur eine einzige Tüte für unsere Einkäufe; wir verließen den dumpffesten Wirt, der mir je begegnet ist – samt seinem Gasthof und sonders dem Gejaule des anderen, der wie am Spieß schrie.

Beim Motorrad stopfte ich die Sachen in Siggis Schlitztasche.

»Lieber Himmel, Sig«, sagte ich. »Ziegen freilassen, Schwule verdreschen!«

»Oh, frot«, sagte Siggi.

»Na, wir sind schon ein nettes Paar«, sagte ich, ohne mir etwas dabei zu denken, und er drehte sich auf dem Sitz um; er starrte mich an.

Dann legte seine Stimme so schrill los, daß das Motorrad zusammenzuzucken schien. »So, sind wir das jetzt, Graff? Tja, wir haben ein Stück Butter für die Pfanne, und mit den Brotkrümeln können wir die Forellen panieren. Und Bier, das ich mir in den Schlitz schütten kann, gibt's auch! Und vielleicht ersticke ich an einer Gräte, und du darfst den Rest des Tages alleine verpfuschen!«

»Oh, frot«, sagte ich. »Herrgott noch mal, Sig.«

Und gerade als er den Gang reinwürgte, tauchte aus dem Nichts das schmächtige Mädchen bei uns auf und berührte Siggis Hand mit ihrer Lakritzstange – berührte ihn leicht und magisch, als sei ihre Lakritze der Zauberstab der Guten Fee.

Das Notizbuch protokolliert es in Gedichtform:

> *Ach, die Dinge, die man möchte,*
> *Sind so ganz privat –*
> *Privat, privat.*
> *So ganz privat.*
> *Ach, die einzigen Möglichkeiten,*
> *Sie zu kriegen,*
> *Sind ganz öffentlich,*
> *Öffentlich, öffentlich,*
> *Ganz häßlich-öffentlich.*
> *So helf' uns Gott, Graff.*
> *Großer Bär, Großer Wagen,*
> *Helft uns beiden.*

Das muß wohl ungefähr sein miesestes Gedicht sein.

Entzückende höhere Gewalt
Nummer zwei

Von St. Leonhard ging die Straße steil bergab, grub sich in hochgeböschten und kiesigen Haarnadelkurven bis zu dem Punkt, wo die Ybbs bei Waidhofen aus dem Berg strömen würde. Der Kies war an den Böschungen weich und locker, und wir versuchten, in der Straßenmitte zu bleiben; unser Hinterrad schlidderte in einem fort, und wir nahmen unser

Gewicht vom Sattel und stemmten uns auf den Fußrasten nach vorn.

Bereits einen Kilometer unterhalb von St. Leonhard begannen die ersten Obstgärten – Apfelbäume, beiderseits der Straße aufgereiht, die jungen Bäume rüttelten sich im Wind, die alten Knorze hockten reglos, das Gras zwischen den Baumreihen war gemäht und klumpig und roch in der Sonne eklig-süß. Die Apfelknospen platzten auf.

Wir ritten jetzt auf den Fußrasten und ließen die Maschine unter uns lossprengen wie ein Pferd; es war schon eine tolle Straße, wie sie so abfiel und kurvte und uns erst hüben und dann drüben flüchtige Baumansichten bot; die schnarrenden, aus den Gräben schnellenden Grashüpfer und die kollisionsreif herabstoßenden Amseln.

Dann schien der Zopf des Mädchens auf uns loszupeitschen, als es den Kopf nach unserem Lärm herumwarf und von der Straße hüpfte. Es war ein dicker, kastanienbrauner Zopf, hüftlang, dessen Ende ihr den flotten, schaukelnden Po klapste, und ihr Kleid wurde mehr vom Wind ausgefüllt als von Hüften. Der Kies war zu locker zum Bremsen, deshalb bekamen wir von ihr nur dieses Blitzbild zu sehen – ihre langen, braunen Beine und ihre langen Finger, die zu ihren Knien hinunterflitzten und das Kleid festklemmten. Dann blickte ich über die Schulter, und sie wandte das Gesicht ab – schleuderte den Zopf neben sich; er vollführte einen Schlangentanz in der Sonne, solange ihn der Wind trug. Ich hätte ihn fast erreichen können, doch der Wind ließ ihn ihr auf die Schulter fallen, und sie riß ihn sich mit einem harten Ruck an die Wange; das war alles, was ich von ihr sah, abgesehen von einem Wäschesack, der an einem ihrer Arme baumelte. Sie straffte die braune Lederjacke mit einem genau so harten Ruck wie vorhin ihren Zopf. Dann verloren wir sie in einer Haarnadelkurve aus den Augen.

»Hast du ihr Gesicht gesehen, Sig?«

»Auf ihr Gesicht hast du doch auch nicht geschaut.«

»Beim Umdrehen schon. Sie hat es vor mir versteckt.«

»Ah«, sagte Siggi. »Sie hat Schuldgefühle deswegen. Ein schlechtes Omen, Graff.«

Doch ich hielt auf der Straße weiter Ausschau nach ihr, als gäbe es Mädchen mit so kastanienbraunen und fülligen Zöpfen ebenso überreich wie Apfelbaumknospen und Grashüpfer.

Großer Bär, Großer Wagen, wahrlich sonderbar sind Deine Wege

Also, unter den Apfelbäumen lag Windbruch und Winterreisig, das die Brennholzsammler übersehen hatten. Die niedrigen Zweige mit Blüten und Knospen; die Bienenkörbe thronten auf Apfelkisten, die Bienenhäuser waren weißgestrichen und hochgebockt, damit die Traktoren und Pferdewagen sie nicht umstießen und die Stöcke auskippten. Die Arbeit in den Obstgärten war jetzt allein Bienensache; die Bienen waren unterwegs und öffneten die Apfelbaumknospen, Blüte auf Blüte – oh, der Freund der Blume und Befruchtung, die pollentragende Biene!

»Ist Befruchtung nicht großartig?« sagte Siggi.

Und das tote Holz unter dem Baum ließ sich leicht kleinknacken – schenkte uns eine im Nu heiße Holzkohlenschicht; wir spritzten Wasser ins Feuer, um die Flammen niederzuhalten. Dann stellten wir die Pfanne auf die angeheizten Steine und klatschten unser Stück Butter hinein. Siggi zerkrümelte die Brotrinde, und wir wendeten die nassen Forellen solange, bis sie rundherum mit einem Brosamenpelz überzogen waren.

Das dünne Rinnsal eines Forellenbachs durchschnitt die Straße und die Obstgärten und floß den Berg hinunter – bis nach Waidhofen, wohin wir nach unserem Gabelfrühstück fahren wollten. Der Bach war so winzig, daß wir ihn fast verpaßt hätten; die Brücke so dürr, daß wir beinahe durch das Plankensieb gefallen wären. Aber die Forellen hier hatten sich mit dem Anbeißen nicht geziert; jetzt brutzelten sie in der Pfanne und stimmten mit ihrer Melodie in das Bienengesumm der Obstgärten ein.

Und eine Biene flog eine Blüte über den Bach; der Luftstrom sackte unter ihr weg, und die Biene bekam nasse Flügel, paddelte nun auf einem Apfelblütenblatt. Doch das Schweben in der Luft bekam ihr besser als das Schweben auf dem Wasser; die riesige Forelle glitt vom Ufer heran, stieg hoch und saugte Biene und Blüte in den Schlund – hinterließ bei ihrem Abtauchen kaum eine Wellenfurche.

»Die da haben wir übersehen«, sagte ich.

»Die da hätte dir deine ganze Rute aufgefressen«, sagte Siggi.

Wir aßen selber ein bißchen unmanierlich, puhlten mit unseren Taschenmessern herum, bis die Forellen soweit ausgekühlt waren, daß wir sie in die Hand nehmen konnten. Und natürlich kühlte unser Bier im Bach, wartete darauf, zusammen mit einem Verdauungspfeifchen genossen zu werden.

Dann den Bauch in die Sonne gestreckt, und rings um uns herum das Bienengesumm; vom Obstgarten aus konnte ich die Straße nicht sehen, nur das Brückengeländer, das die Baumkronen unterstrich, die grünen Kleckse der Blüten- und Knospenbouquets. Diese Welt ist nett zu sich, dachte ich. Nun, die Bienen erzeugen Honig für den Imker, die Bienen vermehren die Äpfel des Obstzüchters; das schadet keinem. Und wenn der ölige Herr Faber ein Imker und Gippel ein Obstzüchter wäre, würden sie sich da nicht auch wohl fühlen?

Deshalb sagte ich: »Weißt du, Sig, das hier würde mir nie langweilig werden.«

»Heute Regen«, sagte er. »Morgen Schnee.«

Und das Notizbuch macht aus allem Poesie:

Es wartet das Schicksal.
Ob du hetzt
Oder wartest einmal,
Das ist dem Schicksal egal.

Dann sah ich über dem Brückengeländer ihren sich vorsichtig bewegenden Kopf; sie hatte eine Hand auf dem Geländer, und ich denke, sie lief auf Zehenspitzen, um uns nicht aufzuschrecken. Der rote Zopf hing ihr vorn über die Schulter und stak im Kragen der Lederjacke; sie zog sich eine dichte Haarmenge wie Tuch um den Hals, und darüber hing ihr langes Gesicht. Das Geländer schnitt sie an der Hüfte ab, deswegen war es kaum mehr als eine Büste von ihr, die an uns vorbeischlich.

Ich ließ die Augen halbgeschlossen, und ich flüsterte: »Schau mal da, Sig, aber vorsichtig – mach die Augen nicht auf. Auf der Brücke, sieh mal.«

»Verrotteter Graff!« sagte Siggi, und er fuhr bolzengerade in die Höhe. »*Wo* soll ich denn hinschauen, ohne die Augen aufzumachen? *Wie* denn?«

Und das Mädchen stieß einen kleinen Schrei aus; beinahe wäre sie aus meinem Blickfeld gesprungen. Ich mußte mich hinsetzen, um zu sehen, wie sie von der Brücke hüpfte und auf die andere Straßenseite ging. Sie schirmte ihre Beine mit dem Wäschesack ab.

»Es ist das Mädchen, Siggi.«

»Na prima«, sagte er.

Doch das Mädchen lief immer noch davon.

»Hallo!« rief ich. »Können wir dich ein Stück mitnehmen?«

»Wir sie mitnehmen?« sagte Siggi. »Zu dritt auf unserer Maschine?«

»Wo gehst du hin?« schrie ich. Ich mußte jetzt aufstehen, um sie zu sehen.

»Sie brennt von zu Hause durch, Graff. Damit wollen wir nichts zu tun haben.«

»Gar nicht«, sagte das Mädchen, ohne sich nach uns umzudrehen. Doch es blieb stehen.

»Ich wußte nicht, daß sie hören kann, Graff. Und überhaupt«, flüsterte er, »ich weiß, daß sie durchbrennt.«

Das Mädchen wandte sich eine Idee mehr zu uns um, versteckte ihre Beine noch immer hinter dem Wäschesack.

»Wo gehst du hin?« fragte ich.

»Ich habe eine neue Stelle in Waidhofen«, sagte sie, »und da gehe ich hin.«

»Was war mit der alten Stelle?« fragte Siggi.

»Ich hab' eine Tante gepflegt«, sagte sie, »in St. Leonhard. Aber in Waidhofen habe ich noch eine Tante, und der gehört ein Gasthof. Sie zahlt mir Lohn, und ich habe mein eigenes Zimmer.«

»Ist die andere Tante gestorben?« sagte Siggi.

»Wir wollten eben nach Waidhofen aufbrechen«, sagte ich.

»Wir wollten eben ein Nickerchen machen, Graff«, sagte Siggi.

Doch das Mädchen kam ein Stückchen zurück. Es boxte den Wäschesack mit den Knien vor sich her, hielt das Gesicht gesenkt – die Augen versteckt unter Wimpern und im Schatten des Haars. Ihr Gesicht wirkte wie rötlichangehaucht vom Zopf. Sie musterte das Motorrad.

»Da habe ich keinen Platz drauf«, sagte sie. »Wo würde ich denn sitzen?«

»Zwischen uns«, erklärte ich ihr.

»Wer fährt?« fragte sie.

»Ich«, sagte Siggi. »Und Graff würde dich liebevoll festhalten.«

»Du könntest meinen Helm aufsetzen«, sagte ich zu ihr.

»Ehrlich?« sagte sie. »Das würde dir nichts ausmachen?«

»Du müßtest allerdings deinen Zopf draußenlassen«, sagte Siggi. »Stimmt doch, Graff?«

Doch ich scheuchte ihn zum Einpacken des Angelzeugs zurück; wir kühlten die Pfanne im Bach ab. Das Mädchen band sich die Zugschnüre des Wäschesacks um die Hüften und ließ ihn vorn an sich herunterhängen.

»Kann ich das so auf den Schoß nehmen?« fragte sie.

»Ja doch, ja«, sagte ich. Und Siggi bohrte mir den Pfannenstiel in den Bauch.

»Sie ist bloß ein schmalbrüstiges Gänschen, Graff. Du wirst nicht übermäßig viel davon haben.«

»Mach's halblang, Sig«, flüsterte ich. »Oh bitte, mach's halblang.«

»Das Schicksal wartet«, murmelte er. »Großer Bär, Großer Wagen, und wie du warten kannst!«

Worauf wir alle warteten

»Sowas hab ich noch nie gemacht«, sagte sie.

Und als sie hinter Siggi saß, quetschte ich mich hinter sie – ließ unseren Rucksack zurück auf das Schutzblech gleiten, damit ich ein Eckchen meiner Kehrseite über den Sattel hängen konnte.

»Ich muß nicht festgehalten werden«, sagte sie. »Ich bin hier fest genug eingeklemmt.«

Dann ruckelte Siggi den Graben aus dem Obstgarten hoch; er hob das Vorderrad vom Boden und setzte mit ihm so sanft wieder auf, daß es die Straße zu küssen schien. Das Hinterrad wühlte sich aus der weichen Masse.

»Festhalten«, sagte das Mädchen; es wurde für einen Augenblick nach hinten gegen mich geschleudert, und der Zopf hing mir in den Schoß. Ich schnappte sie zwischen meinen Knien und preßte sie auf den Sattel. »Besser«, sagte sie. »Das reicht.« Und wir fuhren das Gefälle hinunter in die Haarnadelkurven hinein; die Straße war so schadhaft und von so ledriger Farbe, daß sie wie ein Streichriemen aussah. Die Bäume wirkten vom Himmel gekrümmt, doch die Ver-

wachsenen waren wir – so lehnten wir uns in die Haarnadelkurven, und kaum hatten wir eine hinter uns, da lehnten wir
uns auch schon in die nächste.

»Festhalten«, sagte das Mädchen. »Mehr.« Doch ich
konnte nirgendwo meine Füße unterbringen; das Mädchen
hakte ihre Sandalenabsätze hinter meine Fußrasten, und ich
hielt meine Füße hoch, damit ich sie mir nicht an den Auspuffrohren verbrannte. Ich legte ihr die Hände auf die Hüften und brachte die Daumen an ihrem Rückgrat zusammen.
»Besser so«, sagte sie. »Das reicht.«

Der Wind faßte die Quaste ihres Zopfs und schlug sie mir
von unten gegen das Kinn, doch die Flut ihres Haars hing
mir wie ein weinroter Pokal vor der Brust – ergoß sich in
lockerer Fülle vom Helm bis zur ersten Zopfflechte. Ich
lehnte mich ein wenig vor und drückte mir ihren Zopf an die
Brust; und sie drückte sich nach vorn an Siggi.

Ach, Mädchen, dachte ich, wie herrlich straff sind diese
Sehnen, die deinen Knöchel an die Wade binden!

Der Wäschesack hielt ihr den Rock im Schoß fest, und die
Ellbogen hefteten ihr den Rock an die Schenkel; sie hatte die
Hände in die berühmte Schlitztasche von Siggis Entenjäger-
jacke gesteckt wie in einen Muff, mit dem sie sich vor dem
Wind schützte. Ihr Haar roch süßer als der Heuduft, voller
als die Honigfäden, die von den kleinen Schlupflöchern der
Bienenkästen hingen.

Wir schlitterten durch die Haarnadelkurven, pflügten den
Kiesbrei zur Böschung.

»Frot«, sagte Siggi. »Mit *der* Ladung kriegen wir gehörig
Schwung drauf.«

»Du hast den Helm falschrum auf«, sagte ich so leise an
ihrem Ohr, daß es mich an der Nase kitzelte.

»Kümmer dich jetzt nicht drum«, sagte sie. »Halt mich
lieber fest.«

Ich sah, wie ihr der Helm beinahe die Augen verdeckte und
weit über den Hinterkopf hochrutschte; sie packte den Kinnriemen mit den Zähnen, und er schnitt ihr die Wortenden ab.

»Da ist die Ybbs«, sagte sie – und durch den weitabfallenden Obstgarten konnte ich flüchtig ein breites Gewässer erkennen, ölschwarz im Tannenschatten auf dem Wiesengrund.

In der nächsten Haarnadelkurve sahen wir sie wieder, doch jetzt donnerte sie einen Wasserfall hinab. Eine Schlammsteinstadt mit rostroten Dächern begann dort, wo der Fluß zu Schaum zerfiel – zu einer beinfarbenen und blasig-blubbernden Brühe. Und es gab Türme, von denen die Bezirksfahnen flatterten, Gucklöcher und Schießscharten in den am Ufer gelegenen Schlössern und gewölbte Steinbrükken und kleine, schaukelnde Holzstege über die Flußarme, die durch die Straßen flossen. Auch Gartengrundstücke in den welken Scheinfarben der Blumenmärkte der Stadt. Aber Siggi hatte zu lange hingeschaut; er war die Böschung der Haarnadelkurve zu weit hochgefahren, und die Straßenkrone stellte sich uns entgegen. Siggi kämpfte mit dem Kiesbrei auf dem dicken Rand der Böschung. »Oh, frot!« sagte er. »Oh, frot, frot, frot!«

Meine eine Pobacke wuppte auf das Schutzblech; ich kippelte, und meine armen Füße fanden keinen Halt.

Deswegen rutschten meine Daumen am Rückgrat des Mädchens auseinander; meine Hände tauchten unter den Wäschebeutel und in ihren Schoß.

»Laß das!« sagte sie. Und ihre Ellbogen flogen unter meinen Armen auf wie der erschreckte Flügelschlag eines Schneehuhns; der Rock flatterte ihr bis zum Schenkel hoch. Ich erhaschte wenigstens noch einen Blick auf dieses feste, runde Bein, bevor meine andere Pobacke auch auf dem Schutzblech saß; ich landete zwischen Sattel und Rucksack, ohne einen Halt für meine armen Füße und ohne Chance, mein Abrutschen zu stoppen. Der Kotflügel senkte sich unter meinem Gewicht; der schleifende Reifen wärmte mich. Und ich rutschte weiter. Mein linkes Bein kam zuerst mit dem Auspuffrohr in Berührung, auf halber Wadenhöhe, und um oben zu bleiben hatte ich keine andere Wahl, als die Beinschere um die Maschine zu schließen.

So empfingen die Rohre meine Waden wie die Pfanne den Speck packt.

»Oh, er schmort!« sagte das Mädchen.

»Ist das Graff?« sagte Siggi. »Mein Gott, ich dachte, es wären meine Bremsen!«

Doch im Kiesbrei und bei dem Gefälle war ein schnelles Halten unmöglich; er mußte natürlich zuerst die Böschung erfolgreich meistern. Siggi keilte uns senkrecht in einen Obstgartengraben, und er hob mich herunter – über den Rucksack hinweg – obwohl ich an den Auspuffrohren festklebte und losgerissen werden mußte.

»Oje, wir werden die Hosen wohl einweichen müssen, um sie abzukriegen«, sagte er.

»*Au*!« sagte ich. »Oh *au, au*!«

»Klappe, Graff«, sagte er, »sonst verlierst du jegliche Würde.«

Also unterdrückte ich die Schreie, die mir in der Kehle auf- und niederfuhren – ich ließ sie einfach nicht hinaus –, und sie sanken zu meinen armen Waden hinab: meinen klebrigen, kiesgespickten Waden, die eher geschmolzen als verbrannt aussahen.

»Oh, nicht anfassen!« sagte das Mädchen. »Oh, schau mal, wie du aussiehst!«

Aber ich schaute *sie* an, mit ihrem schiefen Helm, und ich dachte: Wie gern würde ich dich ordentlich versohlen und an deinen verfrotteten Haaren aufhängen!

»Ach, du«, sagte sie. »Als du so gegrapscht hast, wußte ich doch nicht, daß du runterfällst!«

»Mein Gott«, sagte Siggi, »und stinken tut er!«

»Du Frotter!« sagte ich.

»Wir brauchen ein Bad, um ihn einzuweichen«, sagte Siggi.

»Bei meiner Tante gibt's das«, sagte das Mädchen. »Oh, ihr Gasthof hat jede Menge Bäder.«

»Genau das könntest du brauchen, Graff – jede Menge Bäder.«

»Dann setz ihn wieder drauf«, sagte das Mädchen. »Ich zeig dir den Weg.«

Und, ah, wie mich der Wind stach – Eisnadeln in meinen Verbrennungen. Ich preßte mich an das Mädchen, sie streckte einen Arm nach hinten und klammerte mich an sich. Aber die fürchterlichen Schreie stiegen in mir hoch – ich würde mich knebeln, deshalb drückte ich meinen Mund auf ihren Nacken, um meines Schweigens und meiner Seligkeit willen.

»Wie heißt du?« sagte sie am Kinnriemen vorbei, und ihr Nacken errötete heiß an meinen Lippen.

»Er soll nicht reden!« sagte Siggi. »Graff heißt er.«

»Gallen«, flüsterte das Mädchen. »Ich heiße Gallen.«

Gallen von St. Leonhard? sagte ich zu mir und ihrem Nacken.

So lenkten wir selbdritt und verwundet die Bestie durch die Stadt, knatterten kurze Echos unter den engen Torbögen, donnerten über die von hohen Mauern eingefaßte Brücke.

»Da hast du deinen Wasserfall, Graff«, sagte Siggi. »Den Ybbsfall.«

Doch ich küßte mittlerweile eine andere Stelle des Nakkens. Wir wichen aus der Sonne in den Schatten, und die stechende Luft war erst heiß, dann kalt – ein Blasebalg für meine flammenden Beine – und ein ganzes Konzert von Schreien wollte aus mir heraus.

»Tut mir leid, daß es wehtut«, sagte Gallen. »Ich werde dich pflegen.«

Aber so fest drücken, daß das Stechen aufhörte, konnte ich sie gar nicht; ich ließ mir ihr pokalförmig-fallendes Haar über die Augen streichen.

»Sch«, machte sie. »Sch, ist ja gut.«

Das Kopfsteinpflaster verschwamm; wir schienen kilometerhoch in der Luft zu sein und weiter zu steigen. Unter mir rannten Bären, fachten pustend die Kohlen an, die mir irgendein Satan auf die Waden gepackt hatte.

»Ein Schloß!« sagte Siggi. »Eh, der Gasthof ist ja ein Schloß!«

Aber das konnte mich nicht groß überraschen. Wenn Gallen von St. Leonhard mich pflegte, durfte ich ein Schloß erwarten.

»Naja«, sagte Gallen. »Es *war* mal ein Schloß.«

»Es ist *noch immer* ein Schloß!« sagte Siggi mit einer Stimme, die kilometerweit weg war und von trampelnden Bären überrollt wurde. Und vierzig Motorradsitze entfernt sagte er: »Ein Schloß ist immer ein Schloß.«

Und das letzte, was ich sah, waren die kleinen Bumerangs der Forsythienblütenblätter, die unsere Bahn übersäten und wie Konfetti hinter uns aufstoben, im fürchterlichen Luftzug des Motorradauspuffs wirbelten.

Ich schloß die Augen, und im herrlichen Haar meiner Gallen schwanden mir die Sinne.

Gepflegt

»Tja«, sagte Siggi, »bloß gut, daß unser Graff so plötzlich weg war, sonst hätte er beim Hosenausziehen einen Riesenwirbel veranstaltet.«

»Du warst aber doch vorsichtig?« sagte Gallen.

»Natürlich, Mädchen«, sagte er. »Ich hab' ihn mit angezogenen Hosen ins Bad gepackt und alles unter Wasser gemacht.« Er sagte: »Dann habe ich den Stöpsel rausgezogen und ihn liegen lassen.«

Doch ich hatte noch immer ein Unterwasser-*Gefühl*, und ich konnte nichts sehen. Da waren hohe, harte Wände um mich, und meine Beine staken im Schlamm.

»Oh, Hilfe«, flüsterte ich, aber kein Lichtstreif durchbrach meine Finsternis.

Und Siggi sagte: »Dann habe ich ein paar Handtücher mit

dem Kleister von deinem Tantchen eingeschmiert und ihn wie Jesus eingewickelt.«

»Aber wo ist er jetzt?« sagte Gallen.

»Oh, wo bin ich jetzt?« brüllte ich.

»In der Badewanne!« sagte Siggi, und über mir schwang eine grelle Lichttür auf; ich schaute an mir hinunter, auf die von den Schienbeinen bis zum Bauch hoch gewickelten Handtücher.

»Er hat feines Nickerchen gemacht«, sagte Siggi.

»Ganz soviel von ihm hättest du aber nicht einwickeln müssen«, sagte Gallen.

»Na, ich dachte mir, du wolltest mal einen Blick auf ihn werfen«, sagte Siggi, »und da waren die Handtücher einfacher als die Anzieherei.«

Ihre Köpfe schauten über die Badewanne, aber alles war verquer – als würden sie auf dem Boden knien, denn sie reichten mit dem Kinn kaum bis zum Wannenrand.

»Aufstehen!« schrie ich. »Warum seid ihr da unten?«

»Oje«, sagte Gallen.

»Durchgedreht«, meinte Siggi zu ihr.

Das ist ein Monstrum von einer Badewanne, dachte ich. Doch ich sagte: »Laßt mich vorsichtig runter, ihr da oben!«

»Gottogott, Graff«, sagte Siggi, und zu Gallen sagte er: »Er faselt. Er braucht noch mehr Schlaf.«

Dann beobachtete ich ihre doppelt geknickten und an der Decke und am oberen Wandende in Angeln hängenden Schatten; sie bewegten sich diagonal zum Türeingang, und ihre Schatten wurden schroff und riesengroß.

»Gott!« schrie ich.

»Sei Lob und Dank!« sagte Siggi, und sie überließen mich meinem Dunkel.

So übel war das Stück Dunkel dann gar nicht; ich konnte die kühlen und glatten Wannenwände mit der Zunge berühren, mich mit beiden Händen am Wannenrand einklinken und steuern, wohin es mir gerade gefiel – wann immer ich die Augen schloß.

Ich rodelte gerade in irren kleinen Wirbeln durchs Badezimmer, da fiel das türförmige Licht wieder auf mich und ein Schatten hob sich aus den Angeln an Wand und Decke – wurde kleiner, floh ungehindert die andere Wand hinunter, kurz bevor sich die Lichttür schloß.

»Ich hab dich gesehen«, sagte ich zu dem, was auch immer da nicht rausgegangen war. »Ich weiß ganz genau, daß du hier drin bist, du Frotter!«

»Sei still, Graff«, sagte Gallen.

»Okay«, sagte ich, und ich lauschte auf ihr Näherkommen; es klang so, als sei sie unter der Badewanne. Dann spürte ich den seidigen kleinen Schauer, als ihre Bluse meine Hand auf dem Wannenrand streifte.

»Hallo, Gallen«, sagte ich.

»Geht's dir gut, Graff?«

»Ich kann dich nicht sehen«, sagte ich.

»Bestens«, sagte Gallen. »Ich bin nämlich hier, um deinen Verband zu wechseln und dir einen ordentlichen anzulegen.«

»Oh, aber das kann doch Siggi machen.«

»Er hat dich viel zu sehr eingewickelt.«

»Mir geht's hervorragend«, sagte ich.

»Stimmt nicht. Ich mach dir bloß mal diese alten Handtücher ab und lege einen richtigen Verband an.«

»Schön, daß du hier arbeitest«, sagte ich, und ihr Zopfende streifte meine Brust.

»Pst«, sagte sie.

»Warum bist du so tief unter mir, Gallen?«

»Ich bin über dir, Dummkopf«, sagte sie.

»Dann muß die Wanne ungeheuer tief sein.«

»Sie steht auf einem Podest, deswegen kommt's dir so vor.« Dann spürte ich ihre Hände, die meine Brust fanden und zu meinen Hüften hinunterglitten.

»Mach ein Hohlkreuz, Graff.«

Ein Handtuch löste sich, es geschah so leicht, daß mich ihre Hände nicht berührten.

»Nochmal«, sagte sie, und ich machte ein Hohlkreuz für das nächste; ich fühlte mich wannenkühl und nackt bis zu den Knien. Als sie sich vorbeugte, um meine großen Zehen als Henkel zu benutzen, plumpste ihr Zopf in meinen Schoß.

»Dein Haar kitzelt«, sagte ich.

»Wo?«

»Es kitzelt«, sagte ich und fing den Zopf mit beiden Händen ein. Ich wischte einmal mit ihm über mich, und sie zog ihn weg.

»Hör auf, Graff.«

»Ich will deinen Nacken sehen«, sagte ich.

Sie entfernte die Handtücher von den Knöcheln an aufwärts, und als sie zu den heißen, klebrigen Stellen an meinen Waden kam, machte sie ganz langsam; das waren die starrsten Handtücher.

»Wo hast du deinen Zopf versteckt?«

»Laß mal«, sagte sie. Jetzt waren alle Handtücher ab.

»Kannst du im Dunkeln sehen, Gallen?«

»Kann ich nicht!«

»Wenn du's könntest«, sagte ich, »würdest du mich sehen —«

»Was du nicht sagst.«

»Ganz rosig und spärlich behaart wie ein Affenbaby.«

»Wie nett«, sagte sie. »Hör jetzt auf.«

Doch ich schaffte es, mit ausgestrecktem Arm ihren Kopf zu finden, ihr die Hand unters Kinn zu schieben und mit den Fingerknöcheln den Hals entlang- und hinunterzufahren, bis zur ersten Flechte ihres in die Bluse gestopften Zopfes.

»Ich will deinen Nacken sehen«, sagte ich.

Sie legte jetzt den neuen Verband an; der Mull ließ sich mühelos und rasch wickeln. Sie verband mir nur die Waden, und sie fesselte mir nicht die Beine zusammen; das war Siggis Arbeitsstil.

»Ich habe ein sauberes Handtuch zum Zudecken für dich«, sagte sie.

»Ein riesig großes Handtuch?«

»Hohlkreuz«, sagte sie, und sie schlug mich so rasch darin ein, daß mich der Luftzug fächelte.

»Jetzt mach' uns mal Licht«, sagte ich.

»Ich sollte eigentlich nicht hier sein, Graff. Meine Tante glaubt, daß ich die Betten aufdecke.«

»Ich will mir ja nur deinen Nacken ansehen, Gallen«, sagte ich.

»Und du grapschst auch bestimmt nicht?«

»Nein.«

»Oder ziehst dein Handtuch weg?«

»Wo denkst du hin!«

»Das hat mal einer gemacht – in der Halle, sagt meine Tante. Er stand direkt vor ihr und hat's einfach so weggezogen.«

Dann ließ sie das helle Licht des Türeingangs über uns springen, und sie beugte sich über mich. Ich drehte ihr Gesicht zu meiner Schulter und hob ihren fülligen Zopf; ich klappte ihr Ohr nach unten und guckte.

Aber ja doch, im Flaum ihres Nackens, da war der weiche Striemen, den sie mir zu verdanken hatte.

»Du hast auch was abbekommen«, sagte ich, und ich hauchte ihr einen Kuß auf die Stelle.

»Du grapschst doch nicht etwa«, sagte sie, »oder?« Und ich ließ meine Hände auf dem Wannenboden liegen; ich hauchte ihr noch zwei Küsse aufs Ohr. Und sie berührte meine Brust mit der Hand, bloß mit den Fingerspitzen; sie mochte ihre Handfläche nicht richtig hinlegen. Sie ließ das Gesicht an meiner Schulter; sie berührte mich so ruhig, wie sie nur konnte. Ihr Gewicht spürte ich nicht. Sie glich einem langen, leichtbetäubten Fisch – der einem kühl-zuckend, aber luftig in der Hand liegt.

»Ich geh jetzt«, sagte sie.

»Warum muß ich in der Badewanne bleiben?«

»Mußt du eigentlich gar nicht.«

»Wo ist Siggi?« sagte ich.

»Er besorgt Blumen für dich.«

»Er besorgt Blumen für mich?«

»Ja«, sagte Gallen. »Er hat eine Schale mit Wasser, und die wird er randvoll mit Forsythienblütenblättern machen.«

Dann erschütterte ein hölzernes Knarren die Wände und kroch unter die Wanne, und meine Gallen flitzte so lautlos durch den Raum wie ihr Schatten; das Rechteck des hellen Türeingangs zog seine Seiten um sich zusammen, und mein Licht verschwand wie ein Wassertropfen in einem Schwamm.

Raus aus der Wanne,
das Leben geht weiter

Berüchtigter Graff,
Meister vom Bad,
Wo Nymphchen ernten Undank.
Grapschender Graff,
Listig im Bad,
Führt Jungfern auf die Schlachtbank.
Ruchloser Graff,
Unhold vom Bad,
Freier von Bestie und Nymphchen.
Gräßlicher Graff,
Heimlich im Bad,
Macht Jungfern fix zu Hürchen.

Oh, Graff!
Mieser Graff!
Den Arsch zieh' man dir straff,
Auf daß du netter werdest.

So schreibt Siegfried Javotnik, Poet der Eintönigkeit und des total gestörten Gehörs – Träger von in einer geborgten Schale schwimmenden Forsythienblüten.

Bisher hatte mir noch niemand ein Gedicht geschenkt, deshalb sagte ich: »Ich finde, du mogelst bei den Reimen.«

»Du hättest nicht aus der Badewanne klettern sollen«, sagte Siggi. »Du hättest ohnmächtig werden und dir deinen Blödkopf einschlagen können.«

»Die Blumen sind toll, Sig. Ich möchte dir dafür danken.«

»Für dich sind die ganz bestimmt nicht«, sagte er. »Sie sind für unser Zimmer allgemein.«

»Ein hübsches Zimmer«, sagte ich.

Wir hatten ein großes Eisengitterfenster mit breitem Sims; das Fenster stand offen und ließ das Geräusch des Wasserfalls herein. Das alte Schloß besaß einen Hof, auf den unser Fenster ging; wir konnten das beim vollsten Forsythienbusch geparkte Motorrad sehen – ein wunderschöner, waffenähnlicher Klotz einer so zweckgerichteten Maschinerie, die inmitten der Gelbtöne des Gartens deplaziert war.

Es gab zwei, durch einen geschnitzten Illustriertenständer getrennte Betten. Ein Bett war aufgedeckt. Das Laken lag knistrig-faltenlos zurückgeschlagen; das Kissen war hoch und locker aufgeschüttelt.

»Hast du mein Bett gemacht, Sig?«

»Nein, Graff, hab' ich nicht. Das war sicher dein Nymphchen oder vielleicht ihr nettes Tantchen.«

»Ihre Tante ist also nett?«

»Ein goldiges altes Mädchen, Graff – eine Seele von Mensch. Sie hat mir doch tatsächlich diese Schale für die Blumen geborgt!«

»So«, sagte ich.

»Gegen ein kleines Entgelt«, sagte Siggi. »Ein Almosen.«

»Nämlich?« sagte ich.

»Meine Duldung ihrer Fragen«, sagte Siggi. »Wo wir herkämen und wie wir herkämen. Und warum wir herkämen. Und was wir arbeiten würden?«

»Arbeiten?«

»Arbeiten, Graff. Das heißt, wovon wir leben.«

»Gute Frage, was?« sagte ich.

»Aber bei weitem nicht ihre beste, Graff. Sie wollte wissen, wer von uns hinter Gallen her sei.«

»Wirklich«, sagte ich, »ein nettes Tantchen.«

»Also habe ich sie diesbezüglich beruhigt«, sagte Siggi. »Ich habe ihr erzählt, wir seien beide stockschwul und sie müßte sich keine Sorgen machen.«

»Frot!« sagte ich. »Und was tat sie dann?«

»Sie borgte mir ihre Schale«, sagte Siggi, »damit ich Blumen für dich pflücken könnte.«

Von der Fährte abgelenkt

»Ich bin Frau Tratt«, sagte Gallens Tante. »Wir haben uns noch nicht bekanntgemacht, da Sie hereingetragen wurden.«

»Eine Schande für mich, Frau Tratt«, sagte ich.

»Wie geht es Ihren Beinen?« fragte sie.

»Sie haben die richtige Pflege bekommen«, sagte ich zu ihr.

»Ich pflege meinen Graff gut«, sagte Siggi.

»Oh ja, das sehe ich«, sagte Tantchen Tratt, und sie stellte uns zusammen ein Menü hin.

Der Speisesaal vom Gasthof ›Schloß Wasserfall‹ überschaute den Staudamm, wodurch Essen und Trinken von einem beduselten und galligen Gefühl begleitet wurden. Der große Wasserfall spie einen Schaum an die Fenster, der an den Scheiben fortlaufend in Dreiecksmustern herunterfloß. Mein Magen drehte sich um und gab mir einen alten Geschmack zurück.

»Diese Gallen hat sich auch schon eine Weile nicht mehr bei mir sehen lassen«, sagte ich.

»Wahrscheinlich sitzt sie in unserer Badewanne, Graff. Und wartet auf dich.«

Und in der Stadt gingen die Straßenlaternen an, obwohl es bis zum Dunkelwerden noch eine rostige Abendstunde dauerte. Das Lampenlicht sprenkelte das über den Sturz geschossene Wasser, filterte genau an dem Bogen hindurch, wo es sich zum Fallen neigte; der Fluß hielt eine Million winziger Formen in Galafarben fest, die von der Stadt herüberspiegelten.

Siggi sagte: »Es sei denn natürlich, sie hat von ihrer Tante gehört, daß du an Mädchen kein Interesse hast.«

»Und das ist dir zu verdanken«, sagte ich. »Ich muß das geradebiegen.«

»Oh, Graff. Du wirst feststellen, daß es eine heillos schwierige Sache ist, sowas geradezubiegen.«

»Sie wird es sowieso nicht glauben«, sagte ich.

Und ein paar Geschäfte blinkten ihre Lichter über den Fluß; die Türme dümpelten stromabwärts und kippten über den Wasserfall.

»Keinen Hunger?« fragte Tantchen Tratt.

»Ich bin vom bloßen Hiersitzen schon pappsatt«, sagte ich.

»Ach, Frau Tratt«, sagte Siggi. »Wenn man verliebt ist, leiden die übrigen Gelüste.«

»So, so«, sagte Tantchen Tratt, und sie räumte unser Menü ab.

»Ich glaube nicht, daß du das noch viel weitertreiben mußt, Sig.«

»Aber, Graff! Das bringt die alte Dame garantiert von deiner Fährte ab.«

»Und uns aus ihrem Gasthof.«

»Leisten können wir uns das ohnehin nicht«, sagte er. »Und dein Schätzchen Gallen genausowenig.«

Das Fußende deines Betts

Meine Gallen war nicht in der Badewanne, deshalb gedachte Siggi, ein Bad zu nehmen.

»Falls es dir nichts ausmacht«, sagte er.

»Ich wäre überglücklich«, sagte ich zu ihm. Ich saß auf dem Fenstersims, während er in der Wanne herumplanschte und summte; er klatschte mit der flachen Hand aufs Wasser, machte heftige, biberähnliche Patschgeräusche. Draußen füllten weiche Gelb- und Grüntöne den Hof; es dauerte jetzt immer länger, bis die Abende hereinbrachen. Der Wasserfall legte einen Nebel um das Schloß; ich spürte die Feuchtigkeit in der Luft auf meinem Gesicht.

»Komm runter, Graff«, sagte Gallen.

»Wo bist du?« fragte ich in den Garten hinein.

»Auf eurem Motorrad«, sagte Gallen, doch ich sah das Motorrad barsch und ruppig wie einen alten Stier unter der Forsythie stehen – bösartig lauernd im Märchenlicht des Abends und meine Gallen war nirgendwo in der Nähe.

»Nein, bist du nicht«, sagte ich. »Das sehe ich.«

»Na gut, ich bin unter deinem Fenster. Ich kann dein Kinn sehen.«

»Dann zeig dich«, sagte ich.

»Ich bin splitternackt«, sagte Gallen. »Ich hab keinen Faden am Leib.«

»Hast du wohl«, sagte ich.

»Komm doch runter, Graff.«

»Ich werde auch nichts anziehen«, sagte ich.

»Oh, besser doch, du«, sagte Gallen, und sie trat vor, so daß ich sie sehen konnte, in ihrer langärmligen Rüschenbluse und der gekräuselten Schürze. Ich dachte: Mein Gott, sie kann nicht älter als vierzehn sein.

»Ist dein Tantchen bei dir?« fragte ich.

»Natürlich nicht«, sagte sie. »Komm jetzt runter.«

Also hüpfte ich den mit stachligen Läufern ausgelegten Flur entlang. Über mir schaukelten die Kronleuchter und blinkten mich müde an, so als öde sie der Anblick solch verstohlener Nachtgestalten an, die unter ihnen durchtrapsten. Und die hiesigen Fußballmannschaften tadelten mich mit ihren gerahmten, starren Posen von der Wand des Vestibüls; Jahr um Jahr blieben ihre Gesichter gleich. Es gab ein Jahr, wo sich alle den Schnurrbart abrasiert hatten. Da waren die Kriegsjahre, in denen es eine Mädchenmannschaft gegeben hatte – doch auch die hatte rechtschaffene, athletische Gesichter. Es waren Gesichter, die einen schon kannten, die unzählige Abenteurer und Liebhaber durch dieses Vestibül hatten schleichen sehen, und sie hatten sie alle getadelt. Die Zehen ihrer einsatzbereiten Fußballerbeine kribbelten ihnen. Wenn sie nicht schon so viele Geheimnisse wie meines gesehen hätten, wären sie garantiert aus den Fotos gestiegen und würden mich getreten haben.

Das Schloß entließ mich unversehrt, und Gallen sagte: »Wer ist da?«

»Der marzipanrosa Graff«, sagte ich zu ihr, »so strahlend und nackt wie das Christkind.«

»Zeig dich«, sagte sie.

Ich sah sie im Weinlaub an der Schloßmauer; sie duckte sich unter den Fenstersims und winkte mich hinter sich her.

»Komm rum, Graff«, sagte sie. »Hier herum, Graff.«

Wir bogen um den Eckstein des Schlosses; die heftige Gischt des Wasserfalls schlug uns entgegen. Das Wassertosen machte die Grillen stumm, und die Schießscharten der am Ufer entlang beleuchteten Waidhofener Türme schnitten Lichtschlitze in die sahnigen Schaumstrudel unter dem Damm.

»Ich hab dich schon so lange nicht mehr gesehen, Graff«, sagte Gallen.

Ich setzte mich mit ihr hin, unsere Rücken lehnten am

Schloß; ihre Schulterspitze lag auf meiner. Sie trug den Zopf zusammengeringelt auf dem Kopf, und ehe sie mich anschaute, gab sie ihm einen leichten Klaps.

»Wie habe ich deine Beine hingekriegt?« sagte sie.

»Oh, mir geht's jetzt prima, Gallen. Darf ich nochmal deinen Nacken sehen?«

»Warum kannst du nicht einfach bloß reden«, sagte sie.

»Mir fehlen die Worte«, sagte ich zu ihr.

»Du mußt es eben versuchen«, sagte Gallen.

»Ich wünschte, wir hätten benachbarte Zimmer«, versuchte ich.

»Ich verrate dir niemals, wo mein Zimmer ist«, sagte sie.

»Dann sehe ich in jedem nach.«

»Am Fußende von Tantchens Bett schläft ein Hund.«

»Wer schläft an deinem Fußende?«

»Wenn ich wüßte, daß du länger bleibst, würde ich einen Löwen hinlegen. Wie lange wirst du bleiben, Graff?« sagte sie.

»Das Schicksal steuert unseren Kurs«, sagte ich zu ihr.

»Wenn ich wüßte, daß du länger bleibst, würde ich dir verraten, wo mein Zimmer ist.«

»Bekämst du von deinem Tantchen eine Mitgift?«

»Ich glaube nicht, daß du noch einen Tag bleibst.«

»Wohin würdest du auf Hochzeitsreise gehen?« sagte ich.

»Wohin würdest du mich mitnehmen?«

»Auf eine Kreuzfahrt in einer Badewanne!« sagte ich. »In einer riesigen Badewanne.«

»Und würde Siggi uns begleiten?« sagte Gallen.

»Tja«, sagte ich, »*ich* kann das Motorrad nicht fahren.«

»Hier«, sagte sie. »Schau mal, mein Nacken. Was du hingemacht hast, geht weg.«

Doch es wurde zu dunkel, um etwas zu sehen; ich bog ihre Schultern herum und zog sie nach hinten an mich. Oh, ich bekam nie ihr volles Gewicht zu spüren; ein Teil von ihr lehnte sich von mir weg, als ich sie küßte.

»Du wirst wieder so eine Stelle hinmachen, Graff.«

»Zeigst du mir, wie dein Haar aussieht, wenn es offen und nicht hochgesteckt ist«, sagte ich.

Und sie langte hoch, um den Zopf aufzurollen; unter meinen Fingern spürte ich die lange, harte Linie ihrer Schlüsselbeine, die sich zu den Schultern hochwinkelten, als sie die Arme hob.

»Du hast ja jede Menge Knochen, Gallen«, sagte ich.

Sie legte sich den Zopf über die Schulter und löste den untersten Knoten. Dann zupfte sie die dichtgeflochtenen Bänder ihres Haars auseinander, kämmte es mit den Fingern durch und ließ es knisternd auseinanderfallen und in den Gischtböen des Wasserfalls wie kastanienbraunes Seidengras tanzen.

»Ich hab' nur Rippen auf den Knochen«, sagte Gallen. »Ich bin schon seit Jahren nicht runder geworden.«

»Oh, das ist schon ewig her, daß du dick warst«, sagte ich.

»Küßt du oder beißt du?« fragte sie.

»Ein bißchen rund bist du schon«, sagte ich, und ich legte ihr die Arme um die Taille und berührte mit den Fingerspitzen ihren langen, kleinen Bauch. Sie schien sich unter mir wegzuziehen; ich hatte das Gefühl, in sie hineinzufallen.

»Du erschreckst mich, Graff«, sagte sie. »Du willst mich bloß erschrecken.«

»Überhaupt nicht. Keine Spur.«

»Und dein alter Siggi-Kumpel«, sagte sie, »der will bloß Tantchen erschrecken.«

»Tut er das?«

»Ja, hat er, und zwar mit Absicht«, sagte sie, »denn das ist garantiert kein bißchen wahr. Das wüßte ich doch, wenn das mit dir so wäre, oder?«

»Aber ja«, sagte ich.

Ihr Haar war vom Flechten kraus und ließ hinter ihrem Ohr eine freie Stelle. Also küßte ich sie dorthin, und sie rutschte etwas weiter weg und kam wieder etwas zurück und drückte meine Handfläche auf ihre Seite. »Fühl nochmal die Knochen«, flüsterte sie.

Sie entspannte sich und dann doch wieder nicht; sie rüttelte sich von mir los und stand auf. »Ach, Graff«, sagte sie. »Du mußt nicht denken, daß ich irgend etwas von dem, was ich tue, mit Absicht tue. Ich weiß überhaupt nicht, was ich tue.«

»Mach dir keine Sorgen darüber, was ich denken könnte«, sagte ich.

»Bist du wirklich schrecklich nett, Graff?« fragte sie. »Auch wenn du mich ein bißchen erschreckst, bist du nicht wirklich schrecklich lieb?«

»Für dich«, sagte ich, »der marzipanrosa Graff.«

Und über den Fluß fuhren dramatische Blitzstrahlen, die die Gelbtöne des Gartens verblassen ließen. Der Donner kam trocken und splitternd, weither und aus einer Welt, in der ich nicht lebte. Das Blitzen bleichte Gallens Haar hellroter.

Sie schlüpfte die Mauer entlang zur Schloßecke. Als sie beim Eckstein war, ließ sie mich an sich herankommen; ich legte ihr wieder die Arme um die Taille, und sie lehnte sich nach hinten an mich. Aber sie wollte sich nicht umdrehen; sie drückte bloß meine Hände auf ihre Hüften. »Meine Güte, Graff«, sagte sie.

»Meine Güte, deine Knochen«, flüsterte ich.

Wir blickten in den Hof. Die paar nächtlich erleuchteten Fenster warfen die hellen Quadrate und Kreuzschraffierungen ihrer Gitter über den Rasen. Gegen die Kreuzschraffierung sah ich Siggis Schatten mit den Armen über dem Kopf.

»Was ist das?« sagte Gallen.

»Siggi berührt seine Zehen«, sagte ich. Aber nein, das war's nicht. Er hielt sich an der Fenstervergitterung fest; er hatte die Hände über den Kopf gereckt und das Gatter der Stangen und Stäbe gepackt, und er schien sich in den Hof hinauszustemmen – wie ein zu nächtlichen Aktivitäten erwachtes Tier, das die Stärke seines Käfigs testet.

»Er berührt seine Zehen ja gar nicht«, sagte Gallen.

»Das ist bloß eine Streckübung«, sagte ich. Und ich

drängte sie unter den Fenstersimsen hindurch; an der unge-
heuren Schloßtür gab ich ihr einen verwischten Kuß.

»Wir werden uns vor deinem Tantchen vorsehen müssen«, sagte ich, und ich betrat vor ihr das Schloß.

Und wirkten die Fußballmannschaften nicht plötzlich interessiert? War da nicht ein Schimmer in ihren Augen, der
seit dem Tag, als sie fixiert, gerahmt und hingehängt worden
waren, dort nicht mehr geleuchtet hatte?

Aber unter meiner eigenen Tür drang kein Schimmer hervor, und ich wartete lange im Flur – lauschte dem vollkommenen Rhythmus der Schwindel-Schnarcher meines Siggi-
Kumpels.

Ein Waschzettel vom Propheten

Fährst du mit mir mit?
Das Gefängnis der Sybariten
Ist noch fett und sicher.

Wirst du immer leichte
Beute sein für Sykophanten?

Wirst du dir nie eingestehen,
Daß es gilt, nach Höherem zu streben?

Fährst du mit mir mit?
Wenn die Sybariten zur Ruhe gehen,
Befreien wir ihre Gefangenen.

»Als Schnarcher bist du besser als als Dichter«, sagte ich.
»Ich glaube, du bist beim Schnarchen sorgfältiger.«
 »Hat dich der Donner geweckt, Graff?«
 »Ich habe dein Gedicht im Schein der Blitze gelesen.«

»Ah«, sagte er. »Ein echter Blitzstrahl hat dir heimgeleuchtet.«

»Und du hast ihn herbeizitiert?« fragte ich.

»Das war sehr aufdringlich von mir«, gab er zu.

»Vom Fenster aus, Sig? Du hingst am Gitter, stimmt's? Und hast widerspenstig-launische Blitzstrahlen herbeizitiert?«

»Zuerst nicht«, sagte er. »Zuerst hab' ich nur so geschaut, und dann kam mit dem Einbruch der Nacht zufällig das alte Schicksal vorbei und nahm mich nochmal kurz unter die Lupe.«

»Hör mal den Regen, der da im Anmarsch ist, Sig. Hattest du da auch deine Hand im Spiel?«

»Hab' ich nichts mit zu tun, Graff. Eine Panne, der Regen. Und mit Pannen, Graff, muß man die ganze Zeit rechnen.«

»Ich wünschte, ich hätte das Schicksal auch gesehen«, sagte ich. »Das muß einen sehr einsichtig machen.«

»Hast du sie schon gefrottet, Graff?«

»Nein, hab' ich nicht«, sagte ich.

»Du besitzt eben einen natürlichen Respekt vor der Jugend«, sagte er.

»Wann fahren wir ab, Sig?«

»Ach, der tränenreiche Abschied! Wann kannst du dich losreißen?«

»Du kannst einen manchmal wirklich nerven, Siggi, du Frotter. Ich möchte jetzt schlafen.«

»So, so, Graff möchte schlafen!« brüllte er, und er setzte sich mit seinem Kissen auf. »Dann schlaf doch«, sagte er.

»Schlaf selber«, sagte ich.

»Wie ein Vulkan, Graff. Der alte Siggi hier schläft wie ein Vulkan.«

»Es ist mir egal, wie du schläfst«, sagte ich.

»Ja, allerdings, Graff. Das ist dir scheißegal!«

»Oh, Jesus!« sagte ich.

»Der ist im Badezimmer, Graff«, sagte Siggi, »und kocht die nächste Sache für dich und mich aus.«

Was Jesus im Badezimmer auskochte

Es wurde früh hell in unserem Zimmer, obwohl der Regen noch immer den Hof mit Pfützen füllte; ich konnte hören, wie die dicken Tropfen auf den Auspuffrohren des Motorrads *ping* machten. Ich stützte mich auf die Ellbogen und spähte durch das Gitter aus dem Fenster; das nasse Kopfsteinpflaster der Auffahrt wirkte wie ein Haufen Eierförmchen, und ich sah, wie Tantchen Tratt Vorbereitungen für den Milchmann traf.

Sie schien unter dem Schloß hervor in den Hof zu kommen; sie rollte zwei Milchkannen vor sich her, die sie mit ihren schlappenden Galoschen anstieß. Unter dem sackartigen Regenzeug blitzte der rosa Saum ihres Morgenrocks; das Haarnetz rutschte ihr bis zu den Augenbrauen und gab ihrer Stirn das Aussehen eines aus dem Meer gefischten, aufgedunsenen Viehzeugs. Die kurzen Keulen ihrer Waden lugten zwischen dem Oberrand der Pantinen und dem Morgenrocksaum hervor; ihr Fleisch war weiß wie Schweineschmalz.

Sie postierte die Milchkannen auf den Kopfsteinen direkt vor der Schloßtür; dann hastete sie zum Hoftor und öffnete es für den Milchmann. Aber der Milchmann war noch nicht da; Tantchen Tratt blickte die Straße nach beiden Seiten hinunter, und dann patschte sie rasch zum Schloß zurück – ließ ihren durchweichten Saum flattern und die Einfahrt frei.

Der Regen trommelte jetzt auf die Milchkannen; er schlug ein tieferes *pong* als vorhin auf den Auspuffrohren des Motorrads.

In einem plötzlichen, irren Wirbel, zum Scheitern verurteilt wie ein Tanz auf dem Eis, erschien der Milchmann.

Ich sah das schiefgesichtige Pferd in die Toreinfahrt

schlingern und die Scheuklappen in Erwartung allen eventuellen Schwungs, sowohl des klapprigen Karrens wie seines eigenen schwankenden Körpers, schräg legen; der Deichselbaum verschob sich quer zur durchhängenden Wirbelsäule, und die Masse des Zaumzeugs und Staatsgeschirrs rutschte nach der Ecke hin, die dieses blöde Pferd abzuschneiden versuchte. Dann sah ich, wie der Kutscher die Zügel straffte und dem Pferd das Maul hochbog; und wie der ganze Karren einen Satz machte, dem Pferd hinterherfegte, an der Deichsel zerrte und sein plumpes Gewicht auf eine Seite der Hinterbacken des Tieres schleuderte – als hätte sich ein Reiter im Vollgalopp vom Rücken des Pferdes geschwungen, die Zügel in der Faust behalten und dabei noch so viel gewogen wie das Pferd.

Der Kutscher schrie: »Jäs-*saas!*«, und der Karren hopste seitwärts auf seinen zwei Rädern, die blockierten und sich nicht drehen wollten.

Das Pferd wartete darauf, daß alle seine Beine herunterkamen und der Karren hinterher. Und ich wartete darauf, daß der blöde Kutscher aufhörte, den Kopf seines armen Pferds so hoch zu zügeln, daß das Tier bloß die Spitzen der Forsythienbüsche sah und nicht, wie seine eigenen Hufe hochkant auf die nassen, eierglatten Kopfsteine trafen.

Das Pferd landete auf der Seite, und der Deichselbaum rutschte ihm die Wirbelsäule entlang und rammte ihm ins Ohr; der kleine Karren prallte heftig gegen die Hinterbacken und blieb stehen. Als die elastischen Rippen auf die Kopfsteine krachten, machte das Pferd: »*Gnif!*«

Der blöde Kutscher schnellte von seinem Sitz und landete mit allen vieren auf dem Hals des Pferdes in einem Gewirr von Lederschlaufen und klirrenden Eisenringen. Die Milchkannen machten ein Riesengetöse auf dem Karren mit den Lattenwänden. Das Hintergeschirr glitt hoch und hißte den Schwanz des Pferds wie ein Banner.

»Was war das?« sagte Siggi.

Und der Milchmann hockte auf dem Hals des Pferdes und

ruckelte wie eine Feder, die gerade durch ein altes Bett gebrochen war.

»Jäs-*saas!* Pferd!« schrie er.

»Mein Gott, Graff!« sagte Siggi. »Was ist da los?«

Der Milchmann packte das hingestreckte Pferd bei den Ohren und hob den Kopf des Tieres in den Schoß. Er wiegte den Kopf und schaukelte dabei auf dem Hintern vor und zurück. »*Oh, heilige Mutter Gottes, Pferd!*« schrie er.

Dann donnerte er den Kopf des Pferds auf das Kopfsteinpflaster; er zerrte ihn einfach an den Ohren hoch und schleuderte ihn dann mit einer Wucht, hinter der sein ganzes Gewicht steckte, wieder zu Boden. Die Vorderhufe des Pferdes begannen durch den Regen zu keilen.

Alle Milchkannendeckel waren im Karren nach vorn gekippt und wirkten wie runde, nasse Gesichter, die über die bretternen Seiten lugten. Tantchen Tratt stampfte auf der Freitreppe vor dem Haupteingang herum und stieß die Hakken in die Galoschen. Sie patschte krummfüßig über die Auffahrt zum Milchmann.

»Ja, wie!« sagte sie. »Was haben Sie denn bloß?«

Der sich auf dem Pferdehals wie ein Jockey gebärdende Milchmann hielt die Ohren fest gepackt, legte die Wange in die Mulde unter der Kinnbacke des Pferds und nahm den eigenen Kopf, um damit das Tier auf den Boden zu schmettern. Er stellte sich jetzt geschickter an; er versuchte nicht, das Pferd zu heben, er ließ das Pferd selber hochkommen – gerade so weit, bis der Milchmann sich tadellos über dem bei den Ohrgriffen gepackten Kopf befand. Dort saß er am längeren Hebel; er konnte sich so plötzlich auf das Pferd werfen, daß dessen Kopf ein wenig hüpfte, bevor er auf den Pflastersteinen lag – Schaum über die Trense sabberte, zitterte, bebte, wieder hochruckte.

»So, du verfrotteter Graff!« sagte Siggi. »Wenn du mir nicht verraten willst, was da passiert« – und er hüllte sich in die Satinsteppdecke und sprang zum Fenstersims.

Das Pferd raste jetzt noch mehr; der Milchmann blieb ruhig und fürchterlich. Der Milchkarren war über die Hinterbacken des Pferds gerutscht, und der Deichselbaum krümmte sich wie ein großer, an die Wirbelsäule des Pferds gespannter Bogen. Und jedesmal, wenn die heftigen Bewegungen des Pferdes erlahmten, schnellte der Deichselbaum zurück und überstreckte das unglaubliche Rückgrat.

Doch den Milchmann kümmerte das alles nicht, so verbissen klammerte er sich an Hals und Ohren fest und grub die Wange in die Kinnbackenmulde.

»Oh, mein Gott«, sagte Siggi.

»Tobsüchtig!« sagte ich. »Der Sturz muß ihm das Hirn vernebelt haben.«

»*Aaah!*« sagte Siggi.

Und Tantchen Tratt schritt zimperlich durchs Bild, eingedenk ihres rosa Saums im Regen.

Und Siggi, die Steppdecke um die Schultern gelegt und an den Hals gepreßt, – vorbei an mir mit einem nackten Fuß, gewölbt wie der Buckel einer Katze im nassen Gras –, turnte über den Illustriertenständer, war zur Tür hinaus und den Korridor hinunter. Eine äußerst ungraziöse Pirouette um den Treppenschacht, und seine sich bauschende Steppdecke verhakte sich an der Geländerdocke und bog ihn nach hinten, als er die Stufen abwärts nahm; er ließ die Steppdecke an seinem Hals los und lief weiter. Und er holte sie sich nicht wieder. Sie winkte mir von der Geländerdocke seidig zu, gebläht vom Luftzug der sich weit und rasch öffnenden Haupttür.

Ich rannte an mein Fenster zurück.

Und das sah ich im Bruchteil einer Sekunde: ein Neuankömmling im Hof, ein dicker Mann mit rosa Knien und unbehaarten Beinen unterhalb seiner Lederhose – einem losen Krawattenschal um den Kragen seiner Schlafanzugjacke und besonders dicksohligen Sandalen. Er stand auf halbem Weg zwischen dem Haupteingang und der Stelle, wo Tantchen Tratt das gestürzte Pferd umkreiste; stand die Hände in die Hüften gestemmt da, diese Hände, die urplötzlich aus den

Enden seiner Arme staken – denn er war ein mehr oder weniger handgelenkloser Mann, und ein halsloser, knöchelloser Mann dazu.

Er sagte eben: »Frau Tratt, was für ein schrecklicher Lärm – ich bin sehr spät ins Bett gekommen« – und dann drehte er sich zum Schloß um und breitete die Arme aus, als würde ihm jemand von der Tür einen Blumenstrauß zuwerfen.

Siggi prallte mit dem vollen Gewicht eines Sandsacks gegen ihn, und der Mann schloß die Arme erst, als er umgefallen war und erst, als ihm Siggis nackte Füße über die Schlafanzugbrust getappt waren.

Tantchen Tratt wollte sich eben mit einer begonnenen Handgeste umdrehen, und die Handflächen rollten sich ein. Müde sagte sie: »Ein Irrer, dieser Kutscher – ein verrückter Säufer.« Sie blickte einfach auf und sah den feisten, auf seinen Krawattenschal gebetteten Mann, dessen Finger zuckten und dessen Kopf sich nur sehr wenig bewegte. »Es wird den ganzen Tag regnen«, sagte sie, und sie erhaschte ein Eckchen des an ihr vorbeiflitzenden Siggi; sie wandte sich um, ihre Hände trafen sich.

Siggis blendender Hintern war im Regen so glatt.

Und der massige, gelenklose Mann befeuchtete seinen Krawattenschal in einer Pfütze, tupfte sich damit den Mund und blieb genau so auf dem Rücken liegen. »Nein!« brüllte er. »Nein, nichts! Er hatte nichts an, *überhaupt nichts*.«

Und Siggi bestieg den Milchmann; er zwängte ihm die Hände unter das Kinn. Dann steckte er den Kopf ganz weit zu dem Milchmann hinunter und biß ihm in den milchigen Nacken.

Den stupfligen Flur entlang sprang ich in meine Hosen. Tantchen Tratt kam wie eine Taube durch das Vestibül gewackelt; ich sah ihren Kopf unter mir vorbeirucken, nur eben am Spalt am Treppenschacht vorbeihuschen.

Gallen hatte die Steppdecke; sie lehnte an der Geländerdocke, einen Hauch von Satin an der Wange, und blickte durch den Haupteingang auf den Hof hinaus, wo schreckliche Leidens- und Schmerzensgeräusche ertönten – wo das auskeilende Pferd den Milchkarren herumstieß, und wo der umgepurzelte Mann mit seinem ihm aus dem Mund hängenden Krawattenschal saß und die offene Schloßtür angaffte, als erwarte er die Ankunft einer Horde nackter Männer, die ihn in die Ritzen zwischen den Kopfsteinen trampelten; und wo Siggi den Milchmann durch den Garten ritt, hin und her zwischen den Forsythien.

»Graff«, sagte Gallen, »meine Tante ruft die Polizei.«

Ich nahm ihr die Steppdecke weg und stupste eine ihrer kleinen, stehenden Brüste mit dem Ellbogen. »Reizender kleiner Busen«, sagte ich. »Ich fürchte, wir werden euch heute verlassen.«

»Ich konnte letzte Nacht nicht schlafen, Graff«, sagte sie.

Doch ich hatte die Steppdecke und rannte an ihr vorbei auf den Hof.

Der arme, schlagseitige Mann kreiste mit den Armen, kippte seinen breiten Hintern hoch und setzte sich wieder hin. »Er ist überall«, sagte der Mann. »Holt Netze und Seile.« Er würgte an seinem Krawattenschal. »Holt Hunde!« Er erstickte mit noch immer kreisenden Armen.

Und so hin und her zwischen den Forsythien – die glokkenförmigen Blütenblätter hingen regenschlaff – hin und her schoß eine sonderbare Gestalt, gebückt in den hinteren Büschen des Dickichts, aufrecht und preschend beim Motorrad, hier und dort auftauchend, vierarmig und doppelköpfig; ein schreckensschrilles, hundeähnliches Geheul bezeichnete die Stelle, wo ich ihr nächstes Auftauchen erwarten durfte.

Die kleinen Regennadeln trafen eisig meinen Rücken; ich trug die Steppdecke wie ein Stierkämpfercape, damit ich nicht darauftrat.

»Siggi?« sagte ich.

In glänzendem Regenzeug strauchelte ein hohläugiger Mann mit durchscheinenden Ohren zwischen zwei prallen Forsythienbüschen hindurch, schüttete den Regen aus den aufgesprungenen Blütenkelchen, sandte mit seinen dumpf-

bumsenden Galoschen einen Schauer von Blütenblätter-
bumerangs herab – auf seinem Rücken ein nackter Mann,
festgebissen im milchigen Nacken.

»*Blaaa-ruuh!*« kreischte der blöde Kutscher.

Zwei Büsche weiter, ich durchquerte sie nach dem nächsten Gebrüll – der nächste Blick auf den hochkommenden
und weiter taumelnden Doppelmann.

Dann waren sie noch einen Busch entfernt; ich guckte
über einen gedrungenen Strauch und hätte die beiden Köpfe
mit der Hand berühren können, hätte der Strauch nicht nach
mir gedolcht, als ich den Arm ausstreckte.

»Siggi!« sagte ich.

Im Hof, auf der Freitreppe zur Schloßtür, hörte ich den
umgepurzelten Mann zetern: »Hetzt die Hunde auf ihn! Wo
bleiben denn die Hunde?«

Und jetzt rannten wir in derselben Buschreihe; ich folgte
dem naß-gestreiften, gebeugten Hintern, den langen, zu-
rückgebogenen und dem sich Weg bahnenden Milchmann
hinterherschleifenden Zehen, der jetzt hängeköpfiger, langsamer voranstolperte. Ich bekam sie zu packen.

Dann hatte der Milchmann drei Köpfe; er konnte nicht
laufen, er schwankte – seine Schultern kamen nach hinten –
und seine Knie knickten ein.

»Oh, lieber Gott«, stöhnte er. Und wir lagen alle auf einem Haufen im schwarzen Gartendreck, der Milchmann
wühlte unter Siggi, schob die Hüften seitlich hervor, prü-
gelte mit den Armen. Ich hatte Siggis Kopf gepackt, aber er
wollte nicht lockerlassen. Ich griff ihm unters Kinn und versuchte, ihm den Mund aufzubiegen, doch er bohrte mir den
Kiefer in die Hände, bis meine Knöchel knackten. Dann gab
ich ihm eins auf die Ohren und kniete mich in sein Kreuz;
aber er hielt fest. Und der Milchmann stimmte ein Wehge-
heul an und grub die Hände nach hinten in Siggis Haar.

»Sig, laß los«, sagte ich. »Laß ihn laufen!« Doch er biß
weiter die Zähne zusammen und hinderte den Mann daran,
die Hüfte zu drehen.

Also brach ich mir von einem Busch eine Forsythiengerte und peitschte damit Siggis Hinterteil, und er krümmte sich seitwärts; doch ich konnte ihn immer noch erwischen und tat es auch. Beim dritten Backenstreich kugelte er vom Milchmann herunter und pflanzte sein schmerzendes Gesäß in den kühlen, freundlichen Schlamm.

Er schob sich die Hände unter und ließ den Schlamm über die Hüften schwappen, so als wolle er sich damit einkleiden; seine kleingespitzten Lippen malten ein O. Ich streckte ihm die Steppdecke hin, und er gab Pfeifgeräusche von sich.

»Die Polizei ist unterwegs, Sig«, sagte ich.

Und der Milchmann schlich sich von uns weg; er schaufelte sich einen dicken Schlammklops auf die lila Nackenschwiele. Auch er gab Pfeifgeräusche von sich.

Siggi wickelte sich in die Steppdecke. Ich faßte ihn unter den Armen und stieß ihn vor mir her – aus den Büschen heraus und die Schloßmauer entlang. Siggi begann zu marschieren; von den Riesenschritten, die er machte, hüpfte sein Kopf auf und nieder. Seine Füße hinterließen gespreizte und fürchterliche Zehenabdrücke im Schlick. »Ich habe einen ganzen Berg Schlamm im Arsch, Graff«, sagte er; er wakkelte damit.

Im Vestibül war auch so etwas wie ein Berg. Tantchen Tratt, schwammbewehrt, drückte den dicken, verwirrten Mann auf einen Stuhl. Sie versuchte, seine Lederhosen vom Schlamm zu reinigen; meine Gallen hielt den Wassereimer, in den der Schwamm getunkt wurde.

»Also«, sagte der Mann, »ich höre etwas kommen und drehe mich um, um nachzuschauen.« Und Siggi kam die Freitreppe herauf, die Steppdecke über eine Schulter und vorne zwischen den Beinen drapiert.

Der verwirrte Mann wankte auf seinem Stuhl; er gab ein seltsames, fischartiges Glucksen von sich. Er hieb sich die Hände in den Schoß, wo der Krawattenschal wie eine bematschte Serviette über seinen hellen Knien lag; seine Unterlippe war so purpurrot und plump wie eine Runkelrübe.

»Frau Tratt«, sagte Siggi. »Es regnet eine Sintflut hernieder, die geeignet ist, den Staudamm zu sprengen. Das Ende der Welt!« Und er stolzierte an ihr vorbei.

Die Steppdecke plusterte sich auf, als er sich um die Geländedocke herumschwang und die Stufen hinauf nahm – rhythmisch, mit Bravour und zwei auf einmal.

Die Justiz ballt ihre Streitkräfte

Hin und wieder erschien in der Luft über den Forsythien ein Schlammklumpen, der eine lange Zündschnur aus Trümmern hinter sich herschleppte. Er segelte immer beinahe senkrecht hoch, und es folgten unmäßige Stampfgeräusche und gewaltiges Buschgerüttel. Der Milchmann faßte sich im Garten.

Das arme Pferd verschlimmerte seine Lage nur noch. Es war ihm gelungen, sich zu drehen, so daß es jetzt, immer noch auf der Seite, senkrecht zum Deichselbaum und darunter lag; es hatte sich so fest in sein Hintergeschirr verstrickt, daß es sich nicht mehr rühren konnte. Ein tennisballgroßer Höcker wuchs auf dem Augenbrauenwulst und schwoll ein Auge zu. Das andere zwinkerte in den Regen, und das Pferd legte sich zurück und schnob – mit peitschendem Schwanz.

»Regnet es noch, Graff?« sagte Siggi.

»Immer stärker.«

»Aber ein Gewittersturm ist es nicht, oder?«

»Nein«, sagte ich, »nicht mehr.«

»Es ist nämlich keine schlaue Idee«, sagte er, »während eines Gewittersturms ein Bad zu nehmen.«

»Es kann dir nichts passieren«, sagte ich.

»Die Badewanne ist gewaltig, Graff. Schon klar, wie du's geschafft hast.«

»Der Milchmann steckt immer noch in den Büschen«, sagte ich.

»Badest du nach mir, Graff?«

»Ich bin nicht so verschlammt«, sagte ich.

»Wie kleinlich von dir«, sagte Siggi.

»Die Polizei ist da, Sig«, teilte ich ihm mit.

Der grüne Volkswagen mit den Blaulichtern tat sich etwas schwer, durch das Tor und an dem Milchkarren vorbeizukommen. Es waren zwei Polizisten, schaftstiefelig und in makelloser Uniform, die Kragen ihrer Regenmäntel kräuselten sich zu einem identischen Hohnlächeln; und vielleicht gab es da noch einen dritten, nicht uniformiert – in einem langen, schwarzen Ledermantel mit Gürtel und unter einem feschen, schwarzen Barett.

»Sie haben einen Meuchelmörder dabei«, sagte ich.

»Die Polizei?«

»Mit einem Geheimagenten.«

»Wahrscheinlich der Bürgermeister«, sagte Siggi. »Eine Kleinstadt, ein regnerischer Tag – was hat ein Bürgermeister da schon zu tun?«

Die drei gingen ins Schloß; ich hörte den Mann, der mit dem Schwamm gesäubert wurde, mit dem Stuhl knarren und zu ihrer Begrüßung die Stimme erheben.

»Siggi?« sagte ich. »Wie oft müßte man den Kickstarter durchtreten, um dieses brave Motorrad zu starten?«

Doch ich erhielt zur Antwort ein Badewannenlied:

> *Verderben, Verderben,*
> *Uns naht sich ein*
> *Verderben.*
> *Wenn wir auch die*
> *Kurve kratzen,*
> *Verderben*
> *Wird uns beerben.*

»Oh frot, du und deine Scheißreime«, sagte ich.

»Du solltest ein Bad nehmen, Graff«, sagte Siggi. Er planschte verlockend.

Und einer der uniformierten Polizisten kam mit einer großen Heckenschere bewaffnet auf den Hof hinaus. Er stellte sich breitbeinig über das Pferd und hockte sich dem armen Tier auf den Rücken; dann schnippelte er am Deichselbaum entlang und kappte das Geschirr. Aber das Pferd blieb einfach so liegen, benommen, mit seinem ollen zwinkernden Einauge; der Polizist zischte und wandte sich wieder dem Schloß zu.

In diesem Moment sah er einen Schlammklumpen aus den Forsythien hochtrudeln und hörte die Stampf- und Schmettergeräusche des Milchmanns im Garten.

»Hallo?« sagte der Polizist. »Sie da! Hallo!«

Und der Milchmann wirbelte händeweise Schlamm und Zweige in die Luft.

»Sie da!« brüllte der Polizist. Und er rückte gegen den Garten vor, trug die Heckenschere wie eine Wünschelrute vor sich her. Ich sah den Milchmann von Busch zu Busch huschen – sich ducken, Schlamm und Zweige aufschaufeln und in die Luft schleudern; er lauerte, beobachtete, wie seine kleinen Bomben fielen; und verstohlen wie eine Zeichentrickfigur huschte er weiter.

»Sig, der Milchmann hat den Verstand verloren«, sagte ich. Und der Polizist zehenspitzte in die Forsythien mit dem großen, scheußlichen Schnabel der Heckenschere vorneweg.

Dann hörte ich, wie sie sich draußen auf dem Flur vor unserer Tür versammelten. Schleichende Füße verfleckten und beklecksten den Lichtspalt unter der Tür; ein Ellbogen, eine Hüfte oder ein Bauch streifte die Tür. Sie drehten sich im Kreis, mit dünnen Flüsterstimmen – ab und zu war ein Wort, ein Ausdruck deutlich zu verstehen, und dann *scht!* und *pst!*:

»wie der Herrgott ihn schuf«

»es sollte«

»leben zusammen«

»Hacke«

»muß doch«

»Gesetze«

»Hunde«

»widernatürlich«

»weiß Gott«

Und alles übrige wurde – so als spräche jemand durch einen Ventilator und nur die flinksten Satzteile witschten zwischen den Flügeln hindurch – zu einer einzigen Stimme gehäckselt und verschwirrt, ununterscheidbar vom Schleifen von Kleidern und Körpern an Wänden und Tür.

»Sig«, sagte ich. »Sie sind draußen auf dem Flur.«

»Die Justiz ballt ihre Streitkräfte?«

»Bleibst du etwa in der Wanne?«

»Na, hallo!« rief er. »Schau mal da!« Und ein großes Geplansche hob an. »Peitschenstriemen!« sagte er. »Geißelspuren! Rosig wie deine Zunge, Graff. Du hast mit deiner Rute ganze Arbeit geleistet, das solltest du mal sehen.«

»Du warst von ihm einfach nicht runterzukriegen«, sagte ich.

»Mein Arsch ist bemerkenswert!« sagte er. »Regelrechte Furchen!« und ich hörte ihn in der Wanne plumpsen und glitschen.

Dann klopfte es kaum hörbar an die Tür, und im Flur war es mucksmäuschenstill; jetzt beanspruchten nur zwei Füße den Lichtspalt.

»Graff?« sagte meine Gallen.

»Haben Sie dich zu unserem Judas auserkoren?« sagte ich.

»Oh, Graff«, sagte sie.

Dann drückte ein Gewicht gegen die Tür, und jemand hantierte mit einem Schlüssel.

»Zurücktreten!« sagte Tantchen Tratt.

»Es ist nicht abgeschlossen«, unterrichtete ich sie.

Ein uniformierter Polizist trat mit dem Stiefel die Tür ein und sprengte den Knauf ab; er kam seitwärts ins Zimmer, und hinter ihm füllte sich der Türrahmen. Tantchen Tratt, bänglich mit gekreuzten Armen; der frisch schwammgesäuberte Mann schob seine Knie ins Zimmer; zwischen ihnen war der Meuchelmörder oder Bürgermeister. Und meine Gallen war nun nirgends mehr.

»Wo ist der andere?« sagte der schwammgesäuberte Mann und ging mit den Knien vor.

Und Siggi sagte: »Das solltest du mal sehen, Graff«, und öffnete die Badezimmertür.

Er streckte uns allen seinen brennenden, gewaschenen Po hin. Die rosa Narben glühten auf seinem Gesäß wie schief lächelnde Mondsicheln.

»Da!« sagte Tantchen Tratt. »Sehen Sie?«

Und es war der Bürgermeister, ganz recht – der formidable Bürgermeister, der sein Barett für Tantchen Tratt nicht abgenommen hatte, der es aber jetzt mit einem korrekten Kopfnicken vor dem im Badezimmertürrahmen schwebenden Hintern lüftete. Es war eine tadellose Hauptentblößung, fix genug, um den Hintern noch zu erreichen, ehe Siggi seinen Allerwertesten ins Badezimmer zurückwippte und die Tür zurummste.

»Ich sehe, Frau Tratt«, sagte der Bürgermeister. »Ich bin gewiß, wir alle sehen es.« Und er hob merklich die Stimme. »Herr Javotnik?« rief er. »Herr Siegfried Javotnik.«

Aber wir konnten Siggi über den Badezimmerfußboden tappen hören; er polterte auf das Podest hoch und plumpste zurück in die Wanne.

Verbrechensenthüllung

Er wollte die Badezimmertür nicht aufsperren, deswegen warteten wir alle unten im Vestibül – alle bis auf einen Polizisten, der zurückgelassen wurde, um unser Zimmer zu durchsuchen.

Der höchst aufgeregte rosige Mann sagte: »Herr Bürgermeister, es ist mir unbegreiflich, wieso wir nicht einfach die Tür einrennen.« Doch der Bürgermeister beobachtete seinen anderen Polizisten, der den Milchmann über den Hof und die Schloßfreitreppe hinauf führte.

»Abermals betrunken, Josef Köller?« sagte der Bürgermeister. »Bruch bauen und das Pferd verprügeln?«

Der Milchmann war so verschlammt, daß seine sagenhafte Genickschwiele schwer zu sehen war. Aber der Bürgermeister trat näher und begutachtete.

»Eine kleine Lektion bekommen?« sagte er; er stocherte an der Schwiele herum, und der Milchmann zog wie eine Schildkröte den Kopf ein. »Vielleicht ein bißchen mehr, als du verdienst hast«, sagte der Bürgermeister.

»Und meine Milch ist nur noch Schaum«, sagte Tantchen Tratt.

»Dann, Josef«, sagte der Bürgermeister, »wirst du wohl eine Extrakanne da lassen, oder?«

Der Milchmann versuchte zu nicken, aber seine Kaumuskeln verknoteten sich, und er schnitt ein verzucktes Gesicht.

»Ein Wahnsinniger«, unterrichtete ich den Bürgermeister.

»Ins Genick gebissen worden«, sagte der Bürgermeister, »und zwar so kräftig, daß die Haut lädiert wurde und eine Schwiele, so groß wie eine Faust, herausgewachsen ist! Und wer, bitte schön, ist jetzt ein Wahnsinniger? Nackt im Hof herumlaufen! Einen Mann reiten! Einen Mann beißen! Und – eingeschlossen! – in einer Badewanne herumtrödeln! Ein Exhibitionist und ein Flagellant!« dröhnte der Bürgermeister.

»Schlimmer!« sagte Tantchen Tratt. »Ein Perverser!«

»Ein Schraubenzieher!« brüllte der rosige Mann. »Mit einem schlichten Schraubenzieher kämen Sie in das Badezimmer. Und hätten Sie die Hunde rechtzeitig beigebracht, gäbe es jetzt keinen Ärger.«

Dann erschien der obere Polizist auf der Treppe – er stellte die Stiefelspitzen so perfekt zusammen, daß man fürchten mußte, er würde fallen.

»Er ist noch immer da drin«, sagte der Polizist. »Er hat mir etwas vorgesungen.«

»Was haben Sie gefunden?« fragte der Bürgermeister.

»Salzstreuer«, sagte der Polizist.

»Salzstreuer?« sagte der Bürgermeister – und seine Stimme tönte so hoch wie das Nagen des Regens auf dem Hohlziegeldach des Schlosses.

»Vierzehn«, sagte der Polizist. »Vierzehn Salzstreuer.«

»Mein Gott«, sagte der Bürgermeister. »Ein Perverser, zweifellos.«

Detailbeschaffung

Was ist los? Diese Unterbrechungen! Das kommt davon, wenn man so lange stehenbleibt, daß einen die wirkliche und unvernünftige Welt einholen kann. Und hör mal, Graff – dazu muß man nicht lange stehenbleiben.

Mein Vater Vratno, Vratno Javotnik, geboren in Jesenice, noch bevor es in diesem Teil Jugoslawiens Motorräder gab, zog nach Slovengradec, wo er den Deutschen über den Weg lief – die Sachen mit Motorrädern anstellten, die vorher noch niemand gesehen hatte; und er rollte mit ihnen nach Maribor, von wo ihn eine gute Straße geradewegs über die Grenze und hinein nach Österreich brachte. Und zwar allein, denn er war raffiniert.

Jung-Vratno folgte dem von Panzern plattgewalzten Weg nach Wien, wo meine Mutter stoisch und wunderschön verhungerte und darauf wartete, einem, der so raffiniert war wie er, über den Weg zu laufen – nicht darauf gefaßt, da bin ich sicher, bei der Empfängnis von irgend jemand mitzuwirken, der so fürs Motorrad geboren ist wie ich.

Jung-Vratno, der über seine Suppe hinweg zu mir sagte: »Es wird immer schwieriger, etwas eigenes auf die Beine zu stellen, etwas, das nicht schon woanders in die Lehre gegangen ist und deshalb nicht deins ist und es auch nie sein wird. Und womit du nie glücklich sein wirst.« Genau das hat der arme Furzer gesagt, erzählt man mir.

Oh, mein Vater war an sich schon ein großartiger, melodramatischer Schabernack; und ich bin es auch. Und du auch, Graff. Und deshalb bleibt dieser Welt die öde, alte Plackerei des Tod-durch-Stumpfsinn vielleicht noch erspart.

Aber diese Unterbrechungen! Abschweifungen. Oh, es ist jedesmal ein monotoner Tod, wenn man sich von der Welt einholen läßt!

Jung-Vratno, dem der schöpfende Löffel Teil der Lippe und die Suppe Teil der Rede wurde – er sagte: »Paß auf, in dem Sekundenbruchteil zwischen dem Moment, wo sie dich aufstöbern und dem Moment, wo sie entscheiden, was sie mit dir tun sollen, mußt du deinen Zug machen. Bloß ein Sprung vorwärts, und du hast die Nase vorn!« So sagte er, oder so erzählt man mir wenigstens.

Siggis Nachricht. Festgepinnt an meinem Bettlaken, wo sie mein Hintern fand – ein steifes Krumpelding, das mich nach dem Licht tasten ließ. Und dabei hatte ich nicht einmal gesehen, daß er eine Nachricht hinterlassen hatte.
Denn als der Bürgermeister mich zu dem Versuch nötigte, ihn aus dem Bad herauszubekommen, und als ich wieder in

unserem Zimmer stand, da war Siggi eigentlich schon wannenblank und angezogen – bis auf die Entenjacke, auf der er gerade die letzten, dicken Portionen Lederseife verrieb.

Und vom Vestibül drang die Stimme des Bürgermeisters herauf: »Wenn Sie ihn da nicht rauskriegen, wird er die Tür bezahlen müssen!«

Siggi hatte das Regenzeug aus dem Rucksack geholt, die Plastiktüten, um die Stiefel zu umhüllen, die Gummibänder, um die Tüten an den Waden gut festzumachen, und die Lederseife. Die Entenjägerjacke schimmerte wie eine Kerze und wirkte wie etwas, das über ihm zerschmolzen war. »Keine Bange«, flüsterte er. »Du lenkst sie ab, und ich komme wieder und hole dich.«

»Sie sind unten im Vestibül, Sig. Sie werden dich hören.«

»Dann schaff sie hier rauf. Ich komme wieder, Graff – ein Tag, zwei Nächte, allerhöchstens. Du hast den Rucksack und alles Geld, das ich nicht fürs Benzin brauche.«

»Sig«, sagte ich.

Doch er öffnete das Fenster und schwang sich auf den Sims hinaus. Er setzte Schutzbrille und Helm auf – ein Fallschirmspringer, der seine herumflatternden Ausrüstungsteile festzurrte. Dann fuhr er mit den Stiefeln in die Tüten; sie blähten sich; er sah aus wie ein Mann, dessen Füße in Glasschmelztiegeln staken.

»Siggi?«

»Graff«, sagte er, »wir brauchen *Details!* Im Grund genommen, Graff, haben wir uns den Laden doch wirklich nicht gründlich angesehen – teils weil du dich mit diesem Nilpferd von einem Mädchen getummelt hast, und teils, weil wir gleich Anstoß daran genommen haben – stimmt's oder hab ich recht?«

Und ich dachte: Wie bitte! Du kannst vielleicht Gedankensprünge machen – da komme ich einfach nicht mehr mit.

Er sprang. Und ich dachte: Was für ein Zirkus! Du hättest auch am wilden Wein runterklettern können.

Er machte *splotz* im Gartenmatsch.

Ich hörte wieder die Stimme des Bürgermeisters. »Herr Graff! Überlegt er sich's?«

»Oh, ich glaube, er wird reden«, rief ich, und ich ging hinaus auf den Flur. »Kommen Sie jetzt rauf!« grölte ich, und ich hörte sie die Treppe hochpoltern.

Das klamm-kalte Motorrad hörte ich ebenfalls; es machte kurze und motorähnliche Ansauggeräusche – sprang an und stockte einmal, wie ein Mann mit einer Donnerstimme, der ein Geschrei anstimmt, aber mitten im Gebrüll würgen muß. Diejenigen, die die Runde um den Treppenschacht drehten, die hörten es auch alle; wir standen uns gegenüber, getrennt durch die sichere Länge des Korridors.

Dann rannte ich in mein Zimmer und ans Fenster zurück; ich hörte sie treppab ins Vestibül marschieren. Der Bürgermeister jedoch trat neben mich; sein gespanntes Gesicht zuckte von der Backe bis zum Ohr.

Der Motor war angesprungen, und Siggi ließ ihn nicht wieder ausgehen; die Auspuffrohre lobbten dicke, graue Bälle, schwerelos und wuschelig wie Wollmäuse. Sie wirkten wie spillerige Haarbüschel, so verheddert, daß wir sie später im Garten finden würden, geknüpft an die Forsythien wie zerzauste Perückenteile.

Siggi glättete den Motorlauf, indem er einmal das Gas auf- und zurückdrehte – und richtete sich nach der Toreinfahrt aus, die der sperrige Milchkarren noch immer verengte.

Bevor also die Polizisten die Schloßfreitreppe hinunter waren – und *bevor* der rempelnde Milchmann, der rosig-geschrubbte Mann und Tantchen Tratt mit Gebrüll aus der Schloßtür herauskamen – schoß Siggi, hoch auf den Fußrasten, durch die Lücke. Die gebuckelte, wächserne Entenjägerjacke glänzte wie der Rücken eines Käfers. Und sogar durch den Regen konnte ich ihn drei Gänge durchschalten hören. Oh, ein Liebhaber schlechten Wetters und der rundum bedenklichen Lage! Dies war – aber ja doch, der Probemarathon nach Wien – Siggis Erkundungsmission zum Tiergarten Schönbrunn.

Die wirkliche und unvernünftige Welt

Ich las die Nachricht mehr als einmal, und Gallen sah das Licht unter meiner Tür. Ich sah ihre Fußschatten, schleichend und weich.

»Gallen?« sagte ich. »Es ist nicht abgeschlossen« – denn niemand hatte den Griff repariert, den der Polizist abgesprengt hatte.

Und ich erwartete sie im Nachthemd, in schamlos schwarzer Spitze und rüschenlos glatt.

Doch sie trug ihre Schürze; sie kam, die Hände in der geblümten Trinkgeldtasche, hereingeklimpert.

»Ich weiß«, sagte ich. »Du willst mit mir schlafen.«

»Hör auf«, sagte sie. »Ich kann keine Sekunde bleiben.«

»Es wird Stunden dauern«, verriet ich ihr.

»Ach, Graff«, sagte sie. »Sie reden über dich.«

»Mögen sie mich?«

»Du hast ihm bei der Flucht geholfen«, sagte sie. »Alle sind ratlos.«

»Es wird ihnen schon etwas einfallen«, sagte ich.

»Graff, sie haben gesagt, du hättest nicht viel Geld.«

»Dann willst du mich also nicht heiraten, Gallen?«

»Graff! Sie wollen dich echt kriegen.«

»Komm und setz dich, Gallen«, sagte ich. »Ich will dich auch echt kriegen.«

Doch sie setzte sich auf Siggis Bett; es war so weich und ausgeleiert, daß ihre Knie frontal zu mir hochkippten – allerliebste, kleine, kinngroße Knie.

»Du mußt nicht rot werden, Gallen.«

»Was machst du da so im Bett?« sagte sie.

»Ich hab' gelesen.«

»Ich wette, du hast nichts an«, sagte sie. »Du schläfst splitternackt unter der Decke, da wette ich.«

»Macht dich die Vermutung rasend?« fragte ich.

»Sie kriegen dich, Graff«, sagte sie. »Ich hab einfach Licht bei dir gesehen, und da wußte ich, daß du auf bist. Ich dachte, du wärst angezogen.«

»Ich bin ja zugedeckt«, sagte ich. »Komm, setz dich auf mein Bett.«

»Graff – der Bürgermeister und meine Tante, die brüten was aus.«

»Na, und was?« fragte ich.

»Du weißt ja, sie haben deine Sachen durchsucht. Sie wissen, wie es bei dir mit Geld aussieht.«

»Ich habe genug, um dieses Zimmer zu bezahlen«, sagte ich.

»Und danach ist nicht mehr viel übrig, Graff. Sie können dich einsperren, weil du kein Geld hast.«

»Ich bin ein Müßiggänger«, sagte ich. »Ich habe immer gewußt, daß mal jemand dahinterkommen würde.«

»Und du hast ihm bei der Flucht geholfen, Graff. Dafür können sie dich drankriegen.«

»Ich kann's kaum erwarten zu sehen, wie sie das anstellen werden«, sagte ich zu ihr.

»Sie werden dich zwingen, einen Job anzunehmen«, sagte sie.

Also, das war ja nun wirklich ein Ding – ein verfrotteter Job. Natürlich, ich konnte einfach verduften, mich in die Berge verkrümeln und angeln und Gallen Bescheid geben, wo Siggi mich finden konnte, wenn er zurückkam; ihr das Geld für die Gasthofrechnung dalassen.

Überlegt habe ich mir das, doch Gallens Blick ruhte auf mir – und dann diese eine herrliche Linie, die fein und scharf zu ihrem Kinnbacken vorsprang und von der Schulter die lange Neigung hinunter zu ihrem Handgelenk und der abgewinkelten Hand nahm; ihre Finger waren bestimmt so feinfühlig wie die von jemand, der Brailleschrift las; und ihre dunkle Lippenfarbe, die rostfarbene Schamröte auf ihrer Wange und ihre blasse, sommersprossen gesprenkelte Stirn. Sie harmonierte wie die unterschiedlichen Reife- und Sonnenflecken eines Pfirsichs.

Deshalb sagte ich: »Was für einen Job?«

»Bloß einen kleinen«, sagte sie. »Damit dich jemand im Auge behalten kann und sie es merken, wenn er zurückkommt.«

»Sie glauben also, daß er zurückkommt?«

»Das glaube ich auch«, sagte sie. »Kommt er zurück, Graff?«

»Bist du ein Judas, Gallen?«

»Oh, Graff«, sagte sie. »Ich verrate dir doch nur, was sie vorhaben.« Und sie schob ihren Zopf vor ihr Gesicht, um sich dahinter zu verstecken. »Und ich muß wissen, wann du weggehst. Ich möchte wissen, wo du hingehst, damit ich dir schreiben kann. Und ich möchte, daß du mir immer schreibst, daß du zurückkommen wirst.«

»Komm, setz dich her«, sagte ich, aber sie schüttelte den Kopf.

»Sie glauben, daß er zurückkommt, Graff, weil Tantchen sagte, ihr wäret ein Liebespaar.«

»Was ist das für ein Job?« sagte ich.

»Du mußt die Bienen einsammeln«, sagte sie.

»Was für Bienen?« sagte ich.

»Die Bienenkästen in den Apfelgärten«, sagte Gallen. »Die Stöcke sind voll und können eingesammelt werden. Das macht man nachts, und sie glauben, daß das die Zeit ist, zu der du am allerwahrscheinlichsten versuchen würdest, mit ihm zu türmen.«

»Und wenn ich den Job nicht möchte, Gallen?«

»Dann verhaften sie dich«, sagte sie. »Du bist ein Landstreicher, werden sie sagen, und dich einsperren. Du hast ihm zur Flucht verholfen, und dafür können sie dich einsperren.«

»Ich könnte heute nacht abhauen«, sagte ich.

»Könntest du?« sagte sie, und sie ging auf die andere Seite von Siggis Bett; sie setzte sich mit dem Rücken zu mir. »Wenn du glaubst, das brächtest du fertig«, flüsterte sie, »könnte ich dir dabei helfen.«

Nun, ich dachte: Sind es Forsythien, die den Mond so gelb färben und ihn durch mein Fenster in dein Haar schikken – die Luft zinnoberrot tönen über deinem kleinen, wunderschönen Kopf? »Das könnte ich nicht tun, Gallen«, sagte ich.

Sie klimperte mit ihrer münzgefüllten Tasche.

»Ich muß jetzt gehen, Graff«, sagte sie.

»Kommst du und stopfst mir die Decke fest?« fragte ich.

Sie wandte sich rasch um und lächelte. Oh ja. Meine Güte.

»Nicht grapschen«, sagte sie. Und sie kam herüber an mein Bett und knipste das Licht aus. »Arme unter die Decke«, sagte sie ins Dunkel.

Sie stopfte die Decke auf einer Seite fest und ging dann auf die andere herüber. Ich wand einen Arm heraus, aber sie stopfte zu schnell. Dann stieß sie mir die Hände auf die Schultern hinunter; ihr Zopf fiel mir aufs Gesicht.

»Ach, bin ich ungeschickt«, sagte sie, doch sie ließ mich nicht los.

»Wo ist dein Zimmer, Gallen?« fragte ich.

Aber als ich mich endlich rausgewühlt hatte, war sie zur Tür hinaus. Ihre Fußschatten schlichen sich aus dem Lichtschlitz fort, und im Flur regte sich nichts.

Ich stand auf und öffnete die Tür nur einen Spalt weit und lugte um den Pfosten; da war sie und wartete bloß auf mich – zu wenig ärgerlich, um nicht doch zu erröten.

»Das geht dich gar nichts an, wo mein Zimmer ist, Graff«, sagte sie.

Also ging ich zurück in mein tristes, ausgeleiertes Bett; ich zerwühlte es ein wenig und versuchte, den Weltlauf zu prophezeien. Tja, dachte ich, die Bienen sind jetzt mit ihrer Befruchtung fertig; der Honig quillt und der Stock ist prall zum Anzapfen. Oh, hüte dich.

Auf der Hut

Ich erwachte mit Sonnenduft auf meinem Kissen. Deswegen dachte ich: Siggi verläßt jetzt gerade Wien; er hat Zeit gehabt, sich die Details zu beschaffen, Zeit, die ganze Nacht im Zoo herumzuspuken.

Ich sah, wie er den Tieren auf Wiedersehen sagte, sie aufzumuntern versuchte.

»Leb wohl, Siggi!« sagte die bedrückte Giraffe.

Und das Wallaroo barg eine Träne in der Faust.

»Graff«, sagte Gallen unter meiner Tür hindurch. »Sie sind unten im Speisezimmer.«

Tja, und ich hatte so ganz und gar kein gutes Gefühl bei der Sache; ihre Verschwörung lastete in der Luft des Korridors. Es war, als hätten sie eine Tür zum Kellerverlies offen gelassen; ich konnte den faulig-dumpfen Gedankenmoder riechen, den man zum Reifen und Verschimmeln dort unten gelassen hatte, aber ich konnte die Tür zum Zumachen nicht finden.

Sie hatten einen Tisch im Speisezimmer, dicht bei meinem: der gerissene Herr Bürgermeister, das liebe Tantchen Tratt und der Apfelmost ausdünstende Typ – Herr Windisch, Apfelhändler und Arbeitgeber der Bedürftigen. In seinen Hosenaufschlägen hatten sich welke Blüten verfangen.

Da war noch jemand, der nicht bei ihnen hatte sitzen dürfen; er schlaffte im Türrahmen des Speisezimmers – Keff, der Traktorfahrer. Windischs Angestellter. Er war überaus stämmig, ein reinrassiger Abkömmling des Javanthropus, und seine Lederhosen rochen frisch nach Ziege.

Und wie würden sie es versuchen? Zusehen, wie ich mir mein Brötchen schmierte? Würde mir Keff den Fluchtweg an der Tür abschneiden? Mir das Rückgrat mit seinem Kniefleisch zermalmen?

Aber Siggi hatte es ja geschrieben:

Bloß ein Sprung vorwärts,
und du hast die Nase vorn!

Also schlang ich das Frühstück runter, das mir meine Gallen serviert hatte. Und ich ging direkt zu ihrem Tisch.

»Entschuldigen Sie die Störung«, sagte ich, »aber ich dachte, Sie könnten mir gemeinsam einen Rat geben. Da ich eine Weile bleiben werde, könnte ich einen Job gebrauchen. Ach, eine kleine Nachtbeschäftigung wäre mir am liebsten. Wenn Sie vielleicht etwas wüßten«, sagte ich.

Und ich hörte alles! Die Verliestür schloß sich mit fürchterlichem Gerassel; und tief drinnen in meinen Gehörgängen, weither von Wien, stampften die Seltenen Brillenbären mit den Tatzen und schüttelten die Köpfe mit einem Ungestüm, daß ihnen die Wammen schlackerten.

»Herrje«, sagte Tantchen Tratt. »Ist das nicht eine famose Idee?«

Und da staunte die ganze Tischgesellschaft.

Doch hinter meinen Augen, und sie tränten davon, fuhr Siggi immer schneller und schneller. Das Motorrad kreischte unter ihm wie ein schmerzgepeinigtes Tier.

Spekulationen

Ich nahm ein paar Bier mit in den Garten und setzte mich so, daß ich am Schloß vorbei den Wasserfall sehen konnte. Ich entdeckte eine Stelle, wo das Motorrad Öl verloren und das Gras verklumpt hatte. Bald würden alle Forsythien hinüber sein; der Garten würde sich in braunes und grünes Unkraut verwandeln, tropisch und übervoll. Das Sprühwasser vom Fluß befeuchtete alles, und der Garten machte ominöse

Wachstumsgeräusche im Wind. Nur der Schmierfleck widersetzte sich; wie Schweißperlen lag das Sprühwasser auf dem kleinen schwarzen Klümpchen.

Und ich dachte: Er macht gerade Mittagspause. Die Auspuffrohre machen *ping,* so heiß sind sie; er hat mächtig aufgedreht. Wenn man auf die Rohre spuckte, würde der Speichel Kügelchen bilden und wie Wassertropfen von einer aufgeheizten Bratpfanne hüpfen. Er ist früh los, und er hat wirklich mächtig aufgedreht. Er hat das Donautal lange hinter sich; er folgt inzwischen sogar vielleicht schon der Ybbs. Und natürlich wird er alles in diesem verfrotteten Notizbuch aufgeschrieben haben, mit kleinen Plänen der Käfige und allen Details, die man überhaupt nur wissen mußte.

Achtzehn Minuten von dem Busch im Maxing-Park bis zum Randgebiet Hietzings; achtzehn Minuten, viermal hoch- und runterschalten, zwei Schleuderkurven, eine Straßenbahnkreuzung und eine gelbblinkende Ampel.

Und hinter dir, das Getöse entfliehender Erdferkel.

Na, dachte ich, er macht wahrscheinlich nicht mal Mittagspause.

Und da war Tantchen Tratt in meinem Zimmer und lüftete durch; sie feixte zu mir herunter, als sie mein Fenster öffnete und mein Kissen klopfte.

Na, Tantchen, du alter Klops, – er wird hier nicht direkt vor deiner Nasenspitze mit dem Motorrad anrollen. Nein, du kloßiges Tantchen – mein Siggi-Kumpel ist heller als deine alten, trüben Glotzer.

Und meine Gallen war auch da in meinem Fenster. Stopfte meine Bettzipfel ordentlich weg, so rein wie Milch, ohne Zweifel.

In welchem Bett schläft denn dieser Graff? sagt die schlaue Tratt.

Ich weiß nicht, Tantchen, aber das hier sieht recht frischbenutzt aus.

»Herr Graff?« rief die Tratt. »In welchem Bett schlafen Sie?«

»In dem neben der Badewanne, Frau Tratt«, sagte ich. Und Gallen flitzte am Fenster vorbei, ohne zu mir herunterzuschauen.

Ja, du hast recht, Gallen, mein Engel, sagt die Tratt – und überlegt andauernd.

Und auch ich habe sehr wohl überlegt. Frau Tratt stöbert in meinem Zimmer; jemand wird geschickt, um meinen Türgriff zu reparieren, heimlich, während ich einen Job bekomme – damit sie mich einschließen? Und diese dunstigen Wolken, die den letzten, abgefallenen Forsythien das Gelb rauben, hocken wie Bombenqualm im Himmel.

Und wo war Siggi? Mittlerweile hinter Ulmerfeld? Hiesbach, vielleicht, oder sogar schon auf der Straße nach St. Leonhard? Falls er auf diesem Weg kommt. Nahm er eine Umgehungsroute?

Wieviele Stunden ist dieser Siggi noch entfernt? Und was wird meine Gallen anhaben, wenn sie mich heute nacht in meinem Zimmer besucht?

Das Sprühwasser machte die Luft so feucht-drückend – und der Garten hörte nicht auf mit dem verdammten Wachsen, geriet völlig außer Kontrolle. Tja, wie der alte Flegel, das Schicksal – der große Tolpatsch – einem sagen würde: Hüte dich, hüte dich.

Siggi hätte darüber vielleicht ein Gedicht geschrieben. In der Tat steht im Notizbuch ein Rohbeginn:

Ach, Leben – platzpralle Seifenblase!
Das Schicksal hat die veritable Nadel.

Doch es wäre ein fürchterliches Gedicht geworden. Eines seiner schlechtesten.

Das Nahen der veritablen Nadel

Die fette Sonne, ganz tief, lieh allem die Farbe der Forsythien – tönte die Vierecke des letzten Abends, der durch
mein Fenstergitter fiel, gelb, bekleckste mein Bett und
meine ruhenden Zehen.

»Er kommt, stimmt's?« sagte Gallen.

»Jeden Augenblick«, meinte ich zu ihr.

»Graff«, sagte sie, »wenn er von St. Leonhard kommt,
werden sie ihn sehen. Wenn er die Straße an den Obstgärten
vorbei nimmt, Graff, da werden Windisch und Keff aufpassen.«

»Na, er wird hier ja nicht gerade auf der Maschine ange-
braust kommen, wie?«

»Ich wette, er fährt damit in die Stadt«, sagte sie. »Nein,
er wird nicht im Hof vorfahren, aber er wird auch nicht von
St. Leonhard herlaufen – wenn er so dumm ist, von St. Leonhard zu kommen, anstatt einen neuen Weg zu nehmen.«

»Dann finde es raus«, sagte ich. »Überleg dir, auf welchem Weg er herkommen wird.«

»Graff, du wirst mir wohl nicht mal auf Wiedersehen
sagen?«

»Komm und setz dich zu mir, Gallen«, sagte ich. Aber sie
schüttelte den Kopf und wollte sich nicht vom Fenstersims
rühren. Vom Bett aus konnte ich über die Knie hinaus gukken; dort, wo der Sims einschnitt, bekam ihr Bein eine Run-
dung.

»Hör auf, mir unter den Rock zu schielen!« sagte sie; sie
zog die Beine an und kehrte mir den Rücken zu. Sie warf einen Blick aus dem Fenster. »Eben ist wer aus dem Garten
gerannt«, sagte sie.

Dann kniete sie sich hin und beugte sich aus dem Fenster.

»Da drückt sich wer an die Mauer«, sagte sie. »Da schrammt wer durch den wilden Wein, aber ich seh' nichts.«

Also kam ich neben sie auf den Sims; wir knieten gemeinsam, lehnten uns hinaus. Der Zopf rutschte ihr den Rücken hoch und über die Schulter; er verbarg ihr Gesicht vor mir. Ich legte ihr den Arm um die Taille, und sie richtete sich ein wenig auf. Wir waren auf allen vieren, und ich hing über ihrem Rücken.

»Ach, hol dich der Kuckuck, Graff!« sagte sie und landete ihren Ellbogen in meiner Kehle. Mir blieb so sehr die Luft weg, daß ich mich hinsetzen mußte und mir das Wasser in die Augen schoß. Sie saß im Schneidersitz vor mir auf dem Sims.

»Ach du, Graff!« sagte sie. »Auf Wiedersehen, du! Mach, daß du wegkommst.«

Sie bekam feuchte Augen; ich mußte wegschauen. Ich spähte aus dem Fenster, aber da war niemand. Ich würgte noch immer; es war wie beim Schwimmen, so wässerige Augen hatte ich.

»Ach, Graff«, sagte sie, »nun wein du doch nicht auch noch.« Und sie stürzte auf mich zu und baggerte ihre Arme um mich. Ihr Gesicht lag feucht auf meiner Wange. »Ich könnte dich irgendwo treffen, Graff. Oder nicht? Ich bekomme noch Lohn, und ich kaufe mir nie etwas.«

Mein Adamsapfel stak so dick in meiner Kehle, daß ich nicht sprechen konnte; sie mußte ihm wohl einen Schlag versetzt haben, der ihn umgedreht hatte.

»*Gak*«, sagte ich.

Und sie zerfloß; sie biß auf das Zopfende und drängte sich zitternd an mich.

»Gallen«, brachte ich heraus, »da draußen ist niemand.«

Aber sie wollte nicht hören. Sie bebte noch immer, als sich die beiden sonderbaren Ellbogen und das faustförmige Kinn am Fenstersims hochhangelten, unter tierischem Keuchen und Stöhnen und gefolgt von dem Großen Griechischen Komödienantlitz ohne ein einziges Haar auf dem Kopf –

was insgesamt eine spärliche Ähnlichkeit mit meinem einstmaligen Siggi-Kumpel besaß.

»Mein Gott, nun hilf mir schon!« sagte er. »Mein Fuß hängt in diesem verfrotteten Efeu fest.«

Also mußte ich mir Gallen vom Schoß schieben und den entsetzlich maskierten Siggi ins Zimmer zerren.

»Ich bin zurück!« sagte er.

Und er plumpste neben das Häuflein, das meine Gallen auf dem Fußboden abgab.

Des Schicksals Maske

Die arme, zusammengefallene Gallen konnte ihn nicht noch mal anschauen; und ein Blick reichte – durchaus, durchaus.

»Siggi?« sagte ich.

»Erraten, Graff! Aber ich weiß schon, du hast mich nicht erkannt, wie?«

»Nicht gleich, ohne die Entenjägerjacke«, sagte ich, obwohl ich meinte: Ohne Haare! Wie könnte ich dich erkennen, wenn du keine Haare hast?

»Und der neue Schnitt, Graff?« sagte er. »Das war der Witz!«

»Aber gleich den ganzen Kopf, Siggi?«

»Die Augenbrauen auch, Graff. Schon bemerkt?«

»Du siehst schlimm aus«, sagte ich.

»Eine wandelnde Kuppel, Graff! Ein gediegener Glatzkopf vom Kinn bis zum allerobersten Schädelknoten. Wußtest du übrigens, daß ein Schädel solche Dellen hat?«

»*Dein* Schädel«, sagte ich. »So sieht meiner nicht aus.« Aber vielleicht tat er es doch – überall kleine Rillen und Knoten, wie ein ausgebleichter Pfirsichkern.

Er sagte: »Ich bin durch die Stadt gelaufen, über die Brücke. Keiner hat mich erkannt, Graff. Ich hab den Bürgermeister getroffen, und er ging an mir vorbei, als sei ich ein Kriegsrelikt.«

Sein Kopf, ein Friseursrelikt, fühlte sich eiskalt an; ich zuckte zusammen. Sein Relikt war vollgespritzt mit Stechmücken und größerem, schmierfreudigerem Luftgetier, das gegen seine rasende Kuppel geprallt war; über dem einen Ohr klebte ein Flügelbrei, der eine Krähe gewesen sein könnte. Er war natürlich ohne Helm hergefahren, hatte den Wind die Schnitzer des Friseurs kühlen lassen.

Ich sagte: »Siggi, dein Anblick ist gräßlich.«

»Natürlich, Graff. Natürlich«, sagte er, »und geparkt habe ich in einem Versteck jenseits der Stadt. Hol dein Zeug.«

»Also, Siggi.«

»Pack die Sachen, und dann warten wir die Dunkelheit ab«, sagte er. »Alles ist startklar, Graff. Einfach perfekt.«

Und meine zusammengefallene Gallen kauerte auf dem Fußboden, ein ungestüm in diese Welt geplumpster und in Dienstmädchenkleidung gewickelter Fötus.

»Gallen?« sagte ich.

»Sieht so aus, als hättest du sie voll erwischt«, sagte Siggi.

»Laß das«, sagte ich.

»Pack ein«, sagte er. »Ich habe die Stelle gefunden.«

»Welche Stelle?«

»Wo wir den Wächter auf Nummer sicher setzen!«

»Siggi.«

»Ich war die ganze Nacht dort, Graff. Es ist alles geplant.«

»Das dachte ich mir«, sagte ich.

»Ich wußte gar nicht, daß du so großes Vertrauen hast, Graff.«

»Vertrauen!« sagte Gallen.

»Kriegt sie jetzt einen Schreikrampf?« sagte Siggi.

»Vertrauen!« sagte Gallen. »Ist er auf der Obstgartenstraße hergekommen?« Oh, sie mochte ihn nicht anschauen. »Dann haben sie sein Motorrad gesehen!« wimmerte sie.

»Es wissen doch alle Bescheid, daß sie die Augen danach aufsperren sollen.«

»Was kümmert sie das?« sagte Graff.

»Bist du von St. Leonhard gekommen, Sig?« fragte ich ihn.

»Graff«, meinte er. »Schau mich an, und dann sag mir, ob du einen Amateur vor dir hast.«

Vertrauen

Nun, ich hörte die ersten Holzknarrer, die sich von der Treppe flurentlang schoben – und wie die oberste Stufe quietschte und sich jemand gegen die Geländerdocke lehnte.

»Wer ist das?« flüsterte Gallen.

»Hat nichts mit mir zu tun«, sagte Siggi. »Mich hat keiner gesehen.«

Also spähte ich auf den Korridor. Es war die alte Tratt, die, außer Puste von ihrem Aufstieg, am Geländer hing.

»Herr Graff!« rief sie. »Herr Graff?«

Ich trat auf den Flur, wo sie mich sehen konnte.

»Keff ist da«, sagte sie. »Keff ist da, um Sie zu Ihrer Arbeit zu bringen.«

»Arbeit?« flüsterte Siggi.

»Er ist viel zu früh dran«, ließ ich die Tratt wissen. »Sagen Sie ihm das.«

»Er weiß, daß er zu früh dran ist«, sagte ich, »und er wartet.« Und die entsetzliche Tratt und ich, wir verstanden uns für einen Moment; dann schwankte sie wieder die Treppe hinunter.

Doch der kahle Siggi krümmte sich über meine Gallen. Er hatte ihren Zopf in der Faust, und sie biß sich auf die Lippen.

»Er hat einen *Job*?« sagte Siggi. »Hat er einen *Job*, du verdammte Göre?«

»Siggi«, sagte ich.

»Vertrauen!« sagte er. »Du hast nie geglaubt, daß ich wiederkomme, was? Hast dir einen Job und ein verfrottetes *Mädchen* zugelegt!«

»Sie wollten ihn verhaften«, sagte Gallen gequetscht.

»Ich habe alles vorbereitet«, sagte Siggi. »Hast du geglaubt, ich lasse dich sitzen?«

»Ich wußte, daß du alles vorbereitet hast«, sagte ich. »Aber, Siggi, die wollten mich als Landstreicher hinstellen. Die haben auch ihre Vorbereitungen getroffen.«

»Keff wartet«, sagte Gallen. »Ach, es ist alles abgesprochen, Graff! Wenn du nicht runtergehst, wird er hochkommen.«

»Sig«, sagte ich, »wo kann ich dich nach der Arbeit treffen?«

»Ja, sicher!« sagte er. »Und du erzählst mir, du hättest diese süße Puppe hier nicht gefrottet?«

»Siggi, laß«, sagte ich.

»Das erzählst du mir!« schrie er. »Erzählst mir, du kommst mit mir mit? Aber erst *nach* deinem verfrotteten Job! Ja, sicher.«

»Dieser Keff«, sagte ich. »Der paßt auf mich auf.« Und den Korridor hinunter hörte ich ein leises, hölzernes Zusammenkrampfen: Ein Schwergewicht stieg doppelstufenweise herauf.

»Sig, verschwinde!« sagte ich. »Sonst wirst du geschnappt. Sag, wo wir uns treffen sollen.«

»Sag, wo *ich* mich mit dir treffen soll« sagte Gallen zu ihm. »Graff muß gehen.«

»*Dich* treffen?« sagte Siggi. »Graffs kleines puppiges Flittchen treffen! *Wozu* soll ich mich mit dir treffen?«

Und Riesenschritte beanspruchten den Flur, Schnaufer wie Traktor-Atem quirlten die Luft im Türstock.

»Verschwinde, Siggi«, sagte ich.

»Ich möchte meinen Schlafsack und meine Zahnbürste, Graff. Kann ich bitte meine Sachen wiederhaben?«

»Oh Jesus, Sig!« sagte ich. »Verschwinde hier!«

Und *wumm!* sagte Keff zur Tür. *Wumm.*

»Ah! Auftritt des Schwergewichtlers!« sagte Siggi. »Auftritt des Rückgratzermalmers!«

Keff wummerte.

»Ich komme wieder wegen meiner Sachen«, sagte Siggi.

»Ach, du bist ja verrückt!« sagte Gallen. »Du glatzköpfiges Mondkalb«, sagte sie. »Du gemeine, gräßliche Schwuchtel!«

»Ach, Graff«, sagte er – er wich zwischen den Betten zurück – »Ach, Graff, ich hatte einen so schönen Plan.«

»Siggi, hör mal«, sagte ich.

»Zum Teufel mit dir, Graff«, sagte er ganz sanft – er kauerte im Sonnenuntergang auf dem Fenstersims.

»Sig, ich treffe mich wirklich mit dir«, sagte ich.

»Oh, Keff!« sagte Gallen. »Keff.« Er wummerte sehr heftig.

»Sig, sag, wo du mich triffst.«

»Wo *habe* ich dich denn getroffen, Graff? Du hast Mädchen im Rathauspark beobachtet«, sagte er. »Mich hast du auch beobachtet.«

»Siggi«, sagte ich.

»Ihr habt euch toll über mich amüsiert«, sagte er. »Du und dieses empfindsame kleine Betthäschen, dessentwegen du die ganze Fahrt gemacht hast.«

Und die Türangelzapfen wuchsen aus dem Rahmen. Oh, Keff konnte tüchtig wummern!

»Du hast einen *Job*!« sagte Siggi. Und er sprang, *splotz*, in den scheußlichen Gartenmatsch.

Der Sonnenuntergang traf seine schreckliche, haarlose Kuppel.

Schatten vertieften seine Schädeldellen und das skelettartige Klaffen seines Mundes – schöpften ihm das Leben aus den Augen.

»Graff?« sagte Gallen.

»Halt den Mund«, sagte ich. »Du gibst mir Bescheid,

wenn er wiederkommt, Gallen – und wenn du von den Obstgärten bis nach St. Leonhard laufen mußt, du wirst mich finden und mir Bescheid sagen, wenn er wieder da ist.«

»Ach, verdammt, Graff!« schrie sie. Dann sagte sie: »Oh, Keff« – der jetzt auf der Angelseite der Tür erschien und die Tür mit sich herumschwang, bis die Griffseite aus dem Pfosten schnappte. Verblüfft hielt er die Tür weiter fest – wußte nicht, wohin damit.

»Oh Jesus!« sagte ich.

Doch es meldete sich keiner.

Das Tier verleugnen

Wie steht es in den Notizbüchern:

Hinley Gouch haßte in Freiheit lebende Tiere,
weil er so lange und selbstgerecht das Tier
in sich verleugnet hatte.

Aber Keff war keiner, der das Tier verleugnete. Nicht, als er meine strampelnde Gallen treppab zu ihrem Tantchen trug; nicht, als er das Deichselende des eisernen Pritschenwagens hob und den Anhänger mit einem gewaltigen Keff-Peff an den Traktor kuppelte.

Ich balancierte auf dem Pritschenwagen, während Keff fuhr; das Eisen surrte unter meinen Füßen, und das Anhängerende schlenkerte in den Haarnadelkurven. Wir klommen die Obstgartenstraße hoch, und für eine Weile hellte der Abend auf; wir holten den letzten Tagesschimmer ein, den der Berg am längsten bewahrte.

Als wir das obere Ende der Obstgärten bei St. Leonhard erreichten, wartete Keff auf ein endgültigeres Dunkel.

»Schon lange im Bienengeschäft, Keff?« fragte ich.

»Du bist ein Schlaumeier«, sagte er.

Und die spärlichen Neonlampen von Waidhofen, die fahlen Lichter am Fluß entlang, blinkten uns von tief unten zu. Der frische weiße Anstrich auf den Bienenkästen bekam eine grünliche Käsefarbe; die Kästen tüpfelten die Obstgärten wie Zigeunerzelte – führten ein heimliches Leben.

Keff schlaffte auf dem Traktorsitz, hockte inmitten von Schaltknüppel und Fußbremse, Kupplung, Anzeigen und Eisenteilen; mit den Riesenrädern als Armstützen flätzte er sich in einem martialischen Sessel.

»Es ist dunkel, Keff«, meinte ich.

»Es wird noch dunkler«, sagte er. »*Du* sammelst ja die Stöcke ein. Willst du's da nicht dunkler haben?«

»Damit die Bienen tiefer schlafen?«

»So ist es, Schlaumeier«, sagte Keff. »Damit du dich ranpirschen und ihnen das Schlupfloch zuschieben kannst. Damit sie nicht rauskönnen, wenn du sie wachzujonglierst.«

Also warteten wir, bis auch der Berggipfel nur eine Himmelssilhouette war, bis der Mond die einzige Farbe spendete und das weitentfernt blinkende Waidhofen die einzigen Zeichen von Nachtmenschen gab, die unter Laterne und Glühbirne wachten.

Keff machte es so: Ich balancierte auf dem Anhänger, und er fuhr durch die Baumreihen von einem Obstgarten zum nächsten. Er stoppte an einem Bienenkasten, und ich schlich mich sachte an. Sie hatten einen kleinen Eingang, so groß wie ein Briefkastenschlitz in einer Tür. Ein paar schläfrige Bienen saßen stets draußen auf der Leiste; ich schubste sie in ihr Haus, extra sanft, und dann zog ich die Blende herunter vor ihrem Eingang und Ausgang.

Wenn man den Kasten hochhob, erwachte der Stock. Sie summten drinnen; wie ein schwacher elektrischer Strom pulsierten sie einem in den Armen.

Die Kästen waren sehr schwer; wenn ich sie auf die Pritsche hob, sickerte Honig durch die Bodenbretter.

Keff sagte: »Wenn du einen fallenläßt, Schlaumeier, platzt

er garantiert. Wenn er platzt, Schlaumeier, fahre ich los und lasse dich da.«

Also ließ ich keinen fallen. Als etwa sechs Stück auf der Pritsche standen, mußte ich mich mit dem Rücken dagegenstemmen, damit sie nicht wegrutschten. Zuerst rutschten sie immer zum Traktor hin, wenn es bergab ging, dann rutschten sie nach hinten, wenn wir berganfuhren.

»Feste gestrampelt, Schlaumeier«, sagte Keff.

Vierzehn Stück paßten auf den Boden des Pritschenwagens; das war die erste Lage. Dann mußte ich stapeln. Mit der zweiten Lage obendrauf rutschten sie nicht so schnell; es lastete ein zu großes Gewicht auf ihnen. Doch ich mußte einen Platz in der zweiten Lage freilassen, damit ich die dritte Lage aufladen konnte. Ich mußte mit einem Bienenkasten in den Armen auf einem anderen Bienenkasten stehen. Dann mußte ich über die zweite Lage krabbeln, um die Ecken auszufüllen.

»Drei Lagen reichen, was, Keff?«

»Paß auf, daß deine Füße nicht durchkrachen«, sagte Keff. »Dann steckst du garantiert fest.«

»Garantiert, Keff.« Honigbeschmiert bis übers Knie, ein des nachts ins Heim eingebrochener Plünderer.

Keff tat folgendes: Ich stemmte mich gegen die Stöcke, und er überquerte die Straße, bearbeitete erst eine, dann die andere Seite, immer den Berg hinunter. Er hielt die Anzahl der Obstgärten auf jeder Seite gleich, problematisch war nur das Überqueren der Straße. Wenn man aus einem Graben heraus und hinunter in den nächsten fuhr, legte sich der Pritschenwagen immer so schief, daß die Kästen der zweiten Lage fast bis zum Umkippen schaukelten. Ich stemmte mich dagegen, und Keff tat folgendes: Er stellte den Motor ab, machte den Scheinwerfer aus, ließ alle Ächzer und Knacker seines Traktors abklingen und verstummen. Dann lauschte er nach Autos auf der Straße; wenn er etwas hörte, wartete er stets.

Es dauerte eben sehr lange, bis Traktor und Anhänger auf

der anderen Seite waren, und die Straße war zu kurvig, um Schweinwerfer mit Sicherheit entdecken zu können. Deswegen lauschte Keff immer nach Motorgeräuschen.

»Ist das ein Auto, Schlaumeier?«

»Ich höre nichts, Keff.«

»Sperr die Ohren auf«, sagte er. »Willst du, daß jemand mitten durch die Stöcke fährt, wenn wir quer auf der Straße stehen?«

Also sperrte ich die Ohren auf und lauschte. Den vielfältigen Tönen, die der heiße Traktor machte. Den geschwätzigen Bienen.

Gestochen wurde ich nur ein einziges Mal. Eine Biene, die ich von der Leiste vor dem Eingang gewischt und nicht ins Haus bekommen hatte, verfing sich in meiner Manschette und erwischte mich am Handgelenk. Es brannte nur ein klein wenig, aber mein Handgelenk wurde dick.

Und es fehlten uns noch vier oder fünf Kästen zu einer vollen dritten Lage, als Keff den Traktor stoppte, um den Druck in den Anhängerreifen zu prüfen. »Ich denke, sie haben ihn inzwischen, Schlaumeier«, sagte er.

»Wen?« sagte ich.

»Deinen schwulen Freund, Schlaumeier«, sagte er. »Er war da, um dich zu sehen, aber weg kommt er nicht mehr.«

»Du hast bloß Stimmen gehört, Keff. In dem Zimmer waren bloß Gallen und ich.«

»Ach was, Schlaumeier«, sagte er. »Im Garten sind Fußspuren, und alle haben das Gebrüll gehört. Klar? Schwulsein verblödet eben, Schlaumeier.«

Er las den Reifendruck ab. Wieviele atü sind erforderlich, um einen einachsigen Anhänger mit Doppelreifen zu tragen, der tonnenweise Honig und Bienen geladen hat?

Keff bückte sich dicht bei der Stelle, die ich freigelassen hatte, um auf der zweiten Lage stehen zu können. Ich hätte einfach raufspringen und eine ganze Reihe der dritten Lage über ihn stürzen können. Ich sprang hoch auf die zweite Lage.

»Was hast du denn da mit der kleinen Gallen angestellt, Schlaumeier?« Er schaute nicht hoch. »Ich habe drauf gewartet, daß sie alt genug wird«, sagte er. »Und ein bißchen fülliger.« Und sein halsloser Vierkantschädel wirbelte das Gesicht zu mir hoch, grinsend.

»Was machst du da oben?« sagte er. Und seine Füße wichen unter seinen Keulen zurück, wie bei einem Sprinter, der in die Startlöcher geht.

Ich sagte: »Wieso haben wir keine Bienenanzüge, Keff? Wieso haben wir keine Masken und sowas?«

Aber er war auf dem Rückzug, wandte den Blick nicht von der Kastenreihe der dritten Lage.

»Wieso haben wir was nicht?« sagte er.

»Bienenanzüge«, sagte ich. »Als Schutz, wenn es einen Unfall gibt.«

»Hat sich der Imker ausgedacht«, sagte Keff, der sich jetzt aufrichtete. »Wenn man geschützt ist, ist man unvorsichtig, Schlaumeier. Wenn man unvorsichtig ist, passieren Unfälle.«

»Warum holt der Imker die Stöcke nicht selber, Keff?«

Doch Keff linste immer noch nach der Reihe der dritten Lage. »Die dritte Schicht ist fast voll«, sagte er. »Noch einmal über die Straße, dann fahren wir zu den Schuppen zurück.«

»Na dann los«, sagte ich.

»Glaubst wohl, er ist noch da, was, Schlaumeier? Nach der Ladung hier holen wir die nächste Fuhre, und glaubst du, er ist dann noch immer da und quietschfidel?«

»Tja, Keff«, sagte ich und dachte: Beinahe wärst du selber nicht so quietschfidel, Keff – beinahe wärst du nicht mehr da. Eifrige Bienen sitzen in diesen Stöcken, Keff, und beinahe wärst du im Honigkleister versunken; Bienenstiche hätten dir deinen dicken Kopf noch dicker geschwollen.

Keff lauschte, ob etwas kam.

Nein, natürlich nicht, dachte ich. Du warst immer da, und nie in Gefahr, Keff. Und siehst du nicht, Siggi, daß ich einen Punkt mache? Und was zum Teufel erwartest du eigentlich von mir, Siggi?

»Da kommt wer«, sagte Keff. Er ließ den Motor an.

Ja, sogar die Bienen schwiegen und lauschten ebenfalls.

»Da rennt wer«, sagte Keff, und er öffnete den Werkzeugkasten.

Ich hörte die Atemzüge auf der Straße; Kiesgeknirsche und Gekeuch.

»Ein Bekannter von dir, Schlaumeier?« sagte Keff, den Schraubenzieher in der Pratze.

Dann verdrehte er das Scheinwerfergehäuse so, daß die Vorderseite der Lampe die Straße hinunterzeigte; aber das Licht ließ er aus. Er hielt sich bloß bereit.

Pst, Bienen, dachte ich. Das sind kleine, kurze Schritte; das sind rasche, kleine Atemzüge.

Und Keff drehte das Licht auf und leuchtete meine Gallen an, deren offenes Haar im Laufen die Nacht fächelte.

Wie viele Bienen würden für dich reichen?

Sie kam mit der Neuigkeit – und weichen Knien, weil sie seit Waidhofen bergauf gerannt war. Gallen brachte die Neuigkeit von Siggis grandioser Rückkehr wegen seiner Zahnbürste, wie er sich affenartig vom wilden Wein zum Fenstergitter geschwungen hatte, um sich erneut Zutritt zu verschaffen, wie er den Flur entlanggeblökt, das Treppengeländer ins Vestibül hinuntergerutscht war, für sie alle den Epitaph gesprochen hatte – für Tantchen Tratt, die wie eine besprungene Henne in ihrem Schlupfwinkel unter der Treppe gluckste; und ebenfalls für meine Gallen, der er irgendeine grelle Metapher über zertrümmerte Jungfernschaft lieferte. Und für mich, auch für mich hatte er einen gesprochenen – erzählte Gallen –, eine Diatribe, eine Prophezeiung meiner letztendlichen Kastration.

»Völlig verrückt!« japste sie. »Er war einfach verrückt, Graff. Und er hat im Garten rumgescharrt und die Schloßmauern mit Schlamm beworfen!«

Nun, die Bienen hörten alles; sie summten an ihr lang, wo sie sich lang an sie lehnte – die Bienenkästen stützten ihr den ganzen, schmächtigen Rücken.

»Paß bloß auf, daß sie sich nicht zu doll anlehnt«, sagte Keff. »Paß bloß auf, daß sie keinen Stock umkippt, Schlaumeier.«

Es reicht, Keff. Es reicht jetzt wirklich, dachte ich.

»Sie kriegen ihn garantiert«, sagte Keff.

»Er tobt«, sagte Gallen. »Die ganze Stadt ist hinter ihm her. Ich weiß nicht, wo er hin ist.«

»Der gehört eingebuchtet«, sagte Keff – und auf der abfallenden Straße hinter ihm schreckte der irrsinnig-verdrehte Scheinwerfer die in die Haarnadelkurven geduckten Bäume auf. Die Stadt blinkte lautlos jenseits der Dellen und Reliefs runder Baumgruppen, die sich vor dem Nachthimmel ballten.

»Ach, Graff«, sagte Gallen. »Es tut mir so leid. Bitte, es tut mir leid, Graff – wenn er doch dein Freund ist«, sagte sie.

»Ohren auf«, sagte Keff, doch ich hörte nichts. »Ohren auf, Schlaumeier« – unten in der Stadt, es wand sich zu uns herauf, doch bis jetzt nur als leises Brummen – »hörst du das Auto?«

Und ein paar Baumgruppen fingen das blinkende Blaulicht ein, das über der Straße zuckte und mit den Kehren der Haarnadelkurven die Seiten wechselte.

»Hör mal«, sagte Keff. »Das ist ein VW. Das ist die Polizei, garantiert.«

Garantiert. Sirenenlos und klammheimlich.

Sie saßen zu zweit im Wagen, und sie hielten sich nicht lange auf.

»Wir errichten oben eine Straßensperre!« sagte der eine, und ein schwarzer Handschuh schnalzte mit den Fingern.

»Bei St. Leonhard!« sagte der andere. »Falls er auf diesem Weg fährt.«

Und die Bienen hörten es; das schwindende Blau blinkte von ihren Kastenhäusern davon; sie regten sich hinter meiner armen, abgestützten Gallen, die zum zweiten Mal an diesem Abend wegen mir in ein Häufchen Elend verwandelt worden war.

Und ich hatte nur einen Gedanken: Garantiert probiert er's nicht, mit dem Motorrad aus der Stadt zu fahren. Oh, garantiert – zumindest nicht auf *diesem* Weg.

Und Keff sagte: »Schlaumeier, wir können hier nicht die ganze Nacht einfach bloß glotzen. Wenn das Mädchen nicht runterfällt, würde ich jetzt gerne rüber über die Straße.«

»Es geht schon«, sagte Gallen, doch ihre Stimme fröstelte, als wäre ein Wind die Berge heruntergeweht, weither von der Raxalpe, weither vom letzten Januar, und wäre über sie hergefallen, gerade als sie morgens warm und kostbar und verletzlich aufwachte, ungeschützt. Es tat ihr wirklich weh, und ich konnte keinen klaren Gedanken fassen.

»Dann wollen wir mal die Ohren aufsperren«, sagte Keff, kletterte auf den großen Federsitz und ließ sich zwischen den eisenklirrenden Teilen nieder. Wir lauschten, und er ruckte den Scheinwerfer herum, so daß er geradeaus wies und direkt über die Straße leuchtete. Dann wuchtete er auf jede Radbremse einen schweren Fuß; er schaltete holpernd und mühsam in den Leerlauf. Der Anhänger schaukelte; die Bienen summten.

»Ich höre nichts«, sagte ich.

»Nein, nichts«, sagte Keff, und er langte nach dem Zündschlüssel.

Er war gerade dabei; ich sagte: »Keff?«

»Schlaumeier?« sagte er, und seine Hand blieb in der Luft stehen.

»Da«, sagte ich. »Hörst du?«

Und er erstarrte, quietschte nicht mit den Traktorteilen, schnaufte nicht.

»Oh, ja«, sagte er.

Vielleicht noch nicht einmal aus der Stadt heraus, doch näherkommend – und vielleicht nicht einmal in unsere Richtung. In den engen Torbögen, vielleicht – vielleicht war deshalb das Geräusch erst da und dann wieder plötzlich weg. Da und weg.

»He, Schlaumeier«, sagte Keff. »Dein Gehör ist wirklich 1a.«

Und jetzt war es aus der Stadt heraus; es nahm unsere Straße. Ein heiserer Mann, der sich räusperte, viele verschlossene Zimmer entfernt – der sich mächtig und heiser räusperte, nicht vorübergehend, sondern unaufhörlich; immerfort weiter, sich uns immerfort nähernd.

»Oh, ja!« sagte Keff.

Oh, ja, ich hätte es unter einer Million anderer erkannt. Oh, das gute Geräusch der kratzkehligen Bestie, die mein Siggi fuhr!

»Ha!« sagte Keff. »Das ist *er*, Schlaumeier. Er, der Schwule!«

Und da, Keff, wäre es beinahe aus mit dir gewesen. Ein Bienenkasten von der dritten Lage für dich, Keff, genau da, wo dein halsloser Schädel fast auf gleicher Höhe mit dem summenden Stapel verschwommen droht; genau da, wo du auf deinem hohen Sitz lauerst, Keff, ein Bienenkasten für dich. Und vielleicht noch einen, vielleicht ginge eine ganze purzelnde Reihe auf dich nieder, dicker Keff. Wenn ich mich traute, Keff, und wenn ich dächte, es würde irgend etwas ändern oder irgend etwas nützen.

Wie viele Bienen würden für dich reichen, Keff? So ein strammer Bursche wie du – wie viele Bienenstiche könntest du wohl aushalten? Was ist dein Quantum, lausiger Keff?

Bergauf und bergab,
nah und fern

Und war es Gallens kalte Hand, die mich zurückholte? Die mich am Anhängerende hinkauern und überlegen ließ: Was nun, Siggi? Wie verhindere ich, daß du auf der Bergkuppe landest, bei dem blaublinkenden VW und den schnalzenden, schwarzbehandschuhten Fingern, da innendrin?

Den Berg hinauf, den Keff und ich uns heruntergewunden hatten, sind die kiesigen Haarnadelkurven schärfer; drei S-Kurven über dem Bienenwagen kam die tollste S-Kurve von allen. Sie war scharf wie ein Z. Tja, dachte ich, für die wird er wohl abbremsen müssen – selbst Siggi, selbst die Bestie werden für die einen oder anderen zwei Gänge runterschalten müssen. Vielleicht sogar in den ersten; er würde langsam genug fahren, um anhalten zu können oder wenigstens so langsam, daß er mich auf der Straße sehen mußte.

Ich rannte los, und ich entzifferte Keffs Geschrei nicht; nein, ich beachtete seine kratzige Stimme überhaupt nicht.

Man glaubt immer, daß man nachts so schnell läuft, sogar bergauf; man sieht nicht, wie langsam die Straße unter einem weggleitet oder wie langsam die Bäume an einem vorbeiziehen. Die alten Nachtphantome schummerten und fledderten; ich hörte die Bestie lauter wüten.

Ergänze ich rückblickend all die Einzelheiten und verdichte dadurch die Tatsachen so sehr? Oder hörte ich sie damals wirklich? Die Bienen. Ihre millionen-, zwei-, drei-millionenfachen Stimmen, drängend und ungeduldig, ein einziges Gesumm.

Doch *das* weiß ich sicher: Es ging drei S-Kurven den niederstürzenden Berg hoch, und dann kam das Z. War es so perfekt ausgearbeitet, daß der Scheinwerferstrahl genau in dem Moment die Baumgruppen rings um mich traf, als ich in das Z einlief? Oder war es vielmehr irgendwo im letzten S, unterwegs zum Z? Oder mußte ich in Wirklichkeit lange auf der Lauer liegen, bevor das *trrock* und *wummp* der Ventile und Reifen in das Z bog?

Jedenfalls war ich da; ich sah, wie er hinter dem Lenker aus der S-Kurve unter mir geschliddert kam – konnte hören, daß er im dritten Gang fuhr – und sah, wie mich der zappelnde Scheinwerfer mondfarbig tünchte und für ewig an diesen Fleck auf der Straße bannte. Dann hörte ich das Herunterschalten in den ersten Gang. Im Knick des Z – kam er seitlich auf mich zu? Holperte der Scheinwerfer ganz allein daher?

»Verfrotteter Graff!« sagte er, und die Bestie verröchelte.

»Oh, Siggi!« sagte ich, und ich hätte seinen glänzenden Helm küssen können – bloß war es nicht sein Helm. Es war seine blanke Kuppel, kahl wie der Mond und entblößt für die Nacht seiner Flucht.

Kalt wie eine Knarre.

»Verfrotteter Graff!« sagte er, und er strengte sich an, die Maschine in den Leerlauf zu bekommen. Er hob den Fuß zum Kickstarter.

»Sig, bei St. Leonhard haben sie eine Straßensperre für dich errichtet.«

»Du hast eine Straßensperre im Hirn«, sagte er. »Laß mich.«

»Siggi, du kannst nicht rausfahren. Du mußt dich verstecken.«

Doch er setzte den Fuß wieder auf den Kickstarter; ich schaukelte ihn aus der Balance, so daß er beide Beine brauchte, um die Maschine zu stützen.

»Verfrotteter Graff! Du vermurkst immer alles, du in dieses *Mädchen* verknallter Simpel!«

Und er wuchtete die Maschine in eine stabile Lage hoch, stieß seinen Startfuß nach hinten. Aber ich ließ ihn nicht.

»Siggi, sie lauern dir auf. Du kannst nicht weg.«

»Hast du einen Plan, Graff?« sagte er. »Ich würde gern deinen Plan erfahren, verfrotteter Graff!«

Aber woher denn, es gab keinen Plan. Natürlich nicht.

Doch ich sagte: »Du mußt die Maschine verstecken. Fahr in die Obstgärten rein, bleib bis zum Morgen in Deckung.«

»Ist das ein *Plan*?« sagte er. »Kommt von dir überhaupt irgendein guter Plan, Graff? Bevor nicht jedes Jungfernhäutchen auf Erden geraubt ist, wirst du da jemals einen lohnenden Plan haben?«

Und er wand mir den Lenker aus den Händen, doch ich klemmte seine Beine an der Maschine fest, und er konnte den Kickstarter nicht treten.

»Von dir kommt niemals ein Plan, verfrotteter Graff! Niemals ein irgendwie im geringsten bedeutendes Vorhaben – nicht, solange in der Welt noch junge, steife, ungeknutschte Brustwärzchen übrig sind!«

Und er wuchtete die Maschine herum, riß sie am Lenker hoch, stemmte die Hacken ein. Doch ich hatte seinen Startfuß noch immer festgezwängt.

»Kleingeistiger, prompter Graff!« brüllte er. »Dir stecken alle ungebumsten Titten der Welt im Hirn!«

Und er ruckelte am Vorderrad, bis es bergab wies. Er ließ seine Bestie anrollen; ich erwischte die Schlitztasche seiner Entenjägerjacke und lief dicht nebenher.

»Hymen-Hysterie!« schrie er. »Du Graff, Graff du!«

Oh, er war riesig, er war einsame Klasse, zweifellos. Und jetzt kam Bewegung in die Maschine; er versuchte, einen Gang zu finden, er ließ die Kupplung kommen, um seine Bestie im Rollen per Ruckstart anzulassen.

»Du wirst immer alles wegwerfen, Graff«, sagte er sonderbar sanft.

Und ich konnte nicht Schritt halten. Ich schaffte es, hinter ihm aufzuspringen, und die Maschine schlingerte. Ich warf mich an seinen Rücken, doch er hatte die Fußrasten für den Sozius hochgeklappt. Er hatte diese Fahrt von Grund auf allein geplant.

Ich spürte, wie er mit einem *klank* den Gang fand.

Doch ich tat dies: Ich beugte mich über seine Schulter und ließ den Handballen auf den Aus-Schalter fallen. Die Maschine sollte nie anspringen. Sie machte hinter uns ein gedämpftes, luftiges Furzgeräusch, aber der eingelegte Gang bremste uns rasch ab. Ich prallte gegen ihn, und er rutschte grätschbeinig über den Benzintank, seine Knie verkeilten sich unter der Lenkstange; seine Füße flogen von den Fußrasten, und er kam nicht mehr nach hinten an die Gangschaltung heran.

Und egal, welchen Gang wir drin hatten, er blieb es nicht. Die alte, rasende, schwungversessene Bestie kuppelte aus. Wir fuhren im Leerlauf, der Scheinwerfer holperte vor uns die Straße hinunter; wir glitten antriebslos dahin, rollten bergab – der Kiesbrei spritzte mit leisem Schwirren neben uns weg; das raunende Schnurren und Wumpern der Reifen rüttelte uns bergab. Wir machten nicht das kleinste Geräusch.

Ob uns wohl die Bienen kommen hörten?

Diese S-Kurve und noch eine, sie wischten schneller vorbei als die nebenhergaloppierende Nacht.

»Rutsch auf dem Sattel zurück!« sagte Siggi. »Ich muß den Gang reinkriegen.«

Doch das Gefälle war zu steil; mein Gewicht war nach vorn gesackt, auf ihn, auf den Benzintank. Und gerade als ich mich zu bewegen versuchte, machte uns die nächste S-Kurve schwer zu schaffen.

»Schalten, Graff!« gellte er. »Du kommst doch hin, du Simpel!«

Und er riß am Kupplungsgriff; ich bohrte meine Zehen unter den mir fremden Hebel, doch er rührte sich nicht.

Der vordrängende Scheinwerfer warf uns Stücke und Kanten der kaputten Straße hin, ein Schreckbild einer Baumgruppe und eines bodenlosen Grabens – des kalten, stillen Nachthimmels und der schimmernden, engelgleichen Stadt, unzählige Haarnadelkurven tief unten. Alles flog uns auf schroffen Spiegelscherben schiefwinklig entgegen.

Und fast beiläufig sagte er: »Graff, du mußt das hin-
kriegen.«

Meine Zehen schmerzten von der Schinderei, doch dann
machte der Schalthebel plötzlich ein ratschendes Geräusch;
der Motor bölkte, kanonenartig und wiehernd, und ich
fühlte, wie ich Siggis Rücken hochschoß und mich krallend
wieder herunterzog. Die vorderen Stoßdämpfer zischten;
die Maschine neigte sich nach vorn.

Siggis Gewicht lag für eine gute Kurvenarbeit zu weit
vorn; wir rumpelten plump und schlenkernd durch die
obere Hälfte eines endlosen S, doch wir wurden langsamer,
ein wenig.

»Das ist der Zweite«, sagte Siggi. »Bring den Ersten,
brems uns ab.«

Vor uns krümmte sich die untere Hälfte des S; die Maschine richtete sich auf und hupperte seitlich über die Krone,
doch wir blieben auf der Straße. Wir hielten die Spur, und
Siggi sagte: »Erster Gang, Graff. Jetzt bring den *Ersten*.«
Und meine Zehen bohrten wieder, stemmten sich gegen den
Hebel; ich glaubte zu spüren, wie er sich bewegte. Und Siggi
sagte: »Du mußt den Gang voll erwischen, Graff. Drück ihn
ganz rein, Graff.« Und ich dachte: Gleich, gleich haben
wir's geschafft – wir packen diese irre kleine Schußfahrt.
Und wir schrammten aus dem S heraus. Ich dachte: Das
war's, okay, garantiert.

Aber was machte Keff da, direkt vor uns? Was machten sein Traktor und Bienenwagen da, breitseit auf der
Straße?

Und schienen sie nicht überrascht? Keff, wie er das große
Steuerrad hielt, wie eine Welt, die seinem Griff entglitt, und
Gallen, die auf dem Anhängerende thronte und die Bienen-
kästen der dritten Lage abstützte.

Keff, der Oberlauscher, der natürlich den Beginn unserer
motorlosen Niederfahrt nicht gehört hatte. Und was wirst
du denn jetzt machen, Keff, breitseit und alles Leben auf der
Straße beanspruchend?

»Oh«, sagte Siggi, so sanft, daß es entweder ein Flüstern war oder eine Beanstandung, gesprochen in das Rauschen des Winds.

Die genügende Anzahl Bienen

Der Scheinwerfer tanzte über sie; die gedrungenen, regen Kästen, die drei Lagen hoch vor und auch rasch über uns ragten. Der summende Eisenboden des Pritschenhängers – durchsackend unter dem Honig und auf gleicher Höhe mit unserem nahenden Vorderlicht – warf uns unser unfaires Erscheinen zurück.

Siggis Ellbogen pumpte zweimal, rummste mir gegen die Brust und schüttelte mich von seinen Schultern. Doch ich half ihm bereits; meine Handknöchel stemmten sich schon in die Klemme von Sattel und Tank, die zwischen uns lag. Ich stieß mich aus den Handgelenken hoch und ab, schnellte meine Arme gerade zur Seite und spürte, wie ich mich von Siggi und der Bestie entfernte, ganz langsam, schien es – über hundert Kilometer der bergabschießenden Straße stieß ich mich hoch und ab; über hundert Kilometer segelte ich hinter und weg von der Bestie, das immer noch im zweiten Gang lief und nie den ersten finden würde.

Das rot-holpernde Rücklicht tänzelte unter und vor mir her. Und ich dachte: Ich werde in der Luft sitzen und diese Straße bis nach Waidhofen hinuntersegeln. Ich werde an diesen Bienen glatt vorbeikommen, mit einem Kilometer Abstand; ich werde frühestens nach hundert Kilometern landen.

Und das Rücklicht bewegte sich von mir weg, wich seitlich aus, versuchte sich und die Richtung zu entscheiden – konnte natürlich nirgendwohin.

Die längsten hundert Kilometer, die ich je in der Luft war,

beanspruchten seltsamerweise überhaupt keine Zeit. Nicht einmal so viel, daß der unverdrossene Siggi seine Knie unter der Lenkstange herausbringen konnte, obwohl Zeit genug, daß ich sehen konnte, wie er es versuchte – wie seine Kuppel zurückschnappte und all die geisterhaften Reflexionen einfing von Scheinwerfer, Rücklicht, Ecken und Fronten der Bienenkästen, vom Pritschenhänger, ungeschlachten Traktorkotflügeln und den Eisenteilen in Keffs offenem Mund.

Das Rücklicht führte einen ganz verwünschten Tanz auf, fiel auf die Straße und spuckte Muster aus roten und weißen Lichtstücken – beendete seinen Tanz und erlosch. Siggi, den Kopf in die Schatten gezogen und in seine Entenjägerjacke, legte die alte Bestie auf die Seite.

Der Scheinwerfer stach unter dem Pritschenhänger durch zur sicheren Straße dahinter. Die auf der Seite liegende Maschine nahm diesen Weg, ließ Funken sprühen vom Schleifen des sengenden Auspuffrohrs – der Fußraste und des Kickständers, des Lenkergriffs und der Radnabe, die Brocken aus der abfallenden Straße frästen.

Und wird es dich nicht überraschen, Keff, mich diese ganze verdammte Scheiße überfliegen und mit Siggi zusammentreffen zu sehen, wenn er auf der anderen Seite unter deiner schrecklichen Fracht hervortaucht?

Aber was tatest du, Keff? Was genau hast du dir eigentlich dabei gedacht – als du vorwärtsrucktest, Keff, und stehenbliebst; als du stehenbliebst und dann vorwärtsrucktest, oder egal, wie auch immer die Reihenfolge war? Was wolltest du tun, Keff? Was hast du dir bloß in deinem überträgen Hirn dabei gedacht? Keff, wieso hast du geglaubt, du könntest jemals die Bahn freimachen.

Warum hast du dich bewegt, Keff – so daß Siggi zwar unter den Pritschenhänger rutschte, aber *nicht* auf der anderen Seite heraus?

Oh, du hast dich nicht viel bewegt, Keff, doch gerade genug, daß irgend etwas einen Teil von Siggi oder seiner Bestie streifte – eine Achse? ein Zentimeter Reifen? die vorstehende Bodenkante der Pritsche? Gott, irgend etwas sagte ZÄNG! – ein hohles, eisernes Läuten, das den Mond erschütterte.

Du hast dich nicht viel bewegt, Keff, doch du bist vorgeruckt.

Gerade als ich deine furchteinflößende Fracht überfliegen wollte, bist du vorgeruckt, Keff! Und Siggi oder ein Teil seiner Bestie sagten ZÄNG! unter dem Pritschenboden hervor; und Gallen, deren lange, lieblose Arme nur vorgaben, die schrecklichen Bienenkästen der dritten Lage abzustützen, sie sprang! Wußte, das Spiel war aus, und daß die Stöcke ihrer Kontrolle entglitten. Sie sprang ab; gerade als ich im Tiefflug über deine Bienen schwirren wollte, Keff – genau dann. Du bist vorgeruckt, stehengeblieben, abgesoffen – egal, was immer du da auch tust, und tatest, hinter deinen Geräten, Gängen und ominösen Eisenteilen.

Und die Bienenkästen der dritten Lage standen so lange auf der Kippe, wie ich für meine hundert Kilometer weite Reise in der Luft gebraucht hatte; sie fielen im Zeitlupentempo, flockten hinunter auf die puderweiche Straße und die harrende Eisenkante der Pritsche. Die Bienen und ich fielen im Zeitlupentempo, Keff.

Beschloß ich eine Landung einzuschieben, als ich sie fallen sah? Ich kam breiig auf der Straße auf, die härter war als sie aussah und mir alle Haut von den Handballen fraß.

Doch die Bienenkästen fielen härter als ich. Sie waren so schwer und empfindlich wie Wasserballons. Ihre zerbrechlichen Seiten platzten, und sie gossen ihre krabbelnden, schwammigen Schwärme aus.

Gott, was sagten sie? Was sagten die Bienen? War es: »Wer hat mein Heim zertrümmert mitten in der Nacht?« Oder war es: »Wer hat mich aufgeweckt – ist in den Stock eingebrochen, hat meine Babies in ihren wächsernen kleinen Schlafzellen zerquetscht! *Und wer blendet mich jetzt mit diesem Licht?*«

Denn die Bestie wollte nicht sterben, wollte ihren

Scheinwerfer nicht löschen; er leuchtete unter dem Anhänger hervor, so wunderschön bernsteinfarben auf die großen Honigklumpen, die über den Pritschenrand heruntertroffen.

Nun, das Licht erfaßte auch dich, Keff – wie du die Straße zu mir hochkamst, bärig trottend und deine großen Arme um den Kopf schwingend, dir die Hosenaufschläge klatschend und hüpfend, Keff, – jawohl, hüpfend – und dich in der Luft drehend und dir die Oberarme umklammernd, die Arme verschränkend, Keff; und tief dich bückend; und dann weiter auf mich zutrottend.

War Gallen vor dir bei mir, Keff? Oder habe ich mir nur eingebildet, daß sie schon eine Sekunde dort war, ehe du mich wie einen Ball aufbaggertest und mich den Berg hinauf halb trugst, halb rolltest, heraus aus dem Licht, das den Bienen den Weg wies?

Und ging dann das Gesteche los? Ich erinnere mich nicht, etwas gespürt zu haben. Ich erinnere mich, eine gemilderte, viel dumpfere Wiederholung des ursprünglichen ZÄNG! gehört zu haben, das die Bestie oder irgend etwas gegen den Anhänger machte. Ich erinnere mich, wie sie, *zäng-wumpp*, *zäng-wumpp*, unter dem Pritschenboden hervorkam.

Siggi, hast du versucht, den Anhänger von dir abzuschütteln – immer noch versucht, deine armen, eingekeilten Knie unter dem Lenker herauszubekommen? Deine Faust oder deinen Unterarm – deine Kuppel? – *zäng-wumpp* und wieder *zäng-wumpp*; wußtest du, daß ich dich hören und angerannt kommen würde?

Ich hörte dich. Ich kam angerannt. Und ich würde es auch bis dort geschafft haben, hätten die Bienen mir nicht die Augen verschlossen, die Ohren verstopft und mich nur noch kriechen lassen. Und selbst dann hätte ich es vielleicht noch bis dort geschafft, wäre Keff nicht über mich hergepoltert, hätte mich unter den Arm geklemmt und täppisch wieder die Straße hinaufgeschleppt.

Wenn ich schrie, dann um ein menschliches Geräusch zu

hören; um das Bienengebrumm zu übertönen – was sagten sie da?

»Hier ist der Heim-Zertrümmerer, der Bienenbaby-Zermalmer! Und wenn wir seinem Licht folgen, kann er uns nicht entkommen!«

Und danach, wie war die richtige Reihenfolge?

Da war Keff, der mir erzählte, was ich schon wußte: »Oh, Schlaumeier, ich *habe* gehorcht. Ich *habe* gehorcht! Ich hab' euern Motor ausgehen hören, und ich hab drauf gehorcht, daß er wieder startet, aber er tat's nicht. Ich hab's nicht gehört, Schlaumeier! Ich hab zu dem Mädel gesagt: ›Halt du nur mal schön diese Kästen fest, dann kommen wir endlich rüber über diese Straße‹. Frag sie doch, Schlaumeier! Wir haben *beide* gehorcht, und ihr *kamt nicht*. Niemand kam. Wie seid ihr denn so schnell hergekommen, bevor ich auch nur einen Mucks gehört habe?«

Und davor oder währenddessen oder sogar danach, kam der blaublinkende VW von St. Leonhard herunter, weil sie, wie sie sagten, das ZÄNG! gehört hatten – sogar dort oben!

Ich versuchte, zwischendurch irgendwann die Augen zu öffnen. Doch sie gingen nicht auf, und Gallen legte ihren Mund darauf und befeuchtete sie mir kühlend.

Und wieder versicherte mir Keff, daß er gehorcht hätte.

Und dann bin ich mir wirklich nicht sicher, worauf ich lauschte und was ich hörte; ob es noch einmal oder zweimal *zäng-wumpp* machte, oder ob ich Keff fragte: »Wie viele Bienen, was würdest du schätzen?« Und ob Keff und ich eine höchstwissenschaftliche Diskussion führten über die Anzahl von Bienen pro Kasten und über die Anzahl von Kästen, die heruntergekippt waren – ob es bloß die Reihen der dritten Lage am Hinterende der bergzugewandten Anhängerseite waren, oder ob mehr oder weniger. Und spielte es eine Rolle, wie viele?

Und ob Keff antwortete oder schätzte; ob all dies sofort geschah, oder ob meine Bienen-Zählung in Wahrheit nicht später gewesen ist, halbbewußt und halbversunken in einem

Epsomer Bittersalz-Bad. Ob irgend etwas davon drei Minuten nach dem letzten *zäng-wumpp* geschah, das ich wirklich hörte oder drei Tage danach – drei Epsomer Bittersalz-Bäder entfernt.

Und umhockten mich die Gesichter der einzig wahrhaft Trauernden auf jener abschüssigen Straße, in jener Nacht der Bienenverschwörung? Klagten mich die Tiere damals an, betrauerten ihn damals? Oder wurde auch dies in Epsomer Bittersalz aus mir herausgelaugt?

Das weinende Wallaroo, den erschütterten Oryx, die verzweifelten Seltenen Brillenbären. Wann sah ich sie um ihn trauern?

War es dort, mit noch zugeschwollenen Augen? Oder war es unzählige kathartische Bäder entfernt und lange, nachdem Siggi sein Quantum an Bienenstichen erreicht und überschritten hatte?

II
Das Notizbuch

Die erste Zoowache:
Montag, 5. Juni 1967, ca. 13.20 h

Ich werde erst später am Nachmittag reingehen. Noch ein Stündchen in der Sonne kann mir gewiß nicht schaden; vielleicht trockne ich sogar. Wie du ja sicher weißt, Graff, verließ ich Waidhofen in einem ansehnlichen Platzregen. Und fast die ganze Strecke bis Hietzing waren die Straßen glitschig, wenn auch der Regen aufhörte, nachdem ich die Berge erst einmal hinter mir hatte.

Bei meinem Aufbruch wußte ich wirklich nicht, wie spät es war. Um wieviel Uhr kam denn der Milchmann eigentlich an? Alles passierte so schnell und früh; ich bin sicher, daß ich um neun weg war, und ich sitze in diesem Café gerade solange, um etwas bestellt zu haben – einen Tee mit Rum, denn ich bin vom Regen ganz schön durchgefroren. Also, wenn ich um neun weg bin, und jetzt ist es ein Uhr zwanzig, dann können wir vier Stunden rechnen – von Waidhofen zum Tiergarten Schönbrunn. Und das bei nasser Straße.

Kennst du das Café, wo ich bin? Am Platz abseits der Maxingstraße, gegenüber dem Haupteingang vom Zoo. Ich ruhe mich bloß aus und lasse mich trocknen. Am Spätnachmittag werde ich zum Zoo rüberbummeln, ein wenig herumstöbern und mir ein Plätzchen suchen, wo ich mich verstecken kann, wenn sie anfangen, die Besucher rauszuschleusen und für die Nacht zusperren. Auf die Art werde ich drin sein, um die Wachablösung zu sehen, falls es dort sowas gibt, und ich werde in der Lage sein, die Gewohnheiten des Nachtwächters zu studieren. Hoffentlich bekomme ich auch Gelegenheit, mit ein paar Tieren zu reden, damit sie wissen, daß sie von mir nichts zu befürchten haben. Ich werde bleiben, bis der Zoo wieder öffnet; wenn genug Leute da sind, werde ich ganz einfach hinausschlendern, als sei ich ein frühmorgendlicher, zahlender Besucher gewesen.

Im Moment ist das Café sehr angenehm. Mein Ober hat für mich die Markise zurückgerollt, und ich habe einen Tisch voll Sonne; das Trottoir wärmt mir die Füße. Ein ziemlich netter Ober, soweit man das von Obern in den Außenbezirken sagen kann. Er sieht irgendwie balkanisch aus, und sein Akzent klingt so leicht an wie klirrende Weingläser.

»Sind Sie nach dem Krieg hergekommen?« fragte ich ihn.

»Ach, ich habe das Ganze verpaßt«, sagte er.

»Was haben Sie verpaßt?« fragte ich.

»Den ganzen Scheißkrieg«, sagte er.

Ich wußte nicht, ob er darüber enttäuscht war oder ob es überhaupt zutraf. Auf dich trifft es doch zu, Graff, stimmt's? Ihr wart doch alles Salzburger, oder? Und seid vor dem Krieg nach Zürich umgezogen, ein gutes Stück westlich davon, hast du gesagt. Ich würde schätzen, daß die Schweiz so gut dran war wie jeder andere Ort auf dem Kontinent. Und ihr konntet nach Salzburg zurück. Die Amerikaner hatten doch Salzburg besetzt, nicht? Und allem Vernehmen nach, haben sie alles ziemlich sauber hinterlassen.

Mein Ober hat mir gerade meinen Tee mit Rum gebracht. Ich fragte ihn: »Die Amerikaner sind doch ein fabelhaft sauberes Volk?«

»Ich hab' nie einen getroffen«, sagte er.

Raffiniert, diese Balkanesen. Er hat genau das richtige Alter für den Krieg, und ich wette, er hat kein bißchen verpaßt. Aber nimm doch zum Beispiel mal mich, ich habe genau das falsche Alter. Am richtigen Ort für den Krieg war ich schon, doch er ging an mir vorbei, als ich im Schoß war, und unterwegs dorthin – und wiederum zu frisch aus dem Schoß heraus, um schon an der Autopsie teilzunehmen. Das ist etwas, womit man lebt, wenn man 1967 einundzwanzig Jahre alt ist, in Österreich; man hat eigentlich keine Geschichte und keine unmittelbare Zukunft, die man vor sich sieht. Ich will damit sagen, wir haben ein Interimsalter in einer Interimszeit; wir leben zwischen zwei Zeiten ungeheuerlicher Entscheidungen – einer vergangenen und einer kommenden. Wir füllen die Verzögerungsphase in der Geschichte aus, für wer weiß wie lange. Ich will damit sagen, ich habe bloß eine Vorgeschichte – eine Schoß- und eine Vor-Schoßexistenz zu einer Zeit, als große öffentliche Entscheidungen mit schrecklichen Konsequenzen getroffen wurden. Wir sind vielleicht fünfzig, bevor das wieder passiert; wie dem auch sei, die Wissenschaft hat jetzt dafür gesorgt, daß ungeheuerliche Entscheidungen keine öffentliche Unterstützung brauchen. Du siehst, Graff, in unserem Fall ist es die Vorgeschichte, die uns schuf und uns für später prägte. Meine *Vita* beginnt mit meinen Großeltern und geht am Tag meiner Geburt beinahe zu Ende.

Mein Ober hat mir eben die *Frankfurter Zeitung* gebracht. Er schlug sie bei Seite 3 auf und ließ sie mir auf die Knie fallen. Da ist ein Foto aus Amerika von einem deutschen Schäferhund, der einer Negerin das Kind zerfetzt. Dabei steht ein unverkennbar weißer Polizist mit geschwungenem Gummiknüppel; es sieht ganz danach aus, daß er die Negerin fertigmachen wird, sobald der Hund von ihr abläßt. Ziemlich verschwommen im Hintergrund wird eine Reihe von Schwarzen von einem unglaublichen Schwall aus einem Feuerwehrschlauch gegen eine Ladenfront geklatscht. Hab ich's nicht gesagt, wie gerissen diese Balkanesen sind? Mein Ober ist einfach weggegangen und hat mir das auf den Knien liegenlassen. Fabelhaft saubere Leute, die Amerikaner; die waschen ihre Schwarzen mit Feuerwehrschläuchen.

Ich vermute, wenn man 1967 einundzwanzig Jahre alt ist, in Amerika, muß man sich nicht an der Vorgeschichte vollfressen wie ich höre, finden in Amerika tagtäglich Kreuzzüge statt. Aber ich bin nicht in Amerika. Ich bin in der Alten Welt, und die ist nicht deswegen alt, weil sie einen Spitzenstart hatte. Jeder Ort, der in einer Verzögerungsphase steckt, wieder auf Die Nationale Krise wartet – ist eine Alte Welt, und es ist oft ein Jammer, darin jung zu sein.

Ich vermute, wenn ich sehr betroffen wäre, würde ich nach Amerika gehen, mich den schwärzesten Extremisten anschließen und Weiße mit Feuerwehrschläuchen waschen. Doch das ist nur so eine Idee, die ab und zu in mir hochkommt, und ich denke nicht wirklich ernsthaft darüber nach.

Mein Ober war da und hat die Zeitung wieder abgeholt.

»Schon fertig damit, mein Herr?« fragte er und streckte die Hand aus. Ihm fehlt ein ganzer Zeigefinger. Ich gab ihm seine Zeitung zurück und drückte dabei dem weißen Polizisten meinen Daumen ins Gesicht.

»Das ist eine deutsche Zeitung«, sagte ich. »Glauben Sie nicht, daß es für einige alte Deutsche ein Nervenkitzel ist, wenn sie so ein klein wenig Rassismus in Amerika sehen?« Ich sagte das bloß, um ihn ein wenig anzuspitzen.

»Darüber würde ich mir keine Vermutung erlauben«, meinte er so raffiniert wie möglich zu mir. Ganz piekfeine Ober, diese Balkanesen. Die scheinen zur Hälfte alle Ordinarien gewesen zu sein, bevor sie ihr bescheidenes Gewerbe ergriffen.

Wien gibt einem in dieser Hinsicht Rätsel auf. Alles ist Vorgeschichte – blasiert und geheimnistuerisch. Immer aufs Neue bin ich nicht im Bilde. Aber wenn wir die Generation sein sollen, die aus den Fehlern unserer Altvordern lernen soll, müßte ich eigentlich über die Irrtümer von jedem Bescheid wissen.

Mein Tee ist kalt, aber mit viel Rum drin. Ein guter Ober, egal was ich auch sonst über ihn sage. Aber wie hat er diesen Finger verloren? Fragte man ihn, würde er einem erzählen – als kleiner Junge, da sei er von einer Trambahn überfahren worden. Bloß gab es im fernöstlichen, kleinstädtischen Jugoslawien keine Trambahnen, als er ein kleiner Junge war; da gibt es vielleicht heute noch keine Trambahnen. Aber wenn man in Amerika wäre und einen zeigefingerlosen

Mann fragte, wie er den denn verloren habe – wahrscheinlich ein Mann, der ihn sich in einem Flaschenhals bis auf den Knochen aufgeschlitzt hat –, würde er einem vermutlich erzählen, daß ihn ein rotglühender Abzug wegschmorte, während er in der Mandschurei den Feind niedermähte.

Manche Leute sind stolz, und manche haben ihre Bedenken.

Und ich kann ins Auge fassen, wie ausgeschlossen ich mich aus diesen Zeiten fühle – wie sehr ich hinsichtlich jeglichen Sinns und Einflusses von der Vorgeschichte abhänge –, und ich kann die obenerwähnten Kuddelmuddel vereinfachen. Ich kann sagen: *jedermann* hat bloß eine Vorgeschichte. Das Gefühl, in einer Interimszeit zu leben, liegt in der Natur des Geborenwerdens und all jener Dinge, die man nach der Geburt nie erlebt.

Und irgendwann einmal geschieht es, ganz selten, daß ein großartiges Vorhaben auftaucht und alles ganz anders macht.

Ich werde also diesem guten Ober ein anständiges Trinkgeld geben und zusehen, daß ich über die Straße komme. Da ist so manches Tier, mit dem ich ein Wort wechseln möchte.

(Anfang)
Die hochselektive Autobiographie
von Siegfried Javotnik: Vorgeschichte 1

30. Mai 1935: Hilke Marter, meine zukünftige Mutter, feiert ihren fünfzehnten Geburtstag. Mit dem Rücken an einem nackten Spalier rekelt sie sich in einem Grinzinger Heurigen; einige Kilometer unter ihr schmilzt sich die Sonne zu den letzten Barockverstecken des Schnees in der Wiener Innenstadt durch; über ihr rieselt das Schmelzwasser durch den Wienerwald, und die Baumwipfel dümpeln in einem

Bodennebel auf und nieder, der so raffiniert ist, wie die Spitzenmuster der Dessous in der Innenstadt. Schmelze, sagt der Tag, und meine Mutter schmilzt.

Zahn Glanz, Hilkes erster Freund, hat so weiche und verschwommene, schlammpfützige Augen. Doch am meisten bewundert meine Mutter die paar Maisfasern, die auf seinem glänzenden Kinn sprießen. Und Zahn kann das Weinglas summen lassen, indem er mit der Zunge um den Rand herumgleitet; wenn er den Stiel fester anfaßt, steigt der Ton um eine Oktave. Im Jahr 1935 ist Glaswarenkunst noch eine Selbstverständlichkeit, selbst in öffentlichen Lokalen, und so anmutige Begabungen wie die von Zahn Glanz entwickeln sich schlechtweg zur Größe.

Also denkt Zahn, er wird Journalist werden oder Politiker. Und er wird Hilke nirgendwohin ausführen, wo das Radio nicht funktioniert – oder nicht immer läuft und das laut genug –, einfach, damit er auf dem laufenden bleibt.

»Paß auf, daß du nicht am Spalier rüttelst«, sagt Zahn, und meine Mutter lehnt sich vor, die Finger auf dem Tisch, und sieht über die Schulter und hoch zum Lautsprecher, der im Gitterwerk über ihrem Kopf festgekeilt ist.

Sogar der Ober bemüht sich, Zahns Kontakt mit der Welt außerhalb des Heurigen nicht zu stören; er zehenspitzt – ein Pfefferkuchenmann, der sich leise über die Terrasse verkrümelt.

Und Radio Johannesgasse kommt Zahns Bereitschaft entgegen. Hitler soll gesagt haben, daß Deutschland weder die Absicht noch den Wunsch hegt, sich in die inneren Angelegenheiten Österreichs einzumischen oder Österreich zu annektieren oder sich anzugliedern.

»Ich schneid' mir den Rüssel ab«, sagt Zahn Glanz, »wenn davon auch nur ein Wort stimmt.«

Oh, deinen was? denkt Hilke. Nein, das würdest du nicht. Oh, tu's nicht.

Die zweite Zoowache:
Montag, 5. Juni 1967, ca. 16.30 h

Kurz nachdem ich reinkam, habe ich bei der Raubtierfütterung zugesehen. Jeder im Zoo schien den ganzen Tag darauf gewartet zu haben.

Ich schaute mir eben den Bennettskasuar an, einen flügellosen Vogel, der mit den Emus und Straußen verwandt ist. Er hat gewaltige Füße, die gefährlich sein sollen. Doch interessant schien mir zu sein, daß der Vogel einen hornigen Helm auf dem Kopf hat, und das Informationsblatt mutmaßte, daß der wohl dazu diene, den Kasuar zu schützen – »wenn dieser in erstaunlichem Tempo durch dichtes Unterholz stiebt«. Also warum sollten Kasuare denn in erstaunlichem Tempo durch dichtes Unterholz stieben? Sie sehen nicht besonders dämlich aus. Meine eigene Theorie über die Evolution dieses Kopfpanzers lautet, daß den Kasuaren solche Helme erst wuchsen, nachdem die Leute begannen, sie in dichtem Unterholz zu fangen und in erstaunlichem Tempo zu jagen.

Vielleicht hat ihn eine Sorgendrüse produziert. Sie würden ihn garantiert nicht brauchen, wenn sie in Ruhe gelassen würden.

Egal, ich schaute mir jedenfalls eben den Bennetskasuar an, da fingen die Großkatzen mit ihrem Miaunzen an. Alles um mich herum flitzte los und drängelte, wollte unbedingt bei dem Spektakel dabei sein.

Im Raubtierhaus riecht es sehr streng. Die Leute machten auch so ihre Bemerkungen darüber. Und ich sah zwei schreckliche Sachen.

Erstens, dieser Wärter kam und schmiß der Löwin durchs Gitter ein Pferdesteak hin; der Wärter schmiß es genau in eine Pfütze ihres Urins. Alle kicherten und warteten darauf, daß die Löwin eine verächtliche Miene zog.

Zweitens, der Wärter ging beim Gepard professioneller vor; er schob das Fleisch auf einem kleinen Tablett rein, schüttelte es runter, und der Gepard stürzte sich drauf, schlackerte es im Maul hin und her. Genau so wie eine Hauskatze einer Maus das Genick bricht. Mordsgeschrei von allen Seiten. Doch der Gepard schüttelte das Fleisch zu heftig; ein großer Fetzen flog weg und plumpste auf den Rand außerhalb des Gitters. Alle gebärdeten sich hysterisch. Der Gepard kam nämlich nicht ganz heran, und weil er Angst hatte, jemand würde ihm das Fleisch rauben, begann das arme Tier mit diesem Gebrüll. Ein paar Kinder mußten aus dem Raubtierhaus gebracht werden, weil die anderen Großkatzen auch zu brüllen begannen. Sie dachten nämlich, daß dieser Gepard ihr eigenes Fressen bedrohen würde. Sie kauerten alle über ihren Fleischklumpen und fraßen viel zu schnell. Die ganze Käfigreihe entlang peitschten die Schwänze – bebten die Flanken und zuckten. Und natürlich fingen die Leute auch an zu grölen. Jemand stolzierte vor dem Gepard herum und tat so, als wolle er sich das Fleisch auf dem Rand schnappen. Der Gepard muß unsinnig geworden sein bei dem Versuch seinen Kopf zwischen den Stäben durchzuquetschen. Dann kam der Wärter mit einer langen Stange zurück, die an der Spitze eine Art Fischhaken hatte. Der Wärter gabelte das Fleisch auf und schleuderte es wie einen Pelotaball durch die Gitterstäbe. Der Gepard wirbelte in den hinteren Teil seines Käfigs, das Fleisch im Maul. Gott, er fraß das Fleisch mit zwei fürchterlichen Bissen und Schlucken hinunter – ohne ein bißchen zu kauen – und er mußte dann auch würgen, spuckte schließlich alles wieder aus.

Und als ich das Raubtierhaus verließ, schlang der Gepard sein Erbrochenes hinunter. Die anderen Großkatzen trotteten im Kreis herum, neidisch, daß jemand noch etwas zu fressen übrig hatte.

Und auch jetzt, um halb fünf, entdeckte ich noch keinerlei Anzeichen dafür, daß sich der Zoo anschickte, die Tore zu schließen. Ich sitze unter einem Schirm im Biergarten. Erinnerst du dich? Die seltenen Brillenbären. Seit wir das letzte Mal hier waren, haben die bestimmt nicht mehr gebadet; sie stinken ärger denn je; trotzdem scheinen sie sehr nett zu sein; sie sind ganz sanft miteinander. Wir müssen uns entscheiden: Entweder, wir lassen sie beide raus, oder wir lassen sie beide da. Auseinanderreißen können wir sie nicht. Das wäre eine Gemeinheit.

Ich glaube natürlich nicht, daß wir für die Großkatzen etwas tun können. Ich fürchte, sie werden dableiben müssen. Auch wenn ich es nur widerwillig zugebe, wir tragen dennoch eine Verantwortung für die *Leute* dieser Welt.

(Fortsetzung)
Die hochselektive Autobiographie
von Siegfried Javotnik: Vorgeschichte I

22. Februar 1938: Vormittag im Rathauspark. Hilke Marter und Zahn Glanz teilen sich eine Tüte Studentenfutter. Sie gehen fröstelnd und mit gesenkten Köpfen spazieren, und sie haben darüber Buch geführt, wie viele verschiedene, ihnen folgende Eichhörnchen eine Nuß aus der Tüte erbettelt und bekommen haben. Hilke und Zahn haben vier gezählt: eins mit einem mageren Gesicht, eins mit einem fehlenden Auge, eins mit einem abgebissenen Ohr und eins, das humpelt. Zahn macht Eichhörnchenlockrufe. Und Hilke sagt zu dem Magergesicht: »Nein, du hast deine schon gehabt. Jeder nur eine. Ist da nicht noch wer?«

»Im ganzen Park bloß vier Eichhörnchen«, sagt Zahn.

Aber meine Mutter glaubt, ein fünftes zu entdecken. Sie zählen noch einmal.

»Bloß vier«, sagt Zahn.

»Nein«, sagt Hilke. »Das mit dem Humpelbein ist weg.«
Aber Zahn hält es für dasselbe vierte Eichhörnchen, das sein
Humpeln zugunsten von Hüpfen aufgegeben hat.

»Das ist ein anderes«, beharrt Hilke, und sie nähern sich
einem Eichhörnchen, das seinen Schatten jagt. Doch der
Schatten-Jäger ist überhaupt nicht hinter seinem Schatten
her. Zahn kniet, schirmt das Eichhörnchen gegen die Sonne
ab, und Hilke bietet ihm eine Mandel an. Und das Eichhörnchen rennt einfach weiter vernunftlos hüpfend im Kreis
herum.

»Irgendwelche gymnastische Freiübungen«, sagt Zahn,
und Hilke hält die Mandel näher hin. Das Eichhörnchen
wirbelt, weicht zurück, hüpft – rotierend und richtungslos,
wie ein Bronco, der seinen Reiter abwirft.

»Es könnte ein dressiertes Eichhörnchen sein«, sagt Hilke
und sieht das Rosa auf seinem Kopf. »Es hat eine Glatze«,
sagt Zahn, und er langt hin. Das Eichhörnchen rotiert; es
kennt nur eine Richtung: im Kreis herum. Und als Zahn es
auf dem Schoß hat, sieht er, daß die haarlose Stelle eine Form
besitzt; auf dem Kopf des Eichhörnchens ist eine Ätzung.
Das Eichhörnchen macht die Augen zu und beißt in die
Luft; Zahn hört zu atmen auf, um seine Sicht zu entnebeln.
Das Eichhörnchen hat ein rosa und perfektes, kahles Ha-
kenkreuz in den Kopf eingeschnitten.

»Mein Gott«, sagt Zahn.

»Armes Ding«, sagt meine Mutter und hält die Mandel
wieder hin. Doch das Eichhörnchen wirkt benommen und
der Ohnmacht nahe. Vielleicht war eine Mandel schon einmal der Köder für die Falle. Die Narbe ist blauumrandet; sie
pulsiert – signalisiert, daß dieses Eichhörnchen nichts mehr
mit Nüssen zu tun haben will. Zahn läßt es los; es dreht sich
im Kreis.

Dann hat meine Mutter Lust, sich anzuschmiegen. Zahn
zieht ihren Kopf in den großen Pelzkragen seines Kavallerie-
mantels, der bei den Politik- und Journalistikstudenten in

Mode ist; an Schneetagen erfüllt ein solcher Gestank nach feuchtem Pelz die Seminarräume, daß die Universität wie ein Kaninchengehege riecht.

Eine Reihe Straßenbahnwagen kommt mit schwankendem Gerüttel die Stadiongasse entlang: Die Wagen zucken und schaukeln daher wie schwergewichtige Männer mit kalten, spröden Füßen. Hände wischen den Beschlag von den Fenstern, ein paar fröhliche Hüte werden geschwenkt; die Fingerspitzen von jemand spreizen sich auf der Glasscheibe und deuten auf das Pärchen, das sich im Rathauspark aneinanderschmiegt.

Wind kommt auf; die Eichhörnchen ducken sich, wenn ihr Fell aufgebuschelt wird. Ohne Rücksicht auf den Wind und alles übrige, geht das fünfte Eichhörnchen seinen eigenen Weg: Im Kreis herum – hüpft, um vielleicht den Hut einzuholen, den es verloren hat, oder um jenen Wahrnehmungssinn wiederzuerlangen, der bei Eichhörnchen nicht tief unter der Haut sitzt.

»Irgendwohin, wo es warm ist?« sagt Zahn und spürt, wie Hilke Marter an seiner Brust verschnauft. Meine Mutter antwortet mit einem Nicken, das Zahn Glanz ans glänzende, glatte Kinn bumst.

Die dritte Zoowache:
Montag, 5. Juni 1967, ca. 19.30 h

Ich gestehe, ich habe keinerlei Beweise dafür gesehen, daß an diesen Tieren wirkliche Scheußlichkeiten verübt werden, weder von den Aufsehern noch von den Besuchern. Unglückliche Regelungen habe ich gesehen, aber wirkliche Scheußlichkeiten, nein. Ich werde natürlich weiter die Augen offenhalten, aber im Moment ist es das beste, wenn ich mein Versteck nicht verlasse. Es wird sehr bald dunkel sein, und dann kann ich gründlichere Nachforschungen anstellen.

Ich hatte massig Zeit, mich zu verstecken. Kurz vor fünf kam so ein Hausmeister-Bursche durch den Biergarten und fegte die Steinfliesen mit einem großen Besen. Ich stand also auf und schlenderte herum. Überall im Zoo konnte ich die Kehrgeräusche hören. Wenn man einem Besenschwinger begegnete, sagte er: »Der Zoo schließt gleich.«

Ich habe sogar einige Leute zu den Toren *traben* sehen – anscheinend entsetzt bei dem Gedanken, hier die Nacht zu verbringen.

Ich hielt es für besser, mich nicht bei den Tieren zu verstecken; das heißt, ich hatte das Gefühl, wenn ich zu einem der ungefährlichen Geschöpfe in die Box hineinginge, könnte mich vielleicht ein Feierabend-Aufseher entdecken, dessen Aufgabe es ist, die Tiere zu waschen oder Stubenkontrolle zu machen – ihnen eine Geschichte vorzulesen oder sie sogar zu schlagen.

Ich zog aber immerhin die luftige Hütte des Yukon Dallschafs in Erwägung, die auf dem Gipfel eines nachgemachten Bergs sitzt – eine künstliche Trümmeranhäufung, durch Zement zusammengekittet. Die Yukon Dallschafe haben den besten Blick im Zoo, doch diese Feierabend-Aufseher-Idee beunruhigte mich, und ich dachte auch, die Tiere könnten vielleicht eine Alarmanlage haben.

Deswegen verstecke ich mich zwischen einer hohen Hecke und der Einzäunung für die Gemischten Antilopen. Die Hecke ist lang und dicht, aber auf Höhe der Wurzeln finde ich Lücken zum Durchgucken. Den einen Weg hinunter kann ich bis zum Raubtierhaus schauen, ich sehe die Dächer vom Kleinsäugetierhaus und vom Elefantenhaus; einen anderen Weg entlang kann ich am privaten Unterstand und Hof des großen Oryx vorbei bis dorthin blicken, wo die Australier hausen. Hinter der Deckung dieser Hecke kann ich mich in zwei Richtungen fast fünfzig Meter weit bewegen.

Was die Aufseher betrifft, so werden die kein Problem sein. Die Besenschwinger sind mir nach der offiziellen Schließung mehrmals über den Weg gelaufen. Sie kehrten vor sich her und leierten: »Der Zoo hat geschlossen. Ist noch wer im Zoo?« Sie machen sich einen Spaß daraus.

Nach ihnen sah ich, was man wohl einen offiziellen Aufseher nennen würde – eigentlich zwei Aufseher, oder zweimal derselbe. Er oder sie überprüfte(n) über eine Stunde lang die Käfige; ruckelte(n) hier, rasselte(n) dort, klimperte(n) mit einem riesigen Schlüsselring; und schien(en) dann durchs Haupttor hinauszugehen. Das heißt, ich habe von hier das Haupttor nicht im Blick, doch eine Stunde, nachdem ich den letzten gesehen hatte, hörte ich das Haupttor auf- und zuschnappen.

Seitdem habe ich keinen mehr gesehen. Als ich das Tor hörte, war es viertel vor sieben. Die Tiere kommen zur Ruhe; jemand mit einer mächtigen Stimme hat Schnupfen. Und ich werde noch eine ganze Weile hinter dieser Hecke bleiben. Ich glaube nicht, daß die Nacht so dunkel sein wird, wie ich es gerne hätte, und obwohl es fast eine Stunde her ist, daß ich irgendeine Menschenseele gesehen oder gehört habe, weiß ich, jemand ist hier.

(Fortsetzung)
Die hochselektive Autobiographie
von Siegfried Javotnik: Vorgeschichte I

22. Februar 1938: Nachmittag in einem Kaffeehaus auf der Schauflergasse. Meine Mutter und Zahn wischen das beschlagene Fenster frei und blicken auf das Bundeskanzleramt am Ballhausplatz.

Doch Bundeskanzler Karl von Schuschnigg wird heute an kein offenes Fenster treten.

Die Wache am Bundeskanzleramt trampelt mit den Stiefeln und wirft einen sehnsüchtigen Blick auf das Kaffeehaus, das zu tauen scheint; der Schnee baut Simse auf dem Schnurrbart der Wache, und sogar ihr Bajonett ist blau. Zahn denkt, der Gewehrlauf ist voller Schnee und überhaupt kein Schutz.

Es ist ohnehin nur eine Ehrenwache, was 1934 sicher hinlänglich bekannt war, als Otto Planetta an dem ehrenhaften, ungeladenen Gewehr vorbeimarschierte und mit seiner eigenen, unehrenhaften Waffe den vorhergehenden Bundeskanzler, den kleinen Engelbert Dollfuß, erschoß.

Doch Ottos Wahl des Ersatzmannes war nicht glücklich; der Nazi Dr. Rintelen versuchte Selbstmord zu begehen, indem er sich in einem Zimmer des Hotels Imperial inakkurat erschoß. Und Kurt von Schuschnigg, ein Freund von Dollfuß, hob die langsamen Füße, um in seine Schuhe zu schlüpfen.

»Lädt die Ehrenwache jetzt ihr Gewehr?« sagt Zahn.

Und Hilke quietscht mit ihrem Fäustling über das Fenster; sie berührt die Scheibe mit der Nase. »Es sieht geladen aus«, sagt sie.

»Gewehre sollen geladen aussehen«, sagt Zahn. »Aber das da sieht bloß schwer aus.«

»Herr Student«, sagt der Ober. »Warum attackieren Sie die Wache nicht einfach und finden es heraus?«

»Ich kann Ihr Radio nicht hören«, sagt Zahn, der sich hier unwohl fühlt – ein neues Lokal mit einer unerprobten Lautstärke, doch der nahestgelegene warme Ort beim Rathauspark.

Das Radio spielt laut genug; es erregt die Aufmerksamkeit der Wache, und ihre Stiefel tanzen Walzer.

Draußen hält ein Taxi, und wer immer sein Fahrgast ist, er stürmt ins Bundeskanzleramt und gibt der Wache ein Handzeichen. Der Chauffeur kommt und quetscht das Gesicht ans Kaffeehausfenster, fischnüstrig, scheint einen schnee-

igen Ozean bis zum äußersten, gläsernen Ende seiner Aqua-
riumswelt durchschwommen zu haben; er kommt herein.

»Also, irgend etwas ist los«, sagt er.

Doch der Ober fragt nur: »Einen Cognac? Einen Tee mit
Rum?«

»Ich habe einen Fahrgast«, sagt der Chauffeur und tritt an
Zahns Tisch.

Er wischt sich an dem Fenster über dem Kopf meiner
Mutter ein Guckloch frei.

»Cognac geht schneller«, sagt der Ober.

Und der Chauffeur nickt Zahn zu, gratuliert ihm zum ele-
ganten Ausschnitt meiner Mutter.

»So einen Fahrgast bekomme ich nicht jeden Tag«, sagt
er.

Zahn und Hilke machen sich auch Gucklöcher. Das Taxi
steht knatternd in seinen Auspuffgasen; die Windschutz-
scheibe vereist, und die Scheibenwischer rutschen und rat-
schen.

»Lennhoff«, sagt der Chauffeur. »Und er hatte es eilig.«

»Inzwischen hätten Sie einen Cognac trinken können«,
sagt der Ober.

»Chefredakteur Lennhoff?« sagt Zahn.

»Vom *Telegraph*«, sagt der Chauffeur und wischt seinen
eigenen Atem von der Scheibe – schielt Hilkes Ausschnitt
hinunter.

»Lennhoff ist der beste«, sagt Zahn.

»Er schreibt klipp und klar«, sagt der Chauffeur.

»Er riskiert auch was«, sagt der Ober.

Der Chauffeur atmet wie sein parkendes Taxi, kurze Pu-
ster und einen langen Schnaufer. »Ich nehme einen Cognac«, sagt er.

»Dazu wird Ihnen keine Zeit bleiben«, sagte der Ober,
der ihn schon eingeschenkt hat.

Und Hilke fragt den Chauffeur: »Haben Sie eine Menge
wichtiger Fahrgäste?«

»Tja«, sagt er, »wichtige Leute fahren schon ganz gern mit

dem Taxi. Und nach einer Weile gewöhnt man sich dran. Man lernt, ihnen die Befangenheit zu nehmen.«

»Wie?« fragt der Ober und stellt den Cognac des Chauffeurs auf Zahns Tisch.

Doch der Chauffeur weilt mit Blicken und Gedanken tief unten im Ausschnitt meiner Mutter; er läßt sich Zeit mit dem Zurückkommen. Er greift über Hilkes Schulter nach seinem Cognac, hält das Glas schräg und schwenkt es, um den Rand ringsum zu befeuchten. »Tja«, sagt er, »man muß selbst unbefangen sein. Locker mit ihnen umgehen. Ihnen zu verstehen geben, daß man selber auch was von der Welt gesehen hat. Nehmen wir zum Beispiel Lennhoff da – zu dem würde man nicht sagen: ›Oh, ich schneide alle Leitartikel von Ihnen aus und sammle sie!‹ Aber man möchte ihn wissen lassen, daß man schlau ist und ihn erkennt; ich zum Beispiel habe gerade eben gesagt: ›Guten Tag, Herr Lennhoff, ziemlich kalt heute, was?‹ Hab ihn mit Namen angeredet, Sie verstehen, und er sagte: ›Ziemlich kalt, ja, aber hier drin ist es angenehm und warm.‹ Und sofort ist er mit einem vertraut.«

»Naja, die sind auch nicht anders als andere«, sagt der Ober.

Und auch nicht anders als andere, duckt sich Lennhoff in der Kälte; sein Schal wedelt und zerrt ihn aus der Balance; er wird aus dem Bundeskanzleramt gewirbelt und in die überraschte Ehrenwache hineingeweht, die sich mit dem Bajonett den Rücken gekratzt hat und das Gewehr verkehrt herum über dem Kopf hält. Durch ein tambourstockartiges Schwingen der Waffe vermeidet es die Wache, sich zu erdolchen. Lennhoff zuckt vor dem kreisenden Gewehr zurück; die Wache beginnt langsam zu salutieren, bricht den Gruß ab – weil sie sich erinnert, daß Chefredakteure nicht salutiert werden – und offeriert ersatzweise einen Händedruck. Lennhoff macht Anstalten, die Hand zu nehmen, und erinnert sich dann, daß dies nicht Teil seines Protokolls ist. Die beiden scharren mit den Füßen, und Lennhoff läßt sich zum

Randstein puffen; er geht über den Ballhausplatz zu dem schlotternden Taxi.

Der Chauffeur stürzt den Cognac hinunter und schluckt das meiste durch die Nase; seine Augen triefen. Er gleitet Hilkes Ausschnitt hoch, besinnt sich und stützt sich mit der Hand kurz an Hilkes Schulter ab. »Oh, Entschuldigung«, sagt er und schenkt Zahn erneut ein gratulierendes Nicken. Zahn wischt am Fenster.

Lennhoff hämmert auf das Taxidach; er öffnet die Tür auf der Fahrerseite und läßt die Hupe plärren.

Der Chauffeur findet mit einem unablässigen Gefummel wunderbarerweise das passende Kleingeld für den Ober – berührt wieder die Schulter meiner Mutter und zieht das Kinn unter seinen Schal. Der Ober hält ihm die Tür auf; der Schnee wieselt dem Chauffeur über die Stiefel und stiebt ihm die Hosen hoch. Er schlägt die Knie zusammen, macht sich schmal und hechtet ins Gestöber. Bei seinem Anblick plärrt die Hupe nochmal.

Lennhoff muß es immer noch eilig haben. Das Taxi kurvt um den Ballhausplatz, rutscht an den Bordstein und prallt ab. Dann läßt der Schnee die geradlinige Fahrt des Taxis ganz langsam und weich erscheinen.

»Ich würde gern ein Taxi fahren«, sagt Zahn.

»Das geht wie von selbst«, sagt der Ober. »Man muß nur fahren können.«

Und Zahn bestellt eine Schale heiße Weinsuppe. Eine Schale mit zwei Löffeln. Hilke macht viel Gedöns um das Würzen; Zahn streut nicht genug Zimt und zuviel Nelken hinein. Der Ober verfolgt, wie die Löffel wetteifern.

»Ich hätte Ihnen zwei Schalen geben können«, sagt er.

Und Zahn hört den ihm so wohlbekannten Signalton – die Nachrichten, Radio Johannesgasse. Er klemmt den Löffel meiner Mutter mit seinem fest und wünscht sich, die Wellen in der Suppe mögen still sein.

Weltweit: Der französische Chargé d'affaires in Rom, M. Blondel, soll von Graf Ciano unsäglich beleidigt worden sein; und Anthony Eden hat, von welchen Geschäften auch immer, abgedankt.

Österreich: Bundeskanzler Kurt von Schuschnigg hat die von ihm neubestallten Kabinettsmitglieder bestätigt – Seyß-Inquart und vier weitere Nazis.

Lokales: Im 1. Distrikt an der Kreuzung Gumpendorfer Straße/Nibelungengasse hat sich ein Straßenbahnunfall ereignet. Ein Fahrer der Linie 57, Klag Brahms, sagt, er sei gerade die Gumpendorfer entlanggekrochen, da sei ein Mann aus der Nibelungengasse gerannt gekommen. Die Straßenbahnschienen waren natürlich vereist, und der Fahrer wollte keine Entgleisung riskieren. Klag Brahms sagt, der Mann sei sehr schnell gerannt oder von einem Sturmstoß erfaßt worden. Doch eine Frau im zweiten Wagen sagt, der Mann sei von einer Bande Jugendlicher gejagt worden. Ein anderer Passagier im selben Wagen widerlegt die Theorie der Frau; die nicht identifizierte Quelle sagt, daß diese Frau immer angebliche Jugendbanden sieht. Das Opfer selbst ist bislang noch nicht identifiziert; jeder, der es zu kennen glaubt, möge Radio Johannesgasse anrufen. Der Mann wird als alt und klein beschrieben.

»Und tot«, sagt der Ober, während Hilke versucht, sich an alle alten, kleinen Männer zu erinnern, die sie kennt. Keiner, der ihr einfällt, hatte je die Angewohnheit, auf der Nibelungengasse zu rennen.

Doch Zahn zählt an den Fingern ab. »Wieviele Tage ist es her«, fragt er, »daß Schuschnigg nach Berchtesgaden fuhr und mit Hitler ein Schwätzchen hielt?« Und der Ober zählt es an seinen eigenen Fingern ab.

»Zehn«, sagt Zahn mit genügend Fingern. »Nur zehn Tage, und jetzt haben wir fünf Nazis im Kabinett.«

»Ein halber Nazi pro Tag«, sagt der Ober und spreizt eine Handvoll Finger.

»Der kleine, alte Herr Baum«, sagt meine Mutter, »hat der nicht sein Schuhgeschäft in einer Straße, die Nibelungen oder so heißt?«

Und der Ober fragt Zahn: »Glauben Sie nicht, daß der Mann gejagt wurde? Ich hab' diese Banden selber schon gesehen.«

Und Hilke hat sie auch gesehen, erinnert sie sich. In der Straßenbahn oder im Theater fläzen sie ihre Beine in die Gänge; untergehakt drängen sie einen von den Bürgersteigen. Manchmal marschieren sie im Gleichschritt, und sie sind prima geübt, einen bis nach Hause zu verfolgen.

»Zahn?« fragt meine Mutter. »Hättest du Lust, bei uns zu Abend zu essen?«

Aber Zahn sieht aus dem Fenster. Wenn der Wind nachläßt, ragt die Ehrenwache deutlich und reglos; dann kommt eine Schneeböe. Ein Totem-Soldat, zu Eis verwandelt – schlüge man ihm ins Gesicht, würde seine Wange blutlos im Schnee abbrechen.

»Das ist überhaupt kein Schutz«, sagt Zahn und fügt hinzu: »Jetzt fängt der Ärger an.«

»*Jetzt*?« sagt der Ober. »Der fing vor vier Jahren an. Diesen Juli vor vier Jahren, als Sie noch nicht mal Student waren. Er kam hier rein und trank einen Mokka. Er saß genau da, wo Sie sitzen. Ich werde ihn nie vergessen.«

»Wen?« sagt Zahn.

»Otto Planetta«, sagt der Ober. »Trank seinen Mokka und schaute aus dem Fenster, das blasierte Schwein. Dann stieg draußen eine ganze Wagenladung von denen ab. SS Standarte 89, aber sie sahen aus wie reguläre Truppen. Dieser Otto Planetta – er hatte das Kleingeld abgezählt – der sagte: ›Nanu, da ist ja mein Bruder‹. Und er ging raus, marschierte mit den übrigen rein und brachte den armen Dollfuß um; er hat zweimal auf ihn geschossen.«

»Geklappt hat es nicht«, sagt Zahn.

»Wenn ich gewußt hätte, wer er war«, sagt der Ober, »hätte ich ihn da, wo er saß, erledigt – genau da, wo Sie sitzen.« Und der Ober wühlt in seiner Schürzentasche und bringt eine Geflügelschere hervor. »Die hätte ihn erledigt, restlos«, sagt er.

»Aber Schuschnigg hat die Regierung übernommen«, sagt meine Mutter. »Und Dollfuß wollte doch Schuschnigg, oder?«

»Ja«, sagt Zahn, »als Dollfuß im Sterben lag, verlangte er, daß Schuschnigg der neue Bundeskanzler würde.«

»Er verlangte einen Priester«, sagt der Ober, »und sie ließen ihn ohne einen sterben.«

Meine Mutter erinnert sich an noch mehr; es sind die traurigen, familiären Einzelheiten der Geschichte, an die sie sich vor allem erinnert. »Seine Frau und seine Kinder waren in Italien«, sagt sie. »Seine Kinder schickten ihm Blumen an dem Tag, als er ermordet wurde. Und er hat sie nie bekommen.«

»Schuschnigg ist nur ein halber Dollfuß«, sagt der Ober, »und wissen Sie, was erstaunlich ist? Dollfuß war so ein *kleiner* Mann. Wissen Sie, ich hab' ihn beim Raus- und Reingehen immer beobachtet. Ich meine, er war ein *Winzling* – die Kleider waren ihm alle viel zu groß. Ehrlich, er war fast ein *Knirps*. Doch das machte überhaupt nichts, oder?«

»Woher wissen Sie«, sagt Zahn, »daß es Otto Planetta war, der hier hereinkam?« Dann bemerkt Zahn die Größe des Obers. Er ist ein ganz kleiner Ober. Und die Hand, die die Geflügelschere hält, ist zerbrechlicher als die meiner Mutter.

Die vierte Zoowache:
Montag, 5. Juni 1967, ca. 21.00 h

Es gibt einen Nachtwächter, ganz recht. Doch soviel ich weiß, ist es nur einer.

Ich wartete noch eine Stunde nach dem Dunkelwerden, sah aber niemand. Trotzdem schwor ich mir, erst dann hinter der Hecke vorzukommen, wenn ich wußte, wo sich der

Wächter aufhielt. Und vor einer halben Stunde sah ich ein Licht, von dem ich wußte, es war innerhalb des Zoos. Vom Kleinsäugetierhaus ging ein Glühen aus. Das Licht hatte wahrscheinlich seit Anbruch der Dunkelheit gebrannt, aber es war mir nicht aufgefallen, daß es tatsächlich innerhalb des Zoos brannte – und kein Widerschein von Hietzing war. Zuerst bekam ich einen Schreck; ich dachte, das Kleinsäugetierhaus könnte brennen. Doch das Licht flackerte nicht. Ich ging an meiner Hecke entlang bis zu der Ecke der Einzäunung, von wo ich den besten Blick hatte. Bäume versperrten mir den Weg, hier und dort ragte ein Käfig; den Eingang konnte ich nicht sehen, doch die Regenrinnen unter dem Ziegeldach, die einen Schein annahmen, der vom Boden vor dem Gebäude ausgehen mußte.

Es mußte so sein; denn das Kleinsäugetierhaus hat ja keine Fenster.

Ich hätte beruhigt sein können, doch ich war vorsichtig. Gebückt – manchmal auf allen vieren – schlich ich an den Käfigen und Boxen entlang. Ich schreckte irgend etwas auf. Irgend etwas kam direkt neben mir hoch und galoppierte los; schnaubte oder wieherte oder grunzte. Ich kam an den Wasservogelteichen vorbei – alle mit ziemlich hohen Bekkenrändern und Beschreibungen und Vogellegenden hier und da. Die Teiche boten mir gute Deckung, und ich fand eine Stelle mit freiem Blick auf die Tür des Kleinsäugetierhauses. Sie stand offen; Licht fiel durch den langen Gang bis auf den Treppenabsatz draußen und wurde auf das Gebäude zurückgeworfen. Ich glaube, das Licht kommt von einem offenen Raum, der am Gangende um die Ecke liegt. Du erinnerst dich an das Kleinsäugetierhaus – diese vielen Korridore, die sich endlos durch die Scheinnacht des Infrarotlichts winden?

Ich habe mir beim Warten einiges überlegt. Es muß überhaupt nicht der Raum des Nachtwächters gewesen sein; es könnte ein Licht gewesen sein, das angelassen wurde, um den Nachttieren eine Chance zum Schlafen zu geben – bei einem Tageslicht, das ebenso trügerisch ist wie ihre Infrarot-Nacht.

Ich nistete mich in einem Busch ein und lehnte die Arme auf einen Beckenrand. Ich las im Mondlicht die nächste Vogellegende. Es ging um Alken. Der Tiergarten Schönbrunn besitzt nur ein Mitglied der Alkfamilie. Es ist der Zwergalk, der als klein und runzelgesichtig beschrieben wird und als ziemlich dumm; man hat ihn schon auf den Wegen spazierengehen sehen, wo man leicht auf ihn treten kann. Der König der Alkfamilie war doch tatsächlich ein so dummer Vogel, daß er ausstarb. Der letzte lebende Riesenalk wurde 1844 gesehen, und der letzte tote Riesenalk, den man sichtete, wurde 1853 in der Trinity Bay in Irland an Land gespült. Der Riesenalk war neugierig und zugleich gutgläubig, sagt die Legende. Nahte man sich ihm leise, behauptete er seine Stellung. Er war bevorzugter Proviant für Fischereiboote; die Fischer pirschten an den Küstenlinien entlang, nahten sich leise und erschlugen die Alken mit Knütteln.

Anmaßende Vogellegende! Soll das heißen, daß der Riesenalk dumm war – oder daß dumme Menschen den Riesenalk ausrotteten?

Ich hielt Ausschau nach den überlebenden Verwandten des Riesenalks, habe aber keinen trotteligen Zwergalken gefunden – weder auf den Wegen spazierend, noch tölpelhaft direkt vor meinen Füßen.

Ich bin eine Zeitlang beobachtet worden. Irgend etwas mit Schwimmfüßen wankte den Beckenrand entlang auf mich zu, blieb etwa einen Meter entfernt stehen und gluckste leise – wollte wissen, wen ich zu sonderbarer Stunde besuchen kam. Es plumpste hinunter ins Wasser und paddelte gurgelnd unter mir vorbei – beschwerte sich wohl; wegen des pfeilförmigen Kopfs glaube ich, daß es ein Haubentaucher war, und ich meine fast, daß er mir Mut machen wollte.

Ich bin zwischen den Teichen ein wenig steif und klamm geworden, doch ich habe den Wächter gesehen. Er trat in den Lichtgang und blinzelte argwöhnisch zur Tür hinaus. Uniformiert, mit Halfter und, obwohl ich das nicht wirklich sehen konnte – bestimmt bewaffnet; er machte mit seiner Taschenlampe einen Spaziergang über den trüben Flur und durch den dunklen Zoo – der nicht so dunkel ist, wie ich es gern hätte; der Mond scheint zu hell.

> *Doch, ach, 's ist ach*
> *so einfach! –*
> *Wachen*
> *zu bewachen.*

(Fortsetzung)
Die hochselektive Autobiographie
von Siegfried Javotnik: Vorgeschichte 1

9. März 1938 – und allmittwöchliche Teestunde – meine Großmutter Marter biegt Gabelzinken gerade. Großvater Marter ist ungeduldig wegen des Pflaumenkuchens; die Pflaumenhäute sind vom Ofen blasig, und jeder kann sehen, daß der Kuchen zu heiß zum Essen ist. Aber mein Großvater verbrennt sich immer die Zunge. Dann tigert er durch die Küche; er schmuggelt mehr Rum in seinen Tee.

»Ich kann diese Warterei nicht ausstehen, bis der verdammte Kuchen ausgekühlt ist«, sagt er. »Würde der Kuchen früher gebacken, wäre er zum Tee fertig.«

Und Großmutter zielt mit einer Gabel auf ihn. »Dann würdest du früher Tee trinken wollen«, sagt sie. »Dann würdest du früher mit deiner Warterei anfangen und alles vorverlegen, und schließlich würden wir vor dem Mittagessen Tee trinken.«

Zahn hält seine Teetasse im Schoß; damit er bereit ist,

wenn Großvater um den Tisch herum kommt und Rum hineinschmuggelt. Großvater kippt die Flasche aus der Hüfte.

»Nimm dich vor meiner Hilke in acht, Zahn«, sagt er. »Nimm dich in acht, daß sie nicht so ein Neunmalklug wird wie ihre Mutti.«

»Mutti hat völlig recht«, sagt Hilke. »Du würdest herumhampeln und dir den Mund verbrennen, ganz egal, wann der Kuchen aus dem Ofen käme.«

»Siehst du, Zahn?« sagt Großvater.

»Alle Gabeln sind gerade«, verkündet Großmutter. »Jetzt wird sich keiner in die Lippe stechen!« kräht sie. »Echtes Silber, Zahn – das ist so weich, daß es sich leicht verbiegt.«

»Mutti«, sagt Hilke, »Zahn hat jetzt eine Arbeit.«

»Ich denke, du studierst noch, Zahn«, sagt Großvater.

»Er fährt Taxi«, sagt Hilke. »Er kann mich herumfahren.«

»Es ist nur eine Halbtagsstellung«, sagt Zahn. »Ich studiere auch noch.«

»Ich fahre gern im Taxi«, sagt Großmutter.

»Und wann machst du deine ganzen Taxifahrten?« sagt Großvater. »Wenn du mit mir unterwegs bist, nimmst du immer die Straßenbahn.«

Großmutter sticht eine ihrer Gabeln in den Pflaumenkuchen. »Er ist jetzt kühl genug«, verkündet sie.

»Neunmalkluge«, sagt Großvater. »Heutzutage ist jeder ein Neunmalklug.« Und bevor er sich einen Stuhl an den Küchentisch zieht, fühlt er sich verpflichtet – Zahn zuliebe –, das Rauschen aus dem Radio zu drehen.

Zahn ist zufrieden. Hier ist Radio Johannesgasse, klar eingestellt zum Tee, und er erwartet den Nachrichtensignalton. Die Zeit ist mittwochs so verläßlich; wenn die Gabeln gerade sind und der Kuchen kühl ist, wird es Zeit für die Nachrichten.

Weltweit: Schloß Steenockerzeel, Belgien, wo der Habsburger Prätendent lebt. Der Legitimistenführer Freiherr von Wiesner ruft alle österreichischen Monarchisten zum

Widerstand auf gegen den fortgesetzten Druck des Nazideutschland, Österreich dem Reich anzugliedern. Von Wiesner appellierte an Bundeskanzler Schuschnigg, eine Rückkehr zur Monarchie würde den besten Widerstand gegen Deutschland leisten.

Österreich: Der gebürtige Tiroler Kurt von Schuschnigg gab bei einer Massenversammlung in Innsbruck seinem Heimatbundesland und der Welt bekannt, daß die Nation in vier Tagen, am Sonntag, ein Plebiszit abhalten werde. Die Stimmberechtigten mögen selber entscheiden – ein unabhängiges Österreich oder der Anschluß an Deutschland. Bundeskanzler Schuschnigg beendete seine Rede damit, daß er den auf dem Maria-Theresien-Platz versammelten zwanzigtausend Menschen auf tirolerisch zurief: »Männer, die Zeit ist gekommen!« In Innsbruck hatte dies natürlich eine besondere Bedeutung, weil vor einhundertunddreißig Jahren der Bauernheld Andreas Hofer seine Landsleute mit dem selben Ruf zum Widerstand gegen Napoleon aufgestachelt hatte.

Lokales: Eine junge Frau, identifiziert als Mara Madoff, Tochter des Tuchhändlers Sigismund Madoff, wurde heute morgen in der Garderobenkammer des Zweiten Rangs der Wiener Staatsoper aufgefunden; sie hing in ihrem Mantel an einem Kleiderhaken. Der Hausmeister der Oper, Odilo Linz, der die Leiche entdeckte, sagt aus, er sei sicher, daß diese Kammer nie benutzt werde, und zumindest sei sie bei der gestrigen Abendaufführung des *Lohengrin* nicht benutzt worden. Odilo überprüfte die Garderobenkammer irgendwann während des Vorspiels; er sagt, zu dieser Zeit hätte dort nichts gehangen. Die Behörden führen die Todesursache auf eine sternförmige Reihe von nadelfeinen Stichwunden im Herzen zurück und nennen als vermutliche Todeszeit das Ende der Opernaufführung. Die Behörden sagen, die junge Frau sei in keiner Weise mißbraucht worden; es fehlten ihr jedoch die Strümpfe, und die Schuhe hätte man ihr wieder angezogen. Jemand will in den späten Nachstunden eine Gruppe junger Männer im Haarhof Keller gesehen haben; einer von ihnen trug angeblich als Halstuch ein Paar Damenstrümpfe. Doch das ist bei den jungen Männern heutzutage eine verbreitete Art der Angeberei.

Ebenfalls Lokales: Die Wortführer mehrerer Anti-Nazi-Gruppierungen haben bereits ihre Billigung der von Schuschnigg geplanten Volksabstimmung verlautbart. Karl Mittler hat die Unterstützung der Untergrundsozialisten zugesagt; Oberst Wolff hat für die Monarchisten gesprochen; Doktor Friedmann für die jüdische Gemeinde; Kardinal Innitzer für die Katholiken. Bundeskanzler Schuschnigg wird den Nachtzug durch die Alpen nehmen und am frühen Morgen fahrplanmäßig in Wien eintreffen. Es wird mit einem beträchtlichen Empfang für ihn gerechnet.

»Mit einem beträchtlichen Empfang, allerdings!« sagt Zahn. »Er hat jedenfalls etwas getan, um zu zeigen, daß wir nicht bloß Hitlers Hinterhof sind.«

»Neunmalklug«, sagt Großvater. »Für wen hält der sich eigentlich? Für einen zweiten Andreas Hofer, der sich gegen Napoleon erhebt. Hochrufe in Tirol – *das* glaube ich. Aber was sagen sie in Berlin über Schuschnigg? Diesmal erheben wir uns nicht gegen einen Franzosen.«

»Mein Gott«, sagt Zahn. »Nun trau ihm doch ein bißchen was zu. Die Abstimmung ist eine sichere Sache. Niemand will Deutschland in Österreich.«

»Jetzt denkst du wie ein Taxifahrer«, sagt Großvater. »*Niemand*, sagst du – und was zählt das schon? – *will*, sagst du. Jetzt werde ich dir mal sagen, was *ich* will und wie wenig das zählt. Ich will einen Mann, der zu seinem Wort steht. Und das war Dollfuß, und ein paar von deinen *Niemanden* haben ihn ermordet. Und jetzt haben wir Schuschnigg, so sieht's nämlich aus.«

»Aber er hat zu einer offenen Abstimmung aufgerufen«, sagt Zahn.

»Und bis dahin sind es noch vier Tage«, sagt Großvater höhnisch – und bemerkt die Kuchenkrümel, die er auf dem

Tisch verstreut hat. Er wird ein wenig brummig und bekommt rote Ohren. »Ich sag' dir was, du Student, Taxifahrer oder Dingsbums«, sagt er und geht achtsam mit dem Kuchen um, »bloß gut, daß die Welt nicht flach ist, sonst hätte Schuschnigg schon längst einen Rückzieher gemacht.«

»Du bist ein schrecklicher alter Pessimist«, sagt Hilke.

»Stimmt«, sagt Großmutter und schiebt mit einer ihrer Gabeln Krümel von der Tischdecke, »und der größte Neumalklug, den es gibt, bist du auch. Und hast die schlechtesten Tischmanieren, die mir je bei jemand in deinem kolossalen Alter vorgekommen sind.«

»In meinem was?« ruft Großvater und läßt Kuchen regnen. »Wo hast du denn bloß den Ausdruck her?«

Und Großmutter befeuchtet sich hochmütig eine Fingerspitze und tupft einen Kuchenkrümel von Großvaters Krawatte. »Den habe ich in einem Buch gelesen, das du mit nach Hause gebracht hast«, sagt sie stolz, »und ich fand ihn sehr poetisch. Und da erzählst du mir immer, ich würde nicht genug lesen, du *Neunmalklug*.«

»Zeig mir mal das Buch«, sagt Großvater, »damit ich nicht den Fehler begehe, es zu lesen.«

Zahn schneidet Großvater Grimassen, um ihm zu bedeuten, daß seinem Tee Rum fehlt. »Also morgen, da wird sicher ordentlich gefeiert«, sagt er. »Ich könnte bestimmt eine Menge Fahrten machen.«

Und Hilke beschließt, was sie tragen wird. Das einteilige rote Wolljersey mit dem großen Rollkragen. Falls es nicht schneit.

Die fünfte Zoowache:
Montag, 5. Juni 1967, ca.23.45h

Der Wachmann fängt um Viertel vor neun seine erste Runde an und kommt Viertel nach neun zum Kleinsäugetierhaus zurück. Von Viertel vor bis Viertel nach elf hat er noch eine Runde gedreht. Genauso wie beim ersten Mal.

Beim zweiten Mal blieb ich hinter der Hecke und ließ ihn dicht an mir vorbeigehen. Ich kann dir sagen, wie es unterhalb der Taille aussieht. Ein Militärhalfter mit Druckknopflasche an einem mageren Patronengurt, der zwölf Schuß faßt; wieviele Schuß sein stupsnasiger Revolver faßt, weiß ich nicht. Der Schlüsselring schlingt sich um den Patronengurt; für eine Gürtelschlaufe wäre er zu schwer. Die Taschenlampe hat einen Riemen fürs Handgelenk und ein Metallgehäuse; das macht vielleicht den Umstand wett, daß er keinen Schlagstock mit sich herumträgt. Graue Drillichuniformhosen, an den Knöcheln weit und ohne Aufschläge. Die Socken sind komisch; sie haben so ein Schnörkelmuster, und die eine rutscht ihm immer in den Schuh; er bleibt andauernd stehen, um ihn hochzuziehen. Die Schuhe sind ganz normal schwarze Schuhe, Alltagsschuhe. Er nimmt seine Uniform nicht sehr ernst.

Ich lief nicht Gefahr, entdeckt zu werden. Er leuchtete mit seiner Lampe die Hecken entlang, doch sie sind zu dicht und undurchdringlich. Wäre er auf allen vieren gekrochen und hätte in Wurzelhöhe geleuchtet – und hätte er vor allem sehr scharfe Augen gehabt –, würde er vielleicht bis zu mir durchgesehen haben. Aber das beweist dir, was für ein gutes Versteck ich habe.

Dieser Wachmann scheint gar nicht so übel zu sein. Er geht manchmal ein wenig unbedacht mit seinem Taschenlampenstrahl um. Er blitzt mit ihm nach jedem kleinen Huster und jeder kleinen Bewegung, und dabei sollte man doch meinen, daß er inzwischen das Traumgeplapper seiner Schützlinge kennt und nicht jeden kleinen Schnarcher überprüfen müßte. Trotzdem scheint er es nicht aus Schikane zu tun. Mag sein, er ist nervös oder langweilt sich – und versucht, so viel als möglich zum Gucken zu finden.

Er scheint sogar seine Lieblinge zu haben. Ich habe ihn dabei beobachtet, wie er ein Zebra an die Einzäunung rief. »Kostümpferd«, sagte er. »Komm her, Kostümpferd.« Und eins von den Zebras, das wach gewesen sein und gewartet haben muß, kam zu ihm und stieß die Schnauze über den Zaun. Der Wachmann fütterte es mit etwas – bestimmt gegen die Vorschriften – und rubbelte ihm die Ohren. Also, wer Zebras mag, der kann nicht durch und durch schlecht sein.

Auch zu einem der kleineren Känguruhs unterhält er eine interessante Beziehung. Ich glaube, es ist das Wallaby oder vielleicht das Wallaroo; aus der Entfernung, aus der ich sie sah, gleichen sie sich ziemlich. Das Riesenkänguruh war es mit Sicherheit nicht; die Größe dieses Ungetüms wäre mir noch vom anderen Ende des Weges aufgefallen. Der Wachmann rief jedenfalls jemand zu sich her. »Heh, du Australier«, sagte er. »Heh, du Dandy, komm rüber zum Boxen.« Und jemand bummerte; ein langes, scharfes Ohr sprang hoch – ein steifer Schwanz bleute die Erde. Der Ton des Wachmanns war vielleicht ein wenig spöttisch, und es war vielleicht grob von ihm, die Nachbarn des Australiers aufzuwecken. Aber dieser Wachmann ist ein ziemlich sanfter Typ, scheint mir. Wenn sich herausstellt, daß er der Wächter ist, den wir schnappen und kaltstellen müssen, dann möchte ich das so höflich wie möglich erledigen.

Eben ist etwas Sonderbares passiert. Im Kleinsäugetierhaus hat eine kleine Glocke geklingelt; ich habe sie ganz deutlich bimmeln hören. Die Tiere hörten es auch. Es kam zu einem abrupten, allgemeinen Aufruhr – Gehuste, Grunzer, aufgeschrecktes Schnauben; viel flaches, wachsames Atmen. Es gibt eine Menge jener Geräusche, die Geschöpfe machen, wenn sie versuchen, still zu sein; Gelenke knacken, Mägen rumoren, Schlucken lärmt.

Zuerst läutete die Glocke, dann kam der Wachmann aus dem Kleinsäugetierhaus. Ich sah seine Taschenlampe nikken. Dann sah ich das Blinken am Ende eines Weges; ich denke, es kam vom Haupttor des Zoos, und ich denke, der Wachmann blinkte zurück.

Die Einzäunung entlang, hinter meiner Hecke, scharren die Gemischten Antilopen mit den Hufen. Irgend etwas geht vor, zweifellos. Es ist mein Ernst; es ist Mitternacht, und der Zoo ist hellwach.

(Fortsetzung)
Die hochselektive Autobiographie
von Siegfried Javotnik: Vorgeschichte 1

10. März 1938: Ein warmer unverschneiter Donnerstag, wie geschaffen für Hilkes einteiliges rotes Wolljersey mit dem großen Rollkragen.

Am frühen Morgen, etwa um die Zeit, als Bundeskanzler Schuschniggs Zug aus Innsbruck am Westbahnhof ankommt – und kurz nachdem Zahn Glanz mit Kreide JA! SCHUSCHNIGG! auf die schwarze Motorhaube seines Taxis geschrieben hat –, beginnt sich in der peripheren Ländlichkeit von Hacking ein Hühnerzüchter für die erwarteten Festivitäten in der Stadt anzukleiden. Ernst Watzek-Trummer hat heute morgen die Eier vernachlässigt und statt dessen die Federn eingesammelt. Dies ist nicht weniger seltsam als die Tätigkeit, die ihn die ganze Nacht wachgehalten und beschäftigt hat – Pastetenförmchen aus Blech zu durchlöchern und zu einem Pseudokettenpanzer miteinander zu verdrahten, und dann die Rüstung mit Schweineschmalz einzufetten, um die Oberfläche so klebrig zu machen, daß die Hühnerfedern daran haftenbleiben, in denen er sich jetzt wälzt. Jeder, der Ernst Watzek-Trummer beim Ankleiden beobachtete, würde nie wieder auch nur ein einziges Ei von ihm kaufen. Aber keiner sieht es außer den Hühnern, die ihm gackernd aus dem Weg laufen, als er sich durch seinen Federberg auf dem Hühnerhausboden hin- und herrollt. Und außerdem könnte niemand Ernst Watzek-Trummer Verschwendung vorwerfen; dieses Kostüm hat ihn keinen Schilling gekostet. Die Pastetenförmchen besitzt er zuhauf, und sie können immer noch dazu dienen, Eier darin zu verkaufen; und aus den Federn hat er nie mehr Nutzen gezogen als eben jetzt. Ja, sogar der Kopf seines Kostüms besteht aus Pastetenförmchen, ein Helm aus Pastetenförmchen, zwei als Ohrklappen, eines für das Oberteil, und eines so zurechtgebogen, daß es auf sein Gesicht paßt – mit Gucklöchern und einem Luftloch und zwei winzigen Löchern für den Draht, der den gehämmerten Blechschnabel daran befestigt. Ein Schnabel, der spitz genug ist, um einen Mann aufzuspießen. Und zwischen den Gucklöchern ist ein Abziehbild des Österreichischen Adlers, mittels Dampf von der Stoßstange von Ernst Watzek-Trummers Lastauto abgelöst und mit Schweineschmalz erneut befestigt. Das hat ihn also auch nichts gekostet. Und es ist unbestreitbar ein Adlerkostüm von einschüchternder Authentizität – oder wenn nicht authentisch, so doch zumindest robust. Der gefiederte Kettenpanzer hängt ihm bis zu den Knien, und die Pastetenförmchenärmel sind weit genug gemacht, um damit flattern zu können. Den Kopf läßt er ungefiedert, fettet ihn aber dennoch ein – nicht nur, damit das Abziehbild kleben bleibt, sondern auch, damit sein ganzer Schädel glänzt. Ernst Watzek-Trummer, für diesen Tag ein Adler – und im besonderen der Österreichische Adler– beendet das Ankleiden in seinem Hühnerhaus und scheppert ungestüm zum äußersten Stadtbezirk, hoffend, in der Straßenbahn mitfahren zu dürfen.

Und Zahn Glanz, unterwegs zur Wohnung meiner Mutter, hat einmal angehalten, bloß um ein wenig Luft aus den Reifen zu lassen, damit sie quietschen, und übt jetzt den Lärm seiner Kurventechnik im Kreisverkehr zwischen der Technischen Universität und der Karlskirche.

Und Großvater Marter hat beschlossen, heute morgen nicht zur Arbeit zu gehen, weil sowieso keiner im Fremdsprachen-Lesesaal des Internationalen Studentenhauses lesen wird, und deshalb der Oberbibliothekar auch nicht vermißt werden würde. Großvater hält Ausschau nach Zahns Taxi, denn er könne den jungen Leuten wenigstens ihren Optimismus gönnen, hat Großmutter gesagt, und sich selbst den Umtrunk, der an einem Festtag fällig ist.

Und Zahn, auf seiner vierten Tour ums Rondell, sieht die Besucher einer Frühmesse aus der Karlskirche kommen. Und der nur wenig geldorientierte Zahn findet, daß ein früher Fahrgast seine Ankunft bei der Wohnung meiner Mutter nett einleiten würde. Er parkt das Taxi im Leerlauf am Bordstein vor der Karlskirche und liest seinen über dem Lenkrad ausgebreiteten *Telegraph*. Lennhoffs Leitartikel rühmt Schuschniggs Volksabstimmung, äußert gespielte Neugier bezüglich der Reaktion Deutschlands.

An der Station Hütteldorf-Hacking der Straßenbahnlinie 49 verweigert währenddem ein säuerlicher Straßenbahnfahrer einem Mann in einem Adlerkostüm die Mitfahrt. Ernst Watzek-Trummer rückt sich den Schnabel zurecht und stolziert weiter.

Und am Ballhausplatz späht Bundeskanzler Kurt von Schuschnigg aus einem Fenster des Bundeskanzleramts und entdeckt ein von der Balustrade der Michaelerkirche über den Michaelerplatz bis zu einer Balustrade der Ausstellungsräume der Hofburg gespanntes Transparent. Es besteht aus zusammengenähten Bettlaken, die Aufschrift ist säuberlich und riesiggroß: SCHUSCHNIGG, FÜR EIN FREIES ÖSTERREICH.

Und der Bundeskanzler vermutet, daß das Komma, damit er
es auf diese Entfernung sehen kann, so groß sein muß wie ein
Männerkopf. Es erwärmt ihn bis in den letzten Zipfel seines
Tirolertums, zu wissen, daß ihn hinter dem Transparent, die
Augustinerstraße hinunter bis zum Albertinaplatz und noch
darüber hinaus – überall in der Innenstadt – die Menschenmenge hochleben läßt.

Es würde ihn sogar noch mehr erwärmen, sähe er die
Entschlossenheit Ernst Watzek-Trummers, der die Demüti-
gung erfährt, bei der Haltestelle St. Veit aus einem Straßenbahnwagen geworfen zu werden – vor den Augen der Kinder, die sich auf dem Weg von Hacking bis hierher zusam-
mengerottet haben und ihm in einem gleichbleibenden,
spöttischen Abstand gefolgt sind. Der Adler hinterläßt ein
paar schlampig gefettete Federn; er stolziert weiter. Doch
Bundeskanzler Kurt von Schuschnigg kann nicht über fünf
Stadtbezirke hinwegblicken, um Zeuge dieser einzigartigen,
patriotischen Demonstration zu sein.

Großvater Marter würde sagen, der Bundeskanzler sei nie
besonders weitblickend gewesen. Mein Großvater bildet
sich ein, das Monopol für Weitblick zu besitzen. Er sagt
zum Beispiel zu meiner Mutter: »Hilke, nimm deinen Mantel, das ist Zahn« – während Zahn noch drei Blocks entfernt
ist und eben erst, aus der Überlegung heraus, daß Frühmes-
senbesucher Fußgängernaturen sein müssen, beschließt, den
Bordstein bei der Karlskirche zu verlassen. Doch ob Weitblick oder schiere Ungeduld, Großvater und Hilke haben
ihre Mäntel an, als Zahn in ihre Straße einbiegt.

»Kommt mir bloß in keine Rauferei«, sagt meine Großmutter.

»Lies du mal ein gutes Buch«, meint Großvater zu ihr.

Und erst später am Nachmittag hat Großvater durch ein
schmieriges Fenster des Augustiner-Kellers eine Vision; er
verschwappt sein Bier und verbirgt das Gesicht an Zahns
Kragen. Er kichert.

»Vater!« sagt Hilke peinlich berührt.

»Wird dir schlecht?« fragt Zahn, und mein Großvater schnellt das Gesicht wieder zum Fenster herum; er hält immer noch Zahns Revers fest, bereit, wieder in Deckung zu gehen, falls das Geschöpf seiner Vision erneut auftaucht. »Das ist der größte Vogel, den ich je gesehen habe«, murmelt er, und dann erscheint seine Vision um die Drehtür herum – wird mit beunruhigend-blechernen Flügelschlägen in den Keller geweht und alarmiert einen Tresen voller wurstmampfender Männer; sie stolpern in einer Woge zurück; eine dicke Fleischscheibe klatscht zu Boden, und alle starren sie so an, als sei es das Herz oder die Hand von jemand.

»Jessas na!« sagt Großvater und taucht wieder in Zahns Revers.

Die Vision mit der furchterregenden Flügelspanne läßt die gefiederte Pastetenförmchenbrust klappern. »*Krak*!« schreit sie. »*Krak*! *Krak*! Österreich ist frei!« Und ganz langsam, nach einem ehrfürchtigen Schweigen, stürmen, einer nach dem anderen, die Zechenden los, um das Nationalsymbol zu umarmen.

»*Krak*!« sagt Großvater nun wieder mit Würde, und Zahn bekommt den Kettenpanzer des Adlers zu fassen und zerrt ihn an ihren Tisch; sein Schnabel erdolcht fast meinen Großvater, der den großen Vogel mit einer Bärenumarmung begrüßt.

»Ach, Sie sollten sich mal *sehen*«, sagt Großvater. »So ein *feiner* Adler!«

»Ich bin den ganzen Weg bis zum Europaplatz zu Fuß gegangen«, sagt der Adler, »erst dann durfte ich in die Straßenbahn einsteigen.«

»Wer hat Sie daran gehindert?« brüllt Großvater wütend.

»Die Fahrer, mal hier, mal da«, sagt Ernst Watzek-Trummer.

»In den Außenbezirken herrsch sehr wenig Patriotismus«, eröffnet ihm mein Großvater.

»Und ganz alleine habe ich es auch gemacht«, sagt der Adler. »Ich bin eigentlich nur ein Eiermann. Ich habe Hühner« – er berührt seine Federn und klopft auf das darunterliegende Blech – »und zu Hause, da habe ich diese Schälchen zum Eier drin verkaufen.«

»Fabelhaft!« sagt Zahn.

»Schön sind Sie«, sagt Hilke zu dem Adler und piekst in seine flaumigen Teile, dort, wo die Federn wattig sind und am dichtesten kleben – unter dem blechern-vorstehenden Kinn, wild über der Brust und gehäuft in den Flügelgruben.

»Nehmen Sie doch den Kopf ab«, sagt Zahn. »Mit dem Kopf auf können Sie ja nicht trinken.«

Und eine Welle rempelnder Männer wogt hinter dem Adler hoch. »Ja! Nehmen Sie den Kopf ab!« rufen sie und greifen und schwappen sich näher an den Vogel heran.

»Nicht drängeln! Etwas Respekt, wenn ich bitten darf!« sagt Großvater.

Ein Stehgeiger flitzt zum Balkon über ihrem Tisch – ein Cellist folgt gebückt und grunzend. Sie falten ihre Taschentücher neu.

»Musik!« sagt Großvater, der jetzt über den Keller gebietet.

Der Geiger rupft an seinem Bogen. Der Cellist knirscht mit einer fingerdicken Saite; jeder umklammert sein Rückgrat, als hätte der Cellist einen Wirbel angeschlagen.

»Ruhe bitte!« sagt Großvater, der noch immer das Kommando führt. Der Adler breitet seine Flügel aus.

»Nehmen Sie den Kopf ab«, flüstert Zahn, und die Musik beginnt – ein Volkslied, daß auch der Stärkste knieweich wird.

Hilke hilft dem Adler beim Kopfabsetzen. Ernst Watzek-Trummer legt sein altes Koboldsgesicht in Falten und bekommt ein tiefes Kinngrübchen. Meine Mutter möchte ihn küssen; mein Großvater tut es – vielleicht aus der Nachfreude, so viele graue Haare um des Adlers Ohren geringelt zu finden. Nur ein Mann aus der Generation meines Großvaters konnte der Österreichische Adler sein.

Ernst Watzek-Trummer ist überwältigt – er wird geküßt und gefeiert von einem Mann mit einiger Bildung, soviel steht für ihn fest. Er hält gequält den Takt des Volkslieds. Sein Kopf wird ehrerbietig herumgereicht; er gleitet von Hand zu Hand, büßt Schweineschmalz und etwas von seinem Glanz ein.

Die Fenster vereisen. Jemand schlägt vor, einen Plan auszuarbeiten, um den Adler fliegen zu lassen – ihn von der Balustrade der Michaelerkirche baumeln zu lassen und hin- und herzuschwingen. Täte man es auf der Michaelerkirche, könnte Schuschnigg es sehen. Hosenträger werden angeboten. Der Adler scheint gewillt, doch mein Großvater ist unnachsichtig.

»Meine Herren«, sagt er und erstattet ein Paar breite, rote Hosenträger zurück. »Bitte, meine Herren.« Und er mustert die verdutzten, benebelten Gesichter der Männer, die ihre Hosen mit den Daumen hochziehen. »Meine Tochter begleitet uns«, sagt Großvater, und er hebt das Gesicht meiner Mutter sanft der Menge entgegen. Sie ziehen sich belehrt zurück, und der Adler entgeht knapp dem Gebaumel – das bei dem kombinierten Zurückschnalzen-und-Ausdehnen strammer und schlaffer Hosenträger ein ungemein elastischer Flug hätte werden können.

Ernst Watzek-Trummer schafft es unbehelligt zu Zahns Taxi. Auf Großvaters Vorschlag hin entschärft der Adler seinen Schnabel mit einem Flaschenkorken – damit er auf seinem Weg durch die Menschenmenge zur Tür keine Verletzungen zufügt. Mit verkorktem Schnabel – der sich beim Einsteigen ins Taxi auch ein wenig verbogen hat – umfaßt er auf dem Rücksitz meine Mutter und meinen Großvater, während Zahn sie über den Michaelerplatz kurvt, hindurch unter den zerknitterten Bettlaken, die Schuschnigg preisen, und die abseits vom Graben gelegenen Kaffeehausgassen hinunter.

Zahn verkündet mit Gebrüll und Hupe die Erlösung Österreichs. »*Krak! Krak!*« schreit er. »Das Land ist frei!«

Und die mittlerweile erschöpften Zuschauer, ernüchtert durch Kaffee und hinter auf beschlagenen Fenstern mit der Hand freigewischten Gucklöchern, schenken dem wenig Beachtung. Sie sind der Wunder schon müde. Das ist bloß irgendein großer Vogel auf dem Rücksitz eines vorbeifliegenden Taxis.

Und meine Großmutter ist aufgeblieben und wartet auf sie – bei offenem Buch und kaltem Tee. Als sie den Adler sieht, der ihr in die Küche geführt wird, wendet sie sich an Großvater, als habe er ein Haustier mit heimgebracht, dessen Ernährung sie sich nicht leisten könnten. »Du lieber Himmel, wie siehst du denn aus!« sagt sie zu ihm. »Und deine Tochter war die ganze Zeit dabei.«

»*Krak*!« sagt der Adler.

»Was will er, Zahn?« fragt Großmutter. Und zu Großvater: »Du hast ihn doch nicht gekauft? Oder irgendwas unterschrieben?«

»Es ist der Österreichische Adler!« sagt Großvater. »Etwas Respekt, wenn ich bitten darf!«

Und Großmutter sieht hin, nicht so ganz respektvoll; sie lugt an dem verkorkten Schnabel vorbei in die Augenlöcher.

»Frau Marter«, sagt der Adler. »Ich bin Ernst Watzek-Trummer aus Hacking.«

»Ein Patriot!« ruft Großvater und schlägt dem Adler auf die Schulter. Eine Feder fällt; sie scheint ewig weiterzufallen.

»Mutti«, sagt Hilke. »Er hat das Kostüm selber gemacht.«

Und Großmutter streckt behutsam die Hand aus und berührt das Gefieder auf der Adlerbrust.

Großvater sagt sanft: »Ich habe bloß zum letzten Mal ein wenig über die Stränge geschlagen, Mutti. Unsere Tochter war in bester Hut.«

»In allerbester!« sagt Zahn und knufft den Adler.

Und Großvater sagt ganz traurig: »Ach, auch Österreich hat zum letzten Mal über die Stränge geschlagen, Mutti.« Und er beugt vor dem Adler das Knie.

Ernst Watzek-Trummer bedeckt seine Augenlöcher, ihm

zittern die Federn, und er beginnt zu weinen – wimmert harsch in seinen Schnabel.

»*Krak*! *Krak*!« sagt Zahn noch immer fröhlich, doch der Helm des Adlers scheppert vor Schluchzern.

»Na«, sagt Großvater. »Ist ja gut, du bist doch ein prima Patriot, stimmt's? Na, na – und hatten wir nicht einen tollen Abend zusammen? Und Zahn wird dich nach Hause fahren, weißt du.«

»Ach, der Arme«, sagt Großmutter.

Und alle zusammen bringen sie den Adler zum Taxi.

»Du hast den ganzen Rücksitz für dich«, sagt Zahn.

»Nehmt ihm den Kopf runter«, sagt Großvater. »Er könnte ertrinken.«

Und Hilke sagt zu ihrem Vater: »Das ist ganz allein deine Schuld, du Pessimist.«

»Du Neunmalklug!« sagt Großmutter.

Doch Großvater knallt die Türen zu und regelt auf der leeren Straße einen imaginären Verkehr. Er signalisiert Zahn, daß er gefahrlos abfahren kann.

Zahn rollt durch die Friedhofsstille der Außenbezirke – Hadik und St. Veit und Hütteldorf-Hacking – wo, wie Zahn nur vermuten kann, die Geister und gegenwärtigen Bewohner ebenso gewillt wie unwillig scheinen, das Heilige Römische Reich willkommen zu heißen wie Hitler.

Unterdessen zerlegt sich der Adler auf der Rückbank. Und als Zahn das dunkle Haus findet, das sich außerhalb des Scheins des nächtlich-eierlegenden Hühnerstalls versteckt, zeigt ihm sein Rückspiegel einen zerzausten alten Mann, der weint – und im ganzen Taxi stieben die Federn.

»Komm schon«, sagt Zahn, aber Ernst Watzek-Trummer attackiert den leeren Adler und rammt ihn mit der Schulter gegen den Vordersitz. Er versucht, ihm das Rückgrat zu brechen, doch der Adler ist erstaunlich gut gebaut; er sackt in eine halbsitzende Haltung zusammen, sein Pastetenförmchengewebe ist robuster als eine Wirbelsäule.

»Ist ja gut, ist ja gut«, sagt Zahn. »Sieh nur mal, wie du

dein Kostüm zurichtest.« Aber Ernst Watzek-Trummer boxt, rupft Federn und tappt mit seinem tretenden Fuß auf dem Boden herum – versucht, den heruntergefallenen Kopf zu finden und zu zerstampfen.

Zahn kriecht ihm auf dem Rücksitz hinterher und wuchtet ihn aus der Tür. Ernst Watzek-Trummer flattert mit den Armen. Zahn schließt die Tür und lotst den Eiermann.

»Oh, bitte«, sagt Zahn. »Du wirst jetzt tüchtig schlafen, nicht wahr? Und ich fahre morgen raus und bringe dich persönlich zur Wahlurne.«

Der Eiermann buckelt; Zahn läßt ihn vorwärts stolpern, umrundet ihn aber und nähert sich ihm von vorn, um seinen Kopf hochzuhalten. Sie knien sich direkt gegenüber.

»Kannst du dir das merken?« sagt Zahn. »Ich hole dich zur Volksabstimmung ab. Ich fahre dich zur Wahlurne. In Ordnung?«

Ernst Watzek-Trummer stiert intensiv und hebt den Hintern wie ein Sprinter auf den Startblöcken; er ruckt wie zum Angriff den Kopf vor, lenkt Zahn ab und saust an ihm vorbei – auf allen vieren, richtet sich aber im Laufen auf. Er bleibt stehen und dreht sich nach Zahn um. Zahn plant etwas.

»Na los«, sagt Zahn. »Du wirst jetzt brav ins Bett gehen, nicht wahr? Du willst doch keinen Ärger bekommen, oder?«

Ernst Watzek-Trummer läßt die Arme baumeln. »Es wird überhaupt keine Abstimmung geben«, sagt er. »Damit werden wir nie durchkommen, du junger Narr.« Und er stürmt auf sein Hühnerhaus los; Zahn stürzt ihm hinterher, bleibt aber stehen. An Zahns Horizont tut sich eine Lichttür auf, und dann macht Ernst Watzek-Trummer sie hinter sich zu. Das Hühnerhaus beugt sich unter seinem eigenen Dach und ächzt; es gibt einen Augenblick, da ist Zahn sicher, wo Eier in der Schwebe bleiben, halbgelegt. Dann hört man zänkisches Gegacker; Zahn sieht eine Henne an einem Fenster vorbeiflattern oder -fallen; die Lampe drinnen tanzt oder wird herumgeschwungen. Eine andere Henne oder sogar dieselbe schrillt. Dann geht das Licht aus; heute nacht werden keine Eier gelegt werden. Zahn wartet, bis er sicher ist, daß Ernst Watzek-Trummer eine Koje gefunden – jemand von seiner Hühnerstange verdrängt hat. Aber wer immer da rausgeschmissen wird, macht wenigstens kein Geschrei deswegen.

Zahn torkelt zurück zum Taxi, hockt sich aufs Trittbrett und nimmt einen Zug aus der Cognacflasche, die ihm Großvater dagelassen hat. Er versucht zu rauchen, doch die Zigarette geht ihm immer wieder aus. Und er sitzt schon fast hinter dem Steuer und will losfahren, da entdeckt er den Adler, unbewohnt, über dem Vordersitz hängend. Zahn setzt den Adler neben sich, doch er klappt dauernd zusammen; Zahn findet den Kopf des Adlers, setzt ihn dem Adler auf den Schoß – bietet ihm etwas von meines Großvaters Cognac an.

»Du wirst morgen früh einen Mordsbrummschädel haben«, sagt Zahn zu ihm und bekommt ein Kichern, aus dem ein Niesanfall wird, ein Krampf, eine Attacke, die so laut ist, daß sie einiges Glucksen im Hühnerhaus verursacht. Zahn kann nicht aufhören; außer Rand und Band sieht er sich selbst im Adlerkostüm im Hühnerhaus auftauchen, das Licht anknipsen und *krak*en, bis die rasend gewordenen Hennen mit einer Eier-Leg-Orgie beginnen – oder nie mehr ein Ei legen; so laut *krak*en, daß Ernst Watzek-Trummer das allergrößte Ei legt.

Aber Zahn bietet dem Adlerkopf bloß noch einen Schluck an; als er nicht reagiert, kippt er einen Schuß Cognac in das Kopfloch.

Zahn hat das Gefühl, daß sie stundenlang reden, die Flasche kreisen lassen, Wache halten über das verdunkelte Hühnerhaus, den Schlaf Ernst Watzek-Trummers auf seiner hochherrschaftlichen Hühnerstange behüten.

»Ex, tapferer Adler!« sagt Zahn und sieht zu, wie das Kopfloch die Flasche halsunter schluckt.

Die Wachablösung passierte um Mitternacht, und seitdem hat sich einiges verändert. Es sind noch immer alle wach. Ehrlich – dieser Zoo ist ein einziges ruheloses Gescharre und Getrappel; keiner schläft. Um Mitternacht trat eine generelle Schlaflosigkeit ein.

Zuerst dachte ich, sie wären hinter mir her. Ich dachte, der Wächter der ersten Schicht hätte dem Wächter der zweiten Schicht erzählt, daß irgend jemand im Zoo herumschleicht. Oder vielleicht haben es die Tiere weitergesagt; über eine universelle Fernschreiberleitung aus Hufgepoch, Zwitschern, Grunzern und dergleichen haben sie einander von mir erzählt. Und jetzt warten sie ab, was ich tun werde.

Aber ich glaube nicht, daß das den wahren Grund darstellt, warum der Zoo wach ist. Es ist wegen des neuen Nachtwächters. Das kleine Klingelgeräusch hat alle darauf vorbereitet; die Tiere haben ihn erwartet. Ich kann dir sagen, die beiden Wächter unterscheiden sich ganz schön voneinander.

Er ging an mir vorbei. *Der* hier hat einen Gummiknüppel; er schiebt ihn in ein Futteral, das in seinen linken Stiefel eingenäht ist. Es sind über die Knöchel reichende, abgewandelte Kampfstiefel, an den Waden locker geschnürt. Die grauen Köperhosen stecken in den Stiefeln. Er trägt eine offene Halfter im Cowboy-Stil, und der Lauf seiner Pistole ist mindestens fünfzehn Zentimeter lang. Mit dem Schlüsselring macht er etwas Interessantes. Er steckt seinen Arm durch und hakt ihn sich über die Schulter; er befestigt ihn unter einer Epaulette – an seiner Uniform sind noch beide Epauletten dran. Alle Schlüssel hängen ihm unter der Achsel und rasseln. Ich finde das ungeschickt; wenn man einen Haufen Schlüssel unter der Achsel hat, hält man den Arm so komisch. Aber es ist sein rechter Arm, und vielleicht kann er aus dieser Haltung besser nach der offenen Halfter greifen, die ziemlich hoch auf seiner rechten Hüfte sitzt. Ich glaube, obwohl er ein wenig schräg wirkt, kann er mit seinem Schießeisen ganz gut umgehen. Eine Taschenlampe hat er natürlich auch. Die trägt er links und an einer Schlaufe ums Handgelenk – damit sie ihn nicht behindert, falls er zum Gummiknüppel greift. Das ist einleuchtend: Wenn man nah genug dran ist, um einen Gummiknüppel zu benutzen, braucht man keine Taschenlampe, um etwas zu sehen; ist man weit genug weg, um eine Pistole zu benutzen, möchte man gern in der anderen Hand eine solide Taschenlampe. Ich glaube, dieser Wachmann nimmt seine Arbeit ernst.

Er patrouillierte meine ganze Hecke ab. Als er an mir vorbei war, schob ich mich durch eine Wurzellücke vor – gerade weit genug, um ihn von der Taille aufwärts sehen zu können: den Schlüsselring, die Epauletten, den Knick in seinem rechten Arm. Doch in seiner Gesamtheit sah ich ihn nur von hinten, und es mußte schnell gehen. Er ist sehr abrupt mit seiner Taschenlampe. Er läßt den Strahl auf seine Stiefelspitzen fallen, und dann wirbelt er plötzlich herum und malt einen Lichtkreis um sich herum.

Das war vor anderthalb Stunden, und er ist immer noch im Zoo unterwegs und wirbelt seine Lampe herum. Er glaubt vielleicht, daß der Wächter der ersten Schicht nachlässig ist, vielleicht muß er sich erst vergewissern, daß alles in Ordnung ist, bevor er zu seiner normalen Wachtätigkeit übergeht.

Diese allnächtliche Störung muß die Tiere tüchtig nervös machen. Ich sehe die plötzlichen Lichtkreise des Wachmanns – manchmal drei-, viermal in derselben Gegend. Und die Schlösser kontrolliert er sehr aggressiv. Bloß ein Ruck genügt ihm nicht – er läßt die Käfige erbeben.

Kein Wunder, daß alle wach sind.

(Fortsetzung)
Die hochselektive Autobiographie
von Siegfried Javotnik: Vorgeschichte 1

Schwarzer Freitag, 11. März 1938: Kurz nach halb fünf, die frühmorgendlichen Priester richten die Seitenaltäre im Stephansdom her, und Kurt von Schuschnigg kommt auf ein sehr kurzes und klares Gebet vorbei. Seit ihn Sicherheitsminister Skubl telefonisch davon verständigt hat, daß die Deutschen die Grenze bei Salzburg schließen und alle Zollbeamten zurückziehen, ist er auf den Beinen und unterwegs zum Bundeskanzleramt. Skubl erwähnte auch einen deutschen Truppenaufmarsch von Reichenhall bis Passau. Und im Bundeskanzleramt findet Schuschnigg das bittere Telegramm des österreichischen Generalkonsulats in München: LEO IST REISEFERTIG. Und das alles, bevor es draußen hell ist und bevor noch die gesamte deutsche Morgenpresse zu Schuschniggs Durchsicht nach Wien telegraphiert worden ist. Man hat als Anhaltspunkt nur einen blassen Schimmer vom deutschen Gefühl, doch der sollte eigentlich genügen. Die Nazi-Nachrichtenagentur D.N.B. behauptet, in Wien seien Fahnen mit Hammer und Sichel gehißt worden und die rasenden Bürger hätten in ein und demselben Atemzug gebrüllt »Heil Schuschnigg! Heil Moskau!«. Das D.N.B. sagt, meint, der Führer könnte in Österreichs Interesse zu einem »Antibolschewistischen Kreuzzug« gezwungen werden. Der arme Kurt von Schuschnigg muß zugeben, daß dies eine besonders einfallsreiche Berichterstattung über seine Volksabstimmung ist. Er führt ein Dringlichkeitsgespräch mit dem britischen Gesandten, der seinerseits wiederum nach London zu Lord Halifax kabelt – um zu erkunden, ob England Partei ergreifen wird. Dann beobachtet Schuschnigg, wie das erste Licht durch die rußigen Fenster der Schauräume der Hofburg fällt – und drinnen die kostbaren alten Juwelen und das Gold aufspürt.

Das träge Märzlicht schiebt im schlaftrunkenen St. Veit Jalousien hoch, und Zahn Glanz grüßt krächzend die Morgendämmerung. Ein Glück für Zahn, daß es früh ist und wenig Verkehr herrscht, denn an den Kreuzungen ist er nicht konsequent. Das Kopfsteinpflaster verursacht ihm Schädelbrummen, deshalb fährt er, wo es nur geht, in den Straßenbahngleisen; das Taxi paßt nicht ganz genau in die Gleise, aber meistens schafft er es, daß eine Autoseite rüttelfrei ist.

Er nähert sich auf der Währinger Straße der Innenstadt, da bremst er, um einen Fahrgast einzuladen. Ein hängeköpfiger Mann, der ehrfurchtgebeugt aus einer Frühmesse in der Votivkirche kommt, steigt in den Fond. Ehe der Mann die Tür noch richtig zugemacht hat, braust Zahn schon mit ihm los.

»*Krak*! *Krak*!« sagt Zahn. »Wohin?«

Und der Mann klatscht sich Federn von den Hosen und sagt: »Ist das hier ein Taxi oder ein Hühnerhof?« Und erblickt oben im Rückspiegel Zahns gekrümmten Schnabel und sieht die buntgefiederten, über das Lenkrad gebeugten Schultern. Und purzelt aus der Tür, die er nicht ganz zugemacht hat.

»Sie sollten die Tür besser nicht auflassen«, sagt Zahn, doch er blickt auf einen leeren Rücksitz im Federgestöber.

Zahn biegt in die Kolingasse ein und hält an; er torkelt aus dem Taxi und stolziert zur Ecke der Währinger Straße zurück, wo er einen Mann zum Bordstein hinken sieht. So frisch aus der Messe muß der Mann einfach glauben, daß er einen Seraph gesehen hat.

Also springt Zahn zu seinem Taxi zurück und erschreckt einen Cafébesitzer, der gerade die Markise hochrollt, um das bißchen matte Sonne zu erwischen. Der Mann läßt die Markisenkurbel los; die Markise rumpelt über ihn herab und die Kurbel rotiert wie toll und reißt ihm die Handrücken auf.

»Also heute morgen bin ich wirklich früh dran«, sagt Zahn und stößt vom Trittbrett seines Taxis einen Hahnenschrei aus. Irgendwie hat Zahn alles durcheinandergebracht, Hühnerfedern, Hahnenschrei und Adler.

Zahn spürt, daß etwas nicht stimmt und entscheidet, daß es seine Krallenlosigkeit ist. Egal was für ein Vogel er ist, Krallen sollte er haben. Also hält er bei einer Fleischerei am Kohlmarkt und kauft ein ganzes Huhn. Dann splittert er die Beine ab und befestigt sie im Geflecht seines Kettenpanzers, genau unter den weiten, bis zum Unterarm reichenden Manschetten. Die Krallen kringeln sich über seinen Händen; sie kratzen ihn beim Fahren.

Doch Fleischer sind berüchtigt phantasielose Gesellen, und der Fleischer am Kohlmarkt bildet da keine Ausnahme. Er ruft Radio Johannesgasse an, um einen Mann zu melden, der in einem Vogelkostüm laienhaft Taxi fährt.

»Nun verraten Sie mir mal«, sagt der Fleischer, »was für ein Typ würde denn ein ganzes Hühnchen kaufen und dann die Beine an der Kante seiner Taxitür abknacken? Einfach so – Tür auf, Tür zu, und dazwischen die Hühnerbeine, so lange, bis er sie durchgesäbelt hatte. Und das Huhn hat er weggeschmissen!« sagt der Fleischer, der meint, die Leute müßten gewarnt werden.

Doch Radio Johannesgasse ist bereits über etwas Gefiedertes informiert worden – durch einen besorgten Taxiunternehmer, der dort anrief, nachdem jemand auf der Währinger Straße wegen gotteslästerlichen Randalierens und allgemeiner Unruhestiftung betreffs eines eventuellen Seraphs verhaftet wurde. Zahn ist im Gespräch, zweifellos. Der einzige, der es im Radio gehört hat und sich nicht dafür interessiert, ist Kurt von Schuschnigg, dem dieser Tag zu lange dauert.

Die nächste Heimsuchung des armen Kurt ist das Nazi-Kabinettsmitglied Seyß-Inquart, der von einem unverschämten Telefonanruf eines ausfällig werdenden Goebbels in München berichtet. Seyß hat Anweisung erhalten, die

Kontrolle über das Kabinett zu übernehmen und dafür zu sorgen, daß Schuschnigg die Volksabstimmung absagt. Seyß-Inquart äußert sich beinahe bedauernd; er ist sich vielleicht nicht sicher, ob nicht doch alles ein wenig zu schnell geht. Er und Schuschnigg machen sich auf die Suche nach Bundespräsident Miklas, nachdem Schuschnigg – oder jemand aus seiner Umgebung – einen Boy des Kanzleramts losgeschickt hat, um den heruntergefallenen Berg Bettlaken einzusammeln, der den Verkehr auf dem Michaelerplatz behindert.

Und Großvater Marter hat erneut beschlossen, daß der Oberbibliothekar zu Hause bleiben wird; seit der ersten Radiomeldung über das taxifahrende, vogelartige Geschöpf ist mein Großvater nicht mehr vom Fenster gewichen. Großmutter bringt ihm seinen Kaffee, und Hilke beobachtet zusammen mit ihm die Schwindgasse. Die Sonne liegt noch nicht unten auf der Straße. Sie scheint sowieso bloß sporadisch, und wenn, dann fällt sie nur auf die obersten Stockwerke und Dächer der Straßenseite gegenüber – und eindrucksvoll ist sie bloß, wenn sie den Messingball trifft, der in den Handflächen eines Kupidos oben auf der Bulgarischen Botschaft ruht. Kupidos gibt es überall, aber nur die Bulgaren haben ihrem einen Messingball zum Halten gegeben; oder jemand anders hat es getan, vielleicht, um die Bulgaren zu beleidigen. Jedenfalls ist es das einzige Botschaftsgebäude in der Schwindgasse, und es hat Großvater etwas zu beobachten gegeben, während er auf Zahn wartet. Großvater ist aufgefallen, daß sogar die Bulgaren heute Telefonanrufe tätigen oder welche erhalten. Ein kurzer, massiger Mann, der am ganzen Körper behaart sein muß, hing die ganze Zeit, die mein Großvater Wache stand, über dem Telefon am Fenster des nach vorn gelegenen Büros.

Als Großvater die neueste Kurzmeldung über das Erlebnis des Fleischers am Kohlmarkt hört, bittet er Großmutter um einen Tee mit Rum. Der Kohlmarkt-Fleischer hat einen Blick fürs Detail. Radio Johannesgasse verbreitet das Bild eines Wahnsinnigen in einem Vogelkostüm, der nach Cognac stinkt und ein Taxi fährt, auf dessen Motorhaube mit Kreide geschrieben steht JA! SCHUSCHNIGG!

Falls Schuschnigg diesem lokalen Geschehen jetzt irgend-welche Beachtung schenkt, so nur, weil er genug Phantasie hat, sich auszumalen, wie die Nazi-Nachrichtenagentur eine solche Meldung ausschlachten könnte: Ein bolschewi-stischer Geheimbund als Vögel verkleideter Terroristen übernimmt die öffentlichen Verkehrsmittel der Stadt, um Wähler daran zu hindern, an Schuschniggs gezinkter Volks-abstimmung teilzunehmen. Doch lokale Unruhen können Schuschnigg jetzt nicht besonders wichtig erscheinen. Er hat Mühe genug, den alten Bundespräsidenten Miklas davon zu überzeugen, daß man die von Deutschland an Seyß-Inquart gestellten Forderungen vermutlich erfüllen sollte. Und der alte Miklas, der so lange untätig gewesen ist, ergreift diese Gelegenheit, um Widerstand zu leisten.

Vielleicht hat Schuschnigg bei seinem frühmorgendlichen Gang durch die dunkelgetäfelten Büros des Kanzleramts das Menetekel an der Wand gelesen; Maria Theresia und Aeh-renthal und die kleine holzgeschnitzte Madonna für den er-mordeten Dollfuß: eine Galerie österreichischer Entschei-dungsfinder – immer für oder gegen Deutschland.

Derlei bedrückende Gedanken lasten nicht auf Zahn Glanz. Er ist ein Vogel und fliegt. Er kommt die Goethe-gasse hoch und bremst beinahe nicht vor der Straßenbahn, die den Opernring entlang fährt. Pech für Zahn, daß er eine so auffällige Voll- und Notbremsung macht; das Quiet-schen weckt die Aufmerksamkeit einiger rüpeliger Straßen-arbeiter, die auf eine Austauschbohrspitze warten. Einer von ihnen muß gerade in der Nähe eines Radios gewesen sein, denn das JA! SCHUSCHNIGG! auf der Motorhaube scheint besondere Bedeutung zu haben. Glück im Unglück für Zahn, daß sie ihre Aufregung nicht verhehlen und sich dem Taxi verstohlen nähern. Sie erheben vielmehr ein furchtbares Geschrei und stürmen los, und Zahn bleibt Zeit genug, um sich ziemlich bedroht zu fühlen. Er schießt über die Kreuzung, und deshalb schafft es nur einer der Arbeiter, aufs Trittbrett zu springen. Und falls dieser Arbeiter mit sich zufrieden war – falls er durchs Fenster einen tückischen Blick auf Zahn geworfen hat –, dann ist er nicht sehr angetan, als Zahn den Schillerplatz erreicht und eine Schar Tauben aufscheucht, die vor Entsetzen im Flug ihren Mist fallen lassen.

»*Krak*!« kreischt Zahn ihnen zu, Gleich und Gleich. Und der Arbeiter ist überzeugt, daß er mit seinen Freunden auf die Bohrspitze warten sollte und nicht am Griff der verriegelten Tür hängen und den Kopf gegen das hochgedrehte Fenster schlagen – um dafür nur einmal und ganz kurz einen fürchterlichen Blick aus den leeren Augenlöchern des gepanzerten Adlers zu kassieren.

Um den Schillerplatz und durch einen engen Torbogen der Akademie der bildenden Künste preßt sich der Arbeiter an das Taxi und hört das Echo eines schrecklichen Wehgeheuls, das er nicht als sein eigenes erkennt.

In einem lichten Moment bremst Zahn Glanz sein Taxi freundlicherweise ab und visiert den letzten Torbogen der Akademie der bildenden Künste an. Dann öffnet er seine Tür. Nicht zu heftig; er läßt sie einfach aufschwingen und den verblüfften, angeklammerten Arbeiter vom Trittbrett befördern. Der Arbeiter baumelt, sieht den Torbogen näherkommen; dann läßt er den Griff los, und Zahn schließt die Tür. Im Rückspiegel kann er den Arbeiter rückwärtslaufen und fast den eigenen Schwung einholen sehen. Doch er kippt ein wenig albern um und verschwindet Purzelbaum schießend aus Zahns Spiegel.

Zahn beschließt, daß es ratsam ist, durch die Gassen zu fahren, weil er nicht sicher ist, wer ihn verfolgt. Doch in einer Gasse neben dem Ateliertheater geht ihm der Sprit aus. Sein Taxi kommt genau unter dem Reklamewand-Portrait der dunkeläugigen Katrina Marek zum Stehen, die während der vergangenen zwei Wochen eine sensationelle Antigone gegeben hat.

»Pardon«, sagt Zahn, denn er knufft Katrina, als er die Tür öffnet. Auch wenn es ihn wundert, daß die Schauspielerin Katrina Marek mit einem Bettlaken bekleidet Taxis heranruft, macht sich Zahn wenig Gedanken darüber. Er selbst ist auch nicht gerade schick angezogen.

Und wieder einmal wird mein Großvater von dem geplagt, was er seinen Weitblick nennt.

»Hilke«, sagt er. »Bringst du mir bitte meinen Mantel? Ich glaube, ich gehe aus.« Und obwohl es zwei mögliche Zugänge zur Schwindgasse gibt, heftet mein Großvater den Blick nur auf den einen.

Unterdessen bevorzugt der Adler noch immer die Gassen; er segelt die Müllwagenrouten entlang, und erst, als er am Rilkeplatz herauskommt, wird ihm klar, daß er sich in der Nähe der Wohnung meiner Mutter befindet. Zahn fühlt sich von seiner ganzen Segelei unter einem Kettenpanzer etwas erschöpft. Er besteigt die hinterste Plattform einer Straßenbahn auf der Gusshausstraße, die gerade hinter der Technischen Universität losfährt. Zahn hält es für klug, den Wagen nicht zu betreten, doch die Straßenbahn beschleunigt ein wenig, und die Pastetenförmchen des Adlers beginnen zu klappern. Der Schaffner äugt den Gang entlang; er glaubt, etwas an der Straßenbahn ist lose und scheppert. Zahn hält sich am Geländer fest und steigt auf der Plattformtreppe eine Stufe tiefer. Vom Fenster einer Konditorei deutet jemand auf ihn. Zahn ist der einzige Fahrgast auf der Plattformtreppe; seine Schwanzfedern lernen zu fliegen.

Und so würde eigentlich alles gutgegangen sein, zumindest für die ein, zwei Straßen, die er noch weiter muß, hätte nicht eine Horde Studenten der Technischen Universität, die im letzten Wagen sitzen, beschlossen auf die Plattform hinauszugehen, um eine zu rauchen.

»Morgen, Jungs«, sagt der Adler, und sie sagen kein Wort. Also fragt Zahn: »Ihr habt Katrina Marek heute morgen wohl nicht gesehen? Sie hat nämlich ihr Bettlaken an.«

Und einer der Maschinenbaustudenten sagt: »Sie sind nicht zufällig dieser Vogelmensch, wie?«

»Was für'n Vogelmensch?« sagt ein anderer.

»Was für'n Vogelmensch?« sagt Zahn.

»Der, der die Leute terrorisiert«, sagt der Student und tritt etwas näher, und dann erinnert sich einer seiner Freunde auch; er tritt ebenfalls näher.

Zahn wünscht sich, er hätte den Kopf nicht auf, dann würde er eine bessere Rundsicht haben und wissen, falls er springen müßte, ob er gegen einen Pfosten oder einen Abfallkorb prallen würde.

»Ich glaube, da kommt meine Haltestelle«, sagt Zahn, bloß wird die Straßenbahn kein bißchen langsamer. Er stellt den einen Fuß noch eine Plattformstufe tiefer und lehnt sich am Geländer hinaus.

»Greift ihn!« brüllt der Student, der am nächsten steht, und donnert einen Frühstückskoffer auf Zahns Hand. Doch der Adler fliegt rückwärts davon und verliert eine Kralle.

Zahn macht einen gräßlichen Radau, und seine Pastetenförmchen funkeln auf dem Bürgersteig; mehrere kleine Befestigungsdrähte durchbohren den Rücken des Adlers. Doch er ist nur noch wenige Schritte von der Wohnung meiner Mutter entfernt und hat keine Zeit, um den Pastetenförmchen nachzutrauern, die über das Trottoir rollen und am Bordstein entlang kullern.

Mein Großvater sagt: »Du kannst das verdammte Radio abstellen, Hilke«, – nachdem er soeben die kurze Meldung über den Vogelmensch gehört hat, der einen Arbeiter aus einer Straßenkolonne beim Opernring brutal entführte.

Hilke ist bereits im Mantel, und sie zieht das Halstuch an – schlingt es locker um den Hals. Sie folgt Großvater zum Treppenabsatz draußen vor der Wohnung. Großvater blickt die Wendeltreppe aus Marmor und Eisen hinauf und spitzt die Ohren nach sich öffnenden Briefkastenschlitzen und Türen. Dann führt er Hilke treppab und durch den langen Flur zur großen Tür mit der fußlangen Hebelklinke. Hilke späht die Straße auf und ab, doch mein Großvater sieht nur nach links – zur Ecke der Argentinierstraße. Er beobachtet einen Mann, der sich die Pfeife mit dem Daumen stopft und der Argentinierstraße den Rücken kehrt.

Dann dreht sich der Mann zur Ecke um und zieht den Kopf ein, weil er meint, den nahenden Flügelschlag von hundert Tauben zu hören. Und Zahn Glanz, in die Kurve gelegt, wirft den Mann um und verliert selber die Balance und poltert eine kurze Treppe hinunter und gegen die Tür von jemandes Kellerstube, so daß Zahn unterhalb des Bürgersteigs und völlig unsichtbar ist, als sich der Mann hochrappelt und den Pfeifentabak aus den Haaren schüttelt; und in beiden Richtungen die Straße entlangschaut – und weil er rein gar nichts sieht, die Argentinierstraße mit dem ihm eigenen Flügelschlag hinunterflitzt.

Großvater winkt. Zahn krabbelt gerade zum Bürgersteig hoch, da öffnet eine rührige kleine Waschfrau die Kellerstubentür. Sie attackiert den Adler mit einem Sockenspanner wie mit einer Lanze und tänzelt munter zum Gehsteig hoch; sie will dem Vogel eins überbraten, aber Zahn legt ihr die ihm verbliebene schlappe, kalte Kralle auf den entrüsteten Busen. Die Waschfrau fällt auf die Knie, überzeugt davon, daß das Ding echt ist.

Zahn flattert meiner Mutter entgegen. Er beschließt, die letzten paar Meter zu fliegen und schafft es beinahe glatt an einem geparkten Auto vorbei, an dessen Antenne er mit dem Schnabel hängenbleibt und sich den ganzen Kopf abreißt. Großvater packt unter den Pastetenförmchen zu und rasselt Zahn durch die große Vestibültür. Hilke klemmt sich den Adlerkopf unter den Arm und deckt ihn mit ihrem Halstuch zu. Die Straße hinunter kniet die Waschfrau noch immer auf dem Bürgersteig und verbirgt das Gesicht in den Händen; mit hochgestrecktem Hintern scheint sie den unfeinen Besuch eines Gottes zu erwarten.

Meine Mutter liest Federn und Flaum auf; pingelig bringt sie alles vom geparkten Auto in Großmutters Küche. Wo

Zahn matt am Herd lehnt – ein halbgerupfter Vogel, in Stanniol gewickelt und backfertig.

»Zahn«, sagt Großvater. »Wo hast du das Taxi gelassen?«

»Bei Katrina Marek«, sagt Zahn.

»Wo?« fragt Großvater.

»Direkt unter ihrer Nase ging mir der Sprit aus«, sagt Zahn.

»Wie weit von hier, Zahn?« sagt Großvater.

»Sie hatte ihr Bettlaken an«, sagt Zahn.

»Hat dich jemand aus dem Taxi steigen sehen?« fragt Großvater.

»Die Proletarier«, sagt Zahn, »sie erheben sich, um die Stadt zu zerstören.«

»Hat irgend jemand gesehen, wo du das Taxi abgestellt hast, Zahn?« schreit Großvater.

»Katrina Marek«, sagt Zahn. »Ich sollte zu ihr zurückkehren.«

»Bringt den armen Jungen ins Bett«, sagt Großmutter. »Er ist ja völlig durcheinander. Zieht ihm dieses Kostüm aus und steckt ihn ins Bett.«

»Jessas«, sagt Zahn. »Das war vielleicht ein langer Tag.« Doch meine Mutter ist zu nett, um ihm zu sagen, daß der Morgen gerade erst anfängt.

Und obwohl ich sicher bin, daß Schuschnigg das Resultat bereits ahnt, muß auch ihm der Tag lang vorkommen. Es ist erst neun Uhr dreißig, als Hitler zum Telefon greift und dem armen Bundeskanzler ein persönliches Ultimatum stellt: Die Volksabstimmung muß um mindestens noch zwei Wochen verschoben werden, sonst wird Deutschland diesen Abend in Österreich einmarschieren. Also beratschlagen Schuschnigg und der treue Skubl: Die österreichischen Reservisten des Jahrgangs 1915 werden zu den Fahnen gerufen, vermeintlich, um am kommenden Wahltag die Ordnung aufrechtzuerhalten; die Österreichische Socony Vacuum Oil Company wird ersucht, zur Motorisierung eventueller Truppenbewegungen zusätzliches Benzin bereitzustellen.

Und Bundeskanzler Schuschnigg bemerkt düster, daß die Stadt um die Mittagszeit zu einem zweiten Festtag für Schuschniggs Österreich rüstet. Flugblätter für die Volksabstimmung überschwemmen die Straßen. Die Sonne scheint mittags warm und hell. Die Leute scheinen die wachsende Heimwehr am Rand jedes kleinen Fests nicht zu bemerken. Und auch die Heimwehrsoldaten klopfen mit ihren Stiefeln im Takt der Walzer und patriotischen Märsche, die aus den an offene Fenster gestellten Radios schallen.

Schuschnigg ruft das dritte Mal bei Mussolini an, doch der Duce ist immer noch *nicht verfügbar*. Jemand schickt eine weitere Botschaft an Frankreich.

Die Mittagsnachrichten von Radio Johannesgasse sind in punkto Weltweites ein wenig vage. Etwas von der Schließung der Salzburger Grenze und von dem unfaßlichen Truppenaufmarsch; von einer Panzeransammlung, die sich nachts zentimeterweise vorwärtsschiebt, von einem Rauchschleier, der über den deutschen Wäldern hängt – gebildet aus einer Million auf Kommando angezündeter, einmal gepaffter und ausgedrückter Zigaretten. Und etwas davon, daß Radio Berlin die Meldung von den gestrigen und heutigen bolschewistischen Aufständen in Wien bringt, wo es doch seit der großen Belagerung und Einnahme des Schlingerhof Palais im Jahre 1934 gar keine aufrührerischen Bolschewisten mehr gegeben hat.

Die Lokalnachrichten sind da detaillierter. Der entführte Arbeiter ist gefunden worden; er wurde vom rasenden Taxi des Vogelmenschen heruntergeschlagen und kam wie durch ein Wunder mit ein paar Kratzern davon. Nach Schätzung des Arbeiters ist der Vogelmensch mindestens zwei Meter zehn groß. Das war am Schillerplatz. Dann wurde der Vogelmensch auf einer Straßenbahn in der Gusshausstraße gesichtet; eine beherzte Gruppe von Studenten der Technischen Universität versuchten ihn gefangenzunehmen, wurden jedoch überwältigt. Und zuletzt verging sich der Vogelmensch in der Schwindgasse an Frau Drexa Neff, Wäscherin. Frau Neff behauptet, das Wesen sei ganz bestimmt nicht menschlich und sie habe auch nicht gesehen, wohin es nach dem Überfall auf sie gegangen wäre. Die Behörden im nahegelegenen Belvedere Garten durchsuchten Büsche und Gehölz. Und noch immer fehlt jede Spur von dem offensichtlich abgestellten Taxi mit JA! SCHUSCHNIGG! auf der Motorhaube.

Aber mein Großvater weiß, wo er suchen muß. Er geht die Theaterspielpläne durch und findet heraus, wo Katrina Marek als Antigone verblüfft hat und merkt, daß das Atelier-Theater ziemlich genau zwischen dem abgeworfenen Arbeiter am Schillerplatz und dem ersten taxilosen Auftauchen des Adlers auf der Straßenbahn in der Gusshausstraße liegt. Großvater leert also eine Halbkilo-Keksdose und befeuchtet einen Schwamm; er steckt sich einen Trichter in die Manteltasche. Zahn trägt keinen Schlüssel bei sich, deswegen hofft Großvater, daß ihn der Adler im Zündschloß stekkengelassen hat. Dann stopft Hilke den Schwamm in ihr Geldtäschchen, und Großvater trägt die Keksdose unter dem Arm, hält sie hoch, als sei sie voll; sie verlassen die Wohnung in der Schwindgasse und vertrauen darauf, daß meine Großmutter für den ungestörten Schlaf von Zahn Glanz sorgen wird, der in Hilkes Bett zur Ruhe gebettet liegt.

Leider besitzt Kurt von Schuschnigg ein kompromißbereiteres Wesen als mein Großvater. Kurz nach zwei Uhr dreißig beugt sich Schuschnigg einem der deutschen Ultimaten. Er verlangt, daß Seyß-Inquart bei Göring in Berlin anruft und ihm den Entschluß des Bundeskanzlers mitteilt, die Volksabstimmung zu verschieben; Seyß-Inquart erzählt Göring auch, daß Schuschnigg nicht von seinem Bundeskanzleramt zurückgetreten ist. Großvater könnte Kurt freilich einiges Wissenswerte über den unersättlichen Appetit von Feldmarschall Göring erzählen.

Doch mein Großvater steht zur Konsultation nicht zur Verfügung. Er führt meine Mutter aus der Tankstelle am

Karlsplatz, unter dem Arm eine Keksdose mit Benzin – nur dreiviertel voll, damit unterwegs nichts überschwappt. Meine Mutter zeigt mehr als ein Familienausflugs-Lächeln, denn Großvater hat dem Tankwart erzählt, daß die Keksdose eine Überraschung für einen Onkel ist, der zuviel ißt und dem immer der Sprit ausgeht.

Sie überqueren den Getreidemarkt, flüstern Familiengeheimnisse; sie gehen langsamer, um sich die Reklamewände am Atelier-Theater anzuschauen.

»Sieh mal«, sagt Großvater und liest die Anfangszeiten der Matineen.

Und Hilke sagt: »Ich glaube, um die Ecke ist noch mehr.« Und sie biegt in die Gasse ein und versucht, nicht über das Taxi zu erschrecken, das unter Katrina Mareks Nase hockt. »Komm mal«, sagt sie zu Großvater. »Das ist wirklich das beste Bild, das ich von ihr kenne.«

»Einen Moment«, sagt Großvater und starrt auf den Matineeplan. Doch er geht weiter, liest, und wirft einen Blick die Straße hinauf und hinunter; er streckt die Hand um die Gassenecke und winkt meiner Mutter mit dem Finger. Sie holt den feuchten Schwamm aus ihrem Geldtäschchen und rubbelt das JA! SCHUSCHNIGG! von der Motorhaube des Taxis. Dann tritt sie zurück, um Katrina Marek anzuschauen, umrundet dabei wie von ungefähr das Taxi und wischt hier und da ein Kreidestäubchen weg. Dann kommt sie aus der Gasse zurück und zupft meinen Großvater am Arm.

»Komm schon, sieh's dir an«, sagt sie. »Es ist ein tolles Bild von ihr.«

»Lies das mal«, sagt Großvater. »Tu mir den Gefallen, und lies es. Ist das nicht erstaunlich?« Und er biegt um die Ecke und zeigt zurück auf den Matineeplan. Hilke wirft den Kopf herum, sieht dabei in beide Richtungen; sie schüttelt ihren Armreif für Großvater.

Von der Gasse her sagt Großvater: »Eine richtige Schönheit, du hast recht.« Und entfernt auf seinem ersten Gang ums Taxi den Tankdeckel; steckt den Trichter ein, während

199

er am Kotflügel lehnt und Katrina Marek liebevoll anblickt. »Was hältst du von diesem Programm?« ruft er, und meine Mutter klimpert wieder mit dem Armreif. Großvater kippt den Keksdoseninhalt in den Tank.

Als er zum Trottoir zurückgeht, kommt er am Fenster der Fahrerseite vorbei und sieht entzückt, daß der Schlüssel in der Zündung steckt.

»Das ist wirklich unglaublich«, sagt Hilke und deutet auf das Programm. Sie nimmt Großvaters Arm, und sie gehen zusammen weiter, an der Gasse vorbei und eine Straße weiter. Dann verbeugt sich Großvater vor ihr, küßt sie auf die Wange und überreicht ihr die Keksdose. Meine Mutter erwidert den Kuß und läuft geradeaus weiter, während mein Großvater in eine Seitenstraße einbiegt. Er kommt hinter dem Theater heraus, walzt in die Gasse hinein und von vorne auf das Taxi zu.

Meine Mutter marschiert ungestüm weiter, wirft vor den Schaufenstern demonstrativ das Haar zurück; sie schmiegt die Keksdose an ihren kleinen, zierlichen Busen; sie sieht sich, transparent, durch Kleidergestelle, Schuhreihen, kreisende Kuchen- und Tortenarrangements schreiten; sie sieht sich auch durch die Kaffeehausfenster die Blicke von den Tassenrändern weg auf sich lenken – und sich unvergeßlich, wenn auch transparent, durch die Gedanken eines jeden ziehen, der hinausschaut, wenn meine Mutter hereinschaut. Sie stellt sich vor, daß auch Zahn Glanz sie betrachtet, in seinen durch ihr mädchenhaft-parfümiertes Bett ausgelösten Träumen. Doch in so tiefer Trance ist sie nicht, daß sie die Straßenecken vergißt; an der Ecke Faulmannsgasse/Mühlgasse verlangsamt sie den Schritt und zögert solange, das nahende Taxi heranzuwinken, bis sie den Fahrer erkennt.

»Wohin?« fragt Großvater, das Kinn auf der Brust, und wartet, bis sie unterwegs sind, ehe er sagt: »Verdammt raffiniert, dein Vater, was? Fährt zum Volltanken ganz die Elisabethstraße runter und sammelt dich hier an der Ecke ein, gerade als du eintrudelst. Ich konnte dich kommen sehen.

Du brauchtest nicht mal zu warten. Ich hab' schon ein ziemlich gutes Zeitgefühl.«

Hilke schiebt sich die Haare hinter die Ohren; sie lacht strahlend und bewundernd, und Großvater nickt mit dem Kopf und lacht mit. »Verdammt raffiniert, verdammt raffiniert – ein astreines Ding, das muß ich schon sagen.«

Jeder, der beobachtet, wie sie da in dem Fluchttaxi auf- und niederwippen, muß denken: Also, was könnte denn so ein alter Mann wohl schon zu sagen haben, um so ein hübsches Mädchen zum Lachen zu bringen?

Mein Großvater bereinigt Angelegenheiten – feinfühlig und mit Tamtam.

Göring ebenfalls – aber mit viel weniger Tamtam und überhaupt keinem Feingefühl. Nur zwanzig Minuten nach Erhalt des Telefongesprächs über Schuschniggs erstes Zugeständnis ruft Göring zurück. Er sagt Seyß-Inquart, daß Schuschniggs Betragen inakzeptabel ist und daß der Bundeskanzler und sein Kabinett zum Rücktritt aufgefordert werden; daß Bundespräsident Miklas aufgefordert wird, Seyß-Inquart für das Bundeskanzleramt zu nominieren. Göring hat eine so komische Art, etwas zu formulieren. Er verspricht, daß Österreich deutsche Militär*hilfe* erhalten wird, falls sich die Regierung Schuschnigg nicht unverzüglich umbilden kann.

Ein höchst verlegener Seyß-Inquart bringt Kurt von Schuschnigg diese Neuigkeit bei, und Schuschnigg macht den vorletzten Rückwärtsschritt. Um drei Uhr dreißig, das heißt, nur eine halbe Stunde nach Görings Anruf, reicht Schuschnigg schlicht und einfach den Abschied seiner ganzen Regierung bei Bundespräsident Miklas ein. Und hier kommts auf den Standpunkt an: Es würde nach dem Krieg einen so viel besseren Eindruck gemacht haben, hätte Schuschnigg noch eine halbe Stunde länger standgehalten – solange, bis die britische Botschaft in Wien die Nachricht von Lord Halifax übermittelte, daß die Regierung Seiner Majestät nicht die Verantwortung auf sich nehmen wolle, dem Bundeskanzler zu raten, sein Land Gefahren auszusetzen, gegen die Schutz zu garantieren die Regierung Seiner Majestät nicht imstande sei.

Aufzugeben, wenn man im Stich gelassen wird, ist eine Sache, sich selbst im Stich zu lassen, wenn man weiß, man wird im Stich gelassen werden, eine andere. Doch hinterher fangen die Haarspaltereien ja erst an.

Um drei Uhr dreißig weiß Schuschnigg auch ohne Formalien, daß er im Stich gelassen wurde. Er kann vorausahnen: daß Lord Halifax Ausflüchte machen wird; daß der französische Chargé d'affaires in Rom, M. Blondel, von Graf Cianos Privatsekretär zu hören bekommen wird, daß, falls der Grund seines Besuchs Österreich sei, er sich die Mühe zu kommen sparen könne; und daß Mussolini per Telefon nie erreicht werden wird – daß er sich irgendwo versteckt und es unablässig klingeln hört.

Schuschnigg überläßt also Bundespräsident Miklas die Entscheidung über einen neuen Bundeskanzler. Der alte Miklas hat diesen Gang schon mal getan. Beim Putsch der Nazis vor vier Jahren – der arme Dollfuß war in der Heiligkeit seines Bundeskanzlerbüros ermordet worden, und unten stand der Hof voller Schläger, die darauf warteten, die Menge zu beherrschen, egal, wie der Wind sich drehte; damals wandte sich Miklas an Kurt von Schuschnigg. Jetzt bleibt Miklas Zeit bis sieben Uhr dreißig. Also macht sich der alte Bundespräsident auf die Suche nach einem Bundeskanzler.

Da wäre der treue Polizeichef Skubl, doch Skubl lehnt ab; man kennt ihn in Berlin, und seine Ernennung würde Hitler bloß noch mehr reizen. Dann gibt es Doktor Ender, eine Autorität auf dem Gebiet des Verfassungsrechts, der meint, sein Bedürfnis, Kanzler zu sein, sei bereits durch seine Führungsrolle in einer vorherigen Regierung gestillt worden. Und General Schilhawsky, Generalinspekteur der Streitkräfte, sagt, er sei Offizier, kein Politiker. Miklas findet also keine Abnehmer.

Schade, daß er meinen Großvater nicht kannte, der wahrscheinlich Spaß an einer weiteren Intrige hätte.

Großvater – der das Taxi auf dem Parkplatz bei der Karlskirche abgestellt hat – bringt Hilke und die Keksdose nach Hause. Großmutters Protest ignorierend, werfen sie einen Blick auf Zahn Glanz. Aus den Pastetenförmchen geschält, der letzten Kralle beraubt, ragen die Füße des Adlers aus dem Kleinmädchenbett. Eine Hühnerfeder ziert sein Ohr, eine rosa Steppdecke macht es ihm behaglich; er schläft inmitten des Krimskrams' und Koboldreichs im Zimmer meiner Mutter. Hilke deckt ihn wieder zu, und er schläft durch bis zum Abendessen; er schläft bis zu den Sieben-Uhr-Nachrichten von Radio Johannesgasse. Großvater kann doch Zahn die Nachrichten nicht verpassen lassen.

Die Verschiebung der Volksabstimmung wird bekanntgegeben und der Rücktritt des gesamten Kabinetts – bis auf Seyß-Inquart, der als Innenminister in seinem Amt bleibt.

Zahn Glanz ist noch nicht ganz wieder auf dem Damm; als er wortlos wieder ins Bett geht, sitzt der alte Miklas mutterseelenallein in seinem Bundespräsidentenbüro und beobachtet, wie die Uhrzeiger über sieben Uhr dreißig vorrükken. Feldmarschall Görings Ultimatum ist abgelaufen, und Seyß-Inquart ist noch immer nicht Bundeskanzler von Österreich. Miklas weigert sich, es *amtlich* zu machen.

Dann erfolgt Kurt von Schuschniggs letzter und entscheidendster Rückzieher in seiner Karriere – ein Exekutivbefehl an General Schilhawsky, die österreichische Armee von der deutschen Grenze zurückzuziehen; keinen Widerstand zu leisten; von hinter der Enns zu beobachten oder vielleicht zu winken. Die österreichische Armee verfügt ohnehin nur über Munition für ein achtundvierzigstündiges Dauerfeuer. Wozu soviel Blutvergießen? Jemand telefoniert aus Salzburg, um zu sagen, daß die Deutschen die Grenze überqueren; es stimmt nicht, es ist blinder Alarm, aber das ist schon wieder eine Haarspalterei, und Schuschnigg wartet nicht auf Bestätigung. Er tritt zurück.

Um acht Uhr bittet er Radio Johannesgasse um das Privileg einer nationalen Rundfunkübertragung. Die Mikrofonkabel werden am Geländer der Haupttreppe im Ballhaus hochverlegt. Und Großvater weckt Zahn erneut.

Schuschnigg ist ganz Trauer und kein bißchen Tadel. Er spricht davon, der Gewalt zu weichen; er bittet darum, daß kein Widerstand geleistet wird. Er sagt allerdings, daß an den Berichten von Radio Berlin über Arbeiterrevolutionen, die Österreich terrorisieren, kein Wort wahr ist, Kurt von Schuschniggs Österreich wird nicht terrorisiert; es wird zur Trauer gezwungen. Und das einzige Gefühl bei der ganzen Veranstaltung, das Großvaters lauerndes Herz berührt, ist der grobe Ausbruch des Kommissars für Kulturpropaganda – des alten Krüppels Hammerstein-Equord, der das Mikrofon packt, als der Kanzler fertig ist, aber bevor die Techniker den Kontaktstecker ziehen können. »Lang lebe Österreich!« gurgelt er. »Heute schäme ich mich, Deutscher zu sein.«

Es macht Großvater traurig, das zu hören. Sogar zähe alte Krüppel wie Hammerstein-Equord halten *deutsch* für etwas, das man im Blut hat, und betrachten die Deutschen als eine *Rasse*, zu der Österreich gehören muß.

Aber so hat mein Großvater dies nie gesehen. »Packen, Mutti«, sagte er. »Um die Ecke steht ein vollgetanktes Taxi.«

Und meine Mutter nimmt den Arm von Zahn Glanz; sie hält ihn fester, als sie jemals etwas Lebendiges angefaßt hat, und wartet darauf, daß Zahn den Blick hebt und ihr in die Augen schaut; ihre Finger auf seinem Arm sprechen: Hilke Marter wird nicht loslassen, wird weder sich noch irgendwelche ihrer Sachen packen, bevor dieser Adler nicht klar genug im Kopf ist, um seine Entscheidung zu treffen und sie deutlich auszusprechen.

Während Miklas, der seine Entscheidung ganz allein getroffen hat, sich weigert, Schuschniggs persönlichen Rücktritt zu akzeptieren, und noch immer von Widerstand redet –

ohne auch nur einen einzigen Soldaten der österreichischen Armee zwischen der deutschen Grenze und der Enns. Im Büro des Bundespräsidenten erklärt Generalleutnant Muff, der deutsche Militärattaché in Wien, daß die berichtete Grenzüberschreitung durch deutsche Truppen eine Falschmeldung ist. Doch die Truppen *werden* herüberkommen, sagt Muff, wenn Miklas Seyß-Inquart nicht zum Bundeskanzler macht. Vielleicht ist der Widerstand des alten Miklas weniger vergeblich, als es scheint; er erkennt vielleicht sogar die augenscheinliche Notwendigkeit für Hitler, die Machtübernahme zu legalisieren. Doch der geduldige Muff läßt nicht locker: Weiß der Bundespräsident, daß jetzt alle Bundesländer in den Händen der örtlichen österreichischen Nazifunktionäre sind? Weiß der Präsident, daß Salzburg und Linz ihre Amtssiegel den dortigen Naziparteimitgliedern übergeben haben? Hat der Präsident denn wenigstens einmal einen Blick auf den Korridor vor seinem Büro geworfen, wo sich die Wiener Nazijugend Zigaretten ansteckt und sich über den Balkon der Haupttreppe lustigmacht; sie kräuseln Rauchringe um den Kopf der holzgeschnitzten Madonna, die den armen Dollfuß betrauert.

Um elf Uhr beschwört der geduldige Muff noch immer Bilder herauf. Seyß-Inquart hat die Vorschlagsliste für sein Kabinett revidiert; Miklas, in der zehnten Stunde seines Widerstands, erzählt eine weitere Anekdote über Maria Theresia.

Um elf Uhr entscheidet Großvater die Frage: Silber oder Porzellan. Das Porzellan ist zerbrechlich und schlechter verkäuflich. Das Porzellan bleibt in Wien, das Silber kommt mit. Und ob Zahn Glanz mitkommt oder bleibt, wird immer noch durch den Griff meiner Mutter abgetastet.

»Das heißt nicht unbedingt, daß sie einmarschieren werden«, sagt Zahn. »Und wo könnt ihr mit meinem Taxi schon hin?«

»Das *heißt*, daß sie einmarschieren werden«, sagt Großvater, »und wir bringen dein Taxi zu meinem Bruder. Er ist Postmeister von Kaprun.«

»Das ist immer noch Österreich«, sagt Zahn.

»In den Städten wird man nicht sicher sein«, sagt Großvater. »Die Kitzbühler Alpen sind sehr ländlich.«

»So ländlich, daß man dort verhungert, stimmt's?« fragt Zahn.

»Bibliothekare legen schon *etwas* auf die hohe Kante«, sagt Großvater zu ihm.

»Und wie willst du das von deiner Bank abholen«, fragt Zahn, »mitten in der Nacht?«

Großvater sagt: »Wenn du beschließt, noch eine Weile dazubleiben, Zahn, könnte ich dir mein Bankbuch überschreiben und dich eine Zahlungsanweisung schicken lassen.«

»An deinen Bruder, den Postmeister«, sagt Zahn. »Klar doch.«

»Warum können wir nicht einfach morgen früh aufbrechen?« fragt Hilke. »Warum kann Zahn nicht mit uns mitkommen?«

»Kann er doch, wenn er möchte«, sagte Großvater. »Dann würde ich bis zum Morgen dableiben, und Zahn kann euch fahren.«

»Warum können wir nicht *alle* morgen früh losfahren?« fragt Großmutter. »Vielleicht finden wir morgen früh, daß alles gut wird.«

»Morgen früh werden eine Menge Leute aufbrechen«, sagt Großvater. »Und Zahn hat sich mit seinem Taxi eine ganze Weile nicht zurückgemeldet. Glaubst du, man wird anfangen, dein Taxi zu vermissen, Zahn?«

»Das Taxi fährt besser heute Nacht los«, sagt Zahn.

»Aber wenn Zahn dableibt«, sagt Hilke, »wie kommt er dann nach Kaprun?«

»Zahn muß nicht dableiben, wenn er nicht möchte«, sagt Großvater.

»Und warum sollte er dableiben wollen?« fragt Hilke.

»Ach, ich weiß nicht«, sagt Zahn. »Vielleicht, um mal zu gucken, was so die nächsten ein, zwei Tage passiert.«

Und meine Mutter fühlt ihm weiterhin den Puls. Hilke Marter spricht wieder durch ihre Finger: Oh, Zahn, draußen ist keiner, da ist überhaupt niemand.

Doch kurz vor Mitternacht sind im Hof vom Bundeskanzleramt am Ballhausplatz vierzig Schläger von der SS Standarte 89, der auch der Meuchelmörder Otto Planetta angehörte. In diesem Augenblick vielleicht – als Miklas sie sieht – teilt der alte Bundespräsident Schuschniggs Vision von dem Blutbad, das Wien erleben könnte. In diesem Augenblick streckt Miklas die Waffen vor Muff, dem Mittelsmann.

Zahn Glanz muß sich jetzt wie ein Mittelsmann fühlen, mit dem fetten Bankbuch meines Großvaters in der Tasche. Er geht das Stück von der Schwindgasse zur Karlskirche, und meine Mutter hängt ihm noch immer am Arm. Auf der Gusshausstraße werden sie gezwungen, vom Bordstein zu hüpfen.

Untergehakt und im Gleichschritt drängen fünf Jungens aus einem alphabetisierten Treffen der Wiener Nazijugend heran. Es muß ein Treffen der S aus dem vierten Bezirk gewesen sein. Ihre frischaufgenähten Namensschilder leuchten: P. Schnell vielleicht und G. Schritt, nebst F. Samt, J. Spalt, R. Steg und O. Schrutt – um nur ein paar Alltagsnamen zu nennen.

Zahn sagt kein Wort zu ihnen; meine Mutter hat ihm den Puls abgeklemmt. Er schließt das Taxi auf dem Parkplatz bei der Karlskirche auf und fährt auf einem anderen Weg zur Schwindgasse zurück. Es wäre nicht gut, würde der umherstreichende Jugendverein sie so plötzlich motorisiert sehen. Zahn rollt mit gelöschten Scheinwerfern die Schwindgasse hoch. Mein Großvater öffnet beide Flügel der großen Vestibültür mit der Hebelklinke, und Zahn stößt rückwärts über den Bürgersteig und in das Mietshaus.

Es ist spät, doch die Bewohner der oberen Stockwerke

können heute nacht nicht sehr tief schlafen. Sie müssen zweifellos den Motor hören, bevor Zahn ihn abstellt. Der Müllwagen – denken sie? –, der eine scheußliche Sammlung durchführt, die nicht bis zum Morgen warten kann? Aber keiner bringt seinen Müll nach unten. Es gibt keine erschreckten Gesichter über dem spiralförmigen Geländer – nur Lichtkeile aus Briefkastenschlitzen und angelehnten Türen. Großvater wartet, bis der letzte verstohlene Strahl die Treppe verläßt; dann postiert er meine Großmutter am Geländer und läßt sie auf das Kurbeln eines Telefons horchen.

Um ein Uhr am Samstagmorgen beginnen sie das Taxi zu beladen.

Die siebte Zoowache:
Dienstag, 6. Juni 1967, ca. 2.15 h

Einige Tiere dösen. Es herrscht zwar immer noch eine gewisse Nervosität im Zoo, doch der Wachmann ist ins Kleinsäugetierhaus zurückgekehrt, und manche von uns würden gern schlafen.

Nachdem der Wachmann hineingegangen war, hatte ich zunächst auch Lust auf ein kleines Nickerchen. Ich hörte, wie sich die Gemischten Antilopen mit leisem Plumpsen hinlegten. Ich dachte wirklich, ich würde eine Runde schlafen, und kuschelte mich gerade zwischen den Wurzeln ein, da wechselte das Kleinsäugetierhaus die Farbe. Genauso war es. Über den Käfigen lag der weiße Schein und wurde mit einem Mal blutig-purpurn.

Der Wachmann hatte das Infrarotlicht eingeschaltet.

Man braucht bloß das eine Licht auszumachen und ein anderes anzuknipsen, das sie nicht sehen können, und sie sind alle wieder da; samt ihrem schiefen Eindruck davon, wie rasch die Nacht hereinbricht.

Ich schlich mich also meinen Hecken entlang, und für einen Moment sogar aus der Deckung, damit ich die Tür sehen konnte.

Warum hat es der Wachmann getan? Sieht er ihnen gerne zu, wenn sie wach sind? Dann ist es etwas egoistisch von ihm, daß er ihnen den Schlaf raubt, um sich zu amüsieren; wenn ihm soviel daran liegt, sollte er während der regulären Öffnungszeiten des Zoos herkommen. Aber ich glaube, darum geht es ihm nicht.

Vor allem jetzt, wo ich mir diesen Wachmann etwas genauer angesehen habe, glaube ich absolut nicht, daß das sein Motiv ist. Ich will damit nur sagen, ich war unterwegs, um mir die Sache etwas genauer zu besehen. Ich wollte dieses kleine Zimmer unter die Lupe nehmen.

Ich hatte mich hinter einem Käfig etabliert. Sehr weit hineinsehen konnte ich nicht; das Mondlicht erreichte nur die Ränder. Doch ich war sicher, daß er mit zum Außenkomplex des Affenhauses gehörte. Ich spähte den violetten Korridor des Kleinsäugetierhauses entlang, da packten zwei sehr ruppige Hände meinen Kopf und rissen mich ans Gitter. Freikommen konnte ich nicht, aber es gelang mir, unter den Händen des Dings den Kopf zu drehen. Ich sah vor mir die haarlose, hellrote Brust des Dscheladababuin-Männchens – des starken, wilden Banditen der Hochlandebenen Abessiniens.

»Ich bin hier, um dir zu helfen«, flüsterte ich. Aber er grinste bloß hämisch.

»Mach jetzt bloß keinen Lärm«, flehte ich, doch seine Daumen senkten sich tiefer in die Gruben hinter meinen Ohren; der Bursche schickte mich mit seinem Griff ins Reich der Träume. Ich faßte in die Jacke und hielt ihm meine Meerschaumpfeife hin.

»Wie wär's mit einem Pfeifchen?« fragte ich. Er guckte. Einer seiner Unterarme erschlaffte ein wenig auf meiner Schulter.

»Na los, nimm schon«, flüsterte ich und hoffte, es würde
mir erspart bleiben, ihm das Pfeifenmundstück in eines seiner geblähten Nasenlöcher zu rammen.

Er nahm sie; eine Hand schälte sich von meinem Hals und
umschloß meine Faust samt Pfeife. Dann stocherte seine andere Hand zierlich nach der Pfeife zwischen meinen Fingern. Ich warf den Kopf zurück, aber die Faust bekam ich
nicht frei; der Dscheladababuin schob sich die Pfeife ins
Maul und packte mit beiden Händen meinen Arm. Ich war
ihm nicht gewachsen, aber ich bekam meine Füße gegen die
Gitterstäbe und stemmte mich mit dem ganzen Gewicht
nach hinten. Ich fiel außerhalb seiner Reichweite, weg vom
Käfig, und der Dscheladababuin, der meine Meerschaumpfeife zermampfte und sie auf den Käfigboden ausspuckte,
wußte, daß er reingelegt worden war. Er machte ein Mords-
gezeter.

Er grölte und tobte durch den Käfig, schnellte sich von
den Gitterstäben ab und stampfte in den Wassertrog. Innen-
und Außenkomplex der Affenanlage wußten Bescheid: Ein
Babuin war von einem Vertreter einer niedereren Gattung
überlistet worden.

Falls gerade einige Tiere dabei gewesen sein sollten, endlich einzuschlafen, entschuldige ich mich hiermit. Sie er-
wachten von dem Rabatz, den die Primaten vereint schlugen; überall im Zoo preschte Hufgetrappel von Einzäunung
zu Einzäunung. Und ich stolperte rückwärts den Pfad entlang in Richtung meiner Hecke, da sah ich den Wachmann
um die Ecke seines lavendelfarbenen Korridors biegen.

Das überraschte mich. Ich hatte erwartet, daß das Infrarotlicht ausgehen würde; ich hatte erwartet, daß sich der
Wächter, getarnt und gefechtsmäßig auf dem Bauch rob-
bend, von hinten mit seinem Schlagstock an mich anschlei-
chen würde. Doch er stand da und glotzte den blutfarbigen
Gang hinunter, stocksteif und entgeistert; er hätte eine
prima Zielscheibe abgegeben.

Bevor ich seinen Taschenlampenstrahl den Pfad entlang-wirbeln sah, befand ich mich schon hinter meiner Hecke in Si-cherheit; als seine Lampe zu wirbeln begann, verstummte der Zoo mit einem Mal. Er sauste von Busch zu Busch und von Käfig zu Käfig. Als er an der Stelle vorbeikam, wo ich tätlich angegriffen worden war, machte ich mich auf Schwierigkei-ten gefaßt. Doch der Dscheladababuin mußte die Stücke mei-ner Pfeife eingesammelt haben, durch die Tür in der Rück-wand geschlichen und in den Brustwehren und Zwischen-stockwerksgängen des Affenhauses untergetaucht sein.

Der Wächter schien dennoch zu wissen, daß hier der Un-ruheherd lag. Er blieb stehen und leuchtete von den Käfi-gecken bis zu den Baumwipfeln rundherum alles ab. Zaghaft trat er gegen den Käfig, der den Dscheladababuin beher-bergt hatte. »Warst du das?« rief er mit einer hohen Lispel-stimme.

Der Zoo war hellwach und stumm; Hunderte hielten die Luft an und atmeten hauchweise aus.

Der Wachmann flitzte am Affenhaus vorüber – und blieb wieder an der Ecke meiner Heckenreihe stehen, wo ihn das verdünnte Blutlicht vom Kleinsäugetierhaus matt über den Weg erreichte. Er wirbelte nach uns herum, drohte mit sei-ner Lampe. »Was war hier los?« schrie er.

Ein Huftier strauchelte, fing sich und verharrte. Die Lampe des Wachmanns flog zum Areal der Australier herum, fuhr durch den Himmel. Er schoß den Lampen-strahl einen nahen Baum hoch, suchte Leoparden oder Oze-lote, die dort vielleicht sprung- und schlagbereit kauern mochten. »Ihr alle da!« brüllte er. »Ihr werdet jetzt schla-fen!«

Seine eigene Taschenlampe, die von der Hüfte schräg auf-wärts zeigte, beleuchtete ihn für mich. Der Wachmann il-luminierte sich.

Ich sah ihn von vorn, sein altes, vom Infrarotlicht leicht getöntes Gesicht – mit einer sattmagentaroten Narbe, scharf und dünn, vom Scheitel seines grauen Bürstenhaarschnitts, am Ohr vorbei bis zum linken Nasenloch, wo sie durchs Zahnfleisch taucht. Ein Stück seiner Oberlippe wird davon nach innen geklappt und wirkt wie eine schwach aufgewölbte Scharte – die den Scharlach seines linken oberen Zahnfleischs bloßlegt. Von einem korrekten Duell stammt sie nicht. Vielleicht von einem berserkerhaften Florettfechter.

Von vorn, so sah ich ihn – dieses Gesicht und diese bemerkenswerte Uniformbrust. Nicht genug damit, daß er seine Epauletten nie verloren hat, besitzt seine Uniform auch immer noch ein Namensschildchen. O. Schrutt, so heißt er – oder hieß er einmal. Und wenn in dieser alten Uniform nicht noch immer O. Schrutt steckt, warum sollte er dann das Namensschildchen drangelassen haben? O. SCHRUTT, mit einem stark verblichenen Punkt. Man glaubt sich riesig im Vorteil – wenn man den Namen von jemand herausfindet, bevor der einen überhaupt zu Gesicht bekommt. Dieser Wachmann heißt O. Schrutt.

Komisch, aber den Namen habe ich früher schon mal gebraucht; O. Schrutt hatte ich schon mal auf den Lippen. Möglich, daß ich mal einen O. Schrutt kannte; ich habe in meinem Leben bestimmt den einen oder anderen O. Schrutt gekannt. Wien strotzt vor Schrutt-Familien. Und ich glaube auch, daß ich diesen Namen in dieser oder jener Erzählung gebracht habe. So ist's, ich bin sicher; ich habe schon mal einen O. Schrutt erfunden.

Aber der O. Schrutt hier ist wirklich; er sucht die oberen Hauptäste nach Ozeloten und desgleichen ab. Tiere schlafen nicht, wenn O. Schrutt auf der Pirsch ist, und das gilt auch für mich.

Ich kann jetzt nicht schlafen, obwohl O. Schrutt in sein Kleinsäugetierhaus zurückgegangen ist. Er zog sich mit gespieltem Desinteresse von meinen Hecken zurück; er lief gleichgültig den Weg hinunter – und brach dann kreisend los, riß jedes Stück der ihn umlauernden Dunkelheit ins Licht. O. Schrutt stößt Laute aus, wenn er seine Lampe herumwirbelt. »*Aah!*« schreit er und »*Oooh*« – und überrascht die Gestalten, die sich gerade außerhalb seines Lichtkegels verstecken.

Die Tiere schlafen jetzt ein; Ächzen, Gerekel, Seufzer, Plumpser; eine kurze, schrille Debatte im Affenhaus, und jemand schwingt ein Trapez gegen eine widerhallende Wand. Aber ich kann nicht schlafen.

Wenn O. Schrutt zur nächsten Runde herauskommt, will ich in seinen blutig-erleuchteten Bau eindringen und einfach mal nachsehen, warum der alte O. das Infrarotlicht anknipst. *Einen* Grund kann ich mir schon denken: O. Schrutt ist kein Mann, der sich gern sehen läßt. Nicht einmal von Tieren.

(Fortsetzung)
Die hochselektive Autobiographie
von Siegfried Javotnik: Vorgeschichte 1

Samstag, 12. März 1938: 1.00 h im Bundeskanzleramt am Ballhausplatz. Miklas hat nachgegeben. Seyß-Inquart ist Bundeskanzler von Österreich.

Seyß konferiert mit Generalleutnant Muff. Sie wollen sichergehen, daß Berlin weiß, daß alles unter Kontrolle ist, und daß die deutschen Grenztruppen nicht mehr an den Einmarsch denken.

Der arme Seyß-Inquart, er sollte es eigentlich besser wissen:

> Lädt man sich Löwen ein ins Haus,
> Dann bleiben sie auch zum Essen.

Doch gegen zwei Uhr telefoniert Muff mit Berlin und versucht ein Hinhaltemanöver. Vielleicht sagt er: »Alles in Ordnung, ihr könnt eure Truppen jetzt abziehen; alles in

Ordnung, wir haben jetzt dieselbe Politik wie ihr; ihr braucht jetzt nicht an unserer Grenze herumzulungern, denn hier ist wirklich alles in Ordnung.«

Um zwei Uhr dreißig in der Früh, nach einem bissigen Streit zwischen dem Kriegsministerium, dem Außenministerium und der Reichskanzlei, wird Hitlers persönlicher Adjutant aufgefordert, den Führer zu wecken.

Weck mal jemand um zwei Uhr dreißig in der Früh, sagt Großvater – und sei es auch ein vernünftiger Jemand –, dann wirst du schon sehen, was du davon hast.

Um zwei Uhr dreißig preßt Zahn Glanz meine Mutter gegen die große Vestibültür, und Großmutter hat noch immer niemand am Telefon kurbeln hören. Großvater schafft jetzt die Kleinigkeiten heraus: eine Lattenkiste mit Küchengeschirr, einen Karton mit Nahrungsmitteln und Wein, eine Schachtel mit Winterschals und Hüten und die gehäkelten Überdecken fürs Bett.

»Wenn wir nicht *alles* Porzellan mitnehmen«, sagt Großmutter, »dann vielleicht nur die Sauciere?«

»Nein, Mutti«, sagt Großvater, »nur was wir brauchen« – und wirft den letzten Blick in Hilkes Zimmer. Er packt das Adlerkostüm unten in einen Armeekleidersack.

In der Küche leert Großvater das Gewürzregal und kippt all die kleinen Dosen in den Kleidersack, weil er sich überlegt, daß mit genug Gewürz alles wie Essen schmecken kann; dann noch das Radio.

Großmutter flüstert von der Treppe: »Ich habe eben ins Auto geschaut, da wird noch ein ganzer Sitz frei bleiben.«

»Weiß ich«, sagt Großvater und denkt, daß da noch jemand Platz hat, der heute Morgen vor Sonnenaufgang Wien verläßt.

Schuschnigg ist es nicht. Er verläßt den Ballhausplatz, schüttelt einer tränenvollen Wache die Hand und ignoriert den Nazi-Gruß der Rotte von Bürgern mit Hakenkreuzarmbinden.

Der apologetische Seyß-Inquart chauffiert Schuschnigg

heim – zu zehn Wochen Hausarrest und sieben Jahren in Gestapogefängnissen. Alles nur, weil Kurt von Schuschnigg behauptet hat, kein Verbrechen begangen zu haben, und weil er sich nicht dem Schutz der ungarischen Botschaft unterstellt hat – sich nicht unter die Monarchisten, Juden und paar Katholiken eingereiht hat, die seit Mitternacht die tschechischen und ungarischen Zollstationen blockiert gehalten haben.

Großvater merkt, daß der gesamte Verkehr in die andere Richtung fließt. Nach Osten. Doch Großvater scheint zu spüren, daß die Tschechen und Ungarn die nächsten sein werden, und er will nicht noch einmal umziehen; vor allem, weil man dann nicht mehr die Wahl hätte, zwischen Osten oder Westen, sondern nur wieder nach Osten gehen könnte – und das hieße Rußland. In Albträumen sieht sich mein Großvater so: vertrieben bis ans Schwarze Meer, gehetzt von Kosaken und struppigen Türken.

In Richtung Westen also hat er keinen Mitverkehr. St. Veit ist dunkel, Hacking noch dunkler. Nur die erleuchteten Straßenbahnen fahren noch in der Richtung meines Großvaters; die Schaffner schwenken Hakenkreuzfahnen; an den Haltestellen singen Männer mit Armbinden und Namensschildchen; jemand *tuutet* immerzu denselben Ton auf einer Tuba.

»Ist das der schnellste Weg nach Westen?« fragt meine Großmutter.

Doch Großvater findet sich zurecht. Er hält an dem einzigen unbeleuchteten Hühnerhaus im Randgebiet von Hakking.

Ernst Watzek-Trummer hat drei namenlose Hühnchen gerupft und über einem niedrigen Kohlenfeuer auf dem Hühnerhausboden an einen Bratspieß gesteckt. Auf seiner Hockstange benagt er einen Knochen. Großvater und der Patriot füllen einen Eimer mit Eiern und Wasser und kochen die Eier hart. Watzek-Trummer schlachtet und rupft seinen besten Kapaun; er wandert zum Kochen in den Eimer. Dann fesseln sie vier Preishennen und einem Zuchthahn die Beine. Hilke verschnürt sie in einer Decke gewaltsam zu einem Bündel; auf dem Boden unter dem Rücksitz, neben dem langen Kleidersack, der meine Mutter von meiner Großmutter trennt, drehen sie durch. Ernst Watzek-Trummer setzt sich vorne neben Großvater und auf seine Seite der Küchengeschirrkiste – der Eiereimer steht zwischen ihnen auf dem Boden. Bevor sie abfahren, läßt Watzek-Trummer seine Hühner frei und steckt das Hühnerhaus in Brand. Im Handschuhfach verstaut er sein allerbestes Hackmesser.

Die drei namenlosen Hühnchen, am Spieß gebraten und verkohlt, und der frischgekochte, halbgare Kapaun werden von Watzek-Trummer durchgehackt und auseinandergerissen, während Großvater fährt. Ernst verteilt Hühnchenstücke und hartgekochte Eier, während Großvater nach Süden steuert, durch Gloggnitz und Bruck an der Mur, dann nach Westen und sogar etwas nach Norden – die Berge umfahrend. Bei St. Martin geht es schnurgerade nach Westen.

Das ist eine lange Strecke von Wien; damit sind sie beinahe direkt südlich von Linz und fast ohne Benzin. Der ans Taxi-Dasein gewöhnte Mercedes kocht einmal über – obwohl es März ist –, und Ernst Watzek-Trummer muß ihn mit lauwarmem Wasser aus dem Eiereimer abkühlen. Meine Mutter auf dem Rücksitz spricht kein Wort. Sie spürt noch immer, wie sie Zahn Glanz' Knie zwischen ihren einklemmt und spürt Zahns verzweifeltes Gewicht – das ihrem Rücken die Holzmaserung der großen Vestibültür einprägt.

Großmutter sagt: »Die lebendigen Hühner stinken.«

»Wir brauchen Benzin«, sagt Großvater.

Und als sie Pruggern erreichen, wird dort immer noch gefeiert. Großvater dreht seine Scheibe herunter und bremst bei einem Polizisten, dem der Uniformmantel über der Brust offensteht – um den Hals trägt er eine Hakenkreuzarmbinde, die so weit gedehnt wurde, bis sie ihm über den Kopf paßte. Schwer zu sagen, ob er sie sich selber übergestreift hat oder ob ihm der Kopf festgehalten wurde, während jemand anders sie ihm anlegte.

Watzek-Trummer klappt das Handschuhfach auf und hält es mit dem Knie halb zu; das Hackmesser blinkt ihn an. Mein Großvater schwenkt den Nazigruß durchs Fenster. »Freut mich, daß in einer solchen Nacht nicht das ganze Land in die Federn gekrochen ist!« sagt er. Doch der Polizist späht hinein, beargwöhnt den Eiereimer und die konfusen Hühner.

Ernst Watzek-Trummer klatscht meinem Großvater auf den Rücken. »Sein Bruder hat jetzt eine Amtsstellung in Salzburg!« sagt er. »Sie sollten mal Wien sehen, und die ganzen Bolschewisten, die uns unterwegs begegneten – alle rannten nach Osten.«

»Ihr Bruder hat ein Amt?« sagt der Polizist.

»Vielleicht werde ich sogar nach München geschickt!« sagt Großvater fröhlich.

»Na dann, alles Gute«, sagte der Polizist. Watzek-Trummer reicht ihm ein hartgekochtes Ei.

»Wachhalten!« sagt Großvater. »Halten Sie die ganze Stadt bis zum Morgengrauen wach!«

»Ich wüßte zu gern, was da los war«, sagt der Polizist. »Ich meine in Wirklichkeit, verstehen Sie.«

»Halten Sie sie einfach wach«, sagt Großvater und fährt an und bremst dann wieder. »Sie haben nicht vielleicht etwas Benzin für uns, wie?« fragt er.

»Wir könnten wo was absaugen«, sagt der Polizist. »Haben Sie vielleicht einen Schlauch dabei?«

»Zufällig«, sagt Watzek-Trummer.

In dem Rückgebäude des dunklen Postamtparkplatzes finden sie ein Paketauto. Der Polizist saugt den Schlauch sogar noch an, deswegen geben sie ihm einen Schlegel vom Kapaun.

Und meine Mutter preßt das eingebildete Knie zwischen ihren Knien; sie rubbelt mit dem Handballen die Scheibe blank, als sei sie eine Kristallkugel, die ihr jeden gefahrlosen, untörichten Schritt zeigte, den Zahn Glanz unternehmen wird, um aus Wien herauszukommen.

Und der Rest ist größtenteils Hörensagen. Daß Hilke vermutet, Zahn merkt – fast ebenso bald wie der bedripste Muff –, die deutschen Truppen überschreiten die Grenze sowieso. Daß, als eine der wenigen Tatsachen, Zahn die Abhebung von Großvaters indossiertem Bankbuch an den Postmeister von Kaprun überweist. Daß Zahn Lennhoffs Leitartikel über den deutschen Putsch vielleicht erst mittags gelesen hat und dann von dem warmen Empfang erfuhr, der Hitler in Linz zuteil wurde – wohin der Führer von der Grenze bei Passau marschierte, mit Panzern und Soldaten, »um das Grab seiner Mutter zu besuchen«. Und daß Zahn, oder so jemand wie er, derjenige war, der das Taxi borgte oder stahl, das den kriminellen Verleger Lennhoff bei Kittsee über die ungarische Grenze brachte – nachdem er von den Tschechen abgewiesen worden war. Wenn Zahn Glanz nicht der Fahrer war, warum hat er sich dann nie mit meiner Mutter in Kaprun getroffen? Also muß er der Fahrer gewesen sein. Und bei sich trug er die Hälfte von dem, was ich damals war, denn damals war ich bestenfalls bloß eine Idee meiner Mutter – deren eine Hälfte, wenn sie nicht bei Kittsee die ungarische Grenze überquerte, Zahn Glanz überallhin begleitete.

Und der Rest ist einfach das siebenjährige Leben im schützenden Schatten von meines Großvaters Bruder, dem Postmeister von Kaprun, der seinen offiziellen Posten behielt, indem er der Nazipartei beitrat, und weil Kaprun damals so klein war, beanspruchte ihn der Posten nicht sehr und es fiel ihm recht leicht, die Nazi-Maske zu wahren, nur nicht vor dem einen Jugendverband, den er leitete – dessen eines Mitglied die Aufrichtigkeit des Postmeisters bezweifelte und ihn in einer dürftig abgedichteten Latrine der Baracken der Hitlerjugend überrumpelte und mit dem leichten SS-Flammenwerfer röstete, den der Postmeister eben an diesem Morgen vorgeführt hatte. Doch da war der Krieg schon beinahe vorbei, und ich glaube nicht, daß meine Mutter oder meine Großeltern sehr viel gelitten oder gehungert haben, vor allem nicht dank Ernst Watzek-Trummers Talent im Hamstern und wegen der Gewürze, die mein Großvater in weiser Vorraussicht mit in den letzten in Wien gepackten Kleidersack tat.

Und der ganze Rest steht in Görings Telegramm an Hitler in Linz, denn Göring hörte an seinem Radio in Berlin von dem triumphalen Empfang des Führers in jener ersten Stadt. Göring fragte: »Wenn die Begeisterung so groß ist, warum dann nicht gleich ganze Arbeit leisten?« Und genau das tat Hitler dann auch. Allein in Wien erfaßte die erste Verhaftungswelle der Gestapo sechsundsiebzigtausend Menschen. (Und wenn Zahn Glanz nicht der Fahrer vom Fluchttaxi des Verlegers war, wäre er dann nicht einer von diesen sechsundsiebzigtausend gewesen? Also muß er der Fahrer gewesen sein.)

Und der Rest, soweit es mich betraf, mußte auf den zweiten Freier meiner Mutter warten. Ich will nicht eben sagen, daß er ein unwürdigerer Freier als der erste war – oder daß ich meine Mutter dafür verurteilt habe, daß sie mich nicht von Zahn Glanz zeugen ließ. Denn auch wenn es sich nicht durch die Gene übertrug, etwas von Zahn Glanz ging bestimmt auf mich über. Ich möchte nur zeigen, wie Zahn Glanz meiner Mutter eine Idee von mir einpflanzte. Selbst wenn er dort sonst nichts weiter einpflanzte.

Die achte Zoowache: Dienstag, 6. Juni 1967, ca. 3.00 h

Fast alle schlafen. Einer der Verschiedenen Wasservögel brabbelt, Prophetisches oder Verdauungsstörungen. Ich bin natürlich wach, und ich glaube nicht, daß O. Schrutt jemals der Schlaf überkommt. Doch alle anderen sind endlich eingeschlafen.

Ich habe nachgedacht: Woher weiß man, daß der letzte Riesenalk tot ist? Die Iren in der Trinity Bay – haben die die letzten Murmelworte des Riesenalks gehört? Hat er tatsächlich gesagt: »Ich bin der letzte, mehr gibt es nicht?«

Ich habe gehört, daß die Iren ständig betrunken sind. Wie konnten sie sicher sein, daß dieser ans Ufer gespülte Riesenalk der Letzte war? Es könnte ein Komplott gewesen sein. Die Riesenalken könnten ihre eigene Ausrottung vorhergesehen und einen Märtyrer ausgeschickt haben – mit dem Auftrag, sich als den letzten der ihren auszugeben. Und irgendwo, vielleicht in verlassenen Küstencottages in Wales, lebt noch immer eine Kolonie von Riesenalken, vermehrt sich und lehrt die Jungen die Geschichte von dem Märtyrer, der sich selber ans Ufer spülte, auf daß sie leben sollten – und nicht leichtgläubig seien.

Ich frage mich, ob der Riesenalk ein verbitterter Vogel ist. Ich frage mich, ob seine Jungen kriegerisch sind, ob sie organisierte Tauchteams bilden, die kleine Fischerboote anbohren und so alte und unglaubliche Gerüchte ausstreuen, wie die von Seeschlangen und Wassernixen – hinarbeiten auf den Tag, wo die Riesenalk-Flotte die Wasserwege der Welt beherrschen wird. *Menschliche* Geschichte vollzieht sich auf diese Weise. Ich frage mich: hegen die überlebenden Riesenalken einen Groll?

Ich habe auch über O. Schrutt nachgedacht. Merkwürdig, daß ich ausgerechnet seinen Namensvetter erschaffen mußte. Ich habe meine diversen Erzählungen durchgeblättert, die wahren und die unwahren, und den anderen O. Schrutt gefunden. Einen O. Schrutt, der in einem entschieden zarteren Alter ist als dieser Nachtwächter. Merkwürdig, daß mein erfundener O. Schrutt ausgerechnet eine Nebenfigur, eine Statistenrolle, ein alphabetisiertes Mitglied der Wiener Nazijugend sein muß. *Äußerst* merkwürdig, oder nicht?

Stell dir nur mal vor: wenn mein erfundener O. Schrutt alle die ihm von mir zugedachten Nebenrollen überlebt hätte, was würde dieser O. Schrutt dann jetzt tun? Gäbe es eine perfektere Stelle für ihn, als die des Nachtwächters der zweiten Schicht im Tiergarten Schönbrunn?

(Fortsetzung)
Die hochselektive Autobiographie
von Siegfried Javotnik: Vorgeschichte II

Ich bekomme meinen Vater auf den ethnographischen Karten von Jugoslawien nicht unter. Er wurde 1919 in Jesenice geboren, damit war er zumindest ein Kroate und möglicherweise ein Slowene. Er war gewiß kein Serbe, und obwohl Vratno Javotnik ein so weltlicher Jugoslawe war, glaube ich, er war der einzige Jugoslawe, dem es nichts ausgemacht hätte, Serbe statt Kroate zu sein – und die Haarspalterei zwischen Kroaten und Serben wären ihm absurd erschienen. Seine politische Einstellung war strikt persönlich.

Ich meine damit, er gehörte keiner Glaubensgemeinschaft an. Wenn er in Jesenice geboren wurde, dann wurde er wahrscheinlich römisch-katholisch getauft. Wenn nicht, so steht zumindest fest, daß er sich keinesfalls so sehr in der Nähe Serbiens befand, um ein Orthodoxer zu sein. Aber für Vratno hätte das so oder so keine Rolle gespielt.

Eines scheint jedoch eine Rolle gespielt zu haben. Mein Vater war so etwas wie ein Linguist, und Jesenice liegt keine hundert Kilometer von der Universität Zagreb entfernt, wo mein Vater Sprachen studierte. Dies mag eine Vorahnung von ihm gewesen sein – Pessimismus im zarten Alter: die Sprachen verschiedener Besatzungsarmeen zu beherrschen, bevor sie zur Besetzung schritten.

Die Motive seien dahingestellt, Vratno jedenfalls war am

vierundzwanzigsten März 1941 in Zagreb, als der Außenminister Tsintsar-Markovič von Berlin nach Wien reiste, und als die Studenten an der Universität von Belgrad auf dem Gelände der Serbischen Fakultät demonstrierten – Deutschlehrbücher verbrannten und alle Deutschvorlesungen durch Streikposten kontrollierten.

Die Reaktion der Kroaten in Zagreb war wahrscheinlich düster – das Gefühl, daß die Serben durch ihren blödsinnigen Trotz gegen Deutschland garantiert alle umbrachten. Vratno dachte nur, daß sie das Wesentliche nicht begriffen hatten. Es kam nicht darauf an, auf wessen Seite man stehen würde; wenn die Deutschen nach Jugoslawien kamen, konnte es einem eines Tages das Leben retten, wenn man deutsch sprach. Seine Lehrbücher zu verbrennen war bestimmt unklug.

Also fuhr mein Vater am nächsten Tag von Zagreb nach Jesenice. Ich bin der Überzeugung, daß er mit leichtem Gepäck reiste.

An diesem Tag wurde in Wien der Dreimächtepakt unterzeichnet; als Vratno die Neuigkeit erfuhr, war er vermutlich unterwegs nach Jesenice. Ich bin sicher, er ahnte, daß diverse serbische Eiferer diese freundliche Aufnahme Deutschlands nicht hinnehmen würden. Und ich bin sicher, Vratno machte sich daran, seine deutschen Idiome zu üben.

Die ganze Strecke bis hinein nach Jesenice kann ich ihn üben hören.

Ja, während am nächsten Abend in Belgrad der Generalstab der Revolution seine letzte, entscheidende Sitzung abhielt, perfektionierte Vratno wahrscheinlich seine unregelmäßigen Verben. Als die verwegene Machtübernahme ablief und man Pläne für den unmöglichen Widerstand gegen Deutschland schmiedete, bildete Vratno Äs, Ös und Üs.

In Belgrad wurde die Quisling-Regierung gestürzt; Ministerpräsident Čvetković wurde um 2.30^h verhaftet. Und Prinzregent Paul erwischte man später in einem Zug in Zagreb; er wurde nach Griechenland exiliert. In Belgrad gab es

Helden: Oberstleutnant Danilo Sobenitsa, Panzerkorps-Kommandeur und Retter des jungen König Peters; Professor Radoje Knesević, der ehemalige Erzieher König Peters; Ilja Trifunović Birkanin, Befehlshaber der Četnici, jener zählebigen serbischen Guerillas des Ersten Weltkriegs – die einzigen Krieger, so heißt es, die es mit den Türken Mann gegen Mann aufnehmen können.

Und in Jesenice war mein Vater, machte sich universell sprachgewandt und bereitete sein raffiniertes Überleben vor.

Die neunte Zoowache:
Dienstag, 6. Juni 1967, ca. 3.15 h

Vor ein paar Minuten hatte ich das Verlangen, mal nachzusehen, ob die Elefanten auch brav in ihren Bettchen liegen. So wie ich hat wohl bestimmt schon jeder einmal davon gehört, daß Elefanten nie schlafen. Deshalb beschloß ich, bei den Elefanten mal nachzusehen, selbst auf die Gefahr hin, die anderen, endlich eingeschlafenen Tiere zu stören – oder gar die schreckliche Aufmerksamkeit von O. Schrutt, dem professionell an Schlaflosigkeit Leidenden zu erregen. Immerhin, es gibt auf dieser Welt nicht viele Gelegenheiten, Mythen nachzuprüfen. Und den Mythos vom nie schlafenden Elefanten habe ich schon oft der Nachprüfung für nötig befunden.

Ich darf dir sagen, ich hatte bereits meine Zweifel an dem Mythos. Ich erwartete im Dickhäuterhaus ein Findlingsfeld tiefschlafender Elefanten anzutreffen – Käfige mit Elefantenhügeln. Ich malte sie mir kreisrund zusammengehäuft aus, wie ein Planwagentreck im Wilden Westen – die Rüssel reihum aufeinandergelegt wie Riesenpythons, die sich auf Felsblöcken sonnen.

Doch durch das Beispiel von heute Nacht wurde der Mythos erhärtet. Die Elefantenquartiere waren gespenstisch munter. Die Elefanten standen in einer geraden Reihe und ließen die großen Köpfe über die Vorderseiten ihrer Boxen baumeln, so, wie es unruhige Pferde in einer ganz gewöhnlichen Scheune tun. Sie nickten und schwenkten die Rüssel, sie atmeten im Zeitlupentempo.

Als ich vorne an ihren Boxen entlangging, streckten sie die Rüssel nach mir aus – sie klappten die Nasenlöcher auf und zu. Ihre Rüssel küßten meine Hand. Einer von ihnen hatte Schnupfen – einen rasselnden Triefrüssel.

»Wenn ich zurückkomme, um das Ding steigen zu lassen«, flüsterte ich, »bringe ich dir ein paar medizinische Hustenbonbons mit.«

Er nickte: Gut, wenn du dran denkst. Aber ich habe schon öfter Schnupfen gehabt.

Die gelangweilten Elefanten nickten: Bring gleich eine ganze Ladung Hustenbonbons mit. Bis dahin werden wir wahrscheinlich alle Schnupfen haben. Hier ist alles unheimlich ansteckend.

Mir ist das schleierhaft. Vielleicht besteht eine Verbindung zwischen ihrer Schlaflosigkeit und ihrer Lebenserwartung. Siebzig Jahre ohne ein Nickerchen? Auch wenn es unwahrscheinlich klingt, vielleicht gibt es bei den Elefanten einen von Rüssel zu Rüssel zugeschnorchelten Mythos – daß, wer einschläft, stirbt.

Irgendwer sollte eine Möglichkeit finden, ihnen mitzuteilen, daß Schlafen absolut gesund ist.

Ich wette jedoch, daß es niemand gibt, der O. Schrutt davon überzeugen könnte.

Ich habe ihn gehört, als ich mich vom Dickhäuterhaus zurück zu meiner Heckenreihe stahl. Ich hörte ihn, wie er den Schlaf der Tiere aufs Spiel setzte. Türen knarrten im Kleinsäugetierhaus und Schiebeglasscheiben wurden verschoben.

O. Schrutt schleicht in der Infrarotlichtlache umher. O. Schrutt plant nichts Gutes, da wette ich. Doch solange er es vorzieht, im Kleinsäugetierhaus zu bleiben, kann ich nur einfach auf meine Chance warten.

Oder vielleicht zurückgehen und die dem Schlaf mißtrau-enden Elefanten fragen, die weise sein müssen: Was veran-laßt O. Schrutt dazu, sich mit Infrarot zufriedenzugeben? Und: Was genau tat vor über rund zwanzig Jahren der alte O. Schrutt?

(Fortsetzung)
Die hochselektive Autobiographie
von Siegfried Javotnik: Vorgeschichte II

Ich frage mich, wo mein klammheimlicher Vater steckte, als die Luftwaffe ohne Kriegserklärung das offene Belgrad bombardierte. Ich bin gewiß, daß auch Vratno keinerlei Protokoll einhielt.

Am 6. April 1941 wurden Heinkels und Stukas gleichzei-tig eingesetzt. Die Wehrmacht stieß mit dreiunddreißig Di-visionen nach Jugoslawien vor, darunter befanden sich sechs Panzerdivisionen und vier motorisierte. Das Ziel lautete, Mitte Mai in Rußland einzumarschieren, während der Trok-kenwetterperiode – wenn die Straßen noch hart sein wür-den. Deswegen fiel der deutsche Ansturm gegen diese em-porgeschossene Revolution ungestüm aus. So ungestüm, daß Deutschland am 4. Mai den jugoslawischen Staat für nichtexistent erklärte. Doch am 10. Mai hißte Oberst Draža Mihajlović mit seiner Bande wilder Četnici auf dem Berg Ravna Gora die jugoslawische Fahne. Mihajlović und seine Freiheitsfanatiker taten derlei den ganzen Sommer über.

Oh ja, es kursierten Geschichten darüber, daß kroatische Quislinge und andere jugoslawische Kapitulanten mit den Deutschen marschierten und Jagd auf Četnici machten. Daß die Četnici sich als kroatische Quislinge verkleideten und den Eindruck erweckten, Jagd auf sich selbst zu machen. Daß Mihajlović ein Zauberer im Gebirge sei – und überall in ganz Serbien Deutsche abknallte. Im aufmerksamen Amerika wählte das *Time magazine* Draža Mihajlović gar zum Mann des Jahres. Und die kommunistische Presse war ebenso des Lobes übervoll. Immerhin, die Deutschen marschierten nicht Mitte Mai in Rußland ein. Sie wurden fünf Wochen aufgehalten, und sie stapften auf sumpfigen Straßen daher. Und sie waren keine dreiunddreißig Divisionen mehr stark; zwischen zehn und zwanzig Divisionen blieben als Besatzungsmacht zurück – und machten weiter Jagd auf diese fanatischen Četnici.

Aber dies waren Helden, und ich frage mich, wo mein Vater steckte. Ich vermute, er verbrachte den Sommer in Jesenice, machte sich firm in den Sprachen wahrscheinlicher Sieger – lernte sogar die Namen ausländischer Weine und Suppen, Zigarettenmarken und Filmstars. Desungeachtet weiß ich bis zum Herbst '41, als Vratno Javotnik in Slovengradec auftauchte, nichts über seinen Verbleib.

Die Stadt war voller kapitulierender Slowenen und Kroaten, die sich unter der Okkupation durch Deutschland leidlich sicher fühlten und sich über die heftigen Widerstand leistenden Serben im Südosten empörten. Die einzigen Leute, von denen mein Vater in Slovengradec etwas zu befürchten hatte, waren ein paar entwurzelte Serben. Am 21. Oktober 1941 machten diese auf sich aufmerksam, indem sie die etwas widersprüchlichen Berichte über das Massaker in Kragujevac bekräftigten, wo – der einen Radiomeldung nach – 2300 serbische Männer und Jungen mit Maschinengewehren erschossen worden waren, als Vergeltung für 10 von Četnici getötete deutsche Soldaten und 26 aus dem Hinterhalt beschossene, aber nur verwundete Deutsche; einer anderen Radiomeldung nach, waren mindestens 3400 Serben erschossen worden, was die von den Deutschen als Kampfmaßnahme gegen Hinterhalte der Četnici angekündigte Vergeltungsziffer überstiegen hätte – nämlich 100 Serben pro getöteten und fünfzig Serben pro verwundeten Deutschen.

Egal welche Meldung stimmte, die Frauen von Kragujevac schaufelten von Mittwoch bis Sonntag Gräber, und zumindest in Slovengradec war man allgemein beschwichtigt, als man erfuhr, daß die Deutschen dem Stadtrat von Kragujevac 380.000 Dinar für die Armen überreicht hatten. Und dazu zählte nach dem Massaker fast jeder. Nach Schätzungen betrug die Höhe der deutschen Spende sonderbarerweise etwas weniger als die Hälfte der Summe, die 2000 bis 3000 tote serbische Männer und Jungen in den Taschen gehabt haben könnten.

Aber wie dem auch sei, ganz Slovengradec war wegen des Massakers in Kragujevac auf den Beinen. Bloß um die widersprüchlichen Radiomeldungen zu hören und aus Gesprächen auf dem Bürgersteig die Stimmung in der Stadt aufzuschnappen. Das Massaker trieb sogar Leute in die Öffentlichkeit, die sich sonst vielleicht abseits gehalten hätten.

In erster Linie meinen Vater – der unterwegs den Dialekten seiner serbokroatischen Muttersprache lauschte und von Café zu Café diverse deutsche Redewendungen aufschnappte.

Und des weiteren die komplette Slivnica-Familienhorde, wie sie allgemein genannt wurde – durch die Bank gefürchtete Unholde und freiwillig in die Dienste der Terrororganisation Ustaši getreten, die vermutlich von dem Faschisten Ante Pavelić geleitet wurde. Es war ein von Pavelić gedungener Attentäter, so erzählt man uns allen, der '34 in Marseille König Alexander und den französischen Außenminister Barthou ermordete.

Das faschistische Italien unterstützte angeblich die Ziele der Ustaši-Organisation; Jugoslawiens Nachbarn schlugen bekanntermaßen Kapital aus den endlosen Reibereien zwischen Serben und Kroaten. Doch die Mitglieder der Slivnica-Familienhorde waren Ustaši-Terroristen ganz spezieller Sorte. Oh, der Terror, den sie verübten, war nicht im mindesten politisch motiviert; sie bekamen für ihre Arbeit nur einfach gut zu essen. Und sie saßen auch gerade beim Essen, als Vratno ihnen begegnete, obwohl meinem Vater zuerst eigentlich nur die schöne Dabrinka ins Auge stach.

Die Slivnicas saßen an einem langen Tisch auf der Gartenterrasse eines Restaurants über der Mislinja. Die hübsche Dabrinka goß ihren zwei Schwestern und vier Brüdern Wein ein. Verglichen mit der Wirkung, die Dabrinka auf ihn hatte, existierten ihre Schwestern für Vratno so gut wie gar nicht. Das waren für ihn bloß die vierschrötige Baba mit dem Kreismund und die mürrische, melonenrunde Julka. Dabrinka war ein Geschöpf mit Konturen und Knochen – mehr Umrisse als Fleisch, so sagte mein Vater gerne. Dabrinka war ein kühles, feines Rieseln – mehr der grüne Stengel als die Blume. Mein Vater hielt sie für eine Kellnerin und ahnte mit keinem Gedanken, daß sie ein Mitglied dieser überaus umfangreichen Familie war, die sie bediente.

Vratno saß einen Tisch weiter und hielt ihr sein leeres Glas hin. »Mädel«, sagte er. »Würdest du mir bitte vollgießen?« Und Dabrinka drückte die Weinkaraffe an sich; sie wandte sich ab. Die männlichen Slivnicas wandten sich meinem Vater zu, dem Linguisten, der jetzt serbokroatisch sprach. Mein Vater spürte den Zorn. Oja. Vier an der Zahl: die stämmigen Zwillinge Gavro und Lutvo; Bijelo, der Älteste – und Anführer – und der schreckliche, körperlich überwältigende Todor.

»Womit sollen wir dich vollgießen?« fragte Bijelo.

»Mit Nägeln?« sagte Todor. »Oder mit gemahlenem Glas?«

»Ach, Sie gehören alle zu einer Familie«, rief mein Vater. »Oja, das sieht man.«

Denn die Ähnlichkeit zwischen allen Familienmitgliedern war verblüffend. Bloß Dabrinka machte eine Ausnahme. Sie besaß deren olivschwarz und -grüne Farbe nur in den Augen, doch nicht die starkfliehende Stirn und keine Spur des dunklen Familienteints. Weder die platten Patschbacken –

die sogar Baba und Julka hatten – noch die eng zusammenstehenden Augenschlitze der Zwillinge. Nicht die übertriebenen Grübchen von Bijelo dem Ältesten; kein bißchen von der Bulligkeit ihres großen Bruders Todor und auch nicht sein gespaltenes Kinn – hinter dem vermutlich eine stundenlange Werkelei mit einer Rattenschwanzfeile steckte.

»Sieben Geschwister!« sagte mein Vater. »Herrje, was für eine große Familie!« Und er dachte: Welches unfaßbare Gespann muß sich da bloß gepaart und sie gezeugt haben?«

»Kennst du uns?« fragte Bijelo. Die Zwillinge saßen mucksmäuschenstill und schüttelten den Kopf; Baba und Julka leckten sich die Lippen und versuchten sich zu erinnern; Dabrinka errötete durch die Bluse hindurch; Todor dräute ungeschlacht.

»Es wäre mir eine Ehre«, sagte mein Vater in gewöhnlichem Serbokroatisch; er kam mit weichen Knien hoch. Dann sagte er auf deutsch: »Ich würde mich glücklich schätzen.« Und auf englisch: »Höchst erfreut, Ihre Bekanntschaft zu machen.« Und in der Sprache von Mütterchen Rußland, hoffend, eventuelle panslawistische Sympathien zu erwecken: »Außerordentlich entzückt!«

»Ein Languist!« sagte Todor.

»Linguist«, sagte Bijelo.

»Ich finde ihn irgendwie nett«, sagte Baba.

»Bloß ein Bübchen«, hauchte Julka, und Lutvo und Gavro saßen immer noch mucksmäuschenstill.

»Du kennst uns also nicht von irgendwoher?« sagte der Anführer Bijelo.

»Hoffe das aber nachzuholen«, sagte mein Vater in seinem reinsten Serbokroatisch.

»Komm rüber mit deinem Weinglas«, befahl Bijelo.

»Vielleicht«, sagte Todor, »könnten wir den Rand deines Glases klitzeklein mahlen und dich den Glasstaub schlürfen lassen?«

»Schluß mit den Witzen, Todor«, sagte Bijelo.

»Ich habe mich bloß gefragt«, sagte Todor, »welche Sprache er wohl mit Glasstaub im Kehlkopf gesprochen hätte.«

Bijelo puffte einen der Zwillinge. »Gib dem Linguisten deinen Stuhl und hol noch einen«, sagte er. Gavro und Lutlo machten sich alle beide auf die Socken.

Als mein Vater Platz nahm, sagte Baba: »Los, hol ihn!«

»Geh du doch«, sagte Julka.

Gavro und Lutvo kehrten jeder mit einem Stuhl zurück.

»Sie sind stumm«, sagte Baba.

»Stummdumm«, sagte Julka.

»Sie teilen sich zu zweit ein Gehirn«, sagte Todor. »Damit kann man keine großen Sprünge machen.«

»Schluß mit den Witzen, Todor«, sagte Bijelo, und Todor saß mucksmäuschenstill wie die Zwillinge, die dasaßen und über den überzähligen Stuhl grübelten.

Als die junge Dabrinka sich umdrehte, glaubte mein Vater, sein Weinglas sei zu schwer, um es heben zu können.

Und so begegnete Vratno Javotnik der Slivnica-Familienhorde, den Gelegenheitsarbeitern für die Ustaši-Terroristen – die für einen Linguisten Verwendung hatten.

Die Ustaši plante ein kitzliges Unternehmen. Diese Aufgabe war sogar so heikel, daß die Slivnicas während der vergangenen zwei Wochen überraschend inaktiv gewesen waren und der Entdeckung des *richtigen* Mannes geharrt hatten. Die Slivnicas brannten wahrscheinlich auf Arbeit – zumindest auf eine Arbeit, die weniger zufallsorientiert war als die Linguisten-Suche. Ihre letzte Aufgabe hatte die Dienste der gesamten Familie beansprucht und jedermann zufriedengestellt. Ein französischer Journalist, der sich unbefugt in Jugoslawien aufhielt, hatte nach der Möglichkeit gesucht, bei einer typischen Slovengradecer Familie zu wohnen – um sich selbst ein Bild vom Faschismus und der deutsch-italienischen Gesinnung im Durchschnittsslowenen oder -kroaten zu machen. Der Ustaši lag nichts an dieser Art Publizistik, weil sie meinte, die Franzosen seien über Minister Barthous Ermordung schon verstimmt genug. Deshalb wählte die Ustaši die Slivnicas als die typische Familie für den französischen Journalisten aus.

Doch dieser gewisse Monsieur Pécile hielt die Slivnicas nicht für durchschnittlich, oder wollte zumindest bei einer Familie *ohne* stumme Zwillinge und *mit* lebenden Eltern wohnen. Vielleicht bezweifelte er, so, wie Vratno es getan hatte, die Möglichkeit natürlicher Erzeuger; oder vielleicht machte er einen Annäherungsversuch bei Dabrinka – und wo doch Baba und Julka alles so freizügig anboten, wurde das Familiengefühl der Slivnicas verletzt. Wie auch immer, die diebisch vergnügten Zwillinge Gavro und Lutlo beschrieben mittels Zeitungen auf der staubigen Motorhaube des Autos des Franzosen den felsgleichen Plumps von Monsieur Pécile in die Mislinja.

Das war eine Aufgabe, die sie alle beschäftigt hatte – ein richtiges Familienprojekt. Doch mit dieser Linguistenjagd war es etwas anderes. Todor bekannte, sie sei so öde, daß er befürchte, sein Witz wäre versauert.

Oja, die Aufgabe, die die Ustaši-Terroristen für Vratno hatten, war in der Tat heikler als die bloße Beseitigung eines unbefugten Franzosen. Dieses neue Subjekt war ein Deutscher namens Gottlob Wut, der sich genauso befugt in Jugoslawien aufhielt wie der Rest seiner Horde, und bei der besonderen Aufgabe, die man Vratno abverlangte, handelte es sich – zumindest vorläufig – nicht um eine Beseitigung. Gottlob Wut war Spähtruppführer der Kradeinheit Balkan 4, und die Ustaši wollte keinen Ärger mit den Deutschen. Sie wollte hauptsächlich, daß sich mein Vater rasch mit Gottlob Wut anfreundete.

Die Slivnicas sollten meinen Vater auf diese beachtliche Aufgabe vorbereiten; soweit man wußte, hatte Gottlob Wut nie einen Freund gehabt.

Der arme Wut war vom Krieg entwurzelt worden, was man nicht von allen Deutschen sagen kann. Gottlob hatte eine Kunst für eine Dienststellung aufgegeben, und die Ustaši interessierte sich dafür, was Gottlob Wut, in seiner momentan gedrückten und nostalgischen Verfassung, einem Freund vielleicht über seine mysteriöse Vergangenheit enthüllen würde.

Es ist nicht klar, was die Ustaši gegen Gottlob hatte, aber ich vermute, es ging um verletzten Stolz. Gottlob Wut war vor dem Krieg Rennmechaniker für die NSU-Motorradwerke in Neckarsulm gewesen. Die Motorradwelt behauptete immer, Wut hätte einen mystischen Dreh. Die Ustaši dachte, er hätte auch einen handgreiflichen, ja sogar einen kriminellen Dreh – weil ein neues NSU-Rennmotorradmodell mit dem Briten Freddy Harrell am Steuer im Jahre 1930 überraschend den Grand Prix von Italien gewann, und die Ustaši glaubte, daß Gottlob bei dem Sieg mehr die Hand im Spiel gehabt hatte als sein Genie für präzise Ventilsteuerung. Das italienische Gegenstück zur Ustaši legte Beweise vor, daß Gottlob Wut an mehr als nur an Haarnadelventilfedern wirkungsvoll herumgepfuscht hatte. Angeblich hatte Gottlob Wut am Kopf des italienischen Favoriten Guido Maggiacomo herumgepfuscht, dessen Leiche man nach dem Rennen in der Grand Prix-Werkhalle entdeckte – er lag friedlich neben seiner vielgepriesenen Velocette, die das Rennen verpaßt hatte. Guido Maggiacomos Schläfe wies eine erhebliche Delle auf, die nach Angaben der Behörden von einem am Tatort gefundenen Amal-Rennvergaser herrührte. Von Gottlob Wut erzählte man sich damals, er sei nie ohne einen Amal-Rennvergaser. Das neue NSU-Rennmotorrad hatte durch die gelungene Neigung dieser Vergaser in einem leichten Fallstromwinkel eine neue Geschwindigkeit erreicht.

Unglücklicherweise hatte das italienische Gegenstück zur Ustaši eine Reihe von Syndikaten unterstützt, die ihr Geld auf Guido Maggiacomo und seine vielgepriesene Velocette setzten. Als der Wettumsatz tabellarisiert wurde, stellte sich heraus, daß das NSU-Team mit dem Briten Freddy Harrell und dem Deutschen Klaus Worfer einen Mords Coup gelandet hatte. Doch in den Akten steht, daß alle Wetten von dem mystischen Mechaniker Gottlob Wut abgeschlossen worden waren. Wut sackte die Beute ein.

Doch das geschah 1930, und wenn die Ustaši jetzt Wuts Nazi-Vorgesetzte über dieses Verbrechen informierte, wäre das den Deutschen sicherlich egal. Gottlob Wut war ein wertvoller Spähtruppführer der Kradeinheit Balkan 4.

Die Einheit selbst schien momentan nicht sehr wertvoll zu sein. Im Jugoslawienfeldzug hatten sich die deutschen Kradschützen als ziemlich obsolet erwiesen. Sie waren Ziele, die sich in den serbischen Bergen leicht abknallen ließen; so wie die Četniči sich versteckten und kämpften, waren Motorräder leicht zu entdecken. Doch Gottlob Wuts Einheit in Slovengradec stationiert zu lassen, war auch nicht gerade lebensnotwendig. In Slowenien oder Kroatien herrschte kein richtiger Krieg – bloß eine milde Okkupation; für Polizeiaufgaben standen bessere Mittel zur Verfügung als Motorräder.

Gottlobs klotzige Kradfahrer wirkten in einer stillen Stadt ein wenig lächerlich.

Natürlich beschäftigte sich die Ustaši nicht nur aus einem alten finanziellen Groll mit Gottlob. Ihr gefiel der Gedanke, den alten Mystiker bei einem neuen Verbrechen zu erwischen und bei einem, das sich als anti-deutsch präsentieren ließ. Sie wußte bereits von einem kleinen Skandal. Hatte Gottlob Wut schon keinen Freund, so hatte er doch eine Frau – einer serbische Frau, die in Slovengradec so etwas wie eine politisch Geächtete war. Gottlob Wut, so ließe sich zeigen, nahm sein deutsches Blut auf die leichte Schulter. Ja, eigentlich schien ihn der ganze Krieg einen Dreck zu kümmern.

Und so begann die Belastet-Wut-mit-Beweisen-Kampagne: Mein Vater studierte auf dem Küchentisch der Slivnicas Motorradmemorabilien. Vratno lernte die Namen von Rennmotorrädern und die Daten von Rennen; Vratno lernte die Zylinderbohrungen und Hubhöhen und die typischen Kompressionsverhältnisse; Vratno lernte das Seitenventil-

Modell vom vorverdichteten Zweizylindermodell mit der obenliegenden Doppelnockenwelle in den Größen 350 und 500 cm³ zu unterscheiden. Mein Vater hatte noch nie auf einem Motorrad gesessen, deswegen halfen die Slivnicas, wo sie nur konnten.

Der breite Todor kniete sich auf alle viere hin, und mein Vater stieg auf.

Todor machte aus seinen Ellbogen die Lenkstange; er demonstrierte, wie man sich in die Kurve legte. Bijelo sagte die Straßenverhältnisse an.

»Scharfe Rechtskurve«, verkündete Bijelo.

»Lehn dich aus dem Kreuz heraus«, sagte Todor. »Beweg mir ja die Ellbogen nicht, eine Maschine lenkt man nicht, die Griffe sind bloß zum Festhalten da. Eine Maschine legt man in die Kurve, mit Hüfte und Kopf. Und jetzt kipp mich etwas nach rechts.«

»Scharfe Linkskurve«, sagte Bijelo und sah zu, wie sich mein Vater zimperlich nach links von dem breiten Rücken herunterlehnte und mit den Knien abrutschte.

»Die hättest du nicht geschafft«, sagte Todor. »Da hätte es dich gebeutelt, Vratno, mein Junge. Jetzt gib mir aber mal deine Knie zu spüren, los, drück mich.«

Und Baba kicherte. »Ich möchte das Motorrad sein«, sagte sie. »Darf ich?«

»Todor ist ein prima Motorrad«, sagte Bijelo der Älteste; er hatte zweifellos einen Blick für Motorräder. Er hatte jenseits der Grenze in Tarviso einem Italiener die Norton geklaut – oh, vor seiner Zeit als verantwortungsvolles Familienoberhaupt – und den großen Brummer über die Berge zurück nach Jugoslawien gefahren, dort die Grenze überquert, wo es keine Zollkontrolle gab, weil er sie dort überquerte, wo es keine Straße gab. Aber er war so hingerissen davon, mit der Maschine zurück in seiner Heimat zu sein und endlich auf einer richtigen Straße zu fahren, daß er sie am Stadtrand von Bled in die Save fuhr, klatschnaß aber unbändig glücklich wieder herauskletterte und wußte, daß er es wieder tun würde, falls er die Chance dazu bekäme – und das nächste Mal würde er es bis nach Slovengradec schaffen. So sagte er.

Er war zumindest ein guter Lehrer für meinen Vater. Mein Vater fuhr Todor Slivnica, unter Bijelos kritischem Blick, stundenlang allabendlich – vor Baba, die ihren eigenen breiten Rücken offerierte, sollte Todor schlappmachen, und vor Julka, die behauptete, sie könne einen Benzintank auf dem Brustkorb ihres Bruders fester einklemmen als Vratno.

Mein Vater bekam während der langen Stunden, die er nächtens durch die Küche fuhr, seine schüchterne Dabrinka vielleicht ein-, zweimal zu sehen. Sie schenkte den Wein ein, sie servierte den Kaffee, sie wurde von ihren Schwestern gezwickt, und nie begegnete sie dem Blick meines Vaters. Einmal hielt Vratno in einer scharfen Linkskurve Dabrinka ein Lächeln hin; er hätte ewig so gewartet, um einen Blick von ihr zu bekommen. Doch Todor drehte den Kopf, dessen Rückseite für gewöhnlich die Rolle des Scheinwerfers und der erforderlichen Anzeigen spielte. Todor warf meinen Vater in der scharfen Linkskurve ab.

»Du mußt dich zu weit hinausgelehnt haben, Vratno«, sagte er und lehnte sich dann selbst näher zu meinem sitzenden Vater. »Ich finde, du solltest dich an erwachsene Damen halten«, sagte er. »Dazu mußt du hier nicht aus dem Haus gehen und dazu mußt du dir auf der Suche auch nicht das Genick brechen.« Und Todor formte eine Schere aus seinem Zeige- und Mittelfinger, dick wie die Schneiden einer Gartenschere, und machte mit seiner Fingerschere direkt über dem Schoß meines Vaters schnippschnapp.

Oh, jetzt, wo die Linguisten-Hatz vorüber war, lebte Todor Slivnicas Witz sichtlich wieder auf.

Die zehnte Zoowache:
Dienstag, 6. Juni 1967, ca. 3.45 h

Der Anblick dieser Elefanten hat mich schläfrig gemacht, aber wenn sie siebzig oder mehr Jahre an Schlaflosigkeit leiden können, kann ich es auch noch ein paar Stunden aushalten. Das kommt alles nur von der Ruhepause hier im Zoo; für einen Moment war mir langweilig.

Als ich vom Dickhäuterhaus zurückkam, war es so still, daß ich an meiner Heckenreihe weiter entlangging. Ich lief den Weg hinunter zum Gehege des Oryx. Ich merkte, daß ich den Besuch beim Oryx ohne triftigen Grund hinausgeschoben hatte.

Die Einzäunung war leicht zu überklettern, doch kaum stand ich mit einem Bein innerhalb des Geheges, da sah ich, daß der Oryx in seiner Hütte war. Seine Hinterhufe spreizten sich zur Hüttentür hinaus und über die Rampe; seidige, weiße Haare fielen ihm über die Fesselgelenke. Er wirkte wie jemand, der beim Betreten seines Hauses mit einem Vorschlaghammer gefällt worden war – den man in seinem Türeingang gemeuchelt hatte. Doch als ich mich ihm behutsam von hinten näherte, hob er den Kopf und schob das Gesicht zur Tür hinaus ins Mondlicht; ich berührte seine feuchte, schwarze Nase; er muhte kuhähnlich. Es war ein wenig enttäuschend, er war so fügsam; ich hatte erwartet, herausgefordert zu werden – rückwärts gegen seine Hüttenwand gedrängt und solange mit Huf und Horn bedroht zu werden, bis ich ihm bewies, daß ich der Typ war, dem er vertrauen konnte. Doch der Oryx brauchte keinen Beweis; er legte sich wieder hin, streckte sich, kam wieder hoch und schob seine Riesenhüfte unter sich hervor – kniete sich doch tatsächlich hin! Seine großen Klöten bumsten auf die Rampenbretter. Er stand müde auf, als wollte er sagen: Na gut, ich *zeig* dir, wo das Klo ist. Alleine findest du's wahrscheinlich nicht.

Er lud mich in seine Hütte ein; das heißt, er zog sich ganz von der Rampe zurück und führte mir mit nickendem Kopf sein Zimmer vor: Hier schlafe ich, wenn es kalt ist – und wenn es wärmer ist, hänge ich ein Stück von mir zur Hüttentür raus, das hast du ja schon gesehen. Und hier, bei dem unverglasten Fenster, nehme ich mein Frühstück ein. Und hier sitze ich, wenn ich lese.

Er bollerte in der Hütte herum (erwartete wohl, daß ich ihn mit etwas füttern würde), und als ich ihm zeigte, daß ich nichts für ihn hatte, spazierte er ein wenig indigniert aus seinem Haus.

Das Mondlicht hüpfte von der Rampe; seine Eier wabbelten und wurden vom Stroboskop-Effekt des sich wiederspiegelnden Monds durchschossen.

Ihre Größe sollte etwas genauer bestimmt werden. Keine Basketbälle – das ist natürlich übertrieben. Doch sie sind größer als Softbälle und – wahrhaftig! – größer als die Elefanteneier, die ich erst vor kurzem in Reih und Glied nebeneinander bammeln gesehen habe. Sie sind so groß wie Volleybälle, bloß zu schwer, um vollkommen rund zu sein. Es sind Volleybälle, die so aussehen, als hätte sich jemand draufgesetzt oder die Luft aus ihnen gelassen – mit kleinen Dellen, wo der Ball zusammengefallen ist. Besser kann ich sie nicht beschreiben, es ließe sich nur noch hinzufügen, daß sie in langen, schlabbrigen Ledergeldsäcken herumschlenkern und auch noch, daß sie ein klein wenig verkrustet sind – das kommt bestimmt vom Kot im Elendsquartier des armen Oryx.

Denk nur: der Oryx kam im Tiergarten Schönbrunn zur Welt! Gehirnwäsche! Er denkt, seine Eier sind bloß da, um sie durch die Gegend zu schleifen. Sie habens ihm nie gesagt; wahrscheinlich wüßte er mit einer Dame nichts anzufangen.

Und da kam mir der Gedanke: Gibt es denn keine Antilope, keine Bergziege oder ein erfahrenes Gnu, das diesem armen Oryx zeigen könnte, wozu er seine Eier hat?

Ich bin überzeugt: Enthaltsamkeit hat sie so groß gemacht!

Also habe ich mir die umliegenden Gehege angesehen und nach einer Dame gesucht, die den naiven und lustlosen Oryx vielleicht aufklären könnte. Das war eine harte Nuß. Der Bläßbock war zu klein und sprunghaft – der würde unserem Oryx bloß Frustrationen bescheren. Das Weißschwanzgnu erschien mir viel zu behaart; Mrs. Grays Wasserbock wirkte absurd jungfräulich; der kleine Kudu hatte wenig anzubieten; die Halbmondantilope hatte einen zu schmalen Rükken; und das einzige weibliche Gnu trug einen Bart. Im ganzen Tiergarten Schönbrunn gab es nichts, was für den Oryx so ideal gewesen wäre wie eine sanfte, alte Muhkuh.

Also beschloß ich: Eher als den Oryx von einem lasziven Lama verderben zu lassen, würde ich lieber alle Hoffnung auf den Tag des Ausbruchs setzen; hoffen, daß unser Oryx für immer in die Weidegründe der Wachau längs der Donau entkommen, königliche Kühe mausen und über die von Ehrfurcht ergriffenen Herden herrschen würde.

Also ermutigt, schlich ich am Kleinsäugetierhaus vorbei. O. Schrutt war irgendwo in den Hintergassen des Kleinsäugetierlabyrinths unterwegs – knarrte noch immer mit Türen, wie ich hören konnte, und verschob die Schiebeglasscheibe.

Doch außer O. Schrutts plumpen Geräuschen konnte ich von meinem Standort direkt vor der offenen Tür noch etwas Neues hören. O. Schrutt hatte seine Schützlinge aufgeweckt; es gab Geschlurr und Geschleif, Klauen klackten gegen Glas. Und gerade als ich dieses Aufwachen für ein Vorspiel zu O. Schrutts persönlichen, plötzlichen Auftauchen im Gang und Zuschießen auf die offene Tür zu halten begann – gerade als ich ein Stück weit in den Weg eingebogen war und mich zu meiner Hecke zurückzog –, da hörte ich aus einem gottverlassenen Seitengang des Kleinsäugetierlabyrinths Wehklagen. Einen auf dem Höhepunkt abgeschnittenen Schrei, so als hätte O. Schrutt die Tür zu einem albtraumgequälten Tier aufgerissen und sie eben so rasch wieder zugeknallt, wie er sie geöffnet hatte – aus Furcht, er könnte vielleicht in den viehischen Traum verstrickt werden.

Doch das Wehklagen wirkte ansteckend. Das Kleinsäugetierhaus winselte und stöhnte. Ach, die Schreie plärrten los und wurden wieder abgeschnitten, klangen gedämpfter, erstarben jedoch nicht völlig. Es war so, als sei ein Zootransportzug mit hoher Geschwindigkeit an einem vorübergebraust und die Schreie der verängstigten Tiere hätten einen getroffen wie die Peitsche eines vorbeifahrenden Kutschers; und die Schreie hingen für einen Moment ringsum in der Luft, so wie der auf deinem Nacken verweilende Peitschenbiß, wenn der Kutscher zugeschlagen hat und weitergefahren ist.

Deshalb tastete ich mich durch die nächste Wurzellücke und kroch unter und hinter meine Hecke.

Hielt den Atem an.

Erst als ich ausatmete und um mich herum noch tausend andere ausatmen hörte, begriff ich, daß auch der übrige Zoo wieder wach war.

(Fortsetzung)
Die hochselektive Autobiographie
von Siegfried Javotnik: Vorgeschichte II

Am Sonntag dem sechsundzwanzigsten Oktober 1941 wurde Vratno Javotnik von den Slivnicas als vorbereitet betrachtet, um Gottlob Wut zu treffen, dessen Sonntagsgewohnheiten günstig für ein solches Treffen waren.

Die Späheinheit hatte sonntags frei. Es gab keine Wache bei der Balkan 4-Kaserne in der Smartin-Straße und keine

Wache bei der Garage – ein Klotz, ein kleines Stück die Smartin-Straße hinunter, direkt am Ufer der Mislinja.

Sonntag war Wuts Tag für ein gemütliches Frühstück mit seiner serbischen Mätresse, die er ganz unverhohlen in eine Wohnung in der Smartin-Straße umgesiedelt hatte, auf halbem Weg zwischen der Balkan 4-Kaserne und der Garage. Jeden Sonntagmorgen überquerte Wut die Smartin-Straße forschen Schritts aus der Kaserne, im Bademantel und in Ausgehschuhen, mit offenen Schnürsenkeln, unterm Arm die Uniform; es war dies der einzige Tag in der Woche, an dem er seinen Sturzhelm weder auf dem Kopf noch in der Hand trug. Wut hatte seinen eigenen Schlüssel zur Wohnung der Serbin. Die ganze Smartin-Straße sah zu, wie sich Wut aufschloß.

Manchmal hatte ein Angehöriger der Spähtruppeinheit sonntags Meldebereitschaftsdienst. In diesem Fall stand eine der 600 cm³ – NSU-Maschinen mit Beiwagen und Seitenventil vor der Kaserne geparkt. Sonst waren alle Maschinen in der Garage ein Stück die Straße hinunter eingeschlossen.

Wut besaß auch für die Garage einen Schlüssel. Er verließ seine Mätresse stets am späten Nachmittag und ging dann zu seinen Motorrädern, schloß sich erneut auf, schick in Uniform und – diesmal den Bademantel unterm Arm. Dann pfriemelte er bis zum Dunkelwerden an den Maschinen herum. Er startete sie, justierte sie, zog Schrauben fest, schuckelte auf ihnen, hinterließ an diversen Lenkstangen kleine Zettel – die die Art der von ihm entdeckten Mängel vermerkten, manchmal Strafen für die nachlässigeren unter seinen Fahrern vorschlugen.

Beim Herumbasteln ließ er die Garagentür auf, um die Abgase zu entlüften – und um sein Publikum einzulassen; es waren überwiegend Kinder, und sie standen im Eingang und machten ihre eigenen Motorgeräusche. Wut erlaubte ihnen, auf den Gespannen zu sitzen, doch nie auf denen, die von den Kickständern herunterkippen und ein Kind erdrücken konnten. Gottlob brachte Kuchen von der Serbin mit und aß mit den Kindern ein Häppchen, ehe er zusperrte. Aber die Kinder, die etwas stahlen – und sei es auch nur ein Abzeichen –, durften nie wiederkommen. Wut wußte auch immer, wer was gestohlen hatte.

Gottlob Wut war ein sehniger, hüft- und hinternloser Mann, krummrückig und mit durchweg steifen, ruckartigen Bewegungen; er hatte einen zuckenden Gang, so, als täte es ihm weh, die Gelenke zu lockern. Wahrscheinlich war es auch so. Irgendwann einmal im Laufe der Zeit hatte sich Gottlob Wut alle Finger und die Hälfte seiner Zehen gebrochen, beide Handgelenke und beide Knöchel, ein Bein und den anderen Ellbogen, alle Rippen auf der linken Seite bis auf die oberste, einmal den Kiefer, zweimal die Nase und dreimal den eingefallenen Backenknochen – nie jedoch den rechten. Wut war nie ein Rennen gefahren, doch er hatte alle Rennmaschinen getestet, bis deren Mängel behoben waren. NSU entdeckte Mängel durch Gottlob Wut. Der arme Wut, festgenagelt unter irgendeinem Testmodell, die Hand durchspießt von einem Vorderbremsgriff, Benzin schwappt ihm über die Brust, der alte Handschalthebel einer Tourensport steckt ihm im Schenkel, – während Söldlinge das Monstrum von ihm herunterzerren, spricht Wut: »Ja, ich würde sagen, von Hinterradfederung eindeutig keine Spur, und wenn wir überhaupt irgendeine Federung haben wollen, müssen wir die Frontgabel vorne behalten, denn in der Kurve, die ich da hinten nicht erwischt habe, hatte ich garantiert keinerlei Federung.«

Doch jetzt hatte Wut einen öden Job und schrieb Zettelchen: Bronsky, deine Reifen sind dauernd schlapp; Gortz, Seidenpapier wird das Leck nicht stopfen, du hast eine Getriebedichtung verloren, und steck mir bloß nie mehr so einen Dreck wie Seidenpapier da rein; Wallner, du hast dich zu sehr in die Kurven gelegt, du hast deine Auspuffrohre verschrammt und den Kickständer verbogen – mit einem so rasanten Fahrstil handelst du dir nur einen Beiwagen ein, der dich bremsen soll, du Depp; Vatch, das Eiserne Kreuz auf deinem hinteren Schutzblech ist weg, und erzähl mir bloß nicht, das hätten meine Kinder geklaut, denn auf die passe ich auf, und ich weiß, daß es entweder irgend so ein Mädchen hat oder daß du es nach Hause geschickt und behauptet hast, es sei ein Orden, den du nie bekommen hast – da sind Löcher für die Schrauben drin, du wirst niemand täuschen können – also bring es wieder am hinteren Schutzblech an; Metz, deine Zündkerzen sind verdreckt, und ich kratze für niemand den Ruß weg, diese Hilfsarbeit kannst du machen – am Montag, statt deiner Mittagspause.

Ja, Gottlob Wut hatte einen öden Job – hatte Abenteuer überlebt, um sich zu Tode zu langweilen. Er hätte seinem besten Fahrer, Wallner, gern gesagt, wie er seine Auspuffrohre zu Staub zerschmirgeln, wie er sich tief in die Kurve legen und die Auspuffrohre wirklich zu Nichts zermahlen konnte – du mußt nur auf den Kickständer achtgeben, der kann sich nämlich verhaken, und deshalb hat ein Motorrad, mit dem man Rennen fährt, keinen und oft auch keine Auspuffrohre. Doch Gottlob Wut schrieb sonntags Zettelchen und mußte Zettelchen schreiben, damit die Spähtruppeinheit Balkan 4 intakt, wenn auch veraltet, blieb; Ersatzteile und Fahrer ließen sich in Slovengradec nicht so einfach beschaffen wie in der alten Neckarsulmer Fabrik.

Der Sonntag des 26. Oktober 1941 war gewiß eine prima und für die Slivnicas typische Wahl des Tages, an dem mein Vater versuchen konnte, etwas Aufregung in das öde Leben Gottlob Wuts zu bringen.

Es war ebenfalls der fünfte und letzte Tag des Gräberschaufelns für die schaufelwunden und erschöpften Witwen von Kragujevac.

Und es war wahrscheinlich, wie so viele andere Tage, ein Tag heimtückischer Kämpfe, für Mikhailović kommunistische Partisanen, die diesmal die Četnicitruppen gegen die Deutschen unterstützten – angeführt wurden die kommunistischen Partisanen dabei von einem kaum bekannten Sohn eines kroatischen Schmieds aus dem Dorf Klanjec. Der Sohn des Schmieds war mit der österreichisch-ungarischen Armee an die russische Front gegangen, doch er lief zu den Russen über und kämpfte während des Bürgerkriegs in der Roten Armee; kehrte als Führer der Kommunistischen Partei Jugoslawiens nach Hause zurück; wurde 1928 als Kommunist verhaftet und saß fünf Jahre im Gefängnis; und führte dann angeblich die Kommunistische Partei Jugoslawiens während der Periode der Illegalität, obwohl diejenigen, die damals mit den Balkan-Untergrund-Zentren in Wien zu tun hatten, Stein und Bein schwören, nie etwas von diesem Schmiedsohn gehört zu haben. Gewisse Mitglieder des Balkan-Untergrunds behaupten, daß der Schmiedsohn eigentlich dem russischen Geheimdienst angehörte und daß er in Rußland war, bis die verzögerte deutsche Invasion ins Rollen kam. Ganz egal wie seine wirkliche Geschichte lautet, der Schmiedsohn war jedenfalls der rätselvolle Führer der kommunistischen Partisanen, die an der Seite der Četnici gegen die Deutschen kämpften – wenn sie nicht gerade gegen die Četnici kämpften: Er war Kommunist; er hatte einen mächtigen und ansehnlichen slawischen Kopf; er kämpfte an Mikhailovićs Seite, ehe er sich gegen Mikhailović wandte; er war tatsächlich rätselhaft.

Zu der Zeit, als mein Vater unterwegs war, Gottlob Wut zu treffen, hatten nur ganz wenige Leute schon jemals etwas von Josip Broz Tito, dem Schmiedsohn, gehört.

Mein Vater hatte bestimmt noch nichts von ihm gehört, doch wie gesagt, Vratno schenkte der Politik wenig Beachtung. Er achtete auf dauerhaftere Details: auf die verschiedenen Verwendungsmöglichkeiten von Amal-Vergasern, auf die Vorteile des Zweizylinder mit obenliegender Doppelnockenwelle, auf Umlaute und Verbindungen. Am Sonntag, dem 26. Oktober 1941, konnte mein Vater seine einleitenden Worte tatsächlich auswendig.

Vratno sprach die deutschen Sätze leise vor sich hin; er sprach sogar erfundene Sätze für Wut. Dann schlenderte er durch die offenen Garagentore der Kradeinheit, einen indigoblauen Rennhelm mit rotgetöntem Visier ein wenig in den Nacken geschoben, den Kinnriemen lose und fesch; und über der Ohröffnung des Helms ein gekreuztes Paar gewürfelter Rennflaggen mit einem darüber gedruckten Glorienschein, der besagte: AMAL-VERGASER BLEIBEN VORN – NICHT AUF DER STRECKE!

»Herr Kommandant Wut«, sagte er. »Aber ja, ich würde Sie jederzeit wiedererkennen. Natürlich, Sie sind älter geworden. Ich war damals erst elf, ich bin natürlich auch älter geworden. Der wundervolle Wut!« juchzte Vratno. »Ach, wenn mein armer Onkel Sie doch noch hätte kennenlernen dürfen.«

»Was?« sagte Wut und verstreute Werkzeuge und Kinder. »Wer?« sagte Wut und packte einen Sechskantschlüssel mit seiner alten geschwollenen Hand – es waren die schmutzigsten und an den Knöcheln zerschundensten Hände, die mein Vater jemals gesehen hatte.

»Gestatten, Javotnik«, sagte mein Vater. »Vratno Javotnik.«

»Du sprichst deutsch«, sagte Wut. »Und wieso läufst du in Lederzeug rum?«

»Wut«, sagte Vratno, »ich möchte in Ihr Team kommen.«
»In mein was?« sagte Wut.

»Ich möchte alles nochmal ganz von vorne lernen, Wut – jetzt wo ich den Meister gefunden habe.«

»Ich habe keine Teams«, sagte Wut. »Ich kenne keine Javotniks.«

»Erinnern Sie sich an den Grand Prix von Italien 1930?« fragte Vratno. »Oh, Wut, da haben Sie echt einen Mordscoup gelandet.«

Gottlob Wut ließ seine Hüfthalfter aufschnappen.

Vratno sagte: »Mein armer toter Onkel hat mich damals mitgenommen, Wut. Ich war erst elf. Onkel sagte, Sie könnten's am allerbesten.«

»Was?« sagte Wut mit offener Halfter.

»Mit Motorrädern umgehen, natürlich, Wut. Sie herrichten und sie fahren, sie testen und die Fahrer trainieren. Ein Genie, hat mein Onkel gesagt. Natürlich kam die Politik dazwischen, sonst wäre mein Onkel zu Ihnen ins Team gekommen.«

»Aber ich habe überhaupt kein *Team*«, sagte Wut.

»Hören Sie«, sagte mein Vater, »ich habe da ein echtes Problem.«

»Das tut mir sehr leid«, sagte Gottlob Wut und meinte es ehrlich.

»Ich machte gerade Fortschritte als Fahrer«, sagte Vratno, »da kam mein Onkel ums Leben – er raste mit seiner Norton vor Bled in die Save. Das hat mich fertiggemacht, Wut. Seitdem habe ich auf keiner Maschine mehr gesessen.«

»Ich weiß nicht, was du von mir willst«, sagte Gottlob.

»Sie können mir's beibringen, Wut. Ich muß es nochmal ganz von vorne lernen – das Fahren. Ich war gut, Wut, doch als der arme Onkel in der Save unterging, da habe ich den Mumm verloren. Onkel sagte, Sie seien der Allerbeste«.

»Woher kannte mich dein Onkel?« fragte Wut.

»Alle Welt kannte Sie, Wut! Der Grand Prix von Italien 1930. Was für ein Mordscoup!«

»Das hast du schon mal gesagt«, beschwerte sich Wut.

»Mein Onkel hat's mir beigebracht, Wut. Mein Onkel sagte, ich hätte alle Manöver drauf. Doch ich hab' den Mumm verloren, verstehen Sie. Nur ein Meister könnte mich wieder an den Lenker bringen.«

»Wir haben jetzt Krieg, du Narr«, sagte Wut. »Was bist du denn überhaupt?«

»Kroate, schätze ich – wenn das wichtig ist«, sagte Vratno. »Aber Motorräder sind international!«

»Aber wir haben jetzt *Krieg*«, sagte Wut. »Ich bin der Spähtruppführer der Kradeinheit Balkan 4.«

»In das Team will ich!« sagte mein Vater.

»Wir haben kein *Team*!« sagte Wut. »Wir haben *Krieg*!«

»Sind Sie wirklich beim Krieg dabei, Wut?« fragte Vratno. »Wie wird sich der Krieg auf NSU auswirken?«

»Er wird uns zehn Jahre zurückwerfen«, sagte Wut. »Es werden keine Rennmaschinen mehr gebaut werden, es wird keinerlei Verbesserungen geben. Das Werk wird es vielleicht nicht mehr geben, wenn ich zurückkehre, und alle meine Fahrer könnten ihre Beine verlieren. Alle Maschinen werden mit Tarnfarbe übermalt zurückkommen.«

»Ach, Sie haben ja so recht, diese Politik läßt keinen Raum für Motorräder«, sagte mein Vater. »Wut, gibt es irgendeine Möglichkeit, wie ich meine Angst überwinden kann?«

»Mein Gott!« sagte Wut. »Du kannst doch nichts mit einer deutschen Militäreinheit zu schaffen haben.«

»Sie können mir helfen, Wut, ich weiß, daß Sie es können. Sie könnten wieder einen Fahrer aus mir machen.«

»Warum sprichst du deutsch?« sagte Wut.

»Sprechen Sie vielleicht serbokroatisch?« fragte mein Vater.

»Natürlich nicht«, sagte Gottlob.

»Dann ist es doch gut, daß ich deutsch spreche, finden Sie nicht? Wissen Sie, ich bin auf dem ganzen Kontinent gefahren – meistens Amateurrennen, versteht sich. Doch ich war Ersatzfahrer für die Grand Prix Rennen-1939. Jammerschade, daß NSU 1939 nicht gewonnen hat. – Ihr Rennmodell war in diesem Jahr wohl etwas zu schwer, stimmt's? Tja, auf den Reisen habe ich mir ein paar Sprachen angeeignet.«

»Bevor du den Mumm verloren hast?« sagte Wut, der sich verloren fühlte.

»Ja, bevor der arme Onkel mit der Norton ertrank.«

»Und beim Grand Prix von Italien 1930 warst du erst elf?«

»Elf Jahre, Wut. Nur ein bewunderndes Kind.«

»Und du hast rausgefunden, daß ich hier bin?«

»Das habe ich rausgefunden, Wut.«

»Wie du das bloß rausgekriegt hast?« sagte Gottlob.

»Die Welt kennt Sie, Wut – die Motorradwelt.«

»Ja, das sagtest du bereits«, stimmte Wut zu.

»Wie würden Sie vorgehen, um eine solche Angst zu überwinden?« fragte mein Vater.

»Du spinnst«, sagte Wut. »Und du wirst den Kindern Angst machen.«

»Bitte, Wut«, sagte Vratno. »Meine Impulse waren einmal alle richtig, doch jetzt bin ich wie erstarrt.«

»Du mußt den Verstand verloren haben«, sagte Wut, und mein Vater blickte sich wild in der Garage um.

»Jede Menge Gespanne«, sagte er, »aber Motorräder sind das wirklich nicht. Und Seitenventilmodelle«, sagte er, »jede Menge niedrige Drehmomente, für den Krieg ist das vermutlich ganz schön und gut, aber Rennen gewinnt man damit nicht, oder?«

»Moment mal«, sagte Wut. »Ich habe zwei 600 cm³-Maschinen mit oben gesteuerten Ventilen. Die ziehen ordentlich los.«

»Aber keine Hinterradfederung«, sagte Vratno. »Der Schwerpunkt lag zu hoch und beeinträchtigte die Lenkung – wenn ich mich recht an 1938 erinnere.«

»Erstaunlich, daß du dich daran erinnerst«, sagte Wut. »Und wie alt warst du damals, mein Junge?«

»Bloß zwei 38er Modelle, die Seitenventilmaschinen und die Beiwagenpanzer«, zählte mein Vater verächtlich auf. »Tut mir leid, Wut«, sagte er, »ich habe mich geirrt. Sie haben hier nichts für mich.« Und er ging zur Tür. »Wenn dieser Krieg zu Ende ist«, setzte er hinzu, »wird NSU wieder nur noch Mopeds bauen.«

»Und man schickt mich nicht mal dort hin, wo richtige Einsätze gefahren werden«, sagte Wut.

Mein Vater trat hinaus auf die Smartin-Straße, zurück blieb der zuckende Gottlob Wut mit dem Sechskantschlüssel im Stiefelschaft.

»Vielleicht«, sagte Vratno, »hielt man Sie zu alt für die Front. Vielleicht dachte man, mit Ihrer Tatkraft sei es aus, Wut. Keinen Schneid mehr, verstehen Sie?«

»Du hast die Rennmaschine da drin nicht gesehen«, sagte Wut zaghaft. »Ich habe eine Plane drübergedeckt.«

»Was für eine Rennmaschine?« fragte Vratno.

»Die Rennmaschine vom Grand Prix '39«, sagte Wut und schwankte, weil seine Füße zu eng beisammen standen – hinter dem Rücken verschränkte und löste er die Hände.

»Die Kiste, die zu schwer war?« sagte Vratno.

»Ich kann sie leichter machen«, sagte Wut. »Ich mußte natürlich ein paar Garnierungen anbringen, damit man sie auch nur für so eine Arbeitsmaschine wie die anderen hielt. Aber manchmal entschlacke ich sie für einen Probelauf. Du weißt schon – Ständer, Werkzeugkasten, Gepäckträger, Funkanlage und diesen Murks von Satteltaschen; ich mußte sie ein wenig ausstaffieren, damit sie nach Krieg aussieht, aber sie, es ist immer noch die 39er Grand Prix-Rennmaschine mit 500 cm³.«

Mein Vater kam argwöhnisch zum Eingang zurück. »Das ist Zweizylindermodell, richtig?« sagte er. »Das vorverdichtete Zweizylindermodell mit obenliegenden Doppelnokken? Mit dem Doppelrohrpendelrahmen und der geschlossenen Hinterradaufhängung?«

»Willst du sie mal sehen, hä?« sagte Wut, und er errötete. Doch unter der Plane war die als Armeekrad getarnte Rennmaschine; die Tarnfarbe hatte wegen der darunterliegenden schwarzen Lackschicht einen etwas dunkleren Ton.

»Wieviel bringt sie?« fragte Vratno.

»Wenn du alles abmontierst, bringt sie hundertfünfzig«, sagte Wut. »Mit vierhundertsechsundachtzig Kilo hat sie noch ein hohes Gewicht, aber eine Menge davon ist Benzin. Das schluckt sie weg; mit leerem Tank wiegt sie unter vierhundert.«

»Straßenlage?« sagte Vratno und versetzte dem Vorderende auffällig ein paar kleine Stöße, so, als wisse er über die Stoßdämpfer genau Bescheid.

»Oh, immer noch ein bißchen holperig«, sagte Wut. »Vielleicht etwas schwer zu lenken, aber die Motorleistung läßt einen nie im Stich.«

»Kann ich mir denken«, sagte Vratno, und Gottlob Wut

schaute auf die über dem Ohrloch meines Vaters gekreuzten Rennflaggen. Dann schickte er eins von den Kindern zur Kaserne, um ihm seinen Helm zu holen.

»Javotnik war der Name, oder?« fragte er.

»Vratno. Vratno Javotnik.«

Und Gottlob sagte: »Also, Vratno, von wegen deiner Angst . . .«

»Sie zu überwinden ist das Problem, Wut.«

»Ich denke, Vratno«, sagte Gottlob, »daß gute Fahrer ihre Ängste übertragen müssen.«

»Worauf, Wut?«

Und Gottlob sagte: »Tu so, als sei es eine andere Angst, Junge. Tu so, als sei es die Angst, die du hattest, als du fahren gelernt hast.«

»So tun?« sagte Vratno.

»Wenn's dir nicht zu schwer fällt«, sagte Wut, »solltest du versuchen, so zu tun, als wärst du vorher noch nie Motorrad gefahren.«

»Das sollte mir nicht allzu schwer fallen«, sagte Vratno und beobachtete, wie Gottlob Wut Kniebeugen machte – die alten steifen Gelenke lockerte, bevor er sich auf das Ungetüm 39er Grand Prix-Rennmaschine schwang.

Wenn du bei einer Fehlzündung nicht aufpaßt, kann der Kickstarter so hart auf dich zurückschlagen, daß es dir das Knöchelgelenk bis unters Kniegelenk schiebt – dir deine Oberschenkellanze der vollen Länge nach kreischend unter die Lungen hochrammt.

So wenigstens behauptete Gottlob Wut, Motorrad-Meister und heimlicher Hüter einer 39er Grand Prix-Rennmaschine, der sich um Politik genauso wenig scherte wie mein Vater; und der ebenfalls noch nichts von Josip Broz Tito gehört hatte.

Die elfte Zoowache:
Dienstag, 6. Juni 1967, ca. 4.15 h

Ich kann mir nicht vorstellen, was O. Schrutt ihnen da womöglich antut. Ich höre sie noch immer; der ganze Zoo horcht. Ab und zu öffnet sich plötzlich eine Tür, entläßt einen schauerlichen Tiersingsang und schließt sich ebenso plötzlich wieder – erstickt den Schrei.

Ich kann nur vermuten: O. Schrutt prügelt sie, eines nach dem anderen.

Sie leiden eindeutig Qualen. Immer, wenn die Schreie mit voller Lautstärke losheulen, reagiert der übrige Zoo. Ein Affe keift, eine Raubkatze faucht, die Verschiedenen Wasservögel proben Start und Landung; Bären tatzen; das Riesenkänguruh übt grimmig Schattenboxen; auf subtilere Art schlingen sich im Reptilienhaus die großen Schlangen in- und auseinander. Jeder scheint in wütender Trauer um die Geschöpfe unter dem Infrarotlicht.

Ich kann nur vermuten: O. Schrutt begattet sie, eines nach dem anderen.

Gleich hinter meiner Heckenreihe ist eine Herde der Diversen Huftiere; sie drängen sich umeinander, konspirieren. Ich kann mir denken, was sie sagen, wenn sie einander mit ihren sonderbaren Pflanzenfresserzähnen ins Ohr zwacken: O. Schrutt legt wieder los. Hast du den letzten gehört? Brannicks Riesenratte. Ihr grausiges Gebelfer höre ich überall heraus.

Oh, der Zoo ist voller Tratsch.

Vor einem Augenblick habe ich mich aus meiner Hecke hervor und hinunter zum leeren Biergarten geschlichen, um ein Wörtchen mit den Bären zu reden. Sie waren alle in heller Aufregung. Der ganz besonders wilde und berühmte Asiatische Kragenbär hockte da und kam brüllend hoch, warf sich gegen die Gitterstäbe, als ich an seinem Käfig vorbeiflitzte. Ich sah seine zottigen Arme immer noch nach mir grapschen, als ich schon ein ganzes Stück weiter war. Der Berühmte Asiatische Kragenbär hat bestimmt an seinen Fänger Hinley Gouch gedacht – und in O. Schrutts namenlosen Teufeleien nicht mehr gesehen, als eine weitere Gefangennahme dieser betrügerischen Hinley Gouch-Art. Für den schrecklichen Asiatischen Kragenbären müssen alle Menschen Hinley Gouch sein – vor allem O. Schrutt.

Ich versuchte, sie alle zu beruhigen, doch der Asiatische Kragenbär wollte keine Vernunft annehmen. Ich flüsterte den Eisbären zu, sie sollten den Zorn nicht aneinander auslassen, und danach ließen sie sich, wenn auch unbehaglich, treiben; ich bat den Grizzley, Platz zu nehmen und seine Gedanken zu sammeln, was er nach einem halbblinden Angriff auf mich dann auch mißgünstig tat; mein sanftes Brillenbärpärchen war so besorgt, daß es sich aufrecht umarmte.

Oh, ich kann nur vermuten: O. Schrutt – wahnsinniger Fetischist! – welcher schlimmen Leidenschaft frönst du, die den ganzen Zoo zur Raserei bringt?

Aber keiner kann mir das sagen, ich bin auf einem Spukbazar an einem ränkevolleren Ort als Istanbul; in ihren Käfigen und hinter ihren Zäunen tratschen die Tiere in einer hitzigeren und fremdartigeren Sprache als Türkisch.

Bei einem slawischaussehenden großen Braunbären habe ich es sogar mit etwas Serbokroatisch versucht. Aber keiner kann mir etwas sagen.

Ich kann nur vermuten, was der letzte Kreischer bedeutete: O. Schrutt stranguliert mit ritueller Langsamkeit den Nasenbär. Der Schrei schallt undeutlich durch das lavendelfarbige Labyrinth; jetzt wird er abgeschnitten, so wie alle übrigen.

Jetzt werden Schiebeglasscheiben verschoben. Und der Zoo gibt mir eine türkische Erklärung.

(Fortsetzung)
Die hochselektive Autobiographie
von Siegfried Javotnik: Vorgeschichte II

Das Ritual, mit dem Vratno lernte, die 39er Grand Prix Rennmaschine zu fahren, blieb auf sonntags beschränkt. Mein Vater erwartete Gottlob Wut stets auf dem Bürgersteig der Smartin-Straße vor der Tür der Serbin. Wut erschien pünktlich: im Bademantel, den Helm auf dem Kopf mit offenen Schnürsenkeln – unterm Arm die Uniform. Mein Vater, der Bijelo Slivnicas Ledermontur trug, polierte, immer wenn er auf Wut wartete, seinen indigoblauen Helm.

Gottlob Wut verlangte sonntagsmorgens nach einem 2-stündigen Bad. Die Wanne hatte einen Rand zum Abstellen von Kuchen und Kaffee. Mein Vater verzehrte sein Frühstück auf dem Spülklosett bei zugeklapptem Deckel. Sie plauderten außen vorbei an und gelegentlich auch mitten hindurch durch die sich vorbeischiebende Körpermasse von Wuts serbischer Mätresse, die Kaffee und Wuts Badewasser nachfüllte – die manchmal einfach zwischen Wanne und Spülklo kauerte und zusah, wie Wuts viele Narben unter Wasser die Farbe wechselten.

Zivanna Slobod war so in etwa die problemloseste Mätresse, die man sich zulegen konnte. Sie stand in den mittleren Jahren, hatte wuchtige Kinnbacken und Hüften und verbreitete die strahlende, schwarzhaarige Kraft einer Zigeunerin. Sie wechselte nie ein Wort mit Wut, und wenn mein Vater ihr mal auf serbokroatisch ein Kompliment für ihre Dienste machte, dann hob sie ein wenig den Kopf und zeigte ihm das feine, pulsierende Äderchen in ihrem Nacken und alle ihre leuchtenden, wuchtigen Zähne.

Nach dem Bad entführte Zivanna Wut meinem Vater;

binnen einer halben Stunde erstattete sie ihn ihm zurück. Das war die Abrubbel-Sitzung, zu der der gründlich bade-schlaffe Wut von der starken Zivanna in Handtücher einge-mummelt und aus dem Badezimmer eskortiert wurde. Vratno drehte das Radio lauter und ließ geräuschvoll die Wanne leerlaufen, damit er nicht hörte, wie Gottlob Wuts Gelenke unvorstellbare Lockerung erfuhren auf dem gro-ßen, stickigen Bettzeugberg in Zivannas einzigem Zimmer mit einer schließbaren Tür. Vratno bekam den Berg nur ein-mal zu Gesicht – eines morgens, als er Wut ins Badezimmer folgte, war die Tür angelehnt gewesen. Man hätte wie auf ei-nem Ball geschlafen, denn Zivannas Bett, falls sich dies wirklich unter dem Bettzeug befand, war mit Seide und Fel-len, mit Pelzkissen und riesigen, schimmernden Schals über-sät; eine kipplige Obstschale thronte oben auf dem Gipfel. Gott segne Gottlob Wut für seine schwelgerischen Sonn-tage. Der Mann verstand es, sich die Woche einzuteilen.

Und er verstand sich auf seine 39er Grand Prix Renn-maschine. Er konnte sie in zehn Minuten von allem militäri-schen Ballast befreien. Zu seinem ewigen Kummer jedoch fehlte Wut die Zeit, etwas wegen der Tarnfarbe zu unterneh-men. Zu einem gewissen Grad mußte der Schein gewahrt bleiben. Wut durfte sich ohnehin sehr glücklich schätzen, eine äußerst liebenswürdige Kradeinheit zu befehligen; seine Männer meldeten die Existenz der Rennmaschine nie einem der Inspekteure vom Oberkommando der deutschen Aufklärungsverbände. Gottlob hielt sie dadurch bei Laune, daß er sie reihum auf der Rennmaschine fahren ließ, obwohl ihm dabei das Herz nicht wenig blutete. Wallner behandelte sie zu hochnäsig – hatte keinen Respekt vor ihrer Kraft; Vatch fürchtete sich vor ihr und schaltete nie höher als in den zweiten Gang; Gortz quälte das Getriebe; Bronsky schlid-derte einen Gang zu hoch durch die Kurve; Metz war ein Riesenroß im übermäßigen Bremsen – er brachte die Renn-maschine qualmend zurück. Sogar außerhalb von Sloven-gradec auf ganz freier Strecke war Gottlob nervös, wenn irgend jemand anders als er seine Rennmaschine fuhr. Aber gewisse Opfer mußten nun mal gebracht werden.

Bei meinem Vater war Wut sehr vorsichtig. Es begann damit, daß sie die Rennmaschine zu zweit fuhren – am Lenker natürlich Wut, der seinem Sozius ständig Instruktionen nach hinten übermittelte. »Siehst du?« sagte Wut und nahm elegant eine Kurve, schaltete im Krümmungsscheitel jaulend und fehlerlos einen Gang zurück. Mein Vater hatte die Augen fest zugekniffen, der Wind heulte ihm in den Ohröffnungen und lüpfte seinen Helm. »Bei einer überhöhten Kurve kannst du sogar einen Gang hochschalten«, sagte Wut. »Siehst du? So«, sagte Wut. Und beim Schalten drosselte er nie das ständig steigende Tempo; und verschaltete sich auch keinmal. »Nur nie verschalten«, sagte Wut. »Du hast zuviel Wucht hinter dir; wenn du dich verschaltest, kannst du dich nicht mehr auf der Straße halten.« Und dann gab er ein Beispiel: Er kuppelte aus und steuerte die Rennmaschine im Leerlauf in eine Kehre. »Fühlst du das?« fragte Wut. »Ohne Gang würdest du die Kurve doch nie schaffen, oder?«

»Oh, mein Gott, niemals!« antwortete mein Vater, um so rasch wie möglich zu zeigen, daß er ganz sicher sei, sie würden die Kurve nicht schaffen. Und Wut ließ dann sanft die Kupplung kommen; sie fühlten, wie der himmlische und mächtige Zug des Gangs sie wieder zur Straßenkrone zurückzog.

Wäre man taub, man würde nie wissen, wann Gottlob Wut schaltete; er arbeitete glatter als ein automatisches Getriebe.

»*Fühlst* du es, Vratno,« fragte Wut immer.

»Ein bedingter Reflex«, antwortete mein Vater dann. »Der reinste Pawlow, Wut.«

Doch im November 1941 fiel früher Schnee, und deshalb mußte mein Vater eine Weile warten, ehe er über den Sozius-Status hinauskam. Vratno durfte auf dem großen 600 cm³ Seitenventil-Modell mit Beiwagen sein Gefühl für die

Gänge entwickeln, aber Wut weigerte sich, meinen Vater ein beiwagenloses Motorrad fahren zu lassen, solange die Straßen nicht eisfrei waren.

Wut selber war da nicht so vorsichtig. An einem Sonntag im Februar 1942 schnappte er sich sogar eine der seitenwagenlosen 600 cm^3-Maschinen mit obengesteuerten Ventilen, Baujahr 1938, und fuhr mit Vratno als Sozius von Slovengradec nach Norden zu dem Dorf Bucovska Vas, wo ein Knie der Mislinja angeblich am dicksten zugefroren sein sollte. Mein Vater stand schlotternd im Föhrengehölz am Flußufer, während Wut die 38er zimperlich aufs Eis hinausfuhr. »Siehst du?« sagte Wut und begann sich langsam von der linken Seite meines Vaters auf die rechte zuzubewegen – ganz langsam, gleichmäßig im 1. Gang, drehte Wut und kam von rechts nach links zurück; dann drehte er wieder und kam zurück von links nach rechts – schaltete diesmal in den 2. Gang. Als er im Zweiten drehte, glitt das Hinterrad weg, und er berührte mit einem Auspuffrohr das Eis; richtete die Maschine dann wieder auf, glitt hinunter auf das andere Auspuffrohr und richtete die Maschine erneut auf. Und kam zurück, von rechts nach links – schaltete jetzt in den dritten. »Siehst du?« rief er und schwang das Bein von der Seite der Maschine herüber, die sich senkte, diesmal bis ganz hinunter zur Hinterradnabe; er stand mit zwei Füßen auf einem Pedal und gab gleichmäßig Gas, während die Maschine sich aufrichtete. Er saß wieder auf und kam zurück, fuhr bei jedem Drehen in beide Richtungen ein Stückchen weiter hinaus, so daß mein Vater gaffend das Föhrengehölz verlassen und sich mit den Zehen auf die Eisverwerfung des Flusses stellen mußte – um die äußersten Punkte von Wuts phantastischen Wendemanövern eben noch sehen zu können. Immer und immer wieder schaukelte die Maschine auf einem Auspuffrohr und setzte mit der Hinterradnabe auf, und Wut schwang ein steifes Bein, um die Maschine aufzurichten. »Siehst du?« schrie Wut und ließ den gefrorenen Fluß unter sich schwirren und summen. Hin und her, schneller und schneller, in einem immer weiteren Radius – ließ er die Maschine beinahe flach auf dem Eis aufliegen, und die Radnabe versuchte sich durchzubohren bis zum fließenden Wasser. Mit einer verschnörkelten Geste tippte Wut die Hinterradbremse ganz sacht an – ließ die Maschine unter sich wegrutschen, während er das Bein schwang; ließ die Maschine schließlich ruhen, legte sie ganz sanft hin – und stand auf ihrem Benzintank, bis sie ausgekreiselt war.

Die einzige Schwierigkeit hatte Wut dann dabei, die schwere, alte 38er wieder auf die Räder zu stellen. Gottlobs Füße rutschten dauernd auf dem Eis aus, als er versuchte, sie hochzuziehen. Mein Vater verließ das Ufer, und gemeinsam richteten sie die Maschine auf und säuberten den Tank von übergeschwapptem Benzin.

»Klar«, sagte Wut, »das mußt du richtig im Gefühl haben. Aber so macht man das.«

»Auf Flüssen fahren?« sagte mein Vater.

»Nein, du Dussel«, sagte Wut. »So wird man mit Teer oder mit einer Öllache fertig. Du gibst gleichmäßig Gas, schwingst dein Bein drunter vor, und wenn du die Finger von der Bremse läßt, sollte sie von selber wieder hochkommen.«

Dann trippelten sie über das Eis und schoben die alte 38er dorthin, wo das Ufer am flachsten war. Und vom gegenüberliegenden Flußufer kam auf einem Schlitten mit brausenden Kufen ein grölendes Vierergespann von Eisfischern; von dort, wo sie der Vorführung zugeschaut hatten, klatschten sie ihren sonderbaren Fausthandschuh-Applaus.

Gottlob Wut hatte vielleicht noch nie so ein öffentliches Publikum gehabt; er schien restlos überwältigt. Er setzte den Helm ab und klemmte ihn unter einen Arm, wartete womöglich auf Lorbeerkranz oder Pokal oder auch nur auf den Kuß eines bärtigen Eisfischers. Er war verschämt, ganz plötzlich befangen. Doch als die Schlittenladung Fischer ankam, da merkte mein Vater, daß die Slovenen rettungslos betrunken waren und Wuts Uniform völlig übersahen. Sie schubsten ihren Schlitten bis an Gottlobs linken Stiefel; einer der Fischer benutzte seinen Fäustling als Megaphon und brüllte auf serbokroatisch zu Wut hoch: »Du mußt der verrückteste Hund von der Welt sein!«

Dann lachten alle und patschten mit den Fäustlingen. Wut lächelte; sein freundlicher Blick bat meinen Vater um eine Übersetzung.

»Er sagte, Sie müssen der Beste von der Welt sein«, erzählte Vratno Gottlob Wut, doch zu den Betrunkenen auf dem Schlitten sagte mein Vater in munterem serbokroatisch: »Weiterlächeln, ihr Flegel, und verbeugt euch etwas beim Abgang. Der Mann hier ist deutscher Kommandeur, und wenn ihr noch einen Mucks sagt, wird er euch in die Dösköppe schießen.«

Vratno brachte sie dazu, dümmlich vom Schlitten hochzulächeln, und als sie zurückrutschten, glitten ihre Hacken auf dem Eis aus. Der fleischigste von ihnen kniete sich auf den Fluß und grunzte die Kufen an. Sie saßen spreizbeinig auf dem Schlitten und umschlangen sich, Hüfte an Schenkel, und wirkten wie Kinder, die ihren Schlitten an einen Ort gelenkt hatten, wo Schlitten entweder absurd oder nicht erlaubt waren.

Mein Vater hielt das Motorrad für Wut, der seinen abziehenden Verehrern hinterherwinkte. Der arme leichtgläubige Wut stand mit dem Helm in der Armbeuge, das Kinn hochgereckt und verwundbar auf dem knarrenden Eis.

»Das war echt toll, Wut«, sagte mein Vater. »Sie waren einfach Klasse.«

Die zwölfte Zoowache:
Dienstag, 6. Juni 1967, ca. 4.30 h

Ich war ordentlich durchgefroren und hatte mich tief in den Wurzeln meiner Hecke vergraben, als der alte O. Schrutt schlüsselrasselnd den Mittelgang türwärts entlanglief; für eine Sekunde kroch und watschelte ich gehockt aus meiner Hecke hervor und besah ihn mir. Er kam aus dem Kleinsäugetierhaus getorkelt und strauchelte die blutig leuchtenden Stufen hinunter.

O. Schrutt trinkt bei der Arbeit! Raucht Pot, nimmt LSD oder Aufputschpillen. O. Schrutt drückt Heroin – den Tieren! Vielleicht.

Mein Gott, er war einfach gräßlich. Er wirkte derangiert. Ein Hosenbein war ihm aus dem Kampfstiefel gerutscht; eine losgeknöpfte Epaulette schlackerte; seine Taschenlampe zappelte fahrig; den Schlüsselring trug er wie einen großen Streitkolben.

Vielleicht zerdehnen ihm dunkle und gezeitenartige, beinahe lunare Kräfte den Geist, verzerren ihn und manschen ihn dann wieder in die alte Form zurück.

Vielleicht erlebt O. Schrutt durchschnittlich drei Metamorphosen pro Nacht.

Aber egal, welchen Zyklus sein Wahnsinn durchläuft – egal, welche Phase dies war – er hatte eine hypnotische Wirkung auf mich. Ich blieb fast zulange auf dem Weg kauern; er wäre noch über mich gestolpert, hätte er nicht plötzlich das Affenhaus angeblafft, so daß ich hastig in die Deckung meiner Hecke zurückkrabbelte.

»Rauf!« blaffte er – weil er sich vielleicht noch an den Dscheladababuin erinnerte. »Raa-au-ff!« Doch alle Primaten blieben mucksmäuschenstill, haßten oder bedauerten ihn.

Und als er auf dem Weg weiterging, stieß er Knurrlaute aus.

»*Aaaaarr*«, machte er leise. »*Uuuuurr*.«

Und die Parlamentsversammlung der Diversen Huftiere versuchte ihr Zusammenstehen und -gehen zwanglos wirken zu lassen. Doch O. Schrutt schritt meine Heckenreihe ganz ab, ohne sie aus den Augen zu lassen. Als er in den Weg zum Biergarten einbog, flitzte ich geduckt hinter der Hecke entlang – bis zur gegenüberliegenden Ecke, wo ich ihn weiter beobachten konnte. Er schlenderte, von einer Minute zur nächsten wie ausgewechselt – sowas von überheblich – und wirbelte dann wieder herum zu den Diversen Huftieren.

»Wach, was?« schrie er so schrill, daß der winzige Kiang, der tibetanische Wildesel, aus der Herde herausbolzte.

Und danach stolzierte O. Schrutt regelrecht in Richtung Biergarten davon – soweit ich das sehen konnte. Er blieb ein paar Schritte vor dem Berühmten Asiatischen Kragenbären stehen; dann beugte sich O. Schrutt zum Käfig des Bären vor und dröhnte mit seinem Schlüsselring wie mit einem Gong gegen das Gitter.

»Mir machst du nichts vor«, schrie der alte O. Schrutt, »da kannst du noch so lange dahocken, als würdest du schlafen und nicht hinterhältig auf der Lauer liegen!« Und der Asiatische Kragenbär warf sich wieder und wieder gegen seinen Käfig – brüllte, wie ich es noch nie gehört hatte, und verschüchterte die Großkatzen so sehr, daß sie es nicht wagten, eine Herausforderung zurückzubrüllen, sondern sich nur kratzkehlig räusperten und unschicklich miaunzten: Och, füttere mich oder laß es meinetwegen bleiben – ich fresse dann den alten O. Schrutt oder sonst wen. Aber was du auch tust, Gott, laß bloß diesen Orientalischen Bären nicht raus. Oh, bitte nein.

Aber O. Schrutt höhnte dreist; erschöpft sackte der Asiatische Kragenbär gegen die Front seines Käfigs, seine großen Vordertatzen durchpflügten die Erdnußschalen auf dem Weg, auf der Käfigseite des Sicherungsseils – er griff so weit hinaus, wie er konnte, und doch fünfzehn Zentimeter zu kurz für den alten O.

O. Schrutt ging weiter, setzte wohl die aggressive Phase seiner Zoowache fort. Ich hörte, wie er einen Steinbrocken ins Eisbärbecken plumpsen ließ.

Er ist für meine Zwecke noch nicht weit genug entfernt; ich würde schätzen, er ist erst bei den Teichen der Verschiedenen Wasservögel. Ich glaube, das ist er, der da vernehmlich Steine über die Teiche hüpfen läßt – die hin und wieder gegen einen seltenen und empörten Wasservogel dotzen.

O. Schrutt soll sich ruhig noch ein Stückchen entfernen. Laß ihn erst mal beim Dickhäuterhaus sein, laß ihn ruhig das Nashorn aufschrecken oder mit seinen Schlüsseln im Flußpferdhaus lärmen. Wenn er einen ganzen Zoo von mir entfernt ist, werde ich im Kleinsäugetierhaus sein, um nachzusehen, was da wirklich los ist.

Und wenn mir Zeit bleibt, alter O., habe ich noch was anderes vor. Es ist ganz einfach. Man braucht bloß dieses Sicherungsseil fünfzehn oder dreißig Zentimeter näher an den Käfig des Berühmten Asiatischen Kragenbären zu rücken. Das wäre überhaupt nicht schwierig. Es ist nur ein Seil, das zwischen diese zwei Pfosten gespannt ist; sie haben einen sperrigen Betonsockel, doch bewegen lassen sie sich garantiert.

Wie wäre das O. Schrutt? Wenn wir einfach deinen Sicherheitsabstand um dreißig Zentimeter oder so verschieben – damit du dichter dranstehst, als du glaubst, alter O., und wenn du dann mit deiner Lästerrübe wackelst, werden wir alle zugucken, wie sie dir runtergehauen wird.

Und sollte das O. Schrutt sein, den ich da höre, dann blökt er jetzt sein Einfühlungsvermögen für die Schlaf-Paranoia der Elefanten heraus. Jetzt ist er weit genug weg.

(Fortsetzung)
Die hochselektive Autobiographie
von Siegfried Javotnik: Vorgeschichte II

Die 39er Grand Prix-Rennmaschine hatte 90 PS bei 8.000 UpM zu bieten und brachte 240 km/h, wenn alle entbehrlichen Teile abmontiert waren, doch als mein Vater im Frühling 1942 die Maschine zu lenken begann, durfte er nicht schneller als 130 km/h fahren. Vratno führte ein unentbehrliches Teil mit. Nämlich Gottlob Wut als Sozius – die ständig korrigierende Stimme in meines Vaters indigoblauem Ohrloch.

»Du solltest jetzt im Dritten sein. Durch die letzte hast du uns mehr gesteuert als gelegt. Du bist viel zu nervös; du bist verspannt, deine Hände werden sich noch verkrampfen. Und nimm bei den Bergabkurven ja nie die Hinterradbremse. Arbeite mit der Vorderbremse, wenn du schon bremsen mußt. Wenn du noch einmal die Hinterradbremse nimmst, werde ich sie unbrauchbar machen. Du bist mächtig nervös.«

Doch Gottlob Wut verlor nie auch nur ein Wort darüber, wie prima mein Vater es fertigbrachte, so zu tun, als sei er noch nie vorher Motorrad gefahren. Und erst nachdem Wut gezwungen gewesen war, die Hinterradbremse unbrauchbar zu machen, fragte er Vratno, wo und wovon er denn lebe. Von Büroarbeit, erzählte ihm mein Vater – gelegentlichen Übersetzungen für pro-deutsche Slowenen und Kroaten in untergeordneten Regierungsstellen. Was immer das hieß. Wut fragte jedenfalls nie wieder.

Auch wenn es nicht eben fair war, die Ustaši als pro-deutsch zu bezeichnen, so war sie doch pro-Gewinner – und im Frühjahr 1942 gewannen die Deutschen noch. Es gab sogar eine Ustaši-Miliz in Wehrmachtuniform. Ja, die Slivnica-Zwillinge, Gavro und Lutvo, besaßen eigene Wehrmachtsuniformen, die sie bloß zur Verkleidung trugen, oder wenn sie abends ausgingen. Die Zwillinge gehörten keiner Vratno bekannten Einheit an, und einmal schimpfte Bijelo mit ihnen wegen der Art und Weise, auf die sie sich die Uniformen beschafften; sie besaßen anscheinend diverse davon zum Wechseln. Der für die Slivnicas zuständige Ustaši-Aufseher war beunruhigt und nannte die Zwillinge ein »Beziehungs-Risiko«.

»Unsere Familie«, sagte Todor, »hat sich nie gescheut, irgendwelche Beziehungen zu riskieren.«

Doch Todor war im Frühjahr 1942 oft bissig. Nach all dem Aufwand hatte die Ustaši entweder das Interesse verloren oder die Hoffnung aufgegeben, Gottlob Wut könnte etwas so Wesentliches verraten, daß er angreifbar wurde. Zumindest solange die Deutschen gewannen – und solange die Ustaši pro-Gewinner war –, schien Wut vor jeder Rache ziemlich sicher. Wut hatte sich kaum mehr zuschulden kommen lassen, als die Haltung und Tarnung einer Grand Prix-Rennmaschine in einer Kradeinheit, die langsameres und weniger heikles Kriegsgerät führen sollte. Und Zivanna Slobod, Wuts ritualbesessene serbische Mätresse, entpuppte sich als Serbin mehr durch Zufall denn aus Neigung – und als »politisch vogelfrei«, wie die Akten sie nannten, bloß, weil ihre Liste von Liebhabern jede nur erdenkliche politische oder apolitische Spielart enthielt. Aus ihr konnte man Wut also auch schlecht einen Strick drehen. Und die Sonntage waren frei; was Wut mit der Rennmaschine und meinem Vater machte, tat er in seiner Freizeit. Man hätte sogar argumentieren können, daß Wuts Sonntage eine Extraanstrengung seitens des Kommandeurs der Kradeinheit demonstrierten – eine Art Konditionstraining. Die Ustaši hatte einfach nichts in der Hand, das sie Gottlob Wut jemals anhängen konnte.

»Wir könnten ihm seine geliebte Rennmaschine klauen«,

schlug Bijelo vor. »Dann würde er vielleicht eine Dummheit machen.«

»Wir könnten die Serbin klauen«, sagte Todor.

»Ein Mordstrumm von Frau«, grummelte die eifersüchtige Baba, eine verkicherte Kröte von Mädchen – wie mein Vater sie beschrieben hat. »Um die abzutransportieren, bräuchte man einen Laster.«

»Meiner Meinung nach«, sagte Julka, »liebt Wut die Maschine mehr.«

»Sicher«, stimmte mein Vater ihr zu. »Aber klauen würde nichts bringen. Er hätte absolut erstklassige militärische Mittel zu ihrer Wiederbeschaffung oder zumindest zur Suche danach. Und ich bin mir gar nicht einmal so sicher, ob ihm das deutsche Oberkommando den Besitz einer Rennmaschine überhaupt verübeln würde.«

»Dann legen wir ihn eben einfach um«, sagte Todor.

»Die Ustaši«, sagte Bijelo, »muß legal vorgehen, bis zu einem gewissen Grad.«

»Die Ustaši hängt mir zum Hals raus«, sagte Todor.

»Sie muß auf der richtigen Seite bleiben«, sagte Bijelo. »Wut ist Deutscher, und die Ustaši hält es jetzt mit den Deutschen. Der Witz ist, aus Wut einen schlechten Deutschen zu machen.«

»Unmöglich«, sagte Vratno. »Er macht sich nichts draus, ob er Deutscher ist oder nicht, wie könnte er da ein schlechter sein?«

»Tja«, sagte Bijelo, »ich glaube nicht, daß die Ustaši noch so sehr großen Wert auf Wut legt. Die Leute wechseln dauernd die Seiten, und die Ustaši muß zuletzt auf der Seite der Gewinner sein. Das ist kein Kinderspiel mehr.«

Denn es gab zu viele Seitenkriege in diesem Krieg; ganze Seiten wechselten die Seite. Im Frühjahr 1942 änderte plötzlich die kommunistische Presse weltweit ihre Meinung über den Četnici-Hauptmann Draža Mikhajlović – der jetzt General war. Ein verdächtig im Russischen stationierter Sender namens Radio Freies Jugoslawien meldete, daß Draža Mikhajlović und seine Četnici auf deutscher Seite kämpften. Radio Freies Jugoslawien – und demzufolge selbst die BBC – behauptete, ein gewisser Schmiedsohn wäre die ganze Zeit über der einzige Freiheitskämpfer gewesen. Josip Broz Tito sei der Anführer des wirklichen Widerstands, und die Verteidiger Jugoslawiens wären kommunistische Partisanen, nicht lausige Četnici. Es hatte den Anschein, daß die Russen vorausblickten; mit bemerkenswertem Optimismus schienen sie über die Deutschen hinaus und auf eine entscheidendere Angelegenheit in Jugoslawien hinzublicken.

Wer würde das Land regieren, wenn der Krieg vorbei war?

»Kommunisten«, sagte Bijelo Slivnica. »Ist doch klar. Die Četnici bekämpfen die Deutschen, die Partisanen bekämpfen die Deutschen, und in kurzer Zeit wird die ganze Rote Armee hier sein – und die Deutschen bekämpfen. Zwischendurch und nach den Deutschen werden die Partisanen und die Rote Armee die Četnici bekämpfen – und behaupten, die Četnici hielten es mit den Deutschen. Auf gute Propaganda kommt es an.«

»Ein göttlicher Plan«, sagte Todor.

»Das Wesentliche ist Publicity«, sagte Bijelo. »Also: Die Četnici besiegen die Deutschen in Bosnien, richtig? Doch Radio Freies Jugoslawien meldet, daß es Partisanen waren, die den Sieg errungen haben, und daß von ihnen Četnici in Wehrmachtsuniformen entdeckt wurden.«

Bei der bloßen Erwähnung zogen Gavro und Lutvo schon los, um sich ihre Uniformen anzuziehen.

»Stummdumm«, sagte Julka, während die hübsche Dabrinka in der Küche Weingläser spülte. Mein Vater wagte nicht mehr zuzuschauen.

»Womit wir wieder bei Wut wären«, sagte Bijelo Slivnica.

»Wieso das denn?« fragte Todor.

»Weil die Ustaši auf Nummer sicher gehen muß«, sagte Bijelo. »Wut ist Deutscher. Deutsche bringen Četnici-Serben um und, seit kurzem, Partisanen. Partisanen bringen

Četnici-Serben um und, seit kurzem, Deutsche. Die Ustaši wird alles umbringen, was die Deutschen umgebracht haben wollen, aber Partisanen will sie nicht umbringen, wenn sich's vermeiden läßt.«

»Warum nicht?« fragte mein Vater.

»Weil«, sagte Bijelo, »die Ustaši sehr bald *für* die Partisanen Deutsche umbringen wird, weil am Ende die Partisanen gewinnen werden.«

»Na und?« sagte Todor.

»Na, wen also wollen fast alle umlegen?« fragte Bijelo.

»Serben!« sagte Todor.

Und schließlich sagte Bijelo Slivnica: »Dann sollte ein Serbe Gottlob Wut umlegen. Denn die Ustaši wird den deutschen Prozentsatz unterstützen und hundert Serben umlegen für den einen Deutschen, Wut. Damit sind die Deutschen beschwichtigt, und wenn sich die Rote Armee und die Partisanen verbünden und die Deutschen aus Jugoslawien vertreiben – dann steht die Ustaši mit dem prima Ruf da, Serben umzulegen, tückische Četnici-Typen. Deswegen sind die Partisanen beglückt, die Ustaši auf ihrer Seite zu haben. Und die Ustaši bleibt im Glück; sie pickt sich die Sieger heraus. Und sie kann natürlich ihre alte Rechnung mit Gottlob Wut begleichen. Jetzt frage ich euch«, sagte Bijelo, »wie findet ihr die Idee?«

»Welcher *Serbe* sollte wohl Wut umlegen?« fragte mein Vater.

»Du«, sagte Bijelo, »bloß machst du es so, daß es aussieht, als hätte Zivanna Slobod es getan, die wirklich Serbin ist. Dann wirst du sie auch umlegen müssen. Und die Ustaši und die Deutschen werden noch neunundneunzig Serben zusammentreiben und sie kaltmachen – damit der angedrohte Prozentsatz herauskommt. Hundert zu eins, klar?«

»Bijelo hat den Bogen raus, jedermann zufriedenzustellen«, sagte Todor.

Doch mein Vater sagte: »Ich glaube nicht, daß ich Gottlob Wut umlegen möchte.«

Julka klatschte die Schenkel zusammen. *Flap!* sagten sie. In der Küche zerbrach Dabrinka ein Weinglas.

»Oje«, sagte Baba.

Und mein Vater sagte zu Bijelo: »Na, wenn es so kommt, wie du sagst, dann erwischt der Krieg den alten Wut doch sowieso, oder nicht? Und die Ustaši legt ohnehin keinen gesteigerten Wert auf Wut, das hast du selber gesagt.«

Die Zwillinge kamen in ihren Uniformen herein und paradierten in der Runde.

Ganz ruhig sagte Bijelo: »Paß auf, es würde an einem Sonntag sein. Du siehst doch die Uniformen der Zwillinge, ja? Eine davon hast du in einer Papiertüte dabei. Wut nimmt sein endloses Bad, so. Und der Deckel auf dem Spülkasten hinter der Toilette? Der ist doch aus Porzellan, stimmt's? Und sehr, sehr schwer. Wenn also Zivanna ihre Törtchen aus dem Ofen holen geht, läßt du den Spülkastendeckel auf den badenden, arglosen Wut runterkrachen. Das sollte ihn bequem versenken. Und wo ist Wuts Gürtelhalfter? Die hängt am Badezimmerspiegel, richtig? Du nimmst also die Pistole und erschießt Zivanna, wenn sie mit den Törtchen wiederkommt. Dann ziehst du Gavros oder Lutvos Uniform an und informierst das deutsche Aufklärungskommando. Vergiß nicht, es ist Frühling, sie werden also auch nicht in der Kaserne hocken und schwitzen. Die deutsche Kommandostelle wird dich für einen von Wuts regulären Fahrern halten – du kennst ja ihre Namen, nenn also einen. Du mußt bloß auf deine unregelmäßigen Verben aufpassen. Du erzählst ein paar Geschichten über die Serbin – daß du von einem Mordanschlag auf Wut erfahren hättest, aber zu spät gekommen seist. In Slowenien und Kroatien gibt es über zwei Millionen Serben. Die Ustaši und die Deutschen können in der Innenstadt von Slovengradec garantiert neunundneunzig zusammentreiben. Und auch alle noch am gleichen Tag erschießen – würde mich gar nicht wundern.«

Aber Vratno sagte: »Ich *mag* Gottlob Wut.«

»Sicher«, sagte Bijelo. »Ich mag ihn auch.«

266

»Wir alle mögen Gottlob Wut«, sagte Todor. »Aber du magst doch auch deine Arbeit bei uns, oder nicht, Vratno?«

»Natürlich tut er das«, sagte Bijelo. »Warum probierst du jetzt nicht mal eine Uniform an, Vratno?«

Aber mein Vater wich in die Küchentür zurück; über die Schulter konnte er das Quietschen eines Geschirrtuchs auf Glas hören – die hohen, nervösen Geräusche von Dabrinkas flink arbeitenden Fingern.

»Nun probier doch mal eine an, ja?« sagte Todor und packte Lutlo, den nächststehenden Zwilling, und riß Lutlo die Hosen bis zu den Knöcheln herunter, ruckte hoch und ließ den armen Lutlo auf den Boden plumpsen.

Die schwimmfüßige Baba stieß ihren noch-uniformierten Bruder Gavro zum aufschauenden Gesicht des nackten Lutlo hin – wo Gavro den perfekten Zwilling mimte und sich auszog. Dann sammelte Todor die Uniformen ein und warf sie meinem Vater in der Küchentür zu.

»Such dir eine Uniform aus«, sagte er. »Passen sollten beide.«

Mein in die Küche zurückweichender Vater hörte die sanfte Dabrinka ein weiteres Weinglas zerbrechen und wandte sich eben hilfsbereit um, als ihm Dabrinkas schlanke Handgelenke über die Schultern glitten; ihre feinen, mäd-chenhaften Finger pieksten die Halsschlagader meines Va-ters sanft mit der Nadelspitze des zersplitterten Weinglas-stiels.

»Du probierst bitte eine von den Uniformen an«, sagte sie in Vratnos errötendes Ohr. Und das war das erste und ein-zige Mal, daß jemals Worte zwischen ihnen fielen.

Die dreizehnte Zoowache:
Dienstag, 6. Juni 1967, ca. 4.45 h

Irgend etwas ist hier faul, garantiert.

Als O. Schrutt die Schlaflosen im Dickhäuterhaus belästigte, ging ich ins Kleinsäugetierhaus. Ganz schön unheimlich da drin – mit den infrarot-angestrahlten Tieren, die in einer Welt zu leben glauben, auf der es vierundzwanzig Stunden lang Nacht ist. Sie waren alle wachsam in ihren Glashäusern, die meisten von ihnen wirkten irgendwie kribbelig – lauerten oder pirschten sogar in den Ecken ihrer Käfige.

Doch was da konkret nicht stimmte, konnte ich nicht feststellen. Blut war nicht zu sehen, und keines der Tiere sah geschlagen oder geschändet oder wie auf der Schwelle des Todes aus. Sie wirkten einfach nur aufmerksam, argwöhnisch und für Nachtgeschöpfe, die sich in nächtlicher Umgebung angeblich wohl fühlten, viel zu angespannt. Zum Beispiel die gefleckte Zibetkatze – die schnaufend auf dem Bauch lag, die Hinterpfoten hinter sich ausgestreckt wie die Schwanzflosse einer Robbe. Sie peitschte mit dem Schweif und wartete auf die Maus oder den Wahnsinnigen, der jetzt jeden Augenblick durch die geschlossene Hintertür ihres Käfigs hereinplatzen mußte.

Die Hintertüren dieser Käfige, so stellte ich fest, führen auf schmale, sich verzweigende Gänge, die den zwei einander gegenüberliegenden Käfigrückfronten in jedem Block des Kleinsäugetierlabyrinths gemeinsam sind. Diese Gänge gleichen eher Kohlenschächten – ein Wärter müßte sich schon hinknien, um zwischen und hinter Käfigen durchzukommen und jede beschriftete Tür zu inspizieren. Äußerst gewieft. Ein Wärter oder Pfleger könnte durch diesen Gang kriechen und müßte bloß die Schildchen an den Türen lesen, um zu wissen, in wessen Heim er da eindrang. Sehr schlau. Wer möchte schon unvorbereitet sein – den Kopf sorglos in einen Käfig stecken, in dem man das winzige brasilianische Zwergseidenäffchen erwartet und dann statt dessen die großen, gekrümmten Kampfklauen der Riesenameisenbären oder einen draufgängerischen, mißgelaunten Mungo vorfinden.

Vom Schacht her kann man sich in etwa ein Bild davon machen, wie die Tiere die Außenwelt erleben. Ich öffnete die Käfighintertür des Ratels in dem Glauben, ein Ratel müsse so eine Art Mini-Ratte sein und entdeckte zu meiner Überraschung, daß der Ratel ein grimmes, dachsähnliches Wesen afro-indischer Abstammung ist, seidenfellig und langkrallig; doch bevor ich ihm die Tür vor dem fauchenden Gesicht zuknallte, sah ich für einen flüchtigen Augenblick die Welt so, wie er sie wahrnahm. Stockdunkel, wie ein massives Rechteck aus Finsternis, schwärzer als ein Höhleneingang, war hinter seiner Frontglasscheibe eine Leere heruntergezogen wie eine Jalousie.

Als ich die Tür schloß, hatte ich das scheußliche Gefühl, daß O. Schrutt, falls er sich in seinen Unterschlupf zurückgeschlichen hatte, den Ratel beobachtet und mich gesehen haben könnte, wie ich urplötzlich im Hinterausgang des Ratels auftauche und mir dann schleunigst die Tür vor dem entsetzten Gesicht zuknalle. Ich kroch aus dem Schacht heraus, jeden Moment drauf gefaßt – wenn nicht dem auf allen vieren grunzenden O. Schrutt – so doch einem Affen zu begegnen, der speziell darauf trainiert war, Wesen aus den Gängen zu vertreiben.

Als ich dann wieder draußen im Haupt-Labyrinth stand, machte ich mich direkt und ohne weitere Umschweife an die Arbeit. Ich ging zu O. Schrutts Zimmer, dem Aufenthaltsraum des Nachtwächters. Ein Kaffeefilterapparat, eine Tasse mit Bodensatz, ein Hauptbuch auf dem unordentlichen Schreibtisch – der Kontrollbogen für die Zootiere mit Spalten für Sondereinträge, Dinge, auf die zu achten war.

Wie:

*Das Riesenwaldschwein hat einen eingewachsenen
Hauer; tut ihm weh. Bei Schmerzen Salzwürfel
mit Aspirin (2) geben.*

Der Ozelot kann jetzt täglich Junge bekommen.

*Der Binturong (Bärenmarder aus Borneo)
hat eine seltene Krankheit; also bloß
Obacht geben.*

Der Bandikut stirbt.

Und jedes Tier hatte eine Nummer; auf dem Übersichtsplan
des Zoos waren die Käfige ordentlich im Uhrzeigersinn nu-
meriert.

Mein Gott. Eine *seltene Krankheit*! Ist das alles – bloß
Obacht geben auf eine seltene Krankheit. Der Binturong hat
ein namenloses, unheilbares Leiden. Und der Bandikut
stirbt! Ganz einfach so – stirbt; das tolle Hüpferlein. Gut im
Auge behalten, und wenn er's dann hinter sich hat, rausfe-
gen.

In so eine Welt setzt der Ozelot Junge. Mein Gott. Schluß
mit dem ganzen Theater.

O. Schrutts Bau. Das Hauptbuch, der trübe Kaffeefilterapparat, und an einem Haken gleich hinter der Tür an einer
Lederschlaufe – ein elektrischer Stachelstock; daneben war
eine Stange mit einer Art Fischhaken vornedran.

Ich weiß ums Verrecken nicht, was O. Schrutt hier drin
gemacht hat.

Ich sah mich um, solange ich mich traute. Und dann hörte
ich ihn wieder an den Bären vorbeikommen. Ich hörte die
berühmt-berüchtigte Frustration des Asiatischen Kragenbären, der mit seinem Ausfall O. Schrutts Kampfstiefel knapp
verfehlte. Ich begriff, daß ich meine Chance, das Sicher-
heitsseil einen Schritt in die unsichere Richtung zu verschie-

ben, für diesmal verpaßt hatte. Dann machte ich mich in Richtung Affenhaus aus dem Staub.

Diesmal ging ich nicht zu dicht ran. Diesmal sah ich den Frotter. Den Dscheladababuin, der auf mich wartete, reglos auf der dunklen Außenterrasse seines Käfigs hockte – und hoffte, ich würde wieder zu nahe ans Gitter treten. Und als er sah, daß ich ihn sah und daß ich nicht im Traum daran dachte, ihm näherzukommen, da sprang er aufs nächste Trapez, schwang sich heulend durch das Halbdunkel und landete hoch oben vor mir im Gitter. Er kreischte einfach nur, und schon brach das intrigante Affenhaus in ein einstimmiges Gekekker aus, das dem gesamten Zoo einheizte und die Zunge löste. O. Schrutt nahte mit wippender Taschenlampe, doch ich hatte einen guten Vorsprung und war schon wieder unter meiner Hecke, noch ehe er das Affenhaus überhaupt erreicht hatte.

Und als er dann dort ankam, saß nicht einmal ein Spinnenaffe auf der Außenterrasse. Sie schaukelten alle still im Innern der Anlage; ein- oder zweimal der Bums von einem Trapez, oder trockene Schläge – so als würde sich ein Affe unablässig kugeln, auf Brust und Knien herumtrommeln und mit einer geräusch- und wonnevollen Pantomime Gelächter nachäffen.

»Schon wieder du!« zeterte O. Schrutt. »Was soll das?« Und er verlor eine Spur seiner Aggressivität; er wich zurück, schoß mit dem Taschenlampenstrahl durch die Baumkronen und riß den Kopf zurück vor eingebildeten, klauenbewehrten Schemen, die er auf sich herunterstürzen sah. »Was gibt's hier draußen?« schrie der alte O. Schrutt. Und noch weiter zurückweichend und der nahenden Sicherheit des Kleinsäugetierhauses vertrauend, brüllte er: »Du Scheißpavian, mich leimst du nicht! Ich bin nicht so'n Affenarsch, daß ich auf deine Tricks reinfalle!«

Dann drehte er sich um und rannte zur Tür des Kleinsäugetierhauses, blickte über die Schulter zurück, als er Hals über Kopf die Stufen hochstolperte.

Ich dachte: Ach, stünde doch jetzt der Asiatische Kragen-bär oder auch bloß sein Phantombild im Eingang – wäre da nur für die eine Sekunde, als O. Schrutt vor dem Reingehen ein letztesmal über die Schulter blickte, der schreckliche Orientalische Bär und drückte O. Schrutt eine barsche Tatze ins Genick – würde der alte O. vor Angst sterben, ohne einen Piep.

Aber er schaffte es wieder nach drinnen. Ich hörte ihn fluchen. Dann hörte ich Türen quietschen, und wenigstens wußte ich jetzt, was das für Türen waren und wohin sie führten. Und wieder hörte ich, wie Schiebeglasscheiben verschoben wurden. Ich dachte: Welches Glas? Ich habe da drin kein Glas gesehen, das sich verschieben ließ.

Doch gleich danach erreichten mich wieder die abgehackten Schreie und Faucher, und ich wußte, daß ich das Klein-säugetierhaus ganz einfach sehen mußte, während O. Schrutt noch *drin* war und sein schmutziges Handwerk verrichtete.

Ich fühle, daß ich es riskieren muß. Und sei es auch nur, weil der Bandikut stirbt – und der schimmernde Ozelot jetzt täglich Junge bekommen wird.

(Fortsetzung)
Die hochselektive Autobiographie
von Siegfried Javotnik: Vorgeschichte II

Die Slivnicas waren eine Familie von ungewöhnlicher Voraussicht. Der Plan, Gottlob Wut in seiner Wanne zu versenken, wurde von der Ustaši gebilligt. Und die an den Serben für den Tod eines Deutschen zu vollstreckende Strafe im Verhältnis 100 : 1 war der Ustaši gleichfalls nicht fremd. Seit Mitte 1941 hatte sie Serbenmassaker angerichtet. Es hatte auch einige Gegenmassaker gegeben, doch die Ustaši lag numerisch weit vorn; sie hatte denselbem Prozentsatz wie die Deutschen – einhundert Serben für jedes getötete Ustašimitglied. Wenn dadurch bis zum Sommer 1942 irgend etwas bewirkt wurde, dann bei den Serben der Eindruck, daß alle Slowenen und Kroaten Ustaši-Terroristen waren – und bei den Slowenen und Kroaten der, daß alle Serben lausige Četnici waren. Es gab einen tollen Kuddelmuddel, so, wie Bijelo Slivnica ihn weise vorhergesehen hatte, und Titos Partisanen erstarkten an der Peripherie jedes Wirrwarrs. Die Deutschen waren auf der Strecke von Slovengradec unterwegs nach Moskau dünngesät, und die Italiener hielten jetzt die dalmatinische Küste besetzt und unterstützten die Ustaši großzügig.

»Wut ist erledigt«, sagte Bijelo Slivnica mit einer dicken Stulle im Mund.

Doch mein Vater besaß selber ein wenig Voraussicht.

An einem Sonntagmorgen im August, der bei den Slivnicas als Wut-Sonntag bekannt war, saß mein Vater im Badezimmer, während Gottlob Wut einweichte. Als Zivanna Slobod nach ihrem Ofen sehen ging, sagte Vratno: »Auf der Straßenseite gegenüber parkt ein komisches Auto, Wut – eine komische, große Familie, die eine Art Ausflug macht.«

»So?« sagte Wut.

Mein Vater hob den Spülkastendeckel ab und hielt ihn auf dem Schoß.

»Du brauchst wohl Bewegung?« sagte Wut.

»Ich soll Sie umbringen«, sagte Vratno. »Ich soll Sie unter diesem Klodeckel versenken und Ihre Freundin erschießen, wenn sie den Kuchen reinbringt.«

»Wie das?« sagte Wut.

»Ach, das ist ein Riesenschlamassel«, sagte mein Vater.

»Bist du Četnic«, fragte Gottlob, »oder Partisan?«

»Momentan bin ich für die Ustaši tätig«, sagte mein Vater.

»Aber die steht doch jetzt auf unserer Seite«, sagte Wut.

Mein Vater erklärte: »Beim Grand Prix von Italien 1930 stand sie auch auf Guido Maggiacamos Seite. Deswegen ist es für sie wohl ebenfalls unangenehm.«

»Oje, ich verstehe«, sagte Wut. »Das muß für sie natürlich sehr schwierig sein, bestimmt.« Er stand verlegen in der Wanne auf; seine unzähligen, gezackten Narben hielten das Badewasser und tropften wie noch offene Wunden.

Als Zivanna Slobod ins Badezimmer zurückkam, merkte sie, daß ihr Ritual über den Haufen geworfen war, und sie ließ ihr Gebäck in Gottlobs verwaiste Wanne plumpsen. Wut setzte den Klodeckel persönlich an seinen angestammten Platz zurück, und Vratno schlüpfte in eine Slivnica-Wehrmachtsuniform. Dann zog Wut seine Uniform an, während die schluchzende Zivanna einen Nußkipfel aus dem Badewasser fischte. Überraschungen standen ihr nicht gut zu Gesicht.

Auch den Slivnicas standen Überraschungen nicht übermäßig gut zu Gesicht. Als Gottlob Wut mutterseelenallein auf die Smartin-Straße trat und gemächlich zur Garage der Kradeinheit schlenderte, muß Bijelo Slivnica schlicht gesagt haben: Stillgesessen. Denn die ganze Familienfuhre saß da, beobachtete Wut und wartete auf einen Spurt von Vratno.

Sie warteten solange, wie Wut brauchte, um eine der 600 cm³ Beiwagenmaschinen zu starten und vorwärts in das offene Garagentor zu rollen – fahrbereit. Dann baute Wut bei sämtlichen übrigen Motorrädern in der Garage, mit Ausnahme der 39er Grand Prix-Rennmaschine, die Vergaser aus. Wut verstaute alles in dem wartenden Beiwagen – dazu noch einen Werkzeugkasten, Steckkontakte, Zündkerzen, Kabel, diverse Motorteile, eine Antriebskette und ein Primärantrieb und topographische Karten von Slowenien und Kroatien und zwei Dutzend Eierhandgranaten; er barg eine davon in der hohlen Hand und startete seine Rennmaschine.

Die Slivnicas warteten noch immer, als Gottlob Wut auf der entschlackten Grand Prix-Rennmaschine die Smartin-Straße wieder hochgefahren kam, und sie müssen wohl gedacht haben, daß Wut Probleme mit seiner Maschine hatte, denn er fuhr vornübergebeugt und hielt die hohle Hand unter den Benzintank – wo sich vielleicht die Benzinleitung gelöst hatte. Die Slivnicas verfolgten, wie ihnen Wut im Zickzackkurs auf der Straße entgegenkam, gesenkten Kopfes unter dem Benzintank hantierend, und höchstwahrscheinlich haben sie gar nicht einmal gesehen, wie er die abgezogene Handgranate unter ihr Auto kullerte.

Ich glaube, daß Bijelo Slivnica und seine unerfreuliche Familie noch immer stilldasaßen, als der Wagen in die Luft flog.

Der Lärm ließ meinen Vater blitzartig auf der Smartin-Straße erscheinen und hinter Wut auf der Rennmaschine aufsitzen. Gottlob fuhr zur Garage zurück und pflanzte Vratno auf die tuckernde, warmgelaufene 600 cm³-Beiwagenmaschine.

»Warum haben Sie das getan, Wut?« fragte mein Vater.

»Ich wollte schon lange mal wieder auf Achse sein«, sagte Gottlob Wut.

Doch ungeachtet der von Wut gegebenen Begründung, verstand sich eines von selbst: sie waren quitt. Mein Vater hatte Gottlob Wut nicht versenkt, und Gottlob Wut hatte meinen Vater nicht im Stich gelassen.

Man verfolgte sie nicht. Die Spähtruppeinheit Balkan 4 war an Sonntagen schwer auffindbar, und als man sie gefunden hatte, da war sie schwer zu mobilisieren – infolge eines Mangels an Vergasern.

Als sie Dravograd erreichten, hörten Wut und mein Vater die sorgfältig zensierte Meldung. Eine beliebte, sechsköpfige Ustaši-Familie war ermordet auf der Smartin-Straße in Slovengradec sabotiert worden. Ustaši und deutsche Truppen hatten Zivanna Slobod gefaßt, eine berüchtigte serbische Prostituierte – und die für dieses Verbrechen verantwortliche Mörderin. Gemäß den Ankündigungen der Deutschen und der Ustaši würden für jeden ermordeten Deutschen oder jedes ermordete Ustašimitglied einhundert Serben erschossen werden. In Slovengradec wurde nach Serben gefahndet, die man für das Verbrechen zur Verantwortung ziehen konnte. Sechs Slivnicas sind gleich sechshundert Serben – Zivanna Slobod und noch fünfhundertundneunundneunzig andere.

Und in Dravograd dachte mein Vater: Aber es waren *sieben* Slivnicas. Bijelo, Todor, Gavro, Lutlo, Baba, Julka und Dabrinka, macht sieben. Egal, wer von ihnen davonkam, hat hundert Serben das Leben gerettet, doch für meinen Vater, der sich um Politik nicht kümmerte, bedeutete dieser Gedanke keinen Trost.

»Ich denke, Dabrinka ist nicht mit hochgegangen«, meinte Vratno zu Wut. »An ihr war am wenigsten dran, was rumschwirrendem Zeug in die Quere kommen konnte.«

»Fraglich«, sagte Wut. »Es muß der Fahrer gewesen sein. Er war der einzige, der es möglicherweise kommen sah, und er konnte sich am Lenkrad festhalten – damit er nicht ab durchs Dach sauste.«

In einem Pissoir in einer Dravograder Kaschemme diskutierten sie die Sache weiter.

»Wer könnte der Fahrer gewesen sein?« fragte Wut.

»Gefahren ist immer Todor«, sagte Vratno. »Aber an dem war auch am meisten dran, was rumschwirrendem Zeug in die Quere kommen konnte, wenn man nach meiner Theorie geht.«

»Ich gehe nach überhaupt keinen Theorien«, sagte Gottlob Wut. »Ich finde es bloß sehr angenehm, wieder auf Achse zu sein.«

Die vierzehnte Zoowache:
Dienstag, 6. Juni 1967, ca. 5.00 h

Ich schieb's raus. Aber ich habe meine Gründe dafür!

Zum einen beginnt es zu tagen – als hätte der Mond nicht schon hell genug geschienen. Und dann weiß ich vor allem nicht, wie ich ins Kleinsäugetierhaus hineinkommen soll, ohne daß O. Schrutt mich sieht. Wäre ich bereits drin, und O. Schrutt käme erst herein, läge die Sache anders; dann könnte ich darauf horchen, wo er sich gerade befindet und ihm im Labyrinth ausweichen. Doch der Gedanke, diese Treppe hochzuspurten und durch die Tür zu kommen, ohne sicher sein zu können, in welchem Teil des Labyrinths O. Schrutt sich gerade aufhält, dieser Gedanke behagt mir ganz und gar nicht.

Deswegen habe ich folgendes beschlossen: Ich muß darauf warten, daß sich dieser intrigante Dscheladababuin wieder blicken läßt. Jetzt, wo es hell wird, kann ich vom Ende meiner Heckenreihe die Außenterrasse der Affenanlage sehen. Wenn der Dscheladababuin rauskommt, bin ich am Zug.

Es ist ganz leicht. Ich werde mich hinter dem Kinder-Trinkbrunnen beim Eingang zum Kleinsäugetierhaus postieren. Dann errege ich die Aufmerksamkeit des Babuins; ich beschmeiße ihn mit Steinen; ich springe hinter dem Brunnen vor und mache unfeine, beleidigende Gesten. Dann wird er loslegen, das weiß ich. Und wenn er tobt, wird O. Schrutt die Treppe runtergestürmt kommen, auf Mord erpicht. Und wenn O. Schrutt bei der Affenanlage sein paranoisches Ritual absolviert, werde ich klammheimlich und barfuß ins Kleinsäugetierhaus witschen; ich werde mich tief ins Labyrinth verkrümeln. O. Schrutt kommt vielleicht so schnell rausgestürzt, daß er diesmal den blutigen Beweis hinterläßt. Und falls nicht, dann werde ich zumindest da drin sein, wenn er wieder damit anfängt.

Es weist wenigstens nichts daraufhin, daß er damit aufhören wird. Der Unhold scheint wildentschlossen, alle wachzuhalten, bis der Zoo öffnet. Kein Wunder, daß die Tiere immer so dösig wirken.

Das klingt in deinen Ohren vielleicht exzentrisch, Graff. Aber wenn hinter diesem Zooeinbruch noch eine Nebenabsicht steckt, dann gewiß die, den alten O. zu entlarven – auch wenn ich bis jetzt noch nicht genau weiß, was er für einer ist.

Ich weiß freilich, wo er hergekommen ist. Vor zwanzig oder mehr Jahren – man weiß ja aus der Geschichte, was die diversen O. Schrutts da im Schilde führten. Ich kenne O. Schrutts Werdegang, und ich wette, es gibt entlang dieses Wegs welche, die überrascht wären, wieder etwas von O. Schrutt zu hören. Zumindest gibt es welche, die mehr als interessiert daran wären, einen O. Schrutt zu finden, der noch immer sein Namensschild trägt und beide Epauletten behalten hat.

Ha! Wie überaus passend, daß O. Schrutt nach so vielen an früheren Kleinsäugern verübten Greueltaten ausgerechnet hier enden muß.

(Fortsetzung)
Die hochselektive Autobiographie
von Siegfried Javotnik: Vorgeschichte II

Mein Vater und Gottlob Wut verbrachten zwei Jahre in den Bergen von Nordslowenien. Zweimal fühlten sie sich einsam und planten Ausflüge. Der erste, nach Österreich, endete beim Radlpaß an der Grenze im Gebirge. Die österreichischen Armeeposten wirkten mit ihren Gewehren und der Ausweiskontrolle am Grenzübergang sehr förmlich und sorgfältig. Wut kam zu dem Schluß, daß sie, um den Grenzübertritt praktikabel zu machen, die Motorräder aufgeben müßten, also fuhren sie noch in derselben Nacht zurück in die slowenischen Berge. Und der zweite Ausflug, in die Türkei, endete direkt südöstlich von Maribor an der Drau, wo die Ustaša in der Nacht zuvor ein weiteres Serben-Massaker angerichtet hatte; ein Knie der Drau war mit Leichen verstopft. Mein Vater sollte sich immer an ein Floß erinnern, das in einer Masse von Schwemmholz längs des Ufers aufgelaufen war. Auf dem Floß lagen feinsäuberlich Köpfe gestapelt; der Architekt hatte sich an einer Pyramide versucht. Sie war beinahe perfekt. Doch nahe der Spitze war ein Kopf verrutscht; sein Haar hakte zwischen andern Köpfen fest, und er schaukelte im Flußwind von einem Gesicht zum anderen; manche Gesichter schauten dem Geschaukel zu, und manche schauten weg. Mein Vater und Gottlob Wut fuhren wiederum in die slowenischen Berge zurück, in die Nähe des Dorfes Rogla, und in dieser Nacht schliefen sie einer in den Armen des anderen.

In Rogla versorgte sie ein alter Bauer namens Borsfa Durd mit allem Lebensnotwendigen für das Privileg, auf der 600 cm³ Beiwagenmaschine spazierengefahren zu werden. Vor der Rennmaschine fürchtete sich Borsfa Durd – er begriff nie, wieso sie nicht umkippte – doch er saß mit großem Vergnügen zahnlos im Beiwagen, während ihn mein Vater über die Berge holperte. Borsfa Durd besorgte ihnen Benzin und Essen; er plünderte das Ustaši-Depot in Vitanje – bis zum August 1944, als er in einem Strohmistkarren eines Mitdörflers nach Rogla zurückgebracht wurde. Der verschreckte Dorfbewohner sagte, die Ustaši hätte den strampelnden alten Durd auf dem Karrenboden auf den Kopf gestellt und mit Mist rundherum zugeschaufelt; als alle im Verein versuchten, ihn für ein anständiges Begräbnis in Rogla herauszuziehen, schauten an der Spitze des Misthaufens nur seine

Schuhsohlen hervor. Aber der Mist war zu naß und schwer, zu dichtgepackt, deswegen wurde ein Batzen Mist ausgestochen und vom Karren in ein Loch gerollt; das Loch war kreisförmig, denn diesen Zuschnitt besaß der Batzen Mist, der Borsfa Durd enthalten sollte. Obwohl wirklich keiner mehr von ihm sah als seine Schuhsohlen, bezeugte der Mitdörfler, der ihn in seinem stinkigen Karren zurückgebracht hatte, daß es ohne Zweifel Borsfa Durd sei – und Gottlob Wut sagte, er erkenne die Schuhe.

So wurde Borsfa Durd sarglos in einem Klumpen Mist beerdigt, was der Benzin-und Essens-Versorgung für die flüchtigen Motorräder und deren Besitzer ein Ende setzte. Mein Vater und Gottlob Wut hielten es für geraten, sich davonzumachen; falls die Ustaši-Angehörigen bei dem Depot in Vitanje überhaupt nur etwas neugierig waren, warum Borsfa Durd ihre Vorräte geplündert hatte, dann durften sich Vratno und Gottlob auf einen Besuch gefaßt machen. Deswegen fuhren sie ab und nahmen mit, was Borsfa Durd an Kleidern besessen hatte.

Auf die topographischen Karten vertrauend, prüften sie tagsüber eine Route, als Bauern verkleidet und Spähtrupp zu Fuß – die Motorräder blieben immer im Dickicht versteckt; sie gingen zehn Kilometer durch die Berge und kundschafteten die Dörfer nach kleinen Armeeabteilungen jeglicher Art aus, und dann ging es die zehn Kilometer zu den Motorrädern zurück – und nachts auf den Maschinen wieder los, diesmal in ihren Wehrmachtsuniformen. Dadurch, daß sie die Route bei Tag besichtigten, wußten sie nicht nur, wie weit sie von Dörfern entfernt waren, sondern konnten auch die meiste Zeit mit gelöschten Scheinwerfern fahren und ihrer Richtung einigermaßen sicher sein. Von Borsfa Durds vorletzter Plünderungsaktion in Vitanje hatten sie noch etwas Benzin übrig, aber es wäre zweifellos sicherer gewesen, die Motorräder aufzugeben; in bäuerlicher Kleidung und zu Fuß hätten sie wenig riskiert. Diese Alternative kam jedoch nie zur Sprache; denn wohlverstanden, der Spähtruppführer der Kradeinheit Balkan 4 war vom Krieg desertiert, um seine Zeit Motorrädern zu widmen, nicht, um vor irgend etwas bestimmtem zu fliehen – per pedes schon gar nicht.

Gottlob Wut war in der Tat so schlecht zu Fuß, daß sie ihre routinemäßigen zehn Kilometer hin und zurück am gleichen Tag nicht lange durchhalten konnten. Wut litt an Schienbeinabschilferungen oder Knieergüssen oder an etwas, das aus frühester Kindheit stammte – als er sich irgendwie aus der Verantwortung des Laufenlernens gemogelt hatte und bereits damals auf Räder vertraute. Er gestand Vratno sogar, daß es anfangs nur ein Rad gewesen sei. Wut war in drei aufeinanderfolgenden Jahren Einrad-Meister der Technischen Hochschule Neckarsulm gewesen. Soviel Gottlob wußte, hielt er noch immer den Schulrekord im Einradfahren: drei Stunden und einunddreißig Minuten Dauerfahren und -balancieren ohne Pause und ohne mit Ferse oder Zeh den Boden zu berühren. Diese Vorführung wurde auch am Elternabend geboten, auf der Rednertribüne – als Hunderte von angeödeten Eltern ermatteten und auf harten Bänken hin und her rutschten, und drei Stunden und einunddreißig Minuten inständig darum flehten, Wut möge herunterfallen und sich das fade Genick brechen. Doch Gottlob Wut *brauchte* einfach ein Rad oder zwei unter dem Hintern, um sich überhaupt für eine Weile auch nur einigermaßen aufrechthalten zu können.

Sie blieben lange in den Bergen, und es gab nur einen Zwischenfall. Sie hatten sich angewöhnt, sich vom Fischen zu ernähren oder nachts die Dörfer zu plündern, die sie tagsüber ausgekundschaftet hatten. Doch am dritten September 1944 hatten sie zwei Tage nur von Beeren und Wasser gelebt, als sie auf einen komischen Haufen stießen. Es waren Kroaten – eine zerlumpte Bauernarmee – unterwegs auf dem langen Marsch, um sich Mihajlović und seinen zählebigen Četnici anzuschließen. Gottlob und mein Vater, die zum Glück in Borsfa Durds alten Klamotten staken, gerieten in einem Tal unterhalb von Sv. Areh in diesen Hinterhalt. Der ganze

Hinterhalt erschöpfte sich in Gebrüll, ein oder zwei geschwungenen Knüppeln und einem Schuß in die Luft aus einer uralten Flinte. Die Kroaten hatten, unter anderem, die Orientierung verloren, und sie boten Vratno und Gottlob sicheres Geleit dafür an, daß die zwei ihnen die Richtung wiesen und sie aus dieser Gegend herausführten. Es war schon ein komischer Haufen – Kroaten, die sich den Serben anschließen wollten! Sie waren offenbar alle widerwillig in ein kürzlich von Partisanen und Ustaši veranstaltetes Serben-Massaker verwickelt worden, und hatten mit eigenen Augen gesehen, wie die Serben mißhandelt wurden. Ihre Lage war natürlich hoffnungslos; es konnte keine nennenswerten organisierten Četnici-Verbände in Slowenien geben. Doch mein Vater und Gottlob verbrachten einen Tag und einen Abend mit ihnen, aßen von einer erbeuteten Kuh und tranken einen neuen Wein, der noch breiig war. Vratno erzählte den Kroaten, Gottlob hätte seit einem Schuß ins Gehirn die Sprache verloren. Das enthob Wut des Serbokroatischen.

Die Kroaten sagten, die Deutschen würden den Krieg verlieren.

Die Kroaten hatten auch ein Radio dabei, und auf diese Weise ermittelten Vratno und Gottlob als Datum den 3. September – und fanden ihre Vermutung bestätigt, daß man das Jahr 1944 schrieb. Und an diesem Abend hörten sie im Radio Freies Jugoslawien ein kommunistisches Kommuniqué zu einem Sieg der Partisanen über die Deutschen bei Lazarevac. Die Kroaten protestierten heftig und sagten, sie wüßten aus serbischen Quellen, daß die Četnici Lazarevac einkesseln würden, und deshalb sie für den Sieg und für die Gefangennahme von rund zweihundert Deutschen verantwortlich gewesen sein müßten. Die Kroaten beteuerten beharrlich, es gäbe im Umkreis von mehreren Kilometern von Lazarevac keine Partisanen; dann fragte einer von ihnen, wo denn Lazarevac sei, und die armen, verwirrten Kroaten beklagten erneut, wie sehr sie sich verirrt hätten.

Noch am selben Abend entschuldigte Vratno Gottlob und sich. Und stapfte zu den Motorrädern zurück. Er erklärte den Kroaten, Gottlob bekäme vom Stummsein Schmerzen und sie müßten einen Arzt finden. Die armen Kroaten waren ganz verzagt; nicht mal einer von ihnen merkte, daß mein Vater und Gottlob in dieselbe Richtung davonmarschierten, aus der sie in den Hinterhalt geraten waren.

Vratno übersetzte Wut die Radiosendung.

»Mikhajlović ist ein toter Mann«, sagte Wut. »Der Haken bei den Četnici und diesen ganzen närrischen Serben ist, daß sie keine Ahnung von Propaganda haben. Sie haben keinerlei Parteiprogramm – nicht einmal eine Parole! Nichts, woran man sich halten könnte. Die Partisanen dagegen«, sagte Wut, »die haben die Radiostation und einen simplen unerschütterlichen Grundsatz: verteidigt Rußland; Kommunismus ist antinazistisch; und die Četnici halten es wirklich mit den Deutschen. Kommt es drauf an, ob's stimmt?« fragte Wut. »Es wird immer und immer wieder wiederholt und basiert auf ganz schlichten Prinzipien. Das ist das Entscheidende«, sagte Wut, »bei wirksamer Propaganda.«

»Ich wußte gar nicht, daß du davon was verstehst«, sagte mein Vater.

»Alles nachgelesen in *Mein Kampf*«, sagte Wut, »und du wirst mir da zweifellos Recht geben müssen. Adolf Hitler ist der größte Propaganda-Künstler aller Zeiten.«

»Aber Deutschland verliert doch den Krieg«, sagte mein Vater.

»Wurschtegal«, sagte Gottlob Wut, »überleg nur mal, wie klein der Furzer angefangen hat. Und überleg nur mal, wie weit's der Furzer dann noch getrieben hat!«

Die fünfzehnte Zoowache:
Dienstag, 6. Juni 1967, ca. 5.15 h

O. Schrutt hat es zu weit getrieben!

Ach, für mich war alles ganz einfach. Als der vergrätzte Babuin draußen wieder auf die Pirsch ging, sauste ich um die Affenanlage herum, verließ meine Deckung – für einen Moment – und wetzte wie der Blitz zum Kinder-Trinkbrunnen. Ich brauchte nicht mal Rabatz zu schlagen; der alte Dschelada sah mich sowieso schon kommen, bevor ich hinter dem Brunnen war. Er blaffte, er bellte, er krähte; in einem Tobsuchtsanfall mampfte er auf der Trapezkette herum. Und natürlich stimmte der Zoo wieder mit ein.

Und natürlich überließ O. Schrutt einige Kleinsäugetiere ihren diversen Qualen und stürmte zur Tür hinaus.

Diesmal platzte ihm der Kragen; diesmal ging er ins Affenhaus hinein. Ich wartete bloß eine Sekunde, ganz entsetzt über den Radau, den O. Schrutt und die Affen veranstalteten; er quetschte sich durch ein kleines, offenes Oberlicht Affenhaus hinaus, wie eine gewaltige Lungenfüllung Luft, die in eine Flöte geblasen und nur durch ein einziges, schrilles Fingerloch hinausgequetscht wurde. Und ehe O. Schrutt wieder rauskam, schoß ich die Stufen hoch und rein ins Kleinsäugetierhaus.

Ich blieb nicht stehen, um einen Blick in die Käfige zu werfen. Ich eilte den nächsten Gang hinunter, nahm eine Abzweigung nach links und dann eine schärfere nach rechts – erwog, in einen Schacht zu schlüpfen, entschied mich jedoch dagegen – und blieb schließlich dort stehen, wo ich mich ziemlich sicher fühlte; ich war in Hörweite des Haupteingangs und um mehrere Ecken von jedem Gang entfernt, den O. Schrutt entlangkommen konnte; es lagen genug Ekken und Abzweigungen zwischen uns, damit ich ihn kommen hören konnte und Zeit genug hatte, mein nächstes Ausweichmanöver zu planen.

Ich registrierte kurz, daß ich neben dem Glashaus des Aardvarks stehengeblieben war. Doch erst als ich meinen jagenden Atem zu beruhigen versuchte, merkte ich, daß der Aardvark nicht allein war.

Ein Patt! In einer Ecke seines Heims stützte sich der Aardvark auf die Schwanzwurzel hoch – balancierend und die Vorderkrallen wie Boxhandschuhe vor sich ausgestreckt; in der schräg gegenüberliegenden Ecke stand, dem Aardvark frontal zugewandt, die kleine, aber bösartige indochinesische Fischkatze – eine miese Marke, die Rückenhaare gesträubt und den Rücken hochgebuckelt. Sie rührten sich kaum. Es sah nicht so aus, als würde einer von ihnen zum Angriff übergehen, aber jedesmal, wenn der Aardvark auf der Schwanzwurzel etwas die Balance verlor und dann wiederfand, fauchte und zischte die Fischkatze und senkte das Kinn auf den Sägemehlboden. Und der Aardvark – das alte, träge Erdferkel – schnaufte einen leisen Schnauber. Ich versuchte eben, im Kopf die Chancen abzuwägen, da hörte ich O. Schrutt.

Es klang so, als wäre er gerade erst aus der Affenanlage heraus, doch seine despotische Stimme näherte sich mir. »Hier ist nichts, du nachgemachter Pavian! Versuch noch einmal, mich reinzulegen, dann darfst du eine Runde gegen meinen kleinen Jaguarundi antreten! Ich geb' dir dann schon Grund zum Kreischen, verlaß dich drauf!«

Und neben mir jaulte die Fischkatze und täuschte einen Sprung vor; und der Aardvark grunzte, steifaufgerichtet auf Hinterpfoten und dicker Schwanzwurzel. Mein Gott, wie lange standen sie sich schon so gegenüber?

O. Schrutt! Er unterhält sich sein Privattheater! Er veranstaltet ganz für sich allein eine Spätvorstellung!

O. Schrutt kam brüllend ins Kleinsäugetierhaus. Ich hörte, wie er wen verspottete; und dann hörte ich die

Kampfstiefel einen Gang links von mir und einen weiter hoch um eine Ecke und näher auf mich zukommen; ich folgte einem Gang zu meiner Rechten, tappte barfuß-kalt über den Beton. Ich wartete O. Schrutts nächsten Zug ab.

Richtig gesehen habe ich O. Schrutt im Labyrinth bloß zweimal.

Einmal, als ich flach an einer Käfigwand kauerte, aber unter einem Käfigfenster – im Schatten des durch die Glasscheibe fallenden Infrarotlichts, glaube ich, und eine volle Ganglänge entfernt – da sah ich O. Schrutt, der sich einer seiner Inszenierungen näherte. Er schob die Glasscheibe des Käfigs weg! Also ist es das Glas, das verschoben wird; die ganze verdammte Fensterfront läßt sich wegschieben. O. Schrutt hat ein Schlüsselchen, mit dem er die Schiebeglasscheibe entriegeln kann – ganz plausibel; wenn ein Schwergewicht stirbt oder ein Beißwütiger krank und nicht rauskommen will, dann möchte man doch keine Zeit vertrödeln mit dieser kleinen Hintertür, die auf den Schacht führt – sondern dann öffnet O. Schrutt das Glasfenster, um seine Gladiatoren anzuspornen! Wenn ihm ein Unentschieden zu flau erscheint, dann schlüpft er mit dem Stachelstock rein und zündet einen seiner Wettkämpfer. Und natürlich können sie ihn nicht sehen, wenn er da in der schwarzen Leere steht – und seinen elektrischen Arm reinschiebt; er grapscht aus dem Dunkel nach ihnen und schüttelt und rüttelt sie ein-, zweimal tüchtig durch.

Ich sah, wie er die Stimmen lauter dirigierte und dann die Glasscheibe wieder vorschob – die Klagen abschnitt. Dann verfolgte er interessiert, wie der tasmanische Beutelteufel wie auf glühenden Kohlen hin und her hetzte und kreischte – und wie ihn der boshafte Ratel in Schach hielt. O. Schrutt schaute recht gelassen zu, so fand ich – sein delirierender Geist wirkte irgendwie ausgeglichen oder gedopt.

Ich habe O. Schrutt noch ein zweites Mal gesehen. Und diesmal konnte ich ihn von absolut sicherer Warte aus betrachten.

Er war in einen der Schächte gegangen, deshalb faßte ich einfach eine ganze Glashausreihe mit Tieren ins Auge und hielt nach dem Käfig Ausschau, wo der alte O. Schrutt urplötzlich in der Hintertür auftreten mußte – und von dort aus, wie ich ja wußte, die Perspektive der Tiere haben und jenseits der Vorderscheibe nichts sehen würde.

Ich beobachtete, wie er ein Unentschieden abbrach, das allem Anschein nach schon viel zu lange gedauert hatte. Zwei Riesenameisenbären schienen sich bis an die Grenze des Erträglichen einem wild-herumtigernden, keuchenden Jaguarundi gestellt zu haben – einer langgestreckten, geduckten, hageren, kleinen Tropenkatze. O. Schrutt ist gerissen! Er will keine Blutspuren. Zerfleischte Kleinsäugetiere würden bei O. Schrutts Vorgesetzten Mißtrauen erwecken. O. Schrutt ist ein behutsamer Regisseur; er beläßt die Treffen bei einem erschöpfenden Unentschieden; falls irgend etwas außer Kontrolle gerät, ist er mit seinem Stachelstock zur Stelle und unterbricht.

Ich habe weiß Gott genug gesehen. O. Schrutt operiert auf allen Ebenen.

Der Plumplori tauscht Entsetzensblicke mit einem Maki. Der malaiische Tupaja ist entgeistert über die erschrockenen Hüpfer der Känguruhratte. Ich war zutiefst beschämt, als ich dies sah: Sogar der sterbende Bandikut muß die Possen des Flugbeutlers über sich ergehen lassen. Und die hochschwangere Mutter Ozelot liegt verstört in ihrer Käfigecke und lauscht dem Gegrunz und Geschlurf auf dem Schacht jenseits ihrer Hintertür.

O. Schrutt kennt keine Grenzen.

Ich wartete, bis er in einem Ende des Labyrinths verschwunden war, und dann floh ich sein Haus des organisierten Grauens.

Ich legte mich wieder in meine Heckenreihe und dachte: Wie ist er bloß auf diese Idee gekommen? Wo hat O. Schrutt seine perverse Gewohnheit, Kleinsäugetiere gegeneinander auszuspielen, zuerst entwickelt?

Es beginnt jetzt ringsum zu tagen, und ich habe noch immer keinen Generalplan. Aber eins kann ich dir versichern, für O. Schrutt, da habe ich so meine Pläne.

(Fortsetzung)
Die hochselektive Autobiographie
von Siegfried Javotnik: Vorgeschichte II

Am vierzehnten Oktober 1944 rückte die Rote Armee in Belgrad ein, mit Ex-Quisling Marko Mesić als Führer des jugoslawischen Kontingents. Tja, die Zeiten ändern sich eben; es war hart, den Krieg zu überstehen, wenn man von Anfang an immer auf derselben Seite geblieben war.

Am vierundzwanzigsten Oktober 1944 stellte eine russische Partisanengruppe mit Verblüffung fest, daß die Četnici bei Čačak eine zwanzigtausend Mann starke deutsche Armee banden. Während Russen und Četnici einen Zangenangriff auf die Deutschen machten, beobachtete ein russischer Offizier, daß die Partisanen den Četnici in den Rücken fielen. Nach der Schlacht überstellten die Četnici den Russen fünftausendfünfhundert deutsche Gefangene; am folgenden Tag entwaffneten Russen und Partisanen die Četnici und setzten sie fest. Der Četnic-Hauptmann Raković entkam, und die Partisanen machten in der ganzen Umgegend von Čačak herzhaft Jagd auf ihn.

Als die Jagd auf den Četnic-Hauptmann Raković begann, waren mein Vater und Gottlob Wut noch immer in den slowenischen Bergen, westlich von Maribor.

In den slowenischen Bergen war von der Jagd gar nichts zu merken. Die Deutschen befanden sich jetzt in der Defensive, und die Ustaši drehte neutral die Däumchen. Die Rote Armee stand nicht westlich genug für Slowenien, und die Partisanenverbände waren nicht die stärksten; die Ustaši kämpfte zwar nicht mehr wirklich *für* die Deutschen – weil sie die Partisanen nicht gegen sich haben wollte –, aber es war für die Ustaši auch nicht völlig gefahrlos, *gegen* die Deutschen zu kämpfen. Zumindest nicht in Slowenien.

Und Gottlob Wut wurde deprimiert. Seine Beine, sein Kreuz, seine Gehwerkzeuge allgemein waren jämmerlich im Eimer, und es gab nur ganz wenige Straßen in den Bergen, wo Gottlob sein Motorrad in Frieden und Freiheit fahren konnte. Und im November war es in den Bergen sehr kalt; die Motorräder brauchten leichteres Öl.

Irgendwann Mitte November fing das Stabsfunkgerät im Beiwagen der 600 cm³ Maschine zu brabbeln an; bis dahin hatten Vratno und Gottlob gemeint, das Sprechfunkgerät sei tot oder jede mobilisierte deutsche Unternehmung befinde sich außer Funkreichweite. Gottlob horchte über seinem Funkgerät; zwei Tage lang wurde das Gebrabbel lauter, aber es war nur eine Art Zahlenkode. Am dritten Tag jedoch erkannte Wut eine Stimme der Kradeinheit Balkan 4.

»Das ist Wallner!« sagte Gottlob. »Hat dieser rücksichtslose Rowdy doch tatsächlich meinen alten Posten!« Und ehe ihn mein Vater vom Funkgerät wegstoßen konnte, hatte der arme Wut auf Sendung geschaltet und schrie: »Ferkel! Unfähiges Ferkel!« Dann rempelte ihn Vratno vom Sattel, krabbelte zurück und schnipste den Sendeschalter auf Aus; der Empfänger blieb eingeschaltet. Und dort hörten sie ein Motorrad im Leerlauf, das beinahe absoff.

Dann flüsterte oder hauchte Wallners Stimme: »Wut! Herr Kommandant Wut?« Dieweil Wut Gras ausraufte. »Kommandant Wut?« sagte die Stimme wieder.

Über Funk kam nur das rauhe Leerlaufgeräusch, als Gottlob sagte: »Nun hör dir bloß mal *den* Motor an! Der läuft so daneben, daß er glatt ausbrennen würde, wenn man ihn mal hochjagen müßte.«

Doch der Sendeschalter blieb ausgeschaltet; Wallner bekam keine Gelegenheit, das bestätigt zu finden, was er gehört zu haben glaubte. Radio Wallner sagte: »Bronsky, bist du auf Empfang? Melden, melden.« Und da war nichts, deshalb sagte Wallner: »Gortz, mithören! Mithören, Metz! Das ist Kommandant Wut, habt ihr ihn denn nicht gehört?« Und dann schrie er: »Vatch, bist du da, Vatch?« Dann soff das Motorrad ab, und Wallner grunzte einen derben Fluch. Vratno und Gottlob konnten hören, wie er auf den Kickstarter sprang.

»Er hat die Starterklappe ganz auf«, sagte Wut. »Hör nur mal, wie der Motor Luft zieht.«

Und sie hörten den Kickstarter rauf- und runterratschen; der Motor dachte gar nicht daran anzuspringen und saugte.

»Mithören, ihr Saukerle!« kreischte Radio Wallner. »Verdammt, ihr sollt doch auf Empfang sein!« Und er beackerte den Kickstarter und keuchte ins Funkgerät. »Ihr Schwänze!« kreischte er. »Ich hab' den alten Wut gehört!«

»Den *alten* Wut!« sagte Wut, aber mein Vater hielt ihn vom Sendeschalter zurück.

»Der alte Wut ist in der Nähe!« kreischte Wallner ins Funkgerät.

»Wo steckst du Wut?«

»In deinem Arsch«, sagte Gottlob, immer noch Gras ausraufend.

»*Wut*!« kreischte Wallner.

Und eine andere Funkstimme sagte: »Wer?«

»Wut!« sagte Wallner.

»Wut? Wo?« sagte die andere Stimme.

»Das ist Gortz«, erklärte Wut meinem Vater.

»Bronsky?« sagte Wallner.

»Nein, Gortz«, sagte Gortz. »Was soll dieser Wut-Scheiß?«

»Ich hab Wut gehört«, sagte Wallner.

Eine dritte Funkstimme sagte: »Hallo?«

»Das ist Metz«, sagte Wut.

»Bronsky?« fragte Wallner.

»Nein, Metz«, sagte Metz. »Was gibt's?«

»Wut ist in der Nähe«, sagte Wallner.

»Ich hab' ihn nicht gehört«, sagte Gortz.

»Weil du nicht eingeschaltet hattest!« kreischte Wallner. »Ich habe Wut gehört!«

»Was hat er gesagt?« fragte Metz.

»Och, ich weiß nicht«, sagte Wallner. »›Ferkel‹, glaube ich. Ja, ›Ferkel‹!«

»Das Wort habe ich ihn brauchen hören«, sagte Metz.

»Ja, vor zwei Jahren«, sagte Gortz. »Ich hab' nichts gehört.«

»Weil du nicht eingeschaltet hattest, du Schwanz!« brüllte Wallner.

»Hallo«, sagte eine vierte.

»Bronsky«, sagte Wut zu meinem Vater.

»Vatch?« sagte Wallner.

»Bronsky«, sagte Bronsky.

»Wallner hat Wut gehört«, sagte Metz.

»Das *glaubt* Wallner«, sagte Gortz.

»Ich habe ihn gehört, und zwar sehr laut!« sagte Wallner.

»Wut?« sagte Bronsky. »Wut, hier in der Nähe?«

»*Wo* hier in der Nähe, möchte ich gerne wissen«, sagte mein Vater zu Gottlob.

»Der Empfang war glasklar«, sagte Wallner.

»Hallo«, sagte Vatch, der sich als letzter einschaltete.

»Vatch?« sagte Wallner.

»Ja«, sagte Vatch. »Was ist los?«

»Reichlich komplizierte Sache«, sagte Gortz.

»Ihr Schwänze!« sagte Wallner. »Ich habe ihn wirklich gehört!«

»Wen gehört?« fragte Vatch.

»Hitler«, sagte Gortz.

»Churchill«, sagte Metz.

»Wut!« kreischte Wallner. »Du bist irgendwo da draußen, Wut, und selber ein Ferkel! Sag was, Wut!« Doch Gottlob saß grinsend im Gras. Er lauschte den holpernden Motorrädern und dem tobenden Wallner, dessen Kameraden einer nach dem anderen abschalteten.

Dann kam aus größerer Entfernung eine Stimme, die Wut nicht kannte – und brachte atmosphärische Störungen mit: noch mehr Zahlen. Und Wallner antwortete: »Ich habe meinen ehemaligen Kommandanten gehört. Wut, den Deserteur – er steckt irgendwo hier draußen.« Und die Zahlen antworteten ihm. »Nein, wirklich! Wut steckt irgendwo hier draußen«, sagte Wallner. Und eine störungsverrauschte Stimme von weiter her sagte: »Benutzen Sie die Zahlen, Kommandant Wallner.« Und Wallner plapperte Zahlen.

»*Kommandant* Wallner«, höhnte Gottlob. Er und Vratno lauschten noch weiter, bis keine Sendung mehr kam; das Funkgerät prasselte und brummte.

»Wo glaubst du, sind sie?« sagte Vratno.

»*Wo* sind *wir*?« fragte Wut. Gemeinsam studierten sie die Karten. Sie befanden sich etwa acht Kilometer oberhalb der Drau und der Straße nach Maribor.

»Eine Truppenbewegung?« meinte Wut. »Sie ziehen aus Slovengradec ab, wäre möglich, was? Richtung Osten, um gegen die Russen zu kämpfen? Richtung Norden, um sich den Österreichern anzuschließen?«

»Jedenfalls eine Truppenbewegung«, sagte Vratno. »Auf der Straße nach Maribor.«

Und in dieser Nacht lauschten sie wieder am Funkgerät. Es kamen weitere Zahlen, atmosphärisch-verrauscht und entfernt. Mitternacht war vorbei, als sie Wallner wieder hörten.

»Wut?« wisperte das Funkgerät. »Hörst du mich, Wut?«

Und Gortz muß auch an seinem Funkgerät gewesen sein, denn er sagte: »Nicht doch, Wallner, immer mit der Ruhe. Hau dich aufs Ohr, Mann.«

»Laß die Finger von deinem Funkgerät«, schnappte Wallner. »Vielleicht redet er nur mit mir.«

»*Das* glaub ich gern«, sagte Gortz.

»Finger weg!« sagte Wallner und dann wieder. »Wut?« im Flüsterton. »Melden, melden. Verdammt, Wut, melde dich.« Und wurde von Zahlen überschwemmt.

Dann ertönte wieder die unerkennbare, gebieterische Stimme: »Kommandant Wallner, gehen Sie schlafen. Ich muß Sie dringend ersuchen, beim Gebrauch Ihres Funkgeräts bitte die Zahlen zu benutzen.« Wallner sprudelte Zahlen und erhielt keine Antwort.

Vratno flüsterte dem kichernden Gottlob zu: »Er muß allein sein, das ist der richtige Moment. Wenn du sicher bist, daß er als einziger am Funkgerät hockt, dann gib's ihm.« Und Wut blieb weiter auf Empfang und schaltete den Sender ein.

Später flüsterte Wallner Zahlen. Es kam keine Antwort. »Balkan Vier«, flüsterte Wallner dann. »Balkan Vier.« Und erhielt keine Antwort. Dann sagte er etwas lauter: »Wut, du alter Schwanz. Melde dich. Wut.« Gottlob wartete, ob sich noch jemand einschaltete. Es kam keine Antwort, und Wallner sagte: »Wut. Du Verräter, Wut. Du Schlappschwanz, Wut.«

Dann sagte Gottlob leise: »Gute Nacht, *Kommandant* Wallner.« Und schaltete den Sender ab, blieb aber auf Empfang.

»Wut!« zischte Wallner. »*Wuuuuuuuut*!« kreischte er; und mehr atmosphärische Störungen – und streifende, bumsende Geräusche. Wallner mußte das Funkgerät aus der Motorradhalterung genommen und irgendwo in einem Zelt gehabt haben; sie hörten die Zeltbahn flappen, Teile des Funkgeräts krachen. Wallner mußte das Funkgerät wie einen an die Brust gedrückten Fußball aus dem Zelt geschleppt haben, denn seine Schreie schienen jetzt weiter weg zu sein, so, als sei sein Mund nicht dicht an der Sprechmuschel: »Er ist in der Nähe, mithören. Ihr Schwänze, schaltet ein und hört ihn euch an!«

Und Gortz flüsterte vernehmlich: »Wallner! Um Gottes Willen, Mann.«

Und die unbekannte, gebieterische Stimme sagte: »Kommandant Wallner, es reicht jetzt. Entweder Sie gebrauchen die Zahlen, oder Sie haben Ihr Funkgerät gesehen, Kommandant.« Und beinahe rhythmisch legte Wallner mit den Zahlen los; melodisch schmachtete er die Zahlen in die Nacht.

Vratno und Gottlob dösten im Sitzen; sie wachten auf und umarmten sich – lachten sich in die Zweijahres-Bärte – und dösten wieder weiter, ließen das Funkgerät auf Empfang. Einmal noch hörten sie Wallner murmeln, im Schlaf oder noch immer noch matt versuchend: »Gute Nacht, Kommandant Wut, du Schwanz.« Doch Gottlob grinste nur stumm vor sich hin.

Vor Morgengrauen beluden Wut und Vratno die Maschinen und zogen sechs Kilometer nach Norden oberhalb von Limbus. Dann tarnten sie ihre Ausrüstung und ihre Maschinen und trugen das abmontierte Funkgerät, gingen einen halben Kilometer in nördlicher Richtung eine Kammlinie entlang – sahen die Sonne rechts über dem Kirchturm von Limbus aufgehen und kampierten weniger als anderthalb Kilometer von und mit freiem Blick auf die Straße nach Maribor.

Sie blieben dort den nächsten Tag und die nächste Nacht über, ohne einen Bissen zu essen und ohne jede Spur von einem Kradaufklärer zu sehen. Nachts stellten sie Radio Wallner ein, hörten aber bloß Zahlen – und keine wurde von Wallners Stimme gesprochen. Am nächsten Morgen hörten sie lautere Zahlen, sie kamen von Gortz, und einmal, kurz vor Mittag, sagte Gortz: »Echt schade, das mit Wallner.« Bronsky antwortete, der arme Wallner sei schon immer überspannt gewesen. Dann sagte die unbekannte Mithör-Stimme: »Kommandant Gortz, benutzen Sie bitte gefälligst die Zahlen.« Und Gortz sagte, das würde er tun.

An diesem Nachmittag entdeckte Gottlob den schlumprigen Heini Gortz auf einer der 38er 600 cm³-Maschinen, ohne Beiwagen. Bronsky folgte ihm mit schlappen Reifen, wie Wut sogar vom Kamm aus noch erkennen konnte.

Und in dieser Nacht zog ein starker Verband mit Verdunkelungsmaßnahmen durch Limbus. Kaum war das Schlußlicht der Truppenbewegung aus Limbus heraus, da überfiel mein Vater eine Meierei in Limbus und kehrte mit Milch und Käse zurück.

Sie blieben noch zwei Tage oberhalb von Limbus, bis sie eine zweite, nachrückende deutsche Truppenbewegung ausmachten – dieser fuhr eine ungekennzeichnete Kradschützeneinheit. Balkan 4 war es jedenfalls nicht; es war irgendeine Einheit, die möglicherweise von Österreich herunterkam. Sie suchten nach einer abgerissenen Truppe, einer versprengten Schar – keine Panzer, nur ein paar LKWs und Jeeps. Und ihr eilte keine Zahlenkolonne voraus. Manche Soldaten marschierten mit abgesetztem Helm; auf vielen Kinnen wucherten höchst undeutsche Bärte. Es war eine ziemlich sichere Sache, und mein Vater und Gottlob Wut riskierten es. Auf der Maribor zugelegenen Seite von Limbus schlossen sie sich der Truppenbewegung an; sie stießen auf der Straße zu ihr und sagten, ein Motorschaden hätte sie von Balkan 4 getrennt. Man verpflegte sie – die Maschinen bekamen einen Ölwechsel – und sie rollten in Maribor ein, ohne zu wissen, ob sie sich auf dem Rückzug oder auf dem Vormarsch an die Front befanden.

Es spielte auch keine Rolle.

Als die Kasernierung begann, sagte Gottlob, er und sein Gemeiner würden wieder den Anschluß an ihre alte Einheit suchen.

Gegen ein Trinkgeld verstauten sie ihre Motorräder im Verschlag einer Straßendirne in der sogenannten Altstadt; dann legten sie in einem Wohnviertel einen deutschen Offizier aufs Kreuz und raubten ihn aus – mit Raffinesse und verkleidet in Borsfa Durds abgetragenen Klamotten; danach trieben sie ein Saunabad auf, das ihre Bärte entkräuselte und sie glänzen ließ.

Nunmehr in Uniform, zogen sie in die Stadt los – zwei Soldaten, auf nächtlicher Vergnügungstour.

Aber oje. Man hätte doch wirklich meinen sollen, daß Gottlob Wut im großen, großen Maribor einen Nachtklub finden könnte, der nicht ausgerechnet auch der Geheimtip des kümmerlichen Rests von Balkan 4 war.

Vielleicht dachte Wut, sein Zweijahres-Bart würde ihn unkenntlich machen. Wie dem auch sei, er amüsierte sich blendend inmitten der Soldaten im St. Benedikt-Keller. Es gab dort eine *türkische* Bauchtänzerin, die auf den verdächtig jugoslawischen Namen Jarenina hörte; ihren tanzenden Bauch zierte eine Kaiserschnittnarbe. Das Bier war dünn. Überraschend war folgendes: Es waren keine Ustaši-Truppen in Wehrmachtsuniformen zu sehen. Aber über der Bar hing ein vergrößertes, von Wurfpfeilen zersiebtes Foto – Ustaši-Angehörige in Wehrmachtsuniform, auf einem gemeinsamen Marsch mit *Partisanen*! Irgendwo in Kroatien.

Mein Vater achtete auf akkurate Umlaute; er hatte das Gefühl, daß sie mit ihren Bärten Verdacht erregten.

Es war sehr spät, als Vratno sich Gottlobs zuckendem Gang zur ungeheizten Männertoilette anschloß. Das Pissoir dampfte; die Fliesen rings um das schreckliche Loch des Stehaborts waren gesprungen. Ein Mann schwankte auf den Hacken, hatte die Hosen bis zu den Knöcheln heruntergezogen und lehnte sich nach hinten über die Abortgrube – er klammerte sich an die Haltestange, die ihn vor dem Hineinfallen bewahrte. Vier Männer dampften über dem Pissoir; zwei weitere kamen mit Gottlob und meinem Vater herein.

Die Köpfe über die Rinne gebeugt, mit angehaltenem Atem wegen des aufsteigenden Dampfs und Gestanks, so fummelten und pinkelten acht Männer. Einer warf eine Zigarette in die Abflußrinne.

Dann stieß der Mann, der sich über der Abortgrube spreizte, einen Schrei aus und muß wohl versucht haben, sich mit einem Ruck an der Haltestange hochzuzerren.

»Wut!« kreischte der Mann, und Gottlob, der herumfuhr und meinem Vater ans Bein pinkelte, sah, wie der schlumprige Heini Gortz die Haltestange aus der verrotteten Fliesenwand riß und rückwärts, mit sauber bis zu den Knöcheln heruntergelassenen Hosen, arschüber hinab und hinein in die Abortgrube plumpste. »Lieber Gott!« stöhnte Heini Gortz, und mit den Beinen in der Luft und im Kleingeldregen, der aus seiner Tasche auf ihn niederhagelte, schrie er nochmals: »Wut! Um Gottes Willen, Bronsky, das ist Wut! Aufwachen, Metz! Du pinkelst direkt neben dem alten Wut!«

Und bevor mein Vater selber mit Pinkeln aufhören konnte, hatten Bronsky und Metz den armen Wut schon herumgewirbelt und rücklings über das Pissoir gebogen. Heini Gortz krallte sich aus dem Loch heraus. Mein Vater fummelte sich wieder in die Hosen zurück, doch der schlumprige Heini Gortz sagte: »*Du*! Was hast du mit Wut zu schaffen?« Aber Gottlob schaute Vratno nicht mal an; sie schienen einander nicht zu erkennen.

Mein Vater sagte – wobei er jede deutsche Silbe deutlich und perfekt aussprach – :

»Ich habe den Mann gerade erst getroffen. Unsere Gemeinsamkeit waren die Bärte, verstehen Sie. Gegenseitige Bewunderung, nichts weiter.«

Und Bronsky oder Metz sagte: »Der alte Wut! Nun sieh mal einer an!«

»Mieser Verräter«, sagte Heini Gortz. Und einer von ihnen rammte ihm das Knie in den Unterleib – ließ ihn zusammenklappen wie ein Taschenmesser –, und jemand anders schleifte ihn am Bart davon. Sie verfrachteten ihn in das Stehabort-Abteil. Dann drehten sie ihn um und schickten ihn kopfüber hinab in den atemraubenden Abort. Balkan 4 leistete echte Teamarbeit. Der frischgebackene Anführer Heini Gortz, vollgeschissen vom Kreuz bis in die Kniekehlen, die Hosen immer noch runtergelassen, packte Wut an einem Bein und stopfte den armen Gottlob hinab in die Abortgrube. Unterdessen machte mein Vater seinen Schlitz zu und tauschte Achselzucken und Kopfschütteln mit den verblüfften übrigen, die immer noch an dem dampfenden Pissoir standen.

»Wut?« sagte einer. »Was für'n Wut? Wer ist dieser Wut?«

»Wir hatten bloß den Bart gemeinsam«, sagte Vratno. »Gegenseitige Bewunderung, mehr nicht«, betonte er, obwohl mein armer Vater kaum reden konnte – so sehr hatte ihm die fürchterliche Teamarbeit von Balkan 4 die Sprache verschlagen – und er hatte das Gefühl, schreien zu müssen, um angesichts seines sich umstülpenden Magens die Worte herauszubekommen.

Als mein Vater still die Männertoilette des St. Benedikt-Kellers verließ, schauten nur Wuts Schuhsohlen aus dem grausigen Loch hervor, wie der arme Borsfa Durd, wurde Gottlob Wut sarglos begraben; wie Borsfa Durd konnte Gottlob Wut schließlich nur noch an seinen Schuhsohlen erkannt werden.

Die sechzehnte Zoowache: Dienstag, 6. Juni 1967, ca. 5.30 h

Ich schlage vor, wir machen es genauso, wie ich es bis jetzt gemacht habe. Wir schleichen uns an einem Spätnachmittag hinter diese Heckenreihe; wir warten ruhig ab, bis der Nachtwächter der ersten Schicht abgelöst wird. Wenn O. Schrutt übernimmt, lassen wir ihn eine oder zwei Runden drehen. Vor dem Dscheladababuin müssen wir ebenfalls auf der Hut sein, obwohl sich das auch zu unseren Gunsten wenden ließe.

Ich kann mich absolut nicht entscheiden, ob wir O. Schrutt auf subtile Art in den völligen Wahnsinn treiben, oder schlicht und einfach an den Berühmten Asiatischen Kragenbären verfüttern sollen – bei der ersten sich bietenden Gelegenheit.

Wenn wir O. Schrutt auf die letztgenannte Art erledigen,

könnte uns das vor einige Probleme stellen. Der Asiatische Kragenbär würde vielleicht auch den Schlüsselring erwischen, und wieder wegnehmen ließe er sich den nicht, verlaß dich drauf.

O. Schrutt könnte auch gerade noch Zeit haben, seine Knarre zu ziehen und einen Schuß abzufeuern. Ob ihn das retten würde oder nicht, ist egal, denn in Hietzing gibt es bestimmt einen Polizisten, der ein Ohr darauf spitzt, ob es im Zoo Ärger gibt.

Aber selbst wenn wir den Dscheladababuin dafür einspannen würden, O. Schrutt zum Überschnappen zu bringen, läßt sich nicht vorhersagen, welche Form sein endgültiger Irrsinn annehmen wird. Er könnte im Zoo Amok laufen.

Das ist also ein Problem. Ich glaube, wir werden O. Schrutt im Kleinsäugetierhaus blitzsauber hopsnehmen müssen. Ihn entwaffnen, fesseln und knebeln – den Frotter in einen Schacht führen und ihn zur sicheren Verwahrung in ein Glashaus schubsen.

Wir werfen ihn zu den Riesenameisenbären rein! Die sollten ihn ruhigstellen. Bei seinen Kenntnissen über Wettkampfarrangements sollte O. Schrutt genau wissen, wie still und gutartig er sich verhalten muß, damit sich die Riesenameisenbären in seiner Gesellschaft auch ungeniert fühlen. Andererseits wäre es aber unfair von uns, O. Schrutt nicht auch ein bißchen aufzuteilen. Ich bin sicher, die indochinesische Fischkatze würde liebend gern ein Weilchen den Babysitter für O. Schrutt spielen. Ich bin sicher, der Ratel und der Jaguarundi würden O. Schrutt liebend gern bei sich zu Hause zu Besuch haben, bratfertig verschnürt wie eine Gans für den Backofen – durch seinen Knebel taubengleich gurrend, das Gesicht im Sägemehl:

»Du artiger Ratel, du – *ooooh*! Du bist doch ein artiger, kleiner Ratel, gell? Und du bist mir doch nicht böse, oder, Ratel?«

Noch besser freilich wäre es, wir könnten ihm die Augen verbinden und ihn raten lassen, zu welchem Tier wir ihn reingesteckt haben – welches schnuffelnde, schweratmende Tier da seine kalte, regsame Nase dem alten O. aufs Ohr drückt.

Wie du mir, so ich dir, O. Schrutt.

(Fortsetzung)
Die hochselektive Autobiographie
von Siegfried Javotnik: Vorgeschichte II

Mein Vater tauchte in Maribor unter. Er zahlte für den Verschlag der Prostituierten in der Altstadt eine ziemlich hohe Miete, aber dafür hatte er die Motorräder untergestellt und sicher von der Bildfläche verschwinden lassen. Doch er traute der Prostituierten, einer hexenähnlichen Person, die ihm partout ihren Namen verschweigen wollte, nicht über den Weg; und als Vratno eines nachts zu dem Verschlag zurückkam, um bei den Maschinen zu schlafen, da ertappte er auch tatsächlich einen alten Serben dabei, wie er gerade aus dem 600 cm³ Gespann Benzin absaugte. Der Serbe wollte sich ebenfalls keinen Namen geben, aber mein Vater sprach serbokroatisch mit ihm, und schon erging sich der alte Serbe in senilen Äußerungen – zu dem Generalthema allgemeine Desillusionierung: Zunächst über den verräterischen König Peter, den Mikhajlović am Ende doch noch gerettet und nach London geschickt hatte. Ob mein Vater denn das Lied kennen würde, das die Serben sängen? Nein, weil es von Politik handle; der alte Serbe sang es ihm vor:

> *Kralju Pero, ti se naše zlato*
> *Churchill-u si na čuvanje dato...*

> König Peter, du bist unser Goldschatz,
> Wir schicken dich Churchill, der soll dich für uns
> hüten...

Aber dann, schimpfte der alte Serbe lauthals, sei der hasenfüßige König von den Briten solange eingeschüchtert worden, bis er eingesehen habe, *was für die jugoslawische Einheit am besten sei.* Am 12. September 1944 verkündete König Peter, die Unterstützung von Marschall Titos Volksarmee biete Jugoslawien die besten Chancen. Der König denunzierte Mikhajlović und Četnici – nannte all jene »Vaterlandsverräter«, die sich der Partisanenarmee nicht anschließen wollten. Ob der König denn wisse, fragte der alte Serbe, daß nur sechs Tage vor dessen Verrat an seinem Vok, Četnici nachts ihr Leben riskiert hätten, um des Königs Geburtstag zu feiern – Freudenfeuer auf jedem Berggipfel entfachten und prahlerisch die Liebe zu ihrem König besangen, und dazu noch bei Verdunkelung?

Ob mein Vater denn wenigstens das wisse? Und Vratno gestand, selber eine Weile in den Bergen festgesessen zu haben – jedoch nicht in serbischen.

Je nun, also, ob mein Vater denn wüßte, was die Serben jetzt sängen?

> *Nećemo Tita Bandita*
> *Hoćemo Kralja, i ako ne valja!*

> Wir wollen Tito den Banditen nicht –
> Wir wollen den König, obwohl er nichts taugt!

Dann solltet ihr ihn aber auch nicht wollen, meinte mein Vater zu dem Serben. Doch der alte Mann schmetterte Vratno glatt ins Gesicht:

> *Bolje grob nego rob!*

> Besser im Grabe, als ein Sklave!

»Nein«, sagte mein Vater. »Alles ist besser, als ein *grob*.« Und dachte dabei zweifellos: Vor allem als ein so frisches Grab, wie das, das Gottlob Wut aufnahm.

Doch Vratno brachte den alten Serben nicht um, weil er Benzin abgesaugt hatte. Er schloß einen Handel mit ihm. Das 600 cm³ Gespann-Modell plus dreiundzwanzig übriggebliebene Handgranaten für ein paar Erzeugnisse des serbischen Untergrunds – eine Transiterlaubnis mit Namen und Lichtbild, die es meinem Vater ermöglichen würde, auf der Rennmaschine die österreichische Grenze zu überqueren. Denn er sei nach Berlin unterwegs, um Hitler zu ermorden, sagte er.

»Warum bringst du nicht Tito um?« fragte der Serbe. »Dazu müßtest du nicht so weit fahren.«

Doch sie machten das Geschäft. Ein gewisser Siegfried Schmidt bekam vom stark unterbesetzten, doch tüchtigen serbischen Untergrund in Maribor die Transitpapiere eines Sonderkuriers des OKW ausgestellt. Und an einem kalten, aber strahlenden Morgen Mitte Dezember 1944 fuhr Siegfried Schmidt, ehemals Vratno Javotnik – über die Grenze nach Österreich und überquerte die Mur auf einer 39er Grand Prix-Rennmaschine ohne allen Kriegsklimbim (da für den Sonderkurier-Dienst bestimmt) und floh auf der jetzigen Bundesstraße 67 in nördlicher Richtung nach Graz.

Und ich bilde mir ein, daß es derselbe kalte, aber strahlende Dezembermorgen 1944 war, an dem der Četnic-Hauptmann Raković schließlich von den Partisanen geschnappt und nach Čačak zurückgeschleppt wurde – wo man seinen Körper wieder in Form brachte und auf dem Marktplatz zur Schau stellte.

Doch darüber, was meinem Vater nach dem kalten, strahlenden Morgen seiner Einreise in Österreich widerfuhr, kann ich nur Vermutungen anstellen. Schließlich wurde Siegfried Schmidt nicht lange von seiner Wehrmachtsuniform, seiner Grand Prix-Rennmaschine und seinen Sonderpapieren geschützt – die auch nur solange besonders waren, wie die Deutschen Österreich besetzt hielten.

Eines morgens floh mein Vater nach Graz, doch er war sich nie im klaren darüber, wie lange er in Graz geblieben war – oder wann genau er in Richtung Nordnordost nach Wien fuhr. Er blieb garantiert nicht lange in Graz, denn bald nach ihm überquerten jugoslawische Partisanen die österreichische Grenze, ohne dafür Sonderpapiere zu benötigen. Und auch Wien kann für den Kradkurier Siegfried Schmidt nicht allzu sicher gewesen sein; am 13. April 1945 – gerade vier Monate, nachdem mein Vater Maribor verlassen hatte – eroberten die Sowjets mit Hilfe österreichischer Widerstandskämpfer Wien. Die Sowjets sollten die Stadt eigentlich befreien, doch für eine Befreiungsarmee leisteten sie sich erstaunlich viele Vergewaltigungen und dergleichen. Es fiel den Sowjets offenkundig schwer, Österreich als ein echtes Opfer Deutschlands zu betrachten; sie hatten so viele österreichische Soldaten zusammen mit den Deutschen an der russischen Front kämpfen sehen.

Aber egal, was für Zustände am 13. April 1945 herrschten, Siegfried Schmidt muß jedenfalls untergetaucht sein.

Und am dreißigsten April zogen französische Truppen über Vorarlberg nach Österreich; am nächsten Tag drangen die Amerikaner von Deutschland her ein; und als eine Woche später die Briten via Italien ins Land kamen, wunderten sie sich, daß jugoslawische Partisanen in Kärnten und der Steiermark Amok liefen.

Österreich wurde überschwemmt – und die Wiener blieben zuhause; lernten, daß es nicht klug war, die Befreier mit offenen Armen Willkommen zu heißen.

Und hierüber ist der Bericht meines Vaters nur in wenigen Punkten klar. Verlassene Mietshäuser waren die besten Unterschlüpfe – wenn auch sehr beliebt, zu häufig überfüllt und keinerlei Wert auf die Gesellschaft irgend so eines Narren legend, der sein inkriminierendes Motorrad nicht aufgeben wollte. Vratno erinnerte sich: Viertelsgesichter, die schräg durch Briefkastenschlitze schielten – »Kein Platz für Soldaten, versteck dich gefälligst woanders«.

Lebensmittel verschafften einem vorübergehend Zutritt, aber Lebensmittel konnten einen auch den Kopf kosten.

Vratno erinnerte sich an drinnen verlebte Warmwetter-monate; entsann sich einer Woche, die er mit dem Versuch zugebracht hatte, einem Russen eine Falle zu stellen, um dessen Uniform zu ergattern – denn in Wehrmachtskluft würde die Sprachbegabung meines Vaters nicht überzeu-gend genug sein.

Vor allem erinnerte er sich an diese eine Sommernacht. Ein Sektor in der Nähe der Innenstadt, Flutlicht erfaßte seine Flucht an jedem dröhnenden Gassenende – die Grand Prix-Rennmaschine hakenschlagend und schwer zu treffen. Er erinnerte sich an einen Park, der wohl der Belvedere Gar-ten gewesen sein muß – Soldaten mit Taschenlampen in den Bäumen, und Vratno preschte mit der Rennmaschine fast flach an der hohen Betonwand entlang, wo er eine schlechte Zielscheibe abgegeben haben mußte, sich aber an den schroffen Bombenrissen im Beton Ellbogen und Knie zer-fleischte. Er entsann sich eines Springbrunnens, der nicht angestellt war; das muß dann wohl der Schwarzenbergplatz gewesen sein. Und er erinnerte sich, wie er umkehren mußte, als er auf ein blendendes Flutlichtgewirr und russi-sche Stimmen zuraste.

Vratno würde es nie vergessen: Wie Gottlob Wut hinter ihm saß und in das indigoblaue Ohrloch flüsterte – und sich nach Wuts makellosen Anweisungen durchschlängelnd, bolzte mein Vater über Bordsteine und hetzte Trottoirs ent-lang, dicht an den Gebäudemauern und den vereinzelt vor-stehenden Türen ausweichend; schlitterte lichtlos immer dunklere Straßen hinunter, in Erwartung der Mauer oder Tür, die er nicht kommen sehen und gegen die er frontal kra-chen würde.

Vratno erinnerte sich immer an eine große Vestibültür, die an einer Seite aus den Angeln gerissen war – an das Innere des Vestibüls, in das er hineinschleuderte, dunkel wie eine Höhle und marmor-kühl.

Er entsann sich, wie er es wagte, den Scheinwerfer einmal aufzublenden, und die Wendeltreppe sah, die sich mindestens vier Etagen hochschraubte – zu, wie er hoffte, verlassenen Wohnungen. Er erinnerte sich sein Leben lang daran: Wie er das Vorderrad auf die erste Stufe hob, den Motor auf Touren brachte und wie wild die breiten, aber flachen Marmorstufen bis zum ersten Stock hochwumperte, wo er die Kupplung der stürmischen Grand Prix-Rennmaschine reinhämmerte und in die erste Wohnung bretterte. Und dann die Augen öffnete, den Motor abwürgte – auf den Schuß wartete. Dann brachte er die Schloßriegel wieder in Ordnung und drückte die aufgesprengte Wohnungstür zu.

In der Erinnerung folgen dann Flutlichter, die die Straße entlang und ins Vestibül dringen. Russisch sprechende Stimmen sagten: »Hier drin ist keine Maschine versteckt.«

Im Morgengrauen überall auf dem Fußboden Kippen, und das vermutlich gute Porzellan von früher lag zerteppert; eine stinkende, ausgebleichte Küchenecke, wo andere Untergeschlüpfte, während dieser oder einer früheren Okkupation, beschlossen hatten, ihre Toilette einzurichten. Schränke: natürlich leer. Betten mit zerschlitzten Matratzen – hin und wieder vollgepinkelte Betten. Und von den vielen Stofftieren hatte nur eines noch die Augen dran – auf dem Fensterbrett eines Zimmers, das sicher mal einem jungen Mädchen gehört hatte.

Vratno erinnerte sich: Wie komisch es war, in einer Stadtwohnung vereinzelte Hühnerfedern vorzufinden, die den Fußboden verbrämten. Doch vor allem klammerte er sich hieran – an den tagelang einzig hellen Fleck in der ganzen dunklen Straße: Eine Messingkugel, die jeden Tag die Sonne für ein Weilchen einfing; die Kugel wurde von den Händen eines Kupidos gehalten; dem Kupido war der halbe Kopf weggebombt worden, doch er thronte noch immer engelgleich über der ehemaligen Bulgarischen Botschaft – dem in der Tat einzigen Botschaftsgebäude in der Schwindgasse.

Die siebzehnte Zoowache:
Dienstag, 6. Juni 1967, ca. 5.45 h

Hör mal, Graff, es gab nämlich schon mal einen Zooüberfall in Wien. Sein Mißlingen ist heutzutage wenig bekannt. Und die Details sind alles andere als klar.

Niemand scheint genau zu wissen, was sich während der letzten Kriegsjahre im Zoo abgespielt hat. Es gab freilich eine Zeit – sagen wir mal so Anfang 1945, als die Russen die Stadt bereits erobert, die anderen Mächte sich aber noch nicht über die Okkupationsbedingungen geeinigt hatten – in der für die Leute überhaupt nichts zu essen da war. Wie die Tiere sich ihre Nahrung beschafften, entzieht sich unserer Kenntnis. Es gibt jedoch einige Berichte darüber, wie die Leute sich ihre Nahrung beschafften – denn es herrschte Personal- oder Interessenmangel, den Zoo gut zu bewachen.

Doch vier Männer, selbst wenn sie unbewaffnet waren – und fast jeder, der damals durch die Gegend marschierte, war auch bewaffnet – konnten leicht ein krummes Ding drehen und sich mit einer ausgewachsenen Antilope aus dem Staub machen; ja, sogar mit einem Kamel oder einer kleinen Giraffe.

Und das kam auch vor. Es gab Überfälle, obwohl irgendeine Bürgerwehr-Einheit angeblich den Zoo absicherte; man dachte an die Zukunft – an eine Art eiserner Ration.

Du da und du und du – ihr kriegt das linke Hinterviertel von dem Känguruh hier. Und du kriegst dieses Rumpsteak vom Nilpferd; aber vergiß nicht, du mußt es eine ganze Weile lang tüchtig kochen.

Doch trotz der Bürgerwehr-Einheit, gab es erfolgreiche Überfälle. Eine dreiste, hungrige Bande machte sich mit einem wilden tibetanischen Jak aus dem Staub. Ein Mann klaute mutterseelenallein eine ganze Robbe.

Ich vermute, es gab Pläne für eine Total-Plünderung. Ich vermute, es war nur eine Frage der Zeit, bis eine gutorganisierte Gruppe von Bürgern oder Soldaten einer *x-beliebigen* Armee zu dem Schluß kommen würde, daß aus großangelegten Operationen zur Fleischhortung in einer hungerleidenden Stadt Profit zu schlagen war.

Doch eine so gut organisierte Sache fand nicht statt.

Die Stadt hatte auch einen Möchtegern-Edelhelden zu bieten, der meinte, die Tiere hätten genug gelitten; er sah das große Abschlachten kommen und überlegte sich, wie er den Schlächtern einen Strich durch die Rechnung machen könnte. Niemand weiß, wer er war; man kennt nur seine stückweisen Überreste.

Denn natürlich haben ihn die Tiere gefressen. Er brach eines nachts ein und ließ alle Tiere los, die er finden konnte. Ich glaube, er soll angeblich fast alle Käfige aufgemacht haben, ehe er gefressen wurde. Klar, die Tiere hatten eben auch Hunger. Daran hätte er denken sollen.

Und so gingen seine guten Absichten in die Hose. Ich habe keine Ahnung, ob überhaupt irgendwelche Tiere auch nur bis zum Haupttor hinauskamen, oder ob sie alle noch innerhalb der allgemeinen Umwallung angegriffen wurden. Ich vermute, die Tiere fraßen sich auch gegenseitig auf, ehe der Mob Wind von der Sache bekam und sich mit alten Handgranaten und Küchengeräten in das Chaos stürzte.

Die Details sind nebulos. Wo so viele Kleinsäuger überall in der Stadt herumwuselten, wer sollte da schon über Tiere genau Buch führen? Aber das Durcheinander muß wirklich immens gewesen sein, und ich stelle mir vor, daß sich die Russen irgendwann während der langen Nacht einmischten – weil sie wegen des hitzigen Tumults vielleicht dachten, sie hätten bereits die erste Revolution am Hals.

Ich glaube, daß weder Panzer noch Flugzeuge eingesetzt wurden, doch ansonsten muß alles Freiwild gewesen sein.

Ich hoffe, jeder, der ein Tier aufaß, ist daran erstickt. Oder explodiert, als seine Gedärme streikten.

Schließlich war es ja nicht der Krieg der Tiere.

Sie hätten all die O. Schrutts essen sollen.

(Fortsetzung)
Die hochselektive Autobiographie
von Siegfried Javotnik: Vorgeschichte III

Die Amerikaner okkupierten das Bundesland Salzburg, zu dem auch Kaprun gehört – ein so friedfertiges Fleckchen Erde, daß es die paar Amerikaner, die den weiten Weg bis in das Dörfchen fanden, ganz freundlich stimmte. Die wohl einzige *nicht* friedfertige Begebenheit, die mir berichtet wurde – und die hatte sich vor dem Eintreffen der Amerikaner zugetragen – war das Abfackeln von meines Großvaters Bruder, dem Postmeister von Kaprun. Im großen und ganzen jedoch ließ es sich in Kaprun so unbeschwert leben, daß ich es nicht als der Weisheit letzten Schluß ansehen kann, daß mein Großvater seine Familie nebst Ernst Watzek-Trummer nach Wien zurückbrachte. Oder sie hätten zumindest abwarten sollen, wie sich die Vierfach-Okkupation der Stadt gestalten würde.

Doch im Frühsommer 1945 hatte meine Mutter ein Interesse daran, in die *befreite* Stadt zurückzukehren. Das war bevor die übrigen Alliierten mit den Russen ein definitives Abkommen getroffen hatten. Allein schon die Berichte von der russischen Okkupation hätten genügen sollen, um sie von einer so frühzeitigen Rückkehr abzuhalten.

Es hing mit Hilkes Vorstellung von Zahn Glanz zusammen. Jetzt, wo der Krieg vorbei war, verspürte sie das sichere Gefühl, daß Zahn Glanz sie aufsuchen würde. Und Großmutter wollte natürlich sehen, wie es ihrer kleinen

Wohnung und dem im Stich gelassenen Porzellan wohl ergangen sein mochte. Und Großvater brannte vielleicht darauf, Stücker vierzehn Bücher – sieben Jahre und drei Monate überfällig – dem Fremdsprachen-Lesesaal des Internationalen Studentenhauses zurückzugeben, wo Großvater Oberbibliothekar gewesen war. Mir fällt kein Grund ein, den Ernst Watzek-Trummer zur Rückkehr gehabt haben könnte – außer seinen Beschützergefühlen gegenüber der Familie Marter und dem möglichen Wunsch, mehr Bücher aus Großvaters Bibliothek zu entleihen. Watzek-Trummer hatte, nach siebenjährigem Zusammenleben mit meinem Großvater, Bildung schätzengelernt.

Egal, welcher Grund auch immer den Ausschlag gab – oder ob sie alle zusammenwirkten –, der Zeitpunkt jedenfalls, zu dem sie Kaprun verließen, war überaus ungünstig gewählt, nämlich die erste Juliwoche 1945.

Außerdem wurde Großvaters Reise durch den bedauernswerten Zustand von Zahn Glanz' altem Taxi erschwert. Erleichtert wurde die Reise freilich durch Großvaters politischen Leumund – Bestätigungen in Form von Briefen und Visa, ausgestellt von Anführern des Widerstands, die wußten, daß die Nazi-Rolle des Bruders meines Großvaters nur zur Tarnung gedient hatte, und die mit der Familie wegen des feurigen Tods des Postmeisters sympathisierten.

Auch Watzek-Trummer besaß einen beachtlichen Leumund – vornehmlich für eine Masse raffiniert gedeichselter Zugentgleisungen und ausgetüftelter Brandstiftungen beim Depot in Zell am See.

So gingen denn am frühen Morgen des 9. Juli 1945 Großvater Marter und seine Crew auf eine unvorstellbare Fahrt durch Schutt und Okkupationsarmeen und trafen am späten Abend in Wien ein – nachdem ihnen der Bürokratismus der Sowjets mehr Schwierigkeiten gemacht hatte als sonst ein Amtsschimmel.

Das war der Tag, an dem die Alliierten die Aufteilung der Stadt in Sektoren beschlossen. Amerikaner und Briten grapschten sich die besten Wohngegenden, und die Franzosen wollten die Einkaufsviertel. Die Russen waren langfristig realistisch; sie etablierten sich in den Arbeiter- und Industrievierteln und gruppierten sich um die Innenstadt – in der Nähe all der Botschaften und Regierungsgebäude. Die Russen okkupierten beispielsweise – und das sehr zu Großvaters Unbehagen – den IV. Bezirk, zu dem auch die Schwindgasse gehörte.

Und von einundzwanzig Bezirken hatten sechzehn kommunistische Polizeichefs. Und in der von Sowjets eingesetzten Rennerschen Übergangsregierung hatte der Innenminister Franz Honner gemeinsam mit den jugoslawischen Partisanen gekämpft. Renner selbst jedoch war ein Veteran der österreichischen Sozialisten und hegte so seine eigenen dunklen Vorahnungen über die verdächtig vorausblickende Okkupation der *befreienden* Sowjets.

Und auch meinem Großvater schwante nichts Gutes, als er eine Schwindgasse entlangfuhr, die er dunkler und fensterloser nie gesehen hatte.

Watzek-Trummer sagte: »Eine echte Geisterstadt-Straße, wie die Cowboys immer welche finden.«

Auf dem Rücksitz summte oder stöhnte Großmutter vor sich hin.

Als Großvater über den Bürgersteig und ins Vestibül hineinrollte, drehten drüben auf der anderen Straßenseite ein paar russische Soldaten in der ehemaligen Bulgarischen Botschaft das Flutlicht auf. Wieder wurden die Papiere vorgezeigt, und Großvater sagte ein paar Brocken in einem veralteten Russisch – baute auf seine Erfahrungen aus dem Fremdsprachen-Lesesaal –, um die Soldaten abzuwimmeln. Bevor sie dann das Taxi entluden, stiegen sie in die erste Etage hoch, fanden das Schlüsselloch verrostet, rempelten gegen einen bereits zuvor geschwächten Schloßriegel – und sprengten die Tür auf.

»Oh, diese Saukerle haben hier drin gepinkelt«, sagte Watzek-Trummer; er krachte im Dunkeln mit dem Schienbein gegen ein riesiges, schweres Metallding gleich hinter der Eingangstür. »Knips die Lampe an«, sagte er. »Die haben uns hier eine Kanone oder weiß Gott was da gelassen.«

Großmutter knirschte über etwas, das vermutlich einmal ihr gutes Porzellan gewesen war; sie stöhnte ein wenig. Und Großvater richtete die Taschenlampe auf ein arg zerbeultes und verschlammtes Motorrad, das an einem Armstuhl lehnte, weil es keinen Ständer besaß, auf den es sich stützen konnte.

Keiner sagte etwas, keiner rührte sich, und aus dem Zimmer meiner Mutter am anderen Ende des Flurs hörten sie jemand, der zu lange die Luft angehalten hatte, schließlich doch ausatmen – und einen letzten Verzweiflungsschnaufer tun, so konnte man es zumindest interpretieren. Großvater löschte die Taschenlampe, und Hilke sagte: »Ich hole die Soldaten, ja?« Doch keiner rührte sich; meine Mutter hörte ihr altes Bett knarren. »In meinem Bett?« sagte sie zu Großvater, wand dann ihren Arm aus seinem Griff los – und bumste unterwegs zu ihrem Zimmer auf dem Flur gegen Sessel und Motorrad. »Zahn?« sagte sie. »Ach, Zahn, Zahn!« Und sauste im Dunkeln zur offenstehenden Tür ihres Zimmers. Watzek-Trummer griff sich von Großvater die Taschenlampe und erwischte Hilke noch, ehe sie die Tür erreicht hatte. Er riß sie nach hinten in den Flur zurück, lugte um den Pfosten und blinkte mit der Taschenlampe in ihr Zimmer.

Auf dem Bett war ein dunkler, langbärtiger Mann – mit einer weißen Paste auf den Lippen, wie jemand mit einem ausgedörrten Mund voller Baumwolle. Er saß genau in der Mitte des Betts, hielt seine Motorradstiefel in den Händen und stierte ins Licht.

»Nicht schießen!« schrie er auf deutsch – und wiederholte es dann auf russisch, auf englisch und in irgendeiner unbestimmbaren slawischen Sprache. »Nicht schießen! Nicht schießen! Nicht schießen!« Er schwenkte die Motorradstiefel über dem Kopf, was aber nicht bedrohlich, sondern eher so wirkte, als dirigiere er damit seine Stimme.

»Hast du Papiere?« sagte Großvater auf deutsch, und der Mann warf ihm eine Brieftasche hin.

»Die sind nicht echt!« schrie der Mann auf russisch – versuchte seine Fänger hinter dem blendenden Licht zu erraten.

»Du bist Siegfried Schmidt?« sagte mein Großvater. »Ein Sonderkurier.«

»Leck Arsch, Kurier«, sagte Watzek-Trummer. »Da hättest du aber früher aufstehen müssen.«

»Nein, ich heiße Javotnik!« sagte der Mann auf dem Bett, und blieb bei russisch – weil er befürchtete, mit ihrem Deutsch würden sie bloß versuchen, ihn reinzulegen.

»Hier steht Siegfried Schmidt«, sagte mein Großvater.

»Gefälscht!« sagte mein Vater. »Ich heiße Vratno, Vratno Schmidt«, murmelte er. Dann sagte er: »Nein, Javotnik.«

»Siegfried Javotnik?« fragte Watzek-Trummer. »Wo hast du deine dreckige Wehrmachtskluft her?«

Und mein Vater legte pathetisch auf serbokroatisch los; die im Türrahmen waren perplex. Mein Vater psalmodierte:

Bolje rob nego grob!

Besser ein Sklave, als im Grabe!

»Jugoslawe?« sagte Großvater, aber Vratno hörte ihn nicht; er kringelte sich auf der zerschlitzten Matratze zusammen, und Großvater ging ins Zimmer und setzte sich neben ihn aufs Bett. »Na, wer wird denn gleich«, sagte Großvater. »Immer mit der Ruhe.«

Und dann fragte Watzek-Trummer: »Vor welcher Armee versteckst du dich denn?«

»Vor allen«, sagte mein Vater auf deutsch – dann auf englisch, dann auf russisch, dann auf serbokroatisch. »Vor allen, allen, allen.«

»Kriegsparanoiker«, verkündete Watzek-Trummer, der in Großvaters überfälligen Büchern eine Menge gelesen und auch behalten hatte.

Sie gingen zum Taxi zurück, um die Lebensmittel und Kleider hochzubringen und holten vom Pumpbrunnen im Innenhof hinter dem Eingangsvestibül Wasser. Dann fütterten und wuschen sie meinen Vater und zogen ihm eins von Watzek-Trummers Nachthemden an. Watzek-Trummer schlief im Taxi und hielt achtsam Wache; Hilke und meine Großmutter schliefen im Elternschlafzimmer, und Großvater wachte bei dem Kriegsparanoiker in Hilkes altem Bett, bis um drei oder vier Uhr in der Frühe des 10. Juli 1945, als meine Mutter meinen Großvater ablösen kam.

Drei oder vier Uhr in der Früh war es – spärlichstes Dämmerlicht fiel und leichter Regen, erinnerte sich Watzek-Trummer, der im Taxi schlief. Drei oder vier Uhr in der Früh, und Hilke, die meines Vaters schlafenden Bart mit der Hand zudeckt, merkt, daß seine Stirn in etwa so alt ist wie die Stirn von Zahn Glanz in ihrer Vorstellung – merkte, daß seine Hände auch jung waren. Und Vratno, der einmal aufwachte und im alten zerschlitzten Bett meiner Mutter kerzengerade hochfuhr, sah ein schlankes Mädchen mit einem traurigen Mund – mehr der grüne Stengel als die Blume – und sagte: »Dabrinka! Ich hab dem doofen Wut ja gesagt, du müßtest es sein, die nicht mit hochgegangen ist.« Auf deutsch, auf englisch, auf russisch, auf serbokroatisch.

Hilke beschränkte sich auf eine Sprache und sagte auf deutsch: »Komm, jetzt ist alles gut. Hier bist du sicher, scht. Du bist wieder zuhause, du – werauchimmer.« Und drückte meinen Vater wieder sanft mit dem Rücken auf ihr Bett zurück und legte sich über ihn – denn für ihre beiden Sommernachthemden war es eine klamme, frostige, leicht regnerische Nacht.

Viele Sprachen wurden geflüstert; obwohl der Regen leicht war, dauerte er lange, und viele Tropfen fielen. Der unermüdliche Ernst Watzek-Trummer, der so leicht schlief wie der Regen, entsinnt sich des Geraschels auf dem alten zerschlitzten Bett, das mich dirmelig auf meinen langen Weg in diese erschreckende Welt schickte. Im spärlichsten Dämmerlicht. Bei leichtem Regenfall. Um drei oder vier Uhr in der Frühe des 10. Juli 1945, als Ernst Watzek-Trummer ungewöhnlich leicht schlief.

Der alte Watzek-Trummer, Historiker ohnegleichen, hat die Details verzeichnet.

Die achtzehnte Zoowache:
Dienstag, 6. Juni 1967, ca.6.00 h

Der an einer seltenen Krankheit leidende Binturong hustet; der torkelige Bärenmarder aus Borneo siecht an seinem sonderbaren, namenlosen Infekt dahin.

Und O. Schrutt wartet darauf, daß er von seinem Posten abgelöst wird. Seine speziellen, nicht marktfähigen Narkotika haben ihn schließlich ruhiggestellt. Es ist friedlich im Kleinsäugetierhaus, das Infrarotlicht ist aus, und ein träger, gefügig wirkender O. Schrutt begrüßt die Morgendämmerung mit einer Zigarette – die er wie eine Luxuszigarre pafft. Ich sehe mächtige Rauchringe über den Teichen der Verschiedenen Wasservögel aufsteigen.

Und jetzt, wo es so hell draußen wird – dazu noch so rasch –, ist für mich klar, daß wir unsere Hauptarbeit tun müssen, wenn es noch dunkel ist. Wir müssen O. Schrutt auf Nummer Sicher sitzen haben – müssen die Schlüssel in Händen und eine vorgeplante Reihenfolge der Freilassungen bereithalten – bevor es draußen hell ist.

Und das Hauptproblem ist eindeutig: Auch wenn es ganz einfach sein wird, die Käfige aufzuschließen, wie bekommen wir dann die Tiere aus der Zooanlage heraus? Wie kriegen wir sie durch die Tore raus? Wie entlassen wir sie in Hietzing in die Freiheit und leiten sie hoffentlich in Richtung Ländlichkeit?

Das ist der springende Punkt, Graff. Der frühere Zoo-

314

überfall ist nicht zuletzt auch deswegen gescheitert. Was macht man mit rund vierzig Tieren, die innerhalb der Grenzen des ganzen großen Zoos frei herumlaufen? Wir können sie nicht eins nach dem anderen zum Haupttor hinaus oder in den Tiroler Garten führen.

Auf diese Weise würde irgend so ein Depp in Hietzing garantiert eins entdecken und Alarm schlagen, bevor wir drinnen fertig wären. Sie müssen also alle auf einen Schlag zusammen rausgehen.

Können wir erwarten, daß sie im Gänsemarsch antreten?

Mir scheint, wir werden sie irgendwie methodisch einteilen müssen. All die Antagonisten müssen wir uns bis zuletzt aufsparen, und vielleicht lassen wir die Größeren auch durchs Hintertor raus und in den Tirolen Garten; da können sie sich dann durch den frühmorgendlichen Maxing-Park davonstehlen.

Ich glaube, ich komme nicht umhin zuzugeben, daß dies ein Fall fürs Schicksal wird.

Stell dir uns zwei doch mal vor: Die Elefanten treiben in den Teichen der Verschiedenen Wasservögel Wassersport; unzählige Diverse Huftiere mampfen die Topfpflanzen entlang der Wege; alle wilden Affen hänseln die Zebras, stieben der hin und her klappernden, bestürzten Giraffe hinterdrein; ein paar der Kleinsäugetiere könnten leicht verschüttgehen. Wenn er noch da ist, wird der Zwergalk bestimmt plattgetrampelt werden.

Wenn sie alle losgelassen sind, wie erregst du dann ihre Aufmerksamkeit? Wie sagst du: »Okay, raus aus dem Tor, und zwar dalli?«

Manche von ihnen gehen vielleicht überhaupt nicht raus.

Das ist einer der Gründe, warum ich an Noahs schickem Trick, die Tiere paarweise die Laufplanke zur Arche hochzutreiben, schon immer meine Zweifel hatte.

Deswegen glaube ich, muß hier das Schicksal walten. Ich halte es für sinnlos, die Möglichkeiten fürs Chaos noch weiter zu diskutieren, denn es ist eine Frage der allgemeinen Ge-

mütsverfassung. Entweder bringen wir sie auf den Dreh
oder eben nicht. Und irgendwo die Grenze ziehen, das kann
man auch nicht. Diesmal nicht.

(Fortsetzung)
Die hochselektive Autobiographie
von Siegfried Javotnik: Vorgeschichte III

Am 2. August 1945 ließ sich meine Mutter ihren Verdacht
von einem sowjetischen Militärarzt bestätigen; sie wurde
mit Vratno Javotnik im Stephansdom getraut, in einer kleinen, aber geräuschvollen Zeremonie – während der meine
Großmutter unablässig summte oder stöhnte, und Ernst
Watzek-Trummer nieste; Ernst hatte sich beim Schlafen im
Taxi erkältet.

Und es gab noch andere Geräusche – die Demontage-
arbeiten an einem der Seitenaltäre, wo ein Trupp Pioniere
der U.S. Army schwitzend einen Blindgänger entfernten,
der das Mosaikdach vom Stephansdom durchschlagen und
sich zwischen einigen Orgelpfeifen verkeilt hatte. Der Or-
ganist hatte sich nach der Bombardierung etliche Monate
weder laut, noch gut zu spielen getraut.

Wie bei jeder anderen Trauung küßte meine Mutter nach
dem Eheversprechen schüchtern das frischrasierte Gesicht
meines Vaters. Dann folgten ihnen durch das Kirchenschiff
und zum Dom hinaus, plump und dicht auf den Fersen, etliche stämmige Amerikaner, die ihre Bombe trugen wie ein
sehr schweres, eben getauftes Kind.

Die Hochzeitsfeier fand in der neueröffneten amerikanischen Hamburger-Snackbar auf dem Graben statt. Das
junge Paar gab sich sehr verschwiegen. Mein Wissen über
ihre Beziehung ist eigentlich eine zumeist nur dürftig doku-
mentierte Geschichte – die sich auf die Interpretationen,

wenn nicht Augenzeugenberichte von Ernst Watzek-Trummer stützt. Ernst behauptet, mehr als die Diskussion über Hilkes Wunsch, Vratno solle sich für die Trauung rasieren, habe er das Paar in der Öffentlichkeit nie äußern hören. Und selbst für eine so häusliche Angelegenheit sei das ein sehr schüchternes Gespräch gewesen.

Nichtsdestotrotz ist es aktenkundig. Am 2. August 1945 wurde Hilke Marter von ihrem Vater in die Ehe gegeben, einem Ex-Bibliothekar mit vierzehn, seit sieben Jahren und drei Monaten überfälligen Büchern; Ernst Watzek-Trummer war Trauzeuge des Bräutigams.

Ebenfalls aktenkundig ist, daß der 2. August 1945 der letzte Tag des Potsdamer Gezänks war und der einzige Tag, an dem Truman und Churchill eine kleine Baisse erlebten. Die Briten und Amerikaner waren vorbereitet nach Potsdam gekommen – diesmal in Kenntnis der russischen Okkupationsmethoden und -motive, die auf dem Balkan und in Berlin zu beobachten gewesen waren. Doch Churchill und Truman hatten sich seit dem 17. Juli den Kopf zerbrochen, und der letzte Tag in Potsdam stand im Zeichen der Laxheit. Es ging um die Frage der *Kriegsbeute* und um die russischen Forderungen in Ostösterreich – die Russen erklärten nämlich, sie hätten allerschwerste Kriegsschäden erlitten, die Deutschland wiedergutmachen müsse. Russische Statistiken sind überwältigend; die Russen machten 1710 zerstörte Städte und 70 000 zerstörte Dörfer geltend – ein Verlust von 6 000 000 Gebäuden, der 25 000 000 Menschen obdachlos mache, ganz zu schweigen von dem angerichteten Schaden an 31 850 Fabriken und Betrieben. Die Verluste, die Deutschland wiedergutmachen sollte, seien Verluste, für die man keine gewisse österreichische *Kriegsbeute* beschlagnahmen könne. Ein Sprachsalat wurde angerichtet; die Russen redeten in ein und demselben Atemzug von Österreichs Befreiung und von Österreichs Mitverantwortung für den Krieg.

Später offenbarte der sowjetische Vertreter der Potsdamer Wirtschaftskommission, Herr I.M. Maisky, dann, mit

Kriegsbeute seien alle Güter gemeint, die nach der Sowjet-union transportiert werden könnten. Doch abgesehen davon, daß sie diese vage Formulierung durchrutschen ließen, waren Churchill und Truman auf Stalins Ziele und Absichten diesmal vorbereitet.

Auch Wien war nicht unvorbereitet – zur Zeit der Konferenz von Potsdam. Es war bloß einfach vorher überrumpelt worden, zeigte aber hernach einige heftige Unabhängigkeitsgesten.

Am 11. September 1945 tagte im russisch-okkupierten Hotel Imperial an der Ringstraße zum ersten Mal der Alliierte Rat, und zwar unter dem Vorsitz von Sowjet-Marschall Konjew.

Und auch Vratno Javotnik war nicht unvorbereitet – nicht einmal für das bevorstehende Familienleben. Mein Großvater besorgte ihm legitime Flüchtlingspapiere und stellte ihn als seinen Übersetzergehilfen an – Großvater hatte sich nämlich eine einträgliche Stellung verschafft als Dokumentar der Sitzungsprotokolle des Alliierten Rats, die auf dem neuesten Stand gehalten werden sollten.

Nur vierzehn Tage nach der ersten Sitzung fanden in Wien die ersten freien Parlamentswahlen seit dem ›Anschluß‹ statt. Und sehr entgegen aller vorangegangenen sowjetischen Bemühungen errang die Kommunistische Partei weniger als 6% der Gesamtstimmen – nur vier der einhundertfünfundzwanzig Sitze im Nationalrat. Die Sozialdemokratische Partei und die Volkspartei hielten sich in etwa die Waage.

Worauf Wien nun wirklich nicht vorbereitet war, war der Umstand, was für schlechte Verlierer die Sowjets sein konnten.

Worauf Ernst Watzek-Trummer völlig unvorbereitet war, war die aktenkundige Annahme der Hackinger Bezirkspolizei, die Watzek-Trummer seit dem 12. März 1938 als verschieden registriert hatte, Opfer eines Brandes, der sein Hühnerhaus verschlang. Ich bezweifle, daß das mangelnde Zutrauen, das ihm die Hackinger Bezirkspolizei entgegenbrachte, Watzek-Trummer ernsthaft gekränkt haben kann. Wie auch immer, Ernst weigerte sich jedenfalls, eine Arbeit zu finden und beschäftigte sich auf Großvaters Anregung hin mit Wohnungsreparaturen und -modifikationen im Marterschen Domizil in der Schwindgasse.

Tagsüber also hatten Watzek-Trummer und die Damen die Schwindgasse für sich. Wenn ihn Waschfrauen ob seiner Faulheit, seines Herumpütscherns zuhause ausschalten, pflegte Trummer zu antworten: »Ich bin rechtlich tot. Gibt es eine bessere Entschuldigung dafür, nicht zu arbeiten?«

Als erstes trennte Watzek-Trummer einen Teil der Küche als sein Privatschlafzimmer ab. Dann klemmte er sich die vierzehn überfälligen Bücher unter den Arm und machte sich auf die Socken und die Suche nach dem Fremdsprachen-Lesesaal des Internationalen Studentenhauses, das nicht mehr in Betrieb war – man hatte es zerbombt und geplündert. Also riß Watzek-Trummer alle Bibliothekszettel aus den Büchern und schleppte sie wieder nach Hause – gab den Gedanken auf, sie gegen vierzehn andere einzutauschen, die er noch nicht gelesen hatte. Großvater brachte ihm zwar neue Bücher mit, doch Bücher waren äußerst rar, und den Löwenanteil der Druckerzeugnisse in der Wohnung in der Schwindgasse bildeten Großvaters und Vratnos Hausaufgaben – die Sitzungsprotokolle des Alliierten Rats, die Watzek-Trummer ausweichend und fad fand.

Doch trotz Watzek-Trummers Unzufriedenheit mit seinem Lesestoff vollbrachte er eine große Wohltat – als Hochzeitsgeschenk für Hilke und meinen Vater. Er kratzte die Tarnfarbe von der 39er Grand Prix-Rennmaschine, säuberte sie noch weiter – nämlich von allen Kriegsemblemen, allen Spuren der Funkgeräthalterung und allen offensichtlichen Schrammen von Maschinengewehrstreifschüssen – und lackierte sie glänzend-schwarz; dadurch machte er das Motorrad zu einem Privatfahrzeug, das die Russen nicht so ohne weiteres als *Kriegsbeute* konfiszieren konnten; und er gönnte meiner Mutter und Vratno einen Luxus. Obwohl

Benzin kostbar und der Verkehr zwischen den besetzten Sektoren umständlich war – selbst für einen Übersetzergehilfen, der beim Alliierten Rat zur Durchsicht der Protokolle angestellt war.

So verschaffte Watzek-Trummer den schüchternen Jungvermählten die Möglichkeit, sich selbständig zu machen und irgendwohin zu fahren, wo sie dann wohl entspannt und ungezwungener miteinander geredet haben müssen, als sie es in der Wohnung in der Schwindgasse jemals taten. Watzek-Trummer behauptet steif und fest, ihr Umgang miteinander sei immer schüchtern gewesen, zumindest in der Öffentlichkeit oder bei jeder Gelegenheit, wo Watzek-Trummer sie beobachten konnte. Ihre Gespräche fanden nachts statt, wenn Ernst Watzek-Trummer hinter den leichten Wänden seines von der Küche abgeteilten Schlafzimmers seinen charakteristisch leichten Schlaf schlief. Watzek-Trummer behauptet, sie seien nie laut geworden – noch habe er sie geschlagen, noch habe sie jemals geweint – und das Geraschel, das Watzek-Trummer durch und über seine dünne Scheidewand hörte, war stets sanft.

Nach Mitternacht ging Vratno oft in die Küche und gönnte sich ein belegtes Brot und ein Glas Wein. Worauf Watzek-Trummer hinter seiner Scheidewand hervortauchte und sagte: »Heute Nacht gibt's Blutwurst, ja? Was haben wir an Käse da?« Und gemeinsam hielten sie eine konspirative Vesper, schmierten leise Brote, schnitten behutsam Wurst. Gab es Cognac, blieben sie länger auf, und mein Vater erzählte dann von einem absolut fantastischen Motorrad-Genie, mit dem er einmal den Bart gemeinsam hatte. Und noch viel später, wenn es Wein und Cognac gab, flüsterte Vratno Ernst Watzek-Trummer etwas zu. »Zahn Glanz«, sagte Vratno. »Sagt dir der Name etwas? Wer war Zahn Glanz?«, und Watzek-Trummer konterte: »Du hast mir da mal von einem gewissen Wut erzählt, den du gekannt hast. Wie war das mit diesem Wut, den du gekannt hast?« Und gemeinsam politisierten sie in die Nacht hinein, interpretierten oft die sowjetisch-gesponserte *Österreichische Zeitung*, zum Beispiel die Ausgabe vom 28. November 1945, die von Nazi-Banditen in russischen Uniformen berichtete, die den Sowjets Schande brächten durch eine Reihe von Vergewaltigungen und Morden in den Außenbezirken, ganz zu schweigen von ein paar vereinzelten Zwischenfällen in der Innenstadt. Oder die Nummer vom 12. Januar 1946, die über einen gewissen Herrn H. Schien aus Mistelbach, Niederösterreich, berichtete, der von den Sowjets verhaftet worden war, nachdem er falsche Gerüchte über russische Soldaten verbreitet hatte, die angeblich sein Heim geplündert hätten. Manchmal diskutierten sie aber auch über die Hausaufgaben meines Vaters und Großvaters, über die Sitzungsprotokolle des Alliierten Rats – speziell über eines, in dem es um einen Zwischenfall ging, der sich am 16. Januar 1946 ereignet hatte, und zwar im U.S. Militärzug ›Mozart‹, der amerikanische Truppen zwischen Salzburg und Wien hin und her transportierte. Ein Oberfeldwebel der Armee der Vereinigten Staaten, Shirley B. Dixon von der MP, hatte eine Gruppe von Russen, die den Zug besteigen wollten, abgewiesen – darunter den sowjetischen Hauptmann Klementjew und Oberstleutnant Salnikow. Die Russen griffen zur Waffe, aber Oberfeldwebel Shirley B. Dixon, MP der U.S. Army und schnell am Drücker, traf beide Russen – tötete Hauptmann Klementjew und verwundete Oberstleutnant Salnikow. Bei der Sitzung des Alliierten Rats behaupteten die Sowjets, ihre Leute seien einem Sprachsalat zum Opfer gefallen, und Marschall Konjew verlangte die Bestrafung des Schnellschützen Shirley B. Dixon. Dixon jedoch bekam von einem Militärgericht bescheinigt, nur in Pflichterfüllung gehandelt zu haben.

Watzek-Trummer, der in einer wahren Flut von amerikanischen Westernfilmen geschwelgt hatte, behauptete, der Name Shirley B. Dixon komme ihm irgendwoher bekannt vor. Hieße so nicht der zum Deputy beförderte Revolverheld in dem Film, wo Wasserlöcher in Wyoming vergiftet wurden? Doch mein Vater meinte, Shirley sei normalerweise ein Mädchenname, was Watzek-Trummer Veranlassung bot, sich an den mit der vollbusigen Outlaw-Lady zu erinnern, die dann am Ende dadurch anständig wurde, daß sie einen verweichlichten, pazifistischen Richter heiratete. Deshalb kamen sie zu dem Schluß, Shirley B. Dixon, der schnellste Schütze im ›Mozart‹, sei eigentlich eine aus dem *Women's Army Corps.*

Und Vratno fragte dann wieder: »Zahn Glanz? Du mußt ihn doch gekannt haben.«

Doch Watzek-Trummer konterte stets: »Du hast nie erzählt, was geschah, nachdem ihr, du und Wut, in Maribor ankamt. Hatte dieser Wut da eine Freundin sitzen? Wieso ist er nicht mit dir mitgekommen?«

Und Vratno: »Wer von euch war denn nun dieser sagenhafte Adler? Frau Drexa Neff, die Wäscherin von gegenüber – und die ist doch Mutti Marters Freundin, ich hab' mit ihr gesprochen – also, warum wird die im unklaren darüber gelassen? Andauernd redet sie von diesem großen Vogel, und ihr alle schneidet Grimassen. Wer war der Vogel, Ernst? War Zahn Glanz dieser Adler? War er's? Und was wurde aus diesem Glanz?«

Und dann faselte Watzek-Trummer, Historiker ohnegleichen und Bewahrer aller Details – und dann faselte Watzek-Trummer weiter: »Schon recht, schon recht, bis zu einem gewissen Grad kann ich dir folgen. Aber nachdem diese ganzen Slivnicas, weniger eins, in die Luft geflogen waren, und nach der Sache mit dem Funkgerät in den Bergen – als Borsfa Durd schon tot und begraben war, auf seine Weise, meine ich – und nachdem ihr Balkan 4 hattet vorbeifahren lassen und mit dieser anderen Einheit nach Maribor marschiert seid. Als ihr dann in Maribor wart, Vratno – verstehst du mich – was passierte da mit Gottlob Wut?«

Und so redeten sie immer weiter im Kreis herum, ein vesperndes Karussell, bis sich meine Mutter mit Geraschel aus dem anderen Zimmer meldete und mein Vater aufaß, austrank, ausredete, aufstand und es Ernst Watzek-Trummer überließ, den Rest der Nacht zu verfolgen. Was er auch tat, mit zunehmender Schlaflosigkeit – die vielleicht aus den wachsenden Schwangerschaftsbeschwerden meiner Mutter resultierte, denn von Februar bis in den März hinein veranstaltete sie einen tüchtigen Umtrieb. Und Ernst gab sein abgeteiltes Schlafzimmer auf; er setzte sich statt dessen ans Küchenfenster und goß meiner Mutter ein Glas Milch ein, wann immer sie schlaflos in die Küche gewatschelt kam; im übrigen beobachtete er die Nachtwachen in der Schwindgasse – das stündliche Scheinwerferlicht von der ehemaligen Bulgarischen Botschaft und die stündliche Kontrolle der Haustüren längs der Straße.

Ein russischer Offizier drückte sich mit einem Revolver flach an den Gebäuden entlang – ein schlechtes Ziel für Blumenvasen oder siedende Nudeltöpfe; er prüfte jedes Haustürschloß. Deckung gab ihm ein russischer Infanterist, ein MG-Schütze, der gleich neben dem Bordstein auf der Straße ging – und selber ein schlechtes Ziel für geschleuderte Fensterkästen bot, denn es würde eine beträchtliche Entschlossenheit erfordert haben, irgend etwas sehr Schweres so weit auf die Straße hinauszukatapultieren. Der MG-Schütze beobachtete die Fenster; der Offizier tastete erst mit der Hand um die Türpfosten, ehe er in die Eingänge trat. Die Scheinwerfer von der ehemaligen Botschaft liefen ihnen voran. Eine richtige Sperrstunde gab es nicht, aber schon eine nach Mitternacht noch brennende Lampe war bereits verdächtig, und deshalb begnügte sich Watzek-Trummer mit einer Kerze auf dem Küchentisch und ließ das Rollo bis auf drei Zentimeter über dem Fensterbrett heruntergezogen. So hatte Watzek-Trummer seinen Drei-Zentimeter-Fensterspalt, um über russische Wachmänner zu wachen; Ernst beharrte darauf, er habe die öffentliche Sicherheit in der Schwindgasse dadurch gewahrt, daß er über den vorbeikommenden MG-Schützen ein Abrakadabra, ein Hokuspokus, ein Simsalabim, eine Trance oder gar einen Segen verhängte. Denn als erstes fiel

Watzek-Trummer an dem MG-Schützen auf, daß der viel zu nervös war; er beobachtete die hinter ihm liegenden Fenster mehr, als diejenigen, die vor ihm in das wandernde Scheinwerferlicht rückten – und er sicherte und entsicherte in einer Tour seine Waffe. Deshalb behauptet Ernst, sein Dienst an dem Drei-Zentimeter-Fensterspalt habe dem Zweck gedient, den MG-Schützen zu beruhigen, und beim morgendlichen Exodus der Waschfrau Frau Drexa Neff zur Stelle zu sein, auch soeine nächtliche Fensterwache, die immer aus ihrer Kellerstube heraufschnellte und Ernst quer über die Straße zubrüllte: »Wie schaut's bei euch mit Kaffee aus, Herr Trummer? Herrscht da Ebbe in der Dose, soll ich euren gleich mitnehmen, wenn ich mir meinen hole?« Und Watzek-Trummer sagte für gewöhnlich: »Nein, mit Kaffee sieht's gut aus, aber ein paar Delikateßmandeln könnten wir brauchen oder den besten französischen Cognac, den's heute bei der Zuteilung gibt.« Und darauf die kregele Drexa: »Ha! Was Sie brauchen, Herr Trummer, ist eine Mütze Schlaf. Ha! Das und nichts anderes, jawohl.«

So verging der Februar und der größte Teil des März 1946 mit Drexas Frage an Watzek-Trummer – als der März immer weiter gedieh –, ob Hilke mich über Nacht bekommen hätte, und ohne weitere Zwischenfälle, außer diesem: In der Plößlgasse, zwei Straßen weiter südlich von Watzek-Trummers Drei-Zentimeter-Fensterspalt, wurde ein Mann von einem Maschinengewehr durchsiebt, weil er nach Mitternacht aus dem Fenster auf die Gasse gepinkelt hatte (wie sich herausstellte deswegen, weil seine Toilette verstopft war). Bei dem Krach begann der MG-Schütze von der Schwindgasse auf der Straße zu rotieren, sicherte und entsicherte – suchte den Nachthimmel nach heranwirbelnden Fensterkästen, Küchengeräten und nassen, zusammengeknullten Socken ab. Die nie kamen, andernfalls hätte er garantiert das Feuer eröffnet.

Und diesen Zwischenfall gab es auch noch: Die Sowjets beschlagnahmten die gesamten Aktiva der Donau-Dampfschiffahrts-Gesellschaft unter der Rubrik *Kriegsbeute*. Darüber wurde dann im Alliierten Rat eine oder zwei Sitzungen lang debattiert.

Doch ansonsten passierte bis zu meiner spektakulären Geburt weiter nichts.

Watzek-Trummer erinnert sich an ein leichtes Schneetreiben, entsinnt sich, daß meine Mutter irgendwann nach Mitternacht in die Küche gewatschelt kam und durch das übliche Glas Milch nicht zu beschwichtigen war. Er erinnert sich, wie sich Großvater und Vratno anzogen und aus der Vestibültür zum russischen Posten in der ehemaligen Bulgarischen Botschaft hinüberriefen. Und wie dann die drei in einem russischen Streifenwagen zum Krankenhaus im sowjetischen Sektor davonbrausten.

Das muß in den frühen Morgenstunden, gegen eins oder zwei, des 25. März 1946 gewesen sein. Ernst erinnert sich, daß es drei oder vier Uhr war, als mein Großvater vom Krankenhaus zuhause anrief, um Watzek-Trummer und meiner Großmutter von mir zu berichten – ein Junge! Acht Pfund und dreihundert Gramm, und das war, wie ich hinzufügen möchte, ein ganz anständiges Gewicht, angesichts der schmalen Kost in diesem Okkupationsjahr. Und meine Großmutter griff zur Kerze und segelte durch die Küche bis zum auf drei Zentimeter über das Fensterbrett heruntergezogenen Rollo – und mit der Kerze in der Hand ließ sie das Rollo hochschnellen und schrie ihrer Freundin, der Waschfrau über die Straße zu: »Drexa! Es ist ein Junge! Und er wiegt fast achteinhalb Pfund!«

Watzek-Trummer entsinnt sich: Er war auf halbem Weg vom Telefon zu Großmutter, mitten im Sprung, glaubt er – hing in der Luft und faßte nach der Kerze, um sie zu löschen – als die Scheinwerfer in die Küche stachen und Großmutter auf ihn zu und direkt an ihm vorbeigeschleudert wurde. Ihre Wege kreuzten sich; er entsinnt sich, über die Schulter geblickt zu haben, als sie an ihm vorübergewirbelt wurde – an ihr überraschtes Gesicht, das noch nicht einmal zu bluten begonnen hatte. Watzek-Trummer erinnert sich nicht, das Maschinengewehrfeuer eher *gehört* zu haben, als bis daß er die Küche erneut durchquert hatte – diesmal in entgegengesetzter Richtung – und Großmutter aufzusetzen versuchte.

Eigentlich hat Drexa Neff Watzek-Trummer die Details berichtet. Wie der MG-Schütze ein paar Schritte am Fenster vorbei gewesen sei und sich gewohnheitsmäßig nach hinten umgesehen habe, als ihm Großmutter Marter mit ihrer gespenstischen Kerze und ihrem Geschrei in einer Sprache, die der Russe nicht verstand, einen Heidenschreck einjagte. Und nachdem er sie erschossen hatte – da ist sich Drexa ganz sicher –, war die ganze Straße scheinwerferhell, doch die Gesichter, die in jedem Fenster waren, nur Zentimeter über dem Fensterbrett, konnte man nicht sehen. Zumindest solange nicht, bis Watzek-Trummer zu kreischen anfing: »Sie haben Frau Marter umgebracht! Sie hat bloß gesagt, sie sei jetzt Großmutter geworden!« Und wie es dann die ganze Straße entlang Küchengeräte und Töpferwaren geregnet hatte; wie den MG-Schützen unten auf der Straße, nur ein paar Türen von dort entfernt, wo Frau Marter erschossen worden war, der erste, wohlgezielte Krug aus Blei oder Silber ins Genick traf; und auf ein Knie heruntergesunken und torkelnd wie ein zu Boden gegangener Boxer eröffnete er wieder das Feuer aus seinem Maschinengewehr und zerlegte eine Fensterreihe im dritten Stock von der Ecke Argentinierstraße/Schwindgasse bis halb hinauf zur Prinz-Eugen-Straße. Und er hätte sicher den kompletten Straßenzug mitgenommen, wäre ihm der russische Offizier nicht in die Quere gekommen – oder eben dies zu vermeiden in der Lage gewesen; wie auch immer, der MG-Schütze zwang seinen Offizier aufs Trottoir hinunter und stoppte dann seine Schwenksalve. Er barg den Kopf unter den Armen und rollte sich auf der Straße zu einem Ball zusammen; jedermanns Küchengeräte – von denen Drexa einige identifizieren konnte und Watzek-Trummer sogar erzählte, wo sie gekauft worden seien und was sie gekostet hätten – bedeckten

den russischen MG-Schützen, der schräggegenüber der ehemaligen Bulgarischen Botschaft lag, aus der keiner gerannt
kam, um zu versuchen, ihn zu holen.

So wurde ich am 25. März 1946 geboren, und meine Geburt wurde nicht nur von besagtem Versehen überschattet.
Denn obwohl ich acht Pfund und dreihundert Gramm wog
und meine Mutter kurze Wehen und eine glatte Entbindung
hatte, würde sich nie jemand daran erinnern. Obwohl sogar
eine vielsagende Debatte über meinen Namen stattfand – ob
ich ein *Zahn* sein sollte, doch mein Vater fragte: »Wer war
Zahn?« und bekam keine Antwort, oder ob ich ein *Gottlob*
sein sollte, doch meine Mutter fragte: »Was hat er dir bedeutet?« und bekam keine Antwort, so daß Großvaters Vorschlag gebilligt wurde, denn Fragen und Antworten erüb-
rigten sich bei einem *Siegfried*, dem Namen, der Vratno in
Sicherheit brachte – obwohl also *diese* einschlägige Diskussion stattfand, würde mich kaum jemand mit meinem Ge-
burtsdatum in Verbindung bringen. Und zwar nicht nur,
weil meine Großmutter bloß Augenblicke nach meiner Geburt mit dem Maschinengewehr erschossen wurde – woran
sich auch nicht viele erinnern würden – sondern weil am fünfundzwanzigsten März 1946 Titos Partisanen schließlich den
Četnic-General Draža Mikhajlović stellten und gefangen-
nahmen, den letzten anständigen und dämlichen Befreier
oder Revolutionär auf der Welt.

Die neunzehnte Zoowache:
Dienstag, 6. Juni 1967, ca.6.15h

Ich weiß schon, Graff, daß es für dich vielleicht so aussieht,
als würde ich alten Prinzipien untreu werden. Tja, in manchen Dingen, das sehe ich jetzt, da kann man einfach keine
Haarspaltereien betreiben.

Ich meine, zuletzt bleibt doch alles Willkür, oder? Was hat es denn für einen Sinn, so wählerisch vorzugehen, wenn am Schluß mehr Tiere im Zoo drinbleiben als rauskommen? Ich befürworte wirklich kein Gemetzel, und ich meine, wir sollten mit den größeren, gröberen bis ganz zum Schluß warten. Aber was wäre denn das für ein Zooüberfall, wenn man alles, was groß oder ein bißchen gefährlich ist, in seinem Käfig drin ließe?

Ich sage dir, ich verstehe diese Tiere – sie wissen, worum das Ganze geht; oder sie *werden* es wissen, wenn man ihnen bloß die Richtung weist.

Das soll jetzt nicht für andere Dinge gelten, aber es sind die Befreier mit den felsenfesten Prinzipien, die die Revolution nie in Gang kriegen.

Ich bin sicher. Wenn man diesen Tieren zu verstehen gibt, daß man für sie *alle* ist, sogar für den Dscheladababuin, auch, wenn wir uns den bis fast zum Schluß aufheben müssen – ich meine, wenn *alle* aus den Käfigen rausgelassen werden – dann werden sie bei diesen Toren sein, hundertprozentig. Keiner verläßt sich auf Vetternwirtschaft!

Es ist mein Ernst; sogar den verfrotteten Dscheladababuin. Ich werde doch nicht wegen einer kleinen persönlichen Erfahrung zum geistigen Amokläufer.

(Fortsetzung)
Die hochselektive Autobiographie von
Siegfried Javotnik: Meine wirkliche Geschichte

Man unternahm nichts wegen Großmutter Marters Tod. Die Sitzungsprotokolle des Alliierten Rats strotzen von Zwischenfällen, die weitaus weniger einleuchtend zufällig sind als dieser eine. Die offensichtlich vorsätzlich herbeigeführten hielt man zum Beispiel für das Werk von Mietlingen der Upravlene Sovetskovo Imusčestva v Avstrii, oder USIA – der Verwaltung Sowjetischen Eigentums in Österreich. Die sich unter dem Etikette *Kriegsbeute* mit vierhundert österreichischen Unternehmen aus dem Staub machte: mit Gießereien, Spinnereien, Maschinen-, Chemie-, Elektrogeräte-, Glas- und Stahlfabriken und einer Filmgesellschaft. Bezahlte Killer machten sich mit jenen Österreichern aus dem Staub, die sich der USIA widersetzten.

Dies waren dann meist Morde anderen Kalibers als der an meiner Großmutter. Wilde Schießereien, Vergewaltigungen und Bombenlegen schlugen da mehr ins Fach des russischen Soldaten. Es waren die Entführungen, die dem Alliierten Rat Kummer bereiteten, und die schienen auf das Konto der berüchtigten Benno-Blum-Bande zu gehen – einem Zigarettenschmugglerring, der auch auf dem Schwarzmarkt Nylonstrümpfe verschob. Für das Privileg, im russischen Sektor operieren zu dürfen, beseitigte die Benno-Blum-Bande flugs Leute. Benno Blums Jungs lauerten den Leuten überall in Wien auf und schlichen sich dann, wenn ihnen der Boden zu heiß unter den Füßen wurde, in den russischen Sektor zurück – obwohl die Russen behaupteten, ebenfalls Jagd auf Benno Blum zu machen. Etwa zweimal pro Monat erschoß irgendein russischer Soldat sogar irgendwen und sagte, er habe gedacht, es sei Benno Blum. Obwohl niemand Benno Blum je zu Gesicht bekam und keiner wissen konnte, wie er aussah – oder ob es ihn gab.

Den Operationen im russischen Sektor Wiens haftete also eine generelle Illegalität an, die jegliches Interesse, das der Alliierte Rat am banalen Maschinengewehr-Tod meiner Großmutter hätte nehmen können, umlenkte.

Doch Watzek-Trummer half meinem Großvater. Er alternierte in den Nächten zwischen seinem Küchen-Séparée und dem Elternschlafzimmer – streckte sich von Zeit zu Zeit neben Großvater auf dem Doppelbett aus; und Kopf-an-Kopf ließen sie ihrem Zorn freie Bahn – randalierten manchmal so laut, daß das Scheinwerferlicht von der ehemaligen Bulgarischen Botschaft bei dem nicht in Vergessenheit geratenen Küchenfenster verharrte und blinkte, wie um zu sagen: Schlaft jetzt, ihr da drin, und hört mit eurem Gejammer auf. Es war ein Unfall. Intrigiert ja nicht gegen uns.

Aber es passierten genug Zwischenfälle, die eindeutig keine Unfälle waren, um am 28. Juni 1946 das Neue Kontroll-Abkommen zu bewirken, das das sowjetische Vetorecht über das gewählte Parlament aufhob. Dies löste in der Folge ebenfalls die russische Dienststelle für Kriegsbeute auf, wenn auch Benno Blum, vielleicht aus Rachsucht, aktiver denn je zu sein schien und ein Drittel der anti-russischen Wiener stibitzte – was Bundeskanzler Figl bei einer traurigen Rede in Oberösterreich zu dem Satz veranlaßte: »Wir mußten unter eine sehr lange Liste von Namen einfach das Wort schreiben ›verschwunden‹.«

»Wie Zahn Glanz, was?« sagte Vratno. »War's so?«

Und der gereizte Watzek-Trummer sagte: »Frag doch deine Frau, oder gibt's bei euch im Bett bloß Bettgeflüster?«

Sie waren nicht wirklich sauer aufeinander. Sie hatten die Sache nur schon so oft durchgekaut, sie waren so oft an demselben Punkt gelandet.

Aber einmal, da haben sie es voll ausgetragen – obwohl ich kein Recht habe, mich so gut daran zu erinnern, wie ich das tue, denn zu dieser Zeit war ich noch keine vier Monate alt. Ich schätze, Ernst Watzek-Trummer hat es für mich in Erinnerung behalten, so wie die meisten wichtigen Dinge.

Egal, eines nachts im Sommer, am siebzehnten Juli 1946, kam mein Vater betrunken-lallend nach Hause, nachdem er die Neuigkeit erfahren hatte, daß Draža Mikhajlović von einem Erschießungskommando der Partisanen exekutiert worden war. Und Watzek-Trummer sagte: »Was hältst du von diesem Mikhajlović? Was war er wirklich?« Aber Vratno schrie: »Er wurde im Stich gelassen!« Und begann, Watzek-Trummer eine grausige Vision zu schildern von einem fantastischen Motorradmechaniker, der in Maribor von einem Stehabort verschlungen wurde. Vratno redete nicht über Mikhajlović, sondern über Gottlob Wut, mit dem mein Vater einst den Bart gemeinsam hatte. Vratno rief sich die Frage des schlumprigen Heini Gortz ins Gedächtnis: »Was hast du mit Wut zu schaffen?« Und spekulierte darüber, wie er Heini Gortz hätte in die Abortgrube treten können, und dann Bronsky packen oder Metz oder *alle beide*, und sie rücklings über das Pissoir biegen, während Gottlob sich befreite und ihnen mit seinem versteckten Amal-Rennvergaser den Schädel einschlug.

Und plötzlich sagte Watzek-Trummer: »Du meinst, du hast *nichts* von alledem getan? Du hast nicht mal *versucht*, irgend etwas davon zu tun?«

»Ich sagte, wir hätten uns eben erst getroffen«, erklärte mein Vater ihm, »und Gottlob war ein so feiner Kerl und spielte mit.«

»Sieh mal an, *war* er das, ja?« röhrte Watzek-Trummer.

»So, jetzt hab' ich dir's erzählt, Trummer!« sagte Vratno. »Jetzt bist du mit Erzählen dran, o.k.? Wurst wider Wurst, Watzek, Zahn um Zahn? Wer war Zahn Glanz?«

Doch Watzek-Trummer starrte meinen Vater an und sagte: »Ich halte das für keine gleichwertige Information.«

Mein Vater brüllte ihn an: »Zahn Glanz, verdammt nochmal!« Und gegenüber auf der Straße flammten die Scheinwerfer auf und sondierten Fenster nah und fern.

Dann kam meine Mutter aus ihrem Zimmer und hatte das Nachthemd so weit offen, daß Ernst Watzek-Trummer wegguckte.

Sie sagte: »Was war das? Wer ist hier?«

»Zahn Glanz!« schrie Vratno sie an. »Zahn Glanz ist hier!« Und mit einer schwungvollen Geste zu ihrem Zimmer hin sagte er: »Zahn Glanz! So nennst du mich da drin doch manchmal – und dann klappt's auch meistens am *besten*!«

Und da donnerte Watzek-Trummer einen Hieb über den Küchentisch – mit seiner ehemaligen Metzelmesser-Hand, seiner Hühner-Hack-Hand – und beutelte meinen Vater gegen den Spülstein, wo er mit dem Ellbogen gegen einen Hahn stieß und das Wasser aufdrehte.

Großvater Marter kam aus seinem Schlafzimmer und flüsterte: »Oh, bitte, daß mir keiner von euch zu nah ans Fenster geht. Ihr wißt doch, das ist sehr gefährlich so spät nachts.« Er schaute verdutzt in die Runde; sie schmollten alle, blickten zu Boden. Mein Großvater ergänzte noch: »Laßt das Wasser lieber nicht so stark laufen. Wißt ihr, es ist Sommer, und wahrscheinlich gibt's nicht besonders viel Wasser.«

Dann erinnert sich Watzek-Trummer, daß ich zu schreien anfing, und meine Mutter ging wieder in ihr Zimmer und zu mir. Komisch, wie weinende Babies die Leute zur Vernunft bringen. Bei meinem Geschrei erloschen sogar die Scheinwerfer. Babies schreien eben; das ist völlig in Ordnung.

Das war also der Tag, an dem alles herauskam, so oder so. Am siebzehnten Juli 1946, als Draža Mikhajlović als Verräter erschossen wurde. Was die *New York Times* zu dem Vorschlag veranlaßte, die Russen sollten Mikhajlović doch auf dem Roten Platz ein Denkmal setzen, denn Draža Mikhajlović sei, unter anderem, ironischerweise der Retter Moskaus.

Watzek-Trummer, der immer noch alles las, was er zwischen die Finger bekommen konnte, versuchte, in der Küche Frieden zu stiften mit der Bemerkung: »Erstaunlich, nicht? Nachträglich haben die Amerikaner immer so viele gute Einfälle!«

Womit er natürlich völlig recht hatte. Ganz wie die Russen, in dieser Hinsicht: Sie reagieren am besten auf Statistiken und haben wenig Interesse an Details.

So geschah es beispielsweise – und es gab sogar Zeugen dafür –, daß eine gewisse neunundzwanzigjährige Wiener Fürsorgerin namens Anna Hellein am Kontrollpunkt Steyregg-Brücke an der amerikanisch-sowjetischen Demarkationslinie von einem Sowjetposten aus dem Zug gezerrt und dort vergewaltigt, ermordet und auf den Gleisen liegengelassen wurde. Kurz darauf köpfte sie ein Zug. Aber dies löste beim

Alliierten Rat lange nicht die Aktionen aus wie Bundeskanzler Figls *Liste* mit elf unlängst von Männern in sowjetischer Uniform verübten Morden. Tja, *Zahlen* machten ihnen eben Eindruck. Aber Figls Gesuch um Bewaffnung der österreichischen Polizei und um die Genehmigung, sich und andere Bürger gegen Uniformierte – *jeglicher* Armee – verteidigen zu dürfen, dieser Antrag wurde ein wenig hintangesetzt, weil die Russen nämlich ihre eigene *Liste* präsentierten; aus einer anonymen Quelle bezifferten die Russen dreitausendsechshundert »bekannte Nazis« in den Reihen der Polizei. Tja, wie man sieht, wieder mal *Zahlen*.

Das Problem bei der Polizei war eigentlich ihre *Entkommunisierung*, die sehr langsam vorankam und runde fünf Jahre dauerte. Die Polizei tatsächlich zu bewaffnen – oder anders gesagt, sie überhaupt erst lohnend zu machen – dieser Prozeß ging sogar noch etwas langsamer vonstatten. Noch am 31. März 1952, ich war gerade sechs Jahre alt geworden, hinderten die Sowjets den Polizeichef in ihrem Sektor daran, eine bewaffnete Abteilung zur Niederwerfung einer Horde krawallschlagender Kommunisten zu entsenden, die die griechische Botschaft angriffen – aus Protest gegen die unlängst erfolgte Exekution von Beloyannis und drei weiteren griechischen Kommunisten. Tatsächlich waren die Krawaller in sowjetischen Armeelastern zum Schauplatz gebracht worden.

Und auch noch bei späteren Krawallen entwaffneten die Sowjets die Polizei in ihrem Sektor und nahmen ihr die Gummiknüppel weg – die sich bei der Niederwerfung von Unruhen als zu wirksam erwiesen, wenn sie auch nie ganz dem entsprachen, was sich Bundeskanzler Figl unter der »Bewaffnung« seiner Polizisten vorgestellt hatte.

Doch die Sowjets verloren Wien, und das machte sie unvernünftig; sie mußten wahrhaftig überall Schlappen einstecken.

Im Juni 1948 wurde die Kommunistische Partei Jugoslawiens aus dem Kominform ausgeschlossen – Tito brauchte keine Krücken mehr – und im November 1948 versuchten sowjetische Soldaten jemanden auf der Schwedenbrücke in der Wiener Innenstadt zu verhaften und wurden von der wütenden Menge, die zur Verteidigung herbeiströmte, zurückgeschlagen. Wütende Menschenmengen schädigten die Russen, sogar in ihrem eigenen Sektor.

Und wegen des Zoffs mit Jugoslawien zogen die Russen ihre Unterstützung der jugoslawischen Gebietsforderungen im Süden Österreichs, in Kärnten und der Steiermark zurück, und ergo mußten die Jugoslawen die ganze Idee von einer Expansion nach Österreich fallenlassen.

Das brachte nebenher auch eine krumme Zahl Jugoslawen nach Wien; seltsame Jugoslawen – einige von der Ustaši, so sagte man mir, die mitten in den dicksten Verschwörungen und Gegenverschwörungen entlang der österreichisch-jugoslawischen Grenzen steckten, als sie abgeschnitten wurden. Und darunter war zu verstehen, daß sie bei Benno Blum Arbeit fanden, der noch immer Verwendung für gute Entführer und Rauhbeine allgemein hatte. Auch wenn die Akten behaupten, daß Benno Blum am 10. März 1950 faktisch total erledigt war, als sich der Alliierte Rat bei seiner Sitzung mit dem Bandenmitglied Max Blair beschäftigte, so sprechen doch gewisse Anzeichen dafür, daß ein bißchen von Benno nachher weiterlebte.

Behauptet zumindest Ernst Watzek-Trummer, und von ihm habe ich meine Geschichte.

Ernst war jedenfalls dabei – am 5. März 1953. Mir fehlten noch zwanzig Tage zu meinem siebten Geburtstag, da starb Josef Stalin. Mein Großvater und Watzek-Trummer veranstalteten eine kleine Privatfeier: etwas Cognac am Küchentisch und ihre Ausgelassenheit stand in keinem Verhältnis zu dem bißchen, das sie intus hatten. Meine Eltern waren jedoch ausgegangen, deshalb muß ich mich, was ihre Erlebnisse angeht, auf Watzek-Trummers Bericht verlassen. Meine Eltern nahmen mich sonst meistens mit, nur eben nicht zu dieser Feier. Und selbst ich muß gestehen – obwohl mich Watzek-Trummer da sicher beeinflußt hat – daß mir die Beziehung meiner Eltern schüchtern und stillschweigend vorkam – bestenfalls. Von Zeit zu Zeit war ich mit ihnen unterwegs – am deutlichsten sind mir sonnige Spazierfahrten auf der Grand Prix-Rennmaschine in Erinnerung geblieben, wenn meine Mutter ihre Arme um meinen Vater und mich schlang, mich fest an seinen Bauch preßte und mir die Knie gegen den Benzintank preßte, auf dem ich rittlings saß. Und mir mein Vater Wut'sche Motorrad-Meister-Maximen ins Ohr flüsterte.

Doch am 5. März 1953 starb Josef Stalin, und Vratno und Hilke gingen abends zusammen aus, um zu feiern, und mich ließen sie da – bei der Feier der alten Männer am Küchentisch. Ich weiß nicht einmal mehr, wie meine Mutter nach Hause kam, obwohl das bestimmt alarmierend gewesen sein muß.

Denn sie kam allein nach Hause, eher verwirrt als verärgert, und setzte sich an den Küchentisch zu meinem Großvater und Watzek-Trummer (und vielleicht auch zu mir), und wunderte sich laut darüber, was um alles in der Welt bloß in Vratno gefahren sein könnte.

Denn, so sagte sie, sie hatten gepflegt gespeist und gesüffelt und saßen in einem serbischen Restaurant, wo es sich Vratno häufig schmecken ließ, irgendwo beim Südbahnhof – noch im russischen Sektor –, als urplötzlich dieser Mann reinkommt, dunkelhäutig, bärtig, klein, doch mit stechendem Blick. Aber freundlich war er, beteuerte Mutter Watzek-Trummer. Dieser Mann setzte sich zu ihnen an den Tisch.

»Der Mörder ist tot!« sagte er auf deutsch zu ihnen, und sie stießen mit ihm an. Dann kniff der Mann Vratno in den Arm und sagte etwas, das, wie meine Mutter meinte, so klang:

Bolje grob nego rob!

Besser im Grabe als ein Sklave!

Und Vratno wirkte erstaunt – nur ein wenig; vielleicht, weil er nicht damit gerechnet hatte, daß man ihm den Jugoslawen überhaupt ansah, so wie er hier saß und sich deutsch mit einer Wiener Dame unterhielt.

Doch der Mann redete weiter: ein bißchen auf serbokroatisch und ab und zu ein bißchen auf deutsch – er war höflich zu Hilke. Er legte auch den Arm um meinen Vater und wollte wohl, vermutete meine Mutter, allein mit ihm irgendwo etwas trinken gehen. Aber Vratno sagte auf deutsch, er wolle seine Frau eigentlich nicht allein lassen, nicht einmal ganz kurz oder nur für ein oder zwei Gläser – ja nicht einmal, um noch ein paar Landsleute zu treffen. Doch alles war sehr lustig, bis der Mann etwas sagte, das, wie meine Mutter meinte, so klang:

Todor

Mehr nicht, ein-, zweimal – nur das, allein oder in serbokroatischen Sätzen. Vratno wirkte wieder erstaunt – diesmal sogar sehr. Doch der Mann lächelte die ganze Zeit über weiter.

Dann erst versuchte Vratno auf sehr grobe Art, meiner Mutter etwas zuzuflüstern, ohne daß es der andere Mann hörte; es drehte sich irgendwie darum, daß sie auf die Damentoilette gehen, ein freies Telefon finden und so schnell wie möglich Watzek-Trummer anrufen sollte. Aber dieser Mann lachte dauernd und klatschte Vratno auf den Rücken und lehnte sich herüber zwischen das Gesicht meines Vaters und das meiner Mutter – so daß sie nicht erfolgreich miteinander tuscheln konnten.

Und dann, sagte meine Mutter, sei der *andere* Mann hereingekommen.

Hilke Marter-Javotnik hat behauptet, nie einen größeren Mann gesehen zu haben, und als er hereinkam, hätte sich mein Vater über den Tisch gebeugt und sie fest auf den Mund geküßt; sei aufgestanden, habe dann auf seine Füße geschaut und gezögert – doch der erste, kleinere Mann sagte auf deutsch: »Deine Frau ist sehr schön, aber sie ist in den besten Händen – bei mir.«

Und Vratno schaute zu dem großen Mann hoch und ging an ihm vorbei und direkt zur Tür hinaus.

Der Große, den der Kleine Todor nannte, ging direkt hinter meinem Vater hinaus.

Das allerschlimmste an dem Großen, sagte meine Mutter, sei sein schiefes Gesicht gewesen – wie abgefressen oder weggesprengt – und die bläulichen Narben, die es fleckten; manche, ausgezackt, klebten ihm wie Gummi im Gesicht, und manche waren splitterfein, so tief, daß sie die umliegende Haut verzerrten und runzelten.

An dem Kleinen sei nichts auszusetzen gewesen. Er blieb und trank ein Glas mit ihr; dann ging er weg, um, wie er sagte, Vratno wieder zu holen, aber er kam selber nicht wieder. Und mein Vater auch nicht.

Meine Mutter sagte, die Grand Prix-Rennmaschine stehe noch immer vor dem serbischen Restaurant geparkt, deshalb zogen Ernst Watzek-Trummer und Großvater los, um sie zu holen, und unterwegs schwatzten sie mit russischen Soldaten.

»Ein Riesenkerl«, sagte mein Großvater zu den Soldaten. »Ich glaube, er heißt Todor Slivnica. Hat wüste Narben, wurde mal in einem Auto in die Luft gesprengt. Er hat meinen Schwiegersohn dabei und vielleicht noch einen anderen Mann.« Aber keiner hatte auch nur eine Menschenseele gesehen – außer, früher am Abend, meine Mutter auf dem Heimweg mit einem russischen Soldaten, dem gentlemanähnlichsten, den sie getroffen hatte; sie hatte sich getraut, ihn zu bitten, sie doch nach Hause zu begleiten. Er war ein junger Bursche; im letzten Häuserblock hatte er ihre Hand gehalten, aber mehr, vermute ich, wollte er auch gar nicht.

Sonst hatten die Soldaten unterwegs den ganzen Abend lang niemand gesehen.

Und als Großvater und Watzek-Trummer zu dem serbischen Restaurant kamen, da stand die Rennmaschine davor, und drinnen sang eine Sängerin serbokroatische Lieder, und Pärchen oder dunkle Männergruppen klatschten und sangen an den Tischen mit. Sehr lustig.

Doch Watzek-Trummer dachte, das ganze serbische Bumslokal stecke unter einer Decke. Er rief: »Todor Slivnica!« Und die Sängerin brach ab; sie rang die Hände. Niemand bezichtigte Watzek-Trummer der Unhöflichkeit; die Ober schüttelten nur immer wieder den Kopf.

Sie wollten schon gehen, da sagte Großvater: »Oh mein Gott, Ernst.« Und zeigte auf einen gewaltigen Mann, der allein an einem Tisch bei der Tür saß; er begann eben, Götterspeise aus einem Glasschälchen zu löffeln. Beim Hereinkommen waren sie direkt an ihm vorbeigelaufen.

Und sie drangen auf den Mann ein, dessen Gesicht im Kerzenlicht so vielfarbig und vielförmig war wie ein halbzertrümmertes Prisma.

»Todor Slivnica?« fragte Watzek-Trummer.

Der große Mann lächelte und erhob sich – furchteinflößende neunzig Zentimeter, so schien es, über Großvater und Ernst. Todor versuchte sich durch eine Verbeugung klein zu machen.

Mein Großvater, der überhaupt kein Serbokroatisch sprach, konnte nur sagen: »Vratno Javotnik?«

Und Todor schoß rot das Blut in die Narben, ließ sein ganzes Gesicht neonartig blinken; er nahm das Glasschälchen hoch, kippte sich die wabblige Götterspeise in die Pratze und spreizte die Finger flach weg, die Götterspeise bibberte unter Großvaters Nase wie ein seltenes Geschenk, und dann drosch er mit der anderen Faust drauf – *fopp*! und *skwietsch*!

Dann setzte sich Todor Slivnica und lächelte, ein Klacks Götterspeise schlüpfte ihm in eine seiner tiefergekerbten Narben. Und er gestikulierte herum – deutete auf die Götterspeise an den Wänden, auf dem ganzen Tisch, auf die Götterspeise, die überall an Großvater und Ernst klebte, die sogar oben auf der tiefhängenden Laterne qualmte. Überall war Götterspeise, Todor Slivnica wies und lächelte.

Wo ist Vratno Javotnik? Na, hier doch, auf deiner Nase, und hier auf der Laterne da oben – und sogar hier! Im Raum.

Watzek-Trummer also hat dies behalten, hat es zuverlässig in der Erinnerung bewahrt, zur Deutung – das Rätsel, wo mein Vater geblieben ist, ist verknüpft mit Todor Slivnicas symbolischen Gesten. Todor war unter anderem für seinen Sinn für Humor bekannt.

Die zwanzigste Zoowache: Dienstag, 6. Juni 1967, ca. 6.30 h

Eine interessante Beobachtung. O. Schrutt hat seine Garderobe gewechselt! Nein, nicht gewechselt, sondern vielmehr getarnt. Er hat einen Regenmantel an; der verdeckt das Namensschild und die Epauletten. Und er hat sich ordentlich und wohlbewußt die Hosen aus den Kampfstiefeln gezupft. Es sieht fast so aus, als trüge er gewöhnliche Schuhe – oder höchstens welche mit Plateausohlen.

O. Schrutt macht sich bereit für den hellichten Tag und für die Wärter, die ihn ablösen kommen. O. Schrutt ist nicht dumm; er sieht sich vor mit seinen Leidenschaften. O. Schrutt wird in der Öffentlichkeit wohl kaum wie ein Süchtiger wirken. Er hat sich seinen Schuß gesetzt; er kann äußerlich einen gewaltlosen Tag durchstehen.

Auf die Gefahr hin, polemisch zu klingen, möchte ich sagen, daß es zwei Möglichkeiten gibt, lange auf dieser Welt zu leben. Die eine ist, mit der Gewalt freien Handel zu treiben, ohne daß Gründe oder Neigung in das eingreifen, was einem zweckdienlich ist; und wenn man keine direkten Antworten gibt, wird auch nie herauskommen, daß man lügt, um sich zu schützen. Doch wie die andere Möglichkeit, lange zu leben funktioniert, weiß ich nicht so recht, obwohl ich glaube, daß dazu eine unglaubliche Portion Glück gehört. Aber es *gibt* eine andere Möglichkeit, denn es sind nicht *immer* die O. Schrutts, die lange leben. Es gibt noch ein paar Überlebende anderer Art.

Ich denke, Geduld hat auch etwas damit zu tun.

Ich wette beispielsweise, es gibt unter O. Schrutts früheren Kleinsäugetier-Schützlingen ein paar Überlebende. Wenn sie geduldig genug waren *weiterzuleben*, werden sie schließlich den Burschen zu sehen kriegen, dessentwegen sie so geduldig waren. Sie werden die entrückten Gesichter über einer Zeitung zittern lassen, sie werden die alten, zerschmetterten Hände in den ausgelaugten Schößen zucken lassen – ein Muskelkrampf wird sie aus ihren Fernsehsesseln werfen: O. Schrutt ist wieder Tagesgespräch, werden sie sehen – ihn durch Stiche in einer Narbe erkennen, die zwanzig Jahre oder länger empfindungslos gewesen ist. Ihre verkrüppelten Beine werden sich so weit entkrampfen, daß sie auf ihnen zu einem Telefon wanken können; beim Fräulein vom Amt werden sie ihre Sprachstörungen verlieren; sie werden zwanzig hinter ihnen liegende Jahre der Geduld in die Sprechmuschel atmen.

Ganz recht, lieber Franz, er ist's, hab' sein Bild gesehn, und ruf um Himmels gleich Stein an – um ihn endlich aufzumuntern. Das war O. Schrutt, ich bin sicher – strampelte und kreischte in einem Rudel wilder Tiere; ihr Wärter, klar doch. Und hatte natürlich die Nachtschicht, und auch seine Uniform auch an. Sicher, das Namensschild auch – kam eben im Fernsehen! Ich geh' jetzt los, es Weschel erzählen, er hat kein Telefon – und mit seinen schlechten Augen weder Zeitung noch Fernseher. Aber du rufst mir so schnell wie möglich den armen Stein an. Meine Güte, wird der sich kringeln, wenn er das hört!

Denn nach den Verschwundenen hört niemand auf zu suchen. Es sind nur die gewißlich Toten, die rundweg nicht so enden können, wie man sich das gewünscht oder von ihnen erwartet hätte.

Es muß meine gute Zuversicht sein, O. Schrutt; sie läßt mich glauben, daß ein paar von deinen Kleinsäugetier-Schützlingen sogar dich überleben werden.

(Fortsetzung)
Die hochselektive Autobiographie
von Siegfried Javotnik:
Meine wirkliche Geschichte

25. März 1953. Zu meinem siebten Geburtstag reiste meine Mutter mit mir im Zug nach Kaprun – nur zwanzig Tage nach Stalins Tod und dem götterspeiseartigen Verschwinden meines Vaters. Ernst Watzek-Trummer und Großvater trafen sich mit uns in Kaprun auf der Grand Prix-Rennmaschine, die langsam und ungelenk eine ängstliche Fahrt von Wien dorthin gemacht hatte.

Und so ließ sich der Rest von uns in Kaprun nieder, einem damals sehr kleinen Dorf; das war vor der Talsperre im Gebirge, und bevor der große Skilift weniger tollkühne Skiläufer in den Ort brachte.

Mein Großvater wurde Postmeister von Kaprun; Watzek-Trummer das Orts-Faktotum, und er trug die Post aus – im Winter zog er sie in groben, braunen Säcken auf einem Schlitten, der mir gehörte, wenn es keine Post auszutragen gab. Manchmal saß ich oben auf den Postsäcken auf dem Schlitten, und Ernst durfte mich schliddernd die steilen Winterstraßen hochziehen. Meine Mutter machte rote Kordeln mit Quasten daran zum Zubinden der Säcke, und eine rote Kordel mit einer Wollbommel am Ende wurde an meiner Zipfelmütze befestigt.

Im Sommer fuhr Ernst Watzek-Trummer die Post in einem hohen, zweirädrigen Karren aus, der am hinteren

Schutzblech der Grand Prix-Rennmaschine anmontiert wurde. Gottlob Wut muß sich in seinem Grabe umgedreht haben, wenn man es ein Grab nennen kann.

Wir waren recht glücklich in Kaprun; wir lebten jetzt natürlich im amerikanischen Sektor und im Sendebereich von Salzburg. Abends hörten wir die amerikanische Station, die diese ganze Negermusik spielte – volltönend klagende Frauen und jaulende Trompeten und Gitarren: Unterleibs-Blues. Ich entsinne mich der Musik auch ohne Watzek-Trummers Hilfe, ja, ehrlich. Denn im Gasthof Enns im Dorf begleitete einmal ein amerikanischer Neger, ein Soldat auf Urlaub, das Radio mit seiner Mundharmonika, und er sang wie ein großer, im Regen stehengelassener Blecheimer. Es war Winter; vor dem Schnee gab es in Kaprun nichts Schwärzeres als ihn; die Leute faßten ihn an, um zu sehen, ob er sich hölzern anfühlte. Er brachte meine Mutter vom Gasthof Enns nach Hause und zog mich auf dem Postschlitten hinter sich her. Er sang ein, zwei Strophen, gab mir dann ein Zeichen, und ich tutete oben auf dem Schlitten in seine Mundharmonika – mitten durch das kleine, Y-förmige Dorf, ziemlich spät in der Nacht, glaube ich. Großvater konnte mit dem Soldaten Englisch reden, und später schickte der Neger Watzek-Trummer ein Fotobuch über die Bürgerrechte in Amerika.

An viel mehr erinnere ich mich nicht, und Watzek-Trummers selektives Gedächtnis hat in diesen Jahren nichts Wichtiges gefunden – als ich acht und dann neun Jahre alt war. Nur dies: als am 19. September 1955 der letzte sowjetische Soldat Wien verließ, erlitt mein Großvater einen leichten Schlaganfall – und kippte rücklings in einen Haufen unsortierter Post. Von ihrer Seite der Schließfächer im Sortierraum aus sahen die Leute kleine Quadrate an ihm vorbeifallen. Doch Großvater erholte sich rasch. Bis auf eines: Seine Augenbrauen wechselten über Nacht die Farbe von grau nach weiß. Und das ist wieder eines von den Details, an die ich mich vielleicht selbst erinnert habe oder an die Ernst

Watzek-Trummer sich für mich erinnert hat – oder, was wahrscheinlicher ist, es war unser beider gemeinsames, wiederholtes Erinnerungsbemühen.

An das einzig Wichtige erinnere ich mich jedoch – und zwar garantiert von ganz allein. Denn es fällt Watzek-Trummer selber schwer, sich daran zu erinnern, oder es fällt ihm zumindest schwer, dies laut vor mir zu tun.

Ich war zehneinhalb am fünfundzwanzigsten Oktober 1956 – Staatsfeiertag, erster Jahrestag des offiziellen Endes der Okkupation. Großvater und Ernst hatten stramme neun Stunden im Gasthof Enns gebechert, als sie anfingen, im Keller des Postamts in alten Kisten zu stöbern – der zugleich auch das Lagerzentrum unserer Familie war. Ich weiß nicht, welcher Teufel ihn ritt, aber mein alter Großvater fand (oder hatte die ganze Zeit schon danach gesucht) das Adlerkostüm – ratzekahl federlos, denn das Schweineschmalz hatte vor Urzeiten den Geist aufgegeben: Ein leicht speckig glänzendes Kostüm aus teilweise verrosteten Pastetenförmchen; der Kopf und besonders der Schnabel waren aus massivem Rost. Doch mein Großvater zog das Ding an und bestand vor Watzek-Trummer darauf, er sei jetzt an der Reihe, der Adler zu sein, weil nämlich Ernst und Zahn Glanz jeder schon einmal die Chance gehabt hätten. Und könnte es denn für den österreichischen Adler einen besseren Tag geben als den Staatsfeiertag?

Nur daß dieser Staatsfeiertag etwas beeinträchtigt wurde. Zumindest für meine Mutter. Bloß zwei Tage vorher hatten die Straßen von Budapest plötzlich in Blut geschwommen; glücklicherweise hatten die Ungarn wenigstens einen gebahnten Fluchtweg, denn nach dem Abzug der Russen aus Wien hatten österreichische Beamte den Stacheldraht entfernt und die Minenfelder entlang der österreichisch-ungarischen Grenze geräumt. Eine gute Idee. Denn die ungarische Geheimpolizei und die sowjetische Armee hatten mehr als 170 000 Flüchtlinge über die Grenze getrieben, wo sie Wien – mitfühlend mit okkupierten Völkern unter seine Adlerfittiche nahm. Und am Staatsfeiertag strömten sie immer noch herüber.

Ich kann nur vermuten, daß der Grund, warum dies meiner Mutter so an die Nieren ging, bis in den März 1938 zurückreichte, als Zahn Glanz die ungarische Grenze entweder bei Kittsee überquerte oder aber gar nicht. Und wenn man beschließt, an Zahns Grenzübertritt zu glauben, dann kann man auch daran glauben, daß er sie in umgekehrter Richtung wieder überquerte – zusammen mit vielleicht 170 000 anderen Flüchtlingen aus Ungarn.

Ich denke das nur, weil Hilke solche Dinge durch den Kopf gegangen sein müssen, um so auf Großvater zu reagieren, wie sie es tat – als er großartig in unsere Kapruner Küche hereinstolzierte und unter seinem kahlen Vogelhelm schrillte. »*Krak*!« rief er. »Österreich ist frei!«

Meine Mutter stöhnte auf; sie krallte die Finger in mich, denn ich stand gerade zur Anprobe einer Strickjacke vor ihr. Dann war sie auf den Beinen und bestürmte den überraschten, federlosen Adler im Türstock und erwischte ihn dort am Pfosten. Sie bohrte ihm das Knie zwischen die Beine, hob den Saum seines Kettenpanzers; sie zerrte unablässig an seinem Helm.

»Mein Gott, Zahn«, winselte sie, so daß sich Großvater roh von ihr losriß und den Adlerkopf selber absetzte. Und er konnte ihr nicht in die Augen sehen, sondern wandte etwas den Kopf ab und nuschelte: »Ach, das hab' ich grad eben im Postamt gefunden, Hilke. Es tut mir leid, aber mein Gott, Hilke, das ist *achtzehn Jahre* her!« Aber er wollte ihr noch immer nicht in die Augen sehen.

Sie blieb zusammengesunken am Türpfosten lehnen; ihr Gesicht war alterslos, sogar geschlechtslos – verriet überhaupt nichts. Im Tonfall einer Radioansagerin sagte sie: »Sie kommen immer noch herüber. Jetzt sind es mehr als einhundertsiebzigtausend. Ganz Ungarn kommt nach Wien. Meinst du nicht, wir sollten jetzt zurückkehren – für den Fall, daß er uns aufsuchen will?«

»Ach, Hilke«, sagte Großvater. »Nein, nein. Wir haben in der Stadt nichts mehr verloren.«

Immer noch im Ansageton sagte sie: »Chefredakteur Lennhoff ist die Flucht nach Ungarn *geglückt*. Das ist eine Tatsache.«

Großvater versuchte, so stillzustehen, daß die Pastetenförmchen nicht schepperten, doch sie hörte das Geräusch und blickte zu ihm hoch; ihre echte Stimme und ihr wahrer Gesichtsausdruck kehrten zurück.

Meine Mutter sagte: »Du hast ihn da schon mal sitzenlassen. Wegen dir und deinem Bankbuch mußte er zurückbleiben, und dabei hätte er mit uns mitkommen können.«

»Sieh dich vor, Mädchen«, sagte Watzek-Trummer und packte sie mit einer Hand an den Haaren. »Du reißt dich jetzt gefälligst zusammen, verstanden?«

»Du hast Zahn in Wien sitzen lassen!« schrie meine Mutter den Vogel an, der unter den Pastetenförmchen rasselte und sich ganz von ihr abwandte. Watzek-Trummer zerrte meine Mutter an den Haaren.

»Schluß jetzt!« zischte er. »Verdammt nochmal, Hilke, dein Zahn Glanz mußte doch nicht *so lange* dableiben. Er *mußte* doch schließlich keine Chefredakteure nach Ungarn fahren, oder? Und was macht dich überhaupt so sicher, *daß* er's getan hat?«

Aber meine Mutter bekam ihre Haare frei und wankte zu mir zurück, der ich irgendwie gekreuzigt in einer bisher noch nicht zusammengenähten Strickjacke, die mir mit Nadeln an den Leib geheftet war, auf dem Anprobeschemel balancierte.

Watzek-Trummer brachte den zusammengebündelten Adler zurück in den Postamtkeller. Und in dieser Nacht weckte mich meine Mutter sehr spät auf – rieb ihr kaltes, nasses Gesicht an meinem und kitzelte mich unter der Zudecke mit dem Mantel mit dem Pelzkragen, den sie nur auf Reisen trug. Und dann machte sie eine. Hinterließ keine symbolischen Gesten zur Deutung – damit wir uns bei-

345

spielsweise vielleicht ausrechnen konnten, wie lange sie weg sein würde oder wie oder bei wem sie enden würde.

Hinterließ uns nicht einmal Götterspeise an den Wänden oder Schuhsohlen, die man als endgültig gelten lassen konnte.

Obgleich mein Großvater keinen Beweis brauchte, um zu wissen, daß sie nicht zurückkommen würde. Keine zwei Wochen später, im November 1956, erlebten Kaprun und die umliegenden Kitzbühler Alpen den ersten Schneefall – ein nasser, schwerer Sturm, der in der Nacht Eis brachte. Nach dem Abendessen also nahm Großvater den Postschlitten und zog – obwohl ihn niemand sah – die Adler-Pasteten-förmchen-Rüstung an; er marschierte vier Kilometer das Gletscherfeld hoch in Richtung auf den Gipfel des Kitz-steinhorns. Er hatte eine Taschenlampe dabei, und nachdem er bereits mehrere Stunden unterwegs war, stand Watzek-Trummer von unserem Küchentisch auf und blickte aus dem Fenster zu den Bergen hoch. Und sah auf halber Höhe des Gletschers und unter der schwarzen Spitze des Kitzstein-horns ein schwaches, fast regloses Licht blinken. Dann kam das Licht herunter – der Schlitten muß geschleudert sein, denn das Licht schoß geradlinig abwärts, sprang, zick-zackte, steuerte eine Route an, die rundbogiger verlief als der Aufstieg: einen Holzfällerweg, der tiefer am Berg, un-terhalb des Gletscherfelds, verlief. Die alten Schiläufer nannten ihn den Katapult-Steig. Er wand sich sehr steil durch vierzehn S-Kurven fünf und einen Viertel Kilometer ins Dorf hinunter.

Heute befördert einen natürlich eine Drahtseilbahn dort hinauf, und die neuen Skifahrer nennen den Steig die Selbst-mörder-Piste.

Doch Großvater rodelte den Postschlitten das Katapult hinunter, wie es damals hieß, und von unserem Küchenfen-ster aus verfolgten Trummer und ich die Talfahrt seines Lichtscheins. »Das ist dein Großvater, Junge«, sagte Ernst. »Schau mal, wie der abgeht.«

Wir folgten ihm acht, dann neun S-Kurven durch den Nutzholzforst – er muß im Sitzen mit den Füßen gelenkt haben – und dann verschwamm sein Taschenlampen-Scheinwerfer so sehr, daß er wie eine rasende Verkehrskolonne auf der Autobahn wirkte. Obwohl Watzek-Trummer behauptet, er habe Großvater noch eine S-Kurve für sich buchen sehen, bevor wir ihn ganz aus den Augen verloren. Das wären dann zehn von vierzehn gewesen, gar kein so übler Schnitt für einen Postschlitten bei Nacht.

Ernst sagte mir, ich dürfe nicht mitkommen und schloß mich in unserer Küche ein, von wo aus ich beobachtete, wie ein winziges Band von Taschenlampen den Berg unterhalb des Kitzsteinhorns bis zum Morgengrauen durchkämmte. Dann fanden sie meinen Großvater, der vom Katapult katapultiert worden war, als er einen gefällten Stamm rammte, den der Neuschnee fast zugeweht hatte.

Durch eine geheimnisvolle Lenkung, die ich nie begreifen werde, schaffte es der Postschlitten von alleine ins Dorf zurück.

Ja, als sie meinen Großvater dann aus dem Wald geborgen hatten, da wollte Watzek-Trummer, daß der Postschlitten gefunden wurde. Und als sie den gefunden und zu ihm hochgebracht hatten, bettete Watzek-Trummer meinen Großvater darauf und führte ihn den Berg hinab und durchs Dorf zum Gasthof Enns. Wo Ernst vier Kaffee-Cognac trank und auf den Priester wartete. Der ganz entrüstet war, daß Watzek-Trummer sich weigerte, das Adlerkostüm zu entfernen. Watzek-Trummer schwor, daß Großvater so beerdigt werden würde wie er war, im Harnisch – federlos doch vermummt. Ernst war nicht zu Debatten aufgelegt. Großvater hatte schon vor längerem eindeutig klargestellt, daß die Katholiken bei seiner Leiche nie und nimmer ihren Willen durchsetzen würden, nachdem was dieser verräterische Kardinal Innitzer 1938 getan hatte. Um also jegliche Diskussion zu beenden, sagte Watzek-Trummer. »Erinnern Sie sich an Kardinal Innitzer, Pater? Er hat Wien an Hitler verraten und verkauft. Er hat seine ganze Herde ermuntert, den Führer zu sanktionieren.«

Und der Priester sagte: »Aber der Vatikan hat das nie sanktioniert.«

»Der Vatikan«, sagte Watzek-Trummer, »ist berüchtigt dafür, immer vornehm zu spät zu kommen.« Denn der alte Ernst las noch immer alles, was ihm in die Hände fiel.

Dann wurde ich geholt, und zusammen glätteten wir, Ernst und ich, die Pastetenförmchen des armen Großvaters und packten Schnee um ihn herum – damit er sich kühlhalten würde, während der Sarg gezimmert wurde.

Watzek-Trummer sagte zu mir: »Es war eine Art Schlag; es war sein Herz, irgendwie. Aber immerhin ist das ein besseres Begräbnis als so manches, von dem ich gehört habe.«

Danach gingen wir heim, Ernst und ich. Ich war zuversichtliche zehn Jahre alt; falls ich mich überhaupt von meiner Familie im Stich gelassen fühlte, fühlte ich mich zumindest in guten Händen. Viel besser als mit Ernst Watzek-Trummer konnte man es nicht treffen. Hüter des Familienalbums – Eiermann, Postbote, Historiker, Überlebender. Verantwortlich schließlich, dafür zu sorgen, daß ich überlebte, um mein Erbe zu begreifen.

Die einundzwanzigste Zoowache: Dienstag, 6. Juni 1967, ca. 6.45h

Die Käfigputzer wurden kurz nach 6.30h reingelassen. O. Schrutt sperrte ihnen das Haupttor auf und ließ es offen. Er spannte jedoch eine Kette vor den Eingang; es hängt ein Schild dran, wahrscheinlich ein KEIN EINLASS-Schild – obwohl es so herumhängt, daß ich's nicht lesen kann.

Die Käfigputzer sind ein mürrischer, verwahrloster Haufen; sie gingen ins Reptilienhaus und kamen mit ihren Sie-

bensachen raus und zogen dann en masse zum Dickhäuterhaus.

Dann dachte ich, wenn sich O. Schrutt doch bloß vom
Tor verziehen würde, könnte ich direkt von hier verschwinden. Bei O. Schrutts Aufbruch wollte ich sehen, wo er hin-
ging!

Nimmt O. Schrutt wohl ein ganz *normales* Frühstück zu
sich?

Aber so eine Art Morgenwachmann traf sich mit O.
Schrutt am Tor. Sie wechselten nur wenige Worte miteinander. Vielleicht hat der neue Wachmann mit dem alten O. ge-
schimpft, weil er bei *der* Sonne einen Regenmantel trägt.
Doch O. Schrutt verschwand einfach; er stieg über die Kette
vor dem Eingang, und ich habe nicht einmal gesehen, welche
Richtung er einschlug.

Ich mußte warten, bis sich der neue Wachmann be-
quemte, eine halbherzige Runde zu drehen. Als er endlich
ins Kleinsäugetierhaus ging, waren die Käfigputzer immer
noch im Dickhäuterhaus. Doch ehe ich meine Heckenreihe
verließ und mich durchs Haupttor verdünnisierte, sah ich,
daß der neue Wachmann das Infrarotlicht anknipste! Komisch, aber ich kann mich nicht dran erinnern, wann O.
Schrutt es ausgeschaltet hat. Diese Wacherei hat mich wohl
doch ganz schön geschlaucht.

Und als ich draußen vor dem Tor stand, fehlte von O.
Schrutt jede Spur. Ich ging über die Maxingstraße in das
Café. Ich setzte mich an einen Tisch auf dem Trottoir und
wurde belehrt, daß ich erst ab sieben Uhr bedient werden
würde. Mein interessanter Ober vom Balkan verteilte
Aschenbecher auf den Tischen. Er muß vormittags und
nachmittags arbeiten – nimmt den Abend frei, um sich raffinierte Bemerkungen für den nächsten Tag auszudenken.

Er beäugte mich mit unermeßlicher Raffiniertheit. Er ließ
zu, daß sich unsere Blicke trafen, und dann gab er mir mit einem kleinen Seitenblick zu verstehen, daß er sehr wohl
merke, daß mein Motorrad noch genau am selben Platz ge-

parkt stehe wie gestern Nachmittag. Mehr nicht; er gab mir nur zu verstehen, *so viel* wisse er.

Und plötzlich begann mir bei dem Gedanken an meine Rückkehr nach Waidhofen etwas mulmig zu werden – bei dem Gedanken, daß mich dieser verfrottete Ober am Tag des Überfalls erkennen könnte. Ich brauchte eine Verkleidung! Also beschloß ich, mir eine Glatze schneiden zu lassen.

Aber als dieser Ober einen Aschenbecher an meinen Tisch brachte und ihn fast so über die Tischplatte wie eine Spielkarte austeilte, da wurde ich ein wenig dreister und fragte ihn, ob er denn in der Gegend gewesen sei, als in Hietzing der Zooüberfall stattfand – vor etwa zwanzig Jahren.

Er sagte, da sei er nicht in der Gegend gewesen.

Also sagte ich: »Aber davon gehört haben müssen Sie. Man weiß nicht, wer damals die Idee dazu hatte. Er wurde nie identifiziert.«

»Wer immer es war«, sagte er, »dem Vernehmen nach soll er hinterher ausgesehen haben wie ein Lammkottlet.«

Siehst du? Raffinierter Frotter. Er hat's die ganze Zeit über gewußt.

Also fragte ich ihn: »Was für ein Typ würde denn sowas je versuchen?«

»Ein Irrer«, sagte er. »Ein echter Fall für die Couch.«

»Sie meinen«, legte ich nahe, »jemand mit ererbten Makken? Oder jemand, dessen Lebenslauf eine einzige Anhäufung von Ungewißheiten und Frustrationen ist – so ein Typ aus einer kaputten Familie?«

»Ja, sicher«, sagte er – war mir noch immer willfährig, der Frotter. »Genau das meinte ich.«

»Ein Fall von Übertragung«, setzte ich hinzu.

»Eine Fehleinschätzung«, prononcierte er.

»Mangelnde Logik«, sagte ich.

»Totaler Logik*verlust*«, sagte der Ober; er strahlte mich an. Sein Armvoll polierter Glasaschenbecher spiegelte ihm kleine, scharfe Sonnendreiecke ins Gesicht hoch.

Aber ich habe meine eigene Idee, wer der irre Zooaufbrecher gewesen sein könnte. Schließlich ist es ja nur recht und billig, in dieser Sache seine eigene Theorie zu haben; es ist eine noch unentschiedene Frage. Und ich kann mir *den* perfekten Mann für den Job vorstellen; nach allem, was ich über ihn gehört habe, wäre er zumindest reif dafür gewesen – sowohl für die göttliche Idee wie auch für den Schwachpunkt in seiner jugendlichen Voraussicht, dessentwegen er aufgefressen wurde. Er war auch irgendwie verwandt mit mir; er soll einen gejagten Chefredakteur nach Ungarn gefahren haben und nicht wieder zurückgekommen sein. Aber jeder weiß, daß der Chefredakteur gerettet wurde, und deshalb kann man auch annehmen, daß der Fahrer womöglich nach Ungarn ging *und* zurückkam – zu einer Zeit, als die, die er am meisten zu sehen wünschte, nicht erreichbar waren. Tja, möglich ist das. Diese Person *liebte* Tiere. Ich weiß zufällig, daß er sich einmal aufs höchste besorgt über ein Parkeichhörnchen gezeigt hatte, das tätowiert worden war – so tief, daß dessen Verstand nur noch im Kreis tanzen konnte.

Er könnte es gewesen sein, genausogut wie auch ein anderer – sagen wir mal, irgendein schuldgeplagter Verwandter von Hinley Gouch.

Dann sagte dieser raffinierte balkanische Ober: »Geht es Ihnen auch gut, mein Herr?« Wollte mir einreden, es ginge mir nicht gut, verstehst du; deutete an, ich hätte vielleicht komisch mit den Händen gezuckt oder mit dem Mund.

Vor diesen Balkanesen muß man auf der Hut sein. Ich hab da mal von einem gehört, der hat über einem Pissoir seinen besten Freund nicht erkannt.

Doch ein verfrotteter Balkanese sollte mich nicht übervorteilen.

Ich sagte: »Natürlich geht es mir gut. Und Ihnen?« und sah im Geist schon, was mit seinem Armvoll Aschenbecher passieren würde, eines morgens in nicht allzu ferner Zukunft, wenn er seinen raffinierten Blick heben und seine blasierte Gelassenheit verlieren würde – angesichts eines von

der anderen Seite der Maxingstraße heranstürmenden Seltenen Brillenbären.

»Ich dachte nur, mein Herr«, sagte der Ober, »Sie hätten
vielleicht gern ein Glas Wasser. Sie wirkten benommen,
schienen mir kurz – wie man so sagt.«

Doch er sollte nicht die Oberhand über mich gewinnen.
Ich sagte:

Bolje rob nego grob!

Besser ein Sklave als im Grabe!

Dann sagte ich: »Stimmts? Das stimmt doch, oder?«

Unglaublich raffiniert, wie ein Stein, sagte er: »Möchten
Sie etwas essen?«

»Nur Kaffee«, ließ ich ihn wissen.

»Dann müssen Sie warten«, sagte er und glaubte, mir's
tüchtig gegeben zu haben. »Wir bedienen erst ab sieben.«

»Dann sagen Sie mir, wo hier der nächste Friseur ist«,
sagte ich.

»Aber es ist gleich sieben«, sagte er.

»Ich will zum Friseur«, sagte ich eklig zu ihm.

»Der wird Ihnen die Haare auch nicht vor sieben Uhr
schneiden«, sagte er.

»Woher wissen Sie denn, daß ich mir die Haare schneiden
lassen will?« fragte ich ihn, und da blieb ihm die Spucke weg.
Er zeigte um den Platz abseits der Maxingstraße herum; ich
tat so, als sähe ich die spiralig-bemalte Stange des Friseurs
nicht.

Dann blieb ich, nur um ihn zu verwirren, bis nach sieben
Uhr am Tisch sitzen – kritzelte in mein Notizbuch. Ich tat
so, als würde ich sein Porträt skizzieren, behielt ihn im Blick
und machte ihn nervös, während er noch ein paar andere
Frühaufsteher bediente.

Um sieben Uhr öffnet der Zoo. Doch so früh geht keiner
hin. Da sitzt bloß ein fetter Mann mit dem grünen Augen-

schirm eines Spielers, blasiert wie nur je ein Sultan, in der Kartenbude. Über der Bude ragt von Zeit zu Zeit der Kopf der Giraffe auf.

Die hochselektive Autobiographie von Siegfried Javotnik: Epilog

Ich wuchs in Kaprun auf, als belesenes Kind, denn Watzek-Trummer kannte den Wert von Büchern; und auch als Kind mit historischen Perspektiven, denn Ernst instruierte mich während meiner Entwicklung – ließ hier und dort Lücken, wie ich versichern darf, bis ich im richtigen Alter war, um alles zu erfahren.

Bevor er mich auf die Universität Wien schickte, sorgte Watzek-Trummer dafür, daß ich die 39er Grand Prix-Rennmaschine fahren lernte – deutete mir an, die Maschine sei quasi ein genetisches Erbgut. Mir blieb also bestimmt nichts vorenthalten; ich hatte meinen Feuerstuhl. Zuallererst montierte ich diesen entwürdigenden Postkarren ab.

Doch nachdem ich ein wenig über Gottlob Wut nachgedacht hatte, begann ich die Grand Prix-Rennmaschine als etwas zu betrachten, das wirklich viel zu besonders war, um es in meiner Reifezeit zu verschleißen; und ich ließ mir von Ernst alle Details geben und unternahm meine erste Reise aus Kaprun heraus. Das war im Sommer 1964. Ich war achtzehn.

Ich fuhr die Grand Prix-Rennmaschine zur NSU-Fabrik in Neckarsulm, wo ich versuchte, mit einem der Geschäftsführertypen über das preiswürdige Motorrad zu verhandeln, das ich ererbt hatte. Ich erzählte zuerst einem Mechaniker, denn das war der erste, der mir in der Fabrik begegnete – daß dies die Maschine von Gottlob Wut gewesen sei, dem meisterlichen, mystischen Mechaniker beim Grand

Prix von Italien im Jahre 1930. Aber der Mechaniker hatte nichts von Wut gehört; und der junge Geschäftsführertyp, den ich schließlich fand, auch nicht.

»Was hast du da?« sagte er. »Einen Traktor?«

»Wut«, erklärte ich ihm. »Gottlob Wut. Er kam im Krieg ums Leben.«

»Im Ernst?« sagte der Geschäftsführer. »Das soll einer Menge Leute so gegangen sein.«

»Der Grand Prix von Italien 1930«, sagte ich. »Wut war die Schlüsselfigur.«

Aber der junge Geschäftsführer erinnerte sich nur an die Fahrer, Freddy Harrell und Klaus Worfer. Er kannte keinen Wut.

»Also, raus damit«, sagte er. »Wieviel willst du für die alte Karre haben?«

Und als ich erwähnte, sie sei vielleicht ein Museumsstück – und ob es denn bei NSU einen Ort gäbe, wo man die alten Rennmaschinen in Ehren halten würde? – da lachte der Geschäftsführer.

»Du würdest einen prima Verkäufer abgeben«, meinte er zu mir, nur erzählte ich ihm nicht, daß ich vorgehabt hatte, sie herzuschenken – falls sie einen schönen Platz dafür hätten.

Das Motorradgeschäft stand voller gräßlicher, widerspenstiger Maschinen, die spuckten, wenn man sie auf Touren brachte. Also ließ ich meine Rennmaschine an und lockerte – meiner Meinung nach – all ihre verfrotteten Aluminiumteile.

Ich fuhr nach Kaprun zurück und erzählte Watzek-Trummer, wir sollten das Motorrad irgendwo unterstellen und nur in Notfällen damit fahren. Mit *seiner* historischen Perspektive stimmte er natürlich zu.

Dann ging ich nach Wien und versuchte, mich dem Universitätsleben anzuschließen. Doch ich traf keine besonders interessanten Leute; die meisten hatten nicht mal so viel gelesen wie ich, und keiner von ihnen wußte so viel wie Ernst

Watzek-Trummer. An einen Studenten allerdings erinnere ich mich noch recht gut – ein jüdischer Bursche, der als Teilzeitspion für eine jüdische Geheimorganisation arbeitete, die alte Nazis aufspürte. Der Bursche hatte alle neunundachtzig Mitglieder seiner Familie verloren – verschwunden, sagte er –, doch als ich mich bei ihm erkundigte, woher er denn dann wisse, daß er überhaupt zu dieser Familie gehöre, gestand er, er habe sie »adoptiert«. Denn soweit er wirklich wisse, habe er keine Familie. Er erinnere sich an keinen, außer an den RAF-Piloten, der ihn aus der Belsener Gegend herausflog, nachdem das Lager befreit worden war. Doch er habe diese neunundachtzig Mitglieder zählende Familie »adoptiert«, weil dies in den Akten, die er eingesehen habe, die größte Einzelfamilie zu sein schien, die ohne einen Hinterbliebenen verschwunden war. Ihretwegen, sagte er, habe er sich zum neunzigsten Mitglied der Familie gemacht – zum Überlebenden, wenigstens dem Namen nach.

Er war recht interessant mit seiner Teilzeit-Volontärsspionage, doch offenbar wurde er in seinem Job ziemlich gut und gab damit so an, daß sein Bild in einer der Wiener Zeitungen erschien als Alleinverantwortlicher für die Entdeckung und Verhaftung eines gewissen Richters Mull, eines Nazi-Kriegsverbrechers. Doch diese Publicity machte den Burschen nervös, und seine jüdische Geheimorganisation verleugnete ihn. Er hockte immer im Universitäts-Keller herum; eingedenk dessen, was Amerikas Wild Bill Hickok zugestoßen war, saß er nie mit dem Rücken zu einem Fenster oder einer Tür. Als ich Ernst Watzek-Trummer von ihm erzählte, sagte Ernst: »Typ Kriegsparanoiker.« Das hatte er irgendwo mal gelesen.

Und dann gab es da noch meinen guten Freund Dragutin Svet. Ich traf ihn auf einem Skiausflug nach Tauplitz in meinem zweiten Universitätsjahr. Er war Tutor für Balkanologie, gebürtiger Serbe, und wir machten eine Menge Skitouren zusammen. Er wollte immer mal Watzek-Trummer kennenlernen.

Doch wir zerstritten uns. Es war ganz dämlich. Ich fuhr einmal mit ihm in die Schweiz, wieder zum Skifahren, und während unseres Urlaubs dort belauschten wir im Aufenthaltsraum unseres Gasthauses eine Gruppe von Männern, die serbokroatisch sprachen. Wie sich herausstellte, fand dort so eine Art Treffen von Exil-Serben statt, zum Großteil eine niederträchtig aussehende Bande alter Leute und dazu ein paar junge, idealistisch aussehende soldatische Burschen. Ein paar von den Alten – ging das Gerücht – hatten Seite an Seite mit dem Četnic-General Draža Mikhajlović gekämpft.

Wir mußten mit in ihr Speisezimmer, obwohl uns unser Alter und unsere Nervosität verdächtig machten. Ich versuchte gerade, mir ein paar amüsante serbische Sätze ins Gedächtnis zu rufen, da sagte dieser eine alte Typ auf deutsch zu mir – wobei er über die ganze Länge ihres Tisches gehässig nach mir schielte – »Wo bist du her, Junge?« Und ich sagte wahrheitsgemäß: »Maribor via Slovengradec.« Und mehrere Männer stellten ihre Cocktails hin und sagten streng: »Kroate? Slowene?« Da ich meinen Freund Dragutin Svet, den gebürtigen Serben, nicht in Verlegenheit bringen wollte, sprudelte ich den einzigen serbokroatischen Satz heraus, an den ich mich erinnern konnte:

Bolje rob nego grob!

Besser ein Sklave als im Grabe!

Was, wie mir Watzek-Trummer später erklärte, genau das Gegenteil von dem war, was ich hätte sagen sollen; es war genau das unheroische Extemporieren meines Vaters, das mir Ärger mit den zählebigen Četnici bescherte. Denn am Kopfende des Tischs saß ein schwerbeleidigter Mann, der sich mir weit entgegenlehnte; er hatte nur eine Hand und die gebrauchte er bemerkenswert gut, um mir ein Glas Scotch ins Gesicht zu kippen.

Mein Freund Dragutin Svet weigerte sich, den Zwischenfall zu verstehen, und er hielt mich für geschmacklos, weil ich mit einer Parole, die die Serben so ernst nehmen, ein solches Wortspiel getrieben hätte. Und danach machte Svet sich rar.

Ich nahm einen Job bei einem gewissen Herrn Faber an, um mit Motorrädern in Kontakt zu bleiben – und die Augen danach offen zu halten.

Außerdem mußte ich meine Ausbildung finanzieren, die länger zu dauern schien als geplant. Alles nur, weil mein Dissertationsvorhaben von einem gewissen Herrn Doktor Ficht abgelehnt wurde.

Diese Dissertation sollte meine HOCHSELEKTIVE AUTO-BIOGRAPHIE sein, denn ich hielt sie für detailliert genug und sogar kreativ. Doch dieser Ficht war wütend. Er sagte, das sei ein entschieden tendenziöses und unvollständiges Geschichtsbild, und frivol überdies – und es gäbe keine Fußnoten. Nun, bei dem Versuch, ihn zu beruhigen, entdeckte ich, daß Herr Doktor Ficht früher Herr Doktor Fichtstein war, ein Jude, der während des Kriegs an der holländischen Küste das Leben einer Kairatte geführt hatte – und nur einmal geschnappt worden war; er entkam, nachdem man ihm ein Zahnfäule auslösendes Präparat ins Zahnfleisch injiziert hatte, das zu neu und unerprobt war, um sicher zu wirken. Der ehemalige Fichtstein war entrüstet, daß ich so anmaßend sein konnte, durch den Krieg zu fetzen, ohne groß die Juden zu erwähnen. Ich versuchte ihm zu erklären, er solle meine Autobiographie vielmehr als das betrachten, was man leichthin Fiktion nenne – sagen wir mal, als einen Roman. Denn sie sei nicht als *reale* Geschichte gemeint. Und ich fügte außerdem hinzu, ich glaubte, der Herr Doktor würde ein ziemlich russisch-amerikanisches Werturteil fällen, wenn er behaupte, ohne die Millionen von Juden könne keine Darstellung von Greueltaten vollständig sein. Wie man sieht, wieder mal *Zahlen*. Ficht, oder Fichtstein, schien überhaupt nicht zu verstehen, worauf es mir ankam, aber ich gebe zu, Statistiken neigen immer dazu, einen zu übervorteilen. Sie schaffen es, daß für sich allein genommen beinahe alles nicht im mindesten greuelvoll wirkt.

Doch dieser Krach ließ meine Universitätskarriere ein wenig langfristig erscheinen. Das heißt, ich würde dortbleiben müssen, bis ich irgendein akademisches Thema gemeistert hätte – anstatt ihnen zu zeigen, was ich schon wußte und damit Schluß.

Watzek-Trummer begreift die Universitäten natürlich überhaupt nicht. Er erklärt, daß die alle zuviel gelesen haben müßten, bevor sie sich für irgend etwas interessierten, was sie später daran hindere, sich für irgend etwas zu interessieren, was sie läsen. Seine Auslassungen zu diesem Thema sind recht verblüffend. Autodidakten sind nämlich halsstarrig.

Ernst liest immer noch wie ein Besessener. Ich besuche ihn jedes Jahr zu Weihnachten, und ich erscheine nie ohne einen Stapel Bücher für ihn. Anders jedoch als bei den meisten alten Leuten, ist seine Lektüre selektiver geworden; das heißt, er liest nicht mehr alles, was er in die Finger bekommen kann. In der Tat beeindrucken ihn die Bücher, die ich ihm bringe, oftmals nicht. Er beginnt zu lesen, blättert herum, hört auf Seite zehn auf. »Das kenne ich schon«, sagt er und legt es beiseite.

Eigentlich fahre ich an Weihnachten mehr deswegen nach Hause, um die Bücher zu lesen, die Trummer hat, als um mir mit dem Gedanken zu schmeicheln, daß ich ihm irgendwelche Festgeschenke mitbringe.

Watzek-Trummer ist jetzt ein pensionierter Postbote und im Ort sehr verehrt. Er hat sich im Gasthof Enns drei Zimmer gemietet; er ist sogar eine Art Touristenattraktion, wenn er's zuläßt.

Eins von Trummers Zimmern ist voller Bücher; ein Zimmer beherbergt die 39er Grand Prix-Rennmaschine; ein Zimmer birgt ein Bett und einen Küchentisch – obwohl Ernst jetzt alle Mahlzeiten im Gasthof einnimmt. Der Küchentisch ist da, um daran zu sitzen, sich draufzustützen und sich darüber hinweg zu unterhalten – eine Gewohnheit, sagt er, mit der er nicht brechen kann, obwohl er jetzt allein ist.

Immer wenn ich zu Hause bin, schlafe ich in dem Zimmer mit der 39er Grand Prix-Rennmaschine. Und ich genieße die Weihnachtsfeste sehr.

Glauben Sie mir, Ernst Watzek-Trummer kann einem schon so manches Interessante erzählen.

Die zweiundzwanzigste und allerletzte Zoowache: Dienstag, 6. Juni 1967, ca. 7.30 h

Ich habe in Hütteldorf-Hacking Kaffeepause gemacht, keine zwei Kilometer westlich von Hietzing. Die Gegend ist hier schon etwas ländlich, auch wenn sie in der Hauptsache nur kleine Weingärten zu bieten hat; wenn man die Kühe sehen will, muß man noch mal zwei Kilometer weiterfahren.

Der Oryx hat also mindestens einen 4-Kilometer-Marsch vor sich, ehe er zu seiner ersten Rammelei kommt.

Hütteldorf-Hacking ist ganz aus dem Häuschen wegen mir. Ich habe mir einen triumphalen Haarschnitt verpassen lassen, vorhin in Hietzing.

Ich folgte den Direktiven dieses verschlagenen Obers, umrundete den Platz abseits der Maxingstraße und war Hugel Furtwänglers erster Kunde.

»Rasieren oder Haare schneiden?« sagte der kleine Hugel Furtwängler.

Man sah ihm an, daß er mir beides angedeihen lassen wollte oder doch wenigstens den Haarschnitt – denn Rasieren ist billiger.

»Nur rasieren«, sagte ich. »Aber eine *Voll*rasur.«

Und mit einem großkotzigen Lächeln, so als sei er im Bilde, packte er mir ein paar heiße Handtücher auf die Bakken. Doch ich sagte: »Und die Augenbrauen nicht vergessen, gell?« Und da guckte er nicht mehr so siebengescheit.

»Die Augenbrauen?« sagte Hugel. »Sie möchten die Augenbrauen rasiert haben?«

»Eine *Voll*rasur, bitte, Hugel«, sagte ich. »Und keine Faxen.«

»Iwo«, sagte er. »Ich hab' ja mal im Krankenhaus gearbeitet. Da wurden manchmal nach Schlägereien welche bei uns eingeliefert, und denen mußte man dann die Augenbrauen rasieren.«

»Komplett«, sagte ich. »Rasieren Sie mir bitte einfach den ganzen Kopf.«

Und da kippte er wieder aus den Latschen, obwohl er so tat, als sei er nicht baff.

»Sie wollen also doch einen Haarschnitt«, sagte er.

»Nur eine Vollrasur«, insistierte ich. »Ich will mir die Haare nicht *schneiden* lassen, ich will sie total abrasiert haben – so glatt wie meine Nasenspitze.« Und er glotzte meine Nase an, als würde ihm dadurch das Verständnis erleichtert.

»Wenn ich Ihnen den Kopf *rasieren* soll«, sagte er, »muß ich zuerst das Haar *schneiden*. Ich muß es kurz schneiden, *damit* ich es rasieren kann.«

Doch er sollte mit mir nicht wie mit einem Kind oder wie mit einem irren Verrückten reden, den man bei Laune halten mußte. Ich sagte: »Hugel, tun Sie, was in diesem Fall getan werden muß. Nur: keine Schmisse auf meinem Kopf, bitte. Ich bin nämlich Bluter, wissen Sie – unsere Familie neigt seit Jahren zur Hämophilie. Also bitte, keine Schrammen, sonst blute ich in ihrem Stuhl wie ein Ochse.«

Und Hugel Furtwängler lachte gleisnerisch – hielt mich weiter bei Laune und sich für den Herrn der Lage.

»Sie sind so ein richtiger Lachsack, was, Hugel?« sagte ich. Und er dachte gar nicht daran aufzuhören.

»Sie Schelm, Sie«, sagte er. »Noch so früh am Morgen, und schon zu Scherzen aufgelegt!«

»Manchmal«, ließ ich ihn wissen, »lache ich so laut, daß

ich aus den Ohren blute.« Aber mit seinem Gekichere war noch immer nicht Schluß, und mir wurde klar, daß er felsenfest entschlossen war, mich kleinzumachen. Deshalb wechselte ich das Thema.

»Haben Sie lange im Zoo gelebt, Hugel?« fragte ich. Und darüber mußte er sich erstmal den Frosch aus dem Hals räuspern.

»Haben Sie mal einen Zooüberfall miterlebt, Hugel?« fragte ich. Und er tauchte hinter meinem Kopf im Spiegel weg, tat so, als putze er mir den Nackenansatz aus.

»Es *gab* da nämlich mal einen«, sagte ich.

»Aber sie sind nicht rausgekommen«, sagte er – hatte es also schon die ganze Zeit gewußt, der Frotter.

»Waren Sie schon immer Frisör, Hugel?« fragte ich.

»Liegt bei uns in der Familie«, sagte er – »so wie bei Ihnen das Bluten!« Und er fand sich selber so witzig, daß er mir beinahe das Ohr abschnitt.

»Obacht«, sagte ich und versteifte mich auf meinem Stuhl. »Sie haben doch nicht etwa die Haut geritzt, oder?« Und das ernüchterte ihn sichtlich; er ging mit größter Vorsicht ans Werk.

Doch als er mir nicht mehr als einen normalen Haarschnitt verpaßt hatte, sagte er: »Noch ist es nicht zu spät. Hier kann ich aufhören.«

»*Rasieren* Sie mich«, sagte ich und starrte mit versteinerter Miene in den Spiegel. Und er tat's.

Er legte wieder mit dem Gekicher los, während ich im Spiegel meinen Vorder- und Hinterkopf begutachtete, da erschien sein zweiter Kunde.

»Ach, Herr Ruhr«, sagte Hugel. »Ich bin gleich für Sie da.«

»Morgen, Hugel«, sagte der dicke Ruhr.

Ich aber prallte vom Spiegel zurück und starrte Herrn Ruhr an. Er wirkte ein wenig beunruhigt, und ich sagte: »Dieser Friseur ist ein *laughing fool*. Ich verlange eine Rasur, und nun sehen Sie mal, was ich bekomme.«

Hugel entfuhr ein piepsiger Schrei, in der winzigen Hand das Rasiermesser – Rasierschaum auf den Knöcheln.

»Nehmen Sie sich in acht, Herr Ruhr«, sagte ich und strich mir mit der Hand über den funkelnden Kopf. »Er ist gefährlich mit dem Rasiermesser da.« Und Herr Ruhr starrte auf das Rasiermesser in des kleinen Hugels Hand.

»Er ist verrückt!« rief Hugel Furtwängler. »Er *wollte* es so haben!« Doch wie er da mit dem Rasiermesser tanzte und dazu ein leuchtend-rotes Gesicht hatte, da wirkte Hugel selbst ein bißchen verrückt. »Und Bluter ist er außerdem!« schrie Hugel.

»Hugel ist heute Morgen auf Blut erpicht«, sagte ich zu Herrn Ruhr. Dann bezahlte ich Hugel für eine Rasur.

»Rasieren und einmal Haare schneiden!« rief der fickrige kleine Furtwängler.

Aber ich wandte mich an Herrn Ruhr und sagte: »Nennen Sie *das* einen Haarschnitt?« Und wieder glitt ich mir mit der Hand über die Kuppel. »Ich wollte bloß rasiert werden.«

Herr Ruhr sah auf die Uhr und sagte: »Wo heute morgen nur wieder die Zeit bleibt. Heute morgen, Hugel, muß ich einfach mal drauf verzichten.«

Doch Hugel schwenkte sein Rasiermesser und unternahm einen linkischen Versuch, Herrn Ruhr an der Tür den Weg zu versperren. Herr Ruhr schlüpfte flink auf die Straße hinaus, und ich folgte ihm, und Hugel Furtwängler ließen wir rasierschaumbeschmaddert und sein Rasiermesser schwenkend hinter uns zurück.

So ähnlich, dachte ich, wird's dem armen Hugel gehen, wenn er den steifborstigen Aardvark über den Platz zum Schamponieren angezockelt kommen sehen wird.

Dann pirschte ich mich zum Motorrad, ohne daß der intrigante balkanische Ober meinen neuen Kopf erspähte, und stülpte mir rasch den Helm über, damit ihm, wenn er mich den Kickstarter runtertreten sah, keine große Veränderung an mir auffallen würde. Aber ich fuhr dann nur bis Hütteldorf-Hacking mit Helm, denn er war sehr lästig – paßte mir nicht mehr und schlackerte auf meinem brennenden Kopf herum; Hugel hatte meine Rübe nicht gänzlich unversehrt gelassen.

Dann trank ich Kaffee, roch, wie die Sonne die kleinen Trauben in den Weingärten auf der Straßenseite gegenüber buk, und versuchte zu kalkulieren, wo genau von hier aus ein gewisser Bursche, den ich kenne, früher mal ein Hühner-haus hatte; eigentlich ein Laboratorium, in dem ein vieldis-kutierter Vogel erfunden wurde. Aber inmitten so vieler Ge-bäude, die neu oder zumindest umgebaut wirken, habe ich die Orientierung verloren.

Und es wäre auch schwierig, das Grundstück, das mir jetzt vorschwebt, ausfindig zu machen, denn das Hühner-haus ist schon vor langer Zeit abgebrannt.

Tut nichts. Im Moment steht eine wichtige Angelegenheit an.

Ich bin unterwegs, Graff, und keine Bange. Ich werde vorsichtig sein.

Ich werde auf einem neuen Schleichweg nach Waidhofen reinfahren; ich werde die Maschine ein wenig außerhalb der Stadt lassen und ohne meine Entenjägerjacke reinspazieren und ohne meinen alten, wiedererkennbaren Kopf. Immer auf dem Quivive, siehst du.

Und Graff, auch darum muß dir nicht bange sein – um die Fahrt nach Italien.

Wir fahren hin, garantiert. Vielleicht kommen uns ein paar von ihnen nach!

Wir werden deine verfrotteten Strände sehen, Graff. Wir werden das Meer sehen.

In Neapel kenne ich sogar einen interessanten Ort. Sie ha-ben da ein großes Aquarium, wo sie all die wunderbaren Fi-sche halten, in schalem Meerwasser unter Glas. Ich hab' mal Fotos davon gesehen.

Das Ding steht direkt beim Hafen.

Das wäre sogar ein Klacks. Wir müßten die Fische weder sehr weit jonglieren noch zu lange ohne Wasser lassen.

Nur eine oder zwei Straßen weit – und vor der Kaimauer kommt dann vielleicht noch ein kleiner Park, wenn mich die Erinnerung nicht täuscht. Und dann würden wir sie in der Bucht von Neapel einen Stapellauf in die Freiheit machen lassen.

Das wird sogar noch einfacher, Graff, als beim Tiergarten Schönbrunn.

III
ES GEHT LOS

PS

Natürlich enthält das Notizbuch mehr. Und natürlich erscheinen im Original die Zoowachen und die Autobiographie nicht abwechselnd; es war meine Idee, sie zu durchschießen. Denn sowohl der Wortschwall von Siggis hochgezüchteter Geschichte als auch der Fanatismus seiner verfrotteten Zoowachen erschienen mir schier unerträglich – wollte man sie ganz lesen! Mir wenigstens ging es so, ich ertappte mich dabei, wie ich ständig vor und zurückblätterte, doch das mag zum Teil auch an dem mißlichen Umstand gelegen haben, daß ich gezwungen war, in Tantchen Tratts Badewanne zu lesen, wo ich eine Woche oder doch fast so lange zubrachte, um meine Bienenstiche aufzuweichen.

Aber ich finde dennoch, daß die beiden Tagebücher getrennt gehalten werden müssen, und sei es nur aus literarischen Gründen. Und Siggi hat zweifellos ein paar obskure Zusammenhänge zwischen seiner furchteinflößenden Geschichte und seinem Plan für den Zooüberfall gestiftet; obwohl mir persönlich die Logik davon nicht so recht einleuchten will.

Ebenfalls erschien es mir unsinnig, und sei es nur aus literarischen Gründen, all die anderen Memorabilien in dem Notizbuch wiederzugeben. All diese verfrotteten Gedichte und Sinnsprüche. Seine ganzen Ausrufungszeichen, Adressen und Telefonnummern, Rückgabefristen für Bibliotheksbücher – und das, was seine schlampige Bibliographie vorstellt.

Ich fürchte, Doktor Ficht hatte zumindest mit seinem Gemecker wegen der von Siggi verabsäumten Fußnoten recht. Er hat Watzek-Trummers Bibliothek offenbar ebenso ausgiebig zur Ader gelassen wie den alten Augenzeugen Ernst selbst.

Um eine Kostprobe von Siggis Notizen zu geben:

Brook-Shepherds ›Anschluß‹ gefällt mir recht gut. B-S
wußte echt, was los war.
D. Martin trifft in ›Ally Betrayed!‹ den Kern der Sache.
Der arme L. Adamic zeigt sich in ›My native Country‹
als unverbesserlicher Propagandist.
Stearmans ›Die Sovjetunion und Österreich, 1945-55‹
enthält alle Informationen. Aber seine Fußnoten sind
länger als der Text.
In Stoyan Pribichevićs ›World Without End‹ und
G.E.R. Gedyes ›Als die Bastionen fielen‹ gibts jede
Menge gefühlsduselige Stellen.

Und andere Eintragungen ohne Bewertungen von ihm:

Kurt von Schuschniggs ›Requiem in Rot-Weiß-Rot‹ und
Sheridons ›Kurt von Schuschnigg‹.
›Die Schmidt Gerichtsprotokolle‹, bes. die Zeugenaus-
sagen von Skubl, Miklas und Raab; und die ›Nürnber-
ger Zeugenaussagen,‹ bes. von Göring und Seyß-In-
quart.
›Die offiziellen Sitzungsprotokolle des Alliierten Rats
und des Exekutivkomitees, 1945-55‹.
Plamenatz' ›The Truth About Mihajlović‹.
Vaso Trivanović' ›The Treason of Mihajlović‹.
Oberst Zivan Knezević' ›Why the Allies Abandoned the
Yugoslav Army of General Mihajlović‹.

Und unzählige Verweise auf:

›Was Ernst Watzek-Trummer sagte.‹

Es dauerte jedoch einige Tage, bevor ich überhaupt etwas
davon lesen konnte – an die Badewanne gefesselt wie ich
war. Epsomsalz und stündlicher Wannenwasserwechsel.
  Natürlich brachten sie mir Siggis honigverkleisterte Sa-

chen. Ich brauchte einige Zeit, um die Seiten des Notiz-
buches voneinander zu lösen; ich mußte sie über meinem
Badewasser auseinanderdampfen. Und dann mußte ich ein
paar Tage warten, ehe ich klar genug sah, um lesen zu können – bis meine Bienenbeulen so weit abgeschwollen waren,
daß ich die Augen offen halten konnte. Ich bekam auch Fie-
ber und mußte mich mal übergeben – so übermäßig war das
Gift in meinem Organismus.

Aber wenn meine Dosis Bienen schon übermäßig war,
dann möchte ich erst recht kein bißchen von der Überdosis
abbekommen haben, die der arme Siggi erwischt haben
muß. Und keiner wollte mir erzählen, ob es sein Kopf gewesen war, was da in meinen Ohren ZÄNG! gemacht hatte – und
ihn auslöschte, bevor ihn die Bienen vollpumpten – oder ob
ich mir sein Geracker unter dem Pritschenanhänger, nachdem er die Bienenkästen heruntergekippt hatte, nur einbil-
dete. Wie meint das Notizbuch doch:

> Gott weiß es. Oder rät.

Aber als ich dann zu lesen begann, da kamen Stellen, die mir
weiß Gott ärgere Stiche versetzten als meine Bienenwunden.
Da stand:

> Heute habe ich Hannes Graff getroffen und mit ihm
> ein Motorrad gekauft. Er ist nett. Hängt aber durch.

> Und trotz seiner unzähligen Genesungsbäder hing
> Hannes Graff, wie ich versichern darf, noch immer
> durch.

Und das Notizbuch hielt noch mehr Stiche parat:

> Was Draža Mikhajlović bei seiner Verhandlung sagte:
> »Ich wollte viel... ich habe viel begonnen... doch der
> Sturmwind der Welt hat mich und mein Werk davon-
> geweht.«

Na, Siggi, ich weiß nicht so recht. Ich glaube nicht, daß es der Sturmwind der Welt war, der *dich* erwischt hat. Wie so vielen anderen untauglichen Teilen deiner Geschichte und deines Plans, fehlt auch deinen Vergleichen die mich überzeugende Logik – sie sind nur angedeutet, oder vorschnell gezogen und nicht einsichtig.

Dich hat kein Sturmwind der Welt auf dem Gewissen, Sig. Du hast deinen eigenen Wirbel veranstaltet, und der hat dich weggepustet.

Durchhänger

Die Honigbiene, blütenstaubtragend: staatenbildender, honigerzeugender Hautflügler aus der Familie der Blumenwespen oder Bienen (Gattung *Apis* und verwandte Gattungen), besonders die Art *Apis mellifica*, in Europa heimisch, und in großen Teilen der Welt zur Gewinnung von Honig und Wachs und zur Blütenbestäubung gezüchtet.

Die Honigbiene besteht aus verschiedenen Teilen. Von denen ich die meisten, in variierenden Graden der Zerquetschung und Zerpflückung, entdeckte – wie Siggi vielleicht formuliert hätte:

> *In den Schuhen und*
> *Im Strumpf.*
> *Selbst im Slip und gar*
> *Im Achselhaar.*
> *Bienenglieder*
> *Ich gewahr.*

Ein Bruststück in der Spirale von Siggis Notizbuch; ein behaartes Paar Hinterbeine auf dem Badezimmerboden – wo man mich vermutlich aus den Kleidern gepellt und das erste

Mal in lindernde Sole getunkt hatte; Fühler, Augen und Köpfe, eklige Hinterleiber und hübsche Flügel in unzähligen Falten und Taschen von Siggis honigruinierter Entenjägerjacke.

Ganze Bienen fand ich auch. Die eine ertränkte ich langsam in der Badewanne, aber ich glaube, die war schon tot.

Hannes Graff weichte einige Tage in der Wanne, ließ alle fünfe durchhängen und hatte Besuchsverbot. Frau Tratt kümmerte sich um mich.

Was für eine Ironie, dachte ich, daß ausgerechnet sie, die an Siggis alarmierender Blöße so großen Anstoß genommen hatte, sich durch die meinige ungeniert fühlte. Unverschämtheit, dachte ich. Doch Tantchen Tratt rechtfertigte sich mit ihrem Alter.

»Irgendwer muß sich ja um Sie kümmern«, sagte sie. »Könnten Sie sich denn einen Arzt leisten? Bei mir stehen Sie ja sowieso schon in der Kreide. Und schließlich könnte ich Ihre Großmutter sein. Für mich ist das bloß ein kleiner nackter Po wie alle anderen.«

Und ich dachte: So wahnsinnig viele kleine nackte Pos kann es für dich eigentlich überhaupt gar nie nicht gegeben haben.

Doch sie erschien tagtäglich mit Suppen und Schwämmen; und unter ihrer Aufsicht schrumpelte meine allgemeine Aufgedunsenheit.

»Ihren Hals fanden sie wohl ganz besonders anziehend«, sagte sie – das fiese, alte Miststück –, und meinen Fragen, was man mit Siggi machen würde, wich sie aus. Ob man die Leiche irgendwie behandeln würde oder so.

Natürlich brauchte man mir nicht erst zu sagen, daß er tot war. Sie schleppten bloß endlos seine Sachen bei mir an, das genügte. Seine Entenjägerjacke, seine Pfeifen, sein Notizbuch.

Förmlich erkundigte sich dann Frau Tratt: »Wohin soll er geschickt werden?«

Und da hatte ich noch zu wenig vom Notizbuch gelesen, um mir ein Bild von seinen Angehörigen machen zu können.

Später, als ich lesen konnte, stand mir dann ein überdrüssiger Watzek-Trummer vor Augen, der die Bestattungsverpflichtung müde war. Auf diese oder jene Art mit dem Ableben zweier Generationen einer Familie befaßt – mit direkten und expliziten Hintritten und Hintritten, die nur implizit waren.

Siggi mußte zweifellos nach Kaprun, doch ich konnte ihn mir dort nicht vorstellen – für ein paar Tage blumengeschmückt aufgebahrt im Zimmer, mit der Grand Prix Rennmaschine, Baujahr 39.

»Dabei haben Sie ja noch Glück«, sagte die alte Tratt. »So was kann einen nämlich teuer zu stehen kommen, aber Keff zimmert ja die Kiste für ihn.«

»Keff?« sagte ich. »Wieso Keff?«

»Das möchte ich auch mal wissen«, sagte Frau Tratt. »Es ist aber auch bloß eine Kiste – ganz schlicht. Für umsonst kriegt man nicht viel, Sie wissen ja.«

Von dir bestimmt nicht, dachte ich. Doch laut sagte ich: »Wo steckt Gallen?«

»Was kümmert denn Sie das, wo sie steckt?« sagte Tantchen Tratt.

Aber *die* Genugtuung gönnte ich ihr nicht. Ich hockte krumm auf meinem Bett aus Handtüchern, trocknete von meinem letzten Bad und versuchte mich auf die Einreibung durch die rauhen Hände der alten Tratt vorzubereiten – die mir, gegen meinen Willen, mit der guten, nußduftenden Zauberhaselsalbe die Haut prickeln machte.

Die Tratt sagte noch mal: »Was kümmert denn Sie das, wo sie steckt? Beziehen Sie Gallen in Ihre Pläne jetzt mit ein?«

Doch ich ließ sie wissen: »Ich hab' mich einfach bloß gefragt, wo Gallen bleibt. Sie hat kein einziges Mal nach mir gesehen.«

»Na«, sagte die gute Frau, »sie wird Sie auch erst dann besuchen kommen, wenn es Ihnen wieder angenehm sein

wird, ein paar *Kleider* zu tragen.« Und beim Wort »*Kleider*«
klatschte sie mir diese eiskalte Zauberhaselsalbe auf den
Rücken, und als ich unter ihrem Griff japsend hochfuhr, da
stemmte sie mir ihren Unterarm ins Genick und stieß mir
den Kopf zwischen die Knie hinunter. Sie schwappste mir
einen Schwung zwischen die Schultern, schlüpfte mit den
Händen schlabberig über mich und schnickte mir so etwas
Zauberhaselsalbe in ein Ohr. Halb unter Wasser vernahm
ich dann ihre Stimme, so zudringlich, als sei ich ein Aal, der
unter einem Felsen hervorgeluchst werden sollte – zum
Letzten Eintopfgericht. »Aber im Augenblick haben Sie
doch keine Pläne, Herr Graff?« schnüffelte sie.

»Keine Pläne«, sagte ich rasch und merkte, daß mir zum
ersten Mal seit den verfrotteten Bienen etwas Hoffnungsvol-
les in den Kopf kam. Eingedenk dessen natürlich, was Siggi
einmal über Pläne gesagt hatte. Er hatte mal *den Bogen raus,
wie man so was richtig anstellt. Keine Planung, Graff. Keine
Landkarte. Keine Ankunfts-, keine Abreisetermine.* Und ich
begann kratzig zu lachen – es war aber auch wirklich zu komisch; daß ausgerechnet *das* die für ihn wichtigste, feierliche
Zutat zum guten Gelingen einer gemeinsamen Reise von uns
beiden sein sollte. Wie saukomisch wirkte doch sein verrückter und ausgetüftelter Plan für den Zooüberfall im Ver-
gleich zu besagter Ansicht.

»Tue ich Ihnen weh, Herr Graff?« sagte die Tratt, die
meine sonderbaren Schauer sogar durch ihre groben, tauben
Schwielen gespürt haben muß.

Aber ich lachte ihr glatt ins Gesicht. »Keine Pläne, Frau
Tratt!« sagte ich. »Ich habe keine. Und werde auch keine haben! Keine Pläne. Verfrottete Pläne! Verfrottet will ich
sein«, brüllte ich sie an, »wenn ich auch nur anfange, irgendwelche Pläne zu machen.«

»Ach du liebe Güte«, sagte die unschlagbare alte Tratt.
»Ich hab ja bloß gefragt, um ein wenig Konversation zu
machen.«

»Sie lügen«, sagte ich zu ihr, und sie zog sich zurück – und die duftende Zauberhaselsalbe trocknete so rasch auf ihren Händen, daß man zusehen konnte, wie sie verschwand, so wie das Weiße unter dem Daumennagel wieder rosa wird, sobald man die geballte Faust wieder öffnet.

Wo *Gallen* steckte

Schließlich stand an Wannenrand und Bettkante Gallen – nachdem ich einerseits hinreichend genesen war, um wenigstens das Äquivalent eines Lendenschurzes tragen zu können, und andererseits die Tratt zureichend beschimpft hatte, um einen Wechsel meines Pflegepersonals erforderlich zu machen – und pflegte mich, wieder einmal.

Ich durfte ihr meine weniger intimen Bienenquaddeln zeigen, die auch nach meiner langwierigen Behandlung immer noch leicht gerötet waren. Weil, wie man mir sagte, meine armen Antikörperchen beim fünf- oder sechsunddreißigsten Stich fluchtartig meinen Blutstrom verlassen hätten, was meine allgemeinen Widerstandskräfte ziemlich schwächte.

»Wie geht's dir, Graff?« fragte Gallen.

»Meine Widerstandskräfte sind gering«, ließ ich sie wissen, und wir erörterten diskret meine armen Antikörperchen.

Sie sagte: »Was wirst du jetzt tun?«

»Ich habe keinerlei Pläne«, sagte ich rasch, und sie lungerte in gespielt lässiger Haltung an meinem Bett herum und nestelte mit den Fingern. Sie war aus ihren Kleinmädchen-Kleidern herausgewachsen und zwängte zu viel Figur hinein. Puffärmel und Rüschenmanschetten zierten dies Prachtstück – eine hochgeschlossene und strenge Bluse. Das war Tratts Geschoß, da durfte ich sicher sein. Wieder so eine intrigante Abwehrmaßnahme gegen mich. Verrotten soll sie.

»Setz dich, Gallen«, bot ich ihr an und rutschte zur Seite, um ihr Platz zu machen.

»Keff hat niemand zu ihm gelassen«, sagte Gallen.

»Deine Widerstandskräfte sind gering«, mahnte sie anzüglich; als sei sie unter den Kleidern weiß Gott wie alt und verfrottet mondän – eine ihrer Lieblingsmaschen.

»Und was hast du so gemacht?« fragte ich.

»Nachgedacht«, sagte Gallen und zupfte sich mit der Hand am Kinn. Als habe sie eben in der Minute damit begonnen, wovon mich diese Geste wohl überzeugen sollte.

»Worüber?« fragte ich.

»Darüber, was du jetzt tun wirst«, sagte sie.

»Keine Pläne«, wiederholte ich. »Aber ich muß mich um Siggi kümmern.«

»Keff hat eine hübsche Kiste gezimmert«, sagte Gallen.

»Wie aufmerksam«, sagte ich. »Was ist mit ihm?«

»Ach, Keff fühlt sich obermies«, sagte Gallen.

»Ich meinte, was ist mit Siggi?« sagte ich. »Keff interessiert mich einen Dreck.«

»Es tut Keff unheimlich leid, ehrlich«, sagte sie. »Er erkundigt sich dauernd nach dir.«

»Was ist mit *Siggi*?« fragte ich. »Wie sieht er aus?«

»Tja, *gesehen* hab' ich ihn nicht«, sagte sie. Doch bei dem Wort »gesehen« zuckten ihre Achseln in einer Weise, daß ich glaube, sie hat ein Auge riskiert.

»Tüchtig geschwollen, ja?« sagte ich eine Spur gehässig. »Wie zwei von meiner Sorte?« Und ich kniff in eine ansehnliche Quaddel auf meinem bloßen, zauberhaselgesalbten Magen und ließ sie hochquellen.

»Verfrotteter Keff!« sagte ich. »Was verspricht er sich davon? Macht es ihm so viel Spaß?«

»Er war sehr nett, Graff«, sagte sie.

»Und auch öfters mit dir zusammen«, sagte ich. »Kein Zweifel.«

Also informierte sie mich über die Nachlese. Daß schließlich der bewehrte Imker derjenige gewesen sei, der Siggi unter dem Pritschenanhänger hervorzog. Gemeinsam hatten sie ihn zum Arzt gebracht, damit der herumstocherte – und zusah, ob er nicht irgendwie in sich zusammenfiel –, und dann hatte ihn der Bürgermeister für tot erklärt. Danach hatte Keff ihn haben wollen und gesagt, er würde die Kiste zimmern.

»Wohin soll er geschickt werden?« sagte Gallen. »Keff läßt dich das fragen.«

»Nach Kaprun«, sagte ich, »falls Keff sich von der Leiche losreißen kann.«

»Es war nicht Keffs Schuld, Graff«, sagte sie. Und fügte hinzu, Siggi müsse ihrer Ansicht nach verrückt gewesen sein. Also erzählte ich ihr von dem wahnsinnigen Notizbuch, und dem ultimativen, unsinnigen Vorhaben; und von all den voreiligen Schlußfolgerungen über O. Schrutt und den Berühmten Asiatischen Kragenbären. Ich sagte, ich stimme ihr zu, daß der arme Siggi vielleicht irgendwo ausgerastet sei. Dann setzte ich mich auf und zog sie neben mich auf die Bettkante.

Weil wir uns jetzt näher waren und ich sie soweit hatte, daß sie darüber sprach, erkundigte ich mich, woran er nach Meinung des Arztes gestorben sei. »Todesursache«, sagte ich steif. »Was genau?«

»Ein Herzanfall«, sagte Gallen, »ausgelöst vielleicht durch den Schock.«

»Oder durch zu viele Bienen«, sagte ich und dachte, daß zu viel Bienenpeek in ihn reingekommen war und eine Art Blutpropf losgeschickt hatte, der ihm das Herz verstopfte. Dann wurde mir vom Aufrechtsitzen schwummerig; mein ganzer Körper fing zu jucken an.

»Zauberhasel, Graff?« sagte Gallen.

Doch da ich das Bedürfnis nach wenigstens irgendeiner Art von promptem Plan verspürte, sagte ich – so rasch und geschäftsmäßig wie möglich: »Bestell Keff, es gibt kein Tamtam, keine Blumen oder sonst was. Und der Sarg sollte verplombt werden. Nur der Name, keine Verzierungen.

Und schickt ihn mit der Bahn nach Kaprun – an einen Mann namens Ernst Watzek-Trummer. Der wird bestimmt die Kosten tragen. Dann bringst du mir ein Telegrammformular. Ich werde die Leiche irgendwie vorankündigen.«

»Keff möchte wissen, ob du etwas zu lesen haben willst«, sagte Gallen. Als ob ich nicht schon genug gelesen hätte.

Sie breitete mir den mit Zauberhaselsalbe getränkten Waschlappen über die Augen, was mir die Antwort erleichterte – weil ich sie nicht sehen konnte, wie sie sich über mich beugte. »Irgend so ein Sexbuch«, sagte ich. »Keff wird schon wissen, wo's so was gibt, falls er nicht zu beschäftigt ist – wo er doch so viel mit Siggi und mit dir rummacht.«

Als ich mir den Waschlappen vom Gesicht zog und unparfümierte Luft atmete, hatte mich Gallen im Zimmer allein gelassen. Mit meinen Zweifeln an ihr. Und mit meinen Horrorvorstellungen von Keffs eventueller Nekrophilie.

Was Keff tat

Keff kaufte ein Buch und schickte es mir durch Gallen zu; allerdings war es ein Sexbuch von der ehrenwerten, gelehrten Sorte – die gedeihliche Gemeinschaftsarbeit eines dänischen Paars – mit dem Titel *Das ABZ der Liebe*.

»Da sind Bilder drin«, sagte Gallen ohne mich anzuschauen. Sie befürchtete wahrscheinlich, ich würde mich vor ihren Augen in eine der Zeichnungen verwandeln.

»Du hast es wohl schon von vorn bis hinten durchgelesen?« fragte ich.

»Das habe ich nicht«, sagte sie entschieden und ließ mich mit Keffs merkwürdigem Präsent allein.

Eigentlich ist das Buch sehr vernünftig und anständig; es räumt mit den alten Tabus auf und ermuntert uns dazu, uns auf gute und gesunde Weise zu amüsieren. Aber ich schlug es einfach aufs Geratewohl auf und bekam beim Anlesen einen schiefen Eindruck davon – und zwar wegen dieser kauzigen Anekdote.

> *Im letzten Jahrhundert erwachte eine Dame eines Nachts davon, daß sie gestoßen wurde. Irgendwer ging rein und raus, und ab und zu faßten sie Hände an. Da sie niemand erwartete und alleine eingeschlafen war, erschrak sie so heftig, daß sie ohnmächtig wurde. Viel später kam sie wieder zur Besinnung und sah im dämmernden Tageslicht, daß ihr Butler (der zufällig ein echter Schlafwandler war) auf ihrem Bett eine Tafel für vierzehn Personen gedeckt hatte. Aber so etwas ist natürlich ziemlich ungewöhnlich, besonders heutzutage, wo nur noch so wenige Leute Diener haben.*

Das gab mir über Keff und seine Absichten enorme Rätsel auf.

Doch ich las weiter und verscheuchte aus meinem Geist vorübergehend ein gewisses planloses Dunkel. Ich schob das leere Telegrammformular für Ernst Watzek-Trummer auf später auf. Diese verblüffenden Zeilen lenkten mich ab:

> *Herzhaft und tüchtig zu niesen bedeutet eine natürliche, spontane, freimütige Handlung, vor der sich manche Leute wirklich genauso ein wenig fürchten wie davor, in ihrem Sexualleben spontan zu sein und sich gehenzulassen.*
> *Man hat behauptet, daß zwischen der Fähigkeit einer Person, herzhaft und tüchtig zu niesen und ihrer Fähigkeit, einen befriedigenden Orgasmus zu erleben, eine direkte Verbindung bestehen muß.*

Das fand ich derart faszinierend, daß ich mich eisern wachhielt, bis Gallen zurückkam, um nachzuschauen, ob ich noch mehr Zauberhaselsalbe brauchte.

»Gefällt dir dein Buch?« nuschelte sie.

»Es hat meine Widerstandskräfte noch viel mehr geschwächt«, sagte ich und fühlte mich prima und putzmunter. Und wartete nur darauf, daß sie sich mir mit dem nach Nuß duftenden Waschlappen näherte. Doch sie drückte ihn mir bloß unhilfsbereit in die Hand und setzte sich am Fußende auf meine Bettkante. Sie schlug die hübschen Beine übereinander und lüpfte dabei – für eine Sekunde nur – ihren langen, schürzenartigen Rock.

Und da sah ich ihre Verbrennungen – zwei genau faustgroße Verbrennungen auf der Innenseite ihrer Beine, jeweils zwischen Knöchel und Wade, exakt da, wo die Maschine mich gebrandmarkt hatte.

»Wo hast du die her?« sagte ich, setzte mich wütend auf und gab ihr zu verstehen, daß ich verfrottet genau wußte, woher sie stammen *mußten*.

»Keff hat das Motorrad repariert«, sagte Gallen. »Er bringt mir bei, wie man damit fährt.« Und als ich sie anstarrte, sagte sie: »Ich kann's schon ganz schön gut, bis auf das Starten. Ich hab' nicht genug Antritt, meint Keff.« Aber ich glotzte sie nur an, und deswegen fuhr sie fort: »Ich hab's einfach abgewürgt, Graff, und als ich es wieder starten wollte, da bin ich damit umgekippt, und es fiel auf mich drauf. Als ich den Kickstarter durchtrat, weißt du.«

»Gallen«, sagte ich. »Bitte, was soll das?«

»Na, daher habe ich die Verbrennungen«, sagte sie. »Ehrlich! Von den Auspuffrohren, die mich berührten, verstehst du.«

»Warum bringt dir der bescheuerte Keff das Motorradfahren bei?« schrie ich.

»Damit es jemand kann«, sagte Gallen. »Damit es einer von uns kann, wenn du mich mitnimmst, wenn du fortgehst – falls du das willst, Graff.«

Und diesmal sprang sie nicht auf und ging, als ich vorrutschte, um sie anzufassen.

»Nur falls du mich mitnehmen *willst*, Graff«, sagte sie.

Doch als ich mich so weit vorlehnte, daß ich ihren Kopf in meine Halsbeuge schmiegen konnte, da rutschte mir Keffs Sexbuch vom Schoß auf den Boden.

Dort starrten wir beide es an und beendeten unsere wechselseitige Versenkung ineinander.

Als sie immer noch auf *Das ABZ* hinunterstarrte, bäumte ich mich im Bett auf und ließ einen gewaltigen Nieser vom Stapel – trompetete so sehr, daß ihr Blick wieder zu meinem Gesicht hochblitzte.

Tja, sie errötete so heftig, daß ich wußte, daß sie das Buch gelesen hatte, bevor sie es mir gab. An die Nies-Geschichte hätte sich jeder erinnert. Und als sie aus meinem Zimmer flitzte, hoffte ich nur, daß ich ihren Plan nicht mit verschreckt hatte.

Ein richtig schematischer Plan war es ja nicht – und auch kaum planmäßiger als der, mit dem Siggi und ich losgefahren waren.

Als ich vernünftig darüber nachdachte und ihn begrüßenswert fand, erschien er mir zumindest als ein wesentlich besserer und weniger festgelegter Plan als der, von dem ich gerade gelesen hatte. Und er würde mich, so hoffte ich, von den Zookindereien des armen Siggi ablenken und auf andere Gedanken bringen.

Es machte jedenfalls Spaß, mir Gallen auf diese Weise durch den Kopf gehen zu lassen. Es machte so viel Spaß, daß es mich eine weitere Nacht davon abhielt, Watzek-Trummers Telegramm aufzusetzen.

Ich schlief sogar und träumte den Feiglingstraum von der unmöglichen Abgeschiedenheit. Eine unbestimmte Landschaft, und Flora und Fauna nicht anders als bei uns – Gallen und ich, im Tageslicht, das nur so lange dauert, wie wir das möchten, bei einem Wetter nach unserer Laune; auf nicht feuchten Waldböden und an stechmückenfreien Seeufern. Unfaßbar ungestört tanzten wir durch die Stellungen, die mir von den schwachen, undeutlichen Darstellungen aus dem *ABZ der Liebe* in den Sinn kamen. Dieweil uns Siggi, in

Keffs Kiste, mit seinen beängstigenden Details nicht bedrängen konnte. Und alle Bestien, die meinen vollkommenen Frieden bedrohten, saßen kuschelig versorgt im Tiergarten Schönbrunn.

Was Ernst Watzek-Trummer
per Post erhielt

In Keffs verplombter und schlichter Kiste verließ Siggi am 10. Juni 1967 mit dem Samstagabendzug Waidhofen in Richtung Kaprun. Die Stunden, die mein Vorwarntelegramm dem Leichnam vorauseilte, ließen Ernst Watzek-Trummer genug Zeit, sich am Sonntagmittag am Bahnhof einzufinden.

Ich schrieb mehrere Fassungen des Telegramms. Ich begann:

> HERR WATZEK-TRUMMER — ES IST MIR BEKANNT, DASS SIE DER VORMUND VON SIEGFRIED JAVOTNIK WAREN — EINEM FREUND — DER AUF EINEM MOTORRAD UMS LEBEN KAM — UND DER DIESEN SONNTAGMITTAG IN KAPRUN EINTRIFFT — HANNES GRAFF — DER IHNEN ZU EINEM SPÄTEREN ZEITPUNKT SCHREIBEN WIRD —

Und schrieb das so um:

> LIEBER HERR WATZEK-TRUMMER — SONNTAGNACHMITTAG TRIFFT IHR MÜNDEL EIN — SIEGFRIED JAVOTNIK — DER AUF EINEM MOTORRAD UMS LEBEN KAM — ER WAR MEIN FREUND — ICH WERDE MICH MIT IHNEN IN VERBINDUNG SETZEN — IHR — HANNES GRAFF —

Und dann so:

> MEIN LIEBER WATZEK-TRUMMER — ES SCHMERZT MICH, IHNEN SAGEN ZU MÜSSEN, DASS IHR MÜNDEL UND MEIN

FREUND – SIEGFRIED JAVOTNIK – BEI EINEM ABNORMEN
MOTORRADUNFALL IN WAIDHOFEN UMS LEBEN KAM –
ER WIRD SONNTAGNACHMITTAG IN KAPRUN EINTREF-
FEN – ICH WERDE SIE BALD PERSÖNLICH AUFSUCHEN –
HANNES GRAFF –

Und entschied mich schließlich hierfür:

LIEBER ERNST WATZEK-TRUMMER – ICH BEDAUERE ZU-
TIEFST, IHNEN SAGEN ZU MÜSSEN, DASS MEIN SEHR GU-
TER FREUND UND IHR VERWANDTER – SIEGFRIED JAVOT-
NIK – AUF EINEM MOTORRAD UMS LEBEN KAM, ALS ER
EINE GEHEIMMISSION ERFÜLLTE – DEREN DETAILS ICH
IHNEN AUSEINANDERSETZEN WERDE, WENN ICH MICH
IN BÄLDE WIEDER BEI IHNEN MELDE – SIE DÜRFEN STOLZ
AUF SEIN WERK SEIN – MEIN BEILEID – HANNES GRAFF –

Und das schickte ich ab, weil nicht zu hoffen stand, daß mir
noch etwas besseres einfallen würde und weil ich nicht
wagte, noch weiter darüber nachzudenken, wann ich diesen
Watzek-Trummer würde treffen müssen, der sicher nur
schwer zu belügen wäre. Doch im Augenblick hätte ich einfach keine weitere Beerdigung der Watzek-Trummer'schen
Sorte verkraftet.

Und ich dachte, daß Ernst nur mäßig von mir beeindruckt
sein würde – von jemand, der unmöglich auch nur eine Ahnung von Familienkummer seiner Art haben konnte. Denn
wenn Siggi überhaupt einmal recht gehabt hatte, dann nur in
diesem Punkt: Meine Familie und ich haben den ganzen
Krieg *tatsächlich* verpaßt, wofür ich mich komischerweise
ein wenig schuldig fühlte.

An etwas aus dem Krieg erinnere ich mich. Als die Besetzung durch die Amerikaner zu Ende ging, machte in Salzburg meine Mutter, die damals ein ziemlicher Bebop-Fan
war, die Bemerkung, wie traurig sie sei, daß Salzburg jetzt
wieder zu der *alten* Musik zurückkehren müßte – denn die
Amerikaner packten ihren Neger-Tröten-Sender mit ein.

Ich glaube, das war das einzige, was meine Familie durch den Krieg verlor. Und auch das hätte meine Mutter erst gar nicht gehabt, wäre der Krieg nicht gewesen.

Ergo konnte ich mich bei Watzek-Trummer schwerlich wohl fühlen, ich mit meinen mageren Schauerlichkeiten. Ich will verfrottet sein, wenn ich nicht dachte, daß mein Widerstreben, Siggis Leichnam zu begleiten, mit meiner Überzeugung zusammenhing, ich hätte auch nicht nur annähernd genug verbürgte Unglücksfälle vorzuweisen, um Ernst Watzek-Trummer das Wasser reichen zu können – ihm und seinen grauenhaften Bestattungsaufgaben, den direkten und indirekten, den ausdrücklichen und impliziten, eine nach der anderen.

Deshalb überließ ich alles Keff und sagte, ich würde Watzek-Trummer demnächst aufsuchen; aber *Pläne* machte ich nicht. Ich wollte nicht. Ich hatte erlebt, was Vorhaben anrichten konnten.

Verfrotteter Siggi! Was mich wirklich fertigmachte, war der Gedanke, daß er sich trotz aller Planerei selber zur Strecke gebracht haben würde, wenn er je die Chance bekommen hätte, die Sache zu Ende zu führen. Er hatte sich zum Schluß so völlig paranoid gebärdet, beim Aushorchen des balkanesischen Obers und des kleinen Hugel Furtwängler, daß diese zwei ihn angezeigt haben würden, hätte er den Zooüberfall tatsächlich versucht. Durch seine vielen smarten Fragen über den früheren Zooüberfall hatte er praktisch schon vor der Tat gestanden. Und sich den Kopf kahlzurasieren war, gelinde gesagt, eine dämliche Verkleidung.

Ich bin der festen Überzeugung, daß wir schlicht und einfach keine Aufmerksamkeit auf unsere Extremitäten lenken dürfen.

Und ich will verfrottet sein, wenn wir jemals nach Italien gegangen wären, bloß um an den Stränden herumzutollen – planlos, so wie er es anfangs versprochen hatte. Gibt es in Neapel ein Aquarium, dann in Rom wahrscheinlich einen Zoo. Und wäre das nicht das absolute, fliegende Finish ge wesen – alle Tiergehege auf dem Kontinent zu knacken, bis dann der Regent Park in London Zusatzwächter einsetzen würde, die darauf warteten, daß die berüchtigten Zooeinbrecher dort zuschlugen?

Doch als ich in meinem Zimmer auf dem Bett saß und auf die nächtlichen Forsythiensträucher hinausblickte, da vermißte ich es, daß er nicht mehr plötzlich am Fenstersims auftauchte. Denn es war schon ein klein wenig so wie damals, als ich dort saß und darauf wartete, daß er von dieser Erkundungsmission zurückkam. Und ich dachte: *Wäre* er der Straßensperre ausgewichen, oder wäre ich einfach mit ihm gegangen, als er das erste Mal über den Fenstersims hereinkletterte, ich schätze, ich *hätte* mitgemacht. Sicher, es war eine verhängnisvolle Idee und schlimm, daß er über dem Plan alle Vernunft verlor – mit seinem Entschluß, *alle* Viecher rauszulassen, sogar die reißenden – doch ich glaube nicht, ich hätte ihn das alleine probieren lassen. Ich hätte mitgemacht, um meinen Hang zur Vorsicht einzubringen, mein unerschöpfliches Reservoir an gesundem Menschenverstand – um zu sehen, ob es nicht einen Weg gab, wie ich *ihn* da wieder heil, unzerfleischt, herausbekommen und nebenbei vielleicht sogar noch die eine oder andere Antilope flitzen lassen konnte.

Dies komische Gefühl beschlich mich dunstig und gelb vom Forsythiengarten, an dem der Sprühnebel der Wasserfälle haftete: Ich *hätte* ihn begleitet, aber nur, weil er offensichtlich ein Kindermädchen brauchte.

Sicher, wenn man es gelassen überdachte, war es ein hirnrissiger, unmöglicher Plan.

Doch Gallen würde ich jetzt eigentlich aus ganz genau denselben Gründen begleiten, aus denen ich Siggi hätte gewähren lassen. Obwohl ich zugeben mußte, daß ich da kaum auf meine Kosten gekommen war. Bisher. Und Gallen zu knacken, erschien mir zugegebenermaßen ebenso unmöglich wie den Tiergarten Schönbrunn.

Was Keff außerdem tat

Keff übernahm die ganze Planung. Ich wollte nichts damit zu tun haben, und genau das sagte ihm Gallen.

Am Samstagabend, dem zehnten Juli 1967, saß ich also noch immer auf dem Bett. Ich versuchte zu schätzen, wo Siggi war, aber ich wußte nicht, wie die Zugstrecken verliefen. Ob Siggi in Keffs Kiste erst nach Salzburg fuhr, bevor er nach Süden abbog, oder ob er schon bei Steyr nach Süden abbog – in diesem Fall würde er jetzt nach Süden abgebogen sein, denn Steyr lag nur ein klein wenig westlich von Waidhofen, und Siggi war seit einer Stunde unterwegs.

Ich malte mir ein höchst melodramatisches Wettrennen aus. Siggi, der steif und starr in seiner Kiste reiste – ein resoluter Fahrgast – und ich fragte mich, ob man mein Telegramm schon aus Waidhofen abgeschickt hatte, obwohl das keine Rolle spielte; es würde Siggi an irgendeinem Punkt der Strecke überspringen, egal, wo er gerade war, und von ihnen beiden zuerst in Ernst Watzek-Trummers Zimmern im Gasthof Enns landen.

Watzek-Trummer würde natürlich an seinem überflüssigen Küchentisch sitzen. Während Siggi der Länge nach hingestreckt heranbrauste.

Und dann hörte ich im wilden Wein unter meinem Fenster die Krabbel- und Krallgeräusche, und ich glaube, alle meine Bienenstiche stachen mich noch einmal. Ich sah die Pratzen über den Fenstersims tasten; ich hörte Grunzer. Ich wich vom Bett zurück und kreischte: »In Ordnung! Ich komme mit! Wir werden sie rauslassen, wenn du unbedingt willst!«

Doch es war Keff. Er wirkte ziemlich verblüfft von meinem Geschrei. Ich konnte mich nicht vom Fleck rühren, um ihm hereinzuhelfen, und er schien das als Vorwurf aufzufassen; als er seine dicken Beine hereinschwang, mied er schüchtern meinen Blick.

»Ich hab' dich nicht erschrecken wollen«, sagte er betrübt. »Aber wir wären so weit, Schlaumeier.«

»Warum sollte ich verschwinden?« sagte ich, weil es mir schwer fiel, dem gewaltigen Keff zu vertrauen.

»Weil sie dich jetzt in der Zange haben«, sagte er. »Du mußt blechen. Je länger du bleibst, desto mehr schuldest du – für dein Zimmer, beispielsweise. Und dann ist da noch der Unfall. Windisch sagt, du schuldest ihm etwas für die Bienen, verstehst du? Sie werden dich auspressen, Schlaumeier. Wenn du nicht abhaust, werden Sie dir Geldstrafen aufbrummen, bis du tot umfällst.« Und er mochte mich nicht anschauen; er wiegte den gesenkten Affenschädel.

»Wo ist Gallen, Keff?« sagte ich.

»Im Obstgarten«, sagte Keff, »auf der Stadtseite vom Berg.«

»Mit der Maschine?« fragte ich.

»Ich hab' sie neu registrieren lassen, unter meinem Namen«, sagte Keff. »Dann wissen sie nicht, wie sie sie ausfindig machen sollen, wenn sie sich überhaupt die Mühe machen, groß nach euch zu suchen. Ich bleibe hier, bis ihr weg seid. Wenn die alte Tratt kommt, halte ich sie hier bis zum Morgen fest. So kriegt ihr etwas Vorsprung.«

»Und was springt für dich dabei raus, Keff?« sagte ich und beobachtete, wie er die Augenbrauen runzelte; sie quollen tennisballgroß aus seinem Kopf heraus.

»Bah, Schlaumeier«, sagte er. »Bitte, ich meine es gut mit dir.« Aber dann sah er mich an – mit einer leisen Drohung im Blick. »Dein nettes Mädchen wartet jetzt auf dich, und du wirst gehen, und wenn ich dich hinschleifen muß, Schlaumeier.«

»Nicht nötig«, sagte ich und packte, was einzupacken war. Notizbuch, Schlafsäcke, Helme – in den Rucksack oder oben draufgeschnürt. Die Entenjägerjacke aufzuheben lohnte sich nicht, und Siggis Pfeifen schenkte ich Keff. Dann gab ich ihm *Das ABZ der Liebe* zurück.

»Bah, Schlaumeier«, sagte er.

»Es war nicht deine Schuld, Keff«, sagte ich und drückte sogar das Stück seines Armes, das ich mit der Hand umfassen konnte.

Dann packte mich Keff unter den Schultern und ließ mich an den Achselhöhlen die halbe Schloßmauer hinunter – damit ich nicht so weit zu fallen hatte und bei der Landung im Garten nicht so laut *plumps* machte. Einen Augenblick lang dachte ich, er würde mich nicht loslassen. Er ließ mich senkrecht und ein Stückchen von der Mauer weg baumeln; ich konnte ihn sogar schnaufen hören. Im Hängen sagte ich zu ihm hoch: »Es ist ein Jammer, Keff, daß du Todor Slivnica nie gekannt hast. Denn ich wette, du hättest ihn packen können.«

Dann blickte ich senkrecht hoch und sah, wie er über seine drei feisten Kinne hinweg ein verdutztes, kleines O-förmiges Lächeln zu mir herunterschickte.

»O.K., Schlaumeier«, sagte Keff und ließ mich los. Ich fiel weich in den Garten und verzog mich sofort in die Forsythien. Vom Strauchwerk, noch innerhalb des Hofs, spähte ich zum Tor hinaus und ringsum in die Gegend. Ich wartete auf eine absolut leere Landschaft und völlige Stille auf dem Kopfsteinpflaster.

Doch bevor ich zur Straße losspurtete, warf ich einen Blick auf mein ehemaliges Fenster und sah den gegen das Gitter gepreßten Keff – das Ungeheuer seines Schattens vertilgte unten ganze Büsche und Gartenstücke. Sein von Gitterstangen segmentierter Schatten dräute so viel riesiger, als es Siggis getan hatte, und obwohl der mächtige Keff so sanft zu mir geworden war, wirkte sein vergatterter Schatten sogar noch gewalttätiger und entschlossener auf mich, als jener, den Siggi einst geworfen hatte.

Und auch die Gallen, zu der ich jetzt unterwegs war, schien mir etwas völlig anderes zu verheißen als das Mädchen vom ersten Abend, das ich leicht im Arm gehalten hatte; das ich im Sprühnebel des Wasserfalls hatte stehenlassen, während ich zu meines Siggis Zimmer hastete, um mich zu erkundigen, wieso er am Fenstergitter Käfigtiere nach-äffte.

Mit diesem Wirrwarr im Hirn trabte ich die dunkle Obstgartenstraße hinauf und kämpfte mit aller Kraft dagegen an, daß auch nur der kleinste Plan die kleinsten Wurzeln in meinem zerstochenen Kopf schlug.

Während Siggi, ohne Gegenwehr, immer weiter vom Schauplatz seiner Machenschaften wegbefördert wurde – während O. Schrutts Wache, so stellte ich mir vor, noch nicht angefangen hatte, und der Berühmte Asiatische Kragenbär, der seine Chance für eine kurze Ruhepause nutzte, so versteinert schlief wie Siggi.

Aber hier ließ ich die Vorstellungen bleiben. Ich gab den Trab auf und preschte mit meinen wannenschlappen Beinen los, bahnte mir den Weg zu Gallen mit nur dem allerpromptesten Plan im Kopf.

Nur dem Wesentlichsten.

Würde sie dort sein – wo Keff gesagt hatte? Würde die Maschine anspringen? Und weil sie ihre Übungsstunden ja zu unserem Fahrer bestimmt hatten, wo würde ich meine Hände hintun, um mich an ihr festzuhalten, wenn sie uns beide auf und davonfuhr?

Nachtgefühle

Ich mußte aufpassen, wo ich meine Hände hintat. Das Mädchen scheute vor ihnen zurück und fuhr ohnehin schon nervös genug.

Das rein Mechanische hatte Gallen untadelig gelernt – das Schalten und die Kurventechnik – aber mit ihrer Vorsicht, da übertrieb sie es ein bißchen. Sie erschrak leicht vor Sachen auf der Straße, die nicht da waren.

»Naja, *nachts* hat Keff nicht mit mir geübt«, sagte sie – und sah mit dem Helm, der ihr so hoch auf dem Kopf saß, urkomisch aus, und ihr Zopf pendelte hin und her, als sie dauernd nach Wesen abseits der Straße Ausschau hielt. Die uns vermutlich gleich anspringen würden.

Deshalb wollte ich sie doch nicht noch nervöser machen und war mit meinen Händen maßvoll; ich ließ sie um ihre Taille – außer, wenn wir im Leerlauf bergabrollten, dann legte ich sie ihr ganz leicht auf die Hüften. Sie trug ihre braune Lederjacke mit einem alten Gürtel, den ihr Keff zum Zubinden gegeben hatte. Ich schob ihr meine Hände an der Taille unter die Jacke und legte ihr die Handflächen auf die warme Bluse. Aber es waren die härtesten Bauchmuskeln, die ich jemals gefühlt hatte, deswegen rutschte ich nicht näher an sie heran.

Einmal sagte ich in das Ohrloch ihres Helms: »Gallen, du fährst ganz prima.«

Doch auch darüber erschrak sie. Sie wandte den Kopf und sagte: »Was?« Und fuhr uns beinahe in den Graben.

Wenn wir etwas weniger schnell die kleinen Ortschaften durchfuhren, ging es mit dem Reden leichter. Ich sagte: »Es wird spät. Wir könnten uns mal nach einem Lagerplatz umsehen.« Doch sie war überzeugt, wir sollten die Nacht durchfahren und aus der Umgebung von Waidhofen verschwinden – weit hinauf in die Berge im Südosten. Damit wir, wenn sie sich die Mühe machten, groß nach uns zu suchen, schwer zu finden wären.

Aber ich glaube nicht, daß sie diese Nacht im Freien mit mir verbringen wollte. Ich fragte mich in der Tat, ob sie einen Reiseplan entworfen hatte, demzufolge wir nie bei Dunkelheit schlafen würden. Mir schwante, daß wir für die Dauer unseres Zusammenseins allnächtlich nervös fahren würden, die ganze Nacht lang; auch wenn es uns irgendwo so gut gefiel, daß wir ein Weilchen dort bleiben wollten, würden wir trotzdem weiter und im Kreis herumfahren – bis zum Morgengrauen.

Doch dann überraschte sie mich. Sie hielt noch vor Mitternacht im größten Ort, durch den wir bis dahin gekommen waren. Es war Mariazell – groß und touristisch. Die ganze Stadt war so eine Art auf Sommer getrimmter Wintersportort, und im lautesten der noch geöffneten Clubs tanzte ein Haufen schickgekleideter junger Leute – Rock and Roll-Musik machte die Blumen in den Fensterkästen nieder.

Meine Gallen hielt eine Weile im Leerlauf draußen vor dem Schuppen; sie starrte einfach durch die offenen Fenster hinein und musterte alle Pärchen, die draußen auf den Stufen rauchten. Die musterten uns ebenfalls vom Scheitel bis zur Sohle.

Da wurde mir klar, daß Gallen von St. Leonhard noch nie aus Waidhofen herausgekommen war; dies hier war für sie Großstadtleben und ehrfurchtgebietend. Es *fesselte* sie.

Es war hinreißend, obgleich enervierend, daß selbst sie einen solchen Lebenshunger hatte.

Und als wir wieder auf der Straße unterwegs waren, traute ich mich, ihr meine Finger etwas in den Bauch zu bohren; ihn ein wenig zu kneten, könnte man sagen. Ihre Muskeln kamen mir nicht mehr ganz so angespannt vor. Ich küßte sie linkisch durch das Ohrloch des Helms, und sie lehnte sich etwas zurück und gegen mich.

Außerhalb der Stadt legte sie die Maschine spektakulär in eine Kurve und erschreckte mich so sehr, daß ich mich fester in ihren Bauch krallte, was sie natürlich fühlte und mithin wußte, daß sie mir für einen Moment überlegen war. Ich spürte, wie ihr Bauch innerlich vor Lachen gluckste.

Aber anhalten wollte sie noch immer nicht. Wir fuhren jetzt direkt nach Süden, und die Ortschaften wurden zusehends dunkler. Sie entwickelte sogar ein Gefühl für Geschwindigkeit. Und die ganze Nacht verging wundersam ereignislos, so als seien wir aus dem Sturmwind der Welt herausgetreten, wie Siggis alter Četnic-Held wohl behauptet hätte – in Vergessenheit geraten – und wären nach nirgend-wohin unterwegs.

Irgendwo in meinem Geist gegenwärtig war der überflüssige, von Ellbogen blankgescheuerte Küchentisch, und der in der Kiste lang hingestreckt heranbrausende Siggi. Doch den Großteil der Nacht überstand ich, ohne beide wirklich zu sehen. Erst als wir nach Osten fuhren, durch Stübming, wurde meine Gemütsruhe erschüttert.

Wieder mal ein verfrotteter Kleinstädter, der wieder mal in einen Kleinstadtbrunnen pinkelte, als hätte es jemand geplant: Daß immer ich derjenige sein würde, der sie dabei ertappte. Nur tauchte dieser hier nicht in Deckung; Gallen fuhr vielleicht nicht ganz so granatenmäßig wie Siggi. Dieser hier glotzte bloß und hielt sein kaltes Glied in der Hand vor sich hin. Wir bannten ihn mit unserem Scheinwerferstrahl und donnerten dann an ihm vorüber; ich spürte, wie sich Gallens Bauch spannte, bloß ein klein wenig.

Aber die Erinnerung genügte, um mir die letzte Stunde der Fahrt im Dunkeln zu verderben. In der folgenden Stunde vor Tagesanbruch kam die Reihe an mich, *Wesen* abseits der Straße zu sehen – wie in jener Nacht, als Siggi an die Verdunkelung erinnert hatte und wir *Wesen* an den Straßenrand kommen sahen, die uns beobachten kamen.

Einmal glaubte ich – reglos in den hohen Reben – einen alten Oryxbock mit bemoosten Hörnern zu sehen. Und einmal, noch bestürzender, einen Adler in einem Kettenpanzer aus Pastetenförmchen – er stand da, als sei er dort gewachsen oder schwingenlos vom Himmel gestürzt und habe hier Wurzeln geschlagen, vor vielen, vielen Jahren.

Wir überquerten die Mürz bei Krieglach, der Tag brach eben an, und vom Fluß her blies ein starker Wind und wehte unsere Maschine über den Mittelstreifen. Gallen schlingerte uns auf unsere Seite der Straßenkrone zurück, und der Wind fiel uns von hinten an.

Aber so ist eben der verfrottete Sturmwind der Welt, dachte ich. Wenn er einem nicht frontal entgegenweht, dann kommt er von hinten und treibt einen schneller voran als man möchte. Er übernimmt vielleicht sogar das Lenken.

Aber ich behielt es für mich und ließ Gallen in dem Glauben, sie sei unser Pilot.

Was Gallen endlich tat

Auf der Höhe vom Semmeringpaß gönnte sie uns einen ausgedehnten und an Völlerei grenzenden Brunch. Irgendwie hatte sie uns nach Süden geschlängelt, dann nach Osten und sogar eine Spur nach Norden, so daß wir jetzt, obwohl wir uns südöstlich von Waidhofen befanden, doch weit genug östlich waren, um fast direkt südlich von Wien und direkt nördlich sowohl von Italien wie von Jugoslawien zu sein – obgleich wir keine Pläne hatten, das Land zu verlassen; das heißt vielmehr, *sie* hatte keine Pläne in dieser Richtung. Als wir unsere Finanzen erörterten, erklärte ich, ich hätte absolut keine Pläne – wir besaßen vielleicht so viel, um davon zwei Wochen auf unsere Art reisen zu können. Insofern kalkulierte ich unsere Pläne. Wenn wir uns nicht mehr als eine Mahlzeit pro Tag leisteten und weit genug in ländlichen Gegenden blieben, um uns eine zweite angeln zu können – im Freien schliefen und nie ein Zimmer mieteten –, würde es uns zwei Wochen lang für Benzin und Essen reichen, und dann wäre ein Job fällig.

Und Jobs bekommen, hieß Österreich nicht zu verlassen. Von wegen der Probleme, als Ausländer eine Arbeitserlaubnis erteilt zu bekommen, und das wären wir ja, wenn wir das Land verließen.

Solche Überlegungen beschäftigten meinen Geist hervorragend, und es wäre mir prima gegangen, wären wir nicht mittags oben auf dem Paß gewesen, als die Kirchenglocken

durch das ganze Semmeringtal so förmlich den Mittag ver-
kündeten.

Wo Siggi in Kaprun eintrifft, dachte ich – wohin sich der
Großteil seiner Familie irgendwann einmal zurückgezogen
hat. Und ich sah den alten Watzek-Trummer mit der klobigen, langhingestreckten Kiste.

»Magst du nicht noch ein Bier, Graff?« sagte Gallen.

Und ich sagte: »Er ist jetzt dort. Das sollte ich auch sein.«

»Ach komm, Graff«, sagte sie.

Doch mein einziger Gedanke war, daß der alte Trummer
zu viele Bestattungen mitgemacht hatte, um diese letzte allein durchzustehen. Und dieser Gedanke war einfach zu wi-
derwärtig-sentimental für das touristische Semmeringpaß
Hotel und Restaurant, wo die Musik dudelte – und uns über
der Suppe erbeben ließ.

Deswegen schlug Gallen vor, ich sollte lernen, die Maschine zu fahren, weil wir es beide können sollten. Und sie
führte mich aus dem Restaurant und kurvte uns in nord-
westlicher Richtung ins Tal hinein. Dann kletterten wir höher als der Semmeringpaß lag, nach Vois, wo ich zwei Flaschen Weißwein und ein Stück Butter kaufte.

Außerhalb des winzigen Vois fanden wir ein tannennadel-
bestreutes Ufer der schnellen, schwarzen Schwarza. Es gab
genug Platz für Fahrübungen; es gab fließendes Wasser, um
den Wein zu kühlen und ein paar Fische für Freina Gippels
Pfanne zu angeln; und wir waren weit genug abseits der
Straße, um einer intimen Nacht sicher zu sein.

Ich begann das Ufer entlangzufahren – Gallen saß hinter
mir und sagte: »Keff hat gemeint, zuerst entwickelt man das
Gefühl für die Gänge.« Doch ich hörte ihr nicht wirklich zu.
Mit einem Mal war da der breite Todor Slivnica unter mir,
und der weltlich gesinnte Bijelo sagte: »Scharfe Linkskurve,
Vratno, mein Junge.« Und dann bretterte ich das Ufer rauf
und runter, und Gallen sagte ganz unterwürfig etwas, aber
es war Gottlob Wut, der für mich fuhr und laut und deutlich
diktierte: »Siehst du? So geht das!« Und dann knatterte ich

eine Marmortreppe hoch, als ich der gejagte Siegfried Schmidt war, Sonderkurier und Gassenfahrer im alten Wien. Doch ich erwischte irgendeine Wurzel, die mich nach vorn auf den Benzintank rüttelte, und die arme Gallen rutschte kuschelig gegen mich – und ich mußte die Zehen nach hinten recken, um den Schalthebel zu erreichen, dann sah ich wieder die abfallende Obstgartenstraße, und Siggi sagte: »Hier brauchst du den ersten Gang, Graff. Du mußt es schaffen.«

Ich spürte meine Knie unter dem Lenker, wie sie mich für immer an der alten Bestie festhakten – und eine honigpappige Bienenkrone, die sich auf meinen schmerzenden Kopf drückte – als ich durch unseren ungemachten Lagerplatz harkte und genau über unseren Rucksack fuhr.

»Mein Gott, Graff«, sagte Gallen. »Du hast etwas die Kontrolle verloren.«

Aber als sie hinter mir abstieg und nach vorne herumkam, sich wahrscheinlich fragte, warum ich den Motor nicht abgestellt hatte, muß sie einen Blick in meine verträumten Augen getan haben. »Na komm, Graff. Laß gut sein«, sagte sie.

Und als ich ihr nicht antwortete, sondern im Leerlauf das Gas immermehr aufdrehte – und die Bestie unter mir sich dumm und dämlich brüllen ließ – da tippte sie auf den Aus-Knopf und brachte mich zum Schweigen. Der Lärm erstarb. »Zeig' mir mal«, sagte sie, »wie man Fische fängt, Graff.«

Was ich dann tat, obwohl der Fluß hier zu reißend war – ohne ein Ufer, von dem aus man gut ins Wasser hinunter konnte. Erst nachdem ich ein paar Mal welche am Haken gehabt und dann wieder verloren hatte, gelang es mir mühsam drei ziemlich mickrige Forellen herauszuholen – Leichtgewichte, die ich direkt an Land werfen konnte.

»Nun ja«, sagte ich, »es ist nie ein Fehler, etwas hungrig ins Bett zu gehen.«

»Wieso?« sagte Gallen.

»Obendrein nach zwei Flaschen Weißwein«, sagte ich und grinste.

Doch sie wandte sich schmollend von mir ab, scheute wieder.

Es waren dennoch prima Forellen. Sie entlockten Gallen ein Niesen – ein *Nieserchen* von einem Nieser, halb in der Hand erstickt. Und ich sagte: »Ha!«

»Was soll das heißen, ›*Ha*‹?« sagte sie.

Und ich erinnerte sie: »»Herzhaft und tüchtig zu niesen, bedeutet eine natürliche, spontane, freimütige Handlung, vor der sich manche Leute wirklich genau so ein wenig fürchten...‹« Und brach ab, um ihre Reaktion abzuwarten.

Sie sagte: »Graff.« Und verschüttete ihren Wein.

»Es ist noch mehr da«, sagte ich. »Im Fluß kühlt die zweite Flasche.«

»Du hast wohl an alles gedacht, was?« sagte sie, aber ohne wütend zu sein.

Also dachte ich noch ein wenig weiter, auf meine Art – ersann so etwas wie einen prompten Anschlag. Ich entsann mich, daß Siggi die beiden Schlafsäcke zur selben Zeit im selben Laden gekauft hatte; daß sie ein Paar bildeten, und sich entweder getrennt oder zusammen per Reißverschluß zumachen ließen. Man konnte sie zu einem Doppelschlafsack verbinden.

Du kommst in den Doppelschlafsack, Gallen, dachte ich. Aber es war noch nicht einmal dunkel, und im Fluß wartete die zweite Flasche auf uns.

Also sagte ich: »Gallen, geh du mal die zweite Flasche holen, ich bring' das Feuer wieder in Schwung. Das hält nämlich die Schnaken ab, weißt du.« Aber es gab sowieso keine Schnaken, Gott sei Dank nicht. Wir waren zu hoch oben; es war kalt.

Und nach dem Dunkelwerden würde es noch kälter werden, das wußte ich, als ich auf den wintergleichen Fluß blickte, den man sich sogar im Sommer nur schwer ohne dünne Eisrüschen an den Stromrändern vorstellen konnte und ohne schlotternde Rehe, die zum Schlecken von der Uferböschung herunterkamen, die Hufe staksig hochhoben und schüttelten, als ob Rehe kalte Füße bekommen konnten.

Vielleicht können sie es aber doch.

Möglich ist alles, hat Siggi irgendwo mal gesagt. Und ich bekam eine Art Anfall, als ich mich am Feuer bückte.

Wenn alles möglich ist, konnte Siggi auf der Bahn verloren gehen; man konnte ihn nach München oder Paris schikken. Ich sah Siggi aufrecht gestapelt in einem Kaufhaus in Paris.

Oder, dachte ich, es konnte in Ernst Watzek-Trummers winzigen Räumen Schwierigkeiten geben. Er tut Siggi sicher in das Zimmer mit der Rennmaschine; und da gibt's bestimmt Kerzen. Eine Kerze brannte zu dicht bei der Grand Prix-Rennmaschine. Und sie hatten garantiert etwas Benzin im Tank gelassen, damit er nicht rostete. Ich sah den Gasthof Enns in die Luft fliegen.

Doch nichts von dem, was ich sah, löste Gefühle in mir aus, ich sah das alles in der Zeitspanne, die ein Ascheflöckchen brauchte, um vom Feuer aufzusteigen oder in der Zeitspanne, die Gallen brauchte, um den Wein zu holen. Ich war einfach so betäubt, daß ich auf nichts davon reagierte, nicht einmal auf die Ascheflöckchen, die ich in die Luft hochstieben ließ. Sie glitten senkrecht herunter; es wehte kein Lüftchen.

Nachts legt sich also der Sturmwind der Welt, dachte ich. Und ich dachte: Na, und wenn schon? Denn ich hatte mich entweder mit zu vielen zusammenhängenden oder unzusammenhängenden Dingen betäubt.

Und all das geschah in der Zeitspanne, die die Ascheflöckchen zum Aufsteigen brauchten und die Gallen brauchte, um den Wein zu holen – oder es schien so; obwohl es schon etwas dunkel geworden war, bevor ich merkte, daß Gallen mit dem Wein zurückgekommen war und die Hälfte davon allein getrunken hatte. Und ganz dunkel, als ich sagte: »Es wird Zeit, den Schlafsack herzurichten.« *Den Schlafsack*, Singular, sagte ich – denn ich hatte für uns den Doppelschlafsack geplant.

»Hab ihn schon hergerichtet«, sagte Gallen. *Ihn,* sagte sie – Singular. Und ich merkte, daß sie die beiden Einzelstücke per Reißverschluß verbunden hatte – vielleicht um es mir einfacher zu machen. Aus Mitleid hoffentlich nicht, dachte ich.

Ich ging zum Fluß hinunter und spülte mir den Fisch aus den Zähnen. Dann kroch ich zum Schlafsack, den Gallen bereits anwärmte. Aber sie war angezogen. Das heißt: immer noch in Kordhosen und Bluse. Wenigstens den BH hatte sie ausgezogen, ich entdeckte, wo sie ihn zu verstecken versucht hatte: unter ihrer Jacke, gleich neben dem Schlafsack.

Kleinigkeiten machen einen Unterschied, garantiert.

Doch als ich neben ihr hineinschlüpfte, sagte sie. »Gute Nacht, Graff.« Noch bevor ich mich richtig ausgestreckt hatte! Und dabei war ich noch so taktvoll gewesen, meine erbärmlichen, schlabbrigen Boxershorts anzubehalten.

Der Fluß war so reißend, daß er Radau schlug. Und vom anderen Ufer drangen Froschlaute herüber. Ein Sumpf ist immer da, wo man ihn am wenigsten erwartet.

Derlei Gedanken gingen mir durch den Kopf – kleine Lebensweisheiten, die sich von selbst einstellten. Gallen lag mit dem Rücken zu mir – eingekugelt, mit angezogenen Knien. »Du mußt ja ganz schön müde sein, was Gallen«, sagte ich strahlend und forsch.

»Ja, todmüde, gute Nacht«, sagte sie wieder – mit gespielt erschöpfter Stimme, als hätte sie schon einen Augenblick geschlafen. Also rutschte ich näher zu ihr, schob meine Schulter an das warme Rückenteil ihrer Bluse – und sie versteifte sich. »Du hast die Kleider ausgezogen«, bezichtigte sie mich.

»Meine Bammler hab' ich an«, sagte ich.

»Deine was?« sagte Gallen.

»Meine Bammler«, sagte ich zu ihr. »Meine Boxershorts.«

Einen Moment lang dachte ich, sie würde ein Streichholz anzünden wollen, um meine erbärmlichen Bammler in Augenschein zu nehmen; ich wäre vor Scham in den Erdboden versunken. Sie setzte sich im Schlafsack auf.

Doch sie sagte: »Ist das nicht eine herrliche Nacht, Graff?«

»Ach ja«, sagte ich und kauerte mich wieder in meine Ecke des Schlafsacks – wartete nur darauf, daß sie sich wieder hinlegte.

»Und was der Fluß für einen Krach macht«, sagte Gallen.

»Ach ja«, sagte ich auf die gelangweilte Tour. In meinem Teil des Schlafsacks lauerte ich nur auf sie. Ich beobachtete, wie ihr der Wind die Bluse plusterte.

Und ich erinnere mich, daß ich lange darauf gewartet habe, daß sie sich hinlegte und schließlich selber schläfrig wurde, weil sie so lange sitzenblieb. Ich dachte: Wahrscheinlich wird sie sich den BH wieder anziehen.

Also ließ ich mich mit dem Wasser im schnellen, schwarzen Winterfluß davontragen. Ich döste stromabwärts; ich erwachte zu kurzen Spurts und schwamm gegen den Strom. Doch immer geruhsam, ohne Plackerei. Ich ließ mich verlocken, mich von ihm tragen zu lassen – vorüber an hell erleuchteten Städten hoch über dem Wasser; vorbei an einer charakteristischen Sägemühle, wo sich am Ufer entlang Pechgeruch verströmende Stämme stauten; vorüber an jungen Mädchen, die ihre hauchdünne Wäsche wuschen. Und dann reiste ich gedämpft zwischen steilen, schneeigen Flußufern, und es war beinahe dunkel oder beinahe hell, und die Rehe kamen herunter zur Tränke. Ein stattlicher Rehbock mit einem Harem von Geißen, die ihm unterwürfig folgten; ich gebe zu, der Rehbock sah ein bißchen wie der Oryx aus. Er wagte sich hinaus auf die ufernahen, dünnen Eisrüschen.

Langsam verlagerte er sein großes Gewicht; leicht trat er mit den sorgsam gesetzten, scharfen Hufen auf. Die Geißen des Rudels schubberten sich wärmend aneinander. Ich ließ mich nicht weitertreiben; ich trat auf der Stelle Wasser.

Die Geißen schubberten sich zu laut aneinander, dachte

ich. Doch es war Gallen, die sich über mir aufsetzte – und zweifellos in ihren verfrotteten BH stieg. Aber dazu mußte sie doch nicht neben mir im Schlafsack so mit den Beinen herumkaspern. Sie fährt in diesem Schlafsack Fahrrad, dachte ich. Was denn sonst noch alles? Sie steigt in ihre Kettenhosen mit dem Vorhängeschloß dran. Dieses Mädchen geht kein Risiko ein.

Doch dann glitt sie der Länge nach neben mich in den Schlafsack, und ich spürte, wie ihr Knie hochrutschte und meine Hand leicht berührte.

Sie hatte die Kleider *aus*gezogen! Ich stellte mich schlafend.

»Graff?« sagte Gallen, und ihre Füße klappten wie Hände um meinen Knöchel.

Ich kringelte mich etwas dichter an sie, immer noch schlafend. Versteht sich.

»Du, Graff«, sagte sie. »Bitte, wach auf.« Doch abgesehen davon, daß sich unsere Füße jetzt berührten, hielt sie sich meinen Bauch mit den Händen fern. Dann bewegte sie sich; sie berührte mich nirgendwo. Und dann kam sie vom Himmel des Schlafsacks auf mich hernieder; ihr offenes, lose fallendes Haar traf mich zuerst. Ganz kalt oder heiß berührte sich unsere Haut. Im nächsten Moment paßten wir zusammen. Ich spürte, wie die Eisrüsche vom Ufer abbrach und den stattlichen Rehbock den Wellen überließ.

Gallen sagte: »Bitte, wach jetzt auf.« Und klammerte sich so sehr an mir fest, daß ich mich nicht rühren konnte.

»Ich bin wach«, sagte ich kehlig. Doch das kam so unterwürfig und vergurgelt heraus, daß ich versuchte, meinen Hals von ihrem Schulterknochen zu befreien, damit sie mich auch sicher hörte.

Doch bevor ich wieder etwas krächzen konnte, krabbelte sie schon etwas tiefer an mir und küßte mich auf den Mund. Ich gurgelte also wieder.

Ihr Gesicht lag naß auf meinem; jetzt heulte sie obendrein noch.

Ich gestehe, ich war verwirrt. Ich sagte: »Keine milden Gaben – wenn du's nur machst, weil ich dir leid tue.«

»Tust du mir gar nicht«, sagte sie – grimmig wie nie.

»Nein?« sagte ich, verletzt – und hielt sie mir auf Ellbogenlänge von der Brust. Ihr Haar bedeckte ihr Gesicht und meines. Dann kniete sie über mir und ich bog mich hoch und in sie hinein, wo mich ihr Körper erwartet zu haben schien – denn sie fing mich bei den Schultern und schwang sich herunter von mir und zog mich über sich.

Sie weinte jetzt hemmungslos, und ich küßte sie auf den Mund, damit sie aufhörte. Wir wälzten uns, um in dem verfrotteten Schlafsack Spielraum für unsere Beine zu bekommen.

Ich fühlte mich verpflichtet dazu – ich sagte: »Ich liebe dich, Gallen, wirklich.« Und sie versicherte mir dasselbe.

Das war das einzige, was irgendwie gezwungen wirkte – oder aus einer Geschichte notwendiger Präliminarien übernommen zu sein schien, die wir zwischen uns nicht völlig natürlich gebrauchten.

Sie wand mir ihr Haar um den Hals; sie band meinen Kopf auf ihre Brust – die so hoch und zart und zerbrechlich war, daß ich dachte, ich würde durch sie hindurchbrechen und in sie hineinfallen. Ich drückte ein Auge auf den Puls in ihrer Kehle; er strömte leicht und rasch.

Wie der Winterfluß, der den kühnen Rehbock stromabwärts trug, der auf der Eisscholle trieb, die unter ihm schmolz; seine Geißen liefen am sicheren Ufer neben ihm her.

Und Gallen sagte: »Was sind das? Wie hast du die genannt?«

»Bammler«, sagte ich, doch ich tat es nur leise. Um nichts in der Welt hätte ich ihren Pulsschlag unterbrechen mögen.

»Also dann«, sagte sie (und ihr Hüftknochen stach mich; sie drehte sich unter mir), »meine heißen Kneifer.« Keine Tränen mehr, aber sie zog's hinaus. Dann sagte sie: »Zieh sie aus.«

400

Ich dachte: Könnte ich arme Seele doch bloß etwas in diesem verfrotteten Schlafsack sehen.

Aber als ich hinschaute, sah ich den Rehbock balancieren – der Eisfladen unter ihm war beinahe weggetaut.

Und wenn ich meine Daumen Gallen vorne um die Hüfte hakte und die Handballen dorthin legte, wo ihre Hüften begannen – und wenn ich dann drückte, fest drückte – berührten sich meine Mittelfinger auf ihrem Rückgrat, wirklich oder auch nur scheinbar. Also hob ich sie hoch.

Und sie plapperte drauflos, als würde sie die Sätze in der Mitte des fließenden Winterstroms hervorsprudeln: »Du, Graff, wo hast du denn meine Kneifer hingetan, du – ich hab' sie mir extra für diese Reise neu gekauft.«

Dann hob sie sich selber, als ich sie hochhob. Die Geißen liefen im Gleichschritt.

Gallen sagte: »Du, Graff!« Und etwas quiekste in ihrer Kehle, einen Zentimeter hinter ihrem Puls und beschleunigte sein Schlagen.

Ich sah die harten Vorderhufe des Rehbocks das Eis durchbrechen; seine Brust schlug zuerst auf und zerteilte den spitzendünnen Eisfladen in zwei Hälften. Er trieb hinab; er kam vorüber an hellerleuchteten Städten hoch über dem Wasser, und an Sägemühlen, die starken Pechgeruch verströmten – der Fluß war dunkel und trug eine Schimmelhaut aus Borkenstücken. Er kam zwischen makellosen Schneeufern heraus und sah seine Geißen, die ihn wieder am Ufer haben wollten. Er schwamm ohne Mühe ein, zwei Stöße, streifte die Eisrüschen, die sich in den Strom hinaustasteten.

Wieder war ich verwirrt, ich hielt den Atem an, denn ich hatte mit dem Wassertreten aufgehört und war schon viel zu lange untergegangen. Ich faßte auf dem deckenweichen Flußgrund Fuß. Als ich mich abstieß, erreichte der Rehbock das Ufer.

Dann nieste ich obendrein auch noch. Ich war aufgetaucht.

Aus dem Sägemühlengeruch des Schlafsacks knallte mir

Gallen ihre Hände auf die Ohren und rüttelte meinen Kopf. Benommen taumelte der Rehbock die Uferböschung hinauf. Gallen küßte mich auf den Mund, und ich bekam einen klareren Kopf. Der Rehbock war sicher an Land und setzte mit leichten Sprüngen auf die warmen Geißen zu.

Dann nahm Gallen behutsam die Hände von meinen Ohren, mein Puls verlangsamte sich, und ich hörte wieder nur die einzig wirklichen Geräusche.

Den dahinbrausenden Strom. Und Froschlaute von dem Sumpf, den man hier am wenigsten erwartet hätte.

Was Gallen ferner tat

Ich erwachte früh und mit Schuldgefühlen, daß ich überhaupt geschlafen hatte. Weil ich wußte, daß Ernst Watzek-Trummer die Nacht in Ellbogenhöhe über seinem Küchentisch verbracht und sogar die Tellerwäscher unten im Gasthof Enns überdauert hatte.

Gallen war schon wach, fingerte nach ihren Kneifern herum und versuchte, sich von draußen den BH zu angeln, ohne daß ich etwas von ihr zu sehen bekam. Gott sei Dank bezog sie meinen schuldbewußten Blick auf sich. Denn sie sagte: »Alles in Ordnung, Graff. Mir gehts prima.« Und sie versuchte ganz fröhlich zu gucken – doch nicht zu mir hin; ihre Augen glänzten und wichen mir aus.

Also sagte ich: »Du fühlst dich also prima.« Sie sollte ruhig weiter denken, ich hätte an sie gedacht. Dann dachte ich an sie und küßte sie und fing an, mich ganz vital aus dem Schlafsack zu wursteln.

Doch Gallen sagte: »Wart mal, hier sind deine Bammler.« Sie kehrte mir den Rücken, damit ich mich nicht tief hinunter in den Pechgeruch ausdünstenden Schlafsack verrenken mußte.

»Dieser Schlafsack könnte auch mal gelüftet werden«, sagte ich.

»Bin ich das?« sagte sie. »Rieche ich auch so?«

»Naja«, sagte ich, und wir blickten beide in die Runde. Ich hoffte, es würde irgendein kleines, ungewöhnliches Tier auf der Bildfläche erscheinen oder ein irrsinnig bunter Vogel, zu dem ich bemerken könnte: »Herrje, Gallen. Sieh dir das mal an.« Und so elegant das Thema wechseln. Aber ich sah nichts außer dem taubedeckten Motorrad und dem nebelüberhäuften Fluß. Die Morgenluft war kalt.

»Komm, wir gehen schwimmen«, sagte ich tapfer.

Doch sie wollte nicht aus dem Schlafsack heraus, bevor ich ihr nicht den BH geholt hatte. Worum sie mich aber auch nicht bitten mochte, deshalb hüpfte ich raus und tastete nach ihm, fand ihn und hielt ihn hoch. »Nanu, was haben wir denn hier für ein komisches Gerät?« sagte ich.

»O.K., gib ihn her«, sagte Gallen mit Haaren über den Augen. Dann ging ich zum Fluß hinunter und wartete auf sie.

Mein Gott, war das Wasser grimmig; meine Zähne klirrten wie Glas, und es riß mir fast die erbärmlichen Bammler runter. Gallen ging nicht schwimmen; sie tauchte nur ein paar Mal kurz unter. Jetzt, wo sie nasse Haare hatte, sah ich, wie glatt ihr Kopf war. Die Ohren waren ein bißchen komisch – zu lang und sogar leicht spitzig. Ihre Kinnbacken bebten vor Kälte. Als sie herausstieg, war ihr BH voller Wasser. Sie quetschte sich auf ganz reizende Art und Weise trocken; sie wrang ihre Brüste gewissermaßen aus, und der BH klebte hauteng an ihr. Dann sah sie, daß ich sie beobachtete, und sie hüpfte die Uferböschung mit dem Rücken zu mir hinauf, weil sie merkte, wie stramm ihre Kneifer sie kniffen.

Ich kam die Böschung hoch und mußte in einem affenartigen Gang gehen, weil meine verfrotteten Bammler überall und fast bis zu den Knien hinunter an mir klebten. Und als sie sah, was ich für eine lächerliche Figur abgab, lachte sie über meine nichtigen Knochen. »Ich finde, du brauchst kleinere Bammler«, sagte sie.

Dann sprang ich auf sie zu, gröhlte aus Verlegenheit, tanzte um sie herum und zeigte mit dem Finger. »Guck mal!« schrie ich. »Du hast zwei Schillinge im BH.«

Denn genauso sahen ihre Brustwarzen nach Form und Färbung aus – ein nicht ganz lupenreiner Messington, einfach großartig. Zwei Schillinge, und was für welche.

Sie starrte sich an und wirbelte dann herum. Ich dachte: Bitte, lach doch, Gallen – auch über dein eigenes Zubehör. Etwas Humor ist doch so wichtig.

»Hast du ein Hemd zum Anziehen für mich?« sagte Gallen ernstlich besorgt. »So wird meine Bluse klatschnaß, und Handtücher hab' ich nicht eingepackt.«

Und als ich ihr mein sagenhaftes rot-weiß-gestreiftes Fußballtrikot brachte, verbarg sie ihre Schillinge mit den Händen – doch sie lächelte und schob sich mit der Zunge die Haarsträhne aus dem Mundwinkel, die ihr feucht auf der Wange klebte.

»Frühstück?« sagte ich. »Wenn du Feuer machst, fahre ich nach Singerin und besorge Eier und Kaffee.«

»Mach ich«, sagte sie und lachte über etwas, das sie jetzt komisch fand, »wenn du mir zuerst hierbei hilfst«, und ich trat hinter sie, um ihr beim Aufhaken des BHs behilflich zu sein – unter dem Fußballtrikot. Sie schlängelte sich und schob das nasse Ding zur Taille hinunter; von hinten griff ich mit den Händen einfach für einen Moment zu – faßte ihre nassen, kalten, festen Brüste. Sie fühlte sich an wie eine gerade mit dem Schlauch abgespritzte Statue.

»Ich muß mir die Haare bürsten«, sagte sie, versuchte aber nicht, sich von mir zu lösen. Sie lehnte sich an mich.

Der Fluß schwoll; er schien uns zu überspülen. Aber es war nur ein aufkommender Wind, der den Nebel in unsere Richtung drückte. Ich sah lammfromme Rehe im Wald. Aber von irgend etwas war der Wald doch umgeben. Ringsum von Flüssen, vielleicht, oder sogar von einem

Zaun. Und etwas entfernt von den Rehen stand wie ein Hirte – obwohl er keinen Stab hatte – Siggi und sagte: »Still, meine Rehlein. Ich hole euch hier schon raus, keine Bange.«

Dann sagte Gallen: »Du tust mir weh, Graff – ein wenig.« Ich hatte ihr durch eine Haarsträhne hindurch einen ringförmigen, feuerroten Fleck in den Nacken gebissen. Und als sie mich erneut schuldbewußt blicken sah, dachte sie, es sei deswegen, weil ich sie gebissen hatte.

»Schon okay«, sagte sie. »So empfindlich bin ich nun auch wieder nicht.«

Ich spielte mit, ließ sie in dem Glauben, ich würde ihretwegen so seltsam gucken. Sie bürstete sich das dunkle, nasse Haar aus und striegelte das Rot wieder hinein. Also tauchte ich ins Gehölz, um mir die unmöglichen, nassen Bammler auszuziehen.

Dann fuhr ich nach Singerin, um Eier und Kaffee zu besorgen. Und als ich zurückkam, brannte ein lichterlohes Feuer, auf dem man nicht kochen konnte. Aber sie hatte auch den Schlafsack ausgebreitet und zum Wald hochgeschleift, ein ganzes Stück über dem Wasser. Peinlich berührt sah ich, daß sie meine Bammler auf einen Stock gehängt hatte – ein in den Boden gespießter Speer, an dem die Bammler wehten, so als liege ihr Träger unter diesem taktlosen Gedenkzeichen begraben.

Wir futterten tüchtig. Ich hatte auch noch einen uralten Brotlaib gefunden – im Rucksack, wo er wohl vor rund einer Woche verstaut worden war. Doch im Fett von Freinas Pfanne ließ er sich prima rösten. Es ist nämlich ein Prinzip von mir, die Pfanne nie richtig sauber zu machen. Auf diese Art erinnert man sich an all die guten Mahlzeiten, die man verspeist hat.

Gallen war immer noch mit Haaretrocknen beschäftigt. Sie bürstete es sich ins Gesicht, schnaubte dann und pustete eine Strähne weg – so daß nur eben Mund und Nase hervorschauten. Ihr Haar tanzte von ganz alleine; sie spielte damit, und ich stöhnte ein paar Mal gespielt und kroch in den Wald hinauf und plumpste auf den Schlafsack. Er war größer als jede Bettdecke, glatter ausgelegt als jedes Tischtuch – ringsum von Bäumen umgeben und von unten mit Tannennadeln gepolstert. Weich wie Wasser; man versank darin.

Aber Gallen fuhrwerkte weiter am Feuer herum und wusch sich die Hände im Fluß. Sie hatte auch wieder die Cordhosen angezogen und war nicht so kühn gewesen, ihre Kneifer auf dieselbe Weise flattern zu lassen, auf die es ihr beliebt hatte, mich zu verewigen.

Auf meinem tollen Bett im Wald täuschte ich noch ein paar erschöpfte Grunzer vor. Dann rief ich zu ihr hinunter: »Bist du nicht müde, Gallen? *Ich* könnte den ganzen Tag schlafen.«

»Würdest du aber nicht«, sagte sie, »wenn ich da zu dir hochkäme.«

Also diese Eitelkeit schrie förmlich nach einer starken Entschlossenheit meinerseits, deshalb schoß ich aus dem Wald heraus und attackierte sie am Flußufer. Sie rannte ins Feld. Aber ich kenne kein Mädchen, das richtig rennen kann. Ich bin überzeugt, es liegt an ihrem Körperbau; sie haben Hüften, egal, ob nun sehr üppige oder nicht, und dieser Körperbau zwingt ihre Beine zum seitlichen Ausschwenken, wenn sie sich bewegen.

Außerdem bin ich in kurzen Sprints ausdauernd. Ich erwischte sie, als sie in den Wald zurücklaufen wollte, um sich zu verstecken. Ganz atemlos und so, als hätte sie die ganze Zeit an nichts anderes gedacht, sagte sie: »Wo meinst du, sollen wir als nächstes hinfahren? Wohin möchtest du?« Doch so leicht war ich nicht abzuschütteln. Ich trug sie zurück zum Schlafsack; noch bevor ich sie absetzte, hatte sie mich schon wieder in ihr Haar verstrickt. Doch ich merkte, wie sie echt zusammenzuckte, als ich mich auf sie rollte.

»Gallen, bist du wund?« sagte ich. Und sie schaute natürlich weg.

»Ein bißchen schon«, sagte sie. »Meinst du, bei mir stimmt etwas nicht?«

»Aber nein«, sagte ich. »Tut mir leid.«

»Ach, es tut sowieso nicht sehr weh«, sagte sie. Und meinte es auch so, denn sie entwirrte das Haar nicht, das sie mir um den Nacken gewunden hatte.

Du lieber Gott, am hellichten Tag, dachte ich – selber verlegen. Doch sie überraschte mich.

»Du hast keine Bammler drunter«, sagte sie.

»Ich hab' bloß das eine Paar«, sagte ich belämmert.

»Du kannst ja meine anziehen, Graff«, sagte Gallen. »Die dehnen sich.«

»Aber sie sind *blau*!« sagte ich.

Und Gallen sagte: »Ich habe ein grünes, ein blaues, und ein rotes Paar.«

Doch sie hatte nur diesen einen BH, das wußte ich – weil ich einen Blick in den Rucksack geworfen hatte.

»Du kannst mein Fußballtrikot haben«, sagte ich.

Und als ich das Trikot neben unsere Decke legte, erinnerte ich mich an so einen Spinner aus meiner alten Fußballmannschaft im Gymnasium. Er haßte das Spiel bestimmt genauso wie ich, aber er hatte da seinen Spezialtrick für diese fürchterliche Situation, wenn man zum Ball rennt, um ihn zu treten und der Gegenspieler rennt genau auf einen zu, um den Ball zuerst zu kriegen. Man weiß nicht, wer ihn erwischen wird, aber wenn *er* es ist, dann tritt er einem den Ball wahrscheinlich ins Gesicht oder man bekommt seinen Zeh in die Kehle. Aber dieser Spinner, den ich da kannte, der fing immer zu brüllen an, wenn er in diese Situation kam. Er zauderte nicht, er ging hart nach dem Ball, ganz ernstlich – aber beim Rennen brüllte er: *»Jaaii! Jaaaiii!«* Er kreischte dem Gegenspieler direkt ins Gesicht. Er versetzte jeden einfach dadurch in Angst und Schrecken, daß er ihm zeigte, wie sehr er sich selbst fürchtete.

Ich bin sicher, er war deswegen ein sehr guter Spieler. Unterwegs zum Ball schlug er jeden in die Flucht. Es raubte einem einfach den Mumm, wenn er da so losplärrte, als würde er zum Sturm auf ein Maschinengewehrnest ansetzen.

Und ich dachte: Stimmt. Wenn wir uns fürchten, sollten wir das alle laut tun – damit ja niemand den Helden mit dem Spinner verwechselt. Über den Spinner lacht man und hält ihn für verrückt. Doch der Dumme ist der Held. Er steckt voller Platitüden und Vagheiten, und eigentlich ist es ihm egal, ob er zuerst am Ball ist. Ich zum Beispiel – ich bin der Spinner, dachte ich.

Und Gallen sagte: »Graff?« Wahrscheinlich fassungslos darüber, daß ich sie jetzt *nicht* anschaute, wo sie sich darauf vorbereitet hatte, mich hinsehen zu lassen.

Sie war keine Statue; sie war weich, trotz der Knochen überall. Jemand rief über den Fluß:

Gepriesen sei der grüne Stengel vor der Blume!

Es muß Siggi gewesen sein, der da langhingestreckt redete – leiernd im Kerzenschein neben der Grand Prix Rennmaschine, Baujahr 39.

»Warum hast du da Haare?« sagte Gallen.

Der Sumpf ist immer dort, wo man ihn am wenigsten erwartet, dachte ich. Und ich legte meinen Kopf schnell zwischen ihre hohen, kleinen Brüste. Diesmal wollte ich keine Ablenkungen. Keine verfrotteten Rehe am Winterfluß oder welche, um die sich ein schäferähnlicher Siggi kümmerte. Ich dachte – und das erstaunlicherweise erst jetzt – ich würde vielleicht verrückt werden.

Oder einfach exzentrisch.

Das erschreckte mich so, daß ich die Augen nicht zumachen wollte. Ich blickte an ihrer langen Taille hinunter; ich sah, wo sich ihr Becken bewegte, wenn das ein Becken ist. Ich blickte an ihrem Hals hoch – sah den Puls an der dünnhäutigen Stelle schlagen, wagte aber nicht, ihn zu fühlen. Ihr Mund öffnete sich, und ihre Augen sahen zu mir herunter – zweifellos noch immer überrascht davon, wo ich Haare hatte und wo nicht.

Dann war ich über ihrem Mund und so nah an ihren Augen, daß ich alle Wimpern zählen konnte; und sah, wie sie Tränen darin zerdrückte, aber nicht richtig weinte.

Und ich sah keinerlei unpassende Visionen – bloß ihr Gesicht und ihr flutendes Haar. Die Hände auf mir waren absolut die Hände von Gallen von St. Leonhard; es gab keine Ablenkungen. Und auch keine Geräuscheffekte, außer Gallens Atemzügen.

Sie schloß die Augen; ich nippte ihr eine Träne von der Wange. Sie hielt mir auf die bekannte Art die Ohren wieder zu. Mein Kopf dröhnte, aber ich wußte genau, woher das kam.

Ich hatte geniest. Und sie diesmal auch. Denn sie öffnete ganz ängstlich die Augen. Sie sagte: »Graff?« Ich dachte: Nein, da ist nichts schiefgegangen. Das war absolut einwandfrei. Aber sie sagte: »Graff, hast du das gespürt? Habe ich mir wehgetan?«

»Nein, du hast bloß geniest«, sagte ich leichthin. »Bestens«, sagte ich wie ein verfrotteter Arzt. Doch diesmal hörte ich jedes Wort von ihr und jeden Atemzug, und ich wußte, daß ich die Grenzen des Schlafsacks nicht verlassen hatte. Ich war normal: Ich wußte, Gallen und ich waren hier allein zusammen, und jeder und alles sonst war entweder tot oder nicht bei uns. Für diesen Augenblick.

»Trotzdem, da ist irgendwas aus mir rausgefallen«, sagte sie. »Graff? Mir ist jedenfalls so.«

»Du hast einfach geniest, nichts weiter«, sagte ich. »Und da ist nichts rausgefallen, was nicht wieder reinkäme.«

Ich dachte: Sinn für Humor ist wesentlich, Gallen. Das ist so wichtig. Bitte lächle jetzt.

Doch Gallen sagte – immer noch nervös, obwohl ich bei ihr war – »Graff, denkst du an was anderes, wenn du das machst? Tust du das jemals?«

»Wie könnte ich?« sagte ich. Und ich wagte weder den Blick von ihr zu wenden, noch wagte ich es, die Augen zu schließen – denn ich wußte, daß die Wälder rings um uns voller Rehe und Oryxe und Schäfer waren, die bloß darauf lauerten, meine Gedanken einzufangen. Verfrottet sollen sie sein.

Gallen lächelte; sie lachte sogar ein wenig unter mir. »Ich denke auch an nichts anderes«, sagte sie. »Nicht mal jetzt kann ich an was richtiges denken.«

Na, du bist eben ein kerngesundes Mädchen, dachte ich. Aber du nimmst dich besser vor mir in acht. Hannes Graff ist bekannt für seine ausschweifenden Durchhänger.

Die Arche Noah

Später am Nachmittag sagte Gallen: »Meinst du, es ist schon wieder zurückgekommen? Ich hab' immer noch das *Gefühl*, daß es weg ist.«

»Was denn?« sagte ich, und weil sie redete, traute ich mich, die Augen zu schließen.

»Das, was da aus mir rausgefallen ist«, sagte Gallen. »Du weißt schon.«

Sie war deswegen ein bißchen zu grämlich, schien mir.

»Hör mal«, sagte ich. »Manche Mädchen niesen ihr Leben lang nicht. Du bist ein Glückskind.«

»Ich meine doch nur«, sagte sie, »ob ich wohl jemals wieder niesen werde?«

»Aber natürlich«, sagte ich.

»Wann?« sagte Gallen schon fröhlicher – sogar ausgelassen. Da ihr einziger und nasser BH noch immer trocknete, schlenkerte sie mein Fußballtrikot ganz schön durch die Gegend, wenn sie sich bewegte.

»Hannes Graff braucht eine Erholungspause«, sagte ich.

Und das ist nur zu wahr, dachte ich – immer noch mit geschlossenen Augen. Ich konnte den Kopf hin- und herdrehen – an einen Fleck, wo mir die Sonne ins Gesicht schien und aus meinem schwarzen Dunkel ein rotes machte. Und

410

dann wieder zurück zu schwarz, und mein Dunkel wurde umrahmt von rot-weißen Streifen wie auf dem Fußball-trikot.

Sprich bitte weiter mit mir, Gallen, dachte ich.

Aber sie muß wohl über die wachsenden Grade meiner Erholung gemutmaßt haben – ein heimliches Wunder, habe ich selber oft gedacht.

Mit immer noch geschlossenen Augen bewegte ich den Kopf, von Schwarz nach Rot, von Rot nach Schwarz – ein einfacher Trick mit Lichteffekten –, doch der Kern meines Dunkels öffnete sich wie ein Kameraverschluß. Es geschah wirklich mit Vorsatz; ich hätte es ganz einfach stoppen kön-nen, indem ich die Augen weit aufmachte und rasch mit Gal-len sprach. Doch ich kompromittierte mich, um mich auf die Probe zu stellen. Mit immer noch geschlossenen Augen sagte ich: »Wo fahren wir denn nun hin? Hast du dir darüber schon mal Gedanken gemacht?«

»Das hab' ich«, sagte Gallen.

Aber der Verschluß in meinem Auge blendete jetzt weit auf zum verfrotteten Winterfluß – wie bei einem Filmanfang ohne Vorspann und noch ohne Akteure auf der Leinwand. Du sollst doch *laut überlegen*, bitte, Gallen, dachte ich. Aber sie sagte kein Wort, oder wenn doch, dann war es für mich zu spät, sie zu hören – bei meiner Reisegeschwindig-keit.

Dieser Strom floß überall; er kam an jedem Ort der Welt vorbei. Aber ich war nur ein Kameraauge, nicht im Bild. An manchen Uferstellen drängten sich Massen von Menschen, sie hatten alle Koffer dabei. Und Tiere waren da auch – das heißt, auf der Arche. Ich vergaß das zu erwähnen: ein dürf-tig zusammengezimmertes Floß. Irgendwer betrieb einen Abholdienst; er trug ein Adlerkostüm und führte das Kom-mando auf dem Schiff – oder er lief herum und beendete Balgerein an Bord, stieß ein Ruder zwischen Katzen und Wombats, trennte Bären und kreischende Vögel. *Leute* ver-suchten hinauszuschwimmen und die Arche zu entern. Sie versuchten ihre Koffer über Wasser zu halten; ihre Kinder versanken.

Die Arche und der Strom kamen durch eine Stadt. Der Mann im Adlerkostüm begrüßte neue Tiere an Bord. Kühe schnoben längsseits – sie waren den Schlachthäusern entronnen. Ein Taxi fuhr in den Fluß.

Siggi sagte zu den Kühen: »Tut mir schrecklich leid, aber wir haben schon zwei von eurer Sorte. Dies ist ein Willkürakt.«

Das Taxi war noch flott. Eine unglaubliche Anzahl von Fahrgästen entstieg ihm und trat auf der Stelle Wasser. Irgendwer gab dem Fahrer ein Trinkgeld, und der versank samt seinem Taxi.

Und dann beobachtete ich mich selber, wie ich mich mit meinem hochgereckten Koffer durchs Wasser bewegte; meine Reisegefährten aus dem Taxi plauderten.

Einer sagte: »Es gibt überhaupt keinen Beweis dafür, daß der Fahrer tatsächlich Zahn Glanz war.«

»Egal, wer er war, zu Trinken hat er jetzt jedenfalls mehr als genug«, sagte eine Frau, und alle lachten.

Als ich längsseits der Arche war, sagte Siggi: »Bedaure, aber ich glaube, wir haben schon zwei von deiner Sorte.«

Ich sagte: »Um Himmels Willen, Siggi, etwas Sinn für Humor ist so wesentlich.«

»Wenn du wirklich mitmachst, Graff, darfst du an Bord«, sagte Siggi. Aber ein bösartiger Orientalischer Bär protestierte.

»Ich meine *wirklich*, Graff«, sagte Siggi. »Wir können das Schiff nicht preisgeben.«

Dann schlang mir Gallen den Arm um die Taille und zog mich hinab. »Ich habe mir überlegt, wo wir hinfahren sollten, Graff«, sagte sie.

»In Ordnung! Ich mache mit!« schrie ich und fuhr vom Schlafsack hoch in ihre Arme und das mobile Fußballtrikot.

»Graff?« sagte sie. »Graff, ich hab' doch nur gesagt, ich hätte mir überlegt, wo wir hinfahren könnten.«

»Ich hab' mir auch was überlegt«, sagte ich zu ihr und klammerte mich an sie.

Ich hatte die Augen sperrangelweit offen. Ich zählte die Streifen auf dem Fußballtrikot. Es waren hübsche, breite Streifen – zwei weiße und ein roter, vom Kragen bis dorthin, wo ihre Brüste begannen und die Streifen verbogen; fünf rote und vier weiße von ihren Brüsten bis zum Saum auf ihrem Schenkel. Ich legte meinen Kopf auf ihren Saum.

Diese Streifen wirkten beruhigender als Schäfchen zählen.

»Oder Walrosse, Graff«, sagte Siggi irgendwo. »Suhlende, fröhliche Walrosse.«

»Okay, das reicht. Ich mache mit«, sagte ich.

»Aber sicher doch, Graff«, sagte Gallen.

Pläne

Kurz vor Einbruch der Nacht kam ich wieder zu Kräften und machte einen langen Spaziergang flußaufwärts zu einem guten Fischplatz, wo ich weit genug hinauswaten konnte, um meine Angelschnur bequem bis zu den Tümpeln im Felsenbett am jenseitigen Ufer auswerfen zu können. Ich zog sie dort ganz leicht heraus, während Gallen nach Singerin zum Bierholen fuhr.

Bevor sie zurück war, hatte ich Feuer gemacht und sechs Forellen für Freinas superwürzige Pfanne ausgenommen.

Ich hatte einen klaren Kopf. Es ist immer gut, wenn man gezwungen wird, sich mit ein paar Finanzplänen befassen zu müssen; das verhindert Gedanken an andere, vagere Pläne.

Wir erörterten, wohin wir anschließend fahren sollten, und Gallen meinte, am besten sei vielleicht Wien – denn dort würde ich mich ja mit den Jobvermittlungen auskennen; aber hauptsächlich wohl deswegen, denke ich, weil Gallen seit ihrem Mariazell-Erlebnis für sich das Großstadtleben ins Auge gefaßt hatte – so wie sie es sich eben vorstellte. Ich befürchtete zwar insgeheim, sie könnte dadurch zur Klette werden, mußte aber zugeben, daß Wien in punkto Job uns beiden die meisten Aussichten bot. Über folgenden Punkt hatte ich mich mit ihr jedoch auseinandergesetzt: während man sich so einen verfrotteten Scheißjob suchte, würde man in Wien auch mehr Geld ausgeben als sonst irgendwo hier in der Gegend. Und wovon wir auf dem Land zwei Wochen mit Kost und Logis leben könnten, das würde uns in Wien keine fünf oder sechs Tage reichen – wenn wir essen wollten. Wir konnten natürlich immer noch jede Nacht aus den Vororten herausfahren und in den Weingärten campen – wenn uns keine Wachhunde fraßen. Aber seine Mahlzeiten konnte man sich in Wien ganz gewiß nicht angeln.

Andrerseits gab es in der Wildnis, in der wir uns befanden, zu viele Stellen, wo sich *Wesen* versteckt halten – und mich anspringen konnten. In einer Stadt gibt's unter Garantie weniger Tagträume, und Hannes Graff konnte durchaus auf ein paar verzichten.

Am Sonntagabend also saßen wir nach dem Essen bei unserem Bier und sprachen es abermals durch.

»Ich habe nachgedacht«, sagte Gallen.

Denken tut dir gut, dachte ich – zumindest, auf diese umständliche Art. Außerdem schien das anstehende Problem ihre Gedanken von ihrem ersten Nieser abgelenkt zu haben. Und über dieses Thema sollte wahrlich niemand allzu lange nachgrübeln.

»Das Problem, Graff, lautet«, sagte sie ganz offiziell, »– falls ich das richtig sehe – daß wir mehr Geld brauchen als wir jetzt haben, wenn wir uns für die Jobsuche in der Stadt genug Zeit lassen wollen. Bis zum ersten Zahltag.«

»Haargenau das ist das Problem«, stimmte ich zu. »Ich glaube, du hast's erfaßt.«

»Na dann ist es auch gelöst«, sagte sie und zog ihren langen, kastanienbraunen Zopf nach vorn über die Schulter –

streckte ihn mir so hin wie ein Verkäufer einem sein Gemüse und sein Obst feilbietet.

»Ausgesprochen hübsches Haar«, sagte ich verdutzt.

»Tja, das werde ich verkaufen«, sagte Gallen. »Das bringt viel Geld, wenn man sein Haar für Perücken verkauft.«

»Verkaufen?« sagte ich. Ich empfand das als eine ganz perverse Art der Hurerei.

»Wir müssen bloß einen Klasse Friseur in den Vororten finden«, sagte Gallen.

»Woher weißt du das mit den Perückenmachern?« sagte ich.

»Von Keff«, sagte Gallen.

»Vom verfrotteten *Keff*?« sagte ich. »Und was versteht der davon?«

»Er war während des Kriegs in Paris«, unterrichtete sie mich. »Er hat gesagt, das wäre sogar damals ein Mordsgeschäft gewesen – wenn Damen ihr Haar verkauften.«

»Während des Kriegs in Paris?« sagte ich. »Meines Wissens haben sie da Haare geraubt, nicht gekauft.«

»Ja, manche vielleicht«, sagte Gallen. »Aber jetzt ist das ein Klasse Geschäft. Und echtes Haar gibt die besten Perükken.«

»Keff hat dir erzählt, daß er in Paris war?«

»Ja«, sagte Gallen. »Wir kamen drauf, als wir über mein Haar sprachen.«

»*Ach nein*, habt ihr das?« sagte ich und versuchte mir Keff in Paris vorzustellen.

Es war kein schönes Bild. Ich sah einen ganz jungen, großkotzigen, bulligen Keff – in der Damenhaar-Branche tätig oder sonst irgendwie in Verbindung mit Haar. In seinen dienstfreien Stunden.

»Naja, über Geld haben wir auch geredet«, sagte Gallen. »Da fing er dann von meinem Haar an.«

»Wollte *er* es etwa kaufen?« sagte ich.

»Natürlich nicht«, sagte Gallen. »Er hat bloß gesagt, wenn wir knapp bei Kasse wären, würde ich ordentlich Geld dafür kriegen.« Und sie streichelte ihr Haar so als würde sie eine Katze schmusen.

»Gallen, ich liebe dein Haar«, sagte ich.

»Ohne würdest du mich nicht lieben?« sagte sie und raffte es mit einem raschen Ruck hoch über den Kopf, protzte mit ihren Ohren und dem langen Nacken. Sie machte ihr Gesicht glatter und ihre Schultern schmächtiger; sie wirkte sogar noch zerbrechlicher. Ich dachte: Verfrottet sei Hannes Graff – das Mädchen würde sich für ihn die Haare abschneiden.

»Ich würde dich auch ganz ohne Haare lieben«, sagte ich, aber ich war sicher, das würde ich nicht. Ich sah sie mich bereits glatzköpfig anglänzen; sie hatte ihren Privathelm auf – gemasert mit unfalltoten Insekten, blatternarbig wie ein Pfirsichkern. Ich nahm Gallens Zopf in die Hände.

Dann schnauzte mich Siggi aus dem Feuer an: »Keine Faxen jetzt. Nur eine Vollrasur, bitte.« Und ich ließ Gallens Haar fallen.

Sie mußte meinen geistesabwesenden Blick bemerkt haben, denn sie sagte: »Graff? Möchtest du vielleicht nicht nach Wien gehen? Ich meine, wenn du lieber irgendwohin magst, wo du noch nie gewesen bist – wenn du keinen alten Kram sehen willst, der dich an was erinnert oder erinnern könnte, weißt du – das wäre mir auch egal, Graff. Ehrlich, wenn Wien für dich jetzt ein mieser Ort ist. Ich dachte nur, wegen Geld wäre es da einfacher – auf Dauer.«

Auf Dauer? dachte ich.

»Also«, sagte Gallen. »Es würde uns wahrscheinlich gerade soviel einbringen, daß wir uns eine feste Bleibe leisten könnten. Vielleicht nur ein Zimmer, zu Anfang.«

Zu Anfang? dachte ich.

Oh, ich will verfrottet sein, wenn sie da nicht irgendeinen Generalplan hat.

»Hättest du denn nicht gern ein Zimmer mit einem großen Bett drin?« fragte sie und errötete.

Aber die Pläne dieses Mädchens klangen mir gefährlich –

diese langfristigen Geschichten funktionieren doch nie. Diese Planung ging viel zu weit über uns hinaus – garantiert.

Ich sagte: »Na, laß uns doch einfach mal nach Wien gehen und einem oder jedem von uns einen Job besorgen. Dann können wir vielleicht tun und lassen, wozu wir gerade Lust haben. Vielleicht wollen wir dann ja nach Italien fahren«, sagte ich hoffnungsvoll.

»Tja«, sagte sie, »und ich dachte, dir würde das Zimmer mit dem Bett gefallen.«

»Na, laß uns doch einfach mal sehen, was passiert«, sagte ich. »Was ist los? Magst du unseren Schlafsack nicht?«

»Aber natürlich mag ich ihn«, sagte Gallen. »Aber man kann ja schließlich nicht ewig im Freien schlafen.«

Du vielleicht nicht, dachte ich. Und wer hat überhaupt etwas von *ewig* gesagt?

»Also, mal rein praktisch gesehen«, sagte sie und klang viel zu sehr wie ihr verfrottetes Tantchen, »es wird in ein paar Monaten kalt, und bei Schnee kann man weder im Freien schlafen noch Motorrad fahren.«

Tja, da hatte sie auf alarmierende Weise recht. *In ein paar Monaten*? Ich muß mit der Maschine im Süden sein, *bevor* es schneit, dachte ich. Und plötzlich spielte in allen Plänen, die man machte oder nicht machte, *Zeit* eine Rolle. Morgen zum Beispiel war Montag, der 12. Juni 1967. Ein *reales* Datum. Und morgen vor einer Woche hatte Siggi im Regen Waidhofen verlassen, war davon gefahren – vorbei an dem hingestürzten Pferd und dem Milchwagen, unterwegs zum Tiergarten Schönbrunn. Und heute war Sonntag, Siggi war in Kaprun beim alten Watzek-Trummer; sie lagen langhingestreckt respektive saßen zu Häupten der Abendgäste im Gasthof Enns.

»Morgen fahren wir nach Wien, ganz früh«, sagte ich. Und ich dachte: Vielleicht regnet es wie vor einer Woche.

»Kennst du dich in den Vororten aus?« sagte Gallen. »Kennst du da einen Klasse Friseur?«

417

»*Einen* Vorort kenne ich«, sagte ich. »Er heißt Hietzing.«

»Kommt man da schwer hin?« sagte sie.

»Auf dem Weg zur Innenstadt fährt man genau mitten durch«, sagte ich.

»Na, dann ist es ja ganz einfach«, sagte Gallen.

»Das ist da, wo der Zoo ist«, informierte ich sie, und sie war ganz still.

»Das Schicksal steuert den Kurs!« prasselte Siggi aus dem Feuer.

Verfrottetes Mädchen, dachte ich. Das mache ich alles selber.

»Ach, Graff«, sagte Gallen leichthin. »Na komm. Wir *müssen* uns den Zoo doch nicht ansehen.«

»Man sollte Wien nicht besuchen«, sagte ich, »ohne sich anzuschauen, wie der Frühling im Zoo eingeschlagen hat.«

Und obwohl die erste Wachschicht den Tieren die einzige Chance zum Schlafen bot, sah ich sie alle aufwachen und bei diesem Gerede ihre diversen Ohren spitzen.

Aber ihr Tiere mißversteht mich, dachte ich. Es ist zwecklos, daß ihr euch Hoffnungen macht. Ich komme nur gukken. Doch sie waren alle wach und starrten mich durch ihre Käfigstäbe anklagend an. Ich rief laut:

»Geht schlafen!«

»Was?« sagte Gallen. »Graff? Möchtest du in Ruhe über was nachdenken? Ich verzieh' mich in den Wald, wenn du allein sein willst – wenn du nicht mit mir reden willst oder sonst was.«

Doch ich dachte: Du opferst schon dein Haar für mich, tu um Himmels Willen bloß nicht noch mehr. Und als sie aufstehen und mich alleine lassen wollte, da fiel ich ihr in die Kniekehlen. Ich vergrub mich in ihrem Schoß, und sie hob ihr Fußballtrikot, um meinen Kopf darunterzustopfen, mit dem Gesicht auf ihren warmen, rippenbetonten Bauch. Sie drückte mich; überall schlugen ihr quicklebendige Pulse.

Ich dachte: Hannes Graff, bitte, laß dich nicht an allen

418

Ecken und Enden so durchhängen. Dieses erquickende Mädchen ist höchst anfällig dafür, sich von beinahe aber auch allem im Stich gelassen zu fühlen.

Mehr Pläne

Gleich hinter Hütteldorf-Hacking fanden wir in den Ausläufern von Hietzing einen erstklassigen Friseur namens Orestic Szirtes – ein griechischer Ungar oder ein ungarischer Grieche. Sein Vater, erzählte er uns, war Zoltan Szirtes; seine Mutter die ehemalige Schönheit Nitsa Papadatou, die auf dem besten Frisiersessel thronte und uns beobachtete.

»Mein Vater hat uns verlassen«, sagte Orestic, und das nicht nur zum Mittagessen, schloß ich – aus der Art wie die ehemalige Nitsa Papadatou ihre schimmernde, schwarze Mähne schüttelte und mit den funkelnden Edelsteinen auf ihrem langen, schwarzen Gewand klimperte; das juwelenbesetzte, schwarze Gewand mit dem offenherzigen V-Ausschnitt enthüllte die stürmische Busenfurche und die gesäßgroße Wölbung ihrer gewaltigen, noch straffen Brüste. Eine ehemalige Schönheit ganz gewiß.

Gallen sagte: »Kaufen Sie Haare?«

»Warum sollten wir welches kaufen?« sagte die alte Nitsa. »Das brauchen wir nicht – auf unserem Fußboden liegt es nur so rum.«

Was aber nicht stimmte. Es war ein piekfeiner Laden – beim Eintreten schlug einem ein leichtes, geschmackvolles Parfüm entgegen. Doch je mehr man sich Nitsa näherte, desto mehr roch es nach Moschus. Und Haare auf dem Boden gab es nur unter Nitsas Stuhl, als dürfe niemand unter ihr fegen, solange sie dort thronte.

»Das Mädchen meint für Perücken, Mama«, sagte Orestic. »Ja, natürlich kaufen wir Haar.« Und er berührte Gallens Zopf, versetzte ihm eine Art Klaps, um zu sehen, wie er sich benahm, wenn er provoziert wurde. »Oh, herrlich, ja«, sagte Orestic.

»Das will ich meinen«, sagte ich.

»Junges Haar ist am besten«, sagte er.

»Sie *ist* jung«, sagte ich.

»Aber es ist rot«, sagte Nitsa schockiert.

»Um so gefragter!« behauptete ich. Indes Orestic den Zopf streichelte.

»Wie viel?« sagte Gallen weltklug und zäh wie Kork.

Orestic sinnierte über dem Zopf. Sein eigenes Haar war so dicht und so sauberglänzend wie feuchtes, schwarzes Riedgras in einer Marsch. Ich schritt zu den im Schaufenster reihenweise aufgespießten Köpfen; jeder Kopf, mit Perücke und Halskette versehen, hatte eine Stupsnase ohne jede Spur von Nasenlöchern.

»Zweihundert Schilling«, sagte Orestic. »Und dafür schneide ich ihr nachher die Haare – jede Frisur, die sie möchte.«

»Dreihundertfünfzig«, sagte ich. »Ihre Schaufensterangebote fangen bei siebenhundert an.«

»Nun«, sagte Orestic, »es kostet mich ja auch noch etwas Arbeit, um eine Perücke daraus zu machen. Mehr als ein Haarteil wird aus dem hier sowieso kaum.« Und damit fegte er ihren Zopf beiseite.

»Also dann dreihundert«, sagte ich.

»Zweihundertfünfzig«, sagte Nitsa, »und ich steche ihr umsonst Ohrlöcher.«

»Ohrlöcher?« sagte ich.

»Mama sticht Ohrlöcher«, sagte Orestic. »Wie viele sind’s bis jetzt, Mama?«

Hat sie wahrscheinlich alle in ihrer Kommode aufbewahrt, dachte ich.

»Ach, ich habe schon lange mit dem Zählen aufgehört«, behauptete die alte Nitsa. Dann blickte sie Gallen an. »Also, wie wär’s, zweihundertfünfzig und Ihre Ohren dazu?«

»Graff«, sagte Gallen, »ich wollte das schon immer machen lassen – vor allem, wo ich doch jetzt in der Stadt bin.«

»Um Gottes Willen«, flüsterte ich. »Bitte, nicht hier. Du könntest sie völlig verlieren.« Ich sagte zu Orestic: »Dreihundert, ohne Ohren.«

»Und hinterher frisieren Sie mir die Haare?« sagte Gallen. »Abgemacht?« sie schleuderte sich den Zopf über die Schulter; er hypnotisierte Orestic wie die Schlange das Kaninchen.

»Abgemacht«, sagte er.

Doch die ehemalige Nitsa Papadatou spuckte aus. »Schwach!« sagte sie zu ihrem Sohn. »Du hast genauso wenig Rückgrat wie dein erbärmlicher Vater.« Sie richtete sich im besten Frisiersessel auf und klatschte sich mit der Hand auf die Wirbelsäule; Nitsa hatte Rückgrat, oh ja. Sie blähte uns ihr Frontispiz entgegen; ihre erstaunliche Busenfurche öffnete sich weiter, schloß sich enger, öffnete sich weit und schloß sich wieder.

»Mama, *bitte*«, sagte Orestic.

Aber als Orestic meine Gallen in den freien, unbedeutenderen Friseurstuhl geleitete, da war mir Nitsa eine willkommene Ablenkung. Denn es peinigte mich, mitanzusehen, wie Orestic fieberhaft Gallens Zopf löste und dann bürstete – ihr Haar knisternd über die Rückenlehne des Stuhls bis fast zum Sitz hinunter langstriegelte. Dann raffte er es rasch über ihrem Kopf hoch und bürstete es mit sicheren, kräftigen Strichen aufwärts, dehnte es – als verlocke er es, noch ein paar Zentimeter zu wachsen, ehe er es ihr abforderte. Ich saß direkt hinter Gallen, konnte also Gott sei Dank ihr Gesicht im Spiegel nicht sehen; ich wollte ihre Augen nicht sehen, als Orestic einen großen Pferdeschwanz hochnahm und ihn – scheinbar – an den Wurzeln abschor. Ich schielte schräg in den Spiegel, die volle reflektierte Busenfurche von Mama Nitsa hinab.

Orestic ließ den kastanienbraunen Schwanz durch die Luft zischen; dann überlief mich ein plötzlicher Schauder, so, als hätte ich eben einer Enthauptung beigewohnt; Gallen griff sich mit beiden Händen an den Skalp. Der fluge Orestic legte ihr Haar auf ein Kissen in der Fensterbank, kam zurück und tänzelte um sie herum – sein Rasiermesser *zickte* über ihren Ohren entlang und ihren langen, bloßen Nacken hoch.

»Also! Was *tun* wir jetzt damit!« sagte er. »Ponyfransen oder nicht?«

»Keine Ponyfransen«, sagte Gallen. Er schnippelte ein bißchen ab, ließ aber noch genug zum Zurückbürsten; er putzte die Stirn aus, ließ es am Hinterkopf ziemlich füllig, schnitt es im Nacken aber kurz. An den Wurzeln leuchtete das Haar freilich in einem kräftigeren Kastanienbraun.

»Ausgedünnt wird nicht«, sagte er. »Wir lassen es schön dick.« Und er packte eine Handvoll Haar, als wolle er es ausraufen. »Ach, dick wie ein *Pelz!*« rief er aufgeregt. Doch Gallen starrte nur ihre neue Stirn an; sie riskierte ab und zu einen verstohlenen Blick an den Kopfseiten entlang auf ihre bestürzenden Ohren.

Ich schätze, es war das Rumschwenken in dem Drehstuhl, das mich meschugge machte. Ich dachte gerade, daß es eigentlich wirklich gar nicht so übel aussah; daß ihr die äußerst hübschen Backen- und Kieferknochen und ihr so reizend nackter Nacken die Schande ersparten – als Orestic begann, sie in ihrem Stuhl herumzudrehen und prüfend letzte Blicke zu werfen.

»Sehen Sie?« sagte er stolz zu mir. »Wie gleichmäßig. Ringsherum.« Und er schwenkte sie etwas schneller hin und her, so daß sich Blitzbilder von ihr im Spiegel fingen und doppelt, beiderseits des Stuhls zu mir zurückblitzten, als wären wir plötzlich in einem vollen Friseursalon – mit einer rotierenden Reihe schwindliger Kunden und Tollhäusler-Friseure unter der Leitung der alten Wahrsagerin im besten Frisiersessel. Es war komisch; ich entspannte die Augen.

Aber dann schamponierte er sie – und bevor ich noch

wußte, wie lange ich der sich kahlrotierenden Kundenreihe
zugeschaut hatte – steckte er ihren Kopf in einen großen ver-
chromten Haartrockner; er kippte ihren Kopf im Stuhl zurück und nach hinten zu mir, und ich schaute der summenden Kuppel beim Glänzen zu.

»Ich wollte bloß rasiert werden«, sagte irgendwer. »Würden Sie *das* einen Haarschnitt nennen?« Und irgendwie spiegelte sich Nitsas nach überallhin ausufernde Busenfurche
auf der Rückwandung von Gallens kuppelförmigem Haartrockner.

»Möchten *Sie* sich Ohrlöcher stechen lassen?« fragte mich
Nitsa. »Aber ich weiß schon, Männer wollen das meistens
nur an *einem* Ohr machen lassen.«

»In *diesem* Land nicht, Mama«, sagte Orestic.

Und der kleine Hugel Furtwängler linste mit einer Ge-
werkschaftsfahne der Friseure tückisch über die perücken-
tragenden Köpfe im Fenster. Er sagte: »Das ist ein Geistes-
kranker! Er *wollte* es so haben!«

Oh, ich bin restlos daneben, dachte ich – bloß weil dieser
Haartrockner hier die Luft ungesund volldampft.

Nitsa Szirtes zupfte sich das Gewand von ihren zusam-
menpappenden Brüsten und blies einen dünnlippigen Atem-
strahl ihre Busenfurche hinab.

Dann fragte ich Orestic: »Sind Sie schon lange hier – in
diesem Land! Oder erst seit dem Krieg?«

»Seit und vor«, sagte die alte Nitsa. »Sein Vater, Zoltan,
hat uns erst nach Ungarn und dann wieder her gebracht – die
abscheulichste Gegend, die ich kenne.«

»Mein Vater hat uns verlassen«, erinnerte Orestic mich.

»Er war eine haarige Pottsau«, sagte Nitsa.

»Mama, *bitte*«, sagte Orestic.

»Ich hätte Griechenland nie verlassen sollen«, sagte Nitsa
Szirtes, ehemals geborene Papadatou.

»Oh ja, wir sind schon ein ganzes Weilchen hier«, erzählte mir Orestic und hob Gallens getrockneten und ge-
schrumpften Kopf aus der funkelnden Kuppel. Sie mußte

den Kopf in den Nacken werfen, während er ungestüm bürstete. Ich hatte einen etwas seltsamen Blickwinkel, als ich über die Lehne von Gallens gekipptem Stuhl schaute; ich konnte von ihrem Gesicht nur den scharfen Nasenrücken sehen. Ließ man außer Acht, was ich im Zerrspiegel des Haartrockners wahrnahm – ihr vergrößertes Ohr.

Das rot wurde, als es mich Orestic fragen hörte: »Dann waren Sie also hier, als dieser Mann in den Zoo einbrach?«

»Ha! Aufgefressen haben sie ihn!« sagte Nitsa.

»Ja, ganz recht«, sagte ich.

»Aber da waren wir nicht hier, Mama«, sagte Orestic.

»So?« sagte sie.

»Wir waren in Ungarn«, sagte Orestic.

»Aber gehört haben Sie offensichtlich davon«, sagte ich. »Wir waren in Ungarn«, sagte er, »als hier diese ganzen Sachen passierten.«

»Was denn *noch* für Sachen?« sagte ich.

»Woher soll ich das wissen,« sagte er. »Wir waren in Ungarn.«

»Dann muß es uns abscheulich gegangen sein«, sagte Mama Nitsa, »mit dieser haarigen Pottsau.«

»Fertig frisiert«, sagte Orestic. Gallen befühlte nervös ihren Scheitel.

»Also schulden wir Ihnen noch zweihundertfünfzig Schilling«, sagte Mama Nitsa.

»Dreihundert«, sagte ich.

»Dreihundert«, sagte Orestic. »Sei fair, Mama.«

»Schwach!« Sie schnaubte verächtlich. So schwach wie die haarige Pottsau, keine Frage. Der arme, gelästerte Zoltan Szirtes muß sich bei ihren Worten im Grab umgedreht haben, – wenn er ein Grab besaß oder überhaupt schon drin war; oder falls die in den Gräbern sich umdrehen können.

»Möglich ist alles!« rief Siggi aus der glänzenden Kuppel des Haartrockners – oder aus Keffs Kiste, längsseits der Grand Prix Rennmaschine, Baujahr 1939.

Ich sah auf die Uhr. Zeit spielte in meinem Leben wieder

eine Rolle. Es war fast Mittag; Montag, der 12. Juni 1967.
Damit waren wir absolut fahrplanmäßig, wenn wir jetzt sofort aufbrachen, das Motorrad abseits vom Platz in der Ma-
xingstrasse parkten; ins Café mit dem balkanischen Ober
gingen; und diesen Nachmittag in den Zoo.

Wir würden garantiert dieselben Bedingungen vorfinden,
die diesen Montag vor einer Woche aufnotiert worden
waren.

»Dein Haar gefällt mir, Gallen«, sagte ich. Sie war irgend-
wie verschämt, versuchte jedoch stolz zu sein. Ihr neues
Haar lag ihr eng und buschig am Kopf an – wie das eines
Rotluchses.

Und sie wollte ganz lässig sein – achtete nicht auf ihre
Wortwahl – und fragte mich strahlend: »Was sieht der Plan
jetzt vor?« Was meinen verworrenen Geist zuzugeben
zwang, wenn auch nur vor mir selber, daß ich einen *hatte*.

Wie das Radar der Tiere
meinen Wiedereintritt registrierte

Ich fuhr die Maxingstraße so weit hinunter, daß wir gegenüber dem Maxing-Park parken konnten.

»Ist das der Zoo?« sagte Gallen.

»Nein«, sagte ich. »Der ist zwei Straßen weiter oben, auf
Höhe vom Platz.«

»Warum parken wir dann so weit weg?« sagte sie.

»Och, das ist ein hübscher Spaziergang«, erzählte ich
ihr. Und während sie im Seitenspiegel mit ihrer neuen Frisur haderte und sich die Hände gegen den Kopf preßte, um
ihre Ohren zu bewegen, flach anzuliegen, lud ich unseren
Tornister und den Schlafsack ab, schnürte alles zu einem
plumpen Klumpen zusammen und band die Helme oben
drauf. Dann kroch ich in die tiefen Hecken des Maxing-

Parks davon und verstaute den ganzen Kram außer Sichtweite.

»Warum lädst du ab?« fragte Gallen.

»Na, weil wir nicht beklaut werden wollen«, sagte ich.

»Aber wir sind doch nicht lange weg, oder, Graff?«

»Heutzutage wollen einen einfach alle beklauen«, sagte ich und ließ sie nicht sehen, wie ich mir das Notizbuch unter Hemd und Jacke stopfte.

Das sagt einem schon der gesunde Menschenverstand! Wenn für einen zu erledigenden Job ein instruktives Handbuch zur Verfügung steht, dann sollte man es aber auch unbedingt mitnehmen.

»Ach, ist das schön hier«, sagte Gallen.

Wir kamen am Tiroler Garten vorbei, und ich sagte: »Da drin wächst kilometerweit Moos und Farn, und man kann die Schuhe ausziehen.«

»Aber das ist ja genau wie auf dem Land«, sagte sie enttäuscht. Als wir den Platz erreichten, machte ihr das Oberleitungsgewirr der Straßenbahnleitungen dort wesentlich mehr Eindruck.

»Ist das da das Café?« sagte sie.

Natürlich war es das, doch wir standen auf der Zoo-Seite vom Platz, und von hier aus konnte ich den balkanischen Ober unter den anderen Weißfräcken im Café nicht erkennen.

Wir wollten gerade die Straße überqueren, da hörte ich hinter uns eine Großkatze ein Gebrüll im Zoo veranstalten.

»Was ist das?« sagte Gallen.

»Ein Löwe«, sagte ich. »Oder ein Tiger, ein Leopard, ein Puma oder Kuguar – ein Jaguar, Cheetah oder Panther.«

»Mein Gott«, sagte Gallen. »Warum sagst du nicht einfach *Katze*? Eine große Katze.«

Aber mit einem Mal hatte ich keine Geduld mehr, mich mit dem verfrotteten balkanischen Ober abzugeben. Weil ich wußte, wie raffiniert er war, dachte ich auch, ich würde mir von ihm vielleicht in die Karten sehen lassen. Deshalb sagte ich: »Im Zoo gibt's ein besseres Lokal. Einen Biergarten, der ist viel besser als dieses Café.«

Und dann habe ich mich vielleicht zu rasch umgedreht und bin in zu scharfem Tempo losmarschiert, denn Gallen sagte: »Graff? Ist jetzt auch wirklich alles okay mit dir? Meinst du, du solltest hierher zurückkommen?«

Ich schleppte sie einfach weiter; ich konne sie nicht anschauen. Ich glaube, ich hätte sie total überrumpelt, und ich war sicher, daß es einen besseren Zeitpunkt gab, um ihr meinen Plan zu eröffnen.

»Doch, ja«, sagte ich. »Der Tiergarten Schönbrunn.« Immer noch steintorig. Einlaß gewährte immer noch der Mann mit dem grünen Augenschirm eines Spielers. Über dessen Bude der Kopf der Giraffe aufragte.

»Oh, Graff!« sagte Gallen. »Oh, schau sie dir an! Sie ist wunderschön!«

»Na, dann sieh dir mal ihr Kinn an«, sagte ich. »Es ist vom Gitter ganz aufgescheuert.«

»Ach, sieh doch nur mal, wie sie sich *bewegt!*« sagte Gallen und bemerkte nicht einmal, daß die Giraffe ein wundes Kinn hatte, weil sie in Gefangenschaft lebte. »Och, und was ist *hier* drin?« sprach sie und flitzte zum Walroß-Becken los.

Ja, was ist hier *wirklich* drin? dachte ich. Sie war viel zu fröhlich; ich konnte gar nicht hinsehen, wie sie da so glücklich auf dem Rand des schmierigen Bottichs dieses rülpsenden Riesen herumwackelte.

»Redet es?« sagte Gallen und wandte mir rasch ihr neues, scharfgeschnittenes Gesicht zu. »Redest du?« fragte sie das Walroß. »*Grrumpf!*« sagte sie. Und das Walroß, ein alter Routinier darin, für Fische gefällig zu sein, wälzte den großen, bauchigen Kopf und rülpste für sie.

»BROP!« sagte das Walroß.

»Es hat geredet«, rief Gallen.

Und mehr gesagt, als ich zu sagen habe, dachte ich.

Ich spürte, wie das Notizbuch an meinem Bauch klebrigfeucht wurde; wenn ich mich bewegte, scheuerte es mich.

Die Seiten mit den Zoowachen drückten mich. Es war, als hätte ich eine ganze Illustrierte verschlungen, deren Papierfetzen sich jetzt in meinem Bauch ballten.

»Oh!« sagte Gallen – eine allgemeine Bemerkung, als sie in die Runde schaute, was wohl als nächstes kam.

Hannes Graff, dachte ich, bitte werde deine Magenverstimmung los. Dieser Zoo ist ein Vergnügungsort. Nichts weiter.

Keine fünf Meter von mir entfernt war ein eiserner Abfallkorb. Ich pochte mir mit den Knöcheln auf den Bauch. Ich tat einen unbeschwerten Schritt, meinen ersten. Dann passierte irgend etwas mit der Giraffe.

Sie begann zu kantern; sie trottete dahin, der Riesenhals bog ihren Kopf wie eine lebendige Antenne, eine Art Radar, über die Gitterkrone.

Mein Gott, sie hat mich erkannt, dachte ich.

»Was ist denn los?« sagte Gallen.

Die Giraffe klapperte aufgeregt. Das Walroß reckte den Kopf über den Beckenrand; für eine Sekunde nur hielt es seine Masse erhoben und glupschte mich an. Ich hörte nahes Gewischel und Geraschel aus Gehegen und Käfigen überall im Zoo. Meine Anwesenheit und mein Schritt auf den Abfallkorb zu wurden über den Geheimsender der Tiere verbreitet. Aus weiter Ferne hörte ich den gitter-berennenden, brüllenden Asiatischen Kragenbären.

»Was ist denn los?« sagte Gallen wieder.

»Irgendwas muß eins von ihnen erschreckt haben«, antwortete ich geschlagen.

»BROP!« sagte das Walroß und tauchte wieder auf.

Selber BROP, dachte ich.

»BROP!« wiederholte es, und sein pochender Hals mühte sich, oben zu bleiben – und in meiner Sichtweite. Während die große, kanternde Giraffe ihren Hals zu mir heranzoomte.

»Wo ist der Biergarten?« sagte Gallen so verfrottet ungeduldig.

Und unten beim Biergarten, den meine Gallen sehen wollte, machte der schreckliche Asiatische Kragenbär den Zoo taub.

»Gott, was ist *das?*« sagte Gallen.

»BROP!« sagte das endlos rülpsende Walroß. »Das ist unser furchterregender Anführer. Der ist das.«

Die Giraffe durchbohrte mich jetzt mit ihrem Hals. »Wie konntest du«, fragte ihr Radar. »Wie konntest du das auch bloß erwägen?«

»BROP!« sagte das ermüdende Walroß. »Du hast wohl O. SCHRUTT vergessen?«

Gallen zupfte mich am Arm. »Na *los* doch, Graff«, sagte sie.

Und als ich halbblind zum Biergarten stolperte, sah ich meinen Fußballkumpel wieder, den Spinner aus meiner alten Gymnasiumsmannschaft. Voraus auf dem Weg lag der Ball, und der Berühmte Asiatische Kragenbär, der nicht dulden würde, daß O. Schrutt vergessen wurde, stürmte von der anderen Seite darauf zu und schien ein paar Schritte Vorsprung vor mir zu haben; er würde zuerst am Ball sein.

Dann vorbei am Affenhaus; das Tempo des verfrotteten Bären ließ mir alles vor den Augen verschwimmen. Ich begann tief unten in der Kehle: »*Aaii, aaii*«, rief ich leise, »*Aaaiii!*« kreischte ich.

»Graff!« sagte Gallen. »Was hast du denn?«

»*Aaaiii! Aaaiii!*« klagten ein Affe oder zwei, routinierte Nachahmer.

Und Gallen lachte total ahnungslos und war sogar noch verletzbarer, als ich mir vorgestellt hatte.

»Ich wußte gar nicht, Graff«, sagte sie und hakte mich unter, »daß du weißt, wie man mit Affen redet.«

Doch ich dachte: Die Sache verhält sich ganz eindeutig so, daß sie wissen, wie man mit mir redet. Und mich zu einem der ihren macht.

Wie ich vom Regen in die Traufe kam

Die Seltenen Brillenbären saßen da und staunten Bauklötzer, als sie sahen, daß ich mir's mit einem neuen Partner im Biergarten bequem gemacht hatte. Gallen erstrahlte in einem satten Rotbraun, ihr frischer Nacken war blaß und stupfelte vielleicht in der prallen Sonne. Sie saß außerhalb der Fransen unseres Cinzano-Schirms; sie rückte von unserem Tisch weg – um mich aus der Entfernung besser mit Schrecken mustern zu können.

»Du meinst, du hast die ganze Zeit drangedacht, es zu tun?« sagte sie. »Dann hast du mich mit einem *Trick* dazu gebracht, mit dir hierher zu kommen.«

»Nein, eigentlich nicht«, sagte ich. »Absolut nicht, ehrlich. Ich weiß nicht, wann ich wirklich *gewußt* habe, daß ich die Sache zu Ende bringen werde.«

»Du meinst, Graff«, sagte sie, »du wirst hier drin die ganze Nacht lang rumschleichen? Du willst sie rauslassen! Und dabei hast *du* mir erzählt, das sei eine Wahnsinnsidee! Das *hast* du gesagt, *doch*, Graff. Du hast auch gemeint, daß er verrückt gewesen sein muß, sich so was auch nur auszudenken.«

»Nein, eigentlich nicht«, sagte ich, und das verfrottete Notizbuch sträubte sich unter meinem Hemd und gegen meinen Magen, wie ein hinuntergeschlungener Leckerbissen, den ich unmöglich untenbehalten konnte. »Absolut nicht, ehrlich«, sagte ich. »Ich meine ja, ich denke, es ist eine Wahnsinnsidee – ich denke, er hat darüber den Verstand verloren, sicher. Aber ich meine, ich denke, es gibt einen geeigneten Weg, die Sache anzupacken. Und grundsätzlich halte ich es für eine ganz vernünftige Idee.«

»Du bist auch verrückt, Graff«, sagte sie.

»Nein, eigentlich nicht«, beharrte ich. »Absolut nicht, ehrlich. Ich denke nur, daß es einen vernünftigen Weg gibt, die Sache anzupacken. Die Vorstellung, er könnte sie *alle* rauslassen, *das* war sein Fehler, glaube ich. Nein, siehst du, das ist der springende Punkt: eine *vernünftige Auswahl* von Tieren, Gallen. Nur ein Verrückter würde *alle* freilassen, da hast du natürlich völlig recht, Gallen. Das könnte man nicht mehr kontrollieren.«

»Graff«, sagte sie. »Graff, du *redest* sogar schon wie er. Ehrlich. Immer mehr. Das ist mir aufgefallen. Du klingst ganz genauso wie er.«

»Also mir ist nichts dergleichen aufgefallen«, sagte ich. »Na und wenn? Ich meine, er ist zu weit gegangen – ich bin doch der erste, der das zugeben würde. Aber ich denke, es gibt die richtige Perspektive dafür. Ich will damit sagen, Gallen, wir sollten es in einem neuen Licht betrachten. Es *könnte* ganz lustig sein, wenn man es mit etwas Fingerspitzengefühl macht.«

»Oh, *lustig*, ja«, sagte Gallen. »Oh, mit *Fingerspitzengefühl*, klar. Alle diese niedlichen Tiere sind draußen und beißen Menschen und sich gegenseitig auch. Das ist *lustig*, klar doch. Und mit echtem Fingerspitzengefühl gemacht, Graff, das muß ich wirklich zugeben.«

»Eine *vernünftige Auswahl*, Gallen«, beharrte ich; ich würde mich von ihr in keinen Streit verwickeln lassen.

»Du hast ja nicht mehr alle Tassen im Schrank, Graff«, sagte sie. »Klarer Fall.« Und sie stand auf. »Ich bleibe keine Minute länger hier drin«, sagte sie.

Doch ich sagte: »Na fein. Wo soll's denn hingehen?«

»Ach, Graff«, sagte Gallen. »Jetzt streiten wir uns schon.« Und sie hielt sich die Ohren – erinnerte sich zweifellos daran, daß ich die Ursache für deren Exponiertheit war. Ich umrundete den Tisch und hockte mich neben sie; sie kauerte sich zusammen und schniefte in ihre Hand.

»Gallen«, sagte ich. »Stell's dir doch bloß mal vor, bitte – nur für eine Minute.«

»Ich wollte mit dir einen *Einkaufsbummel* machen oder *irgend etwas*«, sagte sie. »Das hab' ich doch noch nie.«

»Gallen«, sagte ich. »Nur ein *paar* Tiere. Nur ein paar von den Sanftmütigen. Und dem alten O. Schrutt einen kleinen Schrecken einjagen.« Aber sie schüttelte den Kopf.

»Du *denkst* nicht mal an mich«, sagte sie. »Du hast mich einfach *genommen*!« flüsterte sie heftig und dramatisch. »Du hast mich *gehabt*! Ich wurde einfach so mitgenommen«, beschuldigte sie mich und fuchtelte albern mit den spitzen Ellbogen.

»Oh, frot«, sagte ich.

»Du bist verrückt und gemein«, sagte sie.

»Okay«, sagte ich. »Dann bin es eben, verfrottet noch mal.« Und dann flüsterte ich *meine* hitzigen, dramatischen Zeilen: »Siggi ist tot, Gallen, und ich habe ihn nie ernstgenommen – wir haben nicht mal vernünftig miteinander geredet.« Aber das entsprach nicht dem, was ich wirklich meinte, deshalb sagte ich: »Ich habe ihn kaum kennengelernt. Ich meine, ehrlich, ich habe ihn überhaupt nicht gekannt. Aber auch das führte zu nichts Logischem, deshalb sagte ich: »Es fing alles sehr leicht und lustig an – ganz locker, wir hatten nichts bestimmtes vor. Wir sind uns nie sehr nahegekommen, ehrlich – oder waren mal ernst. Wir standen erst ganz am Anfang.« Und auch hieraus drängten sich mir keine Schlußfolgerungen auf. Deshalb brach ich ab.

»Wie hätte denn auch *irgend jemand* Siggi ernstnehmen können?« sagte sie.

»Ich *mochte* ihn, du Flittchen.« Ich brach ab. »Es war seine Idee, und sie ist vielleicht verrückt. Und das bin ich vielleicht auch.«

Doch dann nahm sie meine Hand und schmuggelte sie unter das Fußballtrikot und auf ihren heißen, harten Bauch; sie setzte sich wieder auf den Stuhl und drückte meine Hand an sich. »Oh nein, du bist nicht verrückt, ehrlich«, sagte sie. »Das glaube ich nicht, Graff. Entschuldige. Aber ich bin doch auch kein *Flittchen*, oder?«

»Nein«, sagte ich. »Das bist du nicht. Und *ich* entschuldige mich.« Sie hielt meine Hand lange an ihrem Bauch fest, als lese sie mir auf dem Bauch aus der Hand.

Möglich ist alles.

»Aber was machen wir hinterher?« fragte sie.

»Ich will diese Sache hier bloß hinter mich bringen«, sagte ich.

»Und was dann?« sagte Gallen.

»Was du möchtest«, sagte ich, und das hoffte ich auch wirklich. »Wir fahren nach Italien. Warst du schon mal am Meer?«

»Nein, noch nie«, sagte sie. »Im Ernst – was ich möchte?«

»Was du möchtest«, sagte ich. »Ich will bloß diese Angelegenheit hier erledigen.«

Und sie saß da so verfrottet vertrauensvoll auf dem Stuhl, meine Hand behaglich im Schoß.

Auch die Seltenen Brillenbären entspannten sich. Sie plumpsten in ihrer typischen Manier gegen die Gitterstäbe und gegeneinander, so als hätte ihnen nicht so sehr dieses Ergebnis am Herzen gelegen, als vielmehr jede auch noch so simple Schlichtung unseres Gezänks.

Ach, streitet euch doch nicht, besagten ihre Seufzer. Streitet euch nie. Wir wissen Bescheid. In beengten Verhältnissen ist das unklug. Ihr werdet merken, daß sonst keiner da ist. Sie umarmten sich passiv.

Doch ich dachte: Das ist komisch. Da stimmt was nicht so ganz. Das ist die falsche Stimmung dafür. Ich will dieser Idee ihren angemessenen Jux-Charakter zurückgeben. Aber ich sah zu viele Alternativen, um entweder Siggi oder Gallen gerecht zu werden.

Mit der *Einstellung* zum Zooeinbruch haperte es noch. Das war bloß eine Sache, die ich hinter mich bringen wollte – das hatte ich sogar selber gesagt – und Siggi würde den unglücklichen Ton darin nicht gutheißen: so eine läppische Kompromißgeste.

Die Großkatzen brüllten. Doch ich dachte: Nein, tut mir

leid, ihr Großkatzen, aber euretwegen bin ich nicht hier. Nur für ein paar Harmlose, Unbedeutende. Wie warnt das Notizbuch:

Die meisten Entscheidungen bilden eine Antiklimax.

Merkwürdigerweise schien es nun also doch kaum der Mühe wert zu sein, zumindest so, wie ich es umarrangiert hatte – zum vernünftigen Auswahlverfahren des Hannes Graff. Das schien überhaupt nur von Bedeutung zu sein, wenn ich über den Tisch hinweg meine Gallen anschaute. Die zumindest ein *klein wenig* Vernunft verdiente.

Passiv traurig, aber alles akzeptierend, wiederholten die Seltenen Brillenbären ihre Seufzer: Allermindestens müssen wir doch miteinander auskommen.

Aber da gab es einen, der sie widerlegte. Der Berühmte Asiatische Kragenbär war mit Kompromissen nicht vertraut.

Ich dachte – mit beträchtlicher Überraschung: Nanu, die sind ja alle *verschieden* – diese Tiere! Genauso wie die Menschen, deren traurige Geschichte zeigt, daß sie auch alle unglaublich verschieden sind. Und auch nicht gleich. Nicht mal von Geburt.

Dazu sagt das Notizbuch:

Wie unvollkommen. Wie komisch. Wie einfach.
Und auch wie jammerschade.

Ich stand vom Tisch auf; an die Frontverkleidung der Theke hatte das Personal des Biergartens einen alten, irgendwo aufgetriebenen Vexierspiegel gehängt; wenn man die Tiere satt hatte, konnte man Röcke hochschielen und anonyme Schlüpfer- und Schenkelteilstücke sehen. Auf bemerkenswerte Weise erhaschte ich mich darin – oder einen Teil von mir, unheimlich zerstückelt, und Teile von anderen Menschen und Dingen. Unverbundene Stuhlbeine und nicht zusammenpassende Schuhe. In dem sonderbaren Spiegel war ich restlos aus den Fugen; meine Teile paßten überhaupt nicht zusammen.

Indes das schwitzige Notizbuch eine solche Einheit bildete – eine kompakte Masse reinsten Irrsinns.

»Oh, sieh mal«, sagte ich zu Gallen oder zu irgendwem. »Wie da nichts zusammenpaßt.«

Und sie stand mit mir im Spiegel, und ihre Teile waren genauso unzusammenhängend wie meine, doch leichter auszumachen – unter Stühlen und noch mehr Menschen-Teilen. Denn ihre Teile waren einfach alle schön; ein Spiegelfragment eines großen, schmalen Munds und einer langen, flaumigen Kehle; die Falte eines blusigen Fußballtrikots zwischen einer ganzen und einer halben Brust. Sie lachte. Ich nicht.

Sie sagte: »Wie fangen wir an?« Sie flüsterte auf einmal so verfrottet eifrig und vertrauensvoll mit mir. »Lassen wir sie im Dunkeln raus? Was machen wir mit der Wache?« Und als ich im Spiegel weiter nach meinem zersplitterten Selbst suchte, sagte sie mit gespielter Verstohlenheit: »Äußerst ungünstig, so die Aufmerksamkeit zu erregen, Graff. Sollten wir uns nicht irgendwohin verdrücken und den Plan durchsprechen?«

Ich beobachtete die Spiegelecke mit ihrem Mund, der von ganz alleine redete. Ich wußte nicht einmal, ob sie mich *köderte* oder es ernst meinte. Ich blinzelte. Irgendwo in dem verfrotteten Spiegel hatte ich meinen Kopf verloren und konnte ihn nicht finden.

Nach Vorschrift

Es war ganz einfach. Wir stöberten bis zum Spätnachmittag herum und kundschafteten die Heckenreihen am langen Gehege der Diversen Huftiere aus; die Hecke war ganz genauso gemütlich, wie Siggi behauptete. Kurz bevor wir uns dahinter duckten und den Käfigputzern und Kehrmännern zuhörten, wie sie die Nachzügler riefen, zeigte ich Gallen das Kleinsäugetierhaus – und vermerkte im Stillen die geschlossene Tür des Raums, der der Unterschlupf des Wachmanns sein mußte. Wir hatten tatsächlich Zeit, uns alles anzusehen – bevor wir hinter der Heckenreihe in Deckung gingen.

Ich war bloß enttäuscht, daß der Oryx in seinem Unterstand gewesen war und nachgedacht hatte – vielleicht über Reisepläne – und daß Gallen ihn und seine wilden Ballons nicht gesehen hatte.

Doch das Verstecken war wirklich ein Kinderspiel, und es machte uns allmählich Spaß – dicht an der Einzäunung zu liegen und durch die sechseckigen Löcher nach den schlurrenden Gemischten Antilopen und ihren diversen Artgenossen zu lugen. Ich will jedoch zugeben, daß ich erst völlig entspannte, als das Tageslicht gewichen war.

Gegen acht Uhr dreißig war es dunkel, und die Tiere schlummerten ein – atmeten gleichmäßiger und machten jene behaglichen, unabsichtlichen Geräusche. Eine Pfote pflatschte in eine Wasserschale, und irgendwer beschwerte sich mal kurz. Der Zoo döste.

Doch ich wußte, daß die Wache gegen Viertel vor neun nochmal eine Runde drehte, und ich wollte, daß wir es genauso machten, wie Siggi es gemacht hatte – und bei den Teichen der verschiedenen Wasservögel waren, wenn die Wache ihren Rundgang begann.

Dorthin zu kommen war ebenfalls sehr leicht. Ich stippte mit den Fingern über den Beckenrand; schlafende Enten trieben vorbei mit weggesteckten Köpfen und nachschleppenden Schwimmfüßen. Ab und zu paddelte mal ein Fuß im Schlaf. Nichtsahnend drehte sich die Ente dann wie ein mit nur einem Riemen voranbewegtes Ruderboot und sie bumste gegen den Beckenrand; erwachte und kabbelte sich mit dem Beton; drehte schäumend ab, döste, paddelte und schlief wieder. Oh, die Rhythmen jener ersten Wachschicht waren allerliebst.

Gallens Herzschlag war nicht mehr als ein Flattern auf meiner Handfläche, als puste eine Elfe in ihr drin sanft gegen die blasse Haut unter ihrer Brust.

»Es ist so still«, sagte Gallen. »Wann kommt Schupp?«

»*Schrutt*«, sagte ich und weckte damit einen Erpel. Er quakte wie ein Frosch.

»Also, wann kommt er denn nun hier an?« sagte Gallen.

»Dauert noch eine Weile«, sagte ich und beobachtete, wie sich die lässige Wache der ersten Schicht im guten, weißen Licht, das aus der Tür des Kleinsäugetierhauses fiel, streckte und gähnte.

»Das ist der gute Wachmann?« sagte Gallen.

»Ja«, sagte ich und hegte für ihn sofort freundliche Gefühle – als ich ihn durch den Zoo davongehen sah und hörte, wie er seinen speziellen Freunden leise zuschnalzte. Dem boxenden Australier und seiner innig geliebten Zebraherde.

»Das ist der, der das rote Licht ausläßt?« sagte Gallen.

»Das Infrarotlicht«, sagte ich. »Ja, der da ist okay.«

Und als er so rücksichtsvoll war, im Dickhäuterhaus keinen zu wecken, gingen wir zu unserer Heckenreihe zurück und kuschelten uns mit ineinandergreifenden Beinen an der Einzäunung ein – liehen uns gegenseitig die Ellbogen als Kissen auf den Wurzeln.

»Also«, sagte Gallen, »diese Wache dreht um elf nochmal eine Runde?«

»Viertel vor elf«, sagte ich.

»Schon *recht*«, sagte sie und biß mich leicht in die Backe. »Elf oder Viertel vor elf. Wo liegt da der Unterschied?«

»Im *Detail*«, sagte ich. »Der Unterschied liegt im *Detail*.« Weil ich selber wußte, daß Details natürlich wesentlich für jeden guten Plan sind. Und weil ich natürlich wußte, daß wir einen Plan brauchten.

Ich arbeitete an einem; wie bei jedem guten Plan, kam das Wichtigste bei mir zuerst, und das Wichtigste war O.

Schrutt – seine Überrumpelung und Verwahrung. Nach diesem Punkt waren meine Überlegungen eingestandenerweise noch ein wenig zu allgemeiner Natur. Doch unter der Hecke wurde ich wieder ruhig, und Gallen schien diese Antiklimax ebenso stark zu erleben wie ich, so daß ich zumindest ihr gegenüber ein ruhigeres Gewissen hatte.

Nach dem Rundgang der Wache um Viertel vor elf, als ringsum uns der Zoo in tiefem Schlaf lag, unternahm ich sogar mit dem Kopf vielsagende Vorstöße in Gallens volles, dickes Haar – tätschelte ihr den Hintern und attackierte sie mit derlei Schlichen –, weil ich unsere Heckenreihe einfach für *zu* kuschelig hielt, um damit Mißbrauch oder gar nichts zu treiben.

Aber sie wandte sich von mir ab und zeigte durch die sechseckigen Löcher im Zaun, wies auf den schlafenden, übereinandergeschobenen Haufen Diverser Huftiere, die sich in der Mitte des Geheges zusammendrängten. »Doch nicht vor *ihnen*, Graff«, sagte sie. Und ich dachte: Ehrlich, jetzt reichts aber bald mit diesem Tierzirkus.

Ich kam mir sogar lächerlich vor, doch ich kam drüber weg; Gallen krabbelte plötzlich mit eigenen nervösen Schlichen auf mich drauf, und ich dachte schon, sie hätte es sich anders überlegt. Doch sie sagte viel zu lieb: »Graff, siehst du nicht, wie nett es hier drin ist? Warum willst du da etwas unternehmen?«

Sie führte ein widerliches Geknabber an meinem Kinn auf, aber so leicht ließ ich mich nicht täuschen.

Ich gebe zu, ich war ein wenig defensiv; ich wich in die Hecken zurück. Sie flüsterte mir hinterher: »Graff?« Doch ich kroch die Einzäunung entlang auf allen vieren weiter von ihr weg, und die Hecke deckte mich buschig zu. Sie konnte mich also nicht sehen, und sie sagte viel zu laut: »Graff!«

Von der Affenanlage kam ein heftiges, knüppelndes Geräusch, und irgendein schwergewichtiges Huftier klapperte hin und her. Ein paar Großkatzen räusperten sich, und Gallen sagte: »Okay, Graff. Komm schon, es war ja bloß so eine Idee.«

»Die Idee hast du wohl schon die ganze Zeit über gehabt, was?« sagte ich und linste aus dem Heckendickicht. »Du bist nur bei mir geblieben, um zu versuchen, es mir auszureden.«

»Ach, Graff!« sagte sie, und der Rest der Huftier-Herde rappelte sich hoch und trabte zur gegenüberliegenden Einzäunung.

»Klappe, Gallen!« flüsterte ich heiser.

»Ach, Graff«, flüsterte sie zurück, und ich konnte hören, wie sie einmal tief Luft holte und zu einem tüchtigen Schluchzer ansetzte. »Graff«, sagte sie, »ich weiß ja nicht einmal, was du machen *willst*. Ehrlich, ich kann's mir nicht vorstellen.«

Ehrlich, ich kann's auch nicht, dachte ich. Es fällt schwer, irgendwelche Entscheidungen zu treffen, wenn man so vernünftig ist wie ich. Doch bei Entscheidungsfindungen treten kleine, hilfreiche Dinge, so wie Sümpfe, immer dann ein, wenn man es am wenigsten erwartet.

Ich merkte mit einem Mal, daß der Zoo wach war – und das nicht, dachte ich, wegen Gallens kleiner Unbesonnenheit. Ich meine, er war *richtig* wach. Ringsherum balancierten Geschöpfe in festgefrorenen Kauerstellungen, Dreibein-Posen, bangem Baumeln an den quietschenden Trapezen in der Affenanlage. Ich sah auf die Uhr und begriff, daß ich für diesen Anlaß zu nachlässig gewesen war. Es war nach Mitternacht. Ich hatte die Glocke für die Wachablösung nicht gehört, doch der Wachmann der ersten Schicht war fort. Der Zoo hing in der Schwebe. Ich lauschte auf die Schritte auf dem Abschnitt entlang unserer Heckenreihe. Ich sah seine Kampfstiefel mit den hineingestopften Hosen. Und den Schlagstock in dem so hübsch in den linken Stiefel eingesteppten Futteral.

Es blieb keine Zeit, Gallen zu warnen, aber ich konnte ihre dicht an die Einzäunung gedrückte Silhouette sehen, sie hatte die Hände auf die Ohren gelegt; ich konnte ihre geöffneten Lippen im Profil sehen. Gott sei Dank sah sie ihn auch.

Und als er an uns vorübergegangen war, ein-, zweimal seine Lampe wirbeln ließ und sich aus dem Gleichgewicht rüttelte, so daß der Schlüsselring unter seiner Achselhöhle schepperte, da riskierte ich durch eine Wurzellücke einen kopflosen Blick auf den Weg und sah ihn roboterhaft stolzieren – sein Kopf und seine Epauletten lagen über der Horizontlinie, den die Heckenreihe vor der Nacht zog; er bog militärisch um eine Wegecke; ich wartete und hörte seinen Schlüsselring im leeren Biergarten rasseln.

»Graff?« sagte Gallen wieder mit ihrer Komplizenstimme. »War das Schupp?«

»Er heißt *Schrutt*«, sagte ich und dachte: Also dieses unvermutete Phantom war der alte O. Schrutt.

Dessen Empfang augenblicklich durch den Zoo ausgestrahlt wurde, mit Echos, die von den Teichen zurückprallten; die nächtliche Raserei des Berühmten Asiatischen Kragenbären. Gallen huschte trippelnd die Heckenreihe entlang zu mir, und ich hielt sie fest während dieser zweiten Phase der Zoowache, an diesem eine Woche alten Jubiläumstag der unvernünftigen Schlußfolgerungen des armen Siggi; im Schönbrunner Schauspielhaus, wo jeder seine eigene Rolle spielte, wie man miteinander nicht sehr gut auskam; wo ich Entscheidungen traf – es gab nur diese drei Möglichkeiten: die Antiklimax, überhaupt keine Klimax oder die rasende, unvernünftige aber definitive Klimax, die der Berühmte Asiatische Kragenbär forderte.

Das Wichtigste zuerst

Als O. Schrutt seine erste Runde beendet hatte, ging er zurück ins Kleinsäugetierhaus und schaltete das Infrarotlicht
ein.

»Graff«, sagte Gallen. »Bitte, laß uns von hier verschwinden.« Und ich hielt sie hinter der Hecke. Durch die Wurzel-
lücken, ganz unten an der Einzäunung, drang ein purpurnes
Licht, das sich auf den Drahtsechsecken spiegelte.

Als uns die ersten gedämpften Klagen aus dem Kleinsäugetierhaus erreichten, sagte Gallen: »Bitte, Graff. Laß uns
doch einfach die Polizei holen.« Und einen Moment lang
dachte ich: Warum nicht? Wie einfach wäre das.

Aber ich sagte: »Wie würden wir denen unsere Anwesenheit hier erklären.«

»Das würden sie schon verstehen, Graff«, sagte sie. Und
obwohl ich mir nicht absolut sicher bin, daß sie das nicht
verstanden hätten, zog ich es damals nicht weiter in Erwägung. Meine eigenen Variationen zu dem Thema bildeten
schon eine ausreichende Antiklimax.

Und außerdem, fiel mir ein, existierte die Idee für den
Zooeinbruch, wollte man Siggis absoluter Zuversicht auch
nur im entferntesten nahekommen, vor O. Schrutt.

O. Schrutt war bloß eine zusätzliche Beigabe. Die in jedem Generalplan zufällig zuerst kommt.

»O. Schrutt zuerst«, sagte ich zu Gallen, und nachdem
wir den Plan nochmal durchgesprochen hatten, schickte ich
sie zur Affenanlage los, während ich selbst an dem Komplex
vorbeiging und mich hinter dem Trinkbrunnen für die Kinder postierte.

Der Dscheladababuin sah mich nicht. Anders als in Siggis
Nacht, war der Pavian diesmal nicht auf der Lauer. Als ich

dann also zur Ecke der Affenanlage zurückwinkte, begann Gallen in dem Gestrüpp direkt draußen vor der Trapezterrasse mit ihrer Show. Ich lauschte ihr, wie sie die Büsche rüttelte und leise mädchenhafte Grunzer von ganz unschicklicher, erotischer Natur machte. Obwohl vielleicht nicht unschicklich für das alte Dschelada-Männchen und seine feurig-rote Brust, die plötzlich zwischen den dunklen Gitterstäben der Terrasse aufflammte – und etwas von dem blutigen Widerschein einfing, der aus der Tür des Kleinsäugetierhauses fiel.

Dann konnte ich den alten Primaten nicht mehr sehen; ich konnte hören, wie er polterte und sich von einem Trapez ans nächste schmiß, an denen er sich über die Länge der Terrasse von einem Ende zum anderen schwang. Wo Gallen bei dem Gedanken, er würde direkt zwischen den Gitterstäben hindurchsegeln und sie packen, ziemliche Ängste ausgestanden haben muß.

Die Trapeze verhedderten sich und krachten gegen die Wand. Der Dscheladababuin jammerte vor Frustration; er randalierte hundsartig und krähengleich – alle Tierstimmen verdichteten sich in diesem verfrotteten Babuin zu einer einzigen.

Und natürlich stimmte der Zoo mit ein. Und Gallen schlüpfte aus den bewußten Büschen; ich sah sie – nur ein kleines Stück ihres reizenden Beins, das hinausschnellte in die blutig-purpurne Lichtbahn aus der Tür von O. Schrutts Forschungszentrum.

Dann war der alte O. selber da, seine Narbe erstreckte sich über sein Gesicht wie eine abgeriebene Stelle auf einem Ballon. Und als er blökend an mir vorbeikam, die Taschenlampe auf die Ecke des Dscheladababuins gerichtet, da duckte ich mich hinter ihm und rannte in die andere Richtung, hinein ins Kleinsäugetierhaus.

Und ich legte mich hinter der Tür seines Büros auf die Lauer.

Ich inspizierte den Raum: das fischhakenähnliche Ding,

den elektrischen Stachelstock, das offene Zoo-Hauptbuch auf dem Tisch.

Der Binturong hatte immer noch eine seltene Krankheit; der Ozelot erwartete immer noch seine Jungen; das Riesenwaldschwein litt immer noch an seinem eingewachsenen Hauer. Doch es gab keine Eintragung über den sterbenden Bandikut, – der entweder tot oder auf dem Weg der Besserung war.

Höchstwahrscheinlich tot, dachte ich – als ich O. Schrutt den Dscheladababuin verfluchen hörte, seine Stimme lag auf gleicher Höhe mit den schrilleren der Affen, sein Schlüsselreif ließ das Terrassengitter wie einen Gong erdröhnen.

Ich packte den elektrischen Stachelstock und wartete, daß O. Schrutts mißgelaunte Schritte durch die Gänge des Labyrinths hallten.

Als O. Schrutt in sein Zimmer kam, trat ich hinter ihn und schnappte ihm den Revolver aus der handlich-offenen Halfter, und als er sich zu mir umdrehte, nach dem Gummiknüppel in seinem Stiefel grapschte, da brannte ich ihm mit dem Stachelstock eins aufs Nasenbein. Er kippte nach hinten, war für einen Augenblick blind. Er schleuderte seine Taschenlampe nach mir; sie traf mich an der Brust. Doch ehe er wieder nach dem Gummiknüppel greifen konnte, briet ich ihm mit dem praktischen, Elektrostachelstock eins auf die nassen Lippen. Das schien ihn tüchtig zu dröhnen; er wirbelte herum und stolperte über seine eigenen Beine; er landete eine Etage tiefer, saß auf dem Boden, schlang sich die Arme um den Kopf und machte Spuckgeräusche – als versuche er, diesen elektrischen Kribbelbelag vom Zahnfleisch zu entfernen.

»O. Schrutt«, sagte ich. »Wenn du die Augen noch mal aufmachst, putze ich dir die Augenhöhlen per Stromschlag aus. Und baller dir die Ellbogen mit deiner eigenen Knarre weg.« Und ich schob den Sicherungshebel einmal klickend hin und her, damit er auch ja nicht vergaß, daß ich sie wirklich hatte.

»Wer?« sagte er mit pelziger Stimme.

»O. Schrutt«, sagte ich mit einer Stimme, die tiefer und älter klang als meine eigene – ich versuchte, mir eine uralte Stimme zu geben. »Endlich habe ich dich gefunden, alter O. Schrutt«, leierte ich.

»Wer sind Sie?« sagte er und wollte schon die Hände von den Augen nehmen. Ich huschte ihm mit dem Stachelstock einfach nur über die Fingerkuppen. Er jaulte auf; dann hielt er den Atem an und ich auch. Im Raum herrschte Grabesstille; selbst die Kleinsäugetiere im Labyrinth waren verstummt.

»Das ist lange her, O. Schrutt«, sagte ich mit meiner knarrenden Stimme.

»Wer?« sagte er leicht aufbrausend. »Zeiker?« sagte er und drückte sich die Augen so fest zu, daß seine fleckigen Knöchel ganz weiß wurden.

Ich lachte ein leises, sandpapierrauhes Lachen.

»Nein. Beinberg?« sagte er, und seinetwegen hielt ich den Atem an. »Wer sind Sie?« zeterte er.

»Der gerechte Lohn«, sagte ich pompös. »Die endgültige Gerechtigkeit!«

»*Endgültig*?« sagte der alte O. Schrutt.

»Aufstehen«, sagte ich, und er tat es. Ich angelte mir den Gummiknüppel aus seinem Stiefel und hob ihm damit das Kinn. »Augen zu, Schrutt«, sagte ich. »Ich lenke dich mit dem Schlagstock, und keine falsche Bewegung, sonst gibt's Prügel. Auf die altbewährte Weise«, fügte ich hinzu, ohne zu wissen, was das sein könnte, doch in der Hoffnung, es würde ihn vielleicht an etwas erinnern – oder dazubringen, sich selber eine altbewährte Weise vorzustellen.

»Zeiker!« sagte er. »Das ist Zeiker, stimmts?« aber ich stieß ihn bloß durch die Tür und hinaus ins Labyrinth. »Zeiker, ja?« zeterte er, und ich gab ihm leicht eins auf den Kopf.

»Ruhe bitte«, sagte ich und tippte ihm mit dem Gummiknüppel ans Ohr.

»Zeiker, für so was ist das doch alles schon viel zu lange

her«, sagte er. Ich sagte nichts; ich führte ihn nur durch die Gänge, hielt Ausschau nach einem Käfig.

Verlassen stand das größte Glashaus von allen, das Heim der Riesenameisenbären – sie waren abwesend, unterwegs in einer von Schrutt gesandten Schreckensmission. Ich fand den Schacht hinter den Käfigreihen, öffnete ihn und stachelte den alten O. Schrutt hinein.

»Was tun Sie da?« sagte er und tastete mit den Händen den Schacht entlang. »Einige von diesen Tieren sind bösartig.«

Doch ich trieb ihn weiter, bis das Schildchen auf der Schachttür verkündete: RIESENAMEISENBÄR, PÄRCHEN. Dann ergab sich das Problem, Schrutt in den grubenartigen Käfig hinunterzustopfen, wo er dann bäuchlings im Sägemehl landete und sich Augen und Kehle schützte. Und als er nicht sofort von einem Etwas angegriffen wurde, setzte er sich so für mich hin, daß ich ihn wie ein Postpaket verschnüren konnte – mit seinem dicken, vielschnalligen Patronengurt; ich verschränkte ihm Arme und Beine hinter dem Leib und zurrte sie fest; verfrachtete ihn mit dem Gesicht ins Sägemehl.

»Laß bloß die Augen zu, Schrutt«, sagte ich.

»Tut mir leid, Zeiker«, ächzte er. »Wissen Sie, das war für uns alle wirklich eine schreckliche Zeit.« Und als ich nicht antwortete, sagte er: »Bitte, Zeiker, sind Sie's?«

Als ich in den Schacht zurückkroch und die Tür hinter mir verriegelte, fragte er mich das immer noch. Da drin konnte er die ganze Nacht lang schreien, und solange die Glasfront nicht weggeschoben wurde, würde ihn keiner hören. Seine Schreie würden so gedämpft sein wie die seiner mißhandelten Nachbarn.

Draußen auf dem Gang blieb ich dann etwas stehen, um ihn mir im Infrarotlicht zu betrachten. Er stierte die blinde Glasscheibe an; er muß gewußt haben, daß ich dort stand und ihn beobachtete. Seine Narbe pulsierte doppeltschnell, und in diesem Augenblick hätte er mir fast leid tun können, doch auf der anderen Gangseite bemerkte ich ein neues

Trauerspiel. Das hochschwangere Ozelotweibchen war auf der Hut, hütete sich vor der ihm aufgezwungenen Gesellschaft, dem verängstigten Wombat, *Vombatus hirsutus* – einem kleinen, bärenartigen Geschöpf mit einer Nagetierschnauze, oder ein Riesenhamster, der aussah wie der zahnstarrende Kümmerling aus einem Bärenwurf.

Das Wichtigste wieder einmal zuerst, dachte ich. Und lief zum Türgang des Kleinsäugetierhauses.

»Gallen!« rief ich, und der Zoo antwortete – mit dreisterem Gepolter und Geschrei als meinem. »Alles klar!« schrie ich, und die Affen äfften nach. Ich konnte das Schnurren der Großkatzen beinahe spüren.

Und als ich sagte: »Das Ozelotweibchen wartet darauf, Mutter zu werden«, da half Gallen sorglos bei der heiklen Aufgabe mit, O.Schrutts unglückliche Schützlinge voneinander zu trennen. Sie blieb sogar bei O. Schrutts Käfig stehen und starrte ihn eine Weile an – ihr Blick war so haßvoll, wie sie es nur fertigbrachte, ein von Grausen gepacktes Funkeln durch die Einwegscheibe. Während O. Schrutt zappelig im Sägemehl herumplumpste und vorausahnte, daß er Gesellschaft bekommen würde.

Doch als Mutter Ozelot erst einmal alleine und etwas entspannter in ihrer Strohkrippe gebettet lag, da kehrte Gallens Vorsicht zurück. »Graff?« sagte sie. »Findest du es nicht unlogisch von dir, diese Tiere jetzt voneinander zu trennen, weil sie einander Angst machen oder gar verletzen, und sie nachher dann alle im selben Durcheinander loszulassen, wo sie sich bestimmt *wirklich* verletzen werden?«

»Ich sagte doch, daß ich nicht *alle* laufen lassen werde«, ließ ich sie wissen und fühlte mich durch diese Mahnung an meine eigene Adresse etwas ernüchtert.

Als mögliche Zusatzgeste überlegte ich mir dann – nachdem Gallen das Kleinsäugetierhaus verlassen hatte, um nachzusehen, ob unser Aufruhr irgendeinen neugierigen Schnüffler angelockt hatte –, daß ich den alten O.Schrutt in seinem Käfig nicht alleine lassen sollte. Und da ich die Riesenameisenbären sowieso nirgendwo unterbringen konnte, nachdem ich sie aus dem jeweiligen Käfig von Ratel und Zibetkatze entfernt hatte – erlaubte ich O. Schrutt zu *wissen*, bevor die Schachttür geöffnet wurde, wer denn da wohl nach Hause kam.

Der Riesenameisenbär mißt von der Nasen- bis zur Schwanzspitze zwei Meter fünfzehn; er besteht aus zwei Fünfteln Schwanz, zwei Fünfteln Nase und aus einem Fünftel Haar. Der Leib ist nicht der Rede wert.

Und O. Schrutt erkannte sie garantiert an ihrem eigentümlichen Gegrunze – und daran, wie sie ihre Langnasen forschend in den Käfig schickten, ehe sie mir gestatteten, sie mit einem Schubs in ihr rechtmäßiges Zuhause hinabzubefördern. In das der alte O. Schrutt, den die Ameisenbären nun von der anderen Käfigseite her angewidert musterten, nicht widerrechtlich eingedrungen war. Und als sie, wie ich vermute, sahen, daß O. Schrutt weder Fischhaken noch Stachelstock dabei hatte und zu einem Paket verschnürt war, da fürchteten sie sich nicht vor ihm. Sie scharrten sogar ein wenig im Sägemehl und grunzten ihn an; sie begannen ihn zu umkreisen – obwohl der Ameisenbär überhaupt kein Aasfresser ist und Käfern allemal den Vorzug vor Menschen geben würde – während der alte O. sagte: »Nein! Ich *wollte* ja gar nicht hier rein. Ich lasse euch in Ruhe. Bitte, habt doch keine Angst vor mir, oh, nein, Herr!« Und dann in gänzlich anderem Ton flüsterte: »Na bitte, ist das nicht irgendwie gemütlich? Findet ihr nicht auch? Oh, ich schon.« Doch sie schlurften weiter im Kreis um ihn herum – ab und zu schoß eine lange Zunge vor und prüfte seine Backe, probierte, wie heilig er war.

Als ich wegging, könnte er gerade gesagt haben: »Na also, war euer Besuch beim Ratel und bei der Zibetkatze nicht nett? Alles nur zum Spaß, das wißt ihr doch hoffentlich – und zum Training, das braucht ihr nämlich. Und passiert ist doch nichts, oder?« Doch ich vergewisserte mich, daß die Ameisenbären ihn nicht fressen oder auch nur zu schonungslos mit ihren bleiernen Schwänzen prügeln würden; oder ihn mit den Krallen zerfetzten, so, wie sie Baumstämme zerfetzen können oder zumindest schenkeldicke Wurzeln.

Ich *hätte* ihn auch bei der Chinesischen Fischkatze lassen können, dachte ich. Und wenn du kein lieber O. Schrutt bist, dann tue ich das auch.

Dann verließ ich das Kleinsäugetierhaus und ging im Kopf nochmal die paar Tiere durch, die ich als ungefährlich auswählen würde. Doch draußen vor der Tür traf ich eine ziemlich verängstigt dreinblickende Gallen an, und als ich wieder in die echte Nacht eintauchte, da hörte ich den Spektakel, den der Zoo veranstaltete. Die Großkatzen tuckerten wie Lastkähne auf der Donau, die Affen machten einen Riesenwirbel, bumsten laut gegen die Gitterstäbe, alle Vögel sangen mir Lobpreis; und über allem dröhnte mit tiefkehliger Monotonie der Berühmte Asiatische Kragenbär.

Sie alle begrüßten mich, als ich in den Zoo hinaustrat, der jetzt völlig restlos meiner Obhut unterstand. Sie *alle.* Jeder einzelne, verfrottet-verschiedene von ihnen – erwartete Hannes Graffs Entscheidung.

Meine Wiedervereinigung mit der wirklichen und unvernünftigen Welt

»Graff«, sagte Gallen, »irgend jemand muß das hören.« Und ich fragte mich, ob es vielleicht ohnehin laute Nächte im Zoo gab; ob sich die geprägte Hietzinger Vorortbevölkerung nicht einfach auf die andere Seite drehen und mäßig beschweren würde: Die Tiere haben eine unruhige Nacht. Doch ich konnte mir nicht überzeugend einreden, daß es jemals einen derartigen Rabatz gegeben hätte. Sie stampften, rüttelten an den Gittern und brüllten wie im Delirium. Und am schlimmsten gebärdeten sich meine Mit-Primaten.

Ich hatte das Infrarotlicht angelassen, weil ich nicht wollte, daß jetzt irgendwer schlief; sie mußten bereit sein; und O. Schrutt wollte ich sozusagen im Dunkeln lassen. Ich blieb also einen Moment in der purpurnen Lichtbahn aus dem Kleinsäugetierhaus stehen und versuchte, die Schüsselschildchen am Schlüsselring zu lesen. Als ich den Schlüssel für die Affenanlage gefunden hatte, umrundete ich die Außenterrasse, wo schrumpelige und verwilderte Gesichter durch die Gitterstäbe staken und mich mit Jammergeschrei hineingeleiteten. Ich wagte nicht, ein Deckenlicht anzumachen, weil ich dachte, ein Passant außerhalb des Zoos könnte etwas Ungewöhnliches bemerken und es melden. Mit O. Schrutts Taschenlampe schritt ich nacheinander die Käfige ab, sah flüchtig die Reihen schwarz-ledriger Hände, die die Gitterstäbe umklammerten. Ich war vorsichtig; ich las die Namen der Tiere.

Affen: Brüll-, Bart-, Nasen-, Rhesus-, Klammer-, Totenkopf- und Woll-; alle klein, also ließ ich sie raus.

Dann die knurrenden Paviane: lächelnde, schneeweiß-behaarte Mantelpaviane und die hundsgesichtigen Dscheladas; mein rotbrüstiges Männchen, das jetzt seine Ressentiments vergaß. Und die Tschakmas, die allergrößten; und vielleicht hätte ich dieses einhundertundzwanzig Pfund schwere Männchen doch nicht rauslassen sollen.

Dann Gibbons, eine ganze Horde. Und Schimpansen, alle sechs – darunter ein dickbäuchiger, der die anderen wegschubste und einen Klammeraffen in den Schwanz biß. Doch das zweihundert Pfund schwere Orang-Utan-Männchen und den eine Vierteltonne wiegenden Tiefland-Gorilla vom Golf von Guinea überging ich verschämt. Sie konnten es nicht glauben; sie ließen mich fast bis zur Tür kommen, ehe sie wütend und sehr neidisch losbrüllten. Der Orang-Utan riß seinen Schaukelreifen vom Seil und zwängte ihn durch die Gitterstäbe, quetschte ihn so dünn zusammen wie einen Fahrradschlauch. Der Tiefland-Gorilla faltete seinen Blechnapf so ordentlich wie ein Kuvert.

Und die Primaten, die ich befreite, waren nicht still, die verfrottet Undankbaren. Ich konnte hören, wie meine Primaten die Aschenbecher von den Tischen im Biergarten pfefferten.

»Graff«, sagte Gallen, »du mußt sie beruhigen oder uns hier rausbringen.«

»Diese Antilopenviecher sind harmlos genug«, sagte ich, »und sie könnten die Affen ablenken.« Also sauste ich los zu den Gehegen – die sich von der Affenanlage bis zur Kleinkolonie der Australier erstreckten – und ließ Aoudad, Anoa und Addax laufen; machte Gerenuk, Gemsbock und Gaur los. Das mit dem verfrotteten Gaur hätte ich mir zweimal überlegen sollen – er, das größte Wildrind der Welt –, doch ich las bloß den Namen und sah ihn nicht im Dunkeln lauern. Dieser Bulle hatte eine Schulterhöhe von einsfünfundneunzig, und ich *dachte*, der Gaur sei so eine Art Zwergziege. Als er durch das Zauntor an mir vorbeidonnerte, kreischte Gallen: »Was ist das, Graff?« Und er raste an ihr vorüber und riß in blinder Furcht Hecken nieder. »Was war das, Graff?« sagte Gallen, die neben dem wartenden Zebra wie festgenagelt stand. »Du hast es versprochen, Graff!« schrie sie.

»Mein Fehler!« schrie ich. »Du läßt jetzt die Zebras raus!« Indessen ich prompt das glatte Impala und den knorrigen Sibirischen Steinbock frei ließ; alle Australier und noch ein paar andere Ausgewählte.

Aber im Zoo wurde es kein bißchen leiser. Die Elefanten tröteten ihre blechernen Töne – die in den Teichen zankender Vögel widerhallten.

Welchen Schaden kann ein Elefant schon anrichten? dachte ich. Bloß einer, natürlich. Und ich konnte mir ja einen zahmen aussuchen, gewiß.

Und schon war ich unterwegs und ließ eine Verschwörung von Gibbons auffliegen, die beim Haus für Laute Großkatzen und beim geheimnisvoll stillen Nilpferdhaus kauerten, wo das Nilpferd, wie ich nur raten konnte, abgetaucht war und dieser Aktivität keine Beachtung schenkte. Auch recht, durchaus, dachte ich – mit seinem großen, nach Grünzeug stinkenden Maul.

Im Dickhäuterhaus pendelten die Elefanten, hoben ihre Fußketten und bumsten einander mit den Rüsseln gegen die Flanken. Ich wählte einen alten Afrikaner mit großen und zerfledderten Ohren aus und steckte meinen Schlüssel in seine Beinschellen. Er war so lieb; ich mußte ihn am Rüssel zur Tür des Dickhäuterhauses hinausführen, wo er kaum durchpaßte, und wo sein Erscheinen die ränkeschmiedenden Gibbons zerstreute. Doch anscheinend war der Elefant ein wenig taub und hatte drinnen so fügsam gewirkt, weil er den Trubel nicht *gehört* hatte. Denn draußen riß er mir den Rüssel aus der Hand und schob mit einem stetigen, schrägen Trott davon, nahm Fahrt auf, zermalmte Sträucher und walzte die Eisengeländer längs der Wege platt.

Ich dachte: Bitte, lieber Gott, laß das Gallen nicht sehen. Und hörte mehr Aschenbecher zu Bruch gehen bei dem Spiel, das die intriganten Affen da im Biergarten spielten.

Dann kam ich an den hohen, zugehängten Ruinen vorbei, wo die riesigen Raubvögel hockten und dachte:

Ihr nicht. Ihr freßt mir sonst die kleinen Affen. Und dachte eine Sekunde lang: Dann würden sie wenigstens Ruhe geben.

Doch ich kehrte zum Kleinsäugetierhaus zurück, um meine Gedanken zu sammeln und nachzuschauen, wie der alte O. mit den Ameisenbären zurechtkam. Ich traf Gallen auf den Stufen; sie kauerte im Purpurlicht.

»Ich habe einen Elefanten gesehen, Graff«, sagte sie. »Ich möchte jetzt sofort gehen.«

»Bloß ein Elefant«, sagte ich und flitzte nach drinnen, wo ich zerzaust in einer Ecke O.Schrutt erspähte, dem die Augen vom Sägemehl tränten. Die Riesenameisenbären saßen vergnügt mitten im Glashaus, kringelten die Zungen um die langen Schnauzen und wachten seelenruhig über den alten O.

Das bringts nicht, nie und nimmer, dachte ich – O. Schrutt muß in Trab gehalten werden. Und ich kroch wieder in den Schacht zurück, lockte und stocherte die Ameisenbären da hinaus – wobei ich, bevor ich die Schachttür öffnete, Schrutt davon unterrichtete, daß ich die Chinesische Fischkatze zu ihm reinsetzen würde, falls er die Augen aufmachte.

Das tat ich natürlich nicht. Ich tauschte die Ameisenbären gegen den Ratel aus – ein boshaftes, knurrendes, dachsähnliches Oval aus Haaren und Klauen, und mit einem weitreichenden Gedächtnis was O. Schrutt betraf, da war ich sicher. Aber ich wußte, daß der Ratel zu klein war, um jemals einen vehementen Angriff auf den alten O. zu starten – selbst in dessen augenblicklichen gebündelten und verschnürten Zustand.

Ich knallte einfach die Schachttür auf und rief O. Schrutt unten zu: »Hier kommt der kleine Ratel!« Und stupste den fetten Brummer rein. Ich sah ihnen von der Vorderscheibe zu; sie zollten einander aus ihren gegenüberliegenden Ecken solange Respekt, bis der Ratel die Situation erfaßt hatte, in der sich Schrutt befand, und dann als kühner Prahlhans mitten durch den Käfig stolzierte.

Doch als ich anderswo im Labyrinth Glasfronten hochzuheben begann – kleine und vernünftige Tiere freiließ –, mußte ich mich wieder mit Gallen zanken.

»Mutter Ozelot läßt du in Ruhe«, sagte sie.

»Natürlich, was denkst denn du«, sagte ich und demonstrierte ihr meinen gesunden Menschenverstand – indem ich das lässige Faultier und den sturen Wombat befreite, den hageren, flachen, leberbraunen Jaguarundi aber überging. Und den quirligen Coati springen ließ.

Die Ameisenbären waren natürlich lästig – sie blockierten einfach den Verkehr in dem Gang, wo sie saßen und dem Ratel und dem alten O. Schrutt zuschauten.

Gallen sagte: »Bitte, Graff. Können wir jetzt nicht gehen?«

Und ich sagte: »Wir müssen sie an irgendeinem Tor zusammentreiben.« Dann ließ ich den Mungo los, was Gallen mißbilligte, befreite die widerstrebenden Plumploris und den Katta, und kam mir dabei mit jeder Minute vernünftiger vor.

Beweis, wie vernünftig ich war: Den armen Binturong befreite ich nicht – den Bärenmarder aus Borneo –, denn ich wollte nicht, daß andere Tiere seine seltene Krankheit bekamen.

Und dem leeren Glashaus des Bandikut, der aus dieser Welt schon entkommen war, bezeugte ich eine stumme Verbeugung.

Doch als ich die quengelnde Gallen abschüttelte und wieder draußen auf die Stufen trat, wurde ich von jenen Tieren begrüßt, die ich nicht ausgewählt hatte. Und jetzt jubelten sie mir nicht zu. Sie waren tyrannisch; sie rasten vor Neid. Die allgegenwärtigen Gibbons saßen auf der untersten Stufe, zuckten die Achseln und spuckten aus. Als ich den Weg erreichte, schnatterten sie Beschuldigungen. Sie bewarfen mich mit Steinen; ich schmiß ein paarmal zurück. Ich holte mit dem Schlüsselring nach einem Gibbon aus, und er hüpfte zum Weggeländer und stürzte sich ins Gebüsch. Dann wurde ich mit Unkrautballen, Stöcken und hundsnormaler Erde bombardiert.

»Ihr könnt ja gehen!« schrie ich. »Warum tut ihr's denn nicht? Verlangt bloß nicht zuviel von mir!« Und die Antwort auf meine Stimme klang so, als würde der Biergarten jetzt restlos demoliert. Ich stürmte hin, durch knirschende Überreste verstreuter Aschenbecher. Das war eine Zerstörung nach Primaten-Weise, aber garantiert; ein Vandalismus von einer erschreckend menschlichen Art. Sie hatten den ehemaligen Vexierspiegel zertrümmert; überall auf der Biergarten-Terrasse lagen Bruchstücke davon herum. Ich blickte laufend auf mein Puzzlestein-Spiegelbild hinab, ragte über mir selber auf.

»Einen noch und dann reicht's mir«, sagte ich. Und begab

mich zum stinkigen Käfig der Seltenen Brillenbären, die sich hinter ihrem Trink-und-Tunk-Teich versteckten, als ich ihren Käfig öffnete. Ich mußte sie anbrüllen, damit sie rauskamen. Sie schoben sich Schulter an Schulter über den Boden, mit gesenkten Köpfen wie gepeitschte Hunde. Sie drehten Runden durch den zerstörten Biergarten, liefen dicht beisammen und rempelten einander in Schirme und zischende Affen.

Das ist genug, dachte ich. Garantiert genug. Und ich schlängelte mich eben durch die übrigen, brüllenden Bärenkäfige, da kreischte Gallen. Schrutt ist draußen! dachte ich. Aber als ich durch Käfigecken und die langen Wege hinunter zum Kleinsäugetierhaus spähte, sah ich eine menschenartige Gestalt, die mehr oder weniger auf allen vieren um die Ecke bei der Affenanlage trottete – gefolgt von einer ganz ähnlichen, mit einem jedoch weniger tonnenförmigen Brustkasten. Der Orang-Utan und der Tiefland-Gorilla im Verbund.

Ich dachte: Aber wie zum Teufel sind *die* bloß rausgekommen? Und sah dann – schräg hinter ihnen kanternd – den hausgroßen Klecks des afrikanischen Elefanten, der eine Käfigwand im Rüssel trug; ein großes, in alle Richtungen verbogenes Gitterrechteck.

Als er die Käfigwand zu Boden schleuderte, dröhnte sie auf dem Zement – so als hätte sich die Glocke im Stefansdom losgerissen, sei senkrecht den Kirchturm hinuntergefallen und hätte die Orgelpfeifen hinter dem Mittelaltar getroffen.

Dann standen alle flüchtenden Gestalten still: Ich stand da und versuchte den Atem anzuhalten. Im Zoo war es still wie in einer Kirche; eine neue Hoffnung gebiert Stille. Und ich ging langsam los, vorbei an den Eisbären und den Braunbären und dem Amerikanischen Grizzly; ich kam am Berühmten Asiatischen Kragenbären vorbei, der wie ein Meuchelmörder in seinem Käfig stand. Doch ich mußte das Absperrseil des Orientalen überspringen und mich gegen die handgelenkdicken Gitterstangen werfen – als der Elefant vor mir auf dem Weg verschwommen hochwuchs und dann an mir vorüberpreschte, nachdem ich an der Käfigtür des schrecklichen Bären zusammengesackt war; der Elefant brach durch den Biergarten, zerquetschte Schirme und zermalmte Spiegelstücke unter seinen Mammutbeinen. Und ich war schon beinahe wieder auf den Füßen und unterwegs, da packte mich der Berühmte Asiatische Kragenbär um die Brust und drückte mich nach hinten gegen seine Käfigstäbe. Ich holte tief Luft und hielt den Atem an; ich stand mit dem Rücken zu ihm und spürte seinen stinkenden Raubtieratem im Haar. Ganz ruhig dachte ich: Wenn er merkt, daß er seinen großen Schädel nicht durch die Gitterstäbe bekommt, um mich zu fressen, dann wird er mir den Bauch mit den Krallen aufschlitzen und zuerst meine Innereien verschlingen. Aber statt dessen drehte er mich so um, daß ich ihm gegenüberstand; sein Kopf wirkte so groß wie ein Büffelschädel. Doch als ich wagte, ihm ins Auge zu blicken, da sah ich, daß er nach dem über meine Schulter gehakten Schlüsselring schielte.

»Oh nein!« ließ ich ihn wissen. Er drückte mich; ich stand Brust an Brust mit ihm, die Gitterstäbe dellten mir die Rippen ein. Ich fühlte seine Krallen an meinem Rückgrat rupfen. »Na los, zerquetsch mich«, grunzte ich ihn an. »Du brauchst gar nicht nach dem Schlüsselring zu schielen, denn *dich* lasse ich nie und nimmer raus.« Er röhrte mir voll ins Gesicht; er brüllte mir so laut in die Nasenlöcher, daß ich beinahe erstickt wäre. »Niemals!« piepste ich. »Irgendwo muß man die Grenze ziehen!«

Doch dann kreischte Gallen erneut. Ich dachte: Dieser Elefant hat O. Schrutt befreit! Oder: Dieser virile Orang-Utan hat meine Gallen gepackt – das Beste, was er je hatte, garantiert.

Ich bewegte die Hand zum Schlüsselring; der Asiatische Kragenbär klammerte mein Rückgrat um eine Spur weniger fest. Ich tastete, studierte im Dunkeln den Schlüssel, an dem, wie ich dachte, wahrscheinlich das Schildchen hing: NIE BENUTZEN! Doch da stand bloß: ASIATISCHER BÄR. So eine Untertreibung, aber ich steckte den Schlüssel ins Schloß; der Bär hielt mich ungläubig fest. Ich spürte die Tür gegen mich schwingen; der Bär und ich, wir schwangen gemeinsam auf dem sich öffnenden Gitterrahmen hinaus. Und einen Moment lang quetschte er mich noch, glaubte nicht so recht, daß er frei war. Dann ließ er mich los; wir plumpsten beide auf alle viere.

Jetzt wird er um die Tür herumlaufen und mich auf einen Haps fressen, dachte ich. Doch da hörten wir beide die Großkatzen, ein kurzes Aufschreien, merklich lauter als zuvor, so als sei – allermindestens – ihre allgemeine Haustür geöffnet worden. Und dann hörte ich die *schrecklichen* Großkatzen in nächster Nähe schnurren. Die Großkatzen waren auf *Beutezug*, auf freiem Fuß. Ich kroch rücklings von der Tür weg.

Doch der Orientale schenkte dem keine Beachtung; sonderbarerweise hockte er ganz still da, ab und zu witterte seine Nase – Speichel troff und sein langes struppiges Flankenhaar bebte.

Der Berühmte Asiatische Kragenbär *überlegt*! dachte ich. Oder plant.

Und ich wartete keine Sekunde länger – daß er seinen gräßlichen Entschluß faßte. Ich stürzte an seinem offenen Käfig vorbei und auf den Weg zurück, vorbei an den Teichen, zum Kleinsäugetierhaus. Dort fand ich meine arme Gallen zusammengekauert im Türgang des Labyrinths, von wo aus sie den in Blut gebadeten Weg entlangschaute bis dorthin, wo sich ein Tiger, mit vom Infrarotlicht karmesinrot und schwarz getönten Streifen, über eine große und lohfarbene Antilope mit gewölbter Brust und schraubenförmigen Hörnern duckte; über ihrer Flanke schwabbelte eine riesige, hirnförmige Masse von Gedärmen. Und ein Hinterlauf lag verkrümmt oder hochgezogen unter ihrem Schenkel, über dem die unverkennbaren, wohlbekannten volleyballgroßen Ballons lümmelten.

»Ach Siggi, es ist der Oryx«, sagte ich.

»Es ist ein Tiger«, sagte Gallen kälter als der Winterfluß. »Und ich bin *nicht* Siggi.«

Und ebenso kalt sagte ich. »Hast du da eben gekreischt?«

»Ach, das hast du gehört?« sagte sie mit einer blödsinnigen Heiterkeit in der Stimme. »Na, ich hab's auch ohne dich überlebt.«

»Wo sind die Affen hin?« fragte ich. Doch sie saß stumm und mit versteinerter Miene da, und deshalb setzte ich ihr nicht weiter zu.

Hinten im Labyrinth zählte eine gedämpfte Stimme Namen auf. Ich ging nachsehen: der alte O. Schrutt stand senkrecht an der Glasscheibe, der Ratel, der mit seinem komischen Geknurre beinahe verspielt wirkte – prahlerisch in der Käfigmitte. Und der alte O. nannte oder frug Namen.

»Zeiker?« rief er. »Beinberg? Muffel? Brandeis? Schmerling? Frieden?« Name um Name verlor O. Schrutt den Verstand.

Also ging ich zurück zu Gallen, gerade noch rechtzeitig, um den Schlußdonner zu hören: das Entscheidungsgebrüll des Berühmten Asiatischen Kragenbären. Der Bär hatte, zuletzt gewöhnt an seine überraschende Freiheit, einen Entschluß gefaßt. Das Zoogeschrei der übrigen Geschöpfe schlug in Hysterie um, als sei dieser Bär ein Greif, dessen Mythos sie mehr ängstigte als seine Realität – weil sie alle wußten, was er solange Zeit über Hinley Gouch gedacht und wie sehr ihm das den Verstand verdreht hatte.

»Den Bären hast du auch rausgelassen«, sagte Gallen.

»Nein!« sagte ich. »Ich meine, ich *mußte* es tun. Er hat mich erwischt. Er wollte mich nicht wieder loslassen. Ich mußte ein Geschäft mit ihm machen.« Doch sie starrte mich so an, als sei ich ihr genauso fremd wie der gefallene Oryx, den sie nie gesehen hatte, als er noch so wundervoll unversehrt und aufrecht dastand.

»Ach, Graff«, flüsterte sie. Ihre Augen waren verschleiert.

Ich blickte aus dem Eingang des Kleinsäugetierhauses und

sah den Asiatischen Kragenbären die Treppe erklimmen, vier Stufen auf einmal nehmend. Gallen war wie benommen; sie zuckte nicht mal mit der Wimper, als er auf uns zu- und an uns vorbei- und widerhallend durchs Labyrinth davonstürmte. Doch er blieb stumm stehen, als er O. Schrutt sah. Der gerade sagte: »Weinstürm? Bottweiler? Schnuller? Steingarten? Frankl? Der kleine Frisch?«

Und ich dachte: Wieso nicht Wut? Javotnik? Marter? Watzek-Trummer? Oder auch der rundum durchhängende Hannes Graff?

Der Berühmte Asiatische Kragenbär hatte gefunden, was er gesucht hatte, setzte sich verdutzt vor die Glasscheibe hin und klopfte mit wunderlich spitz-pickenden Krallen ein paar Mal an die hoffnungsvoll fußdicke Vorderscheibe. O. Schrutt hörte zu rezitieren auf. »Wer ist da?« sagte er. »Ich weiß, das ist Zeiker!« Aber der Asiatische Kragenbär ließ sich O. Schrutts Gezeter nicht länger bieten. Er bäumte sich auf und bumste gegen die Scheibe; wich zurück; bumste erneut; setzte sich dann verwirrt wieder hin.

Und O. Schrutt sagte: »Na los! Wer sind Sie? Ich weiß, daß Sie da draußen sind!« Und der Asiatische Kragenbär begann zu brüllen. Ein anschwellendes Getöse, das durch sein eigenes Echo im Labyrinth noch verstärkt wurde. O. Schrutt purzelte rücklings ins Sägemehl, kullerte in den Ratel hinein, der zwar zuschnappte, aber selbst zurückwich – zur Schachttür, wo die zwei vor dem hautnahen Gebrüll erbebten, das allen Insassen des Tiergartens Schönbrunn so wohlvertraut war.

O. Schrutt kreischte: »Nein! Nicht *du*! Lassen Sie den nicht rein! Ihn nicht! Bloß nicht! Nein! *Bitte*! Zeiker? Beinberg? Frankl? Schnuller? Schmerling? Der kleine Frisch? *Bitte*!«

Und ich drängte Gallen durch die Tür – das Gebrüll schien uns geradezu hinauszustoßen – nach draußen in einen Zoo, der Reißaus nahm; weil er zweifellos das Toben jenes Tieres hörte, das keiner herauszufordern wagte. Weder die

Großkatzen noch der Elefant; und auch nicht die Affen, die irgendwohin rannten – zum Haupttor, wie es schien. Zusammen mit allen übrigen. Sie hatten sich organisiert; der Zoo trat versammelt an. Der Asiatische Kragenbär war los, und keiner legte Wert auf seine unvernünftige Gesellschaft.

Doch als Gallen und ich um die Bude des Kartenkontrolleurs bogen und zum Haupttor strebten, sah ich außerhalb des Zoos ein Gewirr von Autoscheinwerfern, die in Reihen nebeneinandergeparkt standen – und hörte die verworrenen Geräusche einer wartenden Menschenmenge. Und sah einen Strom behufter, tatzpfotiger, krallenzehiger Tiere durch die Teiche der Verschiedenen Wasservögel plitschen und platschen und der Nacht Flügel machen – sie alle strömten zum Hintertor, das zum Tiroler Garten führte. Wo den lieben langen Weg bis hinunter zum Maxing-Park Moose und Farne wachsen.

Beim Tor gab es einen Stau, aber der Elefant war gefällig gewesen und hatte ein Loch gelassen, durch das alle paßten, nur er selber nicht. Er hatte es geschafft, eine Angel zu sprengen, doch die untere Torecke hatte standgehalten, und an der Angel war das ganze Tor quer in den Ausgang geschwungen.

Gallen und ich schlichen uns an der gefangenen und stolpernd-tapsenden Gestalt des Elefanten vorbei, tauchten durch kleine, sich versammelnde Affengruppen.

Doch im Tiroler Garten war auch eine Menge, eine vormorgendliche Armee, die mehr Bürger als Polizisten zählte – Vorstädter im Nachtgewand und mit blinkenden Taschenlampen. Wir fielen im Schlachtgetümmel nicht auf; wir stiefelten neben Hausfrauen her, die schriller waren als die Affen.

Erst als wir das größere, dunklere Gesträuch des Maxing-Parks erreicht hatten, begann mir das Resultat aus diesem Chaos zu dämmern. Hinter Büschen sah ich sie sich verbergen. Anonyme Männer mit urtümlichen Waffen – mit dem

Dreizack von Kaminbestecken, Rodehacken und funkelnden Bocksägen; Mistgabeln, Schmiedehämmern und halbmondförmigen Sicheln. Und jetzt übertönten *Menschen*stimmen den Lärm des Asiatischen Kragenbären – der hinter mir zurückblieb.

Und als ich Gallen soweit gezerrt hatte, wie sie laufen konnte, kniete ich neben und über ihr auf einer steinernen Parkbank, wo sie schluchzend saß, und ich sah, daß die sich versteckenden Männer uniformiert und alt und ausgehungert zu sein schienen; eine Armee zäher Fleischesser, die in den Nächten all der langen Jahre in den Parks rings um den Tiergarten Schönbrunn gelegen hatten. Seit der Zeit, da Zahn Glanz, oder wer auch immer, aufgefressen worden war.

Ich hörte ein, zwei Schüsse; Affen und Vögel ließen die Bäume erbeben.

Neben uns auf der Parkbank verspeiste ein bequemsitzender Gibbon das Papier eines Schokoriegels.

Ich sagte zu Gallen: »Versprichst du mir, hier bei dem Gibbon zu bleiben?« Ihre Miene war so gefaßt oder abgestumpft wie die des gierig schlingenden Primaten.

Ich rannte zur Maxingstraße, spürte dem Bordstein zur Maschine nach und erspähte den Busch, wo unser klumpiger Rucksack versteckt lag.

Es war immer noch dunkel, doch in allen Häusern entlang der Straße brannte Licht und Autos brausten mit flammenden Scheinwerfern vorbei; Taxis entluden Fahrgäste, die *Dinge* in den Händen hielten – Stöcke, Besen, Mops und Shish-Kebap-Spieße. Männer traten hinaus in den Schlachtenlärm. Ein Getöse, wie sie es schon jahrelang nicht mehr gehört hatten.

Ich knallte den Rucksack aufs Motorrad und fuhr die Maxingstraße hinunter, schrie nach Gallen. Ich wußte nicht, ob ich überhaupt bei diesem Krach zu hören war – den der jaulende, polizeigrüne Volkswagen am Maxing-Platz hinter mir machte. Und über den Bäumen des Tiroler Gartens blinkten ihre Blaulichtstreifen. Menschenmassen strömten in den Maxing-Park und Tiermassen strömten heraus.

Ich entdeckte Gallen am Bordstein, sie stand da, als würde sie einen Bus nehmen, den sie bei dem üblichen Verkehr immer zu dieser Stunde nahm. Als sie benommen hinter mir aufstieg, wurde sie von einem Sibirischen Steinbock leicht angerempelt, der blind und bockig über den Bordstein strauchelte – ein Lappen seines Fells war eingerissen und schlackerte ihm über die Schulter herab; die klaffende Wunde hatte in etwa die Form einer Hacke.

Und immer wieder lauschte ich nach ihm – dem Berühmten Asiatischen Kragenbären – auf ein endgültiges Verzweiflungs- oder Genugtuungsgebrüll. Aber bei dem Krawall, den die *Leute* schlugen, hätte ich ihn niemals hören können; nicht einmal ihn.

Gallen saß hinter mir wie eine Marionette, und ich scherte in den Verkehr auf der Maxingstraße ein. Die Polizei durchkämmte jetzt den Maxing-Park; ich sah die hüpfenden Einzelscheinwerfer und die perlweißen Verkleidungen ihrer BMWs – sie schlängelten sich durch die Büsche und versuchten den Mob zu vertreiben. In einem sich rasch schließenden Kreis von Motorradscheinwerfern verdrosch das Riesenkänguruh einen Mann, der die Gewalt über seine Gartenschere verloren hatte; sie glänzte im Gras, festgenagelt unter der Jagdkralle des Känguruhs.

Vier oder fünf Vorortstraßenzüge lang umgab uns der Mob. In einem Eingang auf der Wattmanngasse sah ich den Schneeleoparden keuchen und sich die eine Pfote lecken. Und am Sarajevoplatz sah ich ein Team von fünf erfolgreichen Jägern, die versuchten, sich unter meinem vorbeistreichenden Scheinwerferstrahl wegzuducken, weil sie mich für ein Polizeimotorrad hielten; sie waren bemüht, hinter sich den weggeschleiften, blutbefleckten und nicht aufbegehrenden Gaur zu verbergen. Der, wenn er aufrechtstand, einsfünfundneunzig maß.

Die Herde der niedrigen, unbeugsamen Zebras glitt in einer lautlosen Welle über die Rasenflächen, fädelte sich durchs Gebüsch – wendig und imstande, die Dreiergruppe von Jägern mit einem Netz und einer Zweimann-Säge zu narren. Die Zebras setzten vor mir über den Bordstein, ihre Hufe schlugen Funken aus dem Kopfsteinpflaster. Sie erschraken vor ihrem eigenen Geklapper; sie änderten die Richtung und liefen im Zickzack durch geparkte Autos, überquerten den jenseitigen Bürgersteig und sausten die winzige Woltergasse hinunter, wo sie entgegenrasende Scheinwerfer zur Umkehr zwangen – erneut über die Maxingstraße – und sie wieder in den Maxing-Park trieben.

Dann waren Gallen und ich im Vorort Lainz, in dem gespenstisch außerhalb gelegenen Klinikbezirk. Wir ließen alles links liegen – das Altersheim, das Invalidenheim und das Städtische Krankenhaus; die flutlichthellen Grünflächen und den kahlen, beigen Stuck. Auf den Balkonen schimmerten Rollstuhlreihen; auf dem Rasen und in den Fenstern glühten Zigaretten und Pfeifen. Die Alten und Siechen und Verstümmelten lauschten dem lärmenden Zoo, so wie die Leute auf dem Land die Lichteffekte in einer bombardierten Stadt betrachten.

Für einen Moment lang schaltete ich in den leisen Leerlauf, lauschte mit ihnen und hielt wie sie Ausschau nach dem einen hochbegabten Tier, das jede Sekunde auftauchen könnte – nachdem es den bestmöglichen Hinderniskurs gelaufen war. Nach dem einen hervorragenden Gibbon vielleicht, der im Handstandüberschlag das Krankenhausgelände durchqueren würde – umringt von Krankenschwestern, von den Balkons mit Rollstühlen bombardiert; schließlich in Gummiatemschläuche verstrickt und mit einem Stethoskop erdrosselt. Eine Gefangennahme, die sich das komplette Krankenhauspersonal und die Patienten als stolzen Verdienst anrechnen würden.

Doch keiner schaffte es so weit. Gallen sackte schwerer gegen meinen Rücken; ich spürte, wie sie in meinem Nacken zu zittern begann. Deshalb fuhr ich uns an den wartenden

Krankenhäusern vorbei und in die ländliche Gegend westlich der Vororte, während Gallens naße Wange an meiner
entlangrieb und ihre Hände an meinem Hemd rupften; und
ihre Zähne mich wütend in meine Schulter bissen.

Doch das machte mir nichts, und ich wünschte mir um alles auf der Welt, daß sie noch viel tiefer beißen und mir noch
viel mehr wehtun könnte. Während ich abwechselnd schnell
und langsam fuhr; schnell, damit der Lärm hinter mir ab-
klang, und langsam, damit, sollten welche erfolgreich entkommen sein, sie mich überholen und vor mir in meinem
Scheinwerferstrahl hertrotten konnten – um mir für diesen
Augenblick freundlich als Führer zu dienen, denen ich freu-
dig vertrauen würde.

Doch es überholte mich niemand; in meiner Richtung
floß kein Verkehr. Der ganze Verkehr kam mir entgegen.
Familienfuhren, Bauernwagen, in denen Werkzeuge und
Waffen klapperten – im ersten Morgengrauen strömten die
Leute begierig ins Katastrophengebiet.

Bei jedem Scheinwerfer, der mir entgegenkam, sah ich
wieder meine alte Fußballsituation vor mir. Und jedesmal
wurde ich am Ball besiegt.

Neue Pläne

Bei Tagesanbruch waren wir aus der Stadt heraus, auf dem
Land, oberhalb der Donau, südlich von Klosterneuburg.
Wo noch Mönche lebten.

Ich weiß nicht, wie lange es her war, daß ich an den Straßenrand gefahren war und mich in den Graben gehockt
hatte, als ich das Landvolk bemerkte, das von dem ungeheu-
ren, typisch-städtischen Rummel im Tiergarten Schönbrunn ermüdet zurückkehrte. Vorzugsweise gleich in Fuhren oder ganzen Waggonladungen; einige der rüpeligen

Jungbauern pfiffen Gallen zu, die mir auf der anderen Straßenseite eingeigelt gegenübersaß.

Wir hatten nicht miteinander gesprochen. Ich dachte: Es
ist nicht klug von mir, sie so lange für sich allein nachdenken
zu lassen. Aber ich hatte nichts zu sagen, deshalb wahrte ich
den Frieden der Straße zwischen uns. Bis diese Bauern zu-
rückkehrten.

Dann dachte ich: Wir sehen verdächtig aus. Obwohl
O. Schrutt uns nie zu Gesicht bekommen hatte und wahrscheinlich auch nie mehr zusammenhängend reden würde,
gab es da immer noch diesen balkanischen Ober und den
kleinen Hugel Furtwängler, die vielleicht einiges über ein
großes, verwildertes Motorrad erzählen könnten und über
einen Irren, der über den Zoo tratschte.

O. Schrutt, dachte ich, hat man zumindest mit seinem Namensschildchen gefunden – und mit stramm festgeknöpften
Epauletten. Das ist schon mal was.

Aber es war nicht genug, garantiert nicht. Denn der letzte
Lieferwagen, der an uns vorbeikam, hatte eine Ladung im
Fond – einen Haufen unter einer Plane, der über die hintere
Wagenklappe herunterhing. Ich sah ein Stück Bein samt Huf
hervorragen; ich erkannte das bräunlich-rote und creme-
weiße Streifenmuster, das vom Fesselgelenk bis zum Unter-
schenkel reichte. Der Himmel bewahre den gewesenen
Bongo vor allem Übel, stattlichste aller Antilopen – den man
jetzt gleich verspeisen und dessen Gehörn man über dem
Kaminmantel der anspruchslosen Bauernbehausung anbringen würde. Damit spätere Jägergenerationen fragten: War er
einmal in Österreich heimisch?

Mhm. Die ersten brachte ein Sklavenschiff nach Österreich.

Aber jetzt ausgestorben?

Mhm. Sie haben viel Schaden angerichtet – in den Gärten.
Und Hunde wurden aufgespießt.

Von *ihnen*?

Mhm.

Aber er hat doch so ein schmales, sanftes Gesicht.

Mhm. Aber eigentlich war er fett und sehr schmack-
haft.

Der?

Mhm.

Und als der letzte Kombi an uns vorbeigefahren war,
dachte ich, ich sollte es versuchen, Gallen aus dieser Lage zu
bergen. Sie saß mir auf der anderen Straßenseite gegenüber
und starrte über meine Schulter oder durch meine Brust.
Doch ich konnte ihr nicht ins Gesicht schauen; ich sah an
meinen Hosenbeinen hinunter und entdeckte, zerknäult an
meinem Strumpf haftend, ein kleines Stückchen Fellge-
flecht.

Ach, es *tut* mir leid, Siggi, dachte ich. Aber du warst mehr
als nur unlogisch. Du hattest unrecht.

Dann überquerte Gallen die Straße zur Maschine und
stand einen Moment über dem klobigen Rucksack, ehe sie
begann, ihre Sachen herauszuholen.

Sie hat durchaus zu lange für sich alleine nachgedacht, garantiert.

Und weil ich nichts zu sagen hatte, sagte ich: »Also, was
möchtest du jetzt machen?« Sie glotzte mich bloß an. Deshalb sagte ich: »Wir machen alles, was du willst.« Doch sie
zog ihre Sachen nur noch schneller heraus; sie machte aus ihrer Damenlederjacke einen Beutel; ich sah sie ihr seidig-
blaues Höschen in einen Ärmel hochstopfen. Und das
kränkte mich.

Ich dachte: Gleich wird sie mir mein Fußballtrikot zurückgeben. Aber sie traf keinerlei Anstalten, es auszuziehen. Wenigstens die kleinen Gesten ersparte sie mir.

»Wo gehst du hin?« sagte ich.

»Nach Wien«, sagte sie. »Kann ich bitte das Geld für mein
Haar haben?«

»Nach Wien?« sagte ich.

»Interessiert es dich denn nicht, zurückzugehen und alles
darüber zu lesen?« fragte sie. »Möchtest du denn nicht *ganz*

genau wissen, was passiert ist? Interessieren dich die *Details* denn überhaupt nicht, Graff?«

Aber sie würde mich nicht hochbringen; dazu fehlte mir der sichere Boden unter den Füßen. Und Verluststatistiken interessierten mich garantiert nicht. Nach dem Oryx bestand keine Notwendigkeit mehr, die Katastrophen genau zu zählen.

Ich sagte: »Also wirklich, bitte. Warum ausgerechnet nach Wien?«

»Weil«, sagte sie, »das der einzige Ort ist, der mir einfällt, wo du nicht versuchen würdest mich hinzubegleiten.«

Und plötzlich hatte ich sicheren Boden unter den Füßen – um hochzugehen.

Ich sagte zu ihr: »Du wirst nie wieder niesen, ich hoffe, das weißt du.« Und sie starrte mich nur an. »Nein, das wirst du nicht«, sagte ich. »Ganz egal, wer dich kriegt.«

»Es war *mein* Haar«, sagte Gallen. »Gib mir jetzt bitte das Geld wieder.« Was ich dann tat. Sie nahm es, wie einen verdächtigen Köder, so als befürchte sie, ich würde sie anfassen.

»Wohin willst *du* denn gehen, Graff?« sagte sie mit strahlender, kalter, wolkenloser Stimme. Aber ich ließ mich nicht auf die Schippe nehmen.

Ich sagte ernst: »Nach Kaprun.« Und sie schaute weg. »Wenn ich zurückkomme«, sagte ich, »wie kann ich dich finden?«

»*Wenn* du zurückkommst«, sagte sie, noch immer abgewandt.

»Das werde ich«, sagte ich. »Und wo wirst du sein?«

»Oh, ich habe eine Schwäche für *Zoos*«, sagte sie wieder mit dieser kalten, strahlenden Stimme. »Ich werde vermutlich sehr oft in den Zoo gehen. Du könntest mich da vielleicht treffen, wenn du beschließt, es nochmal zu versuchen – mit einem *neuen* Plan.«

Aber so wollte ich uns nicht auseinandergehen lassen. Ich

sagte: »Ich gehe für eine Weile nach Kaprun, und ich weiß, daß ich dich wiedersehen möchte.«

»Du meinst, wenn's dir wieder ganz gut geht, ja?« sagte sie zuckersüß. »Wenn du restlos Schluß gemacht hast?« Doch ich wußte, daß es so nicht funktionierte, und daß es die falsche Einstellung war, um mit mir fertig zu werden. Man kann nicht überstürzt etwas überwinden. Selbst das Notizbuch ist in diesem Punkt ganz klar:

> *Die Zahlen ergeben eine bestimmte Summe,*
> *ganz egal, wie man sie aufaddiert.*

Offiziös wie eh und je. Noch eine Halbwahrheit, wie immer.

Ich sagte: »Gallen, es tut mir leid. Und ich werde dich nicht vergessen.«

»Dann komm mit mir nach Wien, Graff«, sagte sie, und ich wußte nicht, welchen schneidenden Unterton ihre Stimme jetzt hatte.

»Ich muß nach Kaprun«, sagte ich.

»Wie willst du mich dann finden?« fragte sie – meine Frage. Und es war wieder ihre nicht-schneidende, belegte und natürliche Stimme – eine echte Erkundigung.

»Kahlenberg«, sagte ich, »von dem Lokal wirst du noch hören, wenn du in der Stadt bist. Du kannst jede Straßenbahn nach Grinzing nehmen und von dort einen Bus hinauf in den Wienerwald. Fahr Mittwochabends hin«, sagte ich. »Man hat von dort einen Blick auf die Donau und über ganz Wien.«

»Und an irgendeinem Mittwoch kommst du vermutlich«, sagte sie.

»Du wirst jeden Mittwoch dort sein«, sagte ich. Aber das setzte sie zu sehr unter Druck und enfernte sie zu weit von ihrer ursprünglichen Haltung.

Sie sagte: »Vielleicht.« Mit einem Hauch dieser strahlenden Kälte in der Stimme.

»Ich bring dich zu den Bussen in Klosterneuburg. Die erste auswärtige Straßenbahnhaltestelle ist in Josefsdorf.«

»Ich möchte nicht mit dir fahren«, sagte sie. »Ich werde einfach zu Fuß gehen.«

Und weil ich spürte, daß ich wieder Boden verlor, sagte ich: »Na klar. Ich weiß ja, du hast stramme Beine, Mädchen. Das wird dir nichts ausmachen.«

»Sagtest du *donnerstags*?« fragte sie.

»Mittwochs«, sagte ich rasch. »Jeden *Mittwochabend*.«

»Und du kommst also?« fragte sie.

»Garantiert«, sagte ich, und sie ging los. Ich sagte: »*Mittwoch*.«

»Vielleicht«, sagte sie, und stolzierte auf ihren hübschen Beinen von mir davon.

Ich versuchte, alles herunterzuspielen und sagte: »Ich werde dir auf deinen süßen Hintern gucken, bis du nicht mehr zu sehen bist.«

Aber sie lächelte nicht gerade, als sie sich zu mir umdrehte:

»Aber doch wohl kein langer, *letzter* Blick?« sagte sie. »Oder?«

»Nein«, sagte ich – so rasch, daß ihr Mund beinahe lächelte. Sie ging weiter von mir fort; ich verfolgte sie bis fast dorthin, wo die Straße abbog.

Dann rief ich: »*Mittwoch*!«

»Vielleicht«, rief sie mit undeutbarer Stimme und drehte sich nicht um.

»Garantiert!« gröhlte ich, und weg war sie.

Ich setzte mich in den Straßengraben, ließ sie bis ganz nach Klosterneuburg kommen; ich wollte nicht auf der Straße an ihr vorbeifahren.

Um mich her rückte der Morgen vor. Das Familienleben der adrett umheckten und umzäunten Felder. Die Hürden, die Kühe vom Korn trennten; die ordentlichen und unmißverständlichen Besitzgrenzen im Sonnenlicht. Alle Kühe hatten Glocken; alle Schafe einen Knopf im Ohr.

Alle Menschen haben Namen und bestimmte Orte, wo sie hindürfen.

Wind sprang auf und blies mir den Straßenrandstaub ins Gesicht. Ich beobachtete, wie sich das Motorrad gegen den kleinen Sturmwind stemmte und auf dem Ständer erschauerte. Ich sah den am Lenker montierten Spiegel, der ein anonymes, teerverschmiertes Schotterstück vom Straßenrand reflektierte – und den Teil eines Blütenblatts einer Blume, die zu dicht an der Straße wuchs. Doch als ich hinter das Motorrad schaute, da konnte ich einfach nicht unter Garantie sagen, welche Blume da ihr Teil diesem Spiegelbild lieh. Oder welcher teerverschmierte Schotterstreifen genau.

Die Dinge paßten kein Stück besser zusammen als vorher.

Und das hätte mich eigentlich nicht überraschen sollen. Ich wußte es ja. Alle Zeichen in der verfrotteten Kolonne ergeben die Summe, aber die Zahlen sind keineswegs verpflichtet, auch noch anderweitig verknüpft zu sein. Sie sind einfach nur all die Dinge, für die man jemals bezahlt hat. Sie stimmen so wenig zusammen wie Zahnpasta und die erste Berührung einer warmen, straffen Brust.

Gallen war in Klosterneuburg. Wo es immer noch Klöster gab. Und Mönche, die Wein kelterten.

Und Gallen, die mich vielleicht eines Tags in Kahlenberg treffen würde, hatte nicht die Beschaffenheit von Todor Slivnicas Götterspeise – der aus seinen überall verspritzt herumliegenden Teilen gedeutet werden mußte.

Herzlichen Glückwunsch allen Überlebenden!

Hannes Graff, dachte ich, ist ein viel zu großer Haarspalter und Durchhänger, um jemals aus diesem Straßengraben hochzukommen und sein bestialisches Motorrad aus dieser trügerisch geordneten Ländlichkeit herauszufahren.

Und wohlgeordnet waren auch die Ortschaften, durch die ich kommen würde. Wenn ich mich doch nur erstmal auf den Weg bringen könnte.

Ein einfacher Plan. Durch Klosterneuburg, Königstetten, Judenau und Mittendorf; durch Hankenfeld oder Asperhofen, Perschling, Pottenbrunn und das winzige St. Hain; zur großen Stadt Amstetten und drei Stunden nach Westen auf der Autobahn – wo man mühelos schneller fahren kann als der verfrottete Wind. Dann ging es noch eine Stunde von Salzburg gen Süden, durch die kleinen Loferer Steinberge; und zum Nach-Tisch-Kaffee in Kaprun, auf der anderen Seite des abgenutzten Küchentischs – ein zweites Paar Ellbogen, erzählend. Jetzt gab es wenigstens etwas zu sagen. Etwas, das überflüssig und idiotisch genug war, um die Aufmerksamkeit des wackeren Watzek-Trummer zu fesseln. Ernst Watzek-Trummer, so dachte ich, hat zweifellos genug Erfahrung mit sinnlosen Plänen, um mitfühlend zu sein.

Aber ich dachte auch, daß ich nicht jetzt gleich aus dem Straßengraben aufstehen würde. Oder wenn ich es tat, dann herrschte keine Notwendigkeit, meinen Besuch in Kaprun zu überstürzen.

Auf dem Grabhügel soll ruhig etwas Gras wachsen, sage ich immer. Gras ist hübsch und wird dir nicht wehtun, Siggi.

Ich würde mich also in die Großrichtung Kaprun bewegen, garantiert. Aber ich würde mich langsam heranschleichen, sozusagen; ich würde mich mit diesen verfrotteten Memorabilien vertrauter machen, die ich zu Watzek-Trummer transportierte.

Was mich jedoch im Straßengraben lähmte, war, daß *keine* meiner Ideen sehr mitreißend war und keine aufregende Planung erforderlich zu sein schien – für *diesen* Trip.

Da muß ich mich an etwas Neues gewöhnen, dachte ich. Wie Hannes Graff desaktiviert wurde. Gibt es ein schlimmeres Bewußtsein als zu wissen, daß das Resultat besser gewesen wäre, wenn man überhaupt nie etwas unternommen hätte? Daß alle Kleinsäugetiere besser dran gewesen wären, hätte man sich überhaupt nie in die unbefriedigenden Verhältnisse eingemischt.

Und ich inspizierte erneut diese unwandelbare Ländlichkeit rings um mich her – benennbar und kontrolliert. Die Straße hinunter, eine Weide mit drei weißen Zäunen und einem braunen; mit neun Mutterschafen, einem Widder und einem wachsamen Hund. Die Straße hinauf, eine Weide mit einer Steinmauer, einer Dornenhecke, einem Drahtzaun und einem Forst – als hintere Begrenzung; mit einem Pferd und sechs gescheckten Milchkühen – und möglicherweise einem alten Stier im Wald dahinter. Aber gewiß keinem Oryx.

Über der Straße war ein Forst, durch den sich der alte Wind bohrte und die Tannennadeln pflügte.

Dann bellte der wachsame Hund über die Straße den Forst an. Da kommt also wer, dachte ich, und stieg aufs Motorrad – denn ich hielt es für besser zu verschwinden, bereit oder nicht, weil es ziemlich dämlich aussah, wie ich hier einfach nur so rumsaß.

Der Hund bellte weiter. Verbellte jemand, der auf einem vielbegangenen Weg durch den schmucken Forst kam, und wahrscheinlich war das ein Jemand, der diesen Weg zu dieser Stunde seit Jahr und Tag gegangen kam – und seit Jahr und Tag hat dieser Hund immer gebellt. Eine tägliche Hausaufgabe verbunden mit Schwanzwedeln. Was der Hund als nächstes tun wird, dachte ich – gleich, wenn die Bauersfrau oder -tochter aus dem Wald heraus und auf die Straße springt. Und mich hier nicht verdächtig inaktiv sehen sollte.

Aber bei dem Versuch, den Kickstarter durchzutreten, wurden mir die Beine schwammig; der Absatzkeil meines Stiefels fand einfach keinen Halt am Hebel. Und ich vergaß, den Bezinhahn aufzudrehen. Ich beugte mich vor, schnüffelte am Vergaser und flutete meinen Geist mit benebelten

Vorstellungen von Benzin, das mir lose im Schädel herumschwappte. Ich hatte alle Hände voll zu tun, die Maschine nicht umfallen zu lassen; ich torkelte hin und her.

Komme wer da wolle, er wird mich hier einfach sehen müssen, dachte ich; ich werde ein nicht-alltäglicher Klecks in der Landschaft sein. Jemand wird den Hund auf mich hetzen. Oder vielleicht bellt der Hund ja *mich* an; und er hat bloß diese bescheuerte, von den Schafen übernommene Angewohnheit, nicht in die Richtung zu schauen, der sein Gebell gilt.

Aber der Hund bellte jetzt wütend. Und ich dachte: Egal ob er jetzt wegen mir bellt oder nicht, warum hat er mich nicht schon früher angebellt? Wenn das so eine Sorte Hund ist – der schon bei der kleinsten Kleinigkeit loswauzt.

Der Hund wütete wie ein Berserker; er scheuchte schnappend seine Schafe und trieb die Herde zu einem engen Kreis zusammen. Er hat den Kopf verloren, dachte ich – vertraut mit den Symptomen. Der Schäferhund wird seine Schafe fressen!

Er war der sich am allerunvernünftigsten gebärdende Hund, der mir je begegnet ist.

Ich beobachtete ihn immer noch und wackelte auf dem Motorrad, als, Schulter an Schulter, das Pärchen Seltener Brillenbären aus dem Forst gepurzelt und keine zwanzig Meter vor mir über die Straße geschnauft kam. Der Hund fiel flach auf den Bauch – die Pfoten von sich gestreckt, die Ohren fest angelegt.

Doch die Seltenen Brillenbären hielten nicht Ausschau nach Schafen oder Hunden – oder Kühen auf dem Nachbarfeld oder nach einem möglichen Stier im Wald. Sie rannten stetig nebeneinander; sie stiegen in meinen Straßengraben hinunter und hinüber über den Zaun, hinein ins Feld des Schäferhunds. Er jaulte bei der zusammengedrängten Herde, und die Bären strebten weiter – keineswegs in unvernüftigem Tempo; hatten es nicht einmal besonders eilig. Sie strebten einfach nur dem Wald am anderen Ende des Felds zu – wo sie dann – allerhöchstwahrscheinlich – immer noch weiter rennen würden. Die unermüdlichen, bemerkenswerten und sehr Seltenen Brillenbären rannten zurück zu den Anden in Ecuador. Oder zumindest zu den Alpen.

Aber als sie das Ende des Felds erreicht hatten, blieben sie stehen und blickten mit schräggelegten Köpfen zu mir zurück. Ich wollte ihnen winken, doch ich traute mich nicht. Sie sollten weiterlaufen. Hätten sie mir zurückgewunken oder »Hallo!« gerufen – hätten sie »Danke!« oder »Frot!« gesagt – hätte ich nicht glauben können, daß sie wirklich da waren. Sie hielten jedoch nur inne und gingen wieder weiter; sie rannten Schulter an Schulter in den Wald hinein.

Ich war so dankbar, daß ihr Entkommen nicht die götterspeiseartige Qualität zu vieler anderer Ausgänge annahm.

Und ich wagte es plötzlich nicht mehr länger, dort zu bleiben. Im Falle daß, dachte ich, der berühmte Asiatische Kragenbär als nächstes kommt. Oder auch nur Gibbons. Oder Siggi rittlings auf dem Oryx – der Rest an Fleisch und Spuk vom Tiergarten Schönbrunn. Das hätte dieses kleine Zeichen verdorben, das mir diese Seltenen Brillenbären offerierten. Dann hätte ich ebenfalls nicht an sie glauben können.

Ich trat also diesmal den Kickstarter durch. Die Maschine lief unter mir in einem holprigen, leidenden Leerlauf. Ich war noch immer wacklig. Trotzdem konnte ich nicht dort bleiben, bis die Seltenen Brillenbären vielleicht wieder an mir vorbeikamen, diesmal gefolgt von noch ein paar weiteren einstweilig Entkommenen. Vratno Javotnik auf der Grand Prix Rennmaschine, Baujahr 1939 – der Gottlob Wut zurückließ. Und andere ausgewählte Säugetiere.

Ich blickte nervös zum Wald hinter dem Feld, und ich sah beglückt, daß die Seltenen Brillenbären verschwunden waren – und die Weiden wenigstens nicht ganz unverändert hinterließen, zumindest nicht für den Moment. Kühe schäumten vor Unruhe; die Schafe gehorchten immer noch dem jappenden Hund. Eine Kleinigkeit war harmlos aus den

Fugen geraten, und ich behaupte wahrhaftig nicht, daß alles dadurch verfrottet rosig aussah. Es bewirkte nur, daß ich mir aufrichtig vorstellen konnte, diesen Weg wieder einmal entlangzukommen, an irgendeinem Mittwoch. Und jemand aus der Gegend hier zu treffen, der mir erzählen würde: In Klosterneuburg gibt's Bären.

Wirklich?

Mhm. Bären.

Aber Schaden haben sie nicht angerichtet?

Diese Bären doch nicht. Das sind komische Bären.

Seltene Brillenbären?

Also, da weiß ich nix von.

Aber vermehren sie sich?

Davon weiß ich auch nix. Aber sie sind sehr nett zueinander, wissen Sie.

Mhm. Ich weiß.

Und das zu wissen, war immerhin schon mal was. Und es genügte, um das Motorrad unter mir anzulassen. Ich hörte wie mein Leerlauf glatter lief; es gab noch Unebenheiten, natürlich. Doch ich stemmte meine Füße auf beide Seiten der alten Bestie, und ich saß fest im Sattel; jetzt wartete sie auf mich. Dann identifizierte ich im Kopf alle ihre Einzelteile; es spendet ein wenig Zuversicht, wenn man Namen für die Dinge hat.

Ich nannte meine rechte Hand Gashebel und drehte auf. Ich nannte meine linke Hand Kupplung und ließ sie kommen. Sogar mein rechter Fuß reagierte auf den Ganghebel und fand den Ersten – und dabei ist es gar kein besonders eindrucksvoller rechter Fuß.

Das Entscheidende ist, alles klappte. Ja, sicher, ich würde eine Zeitlang vorsichtig sein und ein scharfes Auge auf die Mechanismen der Dinge haben müssen. Doch in diesem Moment funktionierte alles. Auch meine Augen; ich sah keine Bären mehr, aber ich konnte das Gras sehen, das sie wie einen Pfad durch das Feld niedergedrückt hatten. Morgen würde sich das Gras wieder aufgerichtet haben, und mit mir würde sich vielleicht nur der wachsame Hund an sie erinnern. Und er würde es vor mir vergessen, garantiert.

Was die Verluste im Tiergarten Schönbrunn betrifft – und sogar den Verstand des alten O. Schrutt, den er Name um Name und Gebrüll um Gebrüll verloren hat – so werde ich mich dafür verantwortlich bekennen. Garantiert werde ich mich Ernst Watzek-Trummer stellen. Dem Historiker ohnegleichen und dem Bewahrer der Details. Er sollte eigentlich einen prima Beichtvater abgeben, garantiert. Also spürte ich die Kupplung in meiner linken Hand; ich kontrollierte den Gaszug und die Vorderbremse mit der rechten. Ich kuppelte ein und befand mich, wie es sich gehört, im Gleichgewicht, als ich aus dem Schotter am Straßenrand herauskam. Ich war stabil, schaltete hoch, da fuhr ich in den ungezügelten Wind. Aber ich reagierte nicht panisch; ich legte mich in die Kurven; ich hielt die Straßenkrone und fuhr schneller und immer schneller. Ich fuhr dem Wind wahrhaftig davon. Garantiert – zumindest im Moment – gab es keinen Sturmwind, der mich aus dieser Welt fegte.

Garantiert, Siggi, werde ich auf deinem Grabhügel etwas Gras wachsen lassen müssen.

Garantiert, Gallen, werde ich dich an irgendeinem Mittwoch besuchen kommen.

Garantiert erwarte ich Großes zu hören von den Seltenen Brillenbären.

John Irving
im Diogenes Verlag

Laßt die Bären los!
Roman. Aus dem Amerikanischen
von Michael Walter. Leinen

Das Hotel New Hampshire
Roman. Deutsch von Hans Hermann
detebe 21194